Liés par le mensonge

Une vérité inavouable

Un rival trop attirant

CAROL ERICSON

Liés par le mensonge

Traduction française de
GAËLLE BRAZON

BLACK ROSE

HARLEQUIN

Collection : BLACK ROSE

Titre original :
HER ALIBI

Réalisation graphique : E. COURTECUISSE (HarperCollins France)

HARPERCOLLINS FRANCE
83-85, boulevard Vincent-Auriol, 75646 PARIS CEDEX 13
Service Lectrices — Tél. : 01 45 82 47 47

www.harlequin.fr

ISBN 978-2-2804-3518-5 — ISSN 1950-2753

1

Les vagues déferlèrent sur les rochers, et elle sentit le courant tenter de l'entraîner à nouveau vers les profondeurs. Pourtant elle résista et s'obligea à soulever une paupière qui lui sembla aussi lourde qu'une plaque d'égout.

Dans l'espoir de garder l'œil ouvert, elle le riva sur le voile blanc qui ondoyait à la porte-fenêtre entrebâillée sur le balcon. Le fracas d'une autre vague se brisant sur la rive rocheuse en contrebas monta jusqu'à elle. Elle pouvait presque goûter le sel de l'écume sur sa langue.

Elle se lécha les lèvres. L'air de la pièce pesait sur elle, et elle n'avait toujours pas réussi à ouvrir l'autre œil. Elle leva mollement un bras pour frotter sa paupière close, dans l'espoir de la stimuler.

Gênée par la sensation de picotement, elle cilla. En se frottant à nouveau l'œil, elle sentit que sa joue était humide. Avait-elle pleuré pendant son sommeil ? Ce sommeil de plomb dont elle n'arrivait pas à émerger ?

Levant la main devant son visage, elle grimaça. Du sang, pas des larmes. Elle n'avait pourtant pas saigné du nez depuis son enfance. Elle se pinça l'arête entre le pouce et l'index, puis renifla. Une odeur métallique et pénétrante fit frémir ses narines.

Ce relent lui fit l'effet d'un électrochoc. Elle tressaillit sous les draps de soie et se redressa brusquement. Lorsque l'arrière de son crâne heurta la tête de lit, un élan de douleur, disproportionné par rapport au léger choc contre le bois, se diffusa dans tout son corps, et elle eut un haut-le-cœur.

Comme si le coup avait réveillé toutes ses terminaisons nerveuses, sa main droite commença à l'élancer. Quand elle écarta les doigts, plusieurs coupures rouges sur sa peau se détachèrent nettement sur le drap blanc.

Que diable s'était-il passé ? Pourquoi saignait-elle ? Et pourquoi était-elle nue dans la chambre de son ex-mari ?

Elle jaillit du lit et, dans la pénombre, trébucha sur quelque chose de mou par terre. Le souffle court, elle chercha à tâtons l'interrupteur sur le mur, puis appuya dessus avec son pouce.

Son regard tomba sur le sol. Bouchée bée, elle fit un pas en arrière. Un hurlement se forma dans ses poumons, mais resta bloqué dans sa gorge, l'étouffant à moitié. Elle ferma les yeux et inspira profondément. Au fond d'elle-même, elle le savait, vomir ne ferait qu'empirer la situation, quelle qu'elle soit.

Son instinct de conservation, l'un de ses réflexes les plus forts, prit le contrôle de son esprit, et elle rouvrit les paupières. Tendant la jambe, elle toucha du gros orteil l'épaule de son ex-mari, qui gisait recroquevillé par terre.

La peau qu'elle palpa était froide. La réalité la percuta de plein fouet, comme les vagues à l'assaut des rochers sur la rive. Elle plaqua la main sur sa bouche et chuchota à travers ses doigts :

— Niles ?

Le *s* resta suspendu en l'air, et seuls les rideaux flottant dans la chambre murmurèrent une réponse.

Elle tomba à genoux et avança à quatre pattes vers la forme immobile de Niles. Après s'être couvert deux doigts avec le couvre-lit qui pendait jusqu'au sol, elle les posa sur son cou. L'homme qu'elle avait connu débordant d'énergie, qui semblait incapable de tenir en place plus d'une seconde, n'avait plus la moindre étincelle de vie en lui.

Elle s'assit sur ses talons et observa la chambre somptueuse qu'elle avait décorée avec soin, il y avait une éternité de cela. Que s'était-il passé dans cette pièce ?

Elle pressa un poing contre sa tempe. Elle ne se rappelait pas être venue dans cette chambre avec Niles la veille. Ils avaient bu un verre au Marina Sports Bar, puis il les avait ramenés à la maison en voiture, pour qu'elle puisse consulter un dossier qu'il gardait dans son bureau.

Comme il travaillait beaucoup de chez lui, elle n'avait pas

imaginé qu'il puisse s'agir d'une ruse. Niles n'avait pas besoin de ce genre de manigances. Il était passé à une autre femme peu de temps après leur séparation. À vrai dire, il était passé à plusieurs femmes *avant* leur séparation.

Alors quoi ? L'avait-il droguée ? s'interrogea-t-elle en tournant et retournant la langue dans sa bouche sèche. Et s'il n'avait pas eu l'intention de lui montrer ce dossier ?

Elle baissa les yeux sur ses mains et examina les coupures dans sa paume droite. Elle reporta ensuite son attention sur les lacérations sanglantes dans le dos de Niles. Il avait été poignardé à mort.

Ils s'étaient disputés la veille. Ils se disputaient toujours. C'était pour cette raison qu'ils avaient divorcé. Les gens civilisés divorçaient. Ils ne se tuaient pas. Elle détestait Niles, mais elle n'avait jamais souhaité sa mort.

La brise qui entrait par la porte-fenêtre lui chatouilla l'oreille. Elle secoua la tête. Il n'était pas seulement mort. Il avait été assassiné. Et elle avait fait un *black-out*… Encore.

Une bouffée d'adrénaline l'envahit, et elle se leva d'un bond. En regardant autour d'elle, elle aperçut ses vêtements dans un coin. Pourquoi les avait-elle enlevés ? songea-t-elle, avant d'inspirer profondément. Si elle paniquait maintenant, elle ne ferait qu'aggraver ses ennuis.

Habille-toi. Va-t'en.

Alors qu'elle marchait sur la pointe des pieds vers le tas de vêtements, elle sentit son appréhension grandir à chaque pas. Si elle s'était dévêtue, il n'y avait qu'une seule explication possible : ses affaires étaient tachées de sang. Elle se pencha, pinça le tissu de son chemisier entre deux doigts et tira.

La soie blanche était immaculée, constata-t-elle en soupirant bruyamment. Elle attrapa son pantalon noir et le secoua. Il était sec. Aussi sec que l'intérieur de sa bouche.

Sa culotte avait été délogée du pantalon et était tombée par terre. Elle la ramassa, ainsi que son soutien-gorge, et les remit sur sa peau froide et moite. Avait-elle pris une douche à un moment donné ?

Elle renifla sous son bras. Pas d'odeur de transpiration, mais pas tout à fait net et frais non plus. Elle se faufila dans la salle de bains et appuya sur l'interrupteur du côté de la main. Une lumière chaleureuse éclaira le carrelage.

Il n'y avait aucune goutte d'eau sur le sol de la douche à l'italienne, pas de serviette humide par terre ou sur les porte-serviettes. Elle s'approcha du lavabo et contempla son reflet dans le miroir.

Deux yeux écarquillés lui rendirent son regard. Une traînée de sang s'étirait du coin de son œil jusqu'à son oreille. C'était le sien, provenant des coupures sur sa main droite. Elle n'avait pas une seule goutte du sang de Niles sur elle. Elle mit deux doigts dans sa bouche pour les mouiller, puis frotta la trace rouge.

Ses vêtements n'étaient pas tachés. Elle n'avait pas pris de douche… Elle aurait sûrement été couverte du sang de son ex si jamais… ? Mais elle avait fait un *black-out*.

Elle se détourna du miroir et jeta un coup d'œil dans tous les recoins de la salle de bains. Tout semblait à sa place – sauf elle, en sous-vêtements au milieu de la pièce.

À l'aide d'une petite serviette, elle essuya l'interrupteur, puis les robinets du lavabo et de la douche par mesure de précaution. Elle revint à la hâte dans la chambre pour effacer ses empreintes sur l'autre interrupteur. Elle n'avait pas besoin de le faire dans toute la maison, étant donné qu'elle était venue récemment. Après tout, elle avait même vécu ici, à une époque.

Les yeux plissés, elle étudia l'oreiller et les draps, à la recherche d'un de ses cheveux sombres et de traces du sang de ses coupures. Ce seraient des indices accablants, mais elle ne pouvait pas se permettre de disséminer davantage son ADN en allant dans la buanderie pour faire une lessive.

Elle s'accroupit près du cadavre de Niles et étudia son dos. Les entailles qui lacéraient la peau parsemée de taches de rousseur la firent frissonner.

Reportant son attention sur sa propre main, elle examina les fines coupures qui s'alignaient horizontalement dans sa paume. Elle enfouit ensuite les doigts dans ses cheveux pour palper une bosse douloureuse à l'arrière de sa tête. Niles et elle s'étaient-ils querellés ? Avaient-ils eu une altercation physique ? L'avait-elle tué en état de légitime défense ?

Elle serra le poing et le pressa contre son ventre. De la

légitime défense alors qu'elle avait l'occasion de prendre le contrôle de la totalité de Snap App ? De la légitime défense alors que tout le monde savait qu'ils s'affrontaient à propos de l'entreprise depuis des mois ?

Personne ne la croirait – pas avec son passé. Elle ne pouvait pas se retrouver dans une pièce avec un autre cadavre.

Elle ramassa la serviette et entreprit d'essuyer le plus de surfaces possible dans la chambre. Satisfaite, elle hocha la tête, puis lâcha le linge par terre et récupéra son pantalon.

Lorsqu'elle l'enfila, elle poussa une exclamation et tapota ses poches, avant de soupirer, les yeux fermés. La veille, elle avait laissé son téléphone chez elle, sur le chargeur. La batterie mourait à petit feu depuis un moment, ce qui l'arrangeait bien aujourd'hui. Elle n'avait pas besoin que son portable sonne dans cette maison à cette heure.

Elle passa son chemisier par-dessus sa tête. En voulant fermer le bouton du haut, elle n'attrapa que des fils : le bouton avait sauté. Un gros bouton multicolore très caractéristique.

Les tempes battant la chamade, elle se laissa tomber à genoux. Elle tâtonna sur le parquet, puis sous la commode, et finit par trouver le bouton. Elle le fit glisser sur le sol, avant de le lâcher dans sa poche de pantalon. Elle enfila ensuite ses escarpins, bien alignés l'un à côté de l'autre.

Après avoir ramassé la serviette, elle s'arrêta sur le seuil et jeta un dernier coup d'œil par-dessus son épaule. Elle se figea sur place. *Le couteau.*

Et si ses empreintes étaient sur le couteau ? se demanda-t-elle en tournant la tête de tous les côtés. Quel couteau ? Elle n'avait vu de couteau nulle part.

Elle posa les yeux sur le corps de Niles. Il avait reçu des coups de couteau dans le dos, mais qu'en était-il de son torse ? Si elle le tournait, elle risquait de semer plus de preuves de sa présence ici. Si elle ne le faisait pas, elle allait peut-être laisser l'arme du crime avec ses empreintes dessus.

Elle se déchaussa et s'approcha de Niles. Elle avait plus peur de lui maintenant que lorsqu'il était vivant. La main crispée sur la serviette, elle poussa sa forme inerte jusqu'à ce qu'il bascule sur le côté. Avant qu'il ne retombe, elle avait constaté qu'il n'y avait pas de couteau sous lui – il n'y avait rien, à part du sang. Plutôt colérique et excessif, comme meurtre.

Ce n'était pas sa colère à elle qui l'avait tué. Mais après tout, elle ne se souvenait de rien.

Elle prit ses chaussures dans une main et sortit de la pièce à reculons, comme si elle s'attendait à ce que Niles se relève en pointant un doigt accusateur vers elle. Puis elle fit volte-face et descendit l'escalier au pas de course, sans oublier d'essuyer la rampe. Elle avait accompagné Niles à la maison pour chercher un dossier, et elle avait bien l'intention de repartir avec.

Elle se rua dans le bureau de Niles et scruta la surface impeccable du meuble en acajou. Pas le moindre papier en vue. Apparemment, ils n'étaient même pas arrivés jusqu'ici. Mais elle savait où étaient rangés les dossiers.

Sans lâcher la serviette, elle laissa tomber ses chaussures et s'accroupit devant les tiroirs. Après avoir ouvert celui du bas, elle écarta les dossiers suspendus, puis saisit un coupe-papier dans un porte-crayon sur le bureau. Elle enfonça la pointe dans un trou circulaire au fond du tiroir et fit coulisser le double fond.

Elle poussa un soupir. À en croire les étiquettes, le dossier qu'elle voulait était posé sur d'autres documents. Niles avait dû le préparer pour elle. Elle s'empara de la chemise, replaça le double fond, referma le tiroir et essuya tout ce qu'elle avait touché.

Elle fit quelque pas en direction de la porte, avant de se figer en voyant deux verres en cristal à côté du minibar. Elle reprit la serviette qu'elle avait drapée sur son épaule, rinça les deux verres, les sécha, puis les rangea sur l'étagère derrière le minibar.

Elle s'arrêta ensuite devant l'ordinateur, afin de vérifier les images de vidéosurveillance. Après avoir couvert la souris avec un mouchoir en papier récupéré sur le bureau, elle se mit à explorer le logiciel de sécurité.

Le système avait été désactivé, constata-t-elle en inspirant brusquement. Niles l'avait-il fait plus tôt dans la journée ? Ou son tueur s'en était-il chargé ? À moins que ce ne soit elle qui l'ait fait ?

À présent, elle devait se glisser hors de la maison… et se trouver un alibi.

Les pieds enfoncés dans le sable, Connor plissa les yeux pour mieux voir les surfeurs affronter les grosses vagues… et leurs rivaux.

Il sortit sa caméra vidéo, zooma et commença à filmer les Cove Boys, qui chahutaient dans l'eau. L'été avait beau être fini, la bande de surfeurs bagarreurs qui régnaient sur la crique ne raccrochaient jamais quand ils estimaient que des étrangers surfaient sur *leurs* vagues.

Il garda l'appareil braqué sur les Cove Boys, qui s'invitaient sur les vagues des autres, coupaient leur trajectoire, criaient et faisaient des gestes vulgaires. Ces images seraient d'une aide précieuse pour l'action en justice.

Le comportement hostile des Cove Boys finit par avoir l'effet escompté. L'un après l'autre, les surfeurs harcelés renoncèrent et rejoignirent la plage.

Planches sous le bras, un couple s'approcha de Connor. L'homme passa sa main libre dans son dos pour baisser la fermeture Éclair de sa combinaison.

— Ils sont toujours comme ça ?

— Eh ouais, répondit Connor, avant de brandir sa caméra. Mais on essaie d'y mettre un terme. Certains surfeurs du coin qui n'apprécient pas la mauvaise réputation de la crique sont en train de monter un recours collectif contre ces types. Et je viens de mettre en boîte des preuves solides.

— Tant mieux. Il était grand temps que quelqu'un fasse quelque chose.

Du coin de l'œil, Connor vit un autre surfeur sortir de l'eau, puis s'avancer vers lui. Il se tourna dans sa direction et écarta les pieds, tandis que ses muscles se tendaient.

Jimmy Takata, l'un des Cove Boys, jeta sa planche sur le sable humide.

— Qu'est-ce qui se passe, Wells ? C'est pour quoi faire, cette caméra ?

— À ton avis ? Vous êtes incapables de vous arrêter, même quand votre avocat vous dit de vous tenir tranquilles.

Jimmy fit un mouvement brusque vers lui. Lâchant l'appareil sur son sac, Connor leva les mains.

— C'est vraiment ça que tu veux ?

— Tu joues avec le feu, Wells, s'exclama le surfeur en le pointant du doigt. Ton vieux ne dirige plus la ville, et il était loin d'assurer quand il le faisait.

Derrière ses lunettes de soleil, Connor cilla.

— Tu n'es pas un peu vieux pour jouer les petits caïds de la plage, Jimmy ?

— On n'est jamais trop vieux pour protéger ce qui est à nous. De toute façon, tu n'es plus dans la police, alors arrête un peu d'essayer de revivre tes heures de gloire.

Il ramassa sa planche en ricanant bruyamment, puis retourna dans l'eau.

Connor s'accroupit pour ranger sa caméra dans son sac. Il le hissa sur son épaule et marcha jusqu'à la file de voitures garées le long de la route au-dessus de la plage.

Une fois dans son pick-up, il lança le sac sur le siège passager, puis soupira. S'il aidait à briser la mainmise des Cove Boys sur le meilleur spot de surf de San Juan Beach, cela contribuerait peut-être un peu à restaurer l'éclat passé de la ville.

Des milliers d'années semblaient s'être écoulées depuis l'époque où son père officiait comme chef de la police de la petite ville balnéaire. Une époque où les habitants pouvaient compter les uns sur les autres et se fier aux autorités. Puis les drogues avaient fait leur arrivée, et cet âge d'or avait pris fin – tout comme la vie de son père.

Ravalant le sentiment d'amertume qu'il sentait poindre, Connor prit la bouteille dans le porte-gobelet pour boire une gorgée d'eau tiède. Il n'aurait aucune hésitation à quitter cet endroit, comme d'autres l'avaient déjà fait, si ce n'était pour ses terres et le rêve de son père. Ne le lui devait-il pas ?

Quelqu'un tapa à la vitre, et il sursauta. Tournant la tête, il reconnut le couple croisé sur la plage. Lorsqu'il ouvrit la fenêtre, l'homme passa la main dans l'ouverture.

— Merci, mon pote.

— Pour quoi ? demanda Connor, avant de désigner la plage du pouce. Ils sont toujours là-bas, en train d'intimider les gens.

— Oui, mais si les poursuites aboutissent et que ces crétins se prennent une injonction, ils y réfléchiront à deux fois avant d'ennuyer les touristes – et tes images devraient aider.

La femme lui tendit une carte de visite.

— Si l'avocat a besoin de témoins, appelle-moi. On sera heureux d'aider.

— Merci, répondit Connor en saisissant le petit rectangle de carton. Je vais donner ça à l'avocat qui s'occupe du dossier.

Il leur adressa un signe de la main, puis démarra et s'éloigna du bas-côté dans un nuage de poussière et de sable. Au bout de quelques kilomètres, il tourna vers l'est, s'éloignant de la côte et de la ville de San Juan Beach.

Alors qu'il roulait sur la route étroite qui s'enfonçait au milieu des collines basses, la température de ce début d'automne augmenta de quelques degrés, l'air marin se faisant moins présent. C'était tant mieux. Ses vignes avaient besoin de cette chaleur.

Un peu avant d'arriver à la maison, Connor se rangea sur le bord de la route. Il sauta du pick-up, souleva une grappe de raisin dans sa paume et la renifla. Les notes sucrées avaient commencé à dominer l'acidité, juste au bon moment, même si ces raisins-là n'étaient pas vendangés pour le vin. Il allait devoir attendre encore une année pour cela.

Heureusement qu'il était patient, songea-t-il.

Après le dernier tournant, il se courba au-dessus du volant et fronça les sourcils. Une voiture blanche était garée dans son allée. Quelqu'un avait ignoré le panneau « démarchage interdit » à l'entrée de sa propriété. Sûrement un énième agent immobilier. Cette Lexus d'un blanc crème étincelant avait tout du véhicule d'un agent immobilier.

Les mâchoires crispées, il coupa le contact. Il descendit du pick-up au moment même où une femme sortait de la Lexus.

Alors qu'elle marchait vers lui, les mains tendues, Connor battit des paupières. Son parfum flotta jusqu'à lui, l'ensorcelant à moitié. Quand elle l'atteignit, elle passa les bras autour de sa taille et posa la tête contre son épaule. Le vent souleva ses cheveux auburn, le capturant complètement.

Son souffle chaud lui caressa le côté du cou, tandis qu'elle murmurait d'une voix rauque :

— Je suis dans le pétrin, Connor. Et j'ai besoin d'un alibi.

2

Le corps de Connor, aussi robuste qu'avant, se raidit. Elle s'était doutée qu'il ne se mettrait pas en quatre pour elle, mais elle avait espéré ne pas avoir à sortir le grand jeu.

Quand il recula, elle le libéra de son étreinte. Elle ne voulait pas jouer les pots de colle.

Plissant ses yeux bleus, il croisa les bras sur son torse.

— Pardon ?

Elle laissa son regard dériver derrière lui, vers la route bordée de vignes, et plaqua un sourire sur ses lèvres.

— Le vignoble est magnifique. J'ai hâte de goûter à la première bouteille.

Il émit un reniflement ironique.

— Vraiment ? Tu essaies de m'amadouer ? Tu ne t'imagines quand même pas que ça va marcher ?

— Il faut que je prépare le terrain, répondit-elle en serrant son biceps musclé. On peut aller parler à l'intérieur ?

— Attends une seconde.

Il retourna à son pick-up, ouvrit la portière et se pencha, lui offrant une vue spectaculaire sur ses fesses moulées dans son maillot de bain. À en juger par sa musculature, Connor devait s'occuper de son domaine tout seul, mais ses pieds nus couverts de sable et les reflets dorés dans ses cheveux châtains indiquaient qu'il continuait à passer du temps à la plage.

Il s'avança vers elle, un sac noir sur l'épaule. Lorsqu'il la dépassa, il fit un signe de tête en direction de la maison.

— Suis-moi.

— Ce n'est pas vraiment le tapis rouge auquel je m'attendais après tout ce temps.

— C'est peut-être plus que ce que tu mérites après tout ce temps.

Elle se mordilla la lèvre inférieure. Elle allait vraiment devoir sortir le grand jeu, tout compte fait.

En entrant dans le salon, elle poussa un léger soupir.

— Tu as refait la déco.

— Ce n'est plus chez mes parents, c'est chez moi maintenant. Pourquoi ? Ça ne te plaît pas ?

Elle passa la main sur le dossier du canapé en cuir crème, qui remplaçait un sofa capitonné à l'imprimé fleuri, jonché des coussins faits main par la mère de Connor.

— C'est nettement mieux.

Il posa son sac sur l'îlot en granit qui séparait désormais la cuisine du salon. Autrefois, il y avait un mur où était appuyée une étagère exposant ses trophées de surf.

— Veux-tu boire quelque chose ? demanda-t-il. Pas de vin… Pas encore.

— À vrai dire j'aurais bien besoin d'alcool là tout de suite, mais c'est encore le matin, et j'ai besoin de garder toute ma lucidité.

Ou en tout cas ce qui lui en restait après le trou noir de la veille.

— J'ai de l'eau, du jus d'orange ou du thé glacé en bouteille.

— Du thé, s'il te plaît.

Elle se percha au bord du canapé et posa son sac à ses pieds. Quand Connor revint de la cuisine avec les deux verres, les glaçons cliquetant à chacun de ses pas, elle tapota la place à côté d'elle.

Il lui tendit sa boisson, jeta un dessous de verre sur la table basse taillée dans un rondin et s'installa dans le fauteuil en face d'elle.

Il voulait garder toute sa lucidité, lui aussi, conclut-elle. Ils avaient toujours été attirés l'un par l'autre comme des aimants, mais Connor avait peut-être réussi à contrôler ce magnétisme après leur dernier contact quelques années plus tôt.

— Raconte-moi ce qui se passe, lança-t-il, avant de boire une longue gorgée de thé. Ça concerne ton mari ?

— Ex-mari.

— C'est ça. Tu te bagarres toujours avec lui à propos de votre entreprise multimillionnaire ?

— C'est bien pire que ça, Connor.

— Allez, crache le morceau, Savannah.

— Niles est mort… Assassiné.

Connor haussa les sourcils.

— Assassiné ? Ça ne devrait pas passer en boucle aux infos ? Je sais que je vis un peu en ermite, ces temps-ci, mais j'ai quand même une télé, avec le câble et tout le toutim, déclara-t-il en désignant l'immense écran plat suspendu au-dessus de sa cheminée.

— C'est… Il est… Je ne crois pas qu'on ait encore découvert son corps.

Connor bondit du fauteuil, faisait gicler du thé hors du verre qu'il serrait dans sa main.

— Qu'est-ce que tu me dis, là ?

— Je l'ai trouvé. Chez lui. Mort.

— Et tu n'as pas appelé les secours ?

— Bien sûr que non.

— Bien sûr que non ? s'exclama-t-il avec un geste brusque. Ben tiens ! Pourquoi appeler la police après avoir trouvé un cadavre, et celui de ton ex en particulier ?

— Exactement.

Elle but une petite gorgée en évitant de croiser son regard.

Il cessa de faire les cent pas et se campa devant le canapé, la dominant de toute sa taille, du thé coulant de sa main sur le parquet lustré.

— Bon sang, que lui est-il arrivé, Savannah ? Pourquoi n'as-tu pas appelé la police ?

Elle secoua son verre pour faire s'entrechoquer les glaçons.

— Il a été poignardé à mort. Et je n'ai pas prévenu la police parce que je me serais fait arrêter.

— Pourquoi ?

— Parce que je me suis réveillée dans sa maison, dans son lit, et que je ne me rappelle pas comment je suis arrivée là.

Elle ferma les yeux et retint son souffle.

L'immobilité choquée qu'elle perçut chez Connor la rendit

plus nerveuse que son agitation. Rouvrant un œil, elle le regarda en déglutissant péniblement.

Un tic agitait le coin de sa bouche, et il agrippait le verre tellement fort que ses jointures en avaient blanchi. Le bleu de ses yeux avait pris la nuance d'une mer agitée.

Puis il battit des paupières. Il finit son thé d'un trait, s'essuya la paume sur son short et posa le verre sur la table basse.

— Tu ferais mieux de tout me raconter depuis le début.

Une bouffée de soulagement envahit Savannah, et elle faillit s'avachir contre le dossier du canapé. C'était le Connor qu'elle avait espéré voir : calme et solide. Il n'avait pas encore accepté de faire quoi que ce soit, mais il ne l'avait pas non plus jetée à la porte.

Redressant les épaules, elle se lança :

— Niles et moi nous sommes retrouvés hier soir autour d'un verre pour parler affaires. J'avais remarqué quelque chose en me penchant sur les comptes et je voulais vérifier certains documents.

— Pourquoi ne te les a-t-il pas envoyés, tout simplement ? Pourquoi faire ça autour d'un verre ?

Savannah étudia sa mâchoire carrée, qu'il contractait d'un air désapprobateur. Détectait-elle de la jalousie dans cette question ?

— Ça faisait des semaines que Niles voulait discuter d'autres aspects de l'entreprise avec moi. Il a dû se dire que c'était l'occasion parfaite de m'avoir à sa merci.

Elle se racla la gorge, avant de poursuivre :

— Je voulais vraiment ce dossier, alors j'ai accepté.

— Comment s'est passé le rendez-vous ?

Elle se passa les doigts dans les cheveux, en évitant la zone douloureuse à l'arrière de son crâne.

— Comme tous nos rendez-vous. On a fini par se disputer.

Connor cilla, mais s'assit au bord de la table basse. Soulagée qu'il ne soit plus dressé au-dessus d'elle, elle poussa un léger soupir.

— Est-ce que quelqu'un dans le bar a remarqué votre dispute ? demanda-t-il.

— Je suis sûre que ce n'est pas passé inaperçu. On a

échangé des mots durs et le ton est monté, mais on n'en est pas venus aux mains.

Il se frotta le menton. Il avait rasé sa barbe depuis la dernière fois qu'elle l'avait vu. Barbu ou pas, il lui faisait toujours le même effet.

Quand elle se lécha les lèvres, il baissa les yeux sur sa bouche, avant de recroiser son regard.

— Que s'est-il passé ensuite ? Comment t'es-tu retrouvée chez lui ? C'est la maison à La Jolla, c'est ça ?

— Oui, tout à fait.

Du bout du doigt, elle recueillit une goutte de condensation à l'extérieur du verre et la porta à sa tempe.

— Niles avait laissé le dossier que je voulais chez lui. J'ai dû l'accompagner pour le récupérer.

— Tu l'as accompagné ? Tu n'as pas pris ta voiture ? s'étonna-t-il en inclinant la tête vers la fenêtre et la Lexus garée dans l'allée.

— J'ai marché jusqu'au bar. C'était près de chez moi, et tu sais que je n'aime pas conduire après avoir bu ne serait-ce qu'un verre.

— C'est tout ce que tu as consommé ? Un verre ?

— Deux.

Elle leva deux doigts.

— Parole de scout.

À moins qu'elle n'ait aussi avalé le contenu du verre en cristal dans le bureau…

— Je ne cherche pas à te cuisiner, Savannah. Je te crois. J'essaie seulement d'établir si tu étais soûle quand tu es partie du bar avec lui.

— Pas du tout. Je ne me soûle plus.

— Alors pourquoi as-tu tout oublié ? Est-ce que tu te souviens d'être allée chez lui ? D'avoir roulé avec lui ?

— Je me rappelle être montée dans sa voiture. Je sais qu'on a continué à se disputer pendant le trajet, qu'on est arrivés sur place, et puis…

Elle haussa les épaules.

— … Plus rien après ça. Je ne me souviens pas de ce qu'on a fait à la maison. J'ignore comment j'ai perdu mes vêtements et comment je me suis retrouvée dans son lit. Et je n'ai pas la moindre idée de comment il est mort.

— Et tu n'as pas…

— Quoi ? demanda-t-elle en tournant brusquement la tête vers lui.

Il se passa la main sur la bouche, comme pour retenir ses paroles.

— Tu es en train de me dire que quelqu'un s'est introduit chez Niles et l'a assassiné de façon violente, en te laissant dormir le plus paisiblement du monde à côté. Pourquoi n'as-tu pas été tuée en même temps que lui ?

— Je ne peux pas répondre à cette question, répondit-elle en le transperçant du regard. Tu as presque l'air déçu.

Connor se leva et marcha à grands pas vers la cuisine.

— Ne joue pas la carte de la pauvre petite victime. Je te connais trop bien.

Il en était peut-être convaincu, mais elle lui avait déjà caché des choses auparavant, songea Savannah.

Il sortit une bouteille de bière du réfrigérateur.

— Je ne t'en propose pas. Quelqu'un a besoin de garder les idées claires, mais ça ne sera pas moi.

— De la bière au petit déjeuner ?

Comme il se renfrognait, elle leva les mains.

— Peu importe. Et je te l'ai déjà dit : j'ignore pourquoi le tueur m'a laissée indemne. Enfin, presque indemne.

— Presque ?

Il but une gorgée, puis s'appuya sur l'îlot. Sans le quitter des yeux, elle s'enfonça l'index dans la poitrine.

— Je n'ai pas volontairement enlevé mes vêtements pour Niles et je ne me suis pas glissée dans son lit.

— Donc le meurtrier a pris le temps de te déshabiller et de te déposer dans ce lit ? Où était le corps de Niles ?

— Par terre, à côté du lit.

— Près de toi ?

— Par terre.

Connor claqua des doigts.

— As-tu vérifié les caméras de sécurité ? Un endroit

comme ça, un type comme ça… Il avait forcément un système de vidéosurveillance.

— Tout était désactivé.

Il se gratta le menton d'un air absent. Il venait sûrement de se raser, et sa barbe lui manquait, songea Savannah. Cela dit, pourquoi les poils de Connor occupaient-ils ses pensées à ce moment crucial était un mystère. Elle serra ses cuisses l'une contre l'autre et relâcha son souffle. Non, autant l'admettre, cela n'avait rien de mystérieux.

— L'arme du crime ? demanda-t-il.

— Disparue.

— Du sang ?

— Il y en avait partout sur Niles et sur le sol sous lui, mais quasiment rien sur moi, et pas une trace sur mes vêtements.

— Tu avais des éclaboussures de sang sur toi ?

— Je n'appellerais pas ça des éclaboussures.

Elle serra le poing droit. Elle ne voulait pas lui montrer sa paume, mais elle ne pouvait pas la lui cacher. Il ne manquerait pas de la remarquer, de toute façon.

Tendant la main vers lui et écartant les doigts, elle déclara :

— Le sang provenait de plusieurs coupures sur ma main.

Il inspira brusquement, puis contourna l'îlot et fonça vers elle. Elle se recroquevilla lorsqu'il se laissa tomber à genoux devant elle et lui attrapa le poignet.

Mais elle n'avait rien à craindre de Connor.

Avec douceur, il effleura du bout du doigt chaque coupure, provoquant des frissons dans son dos.

— Elles ne sont pas très profondes… et elles sont sur la mauvaise main.

— La mauvaise main ?

— La mauvaise main pour donner un coup de couteau. Tu es gauchère.

Elle lui serra l'épaule de sa main gauche.

— Je savais que j'avais une bonne raison de venir te voir. Tu… Tu crois que quelqu'un essaie de me mettre le meurtre de Niles sur le dos ? Parce que, moi, c'est ce que je pense.

— C'est possible. Tu as un mobile ?

Il lui lâcha le poignet et se releva, tandis qu'elle levait les yeux au ciel.

— Il y a l'embarras du choix. On se battait à propos de l'entreprise. Avec sa mort, j'hérite de tout. Je deviens l'actionnaire majoritaire. Et… Ce n'est pas tout.

Il était retourné prendre sa bière et but une gorgée en haussant les sourcils.

— Une assurance vie, révéla Savannah en se tordant les doigts. Plutôt conséquente.

— Je ne vois rien d'anormal à ce qu'un conjoint soit le bénéficiaire d'une assurance vie, même après un divorce. Ce n'est pas forcément la première chose à laquelle pensent la majorité des gens quand ils se séparent.

— Niles Wedgewood n'est pas la majorité des gens. Après notre divorce, il a bien pensé à me remplacer par sa nouvelle petite amie, Tiffany, par son frère jumeau, Newland le junkie, et par sa sœur, Melanie, qui vit à San Francisco. Mais je l'ai convaincu de nous laisser mutuellement bénéficiaires, le temps qu'on décide du sort de l'entreprise.

— C'est de notoriété publique ? demanda Connor en tirant sur le lobe de son oreille, un signe manifeste d'inquiétude.

— Son avocat pour le divorce est au courant.

— De quelle somme parle-t-on ?

— Plusieurs millions, répondit-elle, la tête baissée.

— Avec la mort de Niles, tu vas hériter de l'entreprise et toucher une assurance vie de plusieurs millions de dollars.

Le regard de Connor se durcit, et il la fixa avec une froideur qui lui noua le ventre. Elle ferait mieux de s'habituer à cette expression – surtout si elle ne parvenait pas à fournir un alibi pour la veille.

— Ça se présente mal, hein ?

Il hocha la tête.

— As-tu envisagé une seule seconde d'appeler la police ?

— Tu sais mieux que personne pourquoi je ne le ferai pas. Non, ça ne m'a jamais traversé l'esprit. J'ai besoin d'un alibi, Connor. J'ai besoin de toi.

— Tu veux que je mente à la police pour toi. Que je prétende que tu étais ici hier soir.

Savannah se pencha, les mains en appui sur les genoux.

— Maman et moi avons menti pour ton père.

Voilà, c'était dit.

Un muscle se contracta au coin de l'œil de Connor.

— Il n'y a pas d'images vidéo de toi à la maison. Tu n'as pas pris ta voiture, alors elle n'était pas garée dans le quartier. Comment es-tu rentrée chez toi ? En taxi ? En Uber ?

— Tu me prends pour une idiote ?

Elle jaillit du canapé, mue par une bouffée d'espoir. Il allait l'aider.

— J'ai marché, et si tu t'imagines qu'avec mes talons hauts c'était facile, laisse-moi te dire que ça ne l'était pas.

— Tu es rentrée chez toi à pied, tu es montée dans ta voiture et tu es venue tout droit ici ?

— D'abord, j'ai pris une douche et je me suis changée, mais je n'ai pas perdu trop de temps.

Il claqua des doigts.

— Et ton portable ? La police va éplucher tes relevés. Ils vont découvrir que ton téléphone était dans la maison de Niles hier soir, précisément à l'heure où il a été assassiné.

— Je n'avais pas mon portable.

— Tu n'avais pas ton portable ? répéta Connor d'un ton abasourdi. Qui se déplace sans son portable de nos jours ?

— La batterie n'arrête pas de me lâcher, alors j'ai laissé mon téléphone en charge chez moi. Je pensais que j'allais marcher jusqu'au bar pour boire un verre avec Niles, discuter et récupérer ces documents, le tout sans m'attarder.

— Et ensuite, tu as roulé jusqu'ici avec ton portable allumé ? Ça aussi, ils vont le voir.

— Eh bien non, répliqua-t-elle en levant un doigt. Je l'ai éteint quand je l'ai débranché du chargeur. Je ne l'ai toujours pas rallumé.

Il la dévisagea en plissant les yeux, les sourcils froncés au-dessus de son nez légèrement brûlé par le soleil, puis se détourna.

Savannah sentit un frisson courir le long de son dos. Malgré son explication, il se demandait pourquoi elle n'avait pas apporté son téléphone au bar. Mais il ne tarderait pas à voir qu'elle disait la vérité à propos de sa batterie.

Sans la regarder, Connor reprit :

— Si la police ne te croit pas… ou ne me croit pas, ils peuvent localiser ta plaque d'immatriculation. Il y a des caméras sur la route entre La Jolla et ici. S'ils sont curieux, ils n'ont qu'à entrer le numéro dans le système et…

Il fit une pichenette en l'air.

— … Hop, ils obtiendront un résultat, plaçant ta voiture sur le chemin de San Juan Beach aujourd'hui au lieu d'hier.

— J'ai enlevé mes plaques.

Il fit volte-face et ses cheveux mi-longs volèrent sur ses épaules.

— Tu aurais pu te faire arrêter pour absence de plaques.

— Je me suis dit que le jeu en valait la chandelle, précisément pour la raison que tu viens de donner. Tu croyais que je ne t'écoutais pas à chaque fois que tu parlais du travail policier et des dernières innovations ?

Elle se tapota la tempe.

— Je trouvais ça fascinant. J'écoutais.

— Alors c'est quoi, ton histoire ? demanda-t-il en croisant les bras.

— Mon rendez-vous avec Niles m'avait mise de mauvaise humeur. Je lui ai demandé de me déposer près de chez moi, puis j'ai sauté dans ma voiture pour venir te voir.

Elle marcha jusqu'à la fenêtre et appuya le front contre la vitre.

— J'étais ici au moment où il a été poignardé.

— Pourquoi te serais-tu précipitée chez moi ? On ne s'est pas vus depuis quatre ans, depuis ton mariage.

— On était… amoureux. Tout le monde à San Juan Beach le sait. Je n'ai jamais tourné la page. Je ne t'ai jamais oublié. Je n'ai jamais cessé de vouloir te récupérer.

Elle traça un trait dans la buée qui s'était formée sur le verre. Le silence s'étira entre eux jusqu'à ce qu'elle ne puisse plus le supporter. Elle se tourna lentement vers lui et croisa son regard.

— Est-ce que c'est… crédible ?

— Je suppose que ça pourrait berner… *certaines* personnes.

À en croire son ton glacé, il ne se comptait pas parmi elles.

— Mais on va devoir faire le nécessaire pour enfoncer le clou.

— Comment ça ? Qu'est-ce que tu veux dire ?

— Tu ne peux pas courir te réfugier auprès de ton ancien amant, puis le quitter quelques jours plus tard pour reprendre les rênes de ton entreprise florissante et dépenser l'argent de l'assurance vie de Niles.

— Je pourrais le faire si mon amant rejetait mes avances.

— Il ne ferait pas ça.

— Ah bon ?

— Tu ne te serais pas tournée vers lui dans un moment de détresse si tu ne pensais pas qu'il t'accueillerait à bras ouverts. Si je décide de mentir pour toi, tu devras aller jusqu'au bout. Il faudra que tu passes du temps ici, avec moi, pour que cette histoire ait une chance de tenir debout.

— Je peux le faire… si tu veux bien de moi.

Connor braqua un doigt sur elle.

— Je ne veux pas me faire prendre en train de mentir. Je ne veux pas tomber pour toi – peu importe ce que toi et ta mère avez fait pour mon père.

— Je comprends. C'est dans mon intérêt qu'on ne soit pas démasqués. Une question de vie ou de mort, à vrai dire.

— As-tu préparé un bagage ou est-ce que tu es partie avec juste ce que tu as sur le dos ?

— Bien sûr que j'ai un bagage. Il est dans mon coffre.

— Je vais le chercher, déclara-t-il en tendant une main vers elle. Les clés.

Elle ramassa son sac à main par terre, sortit ses clés d'une poche latérale et les lui lança. Après avoir attrapé le porte-clés au vol, il lança :

— Je reviens tout de suite.

Pendant quelques secondes, Savannah le suivit des yeux depuis la fenêtre, puis se détourna avec un léger sourire. Elle avait dû sortir son atout de sa manche, mais elle savait qu'elle pouvait convertir Connor à sa façon de penser. Même s'il en avait fait partie à une époque, il n'avait plus aucun respect pour la police. Il ne se fiait plus aux autorités. Et il ne lui faisait pas vraiment confiance non plus.

Elle s'avança dans le couloir et jeta un coup d'œil dans

la première chambre. C'était la suite parentale, que Connor avait transformée avec du bois sombre et des tons de pierres précieuses. Elle ignorait qu'il avait aussi bon goût – à moins qu'il ne se soit fait aider.

Elle était venue à San Juan Beach avec la certitude que Connor n'avait pas de femme dans sa vie. Elle avait quelques espions en ville, qui gardaient un œil sur lui et la tenaient au courant. Ce n'était pas vraiment de la surveillance – seulement un intérêt légitime pour le seul homme qu'elle aimerait toujours, mais qu'elle ne pouvait pas avoir.

La porte d'entrée claqua, puis Connor cria son nom, comme si elle n'était pas à quelques mètres de lui.

Elle reprit le chemin du salon et tourna à l'angle du mur.

— Il y a un problème ?

Il agita un sac en plastique au-dessus de sa tête.

— C'est quoi, ça, bon sang ?

— Je ne sais pas ce que tu tiens, répondit-elle en plissant le nez.

Il écarta les poignées d'un geste sec.

— Tu ne sais pas ce que c'est, ça ?

Le cœur battant et les jambes tremblantes, elle traversa la pièce.

Quand Connor lui fourra le sac sous le nez, elle recula précipitamment… loin du couteau ensanglanté.

— Savannah, dis-moi la vérité. Est-ce que tu as tué ton ex ?

3

Connor étudia le visage de Savannah lorsqu'elle aperçut l'arme couverte de sang dans le sac en plastique.

Ses grands yeux s'écarquillèrent et ses lèvres s'entrouvrirent. Ces yeux, d'une couleur qu'il n'avait jamais vue ailleurs, et les longs cils qui les bordaient donnaient à Savannah un air innocent – mais il n'était pas dupe.

Qui pensait à laisser son portable à la maison et à enlever ses plaques d'immatriculation sans avoir quelque chose à cacher ?

La lèvre inférieure tremblante, Savannah quitta du regard l'arme ensanglantée pour reporter son attention sur lui.

— Je… Je ne… Non !

Elle noua les bras autour de son ventre et lui tourna le dos.

— Je n'ai pas mis ça dans ma voiture. Tu l'as trouvé dans mon coffre ?

— C'était dans le compartiment de la roue de secours.

— Pourquoi as-tu regardé là-dedans ?

Elle l'observa par-dessus son épaule, la bouche pincée comme si elle lui reprochait la présence du couteau.

Connor sentit son ventre se nouer davantage. Il voulait croire Savannah, accepter sa folle histoire. Il l'aimait tellement… à une époque.

— Le coin de l'habillage n'était pas à plat, alors j'ai tiré dessus. Le sac n'avait pas l'air à sa place. Qu'est-ce qu'il faisait là, Savannah ? Est-ce que c'est l'arme du crime ?

— Qu'est-ce que j'en sais ? s'exclama-t-elle.

Elle haussa les épaules et finit par se tourner vers lui.

— Je te l'ai dit, Connor, j'ai perdu connaissance quand je suis arrivée chez Niles.

— Le fait est que tu aurais pu te disputer avec lui, poursuivre cette dispute après avoir quitté le bar et…

— Le poignarder plusieurs fois dans le dos ? termina-t-elle en secouant la tête.

— C'était peut-être de la légitime défense.

Après avoir noué les poignées du sac, il le posa sur le sol devant la porte d'entrée, même si ce n'était qu'une solution provisoire.

— Votre confrontation est peut-être devenue physique. Il t'a attaquée avec un couteau, tu t'en es emparée et tu as riposté.

— C'est absurde, Connor. Je n'avais aucune…

Elle s'interrompit, puis se toucha l'arrière de la tête du bout des doigts.

— Aucune quoi ? demanda-t-il. Qu'est-ce qu'il y a ?

— J'ai une bosse sur le crâne. J'allais dire que je n'avais aucune blessure, mais il y a cette bosse et ces coupures sur ma main.

Depuis qu'il était revenu avec le couteau, il était resté figé sur place, une angoisse terrible au creux du ventre. Cette nouvelle information lui fit retrouver ses jambes. Une fois près de Savannah, il l'attrapa par le haut des bras.

— Tourne-toi.

Lorsqu'elle lui présenta son dos, la masse soyeuse de ses cheveux glissa sur ses épaules. Il enfouit les doigts dans les mèches sombres et explora son cuir chevelu, la faisant tressaillir.

— Ici ? demanda-t-il en palpant une grosse bosse dure sur son crâne.

— Aïe… Oui, c'est bien là.

— Tu ne l'avais pas avant de te réveiller ce matin ?

— Non. Je ne crois pas que la peau soit entaillée. Et je n'ai pas remarqué de sang dans mes cheveux.

— Il se peut qu'il t'ait poussée et que tu sois tombée contre quelque chose.

— C'est peut-être pour ça que j'ai perdu connaissance. Oh ! Connor…, murmura-t-elle en courbant la tête. Je ne sais pas ce qui s'est passé hier soir.

Baissant à nouveau les mains sur ses épaules, il massa de ses pouces l'espace entre les omoplates.

— On va le découvrir, Savannah.

— Et si on découvre que je suis responsable de la mort de Niles ?

Il la fit pivoter vers lui, puis l'embrassa sur le front.

— On se débrouillera.

Elle tendit un doigt légèrement tremblant vers le sac en plastique près de la porte.

— Et pour ça ?

— On devrait faire analyser le sang et les éventuelles empreintes.

Elle s'écarta brusquement de lui.

— Tu es fou ?

— Je croyais que tu voulais découvrir qui a tué Niles.

Il croisa les bras et enfonça les doigts dans ses biceps pour s'empêcher de toucher Savannah à nouveau. Les contacts entre eux ne lui réussissaient pas du tout.

— Oui, mais comment va-t-on analyser le sang et les empreintes sur le couteau sans l'apporter à la police ? demanda-t-elle, avant de trancher l'air de sa main. Je refuse de faire ça, Connor.

— Je pense que je peux contourner le problème.

— Tu as des relations ?

— Peut-être quelques-unes.

Son père avait quand même été chef de la police de cette ville pendant plus de vingt ans, avant que le département du shérif n'absorbe la San Juan Beach PD.

— En attendant…

— En attendant, il faut que tu t'en débarrasses, affirma Savannah.

— Je vais lui trouver une cachette.

Il désigna la valise qu'il avait apportée en même temps que le couteau.

— Et si tu allais défaire tes bagages ? Tu dois te préparer pour notre première apparition.

— Notre première apparition où ? demanda-t-elle en enroulant une mèche autour de son doigt.

— En public. Si tu avais débarqué chez moi hier soir, on

serait déjà de sortie. Alors on devrait aller faire un tour en ville, dans le but de prouver que tu es ici.

— Logique… Es-tu sûr de vouloir faire ça ?

— Comme tu me l'as fait remarquer, je te suis redevable pour ce que ta mère et toi avez fait pour mon père. Tu ne m'as jamais laissé m'acquitter de cette dette.

— Parce que, même si maman et moi avons menti… en disant que le chef Wells avait tué mon beau-père en état de légitime défense, ça s'est quand même terminé par la mort de ton père.

Sans desserrer les dents, Connor répliqua :

— Légitime défense ou pas, il aurait connu le même sort. Les complices de ton beau-père n'allaient pas laisser le tueur de Manny Edmonds s'en tirer comme ça.

— Ma mère a toujours été reconnaissante pour… ce que ton père a fait.

— Mon père aurait fait n'importe quoi pour ta mère.

Apparemment, c'était dans les gènes des Wells de faire n'importe quoi pour les femmes Martell. L'attachement du père pour la mère de Savannah avait brisé son mariage avec sa femme et coupé court à sa vie. Et celui de Connor pour Savannah avait compliqué ses rapports avec sa mère. Comment cette nouvelle association allait-elle finir ?

— Brunch ? demanda-t-elle.

— Quoi ? fit Connor en se passant la main sur le visage.

— Je vais me changer pendant que tu te débarrasses de ce couteau. On se fait un brunch ? Ou plutôt un déjeuner dehors pour afficher ma présence à San Juan Beach ?

Savannah semblait bien pressée de jeter ce qui était probablement l'arme du crime, songea-t-il.

— Je ne vais pas le bazarder.

— D'accord, d'accord.

Tout en s'approchant de sa valise, elle ajouta :

— Je ne veux pas savoir ce que tu en fais.

— On ne devrait pas allumer la télé ou l'ordinateur pour voir si le corps de Niles a été retrouvé ?

Elle leva une main.

— Je ne veux pas le savoir non plus. Comme ça, je pourrai feindre la surprise quand la police débarquera.

Elle remit sa valise d'aplomb, puis la tira jusqu'au couloir. Alors qu'elle se dirigeait vers la chambre d'amis sur la droite, Connor lança :

— Pas celle-là. On s'est remis ensemble, tu te souviens ?

Sans un mot ni un regard en arrière, elle changea de direction et entra dans sa chambre.

Il se pencha pour attraper le sac en plastique, avant d'observer la porte par où Savannah avait disparu.

Il avait rêvé qu'elle revienne dans sa vie pendant très longtemps, et voilà qu'elle était près de lui, en chair et en os. Elle avait besoin de lui, partageait sa chambre et acceptait de s'engager dans une fausse idylle avec lui.

Il se tourna vers la porte d'entrée et posa la main sur la poignée. Comment la situation pouvait-elle mal tourner ?

Savannah lissa des deux mains la jupe en coton qui lui arrivait à mi-cuisses. Cesserait-elle un jour de culpabiliser pour avoir entraîné Connor dans ses ennuis ?

Sa mère avait constamment mêlé le père de Connor à ses histoires, et voilà qu'elle poursuivait la fameuse tradition Martell. Elles avaient menti à propos du soir où son beau-père avait été abattu, certes, mais ce n'était pas pour couvrir le chef Wells.

Savannah ne pouvait pas avouer à Connor la vérité sur ce qui s'était passé cette nuit-là. Il ne la regarderait plus jamais de la même manière. Il lui reprocherait la mort de son père. Et parce qu'elle devait garder ce secret, ils ne pouvaient pas être ensemble pour de bon.

Quand elle entendit la porte d'entrée s'ouvrir, elle attrapa son sac à main sur le lit de Connor et retourna dans le salon.

— Prêt ?

Quand il écarta les bras, son T-shirt gris se tendit sur ses pectoraux.

— Tant que c'est décontracté.

— Y a-t-il autre chose que des bistrots décontractés à San Juan Beach ?

— Ça fait un bout de temps que tu n'es pas venue. Deux ou trois restos un peu plus chics se sont ouverts sur la plage. Cela dit, le code vestimentaire est toujours décontracté.

Son portable, qui était en train de charger sur l'îlot de la cuisine, bipa, signalant l'arrivée d'un nouveau SMS.

— Je ferais mieux de voir qui c'est, déclara-t-elle.

Comme Connor hochait la tête, elle fit glisser l'appareil sur le granit et ouvrit le message. Elle lut les quelques mots à voix haute :

Tu es au courant ? Appelle-moi.

— Ça vient de qui ?

— De Dee Dee Rodriguez. C'est l'assistante administrative de Niles.

— Tu devrais l'appeler.

— Et c'est parti…

Elle sélectionna le numéro de Dee Dee et appuya dessus. Celle-ci décrocha sans même attendre la fin de la première sonnerie.

— Savannah, tu es au courant pour Niles ?

— Non. Que s'est-il passé ? Qu'est-ce qui ne va pas ?

— Il est mort.

— Quoi ? Mais qu'est-ce que tu racontes ? demanda-t-elle en haussant les sourcils en direction de Connor.

Était-elle convaincante ? Elle mit le haut-parleur pour qu'il puisse suivre la conversation et la guider dans la bonne direction.

— Niles est mort, Savannah. Il a été assassiné.

— Assassiné ? C'est une blague, Dee ? Ça n'a rien de drôle.

Feindre l'incrédulité. Connor approuva de la tête.

— Tu penses que je plaisanterais à propos d'un meurtre ? demanda la secrétaire.

— Je… Je ne te crois pas. Pourquoi est-ce que je n'en ai pas entendu parler ?

— Je viens de l'apprendre. La police est là, annonça-t-elle, avant de baisser la voix. Ils ont posé des questions sur toi.

Savannah s'humecta les lèvres et leva les yeux sur le visage de Connor.

— Que s'est-il passé, Dee ? Qui l'a trouvé ? J'étais avec lui hier soir.

— Tout ce que je sais, c'est que sa femme de ménage est tombée sur lui ce matin. Je ne sais pas comment il est mort. Si… Si tu l'as vu hier soir, ça a dû arriver juste après, ou ce matin avant l'arrivée de la femme de ménage.

— Ce n'est pas possible… C'est horrible. Je… Je vais allumer la télé pour regarder les infos ou aller voir ce qu'il en est sur mon ordinateur.

— Je ne crois pas que ça ait déjà été annoncé. Où es-tu, Savannah ? Je suis sûre que la police va se rendre chez toi.

— Probablement, même si Tiffany est plus proche de Niles que je ne le suis maintenant – dans tous les sens, y compris physiquement. Je ne suis même pas à San Diego. J'ai pris la route du sud jusqu'à San Juan Beach.

— Oh ! là, là… Tu es avec le beau gosse de la photo que tu m'as montrée ?

Se sentant rougir, Savannah tourna le dos à Connor.

— Oui, je suis avec Connor.

— Petite veinarde ! Tant mieux pour toi, tant pis pour Niles. Sois prudente. Un contrat a peut-être été lancé sur vous deux.

Elle se mordilla la lèvre. Si cela avait été le cas, elle serait déjà morte, elle aussi.

— Je ferai attention. Si les policiers t'interrogent à nouveau sur moi, tu peux leur dire que je suis à San Juan Beach et que je serais ravie de leur parler.

— D'accord. Ça va être la folie au bureau.

— Ça m'étonnerait que quiconque arrive à se concentrer, alors… prenez tous le reste de la journée.

— Écoute, on ne peut pas… Oh ! c'est vrai. C'est toi la patronne, maintenant, pas vrai ?

— Dis à tout le monde de prendre un jour de repos.

— Ce sera fait.

Après avoir raccroché, Savannah fit volte-face.

— Comment j'étais ?

— Convaincante. Et maintenant, va sur ton ordinateur comme tu as dit que tu le ferais.

Elle lâcha son sac à main et retourna dans la chambre. Après avoir sorti son ordinateur portable d'une pochette latérale de la valise, elle l'apporta dans la cuisine.

Tandis que Connor venait se placer derrière elle, elle alluma l'appareil et lança une recherche sur Niles Wedgewood. D'une main tremblante, elle cliqua sur le premier lien qui s'afficha.

— Un média local a déjà l'histoire, mais pas les détails.

Il se pencha par-dessus son épaule. Lorsqu'il parla, son souffle chaud agita les cheveux de Savannah.

— C'est plutôt court, regarde :

Le corps serait celui de Niles Wedgewood, cofondateur et P-DG de Snap App, découvert dans sa résidence située au bord de l'océan à La Jolla. Pas plus de détails à l'heure actuelle.

— La police va m'appeler, n'est-ce pas ?

— Les enquêteurs de la brigade criminelle voudront sûrement t'interroger en personne, surtout lorsqu'ils apprendront que tu es la dernière à l'avoir vu vivant.

— Je serai prête.

Elle rabattit l'écran et se frotta les mains.

— Et maintenant, allons manger et montrer que je suis bien à SJB.

Tandis que Savannah rebondissait sur le siège passager du pick-up, Connor traversa le domaine qu'il avait hérité de son père pour rejoindre la route menant à la ville. Baissant la vitre, elle aspira une bouffée d'air, qui embaumait le raisin.

— J'ai déjà l'impression de détecter l'arôme du vin.

— L'an prochain à la même époque, j'espère faire ma première vendange.

Elle donna un petit coup sur la fenêtre.

— Je n'ai pas vu de nom pour l'exploitation. As-tu déjà une idée en tête ?

— Je suppose que le plus simple serait « Domaine San Juan Beach ».

— Ça ne coule pas bien et c'est d'un ennui, répliqua Savannah en pianotant sur son genou. Je vais réfléchir à quelque chose de sympa.

— C'est toi qui as pensé à Snap App ?

— Oui. Facile à retenir, non ?

— C'est vrai, répondit-il en prenant la direction de l'ouest, vers la côte. Si tu as une envie de fruits de mer, je vais t'emmener dans l'un des nouveaux restaurants. Il y a aussi un endroit spécialisé dans la viande. Les deux proposent un petit déjeuner, ou un brunch, ou même un déjeuner.

— Fruits de mer. J'essaie d'éliminer la viande rouge de mon alimentation.

— Pour des raisons éthiques ou médicales ?

— J'aime les animaux, mais c'est pour des raisons de santé.

D'un rapide coup d'œil, Connor l'examina de la tête aux pieds.

— Toi ? Tu es aussi en forme qu'au lycée, quand tu étais une star du foot.

— Une star du foot, rien que ça ?

Elle ricana, avant de poursuivre :

— Notre équipe était atroce.

— Oui, mais tu étais la meilleure de cette équipe atroce, affirma-t-il en poussant sur son épaule du plat de la main.

— Tu as toujours été partial.

— Je sais. À mes yeux, tu ne pouvais rien faire de mal – même quand c'était le cas.

Savannah glissa les mains sous ses cuisses et serra les lèvres. Elle avait fait plus de mal que Connor ne l'imaginait, mais pourquoi exhumer de vieux cadavres ? Les nouveaux l'occupaient déjà suffisamment.

Elle s'éclaircit la voix, avant de demander :

— Tu as beaucoup d'aide, pour le vignoble ?

— J'emploie un chimiste, qui passe plusieurs fois par mois. Deux gars travaillent la terre au quotidien. Et j'ai engagé une pro du marketing qui va m'aider à concevoir les bouteilles, les étiquettes, les logos – ce genre de choses.

Savannah agita un doigt en l'air.

— Ne la laisse pas choisir le nom du domaine. J'ai la priorité. Je veux dire, étant donné qu'on s'est remis ensemble…

— Ne prends pas trop de libertés.

— À ton avis, pendant combien de temps va-t-on devoir se faire des mamours ?

— Des mamours ? Tu veux dire pendant combien de temps devra-t-on prétendre être un couple ?

— Ça revient au même, répondit-elle en haussant les épaules.

— On improvisera au fur et à mesure. Écoutons d'abord ce que les enquêteurs de la criminelle ont à dire, déclara-t-il, les mains crispées sur le volant. On verra si tu es leur principale suspecte.

— Oh ! pitié, ne dis pas ça… Je ne veux pas y penser. Je ne veux penser à rien de tout ça, marmonna-t-elle en appuyant la tête contre la vitre.

— As-tu essayé de te rappeler ce qui s'est passé après votre arrivée chez Niles ?

— Ça ne me reviendra pas.

Après tout, elle ne s'était souvenue de rien la dernière fois non plus.

La tête de Connor pivota brusquement vers elle.

— Comment peux-tu en être aussi sûre ?

— Je… Je ne sais pas. La nuit dernière est comme un trou noir. De toute façon, si j'ai été droguée, je ne vais pas me rappeler. Je ne crois pas que les victimes à qui on a administré du Rohypnol se souviennent un jour de ce qui s'est passé. En général, ce sont l'expertise médico-légale, le kit de viol, les images de vidéosurveillance et les témoins qui permettent d'assembler les pièces du puzzle et d'aboutir à une condamnation, pas le témoignage de la victime.

— Habituellement, oui, mais pourquoi Niles t'aurait-il droguée ?

Connor fourragea dans ses cheveux, puis ramena une mèche derrière son oreille.

— Il ne te courait pas après ? Il ne voulait pas que vous vous remettiez ensemble ?

— Pas du tout. Il s'était déjà trouvé une nouvelle petite amie.

— Alors pourquoi te droguer ?

— D'après moi, ce n'est pas Niles qui l'a fait. Quelqu'un a peut-être glissé quelque chose dans nos deux verres.

— Au bar ?

Elle hocha la tête, avant de désigner l'endroit devant lequel il venait de ralentir :

— C'est ici ?

— Comment as-tu deviné ? Les filets de pêche sur la devanture ou l'espadon géant ?

— Ne fais pas ton petit malin.

En lui donnant un coup de poing dans la cuisse, elle trouva un muscle dur comme la pierre. Être vigneron réussissait à Connor. Il n'y avait qu'à voir ses cheveux plus longs et décolorés par le soleil, sa tenue décontractée, son attitude plus détendue. Le fait qu'il ne l'ait pas jetée dehors après avoir entendu son histoire délirante attestait de cette nouvelle attitude.

Mais en toute honnêteté, elle avait su que Connor ne la rejetterait pas. Il ne l'avait jamais fait, même quand elle l'avait mérité.

Il se gara le long du restaurant qui faisait face à l'océan.

— Les touristes sont venus en nombre. C'est le problème, avec ces nouveaux restaurants. Ils accueillent les touristes.

— Mais ce qu'ils servent ici est bon ?

— Est-ce que je t'emmènerais manger des mauvais fruits de mer ? C'est tout à fait correct.

— On aurait peut-être dû retourner dans un de nos vieux repaires, avec les habitués du coin, comme le Black Whale.

— Trop risqué. Trop de questions directes. On doit y aller en douceur.

Quand il coupa le contact, Savannah se glissa hors du véhicule, puis tira sur sa jupe lorsque ses sandales touchèrent l'asphalte.

Connor avait fait le tour et l'avait rejointe du côté passager.

— Tu aurais dû m'attendre. Le siège est assez haut.

— Je ne vais pas me faire mal en descendant de ton pick-up.

Connor n'était peut-être plus dans la police, mais il n'avait pas perdu son instinct protecteur. Heureusement pour elle.

— Que le spectacle commence, déclara-t-il en la prenant par la main.

Elle allait apprécier ce rôle beaucoup plus que la plupart de ceux qu'elle avait joués, songea-t-elle en heurtant doucement son épaule de la sienne.

Il lui ouvrit la porte du restaurant, puis la suivit à l'intérieur. Le souffle coupé, elle découvrit la vue panoramique de l'océan depuis les fenêtres de l'autre côté de la salle.

— Waouh ! Rien d'étonnant à ce que ça attire les touristes.

— Salut, Connor.

Une hôtesse d'accueil séduisante s'avança vers eux d'un pas chaloupé, et Savannah se rapprocha de son homme... Même si ce n'était qu'un simulacre.

— Salut, Cher, répondit-il. Est-ce que tu as une table pour deux ? On n'a pas réservé.

— Toi, tu n'as pas besoin de réserver, Connor. On a une annulation pour une table au fond, alors elle est pour toi.

— Merci, Cher.

Alors que la jeune femme les guidait vers ladite table, elle tourna la tête par-dessus son épaule et fit un clin d'œil à Savannah.

— On a hâte de servir sa première bouteille de vin ici.

— Moi aussi, je suis impatiente. En ce moment, on cherche des noms pour le domaine.

Cher écarquilla les yeux et trébucha légèrement. Elle reprit vite sa démarche gracieuse puis, une fois près de la table, elle tira la chaise de Savannah.

— Eh bien, tenez-nous au courant quand vous aurez trouvé. Bon appétit à tous les deux.

Assis en face de Savannah, Connor haussa un sourcil.

— Tu y vas un peu fort, non ?

Elle se pencha au-dessus de la table et lui prit les deux mains.

— On s'est remis ensemble. Tu es l'homme que j'ai rejoint au milieu de la nuit, convaincue que tu allais me reprendre.

La lumière provenant de la fenêtre fit étinceler les yeux de Connor tandis qu'il étudiait le moindre détail de son visage. Pouvait-il y discerner la vérité ? Elle se tournerait toujours vers Connor Wells en temps de crise parce qu'il serait toujours là pour elle.

Il souleva une de ses mains, la tourna et déposa un baiser à l'intérieur de son poignet.

— Puis-je vous apporter quelque chose à boire ? demanda une voix masculine.

Comme ils ne répondaient pas, le serveur se racla la gorge, avant de redemander :

— Que voulez-vous boire ?

Savannah détourna son regard de celui de Connor et dégagea sa main. Leur connexion physique était toujours aussi forte, même dans les circonstances actuelles. Cette alchimie ne disparaîtrait jamais, mais ce qui se passait ici entre eux n'était qu'une mascarade. Elle lui avait caché trop de secrets pour qu'il en soit autrement.

— Comme il n'est pas encore midi, on pourrait se prendre un mimosa ? suggéra-t-elle en faisant courir son doigt sur le menu plastifié. Le mimosa à la grenade, s'il vous plaît.

— C'est l'un de nos cocktails les plus populaires. Et toi, Connor ? Comme d'habitude ?

— Ça me va.

Peut-être que personne dans ces attrape-touristes n'était assez proche de Connor pour lui poser des questions indiscrètes, mais ils savaient qui il était. Tous les habitants de San Juan Beach avaient connu la famille Wells. Sa propre mère lui avait toujours dit de se rapprocher de Connor. Les Wells n'avaient pas seulement une bonne position sociale, ils avaient de l'argent, ou en tout cas des terres, ce qui était toujours synonyme de prospérité.

Savannah s'était rapprochée de lui, mais cela n'avait pas été pour le pouvoir ou pour l'argent – dont elle ne manquait pas désormais, grâce à la mort de Niles.

Alors que le serveur s'éloignait, elle répéta :

— Comme d'habitude ?

— Je fais pas mal de dégustation de vins depuis quelques années, et j'en ai trouvé un que j'aime bien ici.

Il haussa les épaules.

— Je suis très routinier.

En entendant des éclats de voix provenant du bar, Savannah tourna la tête par-dessus son épaule.

— Il y a un match de football américain ?

Connor suivit son regard et se redressa vivement.

— Si c'était ça, je ne vois pas pourquoi ils nous pointeraient du doigt.

Observant les visages tournés vers eux, Savannah sentit son ventre se nouer. Y avait-il du nouveau à propos de Niles ?

Le barman, Angel Cruz, franchit en trombe la porte battante qui menait derrière le bar et se rua vers eux.

— Connor, il y a le feu… chez toi.

Connor se leva d'un bond, renversant son verre d'eau sur la table.

— Les vignes ?

— Je ne crois pas, répondit Angel en agitant le portable qu'il tenait. D'après mon pote, ça touche une bâtisse.

— La maison ? Pas la maison ! s'exclama Savannah.

Après avoir jeté sa serviette sur la table, elle repoussa sa chaise pour se lever.

— Ce n'est pas la maison non plus, fit le barman. C'est un bâtiment entre la maison et le vignoble.

— Je réglerai plus tard, intervint Connor. Les pompiers sont déjà sur place ?

— Oui, oui. Vas-y, mec. Ne t'inquiète pas pour ça.

Connor prit Savannah par le bras et la traîna presque hors du restaurant. Une fois dans le parking, elle se dégagea.

— On dirait que tout est sous contrôle, Connor. Heureusement que ce n'est pas le vignoble ou la maison.

— Tu ne comprends pas, Savannah, lui murmura-t-il à l'oreille. Le bâtiment qui brûle ? C'est là où j'ai caché le couteau.

4

Connor roula à tombeau ouvert vers chez lui. Il aurait amplement de quoi argumenter s'il se faisait arrêter pour excès de vitesse.

À côté de lui, Savannah se tordait les doigts et mordillait sa lèvre inférieure.

Elle n'avait presque rien dit depuis qu'il l'avait informée de la présence du couteau dans le bâtiment en flammes. L'avait-elle vu le cacher là ? De toute façon, même si c'était le cas, elle n'avait pas eu l'occasion de mettre le feu avant leur départ pour le restaurant.

Il crispa les doigts sur le volant.

— Bon sang, comment un incendie peut démarrer comme ça ? Il n'y a pas de radiateur, de chaudière ou de bouteilles de gaz dans cette remise. Pour l'instant, c'est juste un espace de stockage.

— Un espace de stockage où se trouve en ce moment même une arme ayant servi à commettre un crime.

Connor tressaillit, et le pick-up fit une embardée.

— Où veux-tu en venir ? C'est impossible que quelqu'un m'ait vu cacher ce couteau.

Y compris Savannah.

Les yeux plissés, il observa la ligne blanche qui partageait la chaussée devant lui.

— Je croyais que ta théorie, c'était qu'on essayait de te mettre le meurtre de Niles sur le dos. Comment ça collerait avec quelqu'un essayant de détruire l'arme du crime dans un incendie ?

— La détruire ? Est-ce que c'était vraiment le but ? Peut-être que ce quelqu'un essaie de nous démasquer… De me démasquer.

Elle agita les doigts devant sa vitre.

— Les pompiers débarquent en masse, éteignent l'incendie, découvrent un couteau là où l'ex-femme de la victime assassinée séjourne en ce moment.

— J'entends bien, acquiesça Connor en se frottant la mâchoire. Pourquoi crois-tu que j'ai filé du restaurant aussi vite ? Mais de là à croire à un acte intentionnel… Comment cet incendiaire pourrait-il savoir que tu étais ici ? Comment pourrait-il savoir que j'ai caché le couteau dans la remise ?

Après avoir croisé les bras sur sa poitrine, Savannah répondit :

— Je ne sais pas. Et si les pompiers le trouvent ? Feront-ils le rapprochement quand la nouvelle s'ébruitera ?

— Ne t'inquiète pas pour ça.

Il lui serra le genou, avant de retirer brusquement sa main. Jusqu'où allaient-ils pousser cette comédie ? Il n'avait jamais été capable de résister à Savannah, malgré les avertissements de sa mère.

Telle mère, telle fille. Sa mère avait toujours su que son père avait un faible pour Georgie Martell. Quand son père avait abattu le mari de Georgie pour protéger les deux femmes Martell, cela avait été la goutte d'eau pour sa mère.

Alors que Connor s'engageait sur la route menant à sa propriété, Savannah lui tira sur la manche.

— On dirait qu'ils ont déjà fini… et il y a un policier.

— Le département du shérif accompagne toujours les pompiers.

Il baissa la vitre et sortit le bras du pick-up. L'adjoint du shérif les rejoignit au pas de course.

— C'est vous le propriétaire ?

— Oui. Que s'est-il passé ?

— Un incendie dans cette petite bâtisse en bois. Il y a peu de dégâts, mais vous devrez remplacer le toit.

— Comment les pompiers sont-ils arrivés si vite ?

— Vous avez de la chance. Quelqu'un a vu la fumée depuis la route et a appelé les secours.

— Quelle en est la cause ?

L'adjoint écarta les mains.

— A priori, il s'agit d'un incendie criminel.

Connor poussa un juron, tandis que Savannah se raidissait à côté de lui.

— Mais qui voudrait brûler ma remise ? Des enfants ?

— Peut-être, répondit l'homme, avant de faire un geste vers l'avant. Vous pouvez y aller. Ils sont en train de remballer, et le capitaine des pompiers va vouloir vous parler.

— Compris, merci.

Connor se remit à rouler, puis remonta sa vitre pour empêcher la fumée de rentrer dans l'habitacle.

— Incendie criminel.

— Ça me donne la chair de poule, s'exclama Savannah en prenant le sac à ses pieds et en le serrant contre sa poitrine. Pourquoi quelqu'un mettrait-il précisément le feu à la remise où tu as caché le couteau qui a tué Niles ?

Il tourna la tête vers elle.

— Tu es sûre que personne ne t'a suivie jusqu'ici ?

— Je… Je ne crois pas. Comme je te l'ai dit, j'ai d'abord foncé chez moi pour me changer et prendre quelques affaires. J'ai pris la route au petit matin. Il faisait encore sombre. Je pense que j'aurais vu les phares si une voiture m'avait suivie.

Alors qu'il approchait de la maison, Connor conseilla :

— Sois discrète.

— Tu veux dire qu'on ne devrait pas foncer tout droit vers… l'endroit où tu as caché le couteau pour le sortir sous le nez des pompiers et de l'adjoint du shérif ? Je crois que je peux gérer ça, ironisa-t-elle en levant les yeux au ciel.

Il lui jeta un regard en coin.

— Je crois que tu peux gérer beaucoup de choses.

Il se gara dans l'allée. Un homme d'âge moyen, qui semblait écrasé sous le poids de son équipement, s'avança lourdement vers lui, ses grosses bottes soulevant des petits nuages de poussière à chaque pas.

Connor marmonna à mi-voix :

— Le capitaine des pompiers. Laisse-moi lui parler.

— Tu es chez toi.

Alors qu'elle se tournait pour ouvrir sa portière, Connor

descendit du pick-up à la hâte. Il tendit le bras pour serrer la main gantée de l'autre homme.

— Capitaine, je suis Connor Wells et c'est ma propriété.

— Capitaine Murray, répondit-il, avant de pointer son pouce par-dessus son épaule. Incendie criminel. Un cocktail Molotov rudimentaire. Avez-vous une idée de qui voudrait mettre le feu chez vous ?

— Pas la moindre. Je m'estime déjà heureux qu'il ait décidé d'incendier ma remise plutôt que mes vignes.

Savannah l'avait rejoint et passa nonchalamment un bras autour de sa taille. Si elle voulait continuer à jouer la comédie devant le capitaine des pompiers, ce n'était pas lui qui allait s'en plaindre.

— Oui, c'est inhabituel, remarqua Murray. Si quelqu'un voulait vous causer le plus de préjudice possible, il aurait commencé par le vignoble.

Il repoussa son casque sur le haut de son crâne.

— C'était peut-être bien une blague de gosses.

— À mon époque, on sonnait chez les gens avant de filer en vitesse, on ne mettait pas le feu.

Savannah le pinça discrètement, mais sans ménagement.

— Vous avez raison, ça doit être une blague. Ils se sont dit que c'était un bâtiment sans valeur, sans grand-chose à l'intérieur, et qu'ils n'auraient pas trop d'ennuis s'ils se faisaient prendre. Contrairement à un incendie dans une maison ou dans des cultures, qui aurait pu s'étendre.

Connor lui toucha le pied du bout de sa chaussure. Si elle continuait à insister sur le manque de valeur de la remise, elle allait éveiller les soupçons du pompier.

Il se racla la gorge, autant pour dissuader Savannah d'ouvrir à nouveau la bouche que pour lutter contre la fumée qui flottait encore dans l'air.

— Je ne dirais pas complètement sans valeur. La remise n'est pas vide. Est-ce que les objets à l'intérieur sont endommagés ?

— Un peu roussis… et maintenant détrempés, mais le feu a surtout abîmé le toit. C'est là que l'arme incendiaire a été lancée.

Murray fit un pas de côté et agita le bras.

— On a réussi à tout éteindre, alors vous pouvez jeter un

coup d'œil, mais attendez avant d'entrer. Le bois est encore chaud, et on va arracher le toit avant de partir.

Connor retint Savannah lorsqu'elle s'avança.

— Reste ici. Je vais voir ce qu'il en est.

Il s'approcha de la bâtisse noircie, dont le toit dégoulinait d'eau et dont l'un des murs s'était effondré. Sur le seuil, il pencha la tête pour voir à l'intérieur, laissant glisser son regard sur le tonneau de vin où il avait caché le couteau.

Quand une main s'abattit dans son dos, Connor sursauta et fit volte-face.

Cole Miller, un de ses amis, recula en levant les bras.

— Ho ! Désolé, mon pote.

— Pas de souci. Tu m'as surpris, c'est tout.

— Oui, je comprends que tu sois sur les nerfs. Quand j'ai vu qu'on se dirigeait vers ta propriété, j'ai croisé les doigts pour que ce ne soit pas le vignoble qui flambe. Je suis content que ce soit seulement la remise.

— Je me suis dit la même chose quand Angel, le barman du Neptune's Cove, m'a appris qu'il y avait le feu chez moi. Tout sauf les vignes.

Le pompier frappa le côté de la bâtisse du plat de la main.

— Y a-t-il quelque chose d'important là-dedans ? Tu es assuré, n'est-ce pas ?

— Pas grand-chose : quelques fûts et du matériel pour construire ma cave à vin. Et oui, j'ai une assurance. Je vais en avoir besoin pour remplacer le toit et un des murs – sauf si la franchise est trop importante.

— Tiens-moi au courant. Mon frère est toujours dans la construction. Il serait ravi de te faire un prix pour le chantier.

Il regarda par-dessus l'épaule de Connor.

— Est-ce que c'est bien Savannah Martell que je vois là-bas, plus sexy que jamais ?

— Elle est de retour.

— Pour toi ?

— À ton avis ?

— On ne sait jamais, avec cette fille, rétorqua Cole, avant de cligner des yeux. Je veux dire… Enfin, tu sais. Désolé, mon pote. C'est super si vous vous êtes remis ensemble.

— C'est le cas, et ne t'en fais pas pour ça.

Son ami toussota.

— Est-ce que l'adjoint t'a dit qu'on avait trouvé des empreintes de pas autour de la remise ? Des tongs.

— Sans blague ? Un incendiaire chaussé de tongs ? s'étonna Connor. Ça doit être au type – ou à la fille – qui a mis le feu. Je ne suis pas venu ici en tongs.

Un autre pompier s'approcha d'eux, une hache posée sur l'épaule.

— On va s'attaquer au toit, monsieur Wells.

— Je vais demander à l'adjoint si d'autres indices ont été découverts, lança Connor à Cole. Je te dis à plus tard.

Voyant la direction qu'il prenait, Savannah, qui trépignait presque, le précéda auprès du policier. Quand Connor les rejoignit, elle avait déjà commencé à l'interroger.

— On a trouvé des empreintes de tongs autour de la remise, répondit l'homme.

— L'un des pompiers m'en a informé. Ce ne sont pas les miennes.

— Ni les miennes, renchérit Savannah en désignant ses sandales. Est-ce que ça fait pencher un peu plus la balance vers des adolescents ?

L'adjoint haussa les épaules.

— San Juan Beach est une ville balnéaire. Beaucoup de gens portent des tongs, et certains tout au long de l'année.

— Mais pour mettre le feu ? À mon avis, il s'agit forcément d'enfants.

Pour la faire taire, Connor reprit la parole :

— Avez-vous trouvé autre chose ?

— Le bocal qui a contenu le cocktail Molotov était un de ceux qu'on utilise pour conserver les fruits. Ma grand-mère s'en servait pour ça, et je l'ai reconnu grâce à un morceau de verre.

Lorsque le son d'une lame fendant le bois déchira l'air, Savannah attrapa Connor par le bras.

— Ils abattent le toit, expliqua-t-il. Avez-vous besoin de moi pour autre chose, monsieur l'adjoint ? Je dois appeler ma compagnie d'assurances, et peut-être aussi le frère de mon ami pour savoir s'il peut s'occuper des réparations.

Elle enfonça les doigts dans son biceps.

— On ne va pas rester pour les regarder démolir le toit ?

— Reste ici si tu veux, Savannah. Moi, je vais passer ces coups de fil, du moins si on en a terminé ici.

— J'ai encore une question, déclara l'adjoint en ajustant sa ceinture. Comment se fait-il que vous n'ayez pas postulé au département du shérif après la fermeture du San Juan Beach PD ? J'ai entendu dire que vous étiez un bon policier.

— C'était il y a six ans. Je suis surpris que vous vous en souveniez.

— Je n'ai jamais oublié cette histoire de dealers qui s'en sont pris au chef Wells après qu'il a tué Manny Edmonds. Ça a été un sacré remue-ménage pour cette petite ville.

Connor crispa les mâchoires.

— Cette situation n'avait pas à s'achever par le meurtre de mon père. Ça faisait des années qu'il mettait en garde le département du shérif contre Manny, mais personne ne l'a écouté.

L'adjoint fit un pas en arrière, et une goutte de transpiration se forma sur son front.

— Je l'ignorais.

— C'est de l'histoire ancienne, répliqua Connor. Je vais aller passer ces appels. Tu préfères regarder la démolition, Savannah ?

Les lèvres pincées, elle hocha la tête. Sortant son portable de sa poche, il se dirigea à grands pas vers la maison.

Savannah n'aimait pas non plus entendre cette histoire ancienne, étant donné que Manny était le mari de sa mère, et que le père de Connor l'avait tué pour les protéger.

Son père lui avait avoué plus tard, et seulement parce que Connor avait surpris une conversation entre lui et Georgie, ne pas avoir agi en état de légitime défense. Il avait tué Manny dans un accès de fureur, à cause de ce que le dealer faisait à la ville… et à Georgie Martell, ce qui semblait être le mobile principal. Georgie et Savannah avaient menti pour le couvrir, affirmant que Manny l'avait menacé d'une arme. Elles avaient même mis le pistolet de Manny dans sa main.

Connor claqua la porte derrière lui, puis se percha sur un des tabourets de cuisine. À vrai dire, l'aveu de son père avait autant fait pour le dégoûter du travail policier que sa mort. Il avait entraîné la perte de confiance de Connor dans l'autorité en général et dans son père en particulier.

Après avoir essuyé une traînée de sueur sur son visage, il appela la compagnie d'assurances.

Trois quarts d'heure plus tard, il s'avança sur le perron. À quelques mètres de la remise, Savannah parlait à Cole. En le voyant, elle agita les bras au-dessus de sa tête pour lui faire signe de venir.

Cole avait toujours eu un faible pour Savannah, songea Connor en les rejoignant.

— C'est fini ?

— Ouais, répondit son ami. Le capitaine Murray allait te le dire. Ça donne quoi, avec ta compagnie d'assurances ?

— Ils m'enverront un expert demain.

De l'arrière d'un camion, l'un des pompiers appela Cole, qui répondit d'un geste.

— On va y aller, déclara-t-il, avant de toucher l'épaule de Savannah. Bon retour parmi nous, Savannah. Et toutes mes condoléances pour la… mort de ton ex-mari.

— Merci, Cole.

Elle lui tapota la main, puis il marcha d'un pas lourd jusqu'au camion, son équipement le faisant paraître plus massif qu'il ne l'était.

Connor s'avança à côté de Savannah.

— Tu lui as dit ?

— C'est ce que je devais faire, non ? Quand j'ai parlé avec Dee aujourd'hui, elle m'a annoncé la nouvelle. Il aurait trouvé mon silence curieux en apprenant la mort de Niles… et il finira par l'apprendre. Comme tout le monde.

— Tu as raison. Excellente présence d'esprit.

En réalité, toutes les réactions que Savannah avait eues jusqu'ici avaient été idéales – comme si elle les avait répétées, songea-t-il en se frottant la tempe.

— Et sinon, tout s'est bien passé ?

Un sourire crispé sur le visage, elle agita la main en direction de l'adjoint qui s'éloignait, puis répondit :

— Ils ont démoli le toit, abattu le mur endommagé, mais n'ont touché à rien à l'intérieur.

— Ils n'ont divulgué aucun nouvel indice sur l'incendiaire ?

— Non. Tout ce qu'ils ont, c'est le morceau de bocal et les empreintes de tongs. Ça ne réduit pas vraiment la liste.

— Mais ça n'indique pas que quelqu'un t'ait suivie ici et qu'il ait tenté d'attirer l'attention sur le couteau caché. Et si c'était le cas, ça n'a pas marché de toute façon.

— En parlant de ce couteau… On ne devrait pas vérifier ?

Quand la poussière soulevée par le dernier véhicule retomba, Connor expira l'air qui semblait être resté piégé dans ses poumons depuis leur arrivée sur le domaine.

— Allons jeter un œil.

Savannah sur les talons, il se dirigea vers la remise. Lorsqu'il entra, l'odeur du bois brûlé et détrempé fit frémir ses narines. Elle le suivit à l'intérieur et s'immobilisa au milieu de la pièce, les mains sur les hanches.

— L'avantage, avec ce mur en moins, c'est qu'on n'a pas besoin de lampe de poche et qu'il ne fait pas une chaleur insupportable. Il doit faire sombre ici, la nuit.

Connor saisit un gros tournevis sur une pile d'outils couverts de cendre, puis le pointa vers le tonneau de vin au bout de la rangée.

— Je l'ai mis là-dedans.

Après avoir fait les deux pas qui le séparaient de la cachette, il délogea le fausset à l'avant du récipient. Avec une certaine appréhension, il plongea la main à l'intérieur.

— Alors ? murmura Savannah au creux de son oreille, même s'ils étaient seuls dans la remise.

Il referma les doigts sur le manche du couteau, faisant crisser le sac en plastique qui le contenait.

— Toujours là.

— Ouf, s'exclama-t-elle en empoignant son T-shirt. Récupérons-le avant que l'expert en sinistres et les ouvriers n'arrivent demain… ou avant que l'incendiaire ne décide de revenir balancer une autre bombe artisanale.

Connor sortit le sac du tonneau.

— Je dois pouvoir trouver un autre endroit où le cacher.

— On ne peut pas le détruire, tout simplement ? Nous en débarrasser ?

— Il y a du sang dessus. C'est peut-être celui de l'assassin. C'est quelque chose que tu voudrais savoir, n'est-ce pas ? demanda-t-il, sentant un muscle se contracter au coin de sa bouche.

— Bien sûr, sauf si…

Il serra les doigts autour de son poignet, qui était trompeusement fragile. Savannah avait toujours été l'une des femmes les plus fortes qu'il ait connues.

— Tu as dit que tu n'aurais pas pu le faire, même si tu as perdu connaissance. Pas de sang sur toi, pas d'indices, seulement ces blessures superficielles dans ta paume.

— Ce n'est pas ce que j'allais dire, répliqua-t-elle en se dégageant. Mon sang sera peut-être sur ce couteau parce que le tueur s'en est servi pour me couper la main.

— Quoi qu'il en soit, je ne veux pas détruire cette preuve si c'est l'arme du crime. On ne sait même pas si c'est le cas.

Il s'interrompit et pencha la tête sur le côté.

— Tu as entendu ?

— Non. Je n'entends rien, avec cet énorme ventilateur que les pompiers ont laissé pour sécher les lieux.

Connor l'attrapa par le coude et l'entraîna dehors. Alors qu'ils sortaient, une Ford Crown Victoria de couleur sombre ralentit près d'eux. Un homme en costume jaillit du côté passager avant même l'arrêt du véhicule.

— C'est qui, ces types ? chuchota Savannah.

Une sueur froide parcourut l'échine de Connor, qui agrippa devant lui le sac plastique contenant l'arme.

L'inconnu ajusta ses lunettes de soleil, puis épousseta le revers de sa veste.

— Savannah Wedgewood ?

— Oui, enfin plutôt Savannah Martell.

Elle s'était raidie et serrait à nouveau le T-shirt de Connor entre ses doigts.

— Je suis le lieutenant Krieger, du département du shérif de San Diego, brigade criminelle. Voici le lieutenant Paulson. On voudrait vous poser quelques questions sur la mort de votre ex-mari, Niles Wedgewood.

5

Les paroles du policier lui firent l'effet d'un coup de massue dans le plexus. Savannah s'était attendue à cette visite, elle avait presque été impatiente de la recevoir et d'en finir. Mais pas avec Connor à ses côtés, un couteau ensanglanté dans les mains, qu'il soit caché dans un sac ou pas.

Elle déglutit et ouvrit la bouche, mais sa langue et sa gorge étaient trop sèches pour former des mots.

Krieger haussa ses sourcils broussailleux.

— Je suis désolé. Vous étiez au courant de la mort de votre mari, n'est-ce pas ?

— Je… Oui. Son assistante, Dee Dee Rodriguez, m'a annoncé ça tout à l'heure.

Elle posa la main sur son ventre.

— Le fait de l'entendre à nouveau m'a coupé le souffle.

— Je suis désolé.

— Voici Connor Wells, annonça-t-elle en passant le bras autour de la taille de Connor.

Il lâcha le sac pour serrer la main que Krieger tendait vers lui.

— On vient d'avoir une catastrophe mineure sur les bras. Un incendie.

L'autre policier fit le tour de la berline et s'arrêta près d'eux, enfonçant ses chaussures de cuir noir dans la poussière.

— Ouais, on a vu les camions de pompiers en arrivant. Il y a eu beaucoup de dégâts ?

— Ça n'a touché que cette remise, répondit Connor. Rien d'important et pas de blessure.

Il agita le sac en direction de la maison.

— Voulez-vous entrer pour poser vos questions ?

— Oui, merci.

Krieger indiqua à son coéquipier de suivre Connor en premier, puis jeta un coup d'œil vers la bâtisse incendiée. Alors que Savannah s'efforçait de ne pas fixer le sac que tenait Connor, le policier reporta son attention sur elle.

— Sacrée journée.

— Oh ! ça…, fit-elle en faisant un geste vers la remise. Ce n'est rien comparé à la mort de Niles.

Quand Krieger inclina la tête, elle se rapprocha de lui par-derrière, comme pour l'empêcher de voir la ruine et d'y penser. La façon qu'avait Connor de brandir ce sac dans tous les sens la perturbait. Il ne pouvait pas s'esquiver pour aller le cacher, mais il avait intérêt à faire attention, sinon ce couteau finirait par atterrir aux pieds des policiers. Et là, les vrais ennuis commenceraient.

Elle trébucha sur la première marche et percuta le dos du lieutenant Krieger.

— Désolée.

— Ça va ?

— Je suis secouée. Comme vous l'avez dit, c'est une sacrée journée.

Les policiers entrèrent dans le salon, faisant claquer leurs semelles sur le parquet, et s'assirent.

— Voulez-vous boire quelque chose ? demanda Connor en ouvrant la poubelle et en déposant le sac en plastique à l'intérieur.

Krieger refusa, tandis que Paulson réclamait de l'eau.

Savannah n'osait pas les regarder. Avaient-ils remarqué le manège de Connor ? Pourquoi n'avait-il pas récupéré des objets endommagés dans la remise pour les jeter à la poubelle ?

Elle lissa sa jupe de ses paumes moites, puis se posa au bord du canapé. Les deux hommes s'étaient installés dans les fauteuils en face, comme pour un interrogatoire. Ne manquait plus que la lumière aveuglante.

Connor revint dans le salon avec un verre d'eau pour le lieutenant Paulson et un thé pour elle.

— Tiens, chérie. Tu dois avoir la gorge sèche à cause de la fumée.

Il plongeait sans hésiter dans le bain de leur petite comédie en l'appelant « chérie », comme lorsqu'ils étaient ensemble. Elle se toucha la base du cou.

— Oui, tu as raison.

Après avoir bu une gorgée, elle serra le verre entre ses mains.

— Que pouvez-vous me dire à propos du meurtre de mon ex-mari, lieutenant Krieger ? Dee Dee, l'assistante de Niles, n'avait pas beaucoup de détails à me donner, et je n'ai lu qu'un petit article en ligne.

— Il a été poignardé, madame… Mademoiselle ?

— Vous pouvez m'appeler Savannah, mais j'ai repris mon nom de jeune fille, Martell.

Les coupures dans sa paume la picotèrent.

— Poignardé… Quelle horreur !

— J'ai cru comprendre que vous étiez la dernière personne à l'avoir vu. Vous avez bu un verre ensemble hier soir au Marina Sports Bar, c'est ça ?

— Oui, en effet.

— Quel était le but de ce rendez-vous ? demanda Krieger en regardant tour à tour Connor et elle.

— C'était professionnel.

— Snap App vous appartient toujours à tous les deux, n'est-ce pas ?

— Oui.

Elle n'allait pas souligner le fait que l'entreprise était désormais à elle – dans sa totalité.

— Votre rendez-vous concernait-il Snap App ? poursuivit-il.

— Oui.

— C'était cordial ?

Savannah ne put retenir un rictus.

— Pas vraiment, mais ça ne changeait pas de toutes les autres discussions que j'ai eues avec Niles – qu'on soit mariés, séparés ou divorcés.

— Quelle était la raison du divorce ? enchaîna-t-il avec un nouveau coup d'œil vers Connor.

— Infidélité – la sienne.

Paulson se racla la gorge.

— Que s'est-il passé quand vous avez quitté Niles, Savannah ?

Où êtes-vous allée ? Qu'avez-vous fait ? Quand avez-vous vu Niles pour la dernière fois ?

Ainsi, c'était Paulson qui entrait dans le vif du sujet. Ce serait peut-être aussi lui qui lui passerait les menottes.

— On est repartis du bar ensemble. Je suis montée dans la voiture de Niles pour terminer notre conversation, il m'a déposée à l'angle de la rue, puis j'ai marché jusque chez moi. C'est la dernière fois que je l'ai vu.

Ses mains tremblaient tellement que les glaçons dans son thé tintèrent. Le policier baissa les yeux sur son verre.

— Vous avez marché du bar jusque chez vous ?

— Le bar est à environ un kilomètre de chez moi, et je voulais m'éclaircir les idées. C'est à ce moment-là que j'ai décidé de venir voir Connor. Et c'est ce que j'ai fait.

— Vous n'avez pas vu votre ex et vous n'avez pas eu de ses nouvelles après ça ? demanda Paulson en se penchant en avant, tellement près que Savannah put voir la tache de rousseur sur le lobe de son oreille.

— Non, mais il y a quelque chose que je ne comprends pas.

Elle coinça une mèche de cheveux derrière son oreille, avant de demander :

— Est-ce que Niles a été tué chez lui ?

— Dans sa chambre.

Après avoir posé son verre sur la table basse, elle serra les mains entre ses genoux.

— Il y a des caméras de surveillance dans cette maison. Je le sais parce que j'ai engagé l'entreprise et j'ai supervisé les travaux. Alors l'assassin de Niles a dû être filmé, non ?

Krieger secoua la tête.

— Les caméras étaient désactivées.

— Oh…, fit Savannah en se couvrant la bouche de la main.

— On n'est même pas sûrs que le tueur ait coupé le système de sécurité lui-même, parce que, d'après Mme Rodriguez, Niles avait des soucis avec le dispositif. Avez-vous déjà eu ce genre de problème ?

— Pas quand je vivais là-bas.

Paulson vida son verre d'un trait, puis le tapota du doigt.

— Monsieur Wells, à quelle heure Savannah est-elle arrivée chez vous hier soir ?

Le cœur de Savannah battait si fort que les boutons de son chemisier en frémissaient. Paulson et Krieger allaient forcément l'entendre marteler sa poitrine.

— Elle est arrivée vers 23 heures, répondit Connor.

— Étiez-vous surpris de la voir, surtout à cette heure tardive ?

— Non.

Il se mit à caresser le poignet de Savannah avec son pouce.

— On avait envisagé de se remettre ensemble. Je crois que son rendez-vous avec son ex hier soir a été le coup de grâce. C'est ce qui l'a enfin convaincue qu'on était faits l'un pour l'autre.

Elle leva la main de Connor jusqu'à ses lèvres et l'embrassa. Comment pourrait-elle le remercier un jour pour ce qu'il faisait ?

Paulson se gratta le menton.

— Alors vous étiez ensemble de 23 heures à maintenant ?

— Sauf pendant les quelques heures où je suis allé à la plage ce matin, répondit Connor.

Le policier s'avança sur son siège.

— Vers quelle heure ?

— De 8 heures environ à 10 heures. J'ai laissé Savannah dormir. Attendez un peu…

Connor se gratta le crâne d'un air perplexe.

— Vous n'enquêtez quand même pas sur elle ?

— Quoi ? demanda-t-elle en entrelaçant ses doigts. C'est le cas ? Mais… Pourquoi ?

Krieger haussa les épaules.

— Des ex, un divorce houleux et le monde des affaires. C'est normal qu'on se penche sur votre cas.

— Je ne vois pas ce que ça a de normal, s'exclama-t-elle en jaillissant du canapé.

Connor se leva à son tour et posa la main au creux de ses reins.

— Tu ferais mieux de leur montrer ta paume, Savannah.

Elle tourna brusquement la tête vers lui, les yeux écarquillés. Cherchait-il à la faire arrêter ?

— Ma… Ma paume ?

Les policiers échangèrent un coup d'œil qui lui noua l'estomac.

Paulson fut debout en premier, et Savannah dut pencher la tête pour le regarder. C'était surprenant qu'elle n'ait pas remarqué à quel point il était grand lorsqu'il était le plus silencieux des deux. Maintenant qu'il la pressait de questions, il lui faisait l'effet d'un ogre la dominant de toute sa taille.

Connor attrapa la main droite de Savannah et déplia ses doigts pour dévoiler les coupures horizontales dans sa paume.

Les sourcils de Krieger, qui semblaient dotés d'une vie propre, se haussèrent dans deux directions différentes.

— Que s'est-il passé, Savannah ?

— Oh ! ça ? demanda-t-elle, les yeux baissés sur sa main. Hier soir, en faisant un peu de rangement avant de partir, j'ai fait tomber mon bloc de couteaux du plan de travail. Bêtement, je me suis ruée dessus pour les rattraper et je me suis coupée. Vraiment stupide, comme réaction…

— C'est assez fréquent de se couper la main quand on poignarde quelqu'un, répliqua Paulson en croisant les bras.

— Il n'y a qu'un problème avec cette théorie, lieutenant.

Connor déposa un baiser dans la paume de Savannah, puis poursuivit :

— Savannah est gauchère. Non seulement elle n'aurait pas poignardé son ex, mais en plus elle ne l'aurait pas fait de la main droite.

Le torse bombé de Paulson sembla se dégonfler.

— On va vous demander de passer au poste du shérif de La Jolla dans les prochains jours pour donner un échantillon ADN. Ce sera possible pour vous ?

— Bien sûr.

Krieger enfonça la main dans sa poche, comme pour adopter une posture décontractée.

— Est-ce qu'on risque de trouver votre ADN dans la maison, Savannah ?

— Mon ADN ? Du sang ? Non. Des cheveux ? Peut-être. Je suis repassée plusieurs fois là-bas, ces derniers temps… pour les affaires. Ça ne me paraîtrait pas étrange qu'il y ait des traces de ma présence, mais du sang ? Je ne vois aucune raison à ça.

Pourvu que ces coupures n'aient pas saigné quelque part…, pensa-t-elle.

Quelques questions plus tard, les policiers se levèrent en lui tendant leurs cartes. Ils lui demandèrent de ne pas quitter la ville et de se présenter au poste de La Jolla le surlendemain.

Elle leur promit de passer, puis Connor et elle les raccompagnèrent à la porte d'entrée.

Tendue comme un arc, elle les regarda descendre le perron. Au moment où elle s'apprêtait à relâcher son souffle, Paulson pivota vers eux.

Un doigt sur le menton, il leva les yeux au ciel.

— Wells. Vous êtes bien le fils de l'ancien chef de la police de cette ville qui a tué le trafiquant de drogue Manny Edmonds ?

— Oui. Il l'a abattu en état de légitime défense, avant d'en payer le prix en se faisant assassiner par les sbires de Manny.

— Hum…

Le policier fit deux pas, s'arrêta et tourna la tête par-dessus son épaule.

— Et Manny Edmonds était votre beau-père, n'est-ce pas, Savannah ?

— C'est exact.

— Vous étiez présente quand le chef Wells l'a tué.

— En effet.

— Hum… D'accord. Merci.

Un mètre plus loin, Paulson fit volte-face, faisant crisser ses semelles sur les gravillons.

— Encore une chose.

— Bien sûr, répondit Savannah avec effort.

— Est-ce que vous m'autorisez à fouiller le coffre de votre voiture ?

Tout en parlant, il noua les mains devant lui, comme s'il venait de lui demander une simple tasse de thé. Elle s'obligea à sourire.

— Bien sûr. Je vais chercher les clés.

Son épaule heurta celle de Connor lorsqu'elle marcha vers la maison, mais elle évita de croiser son regard. Pourquoi voulaient-ils regarder dans son coffre ? Heureusement que Connor avait trouvé le sac… Même s'il aurait pu éviter de l'agiter sous le nez des policiers.

Elle récupéra ses clés d'une main tremblante, puis inspira

profondément. Il ne fallait pas que Paulson ou Krieger remarque sa fébrilité.

Une fois de retour sur le perron, elle appuya du pouce sur la télécommande. Les phares de la Lexus clignotèrent une fois, tandis que l'ouverture du coffre se déclenchait.

— C'est bon, vous pouvez y aller.

Paulson se précipita vers la voiture et releva le hayon. La moitié de son corps disparut à l'intérieur. Il inspectait sûrement le logement de la roue de secours, devina Savannah. Là où Connor avait trouvé le sac.

Elle s'obligea à réguler sa respiration, sentant le corps de Connor vibrer d'appréhension à côté d'elle.

Paulson s'extirpa du coffre, jeta un coup d'œil vers Krieger et secoua rapidement la tête.

— Je peux regarder dans la voiture ?

— Je vous en prie. C'est ouvert.

Paulson explora la Lexus pendant plusieurs minutes, avant d'émerger, une expression polie mais un peu déroutée sur le visage.

— Merci. Ce sera tout.

Le lieutenant Krieger fit un signe de la main.

— Merci pour votre patience. Toutes nos condoléances.

— Pas de souci, répondit Savannah. N'hésitez pas à me dire si je peux vous aider en quoi que ce soit.

Les mâchoires serrées, elle regarda les deux hommes retourner à leur véhicule. Connor lui toucha l'épaule.

— Rentrons. On a l'air bizarres, à rester ici à les observer, à nous assurer qu'ils remontent dans leur voiture et qu'ils repartent.

— Mais c'est exactement pour ça que je les observe, au cas où Paulson s'arrêterait pour poser une autre de ses petites questions dégoulinantes de suspicion et de sous-entendus, ou décide de te demander ce qu'il y a dans ce sac en plastique que tu ne lâchais pas.

Elle décolla les mains du haut de ses bras, où ses ongles avaient creusé des croissants dans sa chair, puis entra dans la maison en se massant la nuque.

— À ton avis, pourquoi voulait-il fouiller la voiture ? Le coffre ? Comment était-il au courant ?

— Il ne savait peut-être pas pour le couteau, répondit Connor, mais ses épaules se raidirent.

— Tu n'y crois pas plus que moi. Quelqu'un les a avertis. La même personne qui a caché le couteau là.

— C'était peut-être un appel anonyme.

Savannah se frotta les yeux.

— Et sinon, comment ça s'est passé, d'après toi ? Tu penses que je suis leur principale suspecte ?

— Principale, peut-être pas, grâce à ton alibi, mais suspecte, c'est sûr.

Elle se laissa tomber sur le canapé et renversa la tête sur le dossier pour contempler le plafond.

— Pourquoi Paulson m'a-t-il fait ces drôles de remarques à la fin ? Est-ce qu'il sous-entend qu'il y a un rapport entre ma présence sur les lieux d'un premier crime et la mort de Niles ?

— Pourquoi insinuerait-il ça ?

Debout derrière le canapé, Connor baissa les yeux sur son visage. Plaçant deux doigts sur chacune de ses tempes, il commença à y dessiner des petits cercles.

— La mort de ton beau-père n'a rien à voir avec celle de ton ex-mari.

Pourvu que ce ne soit pas le cas, songea Savannah. Baissant les paupières, elle remarqua :

— Le fait qu'on soit impliqués tous les deux dans deux cas séparés de morts violentes doit paraître étrange.

— Il essaie seulement de te déstabiliser.

Quand Connor interrompit son massage, elle ouvrit un œil.

— Pourquoi voudrait-il faire ça ?

— Parce que tu es une suspecte et qu'il veut que tu le saches. Il veut te faire comprendre qu'il enquête sur toi et qu'il a déjà vérifié tes antécédents.

— Et qu'il les trouve douteux.

Elle se tapota le côté de la tête.

— Ne t'arrête pas. J'ai une migraine aussi soudaine que féroce.

— Sûrement parce que tu n'as rien mangé de la journée. Ça te dit qu'on retourne au Neptune's Cove pour reprendre le cours de notre déjeuner ?

— On veut toujours que les gens du coin pensent qu'on s'est remis ensemble et qu'on est inséparables, pas vrai ?

— C'est ça le plan.

Ce plan lui semblait paradisiaque. Dommage que tout soit lié au meurtre de Niles.

Les doigts de Connor coururent le long de son visage et de son cou, puis il lui serra les épaules.

— Bon… Retentons le coup.

Parlait-il de leur déjeuner ou de leur relation ? Parce que se retrouver dans la sphère de Connor lui faisait du bien et lui semblait très naturel. Mais si elle l'avait quitté, c'était à cause des mensonges, or ces mensonges n'avaient pas disparu. Ils avaient même été consolidés. Elle ne voulait pas fonder une relation sur une base de duplicité, même si sa mère avait toujours agi ainsi.

Elle n'était pas sa mère et ne le serait jamais. Elle ne pouvait pas non plus se permettre de dire la vérité à Connor.

Elle se pencha pour lui échapper et se leva pesamment.

— Non seulement je meurs de faim, mais j'ai encore plus besoin de ce mimosa que tout à l'heure.

Alors qu'elle prenait son sac à main, le portable rangé dans la poche latérale se mit à sonner. Elle le sortit et regarda l'écran, puis croisa le regard de Connor.

— C'est Letty, la femme de ménage de Niles, annonça-t-elle, avant de décrocher. Letty, est-ce que tout va bien ? J'ai appris pour Niles aujourd'hui.

— Vraiment ?

Savannah fronça les sourcils.

— Dee Dee m'a appelée, et je viens de parler à la police. Est-ce qu'ils vous ont déjà contactée ? Connaissez-vous quelqu'un qui aurait pu faire ça à Niles ?

— Eh bien, il se trouve que oui. C'était vous, Savannah, et j'ai de quoi le prouver.

6

Savannah releva brusquement la tête, les yeux écarquillés dans son visage blême. Connor sentit son ventre se serrer. Quelle mauvaise nouvelle la femme de ménage de Niles avait-elle pu lui annoncer ?

— Qu'est-ce qui ne va pas ? chuchota-t-il.

Elle appuya sur l'écran, et une voix féminine dotée d'un léger accent se fit entendre :

— Alors ? Qu'est-ce que vous avez à dire ?

— Je… Je ne sais pas de quoi vous parlez, Letty. Je n'ai rien à voir avec le meurtre de Niles. Comment pouvez-vous imaginer une chose pareille ?

Connor serra convulsivement les poings. Pourquoi la femme de ménage de Niles croyait-elle que Savannah l'avait assassiné ?

— Oh ! rappelez-vous, Savannah, rétorqua la femme. J'étais là, dans cette maison, pendant les disputes. Les tromperies. Les mensonges.

Elle émit un grognement ironique, avant de poursuivre :

— Je ne peux même pas vous le reprocher. Moi-même, j'ai eu envie de tuer M. Niles plusieurs fois. Sa façon de me traiter ne s'est pas améliorée après votre départ.

— Letty, vous ne devriez pas dire ce genre de choses, s'exclama Savannah en jetant un coup d'œil vers Connor. Pendant ces… disputes, est-ce que l'un de nous est devenu violent ? Est-ce que j'ai jamais menacé Niles ? Bien sûr que non. Oui, je voulais qu'il sorte de ma vie, mais le divorce était amplement suffisant.

— Le divorce n'a pas suffi. Vous vous partagiez encore

l'entreprise. Vous auriez dû continuer à travailler avec lui ou le laisser racheter vos parts. Je sais comment tout ça fonctionne. Je vous ai entendus en parler suffisamment de fois.

Les bras croisés sur son torse, Connor se mordit la joue. Il n'avait pas besoin d'un compte rendu du mariage de Savannah – il avait fait de son mieux pour ne pas y penser au fil des années. Savannah devait découvrir ce que Letty savait sur elle… et ce qu'elle voulait maintenant.

— Peu importe, répliqua Savannah en balayant l'air de la main. Tout ça ne compte plus désormais. Je n'ai pas tué Niles et je ne vois pas du tout quelle preuve vous pensez avoir contre moi.

— Je ne vais pas vous le dire, Savannah, pas encore, mais je vous la rendrai… en échange de cinq cent mille dollars.

Savannah croisa le regard de Connor et pinça les lèvres.

— C'est ça votre objectif ? Je ne vous aurais jamais prise pour ce genre de personne, Letty.

— On doit tous assurer nos arrières.

— Sans doute, mais je n'ai pas tué Niles, alors vous ne pouvez pas avoir de preuve de quoi que ce soit.

— Vous verrez bien. Venez seule au rendez-vous, avec l'argent en liquide, et je ne raconterai pas à la police ce que j'ai trouvé et ce que je sais.

— Letty, c'est ridicule. Si vous avez besoin d'argent, je vous en donnerai. Vous n'avez pas besoin d'avoir recours au chantage, sans oublier que c'est illégal.

— Alors prévenez la police.

Savannah agrippa une pleine poignée de ses cheveux.

— Où et quand voulez-vous qu'on se retrouve ?

— Logan, près des entrepôts. Il y en a un avec un panneau jaune devant. Soyez là-bas à 21 heures ce soir avec l'argent. Je vous rendrai votre bien et on sera quittes.

— J'accepte uniquement parce que je ne veux pas que la police enquête sur moi. Je n'ai pas tué Niles, Letty, vous le savez forcément.

— Je sais ce que je sais.

La femme de ménage raccrocha avant que Savannah ne

puisse répondre. Celle-ci jeta le portable sur le canapé avec un cri de frustration.

— Qu'est-ce qu'elle a trouvé, Savannah ? demanda Connor.

— Je n'en ai aucune idée. Je n'ai rien laissé sur place.

Elle marcha jusqu'à la fenêtre, puis fit volte-face.

— Je n'arrive pas à croire qu'elle fasse ça. Du chantage !

— Est-ce qu'elle t'en veut pour quelque chose ?

— On n'était pas les meilleures amies du monde, mais c'était Niles qu'elle n'aimait pas.

— Pourquoi ?

— Parce que c'était un crétin malpoli, répondit-elle en tripotant sa jupe.

— Alors pourquoi continuait-elle à travailler pour lui ?

— Il la payait vraiment bien, ou plutôt je la payais vraiment bien, et Niles a dû continuer à lui verser le même salaire après mon départ.

— La cupidité. Elle le fait parce qu'elle peut le faire. Parce qu'elle sait que tu vas payer.

— Si c'est quelque chose de ridicule, je ne lui payerai pas un sou.

Elle plaqua une main sur sa bouche.

— Comment vais-je lui donner cinq cent mille dollars en liquide ? Je dois avoir quarante dollars et des poussières sur moi. Si je vais à la banque maintenant pour retirer une telle somme, ça va attirer l'attention de la police.

— Je vais m'occuper de l'argent, répliqua Connor. Mais d'abord, j'aimerais bien savoir ce qu'elle a en sa possession.

— Je te l'ai dit : si c'est quelque chose dont la présence peut être expliquée facilement, je ne lui donnerai rien, et elle n'aura qu'à aller voir la police, je m'en fiche. Je lui souhaite bien du plaisir à expliquer pourquoi elle ne leur a pas remis cette preuve explosive quand ils l'ont interrogée et pourquoi elle a décidé de me faire chanter à la place.

Connor secoua la tête.

— Quoi ? demanda-t-elle en plissant les yeux. Tu penses que je ne devrais pas la payer ? Si tu es inquiet à propos de l'argent, j'ai ce qu'il faut. Tu n'es pas au courant ? Je suis la bénéficiaire d'une assurance vie de plusieurs millions de dollars.

Il prit une profonde inspiration. Quand Savannah était-elle devenue aussi difficile ? se demanda-t-il, avant de se frotter la nuque. Il connaissait déjà la réponse. Après la mort de son beau-père, elle avait changé, et il n'avait jamais compris pourquoi. Ce n'était pas comme si elle avait reproché au père de Connor la mort de Manny. Elle n'avait jamais apprécié cet homme, mais, après sa mort, quelque chose avait changé entre eux deux, et ils n'avaient jamais réussi à corriger le tir.

Pourquoi les choses seraient-elles différentes cette fois-ci ?

— Je me contrefiche de l'argent. Tu n'es pas au courant ? À la mort de mon père, j'ai hérité de beaucoup de terres, dont j'ai vendu une grande partie pour financer le vignoble.

Il rassembla brièvement ses cheveux en catogan avant de les relâcher.

— Le problème, c'est que je commence à penser que tu t'enfonces de plus en plus. Tu devrais peut-être dire la vérité.

Pour une fois.

Savannah le dévisagea, bouche bée.

— Tu plaisantes. Tu sais aussi bien que moi que, parfois, la vérité ne suffit pas – et là, c'est le cas. Quelqu'un m'a mise hors d'état d'agir, Niles aussi, probablement, avant de le tuer, en me laissant sur place pour porter le chapeau. D'une façon ou d'une autre, c'est un coup monté. Si je vais voir la police, tu peux être sûr que d'autres indices incriminants vont surgir.

— Est-ce que Letty pourrait être derrière tout ça ?

— Elle aurait assassiné Niles, puis m'aurait piégée pour me faire chanter ?

Il haussa les épaules.

— C'est possible. Elle est la première à s'être manifestée pour profiter de la situation.

— Je sais qu'elle détestait Niles, mais de là à le tuer ?

Elle marcha jusqu'au canapé et s'empara de son portable.

— Je ne pense pas qu'elle en soit capable.

— Elle pense que, toi, tu l'es.

Savannah pointa l'appareil sur lui.

— Non, pas vraiment. Elle a seulement trouvé cet indice, quel qu'il soit, et s'est dit que je payerais pour le faire disparaître.

— Et c'est exactement ce que tu vas faire.

Le temps que Connor trouve une nouvelle cachette pour le couteau, fasse un brin de toilette et retire l'argent à sa banque avant la fermeture, il était l'heure de dîner.

Après avoir fourré le sac à dos rempli de billets sous la table, il adressa un sourire au serveur, qui n'était pas celui qu'ils avaient eu plus tôt dans le même restaurant.

— Je vais prendre le pinot Widow's Peak.

— Et moi, le mimosa à la grenade… Pour la seconde fois, lança Savannah en posant les coudes sur la table.

Connor haussa un sourcil.

— On a largement dépassé l'heure du petit déjeuner.

— Y a-t-il un règlement spécial mimosa que j'ignore ?

Il inclina son verre d'eau vers elle.

— Tu crées tes propres règles, Savannah. Tu l'as toujours fait.

— J'aime bien tes cheveux comme ça. Maintenant que tu n'es plus policier, tu as décidé de les laisser pousser ?

— Franchement, c'est par pure paresse. Tu te souviens de Lucy, ma coiffeuse ? Depuis qu'elle a quitté la ville, personne n'a réussi à me les couper comme il fallait.

— La paresse, répéta-t-elle en levant les yeux au ciel. Il n'y a pas une once de paresse dans ce corps d'acier.

— Et si tu me racontais comment l'entreprise se débrouille ? Je veux dire…

Il secoua sa serviette, puis la posa sur ses genoux.

— … En dehors de tout le reste.

— Tout le reste ? Tu veux dire le meurtre du P-DG ?

— Voilà.

Savannah pencha la tête sur le côté et écrasa une goutte d'eau qui coulait le long de son verre.

— Pas aussi bien qu'elle le devrait.

— Ah bon ? s'exclama-t-il. Ce n'est pas ce que j'ai entendu dire… ni ce que la cotation indique.

— Tu suis le cours de l'action Snap App ?

— J'ai intérêt. J'en détiens un paquet.

— Oh ! alors j'ai intérêt à bosser plus dur.

— Plus sérieusement, quel est le problème ?

— Les recettes semblent en baisse.

— Encore une fois, ce n'est pas ce que reflète le cours de l'action.

— Je sais.

Le serveur revint avec leurs boissons, puis s'attarda à leur table.

— Tout va bien au vignoble, Connor ? On a appris, pour l'incendie.

— Merci, Brock. C'était seulement une remise. Les pompiers ont rapidement éteint le feu, alors il n'y a pas eu beaucoup de dégâts.

— J'ai entendu dire que c'était intentionnel, déclara l'homme en jetant un coup d'œil par-dessus son épaule. Est-ce qu'il y a des suspects ?

— Pas encore.

Tout en faisant tournoyer son vin, Connor demanda :

— Tu as des idées ?

— Ouais, j'ai une idée.

— Tu es sérieux ?

— Mec, il paraît que tu filmais les Cove Boys ce matin.

— Qui ça ? intervint Savannah.

Elle avait suivi leur conversation en tournant la tête d'un côté à l'autre, comme devant un match de tennis.

— Une querelle de surfeurs à la crique, répondit Connor. Tu sais, le fait de chasser les types qui viennent d'ailleurs.

Il se tourna à nouveau vers Brock.

— C'est vrai, je les ai filmés. Tu as entendu des rumeurs ?

— Seulement que Takata était énervé et qu'il débitait un tas d'idioties.

— Assez pour mettre le feu quelque part ?

— Peut-être.

Le serveur donna un coup sec de ses jointures sur la table.

— Je dois me remettre au travail. Je repasserai plus tard.

— Merci, mon pote.

Connor fit tinter son verre de vin contre la flûte à champagne de Savannah.

— À la tienne.

— À quoi est-ce qu'on trinque, exactement ? demanda-t-elle, avant de commencer à siroter son cocktail.

— On a peut-être trouvé notre incendiaire.

— Jimmy Takata est devenu un surfeur fanatique ?

— Tu sais comment ça fonctionne. Ces types estiment que les meilleures vagues sont à eux et s'en prennent à tous les autres surfeurs. Les gens ont commencé à les surnommer les Cove Boys, et plusieurs personnes les poursuivent en justice.

— Et tu as décidé de t'en mêler ? Pourquoi ? Tu n'es plus policier.

— Le département du shérif ne compte pas intervenir.

— Ce n'est pas ton problème, Connor. Mais tu ne peux pas t'en empêcher, hein ?

— Je déteste que ce genre de chose arrive dans cette ville.

Il avala une longue gorgée de vin sous les yeux amusés de Savannah.

— Alors que s'est-il passé ce matin ? demanda-t-elle.

— J'étais à la crique, à filmer leurs agissements avec ma caméra, et ça n'a pas plu à Takata.

— Il t'a menacé ?

— Je ne sais pas si on peut appeler ça une menace, mais il est devenu agressif.

Savannah claqua des doigts.

— Et si c'était ça ? On était inquiets à l'idée que quelqu'un m'ait suivie jusqu'ici et ait incendié la remise pour mettre à jour… l'objet, alors que ça pourrait être un problème local, tout simplement.

— Rien ne garantit que c'est Takata.

— Je trouve que c'est une piste, protesta-t-elle. Pourquoi n'y as-tu pas pensé plus tôt, quand l'adjoint t'a demandé si tu avais des ennemis ?

— Parce qu'à mes yeux Jimmy Takata n'est pas mon ennemi. Si c'est lui qui a fait ça, c'est vraiment une tentative d'intimidation pitoyable.

— Peut-être, mais elle est aussi criminelle. Ça ne va pas arranger ses problèmes avec la justice.

— J'appellerai demain pour leur donner son nom.

Connor leva son verre pour examiner le vin à la lueur de la bougie.

— Si j'arrivais à obtenir quelque chose de ce genre, j'estimerais que c'est une réussite.

— Widow's Peak, le « pic de la veuve », fit-elle en posant la main sur sa poitrine. C'est peut-être un signe. Je suppose que je suis veuve.

— Techniquement, non. Niles était ton ex.

— Je regrette de l'avoir encouragé à garder cette assurance vie. Ça ne joue pas en ma faveur.

— Rien ne joue en ta faveur, Savannah, mais au bout du compte, si tu ne l'as pas fait, tu t'en sortiras.

— Tu n'y crois pas toi-même.

Il prit une autre gorgée de vin, savourant l'arôme de cassis sur sa langue avant d'avaler.

— Dis-m'en plus sur ton entreprise. Tu sais, je suis très fier de toi et de tout ce que tu as accompli.

Les joues de Savannah rosirent.

— Merci, Connor, mais je n'ai pas fait ça toute seule. Niles avait un esprit brillant et était capable de mettre en pratique tout ce que j'imaginais.

— Je sais.

Il fit cliqueter son ongle sur le verre.

— J'ai toujours pensé que, si j'avais eu quelque chose de ce genre à t'offrir, j'aurais pu te convaincre de rester.

Elle lui saisit brusquement le poignet.

— Ce n'était pas ça du tout. C'est seulement que la situation est devenue… compliquée entre nous. Je sais que ta mère me détestait – et je comprenais pourquoi. Ma mère n'avait aucun droit de mêler ton père à nos problèmes.

Connor grimaça.

— Je crois que mon père était incapable de se tenir à l'écart de Georgie. Sans oublier qu'il était le chef de la police. C'était son devoir de l'aider.

— On sait très bien tous les deux que le chef Wells n'aurait agi ainsi pour personne d'autre que ma mère.

Savannah n'avait pas lâché son poignet. Il se dégagea doucement pour entrelacer ses doigts aux siens.

— Ce qui me désole le plus, c'est que ça ait affecté notre relation.

— J'ai entendu dire que vous vous étiez remis ensemble.

Connor tourna la tête et salua Lexi Morris, la meilleure amie de Savannah en ville.

Elle se pencha pour étreindre Savannah.

— Je suis ravie que tu sois de retour. Et vraiment désolée pour Niles. Ce qui lui est arrivé est horrible et effrayant. Tu as peur que quelqu'un vienne s'en prendre à toi aussi ?

— Je ne crois pas que son meurtre soit lié à l'entreprise, mais je me sens plus en sécurité ici avec Connor, affirma Savannah.

— Et toi..., poursuivit Lexi, braquant les yeux sur lui. J'ai appris qu'il y avait eu un incendie dans ton vignoble.

— Rien de grave. Il n'y a pas eu trop de dégâts.

— Je vous reconnais bien là, remarqua-t-elle en levant les yeux au ciel. Vous êtes des aimants à ennuis. Je vais suivre l'enquête aux infos. J'espère qu'ils attraperont le meurtrier. Niles n'était pas ma personne préférée sur terre, mais il ne méritait pas ça.

— Je l'espère aussi. Est-ce que tu dînes avec Zach ? demanda-t-elle en explorant la salle du regard.

— C'est fini entre nous, répliqua Lexi avec une moue. Je te raconterai plus tard. Je bois un verre avec des amis au bar, mais on se voit bientôt, d'accord ? On déjeune ensemble un de ces jours ?

— Je t'appelle.

Savannah souffla un baiser à son amie, qui fit demi-tour pour rejoindre son groupe.

— Elle n'avait pas l'air surprise de te voir là, ou de nous voir ensemble, fit observer Connor.

Il prit une grande inspiration. Ce serait peut-être plus simple qu'il ne l'avait imaginé.

— Non, en effet, répondit-elle. Elle n'a même pas demandé comment j'étais venue ici.

Elle poussa son verre d'eau sur le côté.

— Ça y est, nos plats arrivent.

Connor entama son *fish and chips*, tandis que Savannah pressait du citron au-dessus de son saumon grillé. Sans rien dire, elle lui vola une de ses frites et la mit dans sa bouche.

— Hum...

Il pointa sa fourchette vers elle.

— Je ne sais pas pourquoi tu ne te commandes pas tes propres frites.

— C'est plus rigolo de te piquer les tiennes et, comme ce ne sont pas les miennes, les calories ne comptent pas, affirma-t-elle en se servant à nouveau dans son assiette.

Au cours du repas, il continua à l'interroger sur les affaires. Elle avait passé un diplôme d'informatique à l'université de San Diego, où elle avait rencontré Niles. Connor ne s'était pas inquiété à l'époque, parce que Savannah lui avait assuré qu'elle et le petit génie, comme elle l'appelait, étaient seulement amis.

Mais après leur rupture, Savannah et Niles avaient commencé à passer plus de temps ensemble. Quand elle avait eu l'idée d'une application de réseau social, ils s'étaient mis au travail. Ils avaient créé Snap App, avaient gagné des millions et s'étaient mariés. Ou s'étaient mariés et avaient gagné des millions.

Et il n'avait rien pu faire pour empêcher tout cela.

À présent, Niles était mort et Savannah était sur le point d'hériter de l'entreprise – et de l'argent de l'assurance vie.

— Assez parlé de moi, lança-t-elle en s'essuyant la bouche avec sa serviette. Comment avancent les choses sur l'exploitation ? Je crois avoir vu des grappes sur les ceps.

— Je dois attendre encore un an avant de vendanger et de produire le vin. Ces plants ont besoin de plusieurs cycles de croissance avant d'être exploitables.

— Tu as mentionné un chimiste tout à l'heure. As-tu trouvé quelle formule ou quelle recette utiliser ?

— Oui, Jacob est en train de la finaliser, répondit-il, avant de se tapoter le menton. Tu as de la sauce tartare là.

— Je suis vraiment insortable.

Elle s'essuya avec sa serviette, sans succès. Connor se pencha et enleva la goutte blanche du bout du doigt. Puis il lui pinça le menton.

— Tu es toujours aussi belle, Savannah. Tu débarques ici, tu m'envoûtes, tu me prends dans ta toile au point de me faire perdre tous mes repères.

Elle battit des cils, sans rejeter le compliment comme l'auraient fait la plupart des femmes.

— Ça… Ça veut dire que tu regrettes de m'aider ?

Il baissa la main et repoussa son assiette vide.

— Non, répondit-il à mi-voix. Je te dois bien ça. Si toi et ta mère n'aviez pas menti à la police en disant que Manny avait dégainé le premier, mon père aurait été arrêté pour meurtre, ou au moins pour homicide involontaire.

Elle toussa, puis descendit d'un trait son verre d'eau. Elle lança un regard vers les clients les plus proches d'eux, qui étaient absorbés par leurs propres conversations.

— Si tu n'avais pas accepté de me donner un alibi pour le meurtre de Niles, je n'aurais pas dénoncé ton père pour autant. C'est du passé.

— Mais tu l'as quand même mis sur le tapis quand tu m'as demandé de l'aide.

Baissant le menton, Savannah l'observa sous ses longs cils.

— Je regrette d'avoir fait ça. Je n'avais pas l'intention d'utiliser ce levier. Je savais que tu ne me rejetterais pas.

Connor serra le poing sur sa cuisse. Difficile de dire ce qui était le pire : que Savannah utilise le passé pour le faire plier à sa volonté ou qu'elle comprenne qu'elle n'avait besoin d'aucun moyen de pression ?

— Ce soir, je t'accompagnerai quand tu retrouveras Letty, même si elle t'a dit de venir seule.

— Tu ferais mieux de rester hors de vue. Je veux voir ce qu'elle a pour évaluer si j'ai des raisons de m'inquiéter.

— Tu n'as même pas besoin de voir de quoi il s'agit, répliqua-t-il en martelant la table du bout du doigt. Le fait qu'elle pense pouvoir te faire chanter devrait déjà te préoccuper – quel que soit ce qu'elle détient.

— C'est le cas, crois-moi. C'est pour ça que j'ai accepté ce rendez-vous. Combien de temps avons-nous devant nous ?

Connor baissa les yeux sur sa montre.

— Environ une heure, mais c'est à presque une demi-heure de voiture d'ici. Je ne connais pas Logan. C'est quel genre de quartier ?

— Plutôt louche, répondit Savannah. En partie résidentiel, avec une zone industrielle légère qui abrite un certain nombre d'entrepôts abandonnés. C'est là qu'on a rendez-vous.

— Super. À ton avis, pourquoi a-t-elle choisi cet endroit ?

— C'est isolé, il n'y a pas de témoins, et je crois qu'elle vit dans ce coin-là.

— Alors Letty pourrait avoir des renforts.

— Elle ne me fera pas de mal, Connor. Elle veut de l'argent, c'est tout.

— Tout ce que tu croyais savoir sur elle est parti en fumée à la seconde où elle a décidé d'utiliser cette information contre toi. Elle peut préparer n'importe quoi.

— Je pense qu'elle a l'intention de passer à la caisse et d'arrêter les ménages. Je l'admire presque, conclut Savannah, le menton posé dans sa main.

— Pardon ? C'est une criminelle sur le point de commettre un acte illégal, qui a déjà commencé rien qu'en t'appelant.

— C'est vrai, mais elle a eu une sacrée présence d'esprit en imaginant comment tirer profit d'un indice aussi vite.

— Ravale ton admiration jusqu'à ce que tu découvres ce qu'elle a contre toi. À mes yeux, ça n'est rien de plus qu'une arnaque amorale.

— Bien sûr. Je n'excuse pas ses actes, surtout en étant sa cible. Je me rends seulement compte qu'on ne connaît jamais vraiment les gens, n'est-ce pas ?

Une pointe d'inquiétude noua le ventre de Connor. Qu'en était-il de Savannah ? La connaissait-il vraiment ? Elle n'avait plus rien à voir avec la fille qui avait été élevée par une mère célibataire tirant le diable par la queue. Une fille qui avait maîtrisé tout ce qu'elle avait entrepris afin de prouver qu'elle valait autant que les enfants qui vivaient dans le confort et la facilité au sein de leur communauté idyllique de bord de mer.

Sa situation financière actuelle lui avait donné encore plus d'assurance. La création de Snap App l'avait rendue riche, beaucoup plus riche que tous les adolescents qu'elle essayait d'impressionner dans sa jeunesse.

— Bref, j'ai hâte de découvrir ce qu'elle a contre moi, déclara Savannah en jetant sa serviette à côté de son assiette.

— Je vais demander l'addition.

Il adressa un signe à Brock, qui se dirigeait vers le bar pour récupérer un plateau chargé de verres. En passant près d'eux, le serveur déposa la note sur la table.

— À bientôt.

— C'est pour moi, annonça Connor à Savannah. Ne commence pas à dépenser l'argent comme si tu l'avais déjà.

— Je l'ai déjà – même sans avoir la pleine propriété de l'entreprise et l'assurance vie de Niles.

— Je sais, répondit-il en étudiant l'addition, les yeux plissés à cause de la faible luminosité. Je plaisante.

Elle lui donna un petit coup de pied sous la table.

— Ça n'a rien de drôle. Une fois que les policiers sauront ce que la mort de Niles va me rapporter, ils vont repasser me voir.

— Ils l'auront peut-être déjà appris quand tu iras donner ton échantillon ADN. À l'heure qu'il est, ils ont probablement réclamé tes relevés téléphoniques.

Il sortit quelques billets de son portefeuille et les posa sur le plateau.

— Je préférais quand tu plaisantais, marmonna Savannah en mettant son sac sur son épaule. À ton avis, est-ce qu'ils trouveront bizarre que mon téléphone ait été éteint au moment critique ?

— Peut-être. Mais ils ne pourront pas y faire grand-chose.

Il se leva en mettant en bandoulière le sac contenant l'argent.

— Prête ?

— Il le faut bien.

Sur le chemin de la sortie, ils saluèrent plusieurs personnes, à qui Connor raconta brièvement l'incendie. Une fois dans la voiture, Savannah se tourna vers lui.

— Comment va-t-on s'y prendre ? Si Letty me voit débarquer avec quelqu'un, ça risque de la faire fuir.

— Tu peux me déposer à quelque distance et y aller en conduisant. Tu me récupéreras en repartant. Au moindre souci… retourne à la voiture et klaxonne.

— C'est ça le problème, quand on est dans les embrouilles. On laisse son portable chez soi et on ne peut pas se joindre.

Tout en démarrant, il lui coula un regard. S'était-elle attendue à des embrouilles la nuit du meurtre de Niles ? Était-ce pour cette raison qu'elle n'avait pas pris son téléphone ?

— Sois prudente, c'est tout.

— Je connais Letty.

— On en a déjà parlé. Tu croyais connaître Letty. À présent, tu as affaire à une personne différente.

— Tu as raison.

Elle se tourna et donna une tape sur le sac contenant l'argent.

— Tu veux récupérer ce sac ?

— Bien sûr. Je ne veux pas laisser la moindre preuve indiquant qu'on a acheté Letty. N'importe quel maître chanteur qui se respecte apporte son propre sac.

— Et si elle ne le fait pas ? demanda-t-elle en tirant sa jupe sur ses cuisses. Alors quoi ?

— C'est son problème. Elle peut balancer les liasses sur la banquette arrière de sa voiture. Ne la laisse pas repartir avec le sac.

— C'est compris.

Tout en roulant vers Logan, ils continuèrent à discuter logistique. Lorsqu'il quitta l'autoroute, Savannah pointa sur sa droite.

— Prends cette rue jusqu'au croisement, puis tourne à gauche. Tu pourras t'arrêter là et je prendrai le volant.

— N'oublie pas de te garer le plus près possible de l'entrepôt. Ça n'a pas l'air d'être le genre de quartier où il fait bon flâner.

— Ça vaut aussi pour toi, répliqua-t-elle en tapant sur sa vitre. Tu peux attendre à cette station essence. Il y a même une supérette.

— Super. Je me prendrai un café et je parcourrai les magazines porno.

Elle lui pressa la cuisse.

— Tu ne lis pas de magazines porno.

— Qui t'a parlé de les lire ?

— Félicitations, belle tentative pour détendre l'atmosphère, Wells.

— Sois prudente, c'est tout.

Il se rangea sur une place de parking à côté de la station-service et descendit du véhicule, la laissant prendre le volant.

Il suivit des yeux les feux arrière jusqu'à ce que Savannah

prenne une petite rue à droite. Il tourna à l'angle du bâtiment et entra dans le magasin, où il acheta un café.

Puis il ressortit et commença à marcher dans la direction prise par Savannah. Il n'avait pas l'intention de patienter sans rien faire. Il essaierait de se tenir hors de vue de Letty, mais il se contrefichait de ce que cette femme voulait. Elle faisait chanter quelqu'un qui l'avait employée, en la payant bien et, s'il ne se trompait pas sur Savannah, en la traitant bien.

Il accéléra le pas en s'engageant dans la ruelle et aperçut les entrepôts au bout de l'impasse. Alors qu'il se rapprochait, il ne vit aucun panneau jaune ni aucune voiture.

Il dépassa la première rangée de bâtiments, puis s'arrêta net en apercevant deux véhicules garés devant un grand entrepôt avec un toit en tôle ondulée.

Depuis l'angle d'un autre immeuble, il s'accorda quelques secondes d'observation. Ne détectant aucun mouvement, il s'avança doucement. Combien de temps cet échange entre les deux femmes pouvait-il durer ? se demanda-t-il, le cœur battant.

En s'avançant vers le bâtiment avec le panneau jaune, il tendit l'oreille dans l'espoir de distinguer des voix. Le silence lui donna la chair de poule.

Il posa la main sur la porte métallique, entrouverte de quelques centimètres. Penché en avant, il explora du regard l'espace caverneux de l'entrepôt. Le clair de lune filtrait à travers les fenêtres brisées, créant un halo autour de deux silhouettes. L'une était accroupie, l'autre était allongée sur le sol, une mare sombre sous la tête.

7

Savannah tressaillit lorsque sa main effleura la peau de Letty en plongeant dans sa poche.

Un léger craquement résonna dans l'entrepôt, et elle pivota sur ses genoux, se retenant sur le sol en ciment pour ne pas perdre l'équilibre.

— Savannah ! Tu n'as rien ?

Elle soupira, puis se releva en chancelant.

— Connor, qu'est-ce que tu fais là ? Même si je suis bien contente de te voir, à vrai dire. C'est Letty. Elle… Elle est morte.

Il traversa la pièce à grands pas et s'arrêta près du corps entre eux.

— Qu'est-ce qui s'est passé ?

— Je ne sais pas, répondit Savannah, les bras serrés sur sa poitrine. Quand je suis arrivée, j'ai vu la voiture de Letty garée devant l'entrepôt. Ensuite, je suis entrée et j'ai trouvé son cadavre par terre. C'est une blessure par balle. Elle a un pistolet dans la main.

Connor s'accroupit près de Letty, regardant tour à tour l'arme qu'elle tenait et la plaie béante sur sa tempe.

— Elle s'est suicidée ?

— C'est ce qu'on dirait.

— Ou c'est ce que quelqu'un voudrait faire croire. Qu'est-ce que tu faisais quand je suis entré ?

Savannah déglutit.

— Je… Je cherchais la preuve qu'elle avait. Je sais que c'est affreux de faire ça, mais c'est quand même pour ça que je suis venue.

La mine de Connor la fit grimacer.

— Ça a l'air horrible, j'en suis consciente, mais j'ai passé plusieurs minutes à regarder Letty, figée par le choc, puis plusieurs minutes à essayer de ne pas vomir.

— Et plusieurs minutes à lui faire les poches.

Elle ferma les yeux et inspira profondément.

— On est venus pour ça, Connor. On était prêts à lui donner cinq cent mille dollars en échange de ce qu'elle avait. Même si elle… s'est suicidée, je ne compte pas repartir sans cet objet.

— Tu ne crois pas vraiment qu'elle se soit suicidée, n'est-ce pas ? Elle était sur le point d'empocher cinq cent mille dollars.

— Mais si elle ne l'a pas fait…

Savannah posa la main à plat sur son ventre, inquiète à l'idée de vraiment vomir cette fois.

— … Qui l'a tuée et pourquoi ?

— Pour mettre fin à son projet de chantage.

— Qui aurait intérêt à faire ça… À part moi ? Et puis je viens d'arriver.

— As-tu trouvé ce que tu cherchais ?

— Je n'ai rien trouvé du tout.

Elle toucha du bout de sa sandale un sac en toile vide.

— À part ça. Tu avais vu juste. Elle avait ce qu'il fallait pour transporter l'argent.

— As-tu regardé dans sa voiture ?

— Non. On devrait ?

— On ne va pas la fouiller de fond en comble, mais on va jeter un œil avant de partir.

Savannah souleva le sac contenant l'argent de Connor, avant qu'il ne le lui prenne des mains.

— Tu n'as rien laissé ici ? demanda-t-il.

— Non. Quand je suis entrée, j'ai vu Letty et je me suis précipitée en lâchant le sac. J'ai fait très attention à ce que je touchais et je n'ai pas posé un doigt sur le pistolet qu'elle tient.

— D'accord. Tu commences à être une experte.

Savannah ne put s'empêcher de serrer les poings. Connor ignorait à quel point il avait raison.

Du pied, il ouvrit la porte de l'entrepôt et sortit, Savannah sur les talons. Après s'être couvert la main avec son T-shirt, il ouvrit la portière non verrouillée de la voiture de Letty, puis examina les sièges avant et la banquette arrière.

— Je ne vois rien. Soit elle mentait… soit quelqu'un l'a pris.

Savannah eut un vertige. Elle vacilla et attrapa la ceinture de Connor pour se stabiliser.

— Qu'est-ce que tu veux dire ?

— On devrait partir d'ici.

Il pencha la tête en arrière pour étudier la façade du bâtiment.

— D'après moi, ces entrepôts sont trop vieux et délabrés pour disposer d'un quelconque système de sécurité.

— Je ne vois vraiment pas pourquoi ce serait le cas, et ça m'étonnerait que Letty ait choisi cet endroit s'il y avait le moindre risque que notre rendez-vous soit filmé par une caméra de surveillance.

— Tu conduis, ordonna-t-il en la poussant doucement vers sa propre voiture. Allons-y.

Elle se glissa sur le siège conducteur et serra les mains sur le volant pour les empêcher de trembler. Elle repartit par là où ils étaient arrivés, et ils gardèrent tous les deux le silence jusqu'à ce qu'elle monte sur l'autoroute.

Là, elle se décida à demander :

— Pourquoi quelqu'un tuerait Letty, puis lui prendrait la preuve qu'elle a contre moi ?

— Pour avoir cette preuve contre toi, justement.

Savannah humecta ses lèvres sèches.

— Tu crois que je vais recevoir un autre message de chantage ?

— Je l'ignore.

— Ou pire ? Quelqu'un voulait récupérer la preuve de Letty pour continuer à tisser sa toile autour de moi.

— On ne sait même pas de quoi il s'agit et si c'était assez incriminant pour mettre les policiers sur ta piste.

Il donna un coup du plat de la main sur le tableau de bord.

— Qui était au courant pour ce rendez-vous ? À qui aurait-elle pu en parler ? A-t-elle de la famille ?

— Elle est mariée et a des enfants d'âge adulte. Ça m'étonnerait beaucoup que son mari soit au courant de sa tentative de chantage.

Elle jeta un coup d'œil dans le rétroviseur.

— Et si quelqu'un me suivait ?

— Comment ? demanda Connor. Tu as dit n'avoir vu personne derrière toi en venant chez moi. Je suis sûr et certain que personne ne nous a filés jusqu'à l'entrepôt. C'est peut-être Letty qui avait quelqu'un aux trousses. Son assassin est arrivé sur place avant toi. Selon toi, depuis combien de temps était-elle morte ?

— Aucune idée. Je ne l'ai pas touchée et, même si je l'avais fait, je n'aurais pas pu le dire.

— Est-ce que ça sentait la poudre dans l'entrepôt ? J'ai détecté une légère odeur, mais ça peut flotter dans l'air pendant un bout de temps.

— Je n'ai pas remarqué d'odeur de poudre. En fait, je ne sais même pas à quoi ça ressemble. Je dirais que ça sentait l'huile. Ça aurait pu être de la poudre.

— Tu n'étais pas en retard, poursuivit-il en pianotant sur son genou. Comment quelqu'un a-t-il pu te devancer à l'entrepôt et tuer Letty avant ton arrivée ?

— Tu pars toujours du principe qu'elle s'est fait assassiner. C'était peut-être un suicide. Comment savoir ce qui se passe dans la tête de quelqu'un ? Peut-être qu'elle a poignardé Niles et que les regrets l'ont submergée.

— Il y a quelques heures, tu m'assurais que Letty n'aurait pas pu tuer Niles.

— Qu'est-ce que j'en sais ? rétorqua-t-elle en se pinçant l'arête du nez.

— Pas grand-chose. Tu ne sais même pas ce qui s'est passé cette nuit-là.

Elle tourna lentement la tête vers lui.

— On en revient à ça ? Je sais que je n'ai pas tué Niles. J'aurais eu du sang sur mes vêtements. Et si tu comptes suggérer que je me suis déshabillée avant de l'assassiner, j'ai vérifié la douche dans la salle de bains. J'ai même reniflé mes aisselles pour savoir si je m'étais lavée – et ce n'était pas le cas.

— Écoute…, dit-il en posant la main sur sa cuisse. Tu ne crois pas que tu devrais voir un thérapeute pour connaître le fin mot de l'histoire ?

Sa main lui semblait lourde à travers le fin tissu de sa jupe, et Savannah se crispa.

— Je n'ai pas fait de *black-out* à cause d'un souvenir enfoui lié à un événement traumatisant. J'ai été droguée. Il n'y a pas de solution miraculeuse. On ne peut pas retrouver la mémoire après avoir été drogué.

— Tu as l'air très sûre de toi. Tu n'as aucune preuve de ce que tu avances. Si quelqu'un t'a droguée, c'est au bar que ça s'est passé, et c'est très improbable. Je pense qu'on est d'accord sur le fait que Niles n'a pas fait ça.

Elle tambourina sur le volant.

— Peut-être que si.

— Tu m'as aussi dit qu'il n'avait aucune raison de te mettre dans les vapes, étant donné qu'il n'avait pas envie de coucher avec toi.

— Il aurait pu avoir un autre mobile.

— Donc, un tueur aurait attendu Niles, ou serait entré par effraction, t'aurait trouvée inconsciente, aurait assassiné ton ex et t'aurait déshabillée avant de te mettre au lit ?

— Pour me piéger. Comme ce qui s'est passé avec Letty.

Connor secoua la tête.

— Il faut qu'on arrête d'émettre des hypothèses et qu'on se concentre sur la mort de Letty. En admettant qu'elle ne se soit pas suicidée, comment son meurtrier était-il au courant pour le rendez-vous ?

— J'ai la migraine, marmonna Savannah en se massant la tempe droite. Elle a dû en parler à quelqu'un.

— Elle avait peut-être un complice, qui l'a doublée.

— Ça va paraître bizarre, non ? Le fait que l'employeur de Letty ait été assassiné, puis qu'elle le soit à son tour ? Quelle était la probabilité que ça arrive ?

Il leva un index.

— Mais la mort de Letty a été maquillée en suicide : pistolet à la main, une seule balle dans la tête. À moins que le meurtrier n'ait laissé des traces, ou qu'elle ait des blessures défensives, la police conclura probablement à un suicide. Les lieutenants penseront peut-être qu'elle avait quelque chose à voir avec la mort de Niles.

Savannah ferma brièvement les yeux, puis se concentra sur les lignes blanches qui défilaient devant elle. Si la mort de Letty était classée comme un suicide, cela leur permettrait de respirer un peu. Elle en avait bien besoin.

Un peu plus tard, alors qu'elle tournait sur la route qui menait chez Connor, elle demanda :

— J'imagine que les enquêteurs voudront m'interroger sur la mort de Letty ? Même s'ils concluent à un suicide ?

— C'est à peu près sûr.

— Au cas où ils éplucheraient ses appels, je ferais mieux de leur dire que Letty m'a téléphoné aujourd'hui pour parler du meurtre de Niles.

— Sois aussi honnête que possible.

Elle tourna brusquement la tête vers lui.

— Je ne leur dirai pas que j'étais chez Niles, Connor. De toute façon, c'est trop tard. Je risquerais d'être accusée de… d'avoir quitté une scène de crime, de ne pas avoir signalé un meurtre ou je ne sais quoi d'autre. C'est hors de question.

— L'idée, c'est « autant que possible », répliqua-t-il en défaisant sa ceinture de sécurité. Gare-toi à droite du pick-up.

Quelques minutes plus tard, une fois la porte fermée à double tour derrière eux, Connor prit son téléphone sur l'îlot de cuisine. Il jeta un coup d'œil sur l'écran, puis le rapprocha de son oreille.

Pendant qu'il écoutait le message, Savannah fit les cent pas en se tordant les doigts. Dès qu'il eut reposé l'appareil, elle l'interrogea :

— C'était à propos de quoi ?

— Ne t'inquiète pas. C'était seulement le capitaine des pompiers. Ils vont classer le feu comme incendie criminel pour les besoins de ma déclaration à l'assurance.

Elle se laissa tomber sur le canapé et braqua la télécommande sur la télévision. Elle le regretta aussitôt lorsque le beau visage de Nick et son sourire mielleux envahirent l'écran.

— Ça y est, ça fait la une.

Connor se rapprocha d'elle par-derrière et posa la main sur son épaule.

— On savait que ça se passerait comme ça. Ça n'a rien de surprenant.

— Ouais… La surprise, ça sera quand le corps de Letty sera retrouvé.

— Je me demande quand ça arrivera. Ces entrepôts ne semblent pas avoir servi à quoi que ce soit depuis des années.

— Sa famille va signaler sa disparition, remarqua Savannah.

Elle pressa les doigts sur ses lèvres, avant de poursuivre :

— Pourquoi a-t-elle décidé de me faire chanter ? Elle serait en vie en ce moment, chez elle, avec son mari, si elle n'avait pas cédé à la cupidité.

— As-tu remarqué si elle avait un téléphone sur elle ?

— Non, elle n'en avait pas. Est-ce qu'il y en avait un dans sa voiture ?

— Je n'en ai pas vu, ni branché à un chargeur ni ailleurs.

Elle coupa le son de la télévision lorsque le reportage s'acheva, remplacé par une autre séquence.

— Elle jouait peut-être au même jeu que nous, en laissant son portable à la maison pour que la police ne puisse pas le borner.

— Dans ce cas, sa famille ne va pas pouvoir la localiser non plus. À moins que Letty n'ait annoncé à quelqu'un où elle allait, ce qui est peu probable, son corps restera sur place jusqu'à ce qu'un curieux remarque sa voiture et fouille l'entrepôt.

Savannah enfouit les doigts dans ses cheveux.

— C'est horrible. Je ne supporte pas d'y penser.

— Et pourtant…

Connor s'installa dans le fauteuil en face d'elle.

— … Tu n'as pas hésité à partir en abandonnant Niles.

— C'est différent.

Après avoir ôté ses sandales, elle posa les pieds sur la table basse.

— Niles était chez lui. Je savais que quelqu'un découvrirait son corps, et ce quelqu'un a été Letty. Pas de chance pour elle, tout compte fait.

— Elle a décidé de son propre sort en récupérant quelque chose qui pouvait te faire du tort et en essayant de te le revendre.

Elle se frotta les bras, hérissés de chair de poule.

— Alors tu estimes que c'est bien pour ça que Letty s'est

fait assassiner, et que la preuve est désormais aux mains de quelqu'un d'autre.

— Peut-être.

Il se pencha en avant, les coudes sur ses genoux.

— Tout ce qu'on peut faire à présent, c'est attendre la prochaine tuile.

— Très encourageant, merci bien.

— Ou alors…

— Ou alors ? répéta Savannah en relevant la tête.

— On mène l'enquête de notre côté. J'ai toujours des relations et un minimum de savoir-faire. Quant à toi, tu connais les protagonistes et tu as de l'argent à ne plus savoir qu'en faire. Faisons nos propres recherches, indépendamment de la police.

— Si ça peut m'aider à me sortir de ce pétrin, je vote pour.

— Demain matin, on établira une liste de suspects.

— De suspects ? Je ne connais personne qui aurait voulu tuer Niles.

— Allons, Savannah… Ce type avait forcément des ennemis. Il t'a trompée avec d'autres femmes. Tu penses qu'il avait changé de comportement ?

— Je suis sûre que non.

Elle releva les genoux et les entoura de ses bras.

— Niles était le genre de garçon qui était un intello boutonneux au lycée et à la fac… et qui est devenu séduisant d'un coup quand il a gagné des millions.

— Ça peut se comprendre, mais il était marié. Avec toi.

Connor se releva en poussant un grognement.

— Quel crétin !

Savannah rougit, puis esquissa un sourire. C'était agréable que Connor pense toujours la même chose, même si elle lui avait fait du mal par le passé.

Il pivota vers elle et la pointa du doigt.

— J'ai une condition.

— Je t'écoute.

— Tu prends rendez-vous avec un psy et tu cherches ce dont tu te souviens à propos de cette nuit-là.

Elle déglutit pour tenter de chasser la boule dans sa gorge.

— Vraiment ?

— Je suis sérieux, Savannah. Tu as perdu plusieurs heures de ta vie. Tu dois faire le maximum pour les récupérer.

— Il faudrait que j'avoue au psy que j'étais là, dans la chambre, avec le cadavre de Niles.

— Ils sont tenus au secret médical, et je peux te conseiller quelqu'un de bien, à qui tu pourras te fier. Voilà ma condition, conclut Connor en croisant les bras.

— Très bien, mais je ne pense pas que ça servira à grand-chose. Ces souvenirs ont disparu pour toujours.

Tout comme les autres souvenirs enterrés dans son passé, songea-t-elle à regret.

— Marché conclu, approuva-t-il. On commence l'enquête demain.

Il saisit le téléphone portable de Savannah sur l'îlot et le lui tendit.

— Je pense que ça ne craint plus rien de le rallumer.

— Il a sûrement besoin d'être rechargé, remarqua-t-elle en se levant pour prendre l'appareil. Je ne mentais pas en disant que la batterie est sur le point de rendre l'âme.

Il pointa du doigt derrière son épaule.

— Les draps de la chambre d'amis sont propres. N'oublie pas de faire le lit tous les jours pour que personne ne soupçonne que tu dors là. Je vais voir s'il y a des oreillers.

Savannah le regarda s'éloigner en plissant les yeux. Elle ne s'était pas attendue à ce qu'il la soulève et l'emporte dans sa chambre… mais elle en avait vraiment envie.

Avec un soupir, elle s'installa sur l'un des tabourets de cuisine et alluma son portable. Quand il vibra dans sa main, elle baissa les yeux sur le flot de SMS qui envahissaient son écran.

La nouvelle de la mort de Niles s'était répandue comme une traînée de poudre, comprit-elle en parcourant le premier SMS. Elle ouvrit scrupuleusement chaque texto, lisant les messages de surprise et de condoléances. Même sa mère lui avait écrit… de façon énigmatique, bien sûr.

L'un des derniers SMS, provenant d'un numéro inconnu, contenait une photo. Savannah tapa dessus et écarta les doigts pour l'agrandir.

Le cœur au bord des lèvres, elle lâcha le téléphone.

— Savannah, que se passe-t-il ?

Elle se tourna vers Connor, les mains crispées sur le bord du plan de travail, tandis que son monde chavirait.

— Quelqu'un m'a envoyé la photo d'un bouton.

— Un bouton ? demanda-t-il en fronçant les sourcils.

— C'est la preuve. La preuve avec laquelle Letty voulait me faire chanter.

8

Connor franchit en deux grandes enjambées la distance qui le séparait de Savannah. Il la rattrapa par les épaules lorsqu'elle vacilla sur le côté, puis passa la main le long de son dos crispé.

— Fais-moi voir.

S'emparant du téléphone, il observa la photo d'un bouton coloré.

— C'est ton bouton ? Est-ce que tu sais si tu l'as encore ou pas ?

Elle se racla la gorge.

— Quand je me suis rhabillée chez Niles, je me suis rendu compte que le bouton de mon chemisier avait disparu. Comme il est assez original, je me suis mise à quatre pattes pour le chercher et je l'ai trouvé sous la commode. Je... Je croyais l'avoir mis dans la poche de mon pantalon.

— Tu ne l'as pas revu depuis ?

— Je n'y ai pas repensé. J'ai fourré mon pantalon dans le bac à linge sale après être revenue de chez Niles.

La tête baissée, elle tira sur les racines de ses cheveux.

— Si tu n'as pas cherché ce bouton, il est peut-être toujours dans ta poche, fit observer Connor.

Elle releva brusquement la tête, puis la lumière disparut de ses yeux, les transformant en lacs sombres.

— Tu penses que Letty ou quelqu'un d'autre a placé ce bouton dans la chambre de Niles ? Il est trop original. J'ai acheté ce chemisier à Paris. Personne n'aurait pu trouver une copie conforme de ce bouton.

— D'accord, d'accord. C'est le même.

Il posa les mains sur le plan de travail et laissa tomber sa tête entre ses bras.

Le fait que Savannah ait été assez imprudente pour laisser ce bouton tomber de sa poche lui rendait un peu d'espoir. Elle avait été tellement froide et méticuleuse pour tout le reste : son portable, les plaques de sa voiture, ses empreintes. Ce détail évoquait enfin une femme paniquée et déstabilisée par le meurtre de son ex-mari.

— Il n'y a pas de texte avec la photo ? Aucune demande ? demanda-t-il en revenant à l'écran précédent. C'est un numéro inconnu. Je suppose que le meurtrier de Letty ne serait pas assez bête pour te contacter avec son vrai téléphone.

— S'il ne compte pas me faire chanter, alors que veut-il ?

— En tout cas, ce qu'il ne voulait pas, c'est que tu récupères ce bouton, affirma Connor.

Il posa l'appareil, puis se frotta le menton.

— Mais comment était-il au courant pour votre rendez-vous ? Comment savait-il que Letty détenait ce bouton ?

— Peut-être qu'ils étaient complices, et qu'il a décidé de garder tout l'argent de la rançon pour lui.

— Son mari ?

— Impossible.

Il haussa un sourcil dans sa direction.

— De nombreux conjoints s'entre-tuent pour beaucoup moins que cinq cent mille dollars.

— Je ne sais pas, répondit Savannah. Tu as peut-être raison.

Elle trébucha en se levant du canapé.

— C'est forcément quelqu'un à qui elle en a parlé, parce qu'on était les seuls à être au courant. Personne ne nous a suivis. Personne ne m'a filée jusqu'ici.

— Tu en es sûre ?

Connor enfonça les mains dans ses poches pour résister au besoin de l'aider. S'il la touchait, il allait la prendre dans ses bras et ne la lâcherait plus jamais – et ce n'était pas la meilleure chose à faire pour l'instant, malgré le désir intense qu'il éprouvait pour elle.

— J'en suis sûre. Il n'y avait pas beaucoup de circulation à une heure aussi matinale et, crois-moi, j'ai vérifié si j'étais suivie.

— Je te crois, répondit-il, avant de lui tendre le portable. Débarrasse-toi de ce message, et ensuite, au lit. Ta valise est dans ma chambre, alors je vais te laisser un peu de temps pour te préparer. La journée a été longue.

Savannah se frotta violemment les yeux, étalant son mascara et son eye-liner sur ses joues.

— Est-ce que tu m'en veux d'avoir débarqué chez toi ? Où qu'elle aille, les problèmes accompagnent Savannah Martell. C'est ce que tu avais l'habitude de dire.

— Ah bon ?

Il soupira, avant de poursuivre :

— Je suppose que rien n'a changé, mais non, je ne regrette pas que tu sois venue ici. Où serais-tu allée, sinon ?

Une heure plus tard, allongé sur le dos dans son lit, Connor fixait le plafond. Serait-il en mesure d'aider Savannah à se sortir du pétrin ? Le voulait-il vraiment ?

Il devait envisager la possibilité qu'elle ait tué Niles en légitime défense et bloqué le souvenir de son acte. C'était forcément de la légitime défense.

Il ferma les yeux et se tourna sur le côté.

En entendant un léger bruit de pas derrière elle, Savannah laissa tomber la moitié d'une coquille d'œuf dans le saladier.

— Eh bien alors, on est nerveuse ? demanda Connor.

Il se pencha par-dessus son épaule et saisit la coquille entre deux doigts. Quand il la jeta dans l'évier, un filet visqueux s'étala sur le carrelage.

— Ne me mets pas le bazar partout, protesta-t-elle en poivrant le mélange d'œufs et de lait. Il n'y avait pas de bacon ni de saucisses dans ton frigo. Des œufs brouillés et des toasts, ça te va ?

— Très bien, mais rien ne t'obligeait à préparer le petit déjeuner.

Tandis qu'il essuyait la tache par terre avec de l'essuie-tout, elle répondit :

— Je te dois énormément. Un petit déjeuner de rien du tout entame à peine le remboursement de ma dette.

— Tu n'as aucune dette envers moi, Savannah.

Tout en parlant, il s'appuya contre l'évier, les mains sur le plan de travail derrière lui.

Elle laissa courir son regard sur lui, sur son short de surf porté bas sur ses hanches étroites, sur ses abdominaux musclés dorés par le soleil. Elle avait craqué pour Connor Wells au premier regard, quand ils étaient au collège. Après le second divorce de sa mère, elles avaient quitté les montagnes du Colorado pour les plages californiennes. Dès qu'elle l'avait vu, tout le ressentiment que Savannah éprouvait contre sa mère à propos du déménagement s'était envolé.

Connor avait ressenti la même chose qu'elle. Il lui avait appris à surfer et l'avait aidée à s'intégrer dans sa nouvelle école, à s'adapter à un autre style de vie. Tout avait été parfait – jusqu'à ce que sa mère rencontre Manny.

Elle cligna des yeux lorsque Connor claqua des doigts.

— Allô Savannah, ici la Terre. Où étais-tu passée ?

— Je faisais une petite balade dans le passé, avoua-t-elle en commençant à battre les œufs.

— Ah, le bon vieux temps…

Il la frôla pour ouvrir le réfrigérateur et en sortit une plaquette de beurre.

— Ça te dit d'aller surfer pendant que tu es ici ?

— Laisse-moi réfléchir.

Un doigt posé sur le menton, elle leva les yeux au plafond.

— Je suis soupçonnée pour le meurtre de mon ex, j'ai failli assister à l'assassinat de mon ancienne femme de ménage et je suis menacée par un maître chanteur. Qui ne *rêverait* pas d'aller surfer ? Je croyais que, de nous deux, c'était moi qui étais irresponsable.

Haussant les épaules, il mit deux morceaux de beurre dans la poêle.

— Toutes ces choses seront toujours vraies, que tu prennes la vague ou pas.

— On n'était pas censés commencer notre enquête, aujourd'hui ?

— En effet. On s'y mettra dès que tu auras appelé Thomas Bell.

— Thomas Bell ?

— Le thérapeute.

Serrant les dents, elle toucha de sa cuillère le beurre qui s'était mis à grésiller dans la poêle chaude. Décidément, Connor était têtu comme une mule.

— On a passé un marché, lui rappela-t-il.

— D'accord. Donne-moi son numéro.

Elle versa la préparation dans la poêle, puis demanda :

— C'est un de tes amis ?

— Oui… Maintenant.

— Maintenant ?

Elle fouetta les œufs quelques secondes, avant de cligner des yeux.

— Attends… C'était *ton* psy ?

— Oui, répondit-il, les bras croisés.

— Oh ! je ne savais pas…

Se sentant rougir, elle déplaça la poêle sur un autre feu. À vrai dire, elle aurait pu s'en douter. Connor avait perdu énormément de choses en peu de temps : son père, son travail, sa mère… et elle.

Même s'il était franc et ouvert avec ses proches, il n'était pas le genre d'homme à dévoiler ses états d'âme à n'importe qui. Pour avoir recours à un professionnel, il avait dû être très mal en point.

— Ce n'était pas mon idée, déclara-t-il. Après le meurtre de mon père, le département du shérif a commencé à remplacer le service de police de San Juan Beach. Ils m'ont envoyé voir Thomas comme condition à mon embauche.

— Tu n'as pourtant pas travaillé pour eux.

Après l'assassinat du chef Wells par les complices de Manny, Connor avait démissionné par dégoût de l'inefficacité policière.

— Non, mais je l'ai envisagé, alors j'ai fait quelques séances avec Thomas. Ensuite, j'ai continué à le voir.

Il se détourna pour prendre deux assiettes dans un placard.

— Je n'aurais jamais cru que consulter un thérapeute me serait bénéfique. J'avais tort. Thomas est quelqu'un de bien et de compétent.

Tout en mettant deux tranches de pain de mie dans le toasteur, Savannah remarqua :

— Et pourtant, tu n'es jamais retourné dans la police.

— Thomas m'a été d'une grande aide pour ça aussi. J'ai accepté ma décision en comprenant que ma vie devait prendre une autre direction.

— Ça, ça ressemble à du langage de psy, lança-t-elle en agitant la spatule vers lui.

— Tout à fait exact. Ça te va de manger sur les tabourets ? Ou tu préfères qu'on s'assoie à la table de cuisine ?

— Allons nous asseoir. La vue est tellement jolie.

Elle ne parviendrait pas à échapper à cette histoire de thérapie, mais elle n'avait pas à raconter quoi que ce soit à Thomas. De toute façon, le psy n'avait pas le droit de révéler le contenu de leurs discussions à Connor, son ami et ancien patient.

Pendant qu'elle beurrait son toast, Connor répartit les œufs entre leurs deux assiettes.

— Il y a de la confiture dans le frigo.

— Et de la salsa pour les œufs ?

— Tu me connais. Jamais d'œufs sans salsa.

Oui, elle connaissait Connor. Il avait toujours été amical, direct et sincère. Lorsqu'elle l'avait rencontré, elle avait été choquée par son attitude ouverte. Elle pensait que tout le monde avait des secrets de famille, des choses qu'on ne devait dire à personne – sa mère le lui avait suffisamment répété. Mais Georgie avait beaucoup de choses à cacher de son passé.

Et à présent, c'était aussi le cas de Savannah.

Elle referma le réfrigérateur, un pot de sauce épicée dans une main, un pot de marmelade d'orange dans l'autre.

— Voilà, on est parés.

Alors qu'ils étaient assis l'un en face de l'autre, à savourer leur petit déjeuner, il fallut que Connor gâche le moment.

— Est-ce que tu as regardé ton portable ce matin ?

— Bien sûr.

— Du nouveau de la part du maître chanteur ?

— Si seulement on était sûrs qu'il s'agisse d'un maître chanteur… Il – ou elle – ne m'a pas recontactée. Que me veut-il ?

Pourquoi se donner autant de mal pour obtenir ce bouton ? J'aurais pu le perdre à n'importe quel moment chez Niles.

— Mais tu ne l'as pas fait. Tu portais ce chemisier la dernière fois que tu as vu ton ex vivant. Il aurait fallu que tu le perdes le même jour, or tu as dit à la police que tu n'étais pas allée à la maison. S'ils découvrent que tu as menti, ils vont se pencher sur ton cas de plus près.

Avec les dents de sa fourchette, Savannah se mit à tracer des rails dans la sauce au fond de son assiette.

— À ton avis, que font les enquêteurs en ce moment ?

— Ils sont peut-être en train de saisir tes relevés téléphoniques. Ils appellent peut-être le Marina Sports Bar pour vérifier ton histoire.

Le pain qu'elle venait de manger se transforma en plomb dans son estomac.

— Dans l'ensemble, on ne devrait pas avoir de surprise.

— Et s'il y a une caméra de surveillance devant le bar, ça aura l'air de quoi ? demanda Connor en brisant un toast en deux.

— Ça nous montrera, Niles et moi, quittant le bar ensemble et montant dans sa voiture, si la caméra est tournée de ce côté-là. J'ai dit aux lieutenants qu'on avait pris sa voiture, donc ce n'est pas un problème.

Elle déchira la serviette en papier posée sur la table.

— Le problème, c'est ce bouton, ou en tout cas la personne qui a ce bouton.

— Je ne vois pas comment il…

— Ou elle.

— … Ou elle peut se servir de ce bouton pour te faire chanter maintenant. Elle devrait retourner sur la scène de crime pour le déposer sur place.

— C'est ce que Letty aurait dû faire, même si elle, au moins, avait une raison d'être dans cette maison, remarqua Savannah.

— Dans son cas, elle aurait pu dire à la police qu'elle avait trouvé le bouton là, qu'elle l'avait ramassé sans réfléchir, avant de se rendre compte que c'était le tien et que c'était important.

— Je suppose.

Renonçant à faire semblant de manger, elle lâcha sa fourchette et attira un bloc-notes vers elle.

— Tu voulais que je fasse une liste de personnes connectées à Niles. Je pense que la première sur cette liste est Tiffany James, sa petite amie.

— D'abord…, fit Connor en sortant son portable de la poche de son short. Appelle Thomas pour prendre rendez-vous.

Elle tendit la main pour saisir l'appareil.

— D'accord, même si je doute que ça serve à grand-chose.

— Fais-moi plaisir.

Comme il avait laissé les coordonnées de Thomas Bell sur l'écran, elle n'eut plus qu'à taper sur l'icône pour passer l'appel qu'elle redoutait. Elle poussa un léger soupir en tombant sur la messagerie.

— Bonjour, Thomas. Je m'appelle Savannah Martell. Je suis une amie de Connor Wells et j'aimerais prendre rendez-vous avec vous.

Connor lui enfonça l'index dans le bras, puis dessina un cercle en l'air. Elle lui tira la langue, avant de poursuivre :

— Dès que possible. Vous pouvez me rappeler sur le téléphone de Connor. Le mien fait des siennes. Merci.

Après avoir raccroché, elle rendit son portable à Connor.

— Satisfait ?

— Ravi, répondit-il en pointant sa fourchette vers l'assiette devant elle. Est-ce que tu comptes finir ces œufs ?

— Je n'ai pas faim du tout. J'ai du mal à comprendre comment tu arrives à manger après ce qu'on a vu hier soir.

— Vraiment ? Hier soir, quand tu faisais les poches de Letty, tu avais l'air moins dégoûtée.

— Je faisais de mon mieux pour ne pas vomir.

Elle avait ressenti la même crispation au creux du ventre en voyant les blessures de Niles, mais Connor semblait la prendre pour une sorte de comploteuse insensible – et il ne connaissait même pas la moitié de l'histoire.

— C'est une bonne chose que tu ne l'aies pas fait, déclara-t-il en poussant le reste de ses œufs avec son dernier morceau de toast. Bah, de toute façon, je n'ai pas beaucoup de sympathie pour les maîtres chanteurs.

Alors qu'ils rangeaient la cuisine, Thomas Bell rappela Connor.

— Merci de revenir vers Savannah aussi vite, Thomas, déclara-t-il. Je lui passe le téléphone.

Elle se sécha les mains sur un torchon, puis prit le portable.

— Allô.

— Savannah, c'est Thomas Bell. Je peux vous recevoir dès demain, si ça vous convient. Un de mes patients vient d'annuler.

— D'accord. À quelle heure ?

— 11 heures.

— Ça me convient.

Tout lui convenait. Qu'avait-elle d'autre de prévu, hormis le combat de sa vie pour prouver son innocence ?

Thomas lui donna l'adresse de son cabinet, même s'il était évident pour elle que Connor l'y emmènerait, voire l'escorterait à l'intérieur.

Elle reposa le portable.

— Voilà, c'est fait. Et maintenant, je pense qu'on devrait aller voir Tiffany aujourd'hui.

— Est-ce qu'elle ne va pas trouver ça bizarre ?

— J'ai une raison de la voir, une raison qui ne va pas la déranger.

Une heure plus tard, alors qu'ils roulaient vers San Diego, Connor demanda :

— Comment se fait-il que Tiffany n'habite pas avec Niles ?

— D'après moi, c'est parce que Niles trouvait plus facile de la tromper s'ils vivaient séparément.

Il secoua la tête.

— La seule fois où j'ai vu Niles, il ne m'a pas donné l'impression d'être un don Juan.

— C'est parce que tu l'as rencontré avant que Snap App n'entre en Bourse et que le tiroir-caisse ne commence à se remplir. Tout cet argent l'a en quelque sorte transformé en sportif professionnel – la musculature en moins. Quand les femmes découvraient qui il était et combien il valait, elles se jetaient à son cou.

Savannah haussa les épaules.

— Il avait du mal à résister.

— Est-ce que Tiffany s'est jetée à son cou ?

— De la façon la plus flagrante possible. Tiffany est strip-teaseuse.

Connor la dévisagea, bouche bée.

— Niles allait se marier avec une strip-teaseuse ?

— Je ne crois pas que Niles ait eu l'intention d'épouser Tiffany, malgré la grosse bague qu'il lui a donnée.

Il poussa un sifflement.

— Niles jouait avec le feu. Quand les lieutenants vont apprendre ça, ils auront d'autres suspects à ajouter sur leur liste.

— Alors j'ai intérêt à ce qu'ils soient au courant de son infidélité chronique.

— Surtout si Tiffany ne le leur dit pas elle-même.

Il désigna son portable, qui se rechargeait sur la console.

— Tu ne l'appelles pas ?

— Je ne veux pas lui donner l'occasion de dire non, répliqua Savannah en faisant glisser son doigt sur l'écran. Mais maintenant qu'on est presque arrivés, comment peut-elle refuser ?

La sonnerie du téléphone de Tiffany emplit la voiture. Au moment où Savannah s'apprêtait à laisser un message, une voix essoufflée se fit entendre :

— Savannah ? C'est toi ?

— Oui. Comment vas-tu ? Toutes mes condoléances pour Niles.

Tiffany laissa échapper un sanglot.

— C'est affreux. Je suis incapable de sortir du lit.

— Comment as-tu appris la nouvelle ?

— La police est venue me l'annoncer chez moi, répondit-elle en reniflant. Je n'arrive pas à y croire. Est-ce que… Est-ce qu'ils t'ont parlé ? Ils veulent mon sang ou quelque chose comme ça.

— Ils m'ont interrogée, oui, et ils veulent aussi mon ADN. Ce n'est pas grave, Tiffany. Je suis sûre qu'ils vont demander la même chose à tous ceux qui étaient proches de Niles… afin de nous éliminer des suspects.

— Je suis bouleversée, anéantie.

Tiffany s'interrompit pour se moucher, puis reprit :

— À ton avis, je peux garder la bague ?

Connor tourna la tête vers Savannah et leva les yeux au ciel, mais elle n'avait pas l'intention de juger Tiffany.

— Bien sûr. Niles te l'a donnée, répondit-elle en prenant la bretelle qui conduisait à l'appartement de la jeune femme. Pour être franche, j'ai besoin de te parler de plusieurs choses, Tiffany. Est-ce que je peux passer maintenant ?

— Là tout de suite ?

— Je suis dans le quartier, au coin de la rue, même.

— Oh… D'accord.

Des murmures et des bruissements de tissu se firent entendre à l'autre bout du fil. Savannah regarda Connor en haussant les sourcils.

— Tu peux me retrouver près de la piscine, reprit Tiffany. C'est à l'arrière de la résidence.

— Rendez-vous dans un quart d'heure.

Après avoir raccroché, Savannah se mit à tambouriner sur le volant.

— Je me fais des idées, ou elle n'avait pas l'air de vouloir nous recevoir chez elle ?

— Je suis d'accord. Je croyais qu'elle ne pouvait pas sortir du lit.

Elle haussa les épaules.

— C'est peut-être le bazar dans l'appartement.

Une quinzaine de minutes plus tard, Savannah se gara dans le parking de l'immense complexe résidentiel.

— Ça doit rapporter gros d'être strip-teaseuse, remarqua Connor en se protégeant les yeux pour mieux voir.

— Tu te doutes bien que Niles lui a acheté son appart.

Elle sortit de la voiture et tira sur son short froissé.

— Au moins, on a la bonne tenue pour la piscine.

Ils s'engagèrent sur un sentier traversant le jardin richement aménagé. Tout en marchant, l'arrière de la tête chauffée par le soleil, Savannah inspira l'odeur du jasmin. Ce moment aurait pu être agréable, surtout avec Connor à ses côtés, s'ils n'avaient pas été en train de chercher qui voulait lui mettre un meurtre sur le dos.

Au détour du chemin, ils tombèrent sur un espace piscine

clôturé. Le bassin, dont l'eau bleue clapotait contre les bords, était entouré de transats. Connor poussa un soupir appréciateur.

— Sympa.

— J'aimerais bien qu'on soit là pour en profiter, remarqua Savannah en s'approchant de l'entrée.

Elle tenta d'ouvrir le portillon, mais sans succès. Pressant le visage entre deux barreaux, elle repéra Tiffany, allongée au soleil, ses cheveux décolorés rassemblés en chignon en haut de son crâne.

— Tiffany !

La petite amie de Niles tourna la tête, puis agita la main. Avant qu'elle n'ait eu le temps de se lever, une autre femme leur ouvrit le portillon.

— Vous êtes des amis de Tiffany ?

— Oui, merci, répondit Connor en le tenant pour Savannah. Après toi.

Elle rejoignit Tiffany, dont les yeux étaient cachés derrière une grosse paire de lunettes de soleil.

— Merci d'avoir accepté de me voir, Tiffany. Tu vas être contente de l'avoir fait.

La jeune femme commença à acquiescer, avant de renverser la tête quand Connor s'immobilisa à côté de Savannah. Elle abaissa ses lunettes le long de son nez.

— Bonjour, bonjour.

— Tiffany, voici Connor Wells. Connor, Tiffany James.

Tiffany lui tendit une main molle, aux longs ongles brillants.

— Salut, Connor. Enchantée de te rencontrer.

Il lui serra gauchement les doigts.

— Moi de même. Si ça ne vous embête pas, mesdames, je vais m'approprier ce transat et profiter un peu du soleil.

— Alors c'est toi, le célèbre Connor Wells, lança Tiffany.

Elle remonta ses lunettes, un petit sourire sur ses lèvres charnues.

— Célèbre ? répéta Connor.

Il attrapa son T-shirt par le bas et le fit passer par-dessus sa tête, dévoilant son torse musclé.

Savannah ne pouvait pas voir les yeux de Tiffany derrière

les verres foncés, mais elle n'en avait pas besoin pour savoir où elle braquait son regard.

— Oh ! il se peut que Niles t'ait mentionné quelques centaines de fois.

— Toutes mes condoléances.

Il s'étendit sur le transat comme s'il se désintéressait d'elles. Bien entendu, il n'allait pas rater un mot de leur conversation, songea Savannah.

La bouche de Tiffany s'incurva aussitôt vers le bas.

— Merci. Ça a été un tel choc.

Savannah s'assit sur la chaise entre les deux transats désormais occupés par Tiffany d'un côté et par Connor de l'autre.

— As-tu la moindre idée de qui pourrait vouloir tuer Niles ?

— À part toi et moi ?

Savannah prit une brusque inspiration.

— Ce n'est pas drôle, Tiffany. J'espère que tu ne racontes pas ça à la police.

— Non, mais c'était un sacré coureur, pas vrai ? Les flics vont le découvrir, même si on ne leur dit pas.

— J'avais cessé d'attacher de l'importance aux infidélités de Niles.

— Est-ce que ça t'a vraiment importé un jour ? demanda Tiffany.

Elle repoussa ses lunettes sur sa tête et riva les yeux sur Connor, qui bronzait derrière elle. Savannah se déplaça sur la droite pour lui bloquer la vue.

— Niles t'a-t-il parlé d'éventuels problèmes ? Ou d'ennemis ?

— Non, répondit Tiffany en plissant les yeux. C'est pour me demander ça que tu es venue ici ? Tu travailles pour les flics, maintenant ?

— Simple curiosité.

Savannah se pencha pour ajuster la bride de sa sandale et en profita pour plonger la main dans le sac de Tiffany.

— Je te jure, je voulais seulement m'assurer que tu allais prendre contact avec l'avocat de Niles, Chris Neelon. Niles t'a laissé quelque chose dans son testament, c'est sûr.

— C'est vrai ? Combien ?

— Ça, je l'ignore. C'est pour ça que tu dois appeler Neelon. Je venais vérifier que tu savais pour le testament, c'est tout.

— Il faut vraiment que tout le monde soit au courant ? demanda Tiffany en agitant les doigts vers un jeune homme vêtu d'une chemise blanche et d'un pantalon noir.

— C'est une enquête pour meurtre. C'est le genre d'information qu'ils découvriront forcément.

L'homme s'arrêta devant le transat de Tiffany. Il sourit, dévoilant des dents éclatantes de blancheur dans son visage basané.

— Un massage en bord de piscine, mademoiselle James ?

— Oui, Diego. Vous pouvez préparer ça ? J'arrive dans quelques minutes.

Elle jeta un coup d'œil vers Savannah.

— Du moins, si on en a terminé.

— Oui, c'est bon. Je passais seulement te prévenir pour le testament de Niles et te demander si tu soupçonnais quelqu'un.

Savannah se tourna sur sa chaise.

— Tu es prêt à y aller, monsieur le lézard ?

Connor ouvrit un œil et se frotta le torse.

— Ça fait du bien.

— Je peux demander à Diego d'organiser un autre massage, si tu veux, suggéra Tiffany en se redressant.

Elle se pencha en avant, écartant le paréo de son corps magnifique, mais Connor se leva sans sourciller.

— On ferait mieux d'y aller. On ne veut pas te perturber plus longtemps pendant ton deuil.

Les narines de la jeune femme frémirent.

— Ce qui est fait est fait.

Savannah se leva à son tour.

— Je te verrai à l'enterrement…

Alors que Tiffany s'étirait comme une chatte, ils traversèrent la terrasse et ouvrirent le portillon. Lorsqu'il claqua derrière eux, Connor prit Savannah par le bras.

— Ça ne nous a pas appris grand-chose.

— Son appartement sera sûrement plus intéressant, déclara-t-elle en montrant le trousseau qu'elle avait récupéré dans le sac de Tiffany. Mais on va devoir faire vite avant qu'elle ne se demande où sont passées ses clés.

— Tu plaisantes, s'exclama Connor, surpris au point d'en lâcher son T-shirt par terre.

— Pendant que certains se prélassaient au soleil, d'autres travaillaient.

— On ferait mieux de se dépêcher au cas où elle changerait d'avis et déciderait de renoncer aux mains magiques de Diego.

Alors qu'il se baissait pour ramasser le vêtement, il tourna la tête vers la piscine.

— Tu connais le numéro de son appartement ?

— Je l'ai suffisamment vu dans les papiers et les courriers de Niles. C'est le 246.

Le porte-clés de Tiffany au creux de la main, Savannah dévala le chemin, Connor à ses côtés. Il lui avait tellement manqué. Il lui donnait confiance en elle et lui permettait de croire que tout allait s'arranger – même quand elle en doutait, comme maintenant.

Une fois devant la porte de Tiffany, Savannah glissa la clé dans la serrure, tandis que Connor montait la garde. En franchissant le seuil, elle cligna des yeux à cause de l'air enfumé. Elle murmura :

— Je croyais qu'elle avait arrêté de fumer. C'était une cause de rupture pour Niles.

— Mais Niles n'est plus là, pas vrai ?

Connor la poussa à l'intérieur et referma doucement la porte derrière eux. Les mains sur les hanches, Savannah observa la pièce en désordre.

— Pourquoi ne voudrait-elle pas de nous ici ?

— Tu t'attends à trouver des vêtements tachés de sang ? Un couteau couvert de sang ? demanda Connor, avant de se frapper la paume du poing. Oh ! attends. Ça, on l'a déjà.

— Elle a peut-être mon bouton.

Savannah marcha à pas de loup dans le couloir qui menait aux chambres. Elle s'arrêta devant la seule porte close et pencha la tête sur le côté. Un frisson parcourut sa nuque avant qu'elle ne tourne la poignée.

Elle déglutit quand, sorti de nulle part, le canon froid d'un pistolet appuya sur sa tempe.

9

Un bruit distinctif, celui du cran de sécurité d'un pistolet qu'on relâchait, fendit l'air. Connor baissa la main vers sa ceinture, mais il avait laissé son arme chez lui.

— Savannah !

À son cri, elle revint dans la pièce en trébuchant, suivie d'un grand type barbu et baraqué qui la tenait en joue.

— Qu'est-ce que vous foutez chez moi ? s'exclama-t-il.

Une décharge d'adrénaline envahit Connor puis se dissipa, le laissant étourdi. Il serra les poings le long de son corps.

— Chez vous ? C'est l'appartement de Tiffany James, et on est venus ici pour lui rendre ses clés.

— Et lui laisser une carte, ajouta Savannah en s'écartant de l'homme. On vient de la voir à la piscine, et j'ai pris ses clés par mégarde.

— Pourquoi vous n'êtes pas retournés là-bas pour lui rendre son trousseau ? grommela l'inconnu.

— Elle était sur le point de se faire masser. On n'a pas voulu la déranger.

Connor était impressionné par le comportement de Savannah. Elle était vraiment douée pour l'improvisation.

— Par Diego ? lança l'homme d'une voix tonnante.

Connor leva la main.

— Allez, rangez ça. C'est un malentendu. On n'est pas ici pour vous voler. Savannah voulait seulement laisser la carte d'un avocat à Tiffany. Baissez votre arme.

L'homme remit la sécurité et glissa le pistolet dans la ceinture de son jean déchiré.

— Vous êtes Savannah Wedgewood, l'ex de Niles.

— C'est exact. Et vous êtes ?

— Denny. Denny Cosgrove…, l'ex de Tiffany.

Connor étudia les cheveux en bataille et le torse nu de Denny. Denny et Tiffany ne semblaient pas avoir rompu.

— Voici Connor, déclara Savannah en faisant un geste vers lui.

Au moins, elle ne l'avait pas qualifié d'ex.

Denny s'avança brusquement, la main tendue, pour broyer celle de Connor.

— Désolé pour le flingue. J'ai cru que quelqu'un avait forcé l'entrée.

— Si on n'avait pas pensé que l'appartement était vide, on n'aurait pas débarqué comme ça, répondit Savannah en posant les clés sur une table. Désolée. On va les laisser ici.

— Et la carte dont vous parliez ?

Sans la quitter des yeux, Denny gratta son torse tatoué.

— Bien sûr, acquiesça-t-elle.

Elle fouilla dans son sac et en sortit une carte de visite, qu'elle plaça sous le trousseau. Denny la fit glisser vers lui avec son gros doigt, puis la lut en fronçant les sourcils.

— C'est l'avocat de Niles ? Est-ce que Tiffany va hériter de quelque chose ?

— Je crois, oui, répondit Savannah en jetant un regard oblique vers Connor. Les enquêteurs vous ont-ils déjà parlé ?

— À moi ?

Denny rougit.

— Pourquoi est-ce qu'ils me parleraient ? Je n'ai rien à voir avec ce meurtre. Je n'ai jamais rencontré ce type.

— Je veux dire, quand ils ont parlé à Tiffany. Si vous habitez ici…

— Je n'habite pas ici. Je suis venu récupérer des affaires à moi que Tif avait gardées.

— D'accord, lança Connor en s'emparant de la main de Savannah. On va vous laisser tranquille.

Denny agita la carte vers eux.

— Merci d'avoir apporté ça. Tif mérite d'avoir quelque chose après ce que ce type lui a fait subir.

Ils sortirent de l'appartement, puis retournèrent à la voiture de Savannah sans échanger un mot. Une fois installés, Connor reprit la parole :

— Voilà pourquoi Tiffany ne voulait pas de nous chez elle. Elle continue à fréquenter Denny et n'avait pas envie que tu sois au courant.

— Denny avait l'air très intéressé par l'argent de Niles, n'est-ce pas ?

— Apparemment, Niles n'était pas le seul à faire des écarts de conduite, remarqua Connor en baissant sa vitre, tandis que Savannah démarrait. Et Denny n'est pas le genre de type qu'on a envie de contrarier.

— Oui, il était un peu pressé de dégainer à mon goût.

— Il n'y a pas que ça, Savannah. Tu as vu ses tatouages ? Il fait partie des Sons of Chaos.

— Le gang de motards ? Tu l'as su rien qu'en voyant ses tatouages ?

— Ils sont comme n'importe quel gang. Ils ont certains tatouages qui indiquent leur appartenance et leur rang dans l'organisation.

— À ton avis, je devrais en parler à la police quand j'irai donner mon ADN demain ?

— Pourquoi pas ? Ils t'ont déjà demandé si tu connaissais quelqu'un qui soit susceptible d'avoir tué Niles. Denny m'a tout l'air d'un bon suspect.

— Tu penses que Tiffany a piégé Niles ? demanda Savannah. Peut-être pas pour le tuer, mais pour le dépouiller ?

Elle sortit du parking et s'engagea dans la circulation, tandis que Connor remarquait :

— Ça aurait pu être le plan, mais tu ne t'imagines quand même pas que Niles était aussi naïf ?

Il se frotta le menton, qui le grattait depuis qu'il avait vu la barbe fournie de Denny.

— Ils profitaient peut-être l'un de l'autre. Il obtenait ce qu'il voulait d'elle et la payait en échange.

Savannah plissa le nez.

— Ça me paraît tellement… sordide. Et si Niles rémunérait Tiffany pour ses services, pourquoi elle ou Denny voudraient-ils tuer la poule aux œufs d'or ?

— Ils étaient peut-être au courant pour le testament. Ils se sont dit que Niles mort rapporterait plus. Ou, en tout cas, qu'elle aurait ses gains d'un coup et qu'ensuite elle pourrait être avec Denny.

Savannah secoua la tête.

— Je ne peux pas imaginer deux hommes plus différents que Niles et Denny.

— Niles et moi ne sommes pas vraiment des jumeaux non plus.

— C'était un peu le but, répondit Savannah en rougissant.

— Parce que notre relation était si pénible que ça ?

— Parce que je n'avais pas besoin que quelqu'un ou quelque chose me fasse penser à toi après mon départ.

— Pourquoi ?

Elle s'agita sur son siège et poussa un soupir.

— Si je ne pouvais pas t'avoir, je ne tenais pas à penser à toi tous les jours.

Alors qu'elle s'arrêtait à un feu rouge, Connor lui effleura le bras du dos de la main.

— Mais tu pouvais m'avoir. Je croyais pourtant avoir été clair ?

— Je me sentais trop coupable, Connor.

Elle renifla, avant de poursuivre :

— Les complices de mon beau-père ont assassiné ton père parce qu'il protégeait ma mère, et ça a tendu tes rapports avec *ta* mère.

— J'ai toujours eu une relation compliquée avec ma mère. Tu le sais très bien.

— Je suis certaine que ce qui s'est passé entre nos familles a empiré les choses, sans oublier le fait que tu aies pris parti pour moi.

— Mon père ne faisait que son travail : il protégeait une citoyenne de San Juan Beach.

— On sait tous les deux qu'il n'aurait jamais été là si ma mère ne l'avait pas appelé en personne.

— Si je peux te pardonner, pourquoi n'arrives-tu pas à le faire ? D'ailleurs, tu n'as rien à te pardonner du tout. Tu étais à la fac, à peine sortie de l'adolescence.

Savannah serra le volant au point de faire blanchir ses jointures.

— Je ne veux plus parler de ça, Connor.

Tournant la tête, il se mit à regarder le paysage sans le voir. Les excuses de Savannah ne tenaient pas debout. Il y avait forcément autre chose. Il avait accepté le fait qu'elle ne l'ait plus dans la peau, pourtant l'alchimie entre eux opérait toujours. Si seulement il pouvait être une petite souris lors de sa séance avec Thomas, songea-t-il.

Mais pour l'instant, il devait se résoudre à feindre une relation avec la femme qu'il aimait plus que tout au monde, la femme pour qui il était prêt à mentir, à tricher et à voler.

— Ce ne serait pas une bonne idée d'aller voir le shérif maintenant pour lui donner mon ADN ? demanda Savannah. Est-ce que ça ne me ferait pas paraître plus coopérative ?

— Plus inquiète, surtout. Ils t'ont dit de passer demain. Si tu honores le rendez-vous prévu, ça semblera assez coopératif.

D'un coup de volant, Savannah fit demi-tour dans un crissement de pneus, obligeant Connor à agripper l'accoudoir.

— Où vas-tu comme ça ?

— La scène du crime.

— Tu plaisantes ? s'exclama-t-il, les ongles enfoncés dans le cuir.

— La maison est toujours à mon nom. J'ai les clés. Pourquoi pas ?

— Parce que ton ex vient de s'y faire assassiner et que tu es sur la liste des suspects. Ça pourrait paraître louche.

— Si quelqu'un me voit. Est-ce que la police fait surveiller la maison, d'après toi ?

— Probablement pas. Je suis sûr qu'ils ont fini d'analyser la scène de crime. Ils ont relevé les empreintes, pris les photos, collecté les indices…

— Qui, apparemment, n'incluent pas le bouton de mon chemisier.

— Dommage qu'on n'ait pas eu le temps de le chercher chez Tiffany.

Ils avaient trop de choses à faire en trop peu de temps, se dit Connor en faisant rouler ses épaules crispées. Alors que

Savannah traversait le quartier huppé de La Jolla, il lui coula un regard.

— Es-tu sûre de vouloir faire ça ?

— Si on mène notre propre enquête sur le meurtre de Niles, il faut bien qu'on commence par la scène du crime.

— Qu'espères-tu trouver là-bas ?

Elle tourna brusquement la tête vers lui.

— Pourquoi essaies-tu de me dissuader ? Tu as dit toi-même que les hommes du shérif avaient terminé leur travail. Mon nom est toujours sur l'acte de propriété, j'ai les clés et j'ai le droit d'aller là-bas. Alors où est le problème ?

Connor se frotta la joue. En effet, où était le problème ? Peut-être était-ce la voix dans sa tête répétant que le tueur voudrait retourner sur les lieux de son crime ?

— Je ne veux pas que ça joue contre toi, répondit-il en haussant une épaule.

Elle tendit le bras pour lui toucher la cuisse.

— Merci, mais, s'il n'y a personne là-bas pour me voir, ça n'arrivera pas. Et puis j'ai une raison d'être sur place.

— Laquelle ? demanda-t-il, retenant son souffle dans l'attente de la réponse.

— Niles travaillait beaucoup depuis la maison, et il y gardait des dossiers de l'entreprise. Je veux les récupérer.

— Les enquêteurs de la criminelle ont sûrement emporté son ordinateur portable et les autres appareils électroniques.

— Je parle de dossiers en version papier. Comme ceux qu'il était censé me donner ce soir-là, avant qu'on ne soit tous les deux mis K-O.

— D'accord, c'est ton histoire. Continue à t'y tenir.

Savannah soupira.

— Ce n'est pas une histoire, Connor. Franchement, parfois, tu agis comme si j'étais coupable.

— On ne sait pas ce qui s'est passé ce soir-là, Savannah. Tu as fait un *black-out*.

— Parfois, tu agis comme si j'étais coupable – et comme si je *savais* que j'étais coupable.

Connor regarda les pelouses vertes et les jardins luxuriants qui défilaient derrière la vitre.

— Est-ce que tu aimais vivre là-bas ?

Elle poussa un long soupir.

— Oui. La maison est magnifique.

— Si tu apparais toujours sur l'acte de propriété, ça veut dire que cette maison est aussi à toi, n'est-ce pas ?

Le silence se fit dans l'habitacle tandis que Savannah, penchée en avant, négociait les routes en lacets qui grimpaient dans les collines. À en juger par sa bouche pincée, elle n'avait pas l'intention de répondre à sa question, même s'il connaissait déjà la réponse. Avec la mort de Niles, elle allait prendre le contrôle de Snap App, bénéficier de l'assurance vie et hériter d'une villa de luxe à La Jolla. Un sacré pactole.

— C'est au prochain tournant, déclara-t-elle en braquant le volant, avant de ralentir. Et je ne vois pas de voitures de police devant.

Même si Connor n'avait jamais vu de photos de la maison, le ruban jaune agité par le vent de l'océan ne laissait planer aucun doute. La maison blanche de style méditerranéen était située au bout de l'impasse et surplombait le Pacifique.

Comment diable Savannah avait-elle pu sortir d'ici en douce et rentrer chez elle à pied ? se demanda-t-il.

Elle s'engagea dans l'allée, puis coupa le contact.

— Ça n'a pas été si pénible de marcher jusque chez moi, surtout après avoir enlevé mes escarpins.

Avant qu'il n'ait une chance de répondre, elle sortit de la voiture et claqua la portière. Lorsqu'il la rejoignit enfin, elle était en train d'arracher le ruban tendu devant la porte d'entrée. Elle l'agita devant elle pour le décoller de ses doigts.

— Est-ce que ça veut dire qu'ils vont revenir ?

— Pas forcément, répondit Connor en s'emparant du plastique et en le roulant en boule dans sa main. Les policiers ne vont pas nettoyer une scène de crime pour tes beaux yeux. Ils te laissent le soin de le faire.

— Je m'en souviens.

Avec une moue mécontente, elle enfonça la clé dans la serrure et ouvrit la porte.

Bien sûr, songea-t-il. Savannah et sa mère avaient dû gérer les suites de la mort de Manny. Son père avait encore une fois aidé Georgie en faisant appel à une équipe de nettoyage de San Diego, spécialisée dans les scènes de crime. Qu'allaient-ils découvrir ici, Savannah et lui ?

En franchissant le seuil de la maison qu'elle avait partagé avec son mari, Connor renversa la tête pour mieux voir le plafond en voûte de l'entrée. Le mobilier bleu, vert et blanc qui équipait les lieux était comme une continuation de l'océan et du sable au pied des falaises. Savannah avait imprimé cette grande pièce de sa personnalité – lumineuse, gaie et insouciante. Quels secrets se cachaient derrière cette façade joyeuse ?

Elle lui glissa un regard sous ses cils sombres.

— Ça te plaît ?

— C'est très… « maritime ».

— À juste titre.

Elle traversa la pièce jusqu'à l'escalier et posa le pied sur la première marche, une main sur la rampe.

— Tu… Tu veux monter voir ?

— Autant qu'on en finisse.

Connor inspira profondément, puis relâcha son souffle. Attrapant Savannah par la main, il la précéda dans l'escalier. Une fois au premier étage, elle annonça :

— Dernière pièce au bout du couloir.

La porte de la chambre était ouverte. Connor se courba pour passer sous le ruban qui barrait le seuil et entra dans la pièce. Il s'arrêta net en voyant la tache qui recouvrait le tapis et s'étendait jusqu'au parquet.

Il poussa un sifflement.

— Niles a perdu beaucoup de sang.

— Je sais.

— Raconte-moi ce dont tu te souviens.

Il contourna le sol souillé pour s'approcher des baies vitrées. Elles donnaient sur un balcon et sur une magnifique vue de l'océan Pacifique. Lorsqu'il ouvrit un des battants, les voiles blancs se déployèrent dans la chambre, poussées par un souffle d'air venu du large.

Les yeux brillants, Savannah s'était immobilisée sur le pas de la porte.

— Je… Je me suis réveillée sur cette moitié de matelas, et le corps de Niles était par terre.

Elle finit par entrer dans la pièce, puis fit le tour du lit d'un pas traînant. Son regard se baissa sur l'endroit où elle avait trouvé le cadavre de son ex-mari, lardé de coups de couteau – celui qui était caché chez Connor.

Elle pointa du doigt le lit en désordre.

— Là. Je me suis réveillée là, nue, avec des coupures sur la main droite. J'avais la bouche pâteuse, l'esprit confus et désorienté.

— La porte du balcon était-elle fermée, avec les rideaux tirés ?

— Non. Comme à l'instant, il y avait du vent ce matin-là, et la porte-fenêtre était entrouverte. Je rêvais que j'étais dans l'eau et que je luttais pour remonter à la surface.

— Est-ce que tu as vu Niles tout de suite ?

— Au départ, je ne l'ai pas vu du tout. Il faisait toujours nuit dehors et la pièce était plongée dans l'obscurité. Je… Je me suis cogné le pied contre son corps.

Savannah s'entoura de ses bras et enfonça les doigts dans la chair de ses épaules.

— Quand j'ai allumé la lumière, je l'ai vu sur le sol.

— Tu n'as pas eu peur que le tueur soit toujours dans la maison ? demanda Connor, la tête penchée sur le côté.

— Je ne sais pas pourquoi, mais l'idée ne m'a pas traversé l'esprit.

Elle rejeta ses cheveux en arrière, avant de conclure :

— J'ai dû me dire qu'il était parti après avoir accompli son crime.

Connor lui arracha le reste de l'histoire, détail après détail. Son récit était presque le même que celui qu'elle lui avait fait en arrivant sur le pas de sa porte.

Elle lui montra où elle avait trouvé le bouton et comment elle l'avait rangé dans la poche de son pantalon.

— J'imagine qu'il n'a jamais atterri dans ma poche et que c'est comme ça que Letty l'a trouvé. Ou alors il en est tombé quand j'ai fini de ranger.

— Où es-tu allée après avoir… nettoyé la pièce ?

— Je suis descendue dans le bureau de Niles, répondit-elle en serrant son léger pull contre son corps. Je voulais le dossier qu'il m'avait promis.

— Ça devait être important pour toi pour que tu y penses dans un moment de panique.

Elle plissa brièvement les yeux, comme un chat ayant détecté une proie.

— C'est pour ça que Niles et moi nous sommes retrouvés. C'est pour ça que je suis venue ici. Je n'allais pas repartir sans. Viens, je vais te montrer.

Connor passa à nouveau sous le ruban jaune, puis suivit Savannah dans l'escalier. Le calme qu'elle affichait lui causait un picotement désagréable sur la nuque.

La vue du sang de Niles avait secoué Savannah, mais, s'il avait cru qu'elle allait s'effondrer dans ses bras dans un élan de désespoir, il se serait trompé. Même après la mort de Manny, elle était restée étrangement stoïque.

Après avoir traversé le salon, elle ouvrit une porte qui menait à un bureau. Les murs étaient tapissés de bibliothèques et une grande fenêtre donnait sur la végétation multicolore du jardin de devant.

— On a dû boire un verre, déclara Savannah en désignant le bar. Il y avait deux verres là-bas, avec du rouge à lèvres sur l'un d'entre eux.

Connor fronça les sourcils.

— C'est quelque chose que vous aviez coutume de faire ?

— À vrai dire, non, surtout si j'avais déjà bu avant. Mais en imaginant que Niles ait insisté, je l'aurais peut-être fait pour l'amadouer, rien que pour pouvoir récupérer ce dossier.

— Ce n'était peut-être pas ton verre.

— Trop tard maintenant. J'ai vidé l'alcool dans l'évier, avant de rincer les verres.

— Quel genre d'alcool ?

Elle s'approcha du bar et tapota de l'ongle une carafe en cristal taillé.

— Ce scotch. C'était le préféré de Niles.

— On devrait peut-être emporter cette carafe pour chercher ce qu'il y a dedans. Si tu penses que toi et Niles avez été drogués, c'est peut-être la preuve.

— Bonne idée.

Elle prit le récipient sur l'étagère, le posa sur le bar, puis poursuivit :

— Donc… Je suis venue ici, j'ai pris le dossier et je suis rentrée chez moi en passant par la colline et les ruelles.

— Ce dossier était-il sur le bureau ?

— Non, répondit-elle en levant un index. Ce qui était bizarre. Il y a un double fond dans l'un des tiroirs du bureau, et le dossier s'y trouvait toujours.

— Comment savais-tu qu'il y était ?

— Il me semble que Niles me l'a dit en chemin. On y rangeait souvent les documents importants, ceux qu'on ne voulait pas mettre en sécurité dans le coffre-fort, mais qu'on ne voulait pas laisser en vue.

— Qu'y avait-il dans ce dossier ?

— Des données financières. Des informations qu'on ne voulait pas révéler au public. Je n'ai pas trouvé insolite qu'il soit rangé là.

— Tu viens de dire que c'était bizarre que le dossier ait été là.

— Que le dossier ait *encore* été là.

Elle fit glisser son sac de son épaule et l'ouvrit.

— Ce qui nous est arrivé a dû se produire assez vite si Niles n'a même pas eu le temps de le sortir du tiroir. Quand je suis descendue ici, je m'attendais à ce qu'il soit sur le bureau. En ne le voyant pas, j'ai compris qu'il ne l'avait pas encore tiré de sa cachette, alors je l'ai récupéré.

— Et maintenant, que fais-tu ?

Savannah s'était placée derrière le bureau en acajou, munie du stylo qu'elle avait sorti de son sac.

— Je vais te montrer comment ça marche.

Connor vint s'accroupir à ses côtés, tandis qu'elle ouvrait le tiroir du bas à gauche.

Elle écarta des dossiers suspendus et inséra la pointe du stylo dans un minuscule trou au fond du tiroir. Lorsqu'elle remua le stylo, Connor entendit un petit *clic*.

Elle souleva un panneau, révélant un compartiment qui contenait plusieurs chemises et une clé USB.

— J'ai pris le dossier ici.

— C'est pratique. Je me demande pourquoi il ne l'a pas sorti quand vous êtes venus ici.

— Je ne peux pas te le dire. Je ne m'en souviens pas.

Après avoir replacé le panneau, elle s'assit sur ses talons.

Connor se pencha au-dessus d'elle, refit jouer le mécanisme et remit les dossiers en place. Alors qu'il le reposait sur le bureau, le haut du stylo se défit et roula sur le bord.

— On dirait que tu as cassé…

En examinant les différents morceaux, il sentit sa gorge se nouer.

— Ce n'est pas grave, répondit Savannah. Je ne sais même pas d'où je sors ce stylo. Il doit être à Niles.

Connor toucha l'instrument cassé du bout du doigt, puis le poussa par terre et l'écrasa sous son talon.

Elle écarquilla les yeux.

— Mais qu'est-ce que tu fais ?

— C'est peut-être un stylo, mais ça fait aussi office de dispositif enregistreur.

10

Le souffle coupé, Savannah recula pour s'éloigner des morceaux de stylo éparpillés sur le tapis persan.

— Un… Un dispositif enregistreur ? Quelqu'un m'écoute ? Nous écoute ?

— Ou suit nos allées et venues, répondit Connor en touchant les débris du bout du pied. C'est peut-être un GPS, ou même une caméra. Je n'en sais rien, mais, si notre espion était en train d'écouter, je ne crois pas qu'on ait indiqué que le pot aux roses était découvert. Le stylo est tombé de la table et s'est cassé. C'est tout ce qu'il sait.

— Oh non…, gémit Savannah, une main sur sa gorge. Le stylo devait être dans mon sac depuis le début. Quelqu'un l'y a caché quand j'étais ici, dans cette maison.

En entendant une portière de voiture claquer, ils échangèrent un regard.

— Quoi encore ? marmonna-t-elle.

À quatre pattes, elle alla jusqu'à la fenêtre, puis écarta légèrement le rideau.

— Et zut…

— C'est la police ?

Connor s'agenouilla et ramassa les morceaux de stylo, ou de micro, ou de GPS, ou quel que soit l'objet en question.

— C'est la sœur de Niles, Melanie, répondit Savannah.

— Est-ce qu'elle a une clé ?

— Je suis sûre que oui, sinon elle ne serait pas ici.

Elle sauta sur ses pieds, avant de s'élancer hors de la pièce en criant par-dessus son épaule :

— Sois naturel.

Elle arriva dans l'entrée au moment où Melanie ouvrait la porte. La sœur de Niles sursauta.

— Savannah ! Tu m'as fait une de ces peurs. J'ai vu la voiture, mais je pensais que c'était une de celles de Niles.

— Toi aussi, tu m'as fait peur.

Elle se précipita vers son ancienne belle-sœur et l'enlaça.

— Je suis vraiment navrée à propos de Niles.

Melanie l'étreignit à son tour.

— Merci. C'est effroyable. Qui peut avoir tué mon frère ? Tu penses que tu es en danger, toi aussi ?

Oh oui, elle était en danger…

— J'ignore qui voulait tuer Niles, mais j'espère bien que je n'apparais sur la liste de personne.

L'autre femme pencha la tête sur le côté.

— Vraiment ? Soyons lucides. Niles s'est fait des ennemis depuis que vous avez fait fortune.

En entendant les tongs de Connor claquer derrière elle, Savannah se tourna à moitié vers lui.

— Melanie Wedgewood, voici Connor Wells. Connor, voici la sœur de Niles, Melanie.

— Enchanté de vous rencontrer, et toutes mes condoléances, déclara-t-il en lui serrant la main.

— C'est dingue. On ne s'imagine jamais qu'un membre de sa famille va se faire assassiner.

D'une main, elle repoussa ses cheveux bruns de son front.

— Et pourtant… voilà.

— Pourquoi es-tu venue ici, exactement ? demanda Savannah en enfonçant une main tremblante dans la poche de son pull.

Elle ne s'était pas encore remise de la découverte de Connor à propos du stylo, mais dans un sens ce n'était pas la pire nouvelle de la journée. Connor allait peut-être enfin croire qu'elle se faisait piéger, au lieu de douter d'elle.

Melanie pointa Savannah du doigt.

— Tu as peut-être hérité de toutes les possessions de Niles, mais c'est toujours moi sa plus proche parente. La police m'a dit que j'étais censée m'occuper de son enterrement… et d'autres choses.

— Ne monte pas à l'étage, conseilla Savannah en touchant

le bras de sa belle-sœur. Tu n'as pas besoin de voir ça. Connor sait ce qu'il faut faire dans ce genre de situation, il connaît des gens que tu pourras embaucher.

— Ah oui ?

Les yeux cernés de Melanie s'écarquillèrent.

— J'ai été choquée d'apprendre par le département du shérif qu'ils ne nettoyaient pas… les dégâts après un homicide.

— Il y a des entreprises spécialisées, déclara Connor. Je peux me renseigner tout de suite, si vous voulez parler toutes les deux en tête à tête.

— Je ne crois pas que Savannah et moi ayons des sujets de conversation secrets, n'est-ce pas ? demanda Melanie en haussant un sourcil vers elle. Mais si vous voulez m'aider, j'accepte bien volontiers. Je ne saurais même pas par où commencer.

Il leva son portable.

— Je m'en occupe.

Alors qu'il se dirigeait vers le bureau de Niles, Melanie le désigna du pouce.

— Il a tout du prince charmant… Si j'étais de ce bord-là.

— En parlant de quelqu'un de charmant, est-ce que Faye est avec toi ?

— Elle ne pouvait pas faire faux bond à ses clients. De toute façon, elle n'a jamais aimé Niles.

— Elle aurait pu venir pour toi, pas pour Niles.

— Je n'ai jamais beaucoup aimé Niles non plus, en tout cas pas ces dernières années.

Melanie posa aussitôt la main sur sa bouche.

— Je n'en reviens pas d'avoir dit ça. Je suis quelqu'un d'horrible, et une mauvaise sœur.

Savannah lui pressa l'épaule d'un geste réconfortant.

— En période de stress, les mots dépassent souvent la pensée. Je sais que tu aimais Niles, même quand il était invivable.

— Il a fait n'importe quoi, répondit sa belle-sœur en essuyant une larme sur sa joue. Il ne t'a pas bien traitée du tout. Et il aurait peut-être dû être plus correct avec beaucoup d'autres personnes aussi.

— Je ne crois pas que ça aurait changé quoi que ce soit,

Melanie. On n'était pas faits pour être en couple, c'est tout. On aurait dû rester de simples associés.

— Niles ne se serait jamais contenté de ça. Il était amoureux de toi, même si je n'ai jamais eu l'impression que c'était mutuel, remarqua-t-elle en portant son regard vers la porte du bureau, que Connor avait refermée derrière lui.

Savannah pivota sur elle-même en levant les bras sur les côtés.

— Et maintenant, c'est un tel gâchis – Niles mort… assassiné. Je sais qu'il avait des ennemis, mais je ne vois pas qui pouvait souhaiter sa mort.

— Et sa copine ?

Melanie marcha jusqu'aux portes vitrées coulissantes qui donnaient sur le jardin, avant de poursuivre :

— Tiffany. Elle me faisait l'effet de quelqu'un de plutôt louche. Qui aurait envie de sortir avec une femme qui tournoyait autour d'une barre quand on l'a rencontrée ?

— Niles et beaucoup d'autres hommes, répliqua Savannah, avant de s'asseoir sur l'accoudoir de son fauteuil préféré. Je ne vois pas Tiffany tuer Niles. Elle aurait éliminé son bienfaiteur…

— Mais ?

— Mais quoi ?

Elle croisa le regard de sa belle-sœur, qui répondit :

— Tu avais un « mais » sur le bout de la langue.

Savannah haussa les épaules.

— Apparemment, Tiffany avait gardé un ex sous le coude. Une espèce de motard assez effrayant.

— C'est peut-être lui le coupable, s'exclama Melanie en claquant des doigts. Le motard jaloux.

— Je ne manquerai pas de parler de lui aux enquêteurs.

— Tu ne leur as pas encore parlé ?

Lorsque la jeune femme plissa ses yeux sombres, sa ressemblance avec Niles donna la chair de poule à Savannah.

— Si. Ils sont venus à San Juan Beach – là où je suis avec Connor – pour m'interroger, mais ils veulent que je leur donne mon ADN et que je réponde à d'autres questions. Je dois passer au poste demain.

— Ton ADN ? demanda Melanie. Ils ne te soupçonnent pas, quand même ?

— L'ex-femme qui prend le contrôle de l'entreprise multimillionnaire, qui touche l'assurance vie, qui hérite de la maison à La Jolla…

Savannah s'enfonça un doigt dans la poitrine.

— Je te présente la principale suspecte.

Sa belle-sœur poussa un grognement.

— C'est ridicule. Ils n'ont qu'à me demander, je leur dirai. De toute façon, tu étais avec ton prince charmant au moment du meurtre…

— Comment le sais-tu ?

— Heu… J'ai demandé aux enquêteurs. Mais pas parce que je te soupçonnais, promis.

— Oui, j'étais avec Connor.

— Problème réglé, s'exclama Melanie en se frottant les mains.

Connor sortit du bureau et les rejoignit.

— J'ai contacté une entreprise en votre nom. Ils viennent demain, si ça vous convient, bien sûr.

La jeune femme lui envoya un baiser.

— Vous êtes une perle. Merci beaucoup.

— Tant que tu es ici, prends ce que tu veux, Melanie, indiqua Savannah. Niles a des photos de famille et des choses qui viennent de vos parents.

— Waouh, fit-elle, les yeux embués de larmes. Maintenant, il n'y a plus que moi et mon frère Newland dans la famille proche. Et Newland n'est bon à rien tant qu'il lutte contre ses démons. Ça fait vraiment mal.

Savannah la prit à nouveau dans ses bras.

— Reste ici aussi longtemps que tu en auras besoin. Est-ce que tu vas parler aux enquêteurs pendant que tu es à San Diego ?

— Je les ai eus au téléphone, mais ils voulaient que je vienne pour un entretien en face à face.

Melanie renifla, puis agita un doigt vers Savannah.

— Et tu peux me croire, je vais leur dire que tu n'as rien à voir avec la mort de Niles.

— C'est super, merci. Embrasse Faye pour moi.

— Ce sera fait. Elle sera désolée de t'avoir ratée. J'espère que ce n'est pas moi qui vous chasse ?

— On s'apprêtait à partir quand vous êtes arrivée, répondit

Connor. Mais vous pouvez encore discuter quelques minutes. Savannah, je vais aller chercher le sac dans la voiture pour mettre les dossiers que tu voulais prendre dans le bureau de Niles.

— D'accord.

Les sourcils froncés, Savannah regarda Connor s'éloigner. Des dossiers ? Il voulait peut-être parler du scotch. C'était le genre de chose qui n'échapperait pas à Melanie, étant donné qu'elle était une ancienne alcoolique. Niles était le seul de la fratrie à avoir échappé à ce fléau.

Elles continuèrent à bavarder jusqu'à ce que Connor revienne avec un sac de sport vide sur l'épaule.

— J'en ai pour une minute.

Quand il ressortit du bureau, elles s'étaient fait leurs adieux, et Savannah le rejoignit à la porte d'entrée.

— Tiens-moi au courant pour les obsèques, Melanie.

— D'accord. Je sais que je vais devoir attendre qu'ils me rendent le corps de Niles, déclara-t-elle en fermant les yeux et en serrant ses mains l'une contre l'autre.

— Tu es sûre que ça ira, ici, toute seule ?

— Le meurtrier ne va pas revenir, n'est-ce pas ?

Alors qu'ils descendaient les marches du perron, Connor murmura à l'oreille de Savannah :

— J'aimerais bien qu'il revienne, qu'on en finisse.

— Qu'y a-t-il dans le sac ?

— La carafe, les morceaux du stylo cassé et le contenu du tiroir à double fond. On ne sait jamais.

Une fois dans la voiture, Savannah lui jeta un coup d'œil.

— Quelqu'un m'a suivie ou m'a écoutée avec ce stylo.

— Ou les deux. Je ne suis pas sûr de sa fonction exacte. Tout ce que je sais, c'est que ce n'est pas seulement un stylo.

— Si quelqu'un m'écoutait, il a entendu ma conversation avec Letty. Il est peut-être venu en avance pour la tuer et voler ce bouton.

— Cette personne sait aussi qu'on est allés voir Tiffany et qu'on est venus chez Niles. Et ça ne doit pas être tout.

— Mais ça confirme ma théorie selon laquelle quelqu'un essaie de me piéger, n'est-ce pas ? Il ou elle a dû mettre le stylo dans mon sac, la nuit du meurtre de Niles. C'est la première fois que je le vois.

Elle se posa une main sur le front.

— Je n'ai rien imaginé. C'est cette personne qui a caché le couteau dans ma voiture, puis a tenté de mener la police jusqu'à lui.

La gorge nouée, elle marqua une pause, avant de poursuivre :

— Ça veut dire qu'il sait où j'habite, a forcé ma voiture et a caché ce couteau dans mon coffre.

— Ou alors il s'est introduit chez toi, a pris tes clés de voiture et s'en est servi pour l'ouvrir. Est-ce que tu avais tes clés sur toi ce soir-là, même si tu n'avais pas pris la Lexus ?

— Non.

— Une fois de retour, comment es-tu entrée chez toi ?

— J'ai tapé le code de la porte du garage. Je ne verrouille jamais la porte entre la buanderie et le garage.

— Mauvaise idée.

Savannah leva les yeux au ciel.

— Pas la peine de revenir dessus maintenant. Quelqu'un veut me faire accuser du meurtre de Niles, mais pourquoi ? Pourquoi nous éliminer tous les deux en le tuant et en me piégeant ?

— Qui a le plus à gagner à vous mettre hors du coup ? Qui hérite de l'entreprise ?

— Ma mère est la légataire de presque tout ce que je possède. Mais elle a beau ne pas être… conventionnelle, je ne crois pas qu'elle soit capable de tuer Niles en me faisant porter le chapeau.

— Et du côté de Niles ?

— Sa sœur.

— Melanie ?

— N'importe quoi, protesta-t-elle en lui tapant la cuisse. Melanie se fiche pas mal de l'argent.

— Son petit ami ? Son mari ?

— Sa femme. Faye mène une belle carrière d'avocate au sein d'un gros cabinet de San Francisco. Elles sont casées, heureuses. Elles ne s'intéressent pas aux biens de Niles, surtout depuis que Melanie a constaté comment la richesse avait changé son frère – et pas en mieux.

— L'argent n'est peut-être pas le mobile. Y a-t-il quelqu'un dans l'entreprise qui vous déteste tous les deux ? Un employé mécontent ?

Les yeux rivés sur la route, Savannah se mordilla la lèvre.

— Il y avait bien quelqu'un… Brian Donahue. On a dû le renvoyer. C'était le responsable du contrôle d'assurance qualité. Il ne s'entendait avec personne. Quand il a menacé de détruire le code informatique, on l'a fait sortir du bâtiment sous bonne escorte.

— C'était il y a combien de temps ?

— Trois ou quatre mois.

— A-t-il menacé l'un de vous deux ?

— En sortant des locaux ? Il ne s'est pas gêné.

— Il faut que tu donnes son nom aux enquêteurs demain.

— J'aurais bien des choses à leur dire demain, mais la moitié d'entre elles me mettraient en cause, alors j'ai tout intérêt à me taire.

Après avoir baissé le pare-soleil, elle reprit :

— Je me demande si quelqu'un a déjà découvert le corps de Letty.

— Tu en sauras sûrement plus demain en allant au poste, répondit Connor en se frottant la nuque. Tu ne manges jamais, toi ? Je meurs de faim.

— Je grignoterais volontiers quelque chose. On s'arrête en chemin ou on attend d'arriver à San Juan Beach ?

— Si tu arrives à tenir encore vingt minutes, attendons. Tu devrais te montrer un peu plus en ville, afin que les gens s'habituent à te voir. Et je veux savoir s'il y a du nouveau à propos de l'incendie. Maintenant qu'on a trouvé le stylo, je pense que quelqu'un t'a peut-être suivie jusque chez moi et que, pour une raison ou une autre, il a mis le feu à ma remise.

— Il l'a fait pour que le couteau soit découvert, répliqua Savannah. Quelqu'un te surveillait peut-être quand tu es sorti le cacher.

— Je ne l'agitais pas dans tous les sens en allant à la remise.

— Cette personne a peut-être fait une supposition, qu'elle a même pu vérifier quand on est allés déjeuner.

— Je n'écarte pas cette idée. C'est pour ça que je veux me tenir informé.

Lorsqu'ils arrivèrent en ville, Connor l'emmena dans l'un de leurs vieux repaires : une paillote pittoresque avec des tables et des chaises en plastique disposées sur le sable.

Quand Savannah sortit de la voiture, elle leva les bras au-dessus de sa tête pour s'étirer. Les cheveux soulevés par le vent, elle inspira profondément l'air iodé. Un instant, elle oublia tout ce qui concernait Niles, Letty, son trou noir… Tout. Au moins, ce qui s'était passé l'avait ramenée dans cette ville, auprès de cet homme – en tout cas pour quelques semaines. Quelques mois ?

Le charme de la plage avait aussi dû agir sur Connor. Il entrelaça leurs doigts et l'entraîna vers le bistrot.

Les surfeurs matinaux étaient partis depuis longtemps, mais de nombreux clients étaient encore attablés, probablement suite à un déjeuner tardif, le restaurant n'étant pas ouvert le soir.

La serveuse balaya la petite salle d'un geste de la main.

— Asseyez-vous où vous voulez.

— On va s'installer à l'extérieur, déclara Connor.

Sans lâcher la main de Savannah, il l'entraîna jusqu'aux tables posées sur le sable un peu plus loin. Tandis qu'il ajustait le parasol pour les protéger du soleil de l'après-midi, elle se laissa tomber sur une chaise.

— Quelle matinée ! Tu penses qu'elle a été productive ?

— Oui, répondit-il en s'asseyant à son tour. On sait que Tiffany fréquentait toujours son ex malgré ses fiançailles avec Niles, et que cet ex est un type baraqué avec un pistolet.

— Niles a été poignardé.

— Je n'ai pas oublié, mais Denny aurait pu se servir de son arme pour intimider Niles. Il a aussi pu faire appel à ses copains du gang de motards.

— Qu'est-ce que je vous sers ? lança la jeune serveuse d'une voix forte.

Debout au bord de la terrasse, elle semblait peu désireuse de faire le trajet sur le sable.

— Un thé glacé, répondit Savannah sur le même ton.

— Deux, lança Connor.

Il se tourna vers Savannah et poursuivit :

— On a aussi le scotch de Niles, qui a probablement été bu par l'un de vous, ou par vous deux, ce soir-là. Si tu penses que vous avez été drogués, on pourra faire une recherche de substance.

— Donc, on a le couteau et le scotch.

Savannah posa le coude sur la table et appuya le menton sur sa paume.

— Comment va-t-on les faire analyser ?

— J'ai un ami détective privé, qui a des amis, qui ont des amis. Je sais qu'il acceptera de faire ça pour moi. On a collaboré sur quelques enquêtes quand j'étais encore policier. C'est un bon copain. Je peux compter sur lui.

— Il ne posera pas de questions ?

— Il me fait confiance, et je lui ai rendu quelques services par le passé – même si je n'ai pas besoin de lui rafraîchir la mémoire.

— Comme je l'ai fait avec toi, fit Savannah en remuant le sable du bout de son orteil.

— Tu assurais tes arrières, voilà tout. Je ne t'en tiens pas rigueur.

Du pouce, Connor lui caressa l'intérieur du poignet.

— Je ne te tiens rigueur de rien, Savannah.

Elle cligna des yeux derrière ses lunettes. Il aurait eu amplement de quoi lui en vouloir – s'il avait connu la vérité.

Un serveur s'approcha de leur table, un verre dans chaque main. Savannah s'écarta de Connor et sourit au garçon.

— Pouvez-vous dire à la serveuse qu'on est prêts à commander ?

Avant qu'il ne puisse répondre, une femme poussa un cri aigu depuis la terrasse et s'élança sur le sable.

— J'ai appris que tu étais de retour en ville !

Savannah jaillit de sa chaise et prit son amie Jamie dans ses bras.

— En chair et en os.

Jamie la serra contre elle, puis donna un coup de poing dans l'épaule de Connor.

— Tu aurais pu nous dire que vous vous étiez remis ensemble.

Il esquissa un sourire amusé.

— Je ne voulais pas nous porter la poisse.

Jamie agita les mains vers le serveur.

— Je vais prendre leur commande. Dis à cette faignante d'Annie de s'occuper des tables à l'intérieur.

Elle reporta son attention sur Savannah.

— J'ai été très heureuse d'apprendre que tu étais de retour, mais je suis désolée pour ton ex. C'est terrible.

— Atroce. Je n'arrive toujours pas à comprendre ce qui s'est passé, remarqua Savannah en plongeant une paille dans son verre. J'espère que la police attrapera l'assassin.

— C'est sûr. Quelle horreur…

Jamie sortit un carnet de sa poche arrière.

— Je suis désolée qu'on n'ait pas encore pris votre commande. J'estime que si on n'a pas envie de marcher dans le sable, on évite de travailler dans une paillote.

— Je vais prendre le sandwich au poulet avec des frites.

— Et moi, un cheeseburger avec des frites, enchaîna Connor.

Tout en replaçant les menus dans le porte-menu sur la table, il demanda :

— Jamie, as-tu entendu dire que Jimmy Takata aurait mis le feu chez moi hier ?

— Quelques rumeurs circulent, mais je ne sais pas si la police lui a déjà parlé. Ça ne m'étonnerait pas de la part de Jimmy ou d'un des Cove Boys. Ils sont incontrôlables. Ils se croient les maîtres de la ville.

Elle braqua son stylo sur Connor.

— Ce n'est pas pareil sans ton père et les services de police.

— Merci, Jamie.

Lorsqu'elle s'éloigna, il sortit son portable.

— Qui appelles-tu ? demanda Savannah.

— J'ai oublié de contacter le département du shérif pour leur transmettre le tuyau à propos de Jimmy.

Pendant que Connor parlait à son interlocuteur, Savannah

parcourut ses SMS et quelques e-mails. Il ne lui restait déjà plus que trente pour cent de batterie, alors qu'elle avait à peine utilisé son portable de la journée. Cela dit, elle ne comptait pas la remplacer maintenant. Si la police l'interrogeait sur son téléphone le lendemain, elle voulait être en mesure de leur montrer la batterie endommagée.

— C'est fait, annonça Connor en posant l'appareil sur la table. Ils avaient déjà entendu des bruits sur Jimmy et, quand je leur ai raconté ce qui s'était passé hier matin sur la plage, ils ont estimé que c'était assez important pour l'interroger.

— Jimmy a peut-être mis le feu à ta remise, mais ça ne change rien au fait que quelqu'un a mis un stylo dans mon sac pour épier mes déplacements, ou mes conversations, ou les deux.

Connor haussa un sourcil.

— Il n'y a rien d'autre d'anormal dans ton sac ?

— Non, j'ai vérifié.

Quelques minutes plus tard, Jamie leur servit leurs plats, et ils se mirent à dévorer comme s'ils n'avaient rien mangé depuis plusieurs jours.

Le fait d'enquêter lui avait redonné l'appétit, songea Savannah. C'était bien mieux que de rester à attendre que quelque chose se passe – comme une arrestation, par exemple.

En sortant du restaurant, ils bavardèrent avec Jamie et son mari, puis marchèrent jusqu'à la voiture pour retourner chez Connor.

— Ça t'embêterait de conduire ? demanda Savannah en agitant ses clés.

Connor s'empara du trousseau et lui ouvrit la portière côté passager. Une fois assise, elle posa la tête sur l'appuie-tête, puis ferma les yeux.

— Je suis épuisée, et il n'est même pas l'heure de dîner.

— Tu as encore une grosse journée qui t'attend demain.

— Je sais – l'interrogatoire de police.

— Et ton rendez-vous avec Thomas.

— Oui, ça aussi.

Elle ouvrit un œil.

— Tu sais que tu ne pourras pas y assister, n'est-ce pas ?

— Je n'y tiens pas. J'espère seulement qu'il pourra t'aider avec ton *black-out*. Avec tes souvenirs.

Je ne veux pas me souvenir.

Savannah referma l'œil et se renfonça dans son siège.

Quand Connor s'engagea sur la route qui menait à sa propriété, elle laissa échapper un soupir. C'était son deuxième jour ici, et elle avait déjà l'impression de rentrer à la maison. Serait-il possible de rester ici pour toujours ? Elle pouvait diriger Snap App à distance, en se rendant au bureau une fois par semaine.

Le temps que Connor se gare, ses rêves illusoires s'étaient envolés. Plus elle passait de temps avec lui, plus elle avait de mal à lui cacher la vérité. Soit elle allait devoir tout lui révéler, soit elle allait devoir le quitter… Encore.

Les membres engourdis, elle s'extirpa de la voiture. Elle voulait s'allonger, se rouler en boule et dormir pendant des jours, ou au moins jusqu'à ce qu'elle puisse mettre cette épreuve derrière elle.

— Est-ce que ça va ? demanda Connor.

Il avait récupéré son sac de sport sur la banquette arrière et l'avait mis sur son épaule avant de la rejoindre. Il glissa les mains le long des bras de Savannah.

— Tu as les paupières lourdes.

— Le repas et le soleil m'ont donné sommeil.

— Va te coucher. On n'a rien à faire pour l'instant, sauf si tu as du travail concernant l'entreprise. Moi, j'ai quelques coups de fil à passer.

— À part un tas de commérages, il ne se passe rien à Snap App en ce moment. Mais j'ai l'intention d'organiser une réunion plus tard dans la semaine, pour motiver les troupes.

— Alors va dormir. Tu en as besoin.

Il l'attrapa par le bras, puis ils montèrent les deux marches du perron ensemble. En enfonçant la clé dans le verrou du haut, il pencha la tête sur le côté.

— Je croyais avoir bouclé ça avant de partir, remarqua-t-il.

Il ouvrit la porte, mais tendit aussitôt la main derrière lui.

— Attends un instant.

— Que se passe-t-il ? demanda Savannah, le cœur battant.

— Laisse-moi d'abord faire le tour.

Tout en regardant Connor s'éloigner dans le couloir, elle roula son pull en boule et le serra contre sa poitrine.

Il disparut pendant quelques minutes, puis l'appela :

— C'est bon, tout a l'air normal.

Les épaules de Savannah s'affaissèrent. Elle entra en trébuchant sur le seuil et claqua la porte derrière elle.

— Évite de me faire peur comme ça. Quel était le problème ?

— Je croyais avoir tourné ce verrou. Je le fais toujours.

— Je bouleverse ta routine, affirma-t-elle en jetant son sac sur la chaise la plus proche. Est-ce que tu vas appeler ton copain le détective privé pour faire analyser le scotch et le sang sur le couteau ?

— Oui, madame. Est-ce que tu vas aller faire cette sieste ?

— J'ai l'impression que je pourrais dormir pour toujours.

Elle se rendit dans la cuisine d'un pas traînant.

— Je vais me chercher de l'eau, et après, au lit. Tu en veux ?

— Non, merci.

Connor s'assit sur le canapé et posa les pieds sur la table basse, son téléphone à la main.

Après avoir rempli son verre, Savannah s'appuya d'une hanche au comptoir. Tout en buvant une gorgée, elle laissa courir son regard sur la surface jusqu'au fil de son chargeur, qui était enroulé sur lui-même.

Connor avait dû le débrancher, songea-t-elle en fronçant les sourcils. Elle le laissait toujours dans la prise, étant donné que son portable avait constamment besoin d'être rechargé.

Elle s'écarta du plan de travail avec un cri étouffé. Elle fit volte-face, puis passa les mains sur le granit lisse, poussant les factures et le courrier de Connor par terre.

— Qu'est-ce que tu fais ? demanda-t-il.

Les doigts crispés sur la surface froide, elle se voûta.

— Mon dossier a disparu. Quelqu'un est entré ici et a volé les documents.

11

— Je le savais, s'exclama Connor.

Jaillissant du canapé comme un ressort, il la rejoignit en deux pas.

— Où était-il ?

Savannah frappa le plan de travail du plat de la main.

— Ici. Je l'avais laissé ici. Quand je mettais mon téléphone à charger, je le posais sur le dossier.

— Tu en es sûre ?

À l'instant où les mots sortaient de sa bouche, il s'aperçut de leur stupidité. L'expression sur le visage de Savannah était une réponse suffisante.

Elle s'empara du chargeur et enroula le fil autour de son doigt.

— J'ai remarqué ça en premier. Je laisse toujours mon chargeur dans la prise. Tu ne l'as pas débranché, n'est-ce pas ?

— Non, répondit Connor, avant d'explorer la pièce du regard. Il ou elle a été prudent. Comme cette histoire de verrou m'avait alerté, j'ai regardé partout attentivement, mais je n'ai rien remarqué d'inhabituel.

— Le couteau…

Les yeux bleus de Savannah s'assombrirent, à moins que la pâleur de son visage ne les fasse ressortir davantage.

— Où est le couteau ?

— Pourquoi prendrait-il le couteau ? S'il essaie de te piéger, il aurait tout intérêt à le laisser auprès de toi.

— Mais s'il l'a localisé, il pourrait rappeler les enquêteurs pour leur donner un bon tuyau – comme il l'a fait à propos du coffre de ma voiture. On sait tous les deux que c'est pour ça qu'ils ont regardé dans mon coffre.

— Reste ici.

Connor fonça vers la porte et fit le tour de la maison au pas de course. Dans le jardin, il se précipita vers l'un des deux chênes qui servaient généralement de support à un hamac. Plongeant la main au fond d'un trou dans le tronc, il referma les doigts autour du sac en plastique. Son butin à la main, il retourna à l'intérieur.

— Ça commence à ressembler à une drôle de partie de cache-cache, commenta-t-il en laissant tomber le couteau sur le manteau de la cheminée. Est-ce qu'il manque autre chose ? Ton ordinateur portable ?

À son tour, Savannah se rua hors de la cuisine et disparut dans le couloir. Quelques secondes plus tard, elle passa la tête au coin du mur.

— Il est toujours là. Dommage que ce type ne l'ait pas pris. Ça, au moins, j'aurais pu le localiser. Pour ce qui est du dossier, il est perdu pour toujours.

— Pourquoi ces données étaient-elles en version papier au lieu d'être informatisées ?

— Je ne sais pas. Au départ, je les ai cherchées dans les fichiers en ligne, mais, comme je ne trouvais rien, j'ai demandé à Niles. Il m'a dit qu'il avait imprimé le dossier.

— Pourquoi voulais-tu le consulter ?

— J'étais surprise par nos revenus trimestriels. J'avais fait le tour de tous les services pour revérifier les chiffres, mais pour l'un d'entre eux je n'avais rien trouvé. Niles n'a pas expliqué pourquoi il les gardait à part.

— Aurait-il pu falsifier les comptes ?

— Niles ? Ça m'étonnerait. Pourquoi l'aurait-il fait ? Ce n'est pas comme si l'entreprise ne marchait pas bien.

Connor passa dans le salon et souleva le sac de gym, puis le posa sur un des tabourets de cuisine. Dans la poche latérale, il attrapa les débris du stylo et les déposa sur le plan de travail.

— Je sais maintenant que ce stylo était un dispositif d'écoute. Sinon comment l'intrus aurait-il su que tu avais ce dossier ? Il t'a entendue en parler et il a voulu le récupérer.

— Mais pourquoi ? s'exclama Savannah.

Elle posa la main sur son front.

— J'ai la tête qui tourne. Je ne comprends pas pourquoi quiconque voudrait ce dossier.

— Celui qui l'a volé vient de dévoiler son jeu. Quand tu comprendras pourquoi ce dossier est aussi important, ça te mènera à l'assassin de Niles.

— D'ici là, le tueur l'aura détruit, lui et tous les indices qu'il contient.

— Tu ne peux pas obtenir ces données en ligne ? Elles ont bien dû exister à un moment donné. C'est toi, la surdouée en informatique, pas moi, mais il doit bien y avoir un moyen de les retrouver.

— Je me pencherai sur la question quand j'irai au bureau pour la réunion avec les employés. D'ailleurs, je vais la planifier tout de suite en leur envoyant un e-mail collectif.

— Après ta sieste ? demanda Connor en haussant un sourcil,

— Je suis bien réveillée, maintenant.

— Et on dirait que j'ai un autre coup de fil à passer avant d'appeler mon ami pour les analyses.

— Quel genre de coup de fil ?

— Vidéosurveillance. Je vais faire installer des caméras. Incendie criminel, cambriolage… Qu'est-ce que ce sera après ?

Savannah haussa les épaules jusqu'à ses oreilles.

— Je ne veux pas penser à ce qui viendra ensuite.

— Pour toi, c'est organiser cette réunion, puis faire une sieste. Tu as l'air au bout du rouleau.

— C'est vrai ?

Elle passa les mains sur son visage, toujours beau malgré les cernes sous ses yeux et la tension dans tous ses muscles.

— Crevée, confirma-t-il en lui effleurant le bout du nez.

Les joues empourprées, elle toussota, puis déclara :

— Je vais aller chercher mon ordinateur, envoyer cet e-mail, et ensuite je vais me blottir sous la couette.

Elle glissa du tabouret, tandis qu'il prenait son téléphone et s'installait dans un coin du canapé. Il avait déjà pensé à quelqu'un pour le système de sécurité. De toute façon, il avait l'intention d'en faire installer un pour le vignoble. Il anticipait un peu, voilà tout.

Il tourna brusquement la tête lorsque Savannah s'assit à côté de lui et lui prit la main.

— Tu me crois, à présent, Connor ? Tu sais que je n'ai pas tué Niles ? Ni en légitime défense ni autrement ? Tu sais que quelqu'un essaie de me piéger ?

Il glissa sa main libre derrière la nuque de Savannah, l'attira vers lui et toucha son front du sien.

— Oui, je te crois. Le couteau, le stylo, l'effraction.

— Je… Je veux dire, c'est clair que quelqu'un essaie de me piéger, n'est-ce pas ?

— On dirait bien.

Ses lèvres étaient tellement proches des siennes qu'il pouvait sentir leur chaleur.

Elle s'écarta de lui en soupirant.

— Tu n'imagines pas à quel point j'avais besoin d'entendre ça.

— Ça ne veut pas dire que j'ai changé d'avis à propos de ton rendez-vous avec Thomas demain. Si tu arrives à te rappeler ce qui s'est passé chez Niles, ça pourra peut-être nous aider à identifier le tueur.

— Ça ne me dérange pas de voir Thomas, affirma-t-elle en se levant. À vrai dire, je suis impatiente.

Les yeux plissés, Connor la regarda s'éloigner dans le couloir.

C'était un mensonge. Elle avait autant hâte de voir Thomas que lui d'aller chez le dentiste. Quels autres mensonges était-elle prête à débiter ?

Elle lui cachait quelque chose. Toute cette histoire sentait le coup fourré, en effet, mais qui essayait de piéger qui ?

En début de soirée, après avoir organisé la réunion et fait une sieste, Savannah rejoignit Connor par terre devant la télévision et une pizza.

Elle croisa les jambes et prit une assiette en carton.

— Tu as fait ce que tu avais à faire ?

Levant la main, il énuméra sur ses doigts :

— J'ai pris rendez-vous pour faire installer un système de sécurité ; j'ai contacté A.J. pour faire analyser la carafe de scotch et le sang sur le couteau ; j'ai trouvé une nouvelle cachette pour le couteau en question et j'ai travaillé sur le domaine. Une journée comme une autre.

Savannah lui toucha le pied de ses orteils, puis s'empara d'une part de pizza couverte de fromage fondu.

— Vinny's fait toujours les meilleures pizzas de la ville.

— Oui. Et je n'ai même pas eu besoin de te consulter pour savoir que tu voudrais celle au pepperoni et à la saucisse italienne – malgré ton vœu de supprimer la viande de ton alimentation. Ce n'est pas le moment de s'en tenir à un régime strict… ou à d'autres résolutions.

Il brandit la bouteille de vin rouge.

— Je te ressers ?

— Un demi-verre.

Elle écarta le pouce et l'index pour indiquer la quantité, mais il lui versa plus que la moitié du verre.

Tant pis pour ses autres résolutions, songea Savannah, tandis qu'il déclarait :

— A.J. m'a dit qu'il connaissait un type en mesure d'analyser le scotch pour chercher des substances ajoutées.

— Et le couteau ?

— Il y réfléchit. C'est un peu plus compliqué.

— Sans blague.

— Tu as déjà meilleure mine après cette sieste, remarqua Connor en la dévisageant.

Le fait qu'il ait admis ne pas la croire responsable de la mort de Niles avait beaucoup contribué à alléger le poids qu'elle portait sur ses épaules. Un fardeau de moins, encore un à déposer.

— J'en avais bien besoin. Et maintenant, j'ai besoin de cette pizza.

Quand elle mordit dans sa part, les épices explosèrent sur sa langue.

— Du nouveau pour ta réunion ? demanda-t-il.

— Plusieurs cadres supérieurs m'ont témoigné leur soutien. Je peux compter sur Nick Fresco, Lucy Shepherd et Hector Villalobos. Et aussi sur Dee Dee. Elle était le bras droit de Niles… Et son bras gauche, à bien y réfléchir.

— Dee Dee serait-elle au courant pour ce dossier ?

— Peut-être.

Elle laissa tomber un morceau de croûte dans son assiette et essuya ses doigts sur une serviette.

— Je pense que je peux lui demander discrètement.

— Sois prudente quand tu seras là-bas, Savannah. Ce qui arrive est peut-être en rapport avec l'entreprise. Tu étais peut-être censée mourir avec Niles.

— Merci bien…

Elle épousseta les miettes de ses doigts, puis but une gorgée de vin.

— C'est tout à fait ce que j'avais besoin d'entendre. Soit quelqu'un veut me mettre sur le dos un meurtre que je n'ai pas commis, soit il veut me tuer.

Connor lui pinça le genou.

— Pas tant que je serai dans le coin.

— Tu veux venir au bureau avec moi après-demain ?

— Je serai là si tu y tiens.

— J'y tiens, répondit-elle en reprenant de la pizza. Tu peux même m'accompagner au cabinet de Thomas demain, si tu promets d'attendre dehors.

— Savannah, Thomas est un professionnel. Tout ce que vous aborderez est strictement confidentiel.

Connor porta le verre à ses lèvres, mais s'interrompit avant de boire.

— Cela dit, je m'interroge…

— Sur quoi ?

— Ce qui te rend si nerveuse.

— Oh ! je ne sais pas.

Lâchant sa pizza, elle poursuivit :

— On ment tous les deux sur le lieu où j'étais la nuit où mon ex-mari a été assassiné. Je crois que j'ai de quoi m'inquiéter.

— On va s'en sortir.

— Parfois, j'ai l'impression que je pourrais tout surmonter tant que tu es à mes côtés.

Quand elle posa la main sur sa mâchoire, les poils de sa barbe naissante lui chatouillèrent la peau.

— Tu ne ressens ça que *parfois* ? demanda-t-il.

Il tourna la tête pour lui embrasser la paume.

— Je sais que le fait de t'avoir près de moi peut tout améliorer, mais tu n'es pas ici, n'est-ce pas ? Même quand tu y es, tu es à des millions de kilomètres. Sois ici. Avec moi. Maintenant.

Les yeux de Savannah se remplirent de larmes. Elle ne pouvait pas aimer cet homme plus qu'elle ne l'aimait déjà, mais, à défaut de pouvoir le lui dire, elle pouvait le lui montrer.

Passant les bras autour de son cou, elle pressa la joue contre la sienne et inspira son odeur masculine – mêlée à celles du pepperoni et du vin rouge.

D'une main dans ses cheveux, Connor lui renversa la tête en arrière. Il posa la bouche sur la sienne et s'empara de ses lèvres avec douceur.

Elle répondit par un soupir. Elle avait attendu ce baiser depuis qu'elle s'était jetée sur lui devant la maison, pleine d'espoir et d'anxiété. Et il l'avait aidée de toutes les façons possibles, malgré le fait d'enfreindre la loi et de prendre des risques sans jamais vraiment la croire.

Il l'attira contre lui dans une étreinte un peu maladroite, mais en réalité rien n'était jamais maladroit entre eux. Ils étaient faits l'un pour l'autre.

Tandis qu'elle s'asseyait sur ses cuisses, s'ancrant à lui d'un bras autour de sa taille, il l'embrassa avec plus d'ardeur et glissa la langue dans sa bouche. Répondant à son baiser avec passion, elle glissa les mains sous son T-shirt et effleura ses pectoraux saillants.

— Ton corps est aussi parfait que dans mes souvenirs.

— Et le tien…

Il remonta la main le long de son ventre et passa la main dans son soutien-gorge pour capturer un de ses seins.

— … Je ne l'ai jamais oublié.

Savannah se laissa glisser de ses genoux.

— Je ne veux pas faire ça par terre avec un carton de pizza en guise d'oreiller.

— On l'a fait dans plein d'endroits inappropriés.

— Oh ! je me souviens, Wells.

Elle prit appui sur son épaule pour se relever, puis lui tendit la main.

— Mais ça fait plus de quatre ans, et je veux prendre mon temps avec toi.

Et il se passerait peut-être encore quatre ans avant la prochaine fois, songea-t-elle à regret.

Après s'être levé, Connor lui lâcha les doigts.

— D'abord, je vais faire un brin de toilette.

— À toi l'honneur, répondit-elle en lui donnant un petit coup de hanche.

Pendant qu'il faisait couler l'eau, Savannah prit une bougie dans le salon, l'alluma et la plaça sur la table de nuit, puis rabattit les couvertures.

Quand il sortit de la salle de bains, elle était perchée au bord du matelas, en sous-vêtements, dans la pénombre.

Les yeux de Connor se mirent à briller avec autant d'intensité que la flamme de la bougie.

— Joli… Et je ne parle pas de la chambre éclairée à la chandelle, même si c'est très sympa aussi.

Elle tapota le lit.

— Mets-toi à l'aise. Je vais aller me brosser les dents, moi aussi.

Il la laissa se lever, puis lui caressa les fesses au passage.

— Dépêche-toi.

Une fois dans la salle de bains, elle se lava les mains et les dents. Tout en se passant les doigts dans les cheveux, elle murmura en direction de son reflet :

— Rien qu'une fois.

D'un pas sautillant, elle retourna dans la chambre et s'arrêta net. Connor était allongé sur son lit, nu comme un ver, la lumière de la bougie dansant sur son corps musclé.

— Oooh, tu ne m'as même pas laissé le plaisir de t'enlever tes vêtements un par un, s'exclama-t-elle.

Il se redressa en croisant les bras derrière sa tête.

— Je peux me rhabiller, si tu préfères.

— Tu n'as pas intérêt.

Elle fonça vers le lit et sauta à genoux sur le matelas. Enfourchant Connor, elle déposa une pluie de baisers sur ses épaules et son torse.

Après lui avoir ôté son soutien-gorge, il lui caressa les seins et passa les pouces sur ses tétons érigés.

— Oui, parfaite… Tu as toujours le même corps souple et magnifique.

Savannah se laissa tomber sur lui, puis il les fit rouler pour se positionner au-dessus d'elle. Il glissa les mains le long de ses flancs, passa les doigts dans l'élastique de sa culotte et la baissa.

Il couvrit de baisers torrides sa peau entre ses seins et son ventre. Il lui chatouilla le nombril de sa langue jusqu'à ce qu'elle se mette à glousser.

Elle lui donna une tape sur l'épaule.

— Ne me fais pas rire. C'est très sérieux, ce qu'on fait.

— J'aime te faire rire, et tu ne l'as pas fait souvent ces derniers temps.

Quand il passa les mains sous ses fesses, elle souleva les hanches.

— Tu pourras me faire rire plus tard. Pour l'instant, fais-moi soupirer, grogner, gémir.

Connor enfouit la tête entre ses jambes et lui fit tout ce qu'elle avait réclamé. Submergée par son orgasme, elle cria même son nom.

Il remonta jusqu'à sa bouche et l'embrassa, cueillant l'écho de son plaisir sur ses lèvres. Sentant son érection contre son ventre, elle la frôla de ses doigts, le faisant frissonner. Tandis qu'il s'allongeait à côté d'elle, elle continua à le caresser, et il prit le relais en matière de gémissements, de grognements et de soupirs.

Avec une brusque inspiration, il referma les doigts sur son poignet.

— Ah… Je veux être en toi.

— Fais de moi ce que tu veux, je suis à toi – je l'ai toujours été, je le serai toujours.

Il ouvrit le tiroir de la table de chevet et en sortit un petit carré d'aluminium bleu, qu'il leva entre deux doigts.

— Tu me donnes un coup de main ?

Savannah s'obligea à sourire. Ils n'avaient pas été ensemble depuis des années, mais elle aurait été prête à faire l'amour avec lui sans protection. Pas lui, visiblement.

— Toutes les excuses sont bonnes pour te toucher là.

Elle lui arracha le préservatif et déchira l'emballage avec ses dents.

Quelques secondes plus tard, Connor la pénétra doucement. Elle referma les jambes autour de son torse, tandis qu'il entamait un va-et-vient régulier. Dans la tête de Savannah, une phrase se répétait au rythme de ses coups de reins : *il ne te fait pas confiance, il ne te fait pas confiance.*

Pantelant, il resta en équilibre sur ses coudes et lui couvrit le visage de baisers enfiévrés.

— Tu es prête à jouir ? Je peux attendre.

Elle caressa du bout des doigts son visage rouge et moite de transpiration.

— Vas-y. J'ai déjà goûté au paradis.

Connor l'embrassa à nouveau, puis accéléra ses mouvements. Quelques instants plus tard, il se raidit en poussant un cri étouffé.

Il resta immobile sur elle pendant plusieurs secondes, avant de rouler sur le côté. Tout en lui caressant le côté du sein, il demanda :

— Je n'étais pas trop lourd, je ne t'ai pas coupé le souffle ?

— De la meilleure des façons, répondit-elle en traçant le contour de ses abdominaux sur son ventre plat.

Il enleva le préservatif et le posa sur un mouchoir sur la table de chevet. Une fois recouché, il prit la main de Savannah et entrelaça leurs doigts.

— C'était comme avant. Mieux.

— Sauf pour le préservatif.

Il se crispa un instant.

— Ça fait un moment qu'on n'a pas été ensemble, Savannah.

Sentant son cœur tambouriner dans sa poitrine, elle posa la main dessus dans l'espoir vain de le calmer.

— Je l'ai tué.

12

La bulle de chaleur dans laquelle flottait Connor se transforma en glace, et il tressaillit, comme électrocuté par ces quelques mots.

Ses doigts, toujours entrelacés à ceux de Savannah, se figèrent. Ses oreilles se mirent à bourdonner et ses mâchoires se serrèrent.

— Tu m'as entendue ? murmura-t-elle, son souffle lui chatouillant l'oreille.

Le charme se rompit. Connor libéra sa main et se redressa. La fine couche de transpiration qui couvrait sa peau après leurs ébats lui donnait désormais des frissons.

— Je t'ai entendue, répondit-il d'une voix rauque. Tu as tué Niles.

D'un mouvement vif, Savannah se rassit à son tour.

— Non ! Je n'ai pas tué Niles.

À quoi diable jouait-elle ? s'interrogea-t-il, les yeux rivés sur son visage.

— Bon sang, je n'y comprends rien. Tu viens de me dire que tu l'avais tué.

— Pas Niles. J'ai tué *Manny*. J'ai tué mon beau-père.

Il sursauta à nouveau, mais cette fois la décharge provoqua un pic d'adrénaline qui le propulsa hors du lit.

— Qu'est-ce que tu veux dire ? Mon père a tué Manny pour ta mère, puis toi et Georgie avez menti pour lui, en affirmant que la bagarre entre mon père et Manny était un combat à mort et que c'était de la légitime défense.

— Non, répondit-elle en le fixant. Ça ne s'est pas passé comme ça, Connor.

Il secoua la tête.

— Tu m'as menti. *Il* m'a menti. Mon père a payé de sa vie la mort de Manny.

— Je sais.

Elle courba le dos, et ses mèches sombres se répandirent sur ses seins. Connor ramassa son boxer, puis l'enfila.

— Raconte-moi tout. Je veux que tu me dises la vérité… si tu en es capable.

Elle tressaillit si fort que ses cheveux glissèrent devant son visage.

— Bien sûr. J'ai voulu le faire pendant si longtemps.

Après s'être glissée hors du lit, elle se détourna pour remettre ses sous-vêtements. Elle prit sur la commode le T-shirt qu'il avait porté dans la journée et le passa par-dessus sa tête. Elle s'assit ensuite au bord du lit, les mains sous ses cuisses.

— Pas ici, lança Connor. Dans le salon.

Il tourna le dos à Savannah et aux vérités affreuses qui sortaient de sa bouche. Comment pouvait-elle être responsable de la mort de Manny ? Pourquoi ? Avait-elle essayé de protéger sa mère, comme le père de Connor avait prétendu l'avoir fait ?

Sa colère et son sentiment de trahison lui embrumaient l'esprit, mais il devait en faire abstraction assez longtemps pour l'écouter et découvrir ce qui s'était vraiment passé.

Il s'affala sur le canapé et repoussa d'un coup de pied le carton de pizza à moitié vide. Savannah se laissa tomber dans le fauteuil en face de lui.

— J'ai voulu te le dire tellement de fois, Connor, mais je ne savais pas comment m'y prendre.

— Et tu t'es dit que le moment idéal, c'était pendant que je te fournissais un alibi pour un autre meurtre et juste après avoir fait l'amour ? C'est sûr, c'est d'une logique implacable.

— Ça me semblait opportun… nécessaire.

Il l'interrompit d'un geste sec de la main.

— Raconte-moi comment ça s'est passé.

— Manny me harcelait.

Savannah s'humecta les lèvres, avant de poursuivre :

— Il me tournait autour.

— Sexuellement ? demanda-t-il, la gorge soudain nouée.

— Oui.

— Depuis quand ? Pas depuis son mariage avec ta mère ? Pas quand tu avais quatorze ans ?

Connor serra les poings sur ses genoux. Si Manny n'avait pas déjà été mort, il aurait pu le tuer de ses mains.

— Non, répondit-elle, mais, dès que j'ai eu dix-huit ans, il a commencé à me draguer. La première fois, c'était quand je suis rentrée de la fac pour Thanksgiving.

Connor s'en souvenait très bien. Quand Savannah était rentrée à la maison, il avait été au comble de la joie. Il avait attribué ses changements de comportement à la vie étudiante.

— Est-ce que tu l'as dit à Georgie ?

— Bien sûr, et j'ai repoussé Manny sans la moindre ambiguïté.

— Quelle a été la réponse de ta mère ? demanda-t-il sans desserrer les dents.

Il connaissait Georgie. Il imaginait sans peine comment elle avait réagi en apprenant que l'homme avec qui elle était mariée depuis cinq ans, celui qui la couvrait de voitures, de cadeaux et d'argent, s'intéressait à sa superbe fille de dix-huit ans.

Savannah tordit la bouche.

— Ça n'a pas plu à maman. Elle en a même parlé à Manny, mais elle m'a dit de mûrir un peu et de gérer la situation. Il était hors de question qu'elle le mette à la porte.

— Sans blague, marmonna Connor en levant les yeux vers le plafond. Ça a commencé quand tu avais dix-huit ans et ça a continué pendant trois ans avant que… Avant que tu ne le tues ?

— Son intérêt pour moi était variable. Parfois, Manny essayait de m'embrasser. D'autres fois, il remarquait à peine ma présence.

Il sentit son estomac se retourner.

— Et Georgie était d'accord avec tout ça ?

— Elle n'était pas d'accord, Connor, mais elle ne voulait pas faire de vagues. Elle avait décroché le gros lot avec Manny.

— Pas toi.

— Non, admit-elle en se passant le petit doigt sur la lèvre inférieure.

— Que s'est-il passé ? Qu'est-ce qui a changé le soir où il est mort ?

— Je n'en suis pas tout à fait sûre.

— Quoi ?

Il se pencha, les coudes sur les genoux.

— Tu ne te souviens pas de quelque chose comme ça ?

Levant enfin les yeux vers lui, elle soutint son regard quelques secondes.

— J'ai fait un *black-out* cette nuit-là.

Connor s'affaissa contre les coussins du canapé et se frappa le front du plat de la main.

— Tu veux rire ?

— Est-ce que je plaisanterais sur un sujet pareil ? Je ne me rappelle pas ce qui s'est passé.

Ses genoux commencèrent à tressauter, et elle serra les mains dessus.

— Maman m'a dit que Manny avait essayé de me violer. Il m'aurait arraché mes vêtements et coincée dans ma chambre. J'ai dû réussir à m'échapper, j'ai attrapé son arme, là où il la gardait près de la porte d'entrée, et je lui ai tiré dessus.

Connor s'enfonça les ongles dans le crâne. La compassion qu'il ressentait pour Savannah et ce qu'elle avait dû endurer prenait le pas sur son choc.

— Où était Georgie pendant qu'il se passait tout ça ? Pourquoi n'était-elle pas là pour te protéger ?

— Elle était allée chez une de ses amies, mais, comme cette amie ne se sentait pas bien, elle a fait demi-tour.

Savannah courba les épaules et serra ses bras autour d'elle.

— Maman a dit qu'en rentrant à la maison elle m'avait retrouvée nue, le regard vide, accroupie dans un coin du salon, avec le cadavre de Manny en face de moi et le pistolet par terre.

— Et là, elle a appelé mon père.

— Bien sûr. Qui d'autre ?

Tout comme Savannah avait accouru vers Connor quand elle s'était retrouvée avec un autre cadavre sur les bras…

Il inspira profondément.

— Et ensemble, ils ont concocté toute l'histoire : Manny a agressé Georgie, qui a appelé mon père. Quand il est arrivé, Manny a braqué son arme sur lui, ils se sont battus et le coup est parti, tuant Manny.

— Oui.

— Pourquoi mon père ne s'en est-il pas tenu à ça ? Pourquoi avoir dit à ma mère qu'il avait tué Manny sur le coup au lieu de lui servir l'autre version ? Pourquoi s'incriminer davantage ?

Elle plaqua les mains sur ses joues.

— C'était l'idée de ma mère. Elle a pensé que ça jouerait en sa faveur à elle et que ça empêcherait ta mère de parler si le chef était redevable à maman. Oui, je sais. C'est tordu.

— Et ta mère a fait tout ça pour te protéger ? Un peu tard… Je n'arrive pas à imaginer ce que tu as traversé.

— Comme j'avais tout oublié et que je n'étais pas blessée, elle s'est dit que la police risquait de ne pas croire à un acte de légitime défense de ma part. De toute façon, je ne sais même pas si c'était le cas.

— En dehors du fait que tu étais nue et en état de choc.

Connor donna un coup de poing dans le coussin à côté de lui.

— Pourquoi ne m'as-tu rien dit ? Pourquoi mon père a-t-il gardé le silence ?

— Tout était tellement compliqué. Et ensuite, ton père est mort à cause de ma mère et moi. Si on avait dit la vérité, les associés de Manny n'auraient pas eu de raison de s'en prendre à ton père.

— Ils s'en seraient peut-être pris à toi à la place.

Elle écarquilla les yeux.

— Une étudiante de vingt et un ans ayant manqué de se faire violer ? Ça m'étonnerait.

Connor renversa la tête pour fixer le plafond.

— Savannah, tu ne trouves pas étrange d'avoir fait deux *black-out* et de t'être réveillée à chaque fois avec un cadavre à tes côtés ?

— Bien sûr.

— Et ça ne t'est jamais venu à l'esprit que ce qui s'était passé avec Manny pouvait s'être reproduit avec Niles ?

— Est-ce que j'ai laissé entendre que ça ne m'avait jamais traversé l'esprit ? J'y ai pensé, oui, mais c'est pour ça que j'ai tout vérifié à la maison. Rien n'indiquait que j'avais poignardé Niles – pas de coupures sur ma main gauche, pas de sang sur mes vêtements ou mon corps, aucun signe que je me sois douchée. Rien. Je ne l'ai pas fait, Connor. La police n'a pas trouvé de preuves de ma culpabilité.

Il ferma les yeux et se pinça l'arête du nez.

— Quand as-tu repris connaissance, la nuit où Manny est mort ? Et quelle est la dernière chose dont tu te souviens à propos de cette nuit-là ?

— Je me rappelle que je suis rentrée plus tôt et que maman est allée chez son amie, répondit Savannah en enroulant une mèche autour de son doigt. Je n'avais pas peur de rester seule à la maison avec Manny parce qu'il avait été préoccupé tout l'été et qu'il m'avait à peine regardée, ce qui était un énorme soulagement. Cela dit, je me rappelle avoir mis mon pyjama, verrouillé la porte de ma chambre et regardé la télé. C'est tout. Je ne me souviens pas d'avoir quitté la chambre, ni de voir Manny y entrer. Et je n'ai absolument aucun souvenir d'avoir pris une arme et de lui avoir tiré dessus.

Connor se gratta le menton.

— Où étais-tu quand tu t'es réveillée, ou quand tu es revenue à toi ? Je ne sais même pas quel terme utiliser.

— J'étais assise sur le canapé du salon, en pyjama. Manny était mort, par terre, et ton père et ma mère étaient accroupis près de lui. J'ai paniqué. Je me suis mise à hurler et à pleurer. Je ne comprenais pas ce qui se passait.

— Ta mère t'a dit ce qui était arrivé ?

— Elle s'est approchée de moi et m'a pris les mains. Elle m'a dit qu'à son arrivée elle m'avait trouvée nue dans un coin de la pièce, non loin du cadavre de Manny. J'étais muette, figée, mais elle a compris ce qui s'était passé. Elle m'a rhabillée, puis elle a appelé ton père, pour qu'ils règlent le problème ensemble. Elle m'a fait me laver les mains – pour enlever les traces de poudre – et, ensuite, elle m'a raconté l'histoire qu'ils avaient imaginée : Manny était devenu brutal, agressif, alors elle avait appelé le chef Wells, qui n'était pas en service. Quand il est arrivé, Manny nous menaçait d'une arme. Il l'a braquée sur ton père, qui s'est jeté dessus. Ils se sont battus, et le coup est parti, tuant Manny.

— J'aurais voulu…

Connor attrapa un coussin et le lança à travers la pièce.

— J'aurais voulu que tu me racontes tout. Que tu me dises que Manny te harcelait. Pourquoi ne l'as-tu pas fait ?

— Je ne sais pas, répondit-elle en haussant les épaules. J'avais honte, comme si c'était moi qui l'avais aguiché. C'est… C'est ce que ma mère a sous-entendu.

Il éprouva une bouffée de haine pure pour la mère égoïste et vaniteuse de Savannah. Comment son père avait-il pu idolâtrer cette femme ? songea-t-il, avant de répliquer :

— C'est ridicule.

— Je ne voulais pas te le dire, Connor. Tu ne voyais que mes bons côtés. Je n'ai jamais compris pourquoi, mais je ne voulais pas que ça change. C'est pour ça que je ne t'en ai pas parlé.

— Tes cachotteries ont détruit notre relation de toute façon.

Croisant les mains sur sa nuque, il demanda :

— C'est à cause de ça, n'est-ce pas ? C'est à cause de ça que tu as fui et que tu as épousé Niles.

— J'ai tué quelqu'un, puis j'ai rejeté la faute sur ton père, qui en a payé le prix de sa vie.

Elle renifla et se frotta le nez.

— Je ne pensais pas que tu pourrais un jour me le pardonner. Tu pourrais le faire ? Tu peux le faire ?

Connor se courba presque en deux.

— Je ne sais pas, Savannah. Je n'arrive pas à croire que tu aies vécu avec ce fardeau pendant toutes ces années. Quand tu t'es réveillée aux côtés de Niles, tu as dû revivre tout ça.

— Je suis désolée, Connor. Pour tout. Je n'aurais jamais dû venir ici. Je suis exactement comme ma mère, alors que j'ai essayé de toutes mes forces de ne pas l'être.

Il releva aussitôt la tête.

— Tu ne ressembles en rien à Georgie.

Un silence pesant régna quelques secondes.

— Et maintenant ? demanda Savannah en croisant ses mains sur ses genoux.

— On continue comme avant. On va élucider ce qui s'est passé la nuit où Niles est mort… Et ça commence par ton rendez-vous avec Thomas demain. Il ne faut rien lui cacher.

Il leva un doigt vers elle.

— Promets-le.

— C'est promis. Je vais tout raconter à Thomas.

Elle se leva d'un mouvement nerveux, puis se pencha pour ramasser le carton de pizza par terre.

— Laisse ça, et va plutôt te coucher, conseilla Connor. Tu vas avoir une grosse journée demain.

Elle hésita, lâcha le carton et recula d'un pas, avant de lui couler un regard sous ses cils. Les bras croisés, il ferma les yeux.

— Va au lit, Savannah.

— Le tien ?

— Je te rejoindrai plus tard.

Flottant dans le T-shirt trop grand, elle s'éloigna dans le couloir d'un pas traînant.

Connor se raidit pour résister au besoin de la suivre, de la prendre dans ses bras, de la réconforter pour ce qu'elle avait enduré plus jeune. Puis il se renfonça sur le canapé et posa les doigts sur ses tempes douloureuses.

Si Savannah avait déjà fait un *black-out* et tué quelqu'un, elle avait peut-être recommencé.

13

Le lendemain matin, Savannah se tourna sur le côté et enfouit son visage dans l'oreiller. L'odeur de Connor était partout autour d'elle, imprégnant tous ses sens. Connor, l'homme qu'elle avait aimé… et trahi.

La veille, l'expression dans ses yeux bleus lui avait appris tout ce qu'elle avait besoin de savoir – avait justifié son silence pendant toutes ces années. Il la détestait. Il ne lui faisait pas confiance.

Et c'était bien normal.

Elle passa les mains sur les couvertures, qu'elle avait bordées la veille. Connor ne s'était pas recouché – en tout cas, pas dans ce lit-là.

En entendant un coup frappé à la porte, elle se redressa et remonta le drap sur sa poitrine.

— Oui ?

— J'ai préparé le petit déjeuner, si ça t'intéresse.

Elle fixa la poignée de la porte, mais Connor n'entra pas. Au contraire, le bruit de ses pas s'éloigna dans le couloir.

Elle se leva et ôta le T-shirt qu'elle lui avait emprunté. Avant de le remettre où elle l'avait trouvé, elle le roula en boule et le serra contre son ventre. Oui, elle l'avait perdu.

Après avoir pris une douche rapide, elle sortit un short et un chemisier de son sac, puis s'habilla en temps record. Elle se fit une queue-de-cheval, prit une profonde inspiration et partit à la rencontre de son accusateur.

Lorsqu'elle entra dans la cuisine, il désigna une assiette.

— J'ai refait des œufs et des toasts. Ça te va ? Je m'occuperai des courses pendant ta séance avec Thomas.

En avançant vers lui, elle se cogna le gros orteil sur le parquet. Connor avait-il lui aussi eu un trou noir et oublié ce qu'elle lui avait raconté la veille ?

Il posa l'assiette remplie sur l'îlot, puis se détourna.

— J'ai déjà mangé. Je vais aller me doucher avant l'arrivée de A.J. Il vient chercher le couteau et le scotch. Il est temps qu'on obtienne des réponses – enfin.

Il n'avait rien oublié du tout.

En sortant de la cuisine, il lança par-dessus son épaule :

— L'entreprise de sécurité vient aussi ce matin.

Même s'il avait déjà évoqué l'idée d'installer un système de sécurité dans la maison, ses mots étaient teintés d'une note menaçante – comme s'il la prévenait de ne rien tenter.

Elle embrocha une bouchée d'œufs brouillés. Voilà qu'elle devenait paranoïaque…

La fourchette suspendue au-dessus de l'assiette, elle écouta l'eau couler dans la salle de bains. Si elle était parvenue à se taire la veille, elle serait peut-être en train de profiter de cette douche avec Connor. Sur le plan physique, rien n'avait changé. La passion brûlait toujours entre eux, plus fort qu'avant. Leurs corps se moulaient à la perfection. Elle n'aurait su dire où le sien terminait et où celui de Connor commençait. Mais lorsqu'il avait sorti le préservatif, tout lui avait paru être un mensonge. Une relation sexuelle torride était une chose, mais le véritable amour reposait sur la confiance.

Quelqu'un frappa à la porte d'entrée, et Savannah lâcha sa fourchette. Elle sauta du tabouret, marcha jusqu'à la porte et regarda par le judas. Un homme musclé au crâne rasé, avec un sac de sport sur l'épaule, attendait sur le seuil.

Posant les mains sur le battant, elle demanda :

— Qui est-ce ?

— C'est A.J. Je viens voir Connor Wells.

Elle fit jouer le verrou et ouvrit la porte.

— Bonjour. Je suis Savannah.

— Bonjour, Savannah, répondit A.J. en la saluant d'un signe de la tête. Je ne m'attendais pas à tomber sur quelqu'un d'autre que Connor.

— Entrez.

Connor n'avait donc pas révélé tous leurs vilains petits secrets à A.J. ? Pour quelle raison l'homme pensait-il être là ?

Connor les rejoignit, la main tendue.

— Salut, mon pote. Merci d'être venu. Tu as fait la connaissance de Savannah ?

— Oui, répondit A.J. en fronçant les sourcils. Savannah Wedgewood, c'est ça ?

— Je préfère Martell, mais oui, c'est moi. La veuve joyeuse.

Le crâne rasé de l'homme s'empourpra.

— Je suis désolé. Je viens tout juste de faire le rapprochement.

— Tu es toujours partant ? demanda Connor.

— Tu veux rire ? Bien sûr. Je vais peut-être résoudre la plus grosse affaire d'homicide de l'année. Donne-moi des détails.

— On ne va rien te dire, A.J. Du moins, pas encore.

Connor traversa la pièce et ouvrit le sac de sport posé sur la cheminée. Il en sortit le carafon en cristal.

— On a besoin de faire analyser ça pour savoir si ça contient de la drogue.

S'emparant du récipient, A.J. fit tourner le liquide à l'intérieur.

— Facile.

— Et puis il y a ça, poursuivit Connor en écartant les pans du sac.

Même si A.J. avait sûrement su à quoi s'attendre, il écarquilla les yeux en voyant le contenu.

— Ça va être plus compliqué, mais je pense que je peux trouver un gars. À qui appartient ce sang ?

— Attendez.

Savannah se rua sur son sac à main et plongea la main dedans. Elle en sortit un morceau de tapis rigide, qu'elle présenta à A.J. dans sa paume.

— C'est le sang de Niles Wedgewood.

Connor se pencha au-dessus de sa main pour tâter l'objet.

— Où as-tu trouvé ça ?

— Dans la maison, hier après-midi. C'est un bout du tapis qui était sous le corps de Niles.

— Tu l'as découpé ? demanda-t-il en reculant, la mine sombre.

— Bien sûr que non, répondit-elle d'un ton sec. Le tapis a dû être lacéré pendant l'attaque, et ce morceau ne tenait plus qu'à un fil. Je l'ai arraché. C'est mieux que d'attirer l'attention en essayant d'obtenir le rapport d'analyse du sang de Niles, non ?

— Ça, c'est sûr, approuva A.J.

Il sortit un sachet en plastique du sac de sport qui n'avait pas quitté son épaule.

— Mettez-le là-dedans. C'est tout ou il y a autre chose ?

Savannah pinça le tapis entre deux doigts et le laissa tomber à l'intérieur.

— Il faudra aussi chercher s'il y a mon sang sur le couteau.

A.J. lâcha le sachet, puis se baissa pour le ramasser. Quand il se releva, une fine couche de transpiration luisait sur son front.

— Il y a quelque chose que je devrais savoir ?

— Rien, répondit-elle en repoussant ses cheveux en arrière. C'est seulement pour exclure des hypothèses, parce que, pour *certaines personnes*, ce qu'on dit ne suffit pas.

Tandis que Connor croisait les bras et serrait les mâchoires, A.J. répondit :

— Il faut vous piquer le doigt et faire tomber quelques gouttes de sang sur une carte ou autre chose.

— Je peux le faire.

Posant l'index sur son menton, elle poursuivit :

— À moins que Connor ne veuille s'en charger. Il aimerait bien me faire saigner.

Connor leva les mains d'un air exaspéré.

— Ne me prête pas d'intentions violentes.

A.J. les regarda tour à tour.

— Donnez-moi votre sang, Savannah, et je vous laisse.

— Tu lui fais peur, lança Connor en allant dans la cuisine et en ouvrant un tiroir. Je vais stériliser cette épingle à nourrice, et puis tu pourras te piquer le doigt autant que tu voudras.

— Qu'est-ce que j'avais dit, répliqua-t-elle, une main sur la hanche.

Avec un léger grognement, il alluma le brûleur et tint le bout de l'épingle au-dessus de la flamme avec des pinces. Puis il frotta l'extrémité avec de l'essuie-tout.

— Ce serait dommage que la suie rentre sous ta peau.

Alors qu'elle prenait l'épingle, Savannah pencha la tête sur le côté et le transperça du regard. À en juger par sa voix taquine, il s'était un peu dégelé, mais les choses n'étaient toujours pas revenues à la normale entre eux. Pourraient-elles le redevenir ? L'avaient-elles été depuis le soir où elle avait tiré sur Manny et fait accuser son père ?

Tirant sur la peau de son pouce, elle perça la peau avec la pointe de l'épingle. Une goutte se forma aussitôt. Elle mit l'index au-dessus d'une fiche et laissa le sang couler dessus, puis leva les yeux sur A.J.

— Ça suffira ?

— Largement. Vous seriez surprise de la faible quantité dont ils ont besoin pour leurs analyses de nos jours.

Réprimant un frisson, elle prit la feuille d'essuie-tout humide que lui tendait Connor et l'enroula autour de son doigt. Et si les experts de la police scientifique avaient trouvé ne serait-ce qu'une goutte de son sang dans la chambre de Niles ?

A.J. agita la fiche en l'air.

— Je vais laisser sécher ça pendant quelques minutes avant de le mettre dans un plastique scellé. Et après, je vous laisse.

— J'apprécie vraiment ce que tu fais, A.J., déclara Connor en empoignant l'épaule de son ami. Transmets-nous les résultats dès que tu les as.

— Voulez-vous boire quelque chose avant de partir ? demanda Savannah.

— Non, merci. J'attends que le vin commence à couler ici. Combien de temps encore, Connor ?

— Je vendangerai les vignes l'année prochaine, et ça lancera le processus.

— Heureusement que tu es indépendant financièrement, remarqua A.J. en glissant un regard en coin vers Savannah.

Connor avait de l'argent et des terres, mais ce coup d'œil signifiait que A.J. savait sûrement que sa fortune à elle était sur le point d'exploser. Tous les articles relatant la mort de Niles avaient parlé d'elle et de ce qu'elle allait hériter après le meurtre.

Après avoir promis de les contacter dès qu'il aurait du nouveau, A.J. les quitta.

Savannah baissa les yeux sur son téléphone.

— Plus qu'une heure avant le rendez-vous avec Thomas. Quand l'entreprise de sécurité est-elle censée arriver ?

— D'une minute à l'autre, répondit Connor. Je vais travailler un peu, et, dès que j'en aurai fini avec eux, on partira ensemble pour le cabinet – si ça te convient toujours.

— Ça me convient toujours.

Elle rinça son verre à l'évier, la tête baissée, ses cheveux formant un rideau autour de son visage.

— Je suis désolée, Connor.

— Je sais. Je… Je n'arrive pas à imaginer ce que tu as vécu ces dernières années. Tu aurais dû consulter quelqu'un, un thérapeute comme Thomas, pour t'aider à surmonter tout ça.

Les yeux de Savannah se remplirent de larmes, et elle se frotta le nez.

— Ma mère m'a dit de ne pas y aller. Elle avait peur que les ennuis me rattrapent.

— Ben tiens…

Connor soupira et s'installa devant son ordinateur.

Un peu plus tard, pendant qu'il discutait avec l'employé de l'entreprise de sécurité, Savannah répondit à ses e-mails professionnels. Elle écrivit à Dee Dee pour l'interroger sur les dossiers archivés. Elle ignorait ce que le voleur du dossier espérait découvrir ou cacher. Niles avait déjà passé ces documents en revue. D'ailleurs, ils étaient cornés. Si quelqu'un avait quelque chose à cacher, c'était trop tard.

Peu de temps après avoir envoyé un e-mail à Nick Fresco, le directeur financier de Snap App, il la joignit sur son portable.

— Désolé de ne pas t'avoir appelée plus tôt, Savannah. Je ne savais pas quoi dire. Tous les trois, on était une équipe au début… avant qu'il n'y ait ces problèmes entre vous.

— Je sais, Nick. C'est affreux. Comment est l'ambiance, dans la boîte ?

— Difficile à dire. C'est calme. Tu as bien dit aux employés de prendre des congés, n'est-ce pas ?

Savannah sentit son ventre se serrer. S'agissait-il d'une critique voilée ?

— Tu penses que ce n'était pas une bonne idée ?

— C'était une excellente idée. J'ai hâte que tu reviennes à plein temps, si…

— Si quoi ?

Nick avait toujours été le roi de l'insinuation, songea-t-elle en agrippant son téléphone.

— Je me demande seulement si tu fais l'objet d'une enquête, Savannah. As-tu besoin d'un avocat ? Je sais que celui de Niles, Neelon, n'est pas spécialisé en droit pénal, mais il pourrait te recommander quelqu'un.

— Waouh, attends un peu ! La police n'enquête pas sur moi. J'ai un alibi pour cette nuit-là. Je n'étais même pas à San Diego à l'heure du crime.

Nick fit claquer sa langue – une autre de ses habitudes agaçantes.

— Je suis désolé. Je ne voulais pas mettre le doigt là où ça fait mal. Je pensais… Tu sais… En général, le conjoint est toujours le principal suspect, surtout un ex-conjoint.

— Tu es bien placé pour le savoir, Nick. Tu en as deux.

— D'accord, d'accord. Pas la peine de monter sur tes grands chevaux.

Il émit un gloussement qui manquait de naturel.

— Et Brian Donahue ? demanda-t-elle.

Elle agita la main vers Connor, qui se tenait sur le seuil et pointait du pouce par-dessus son épaule.

Nick prit une inspiration bruyante.

— Quoi, Donahue ?

— C'est toi qui l'as renvoyé. Est-ce qu'il aurait été capable de faire ça ?

— Impossible. Il aurait pu péter les plombs et se mettre à tirer sur ses collègues, mais je ne l'imagine pas préméditer un meurtre.

Il se racla la gorge, avant de poursuivre :

— As-tu besoin d'aide pour la réunion de demain ? Je sais que tu es hors du coup depuis un moment et que Niles devait être plutôt avare d'informations.

— Merci pour ta proposition, mais j'ai simplement prévu un petit discours de motivation, du genre : « Allez, les amis, on va se battre ! »

— Plusieurs employés ont fait leur retour aujourd'hui. Bien sûr, ils sont bouleversés par la mort de Niles, mais ils s'inquiètent aussi pour leurs emplois.

— Ils n'ont pas de souci à se faire. Malgré quelques pertes, l'entreprise se porte bien.

— Des pertes ?

— J'ai besoin de te parler, Nick. On peut se prévoir une réunion après la réunion ?

— Bien sûr, mais je ne suis au courant d'aucune perte. Es-tu en train de me dire que Niles a dissimulé certains faits et chiffres ?

— Je n'en suis pas encore sûre. On en discutera.

Elle adressa un autre signe à Connor, qui sautillait presque d'un pied sur l'autre près de la porte.

— Est-ce que les enquêteurs t'ont déjà interrogé ?

— Tu parles de Krieger le gentil flic et Paulson le méchant flic ?

Tout en se laissant glisser du tabouret, elle s'exclama, soulagée :

— Oh ! toi aussi, c'est ce que tu as pensé ?

— Je suppose que c'est la procédure habituelle, mais oui, c'est Paulson qui m'a cuisiné à propos de mon alibi et de ma position dans l'entreprise. Un vrai con.

Connor était sorti, laissant la porte ouverte derrière lui, et Savannah pressa le pas pour le rejoindre. Il devait s'imaginer qu'elle essayait de gagner du temps.

— On en parlera demain, Nick. Merci de m'avoir rappelée, et désolée de t'avoir rembarré.

Elle raccrocha et s'assit sur le siège passager.

— Nick Fresco, notre… Mon directeur financier.

— Il sait peut-être ce que contient le dossier volé, si ça portait sur des données financières.

— On a prévu de se voir après mon discours au personnel demain.

Elle mit ses lunettes de soleil, puis baissa la vitre.

— Est-ce que tu m'accompagneras au poste après ma séance avec Thomas ?

— Tu veux que je vienne ?

— Oui – même si tu ne me dois rien du tout maintenant. Tu pourrais même me livrer si tu le voulais.

Connor fit glisser ses mains le long du volant.

— Je n'ai pas fait tout ça parce que je me sentais redevable, Savannah. Tu ne le sais pas encore ? Tu ne sais pas ce que je ressens pour toi ? Ce que j'ai toujours ressenti pour toi ?

— Ce que tu ressentais pour moi avant que je vide mon sac à propos de Manny ? demanda-t-elle en lui lançant un regard oblique.

Il ferma les yeux, et ses narines palpitèrent.

— Je t'aime toujours, Savannah – peu importe ce que tu as fait.

Elle laissa les mots flotter dans l'air, savourant leur douceur et ignorant l'amertume sous-jacente. Il l'aimait peut-être, et elle était sûre de l'aimer, mais cela ne signifiait pas qu'ils pouvaient surmonter le passé et se remettre ensemble. Après tout, Connor n'était toujours pas convaincu qu'elle n'avait pas tué Niles, et peut-être Letty aussi.

Croisant les mains sur ses cuisses, elle tourna les yeux vers la fenêtre.

— Je sais.

Un quart d'heure plus tard, Connor se gara sur un petit parking à l'arrière d'un bâtiment d'un étage. Il mit au point mort, mais ne coupa pas le moteur.

— Dis bonjour à Thomas de ma part. Je dois aller au poste. Ils m'ont appelé ce matin pendant que tu dormais pour me dire qu'ils avaient des preuves contre Jimmy Takata.

— Ça fait au moins un mystère de résolu.

Elle ouvrit sa portière, puis sortit du pick-up. Une seconde plus tard, elle repassa la tête à l'intérieur.

— Je t'aime aussi, Connor.

D'un pas hâtif, elle se dirigea vers les marches à l'extérieur du bâtiment, pressée de s'éloigner de Connor et de ses sentiments pour lui.

Quand elle arriva devant le bureau, elle essaya la poignée. La porte n'étant pas verrouillée, elle entra. Elle découvrit une petite salle d'attente, meublée d'un présentoir à magazines et de quatre chaises, disposées deux par deux de chaque côté d'une plante verte vigoureuse. Une plaque à côté d'un bouton sur la porte invitait les patients à appuyer dessus.

Elle obéit, et quelques secondes plus tard Thomas apparaissait sur le seuil de son sanctuaire.

Elle tendit la main vers l'homme au physique agréable qui lui adressait un sourire chaleureux.

— Je suis Savannah Martell.

— Bienvenue, Savannah. Thomas Bell.

Après lui avoir serré la main, il l'invita à entrer dans son bureau.

— Asseyez-vous où vous voulez.

Le regard de Savannah flotta entre le canapé et un profond fauteuil en cuir, séparés par une table où était posée une boîte de mouchoirs en papier. Elle choisit l'autre fauteuil et s'affala dedans, se sentant déjà étrangement à l'aise.

— Voulez-vous de l'eau, du café, du thé ? demanda Thomas en levant un mug fumant vers elle.

— Non, merci.

Il s'assit dans le fauteuil en face d'elle et posa le mug sur son genou. Ses yeux sombres croisèrent les siens, et il haussa légèrement un sourcil, mais garda le silence.

Elle tira sur une mèche de ses cheveux.

— Heu… Mon ex-mari a été assassiné – et j'ai fait un *black-out*. J'étais là, sur place, mais je jure que je ne l'ai pas tué.

— Vous avez fait un *black-out*.

— Oui, mais rien n'indiquait que je m'en étais prise à lui. S'il y avait eu le moindre doute… je serais restée à la maison et j'aurais appelé la police.

— Ça vous arrive souvent de faire des *black-out* ?

— Une fois seulement.

Thomas attendit. Il but même une gorgée de sa boisson.

Après quelques hésitations, Savannah lui raconta toute l'histoire de la mort de Manny, sans cacher le rôle qu'elle avait joué.

Elle n'avait même pas terminé son récit lorsque Thomas baissa les yeux sur sa montre pour la cinquième fois en cinq secondes.

— On va devoir s'arrêter là, Savannah.

Bouche bée, elle le dévisagea.

— C'est… C'est tout ? Qu'est-ce que vous allez faire ?

— Voulez-vous que je fasse quelque chose ? demanda-t-il en joignant les mains.

Elle s'humecta les lèvres.

— Je veux savoir ce qui s'est passé le soir où Manny a été tué.

— Vous venez de me dire ce qui s'est passé.

— Je vous ai raconté ce dont je me souvenais et ce que ma mère m'a dit.

Elle se frotta la bouche.

— Je veux me rappeler par moi-même, retrouver mes propres souvenirs.

— On peut faire ça. Avez-vous déjà été hypnotisée ?

— Non, mais je veux bien l'être si ça me permet de retrouver ces souvenirs.

— Et les autres souvenirs ? Ceux datant d'il y a quelques jours – l'autre meurtre.

Savannah se redressa vivement.

— Ça, c'est différent. J'ai été droguée. J'en suis sûre, et je vais bientôt en avoir la preuve… qui convaincra Connor.

— C'est important pour vous de convaincre Connor.

— Bien sûr.

Thomas se leva.

— Pouvez-vous revenir demain pour une séance d'hypnose ?

— Oui.

Il fit glisser son ordinateur portable sur son bureau et se rassit dans le fauteuil.

— Je peux vous proposer mon premier créneau, à 9 heures. C'est possible pour vous ?

— Je serai là.

Et elle était sincère. Maintenant qu'elle avait révélé la vérité à Connor, elle voulait la connaître elle-même. Elle voulait savoir si elle avait tué de sang-froid ou si Manny ne lui avait pas laissé le choix.

Aurait-elle pu s'enfuir de la maison ce soir-là ? Aurait-elle pu le repousser ? Appeler Connor ? Elle avait choisi de lui tirer une balle en plein cœur et elle voulait comprendre pourquoi.

Quand elle arriva dans le parking, elle aperçut Connor. Il se tenait près de son pick-up et parlait avec un policier au visage poupin.

Elle ralentit le pas un instant, essuya ses paumes moites sur l'arrière de son short, puis s'obligea à sourire et les rejoignit.

— P-V de stationnement ?

Connor se tourna vers elle.

— Bonne nouvelle.

— Quoi ? demanda-t-elle dans un souffle.

— Jimmy Takata vient d'avouer : c'est lui qui a lancé une bombe incendiaire dans ma remise. La police a remonté la piste du bocal utilisé pour le cocktail Molotov jusqu'à la grand-mère de Jimmy. Ils ont même fait le lien entre l'empreinte de pas et ses tongs pointure 43.

— Excellent travail d'enquêteur, lança Savannah en souriant au jeune homme.

— J'espère qu'on fera aussi bien pour l'affaire du meurtre de votre mari, madame.

Elle sentit son sourire se figer. Était-ce une pique à son intention ? Cherchait-il à lui soutirer des informations ?

— Merci. Je l'espère aussi.

Une fois le policier parti, ils montèrent dans le pick-up, puis Connor se tourna vers elle.

— Tout va bien ?

— Oui. J'y retourne demain matin à la première heure.

— C'est vrai ? demanda-t-il en démarrant.

— Thomas va m'hypnotiser. Je vais essayer de découvrir ce qui s'est passé le soir où Manny est mort.

Connor crispa les mains sur le volant.

— Et la nuit où Niles est mort ?

— Je te l'ai dit : c'est différent. J'étais droguée cette nuit-là.

— Je suis content, et c'est tout ce que je vais dire, répondit-il en lui effleurant la cuisse du dos de la main. Veux-tu déjeuner avant d'aller à San Diego pour ton interrogatoire avec les enquêteurs ?

— Bien sûr. Ça fera office de fortifiant.

Autour de leurs tacos au poisson, ils discutèrent de l'arrestation de Jimmy Takata. Ils s'attirèrent quelques regards en coin, mais la plupart des habitants de San Juan Beach ne connaissaient pas Niles Wedgewood et n'attachaient aucune importance à sa mort… même s'ils connaissaient le lien qu'elle avait avec lui.

Le repas se termina bien trop vite au goût de Savannah, et ils se remirent en route pour le poste de police.

— As-tu jeté un œil sur les autres dossiers que j'ai pris dans le double fond ou sur la clé USB ? demanda Connor.

— Non.

— Je me demande si la clé pourrait contenir le dossier qui a été volé – tu sais, comme une copie de sauvegarde.

— Peut-être. Je n'ai même pas vérifié celui que j'ai récupéré dans le bureau de Niles.

— Comment sais-tu que c'était bien celui que tu voulais ?

— Il était étiqueté. Niles était toujours très minutieux en matière d'étiquetage et de marquage. Même les dossiers dans son ordinateur sont bien organisés.

— On dirait le genre à faire plus de sauvegardes que nécessaire. Tu devrais vérifier tout ça.

— Ce sera fait.

Au moins, Connor avait cessé de lui grogner dessus, mais ils en étaient désormais à échanger de façon courtoise et professionnelle. Sauf quand il lui avait dit qu'il l'aimait.

Elle pressa la main contre son ventre. Elle allait chérir ces mots et les garder au fond de son cœur pour les jours où elle serait à nouveau seule à San Diego, à la tête de Snap App. De temps en temps, elle les ramènerait à la surface pour les savourer, pour se rappeler comme c'était bon d'être aimée par un homme comme Connor Wells.

— On est arrivés, déclara-t-il en contournant le bâtiment. Tu veux que je t'attende ou que je t'accompagne ?

— Ça aurait l'air bizarre que tu viennes – comme si j'avais besoin d'être soutenue.

Le téléphone de Savannah vibra.

— J'espère que ce n'est pas eux qui annulent.

Elle sortit son portable, ouvrit le SMS et poussa un cri étouffé.

— Qu'y a-t-il ? demanda Connor.

Quand il se pencha vers elle, elle leva l'appareil pour lui montrer la photo où on la voyait penchée au-dessus du cadavre de Letty.

14

— Bon sang ! s'exclama Connor en frappant le volant du poing. Même expéditeur qu'avant ? Numéro inconnu ?

— Oui.

Elle serra les doigts autour du portable pour empêcher sa main de trembler, sans succès.

— Tu peux lire le message ?

— Le message ?

Connor plissa les yeux en direction de l'écran, mais l'appareil bougeait trop pour qu'il arrive à lire.

— Ça dit « au cas où ils posent la question », répondit-elle, avant de lâcher le téléphone. Il sait que je suis ici, Connor. Comment ?

— Tu as parlé de ce rendez-vous quand il t'écoutait encore.

Savannah renversa le contenu de son sac sur ses genoux. En la voyant trier et pousser certains objets à ses pieds, Connor demanda :

— Qu'est-ce que tu fais ?

— À ton avis ? Je cherche un autre stylo.

Elle s'empara d'un stylo-bille à l'aspect parfaitement inoffensif qu'elle avait pris dans le bureau de Thomas et le jeta par la fenêtre.

Il lui attrapa le poignet.

— Arrête. Quand tu avais encore le stylo chez moi, tu as parlé à la police de ton passage au poste aujourd'hui.

— Mais maintenant ? demanda-t-elle en serrant le sac vide contre sa poitrine. Là, maintenant, alors que je suis sur le point d'aller me faire interroger… Et qu'est-ce que ça veut dire ? Comment a-t-il eu cette photo ?

— Il avait peut-être installé un appareil photo dans l'entrepôt.

— Qu'a-t-il l'intention de faire avec cette photo ? Avec le bouton ? Le couteau ? S'il essaie de me piéger, pourquoi est-ce qu'il ne se décide pas à passer à l'action ?

Elle lâcha un cri rageur.

— Je préférerais qu'il donne tout à la police, pour que je sache à quoi il joue et que je puisse commencer à me défendre.

Connor tendit le bras pour lui serrer doucement la nuque.

— S'il voulait te livrer à la police, il l'aurait déjà fait.

— C'était sûrement son intention quand il a passé cet appel anonyme à propos du couteau dans mon coffre – parce que tu sais qu'il est responsable de ça.

Elle courba la tête lorsqu'il se mit à lui masser le cou.

— Qu'est-ce qui a changé ? demanda-t-elle.

— Je ne sais pas. L'alibi que je t'ai fourni ? Le fait que tu aies tout nettoyé et que tu sois partie de chez Niles sans te retourner ? Il s'attendait peut-être à ce que tu craques.

— Alors c'est manifestement quelqu'un qui ne me connaît pas très bien.

Elle ouvrit son sac d'un coup sec et commença à fourrer ses affaires à l'intérieur.

— Il peut continuer à m'envoyer toutes les photos et les SMS qu'il veut… Moi, je vais continuer à aller de l'avant.

— C'est ce que tu fais toujours, Savannah, répondit Connor en lui caressant le dos. Tu es une battante.

Elle se renfonça dans son siège, lui piégeant la main entre son corps et le dossier.

— J'ai été à bonne école, avec ma mère.

Après avoir dégagé sa main, il mit le contact. Il n'aimait pas qu'elle se compare à Georgie. Elle n'avait pas le côté opportuniste et cupide de sa mère.

— Vas-y et bats-toi, conseilla-t-il. Envoie-moi un SMS quand ce sera fini.

Elle lâcha un trousseau de clés dans le porte-gobelet.

— Tu veux bien me rendre service ?

Il lui avait déjà donné un alibi. Comment pouvait-il lui refuser quoi que ce soit ?

— Bien sûr.

— Va à la maison de La Jolla et fouine encore un peu. Si quelqu'un te surprend là-bas, tu n'auras qu'à dire que tu viens voir l'équipe de nettoyage que tu as contactée au nom de Melanie. C'est une raison légitime.

— De toute façon, je n'avais pas fini de fureter. Je vais y aller. Et, Savannah ? Tout va bien se passer.

Sans prévenir, elle se pencha vers lui et l'embrassa sur la bouche.

— Ça, tu peux en être sûr.

Il la suivit du regard tandis qu'elle marchait vers le poste. La dernière fois qu'il l'avait déposée quelque part, elle lui avait dit qu'elle l'aimait. Cette fois, elle l'avait embrassé. Comment pouvait-il continuer à croire qu'elle était une meurtrière ?

Parce que c'était le cas : elle avait tué Manny.

Alors que Connor se garait dans l'allée de la maison de Niles, il expira lentement. Melanie était partie, ou en tout cas était sortie. Avait-elle passé la nuit sur les lieux où son frère avait été assassiné ?

Clés en main, il marcha vers la porte d'entrée. Le ruban jaune autour de la maison avait été enlevé, probablement par l'équipe de nettoyage.

Il franchit le seuil du grand vestibule en retenant son souffle. Il ne savait pas à quoi s'attendre, mais il leva le nez en l'air et renifla. L'odeur d'eau de Javel lui fit monter les larmes aux yeux.

Il monta l'escalier quatre à quatre, puis entra dans la chambre. Les rideaux des baies vitrées ouvertes flottaient dans la pièce. L'équipe de nettoyage avait dû vouloir aérer les lieux. De toute façon, ce n'était pas comme si un cambrioleur pouvait entrer par ici… ou un meurtrier.

Les rapports ne mentionnaient pas d'effraction. Autrement dit, Niles avait dû ouvrir la porte à son assassin – à moins que celui-ci n'ait déjà été sur place.

Alors qu'il marchait vers le balcon, Connor effleura le lit du bout des doigts. Quelqu'un avait enlevé les draps et les couvertures. Le matelas n'était pas taché et, comme il l'avait remarqué la première fois, il n'y avait pas d'éclaboussures de sang sur les murs.

Les coups de couteau avaient été portés de façon contrôlée. Ce qui n'aurait été possible que si Niles avait été tué pendant son sommeil… ou en étant drogué. Le tueur aurait pu le pousser du lit, ou le porter à l'étage et le placer par terre, avant de lacérer sa chair à plusieurs reprises.

Connor avait été un simple policier, pas un enquêteur de scène de crime. S'il pouvait arriver à ces conclusions, c'était sûrement aussi le cas de la brigade criminelle. Étant donné le nombre de coups de couteau infligés à Niles, il y aurait dû y avoir des projections de sang partout dans la chambre.

Si Niles avait été drogué, pourquoi Savannah ne l'aurait-elle pas été également ? Quelqu'un avait pu trafiquer le scotch. Ils avaient tous les deux perdu connaissance en bas, puis avaient été portés à l'étage et déshabillés. Le tueur avait déposé Savannah sur le lit, lui avait entaillé la main – la mauvaise – et avait posé Niles par terre, avant de le poignarder, laissant Savannah se réveiller auprès d'un cadavre. Il avait probablement pensé qu'elle paniquerait, persuadée de ne pas pouvoir s'en tirer, incapable de se rappeler quoi que ce soit, et qu'elle appellerait la police.

À l'évidence, l'assassin ne connaissait pas Savannah. Tiffany ? Non, cette femme n'y serait jamais arrivée toute seule. Peut-être Denny, avec ou sans l'aide de Tiffany.

Pourquoi piéger Savannah ? se demanda Connor en écartant les rideaux. Il s'avança sur le balcon et prit une bouffée d'air iodé. Le couteau, le bouton, la photo compromettante avec Letty… Tout cela pouvait servir à la faire chanter, surtout si le tueur avait compris que Savannah ne craquerait pas et n'avouerait pas un meurtre qu'elle n'avait pas commis – ou, en tout cas, qu'elle ne se rappelait pas avoir commis.

Elle ne se rappelait pas non plus avoir tué Manny.

Prenant appui sur le muret qui le séparait des vagues en contrebas, Connor se pencha, plongé dans ses pensées.

Pourquoi son père avait-il continué à lui mentir à propos de cette nuit-là ? Et à sa mère ? N'avait-il pas compris que cela avait détruit la confiance que Connor lui portait ?

Ce qui était arrivé à sa famille était la faute de Georgie. Et elle avait aussi sacrifié sa fille. Elle l'avait offerte à un dealer de bas étage en échange d'une voiture de luxe, de diamants et de virées à Las Vegas pour satisfaire sa passion du jeu. Elle avait mis Savannah dans la position où elle s'était retrouvée cette nuit-là : face à un violeur dans sa propre maison.

Secouant la tête, Connor s'écarta du mur. Il retourna dans la chambre et en inspecta le moindre centimètre carré.

Pas d'autre bouton. Pas de sang. Aucun indice reliant Savannah au meurtre. L'équipe de nettoyage avait fait de l'excellent travail.

Les yeux fermés, il essaya d'imaginer Savannah se réveillant dans cette chambre et trouvant le corps de son ex-mari sur le sol. La plupart des femmes auraient paniqué et se seraient enfuies, sans penser un instant aux indices potentiels semés dans la pièce, ou auraient appelé les secours. Savannah n'était pas comme la plupart des femmes.

Un frisson de peur courut sur sa nuque, et il rouvrit les yeux. Un meurtre changeait une pièce – une maison. Toute l'eau de Javel de l'univers ne pouvait pas effacer les mauvaises ondes qui flottaient au-dessus des lieux comme un voile noir.

En sortant de la chambre, il remarqua à voix haute :

— Pauvre vieux.

Le destin de Niles avait-il été scellé le jour où il était tombé amoureux de Savannah ? Et le sien ?

Il descendit l'escalier au pas de course et traversa le salon jusqu'au bureau. Il fouilla à nouveau le meuble en acajou, avant de cogner ses jointures sur le bois, à l'endroit où un ordinateur aurait dû se trouver. Dommage qu'ils n'aient pas pu mettre la main dessus…

L'équipe experte en cybercriminalité du département du shérif allait l'analyser, mais seule Savannah saurait si l'ordinateur contenait des indices liés au meurtre de Niles.

Connor s'accroupit pour ouvrir le tiroir à double fond. Ce dossier manquant contenait peut-être la clé de tout.

Un léger bruissement derrière lui l'alerta. Mais avant qu'il n'ait le temps de se tourner, quelque chose le frappa à l'arrière de la tête avec un bruit sourd qui résonna dans son crâne, et il s'affaissa sur le sol.

Alors que ses yeux se fermaient, il eut une pensée pour Savannah qui avait perdu connaissance dans cette maison… puis tout devint noir.

15

Après avoir commandé une course via l'application de transport, Savannah garda son téléphone en main pour suivre le trajet du chauffeur.

Maintenant qu'elle avait prouvé à la police que son portable était défaillant, elle comptait le remplacer dès que possible. Les enquêteurs lui avaient demandé pourquoi elle n'avait pas son téléphone la nuit du meurtre de Niles. L'appareil avait rempli son office, perdant cinquante pour cent de sa batterie au cours de l'heure qu'elle avait passée dans la salle d'interrogatoire.

Ils ne lui avaient posé aucune question sur Letty. Savannah courba les épaules, saisie d'un frisson que même le chaud soleil californien ne parvint pas à dissiper. L'idée que le corps de la femme de ménage soit toujours dans cet entrepôt lui faisait horreur. Sa famille avait-elle déjà signalé sa disparition ? Quelqu'un avait-il fait le lien entre Letty et Niles ? Les policiers étaient peut-être déjà au courant et attendaient qu'elle commette une erreur. Paulson était vraiment sournois.

Elle tapota le sol du bout de sa sandale. Où était passé Connor ? Elle lui avait envoyé deux SMS et l'avait appelé. S'il était descendu sur la plage au pied de la maison, il n'avait peut-être plus de réseau, mais pourquoi serait-il allé là-bas ?

Il en avait peut-être assez d'elle et avait décidé de rentrer chez lui. Avouer ce qui s'était passé avec Manny avait été une épreuve pour Savannah, mais un mal nécessaire. La vérité ne réparerait peut-être jamais ce qui s'était brisé entre eux, mais tous ses mensonges ne leur avaient pas laissé la moindre chance.

Et elle voulait avoir une chance avec Connor. Ces quelques

jours passés à ses côtés avaient balayé tous ses doutes : elle lui appartenait, à lui et à personne d'autre.

Si elle allait au bout de cette thérapie avec Thomas, Connor et elle pourraient peut-être prendre un nouveau départ. Bien sûr, elle devrait d'abord dépasser son dilemme actuel.

Elle en voulait à Niles de s'être fait assassiner. Personne ne méritait de mourir ainsi, mais Niles avait beaucoup trop joué avec le feu, à jongler avec les femmes et leurs ex.

Quand la voiture arriva, Savannah sauta à l'intérieur et commença à indiquer le chemin au conducteur. Elle avait déjà donné l'adresse de La Jolla en faisant la réservation, mais elle était impatiente d'arriver à la maison et de découvrir où était passé Connor.

Une fois à destination, elle poussa un soupir de soulagement en voyant le pick-up blanc de Connor dans l'allée. Elle marcha jusqu'à l'entrée, puis tourna la poignée de la porte. Étonnée de la trouver verrouillée, elle tambourina sur le battant en bois.

— Connor, tu es là ?

Elle recula d'un pas et renversa la tête pour observer les fenêtres du premier étage. C'est lui qui avait ses clés.

Contournant la bâtisse, elle tenta d'ouvrir la porte coulissante de la cuisine. Sans succès. Elle colla le nez contre la vitre pour regarder à l'intérieur. La cuisine étincelante était vide. De toute façon, Savannah ne s'était pas attendue à ce que Connor soit là, en train de manger un sandwich.

Les genoux tremblants, elle pressa le pas et revint à l'avant de la maison. Elle franchit le parterre sous la fenêtre du bureau de Niles, mit les mains autour de son visage et plissa les yeux pour mieux voir.

En apercevant Connor recroquevillé sur le sol à côté du bureau, elle laissa échapper un cri. Horrifiée, elle tapa des poings sur la vitre.

— Connor ! Connor !

Pivotant sur elle-même, elle scruta le sol et ramassa une grosse pierre. C'était désormais sa maison, après tout, et elle se contrefichait des conséquences.

Elle abattit la pierre sur le carreau près de la poignée. Au bout de trois tentatives, elle parvint à briser le verre. Elle passa le bras dans le trou aux bords irréguliers, défit le verrou, ouvrit la fenêtre et se faufila dans la pièce.

Le corps de Connor gisait à moins d'un mètre. Savannah se laissa tomber à genoux près de lui, puis posa deux doigts sur son cou. En sentant son pouls fort et régulier, elle laissa échapper un sanglot.

Elle toucha son visage et son torse sans trouver de sang. Mais lorsqu'elle lui repositionna la tête, elle sentit une zone humide et poisseuse dans ses cheveux. Reculant la main, elle poussa un gémissement en voyant sa paume rougie.

— Connor, Connor…

Elle se releva et tituba jusqu'au bar. Après avoir pris une serviette sous l'évier, elle la trempa sous le robinet, puis retourna auprès de lui. Tout en passant le linge humide sur son visage, elle murmura :

— Connor, réveille-toi. Tu n'es pas mort.

Elle lui souleva la tête pour la poser sur ses genoux, avant d'appuyer la serviette sur la plaie à l'arrière de son crâne, dans l'espoir d'étancher le flot de sang. Ce genre de blessures semblaient toujours pires qu'elles ne l'étaient. Connor le lui avait appris.

— Connor, tu n'as pas intérêt à me laisser dans cette maison avec un autre cadavre. Réveille-toi, bon sang !

Elle lui tapota le visage – peut-être un peu plus rudement qu'elle n'en avait eu l'intention.

Il écarta les lèvres et émit un son. Ce n'était pas tout à fait un mot, mais elle s'en contenterait.

— Connor !

Elle lui caressa le front, puis repoussa ses cheveux derrière son oreille.

— Allez, mon cœur. Reviens-moi. J'ai besoin de toi.

Connor papillonna des cils, avant de marmonner un autre mot incompréhensible.

Elle fit glisser sa tête sur le sol et cala la serviette sous la blessure. Après avoir rempli un verre d'eau au bar, elle suspendit un instant la main au-dessus d'une carafe à whisky. Il avait peut-être besoin d'une boisson plus corsée, songea-t-elle en versant le liquide ambré dans un autre verre.

Une fois de retour, elle s'assit en tailleur et souleva la tête de Connor avec précaution. Plaçant le verre d'alcool contre ses lèvres légèrement entrouvertes, elle versa une petite quantité de liquide dans sa bouche.

La plupart coulèrent le long de sa mâchoire et de son cou, mais il se mit à crachoter et à battre des paupières.

— Oui, c'est ça, mon chéri. Tu auras le reste quand tu reviendras à toi.

Connor grogna. Il n'allait pas mourir, pensa-t-elle, le cœur débordant de joie. Lorsqu'il tenta de se toucher la tête, elle lui donna une petite tape sur la main.

— Tu as une grosse entaille à l'arrière du crâne. Je m'en suis occupée.

Elle passa le bras autour de ses épaules.

— Est-ce que tu as mal ailleurs ? Je n'ai pas vu d'autres blessures. Que s'est-il passé, Connor ?

Alors qu'il essayait de se redresser, elle le retint un instant.

— Tu es sûr que c'est une bonne idée de bouger ?

Il se racla la gorge, puis fit la grimace.

— Je vais bien.

— De toute évidence, non, ironisa-t-elle en l'aidant à s'appuyer contre le bureau. Tu étais inconscient quand je suis arrivée ici, et tu devais l'être depuis un bout de temps. J'ai essayé de te joindre pour que tu viennes me chercher au poste et tu n'as pas répondu.

Connor tressaillit et ouvrit les yeux.

— Tu es sûre qu'on ne risque rien ? Quelqu'un m'a frappé.

— Ton agresseur est parti. La maison était fermée à double tour quand je suis arrivée.

Du bout du pied, elle toucha les éclats de verre sur le sol.

— J'ai dû tout casser pour pouvoir entrer.

Il esquissa un sourire.

— Tout casser ?

— Oh ! tu crois que j'exagère ? répliqua-t-elle, un sourcil levé. J'ai jeté un coup d'œil à l'intérieur et je t'ai vu par terre. J'ai cru que je me retrouvais avec un troisième cadavre sur les bras en l'espace d'une semaine.

Il toussa.

— Je ne suis pas mort.

— Tiens, lança-t-elle en lui tendant le verre de whisky. Bois un coup. Tu as toujours le teint un peu vert.

— Bon sang… Il m'a pris par surprise.

Il enroula ses longs doigts autour du verre et but une gorgée.

— Tu ne l'as pas vu, je suppose ? demanda-t-elle.

— Non.

— Qu'est-ce que tu faisais ? Que voulait-il ?

Savannah ôta la serviette de la tête de Connor et écarta ses cheveux pour inspecter la petite plaie, d'où coulait toujours un flot régulier de sang. Elle remit le linge en place.

— Ça, répondit-il en tapant du poing sur le tiroir du bureau. Je revérifiais la cachette de Niles. C'est à ce moment-là qu'il m'a frappé.

— Comment est-il entré ? La maison était verrouillée quand je suis arrivée.

Elle fit un signe de tête vers le trou béant dans la vitre.

— Tu as vu ce que j'ai été obligée de faire.

— Je n'en ai aucune idée, mais je suppose qu'il était sur place avant moi. Il devait se cacher, peut-être comme la nuit du meurtre de Niles. Je n'ai entendu aucun bruit dans la maison quand j'étais à l'étage, mais, à vrai dire, je ne devais pas être très attentif, vu comment je me suis laissé surprendre.

Savannah leva les yeux au ciel.

— Arrête de ressasser. Pourquoi voudrait-il d'autres dossiers de Niles ? Il m'a volé celui qu'il voulait récupérer, non ?

— Je ne sais pas, mais quelqu'un veut ces dossiers, et on dirait que cette personne a accès à la maison.

Connor vida le verre d'eau d'un trait, avant de poursuivre :

— D'après toi, Tiffany a-t-elle les clés de cette maison ?

— J'en suis sûre. Tu penses qu'elle aurait pu te frapper assez fort pour t'assommer ?

— Non, mais son petit ami le motard aurait pu s'en charger.

— Et que voudraient-ils faire avec des informations sur l'entreprise ?

— Qui te dit qu'il s'agit d'informations sur l'entreprise ? Ça pourrait être n'importe quoi.

— Tu as raison, acquiesça-t-elle, avant de lui prendre la

main pour la poser sur la serviette. Appuie là-dessus, le temps que j'aille en chercher une autre. Je crois que ça s'est enfin arrêté de saigner. Est-ce que ça fait mal ?

— C'est lancinant.

Elle alla chercher une autre serviette, sèche cette fois.

— J'ai de l'ibuprofène dans mon sac.

Quand elle revint près de lui, il se leva péniblement, et elle l'attrapa par le bras.

— Tu m'as fait peur, Connor.

— Merci de m'avoir sauvé. Qui sait combien de temps je serais resté allongé par terre à me vider de mon sang ?

Il replia la serviette contre sa tête.

— Comment ça s'est passé avec les lieutenants ?

— Je crois que ça a été. Ils m'ont posé des questions sur mon téléphone, mais j'ai pu leur montrer qu'il marchait mal. Ils n'ont pas du tout mentionné Letty, ce qui est bizarre. Sa famille n'a donc pas signalé sa disparition ?

— Ses proches l'ont peut-être fait sans que le département du shérif ne fasse le rapprochement.

Tout en aspirant une goulée d'air, Connor tourna la tête d'un côté, puis de l'autre.

— Tu as réussi à glisser les noms de Tiffany et de Denny ? À leur parler de Brian Donahue ?

— Je leur ai dit que Denny semblait habiter avec Tiffany, et ils étaient déjà au courant pour Brian. Les employés de Snap App leur ont parlé de lui… et il se trouve qu'il a disparu.

— Donahue a disparu ?

Savannah fouilla dans son sac et en sortit un petit flacon d'antalgique.

— Le mot « disparu » est peut-être un peu fort, mais ils ne lui ont pas encore parlé parce que, d'après sa mère, il est parti en voyage.

— Il vit avec sa mère ?

— Oui, répondit-elle en tendant deux gélules à Connor.

— Est-il parti avant ou après le meurtre ?

— Ils ne m'ont pas donné de détails.

— Donahue prépare peut-être son traquenard dans l'ombre. Il fait d'une pierre deux coups.

Tandis que Connor avalait les capsules avec une gorgée de whisky, Savannah répondit :

— C'est exactement ça. Quelqu'un s'est vengé de Niles en le tuant, et quelqu'un se venge de moi en me piégeant et en me torturant. Deux victimes.

— Tu ferais bien d'appeler quelqu'un pour faire réparer cette fenêtre tant qu'on est encore là. Autant éviter une autre visite imprévue. Et quand tu en auras l'occasion, ça ne serait pas une mauvaise idée de faire réparer le système de sécurité.

Voyant qu'il roulait les deux serviettes en boule, elle remarqua :

— Tu devrais en garder une au cas où ta tête se remettrait à saigner pendant le trajet.

Elle sortit son téléphone presque déchargé pour trouver un réparateur de vitres. Après avoir secoué les serviettes, Connor examina celle qui était mouillée.

— Bonne idée. Qu'est-ce que je fais de celle-là ?

— Tu peux la jeter. Je viens de trouver un dépanneur d'urgence qui intervient vingt-quatre heures sur vingt-quatre.

— Qu'est-ce que tu vas faire de cette maison, Savannah ?

— La vendre – à prix cassé.

— Tu devras quand même parler du meurtre.

— Comme on l'a fait quand on a vendu la maison de maman.

Elle appela le réparateur et expliqua ce qui s'était passé. Après avoir raccroché, elle demanda :

— Ça ne t'embête pas de rester ici encore une heure ? Ils arriveront d'ici vingt minutes.

— Pas de souci, mais, quand on rentrera, je veux que tu commences à étudier les dossiers qu'on a toujours en notre possession. Heureusement que tu les as mis sous clé, remarqua Connor en allant laver les deux verres dans l'évier. Demain, tu pourras interroger Dee Dee sur celui qui manque.

— C'est ce que je compte faire. Je la vois avant l'assemblée générale, puis j'enchaîne avec Nick.

— Quand revois-tu Thomas ? Tu n'as pas dit que vous aviez prévu une autre séance demain ?

— À la première heure demain matin.

Elle désigna la porte du bureau.

— Allons attendre ailleurs. Dehors, de préférence. J'en ai plus qu'assez de cet endroit.

Ils entrèrent dans San Juan Beach à l'heure du dîner. Même si le nouveau système de sécurité de Connor était programmé pour lui envoyer des alertes sur son portable en cas d'activité anormale, il fonça vers son ordinateur sitôt arrivé chez lui et fit défiler les images.

— Jusqu'ici, je ne vois que le facteur.

— Tant mieux. Ça ne veut pas dire qu'on n'est pas surveillés par quelqu'un.

Savannah rompit un morceau de banane, puis le fourra dans sa bouche.

— J'ai l'impression que quelqu'un épie mes moindres mouvements – et les tiens. Comment pouvait-il savoir que tu serais à la maison ?

— C'est à cause du stylo. C'est comme ça qu'il a su pour Letty. Ou alors il a tendu un piège à Letty, et c'est comme ça qu'il a su que tu allais à cet interrogatoire avec la police.

Il rabattit l'écran de l'ordinateur portable.

— C'est aussi comme ça qu'il a su pour le tiroir du bureau. On en parlait juste avant que je ne m'aperçoive que ce stylo n'en était pas un. Et cette fois ? Peut-être qu'il surveille la maison. En parlant de tiroir, est-ce que tu vas te décider à sortir ces dossiers ?

— Je ne peux pas, répliqua-t-elle. Ils sont dans ton coffre-fort et tu ne m'as pas donné la combinaison.

— Ne le prends pas mal. Je ne donne cette combinaison à personne.

— Je ne le prends pas mal, mais tu peux aller l'ouvrir maintenant ? Tu n'as pas de nouvelles de A.J. ?

— Non, pas encore. Tu seras la première informée.

Il disparut dans sa chambre, et elle l'entendit ouvrir la porte du placard. Il en ressortit quelques instants plus tard, les dossiers dans une main, la clé USB dans l'autre.

— N'oublions pas ceci.

— D'accord, je suis prête.

Elle s'installa sur l'un des tabourets de cuisine et tapota l'îlot en granit.

— Voyons un peu ce qui comptait tellement pour Niles.

— Pas toi, ça c'est sûr.

Lorsqu'il posa les dossiers sur le plan de travail, Savannah lui attrapa le poignet.

— Je n'aurais jamais dû l'épouser.

— Ça, j'aurais pu te le dire, rétorqua-t-il en se dégageant doucement. Pendant que tu épluches tout ça, je vais aller travailler un peu, et ensuite on dînera. Ça te va ?

— Oui.

Elle jeta un coup d'œil sur son téléphone en train de charger.

— Du moment que je ne reçois pas d'autres messages anonymes. Là, j'attends vraiment la prochaine tuile. Quand va-t-il donner aux enquêteurs les éléments qu'il a contre moi ?

— Il ne le fera pas. Sinon il serait déjà passé à l'action. Il veut autre chose.

— Si ce n'est pas de l'argent, je ne sais pas ce qu'il espère obtenir. Pourquoi ne le demande-t-il pas, tout simplement ?

— Il essaie de te déstabiliser.

— Et il y arrive.

— Je vais te servir un peu de vin, lança Connor en sortant deux verres d'un placard. Tu en as bien besoin.

Ouvrant le premier dossier, Savannah commença à lire. Il contenait des informations sur des offres pour l'entreprise – ils en avaient reçu plusieurs. En se mordillant la lèvre, elle referma la chemise, puis lissa du bout des doigts le bord de l'étiquette dans l'angle en haut à droite.

— Qu'est-ce qui ne va pas ? demanda Connor.

Tandis qu'il posait le verre de vin devant elle, elle répondit :

— Cette étiquette ne correspond pas au contenu de ce dossier. Tous les documents concernent des offres de rachat qu'on a reçues de la part d'autres entités, alors que c'est étiqueté « ressources humaines ».

— Une erreur de classement ?

— Niles n'a jamais mal classé quoi que ce soit. Il était très organisé, presque maniaque.

— Tu penses qu'il a mal étiqueté ces dossiers délibérément.

— Peut-être, admit-elle en se redressant sur le tabouret. Alors il est possible que le dossier que j'ai sorti du tiroir la nuit où Niles a été tué, et dans lequel je m'attendais à trouver les chiffres de l'an dernier, n'ait pas porté là-dessus du tout.

— Et c'est pour ça que quelqu'un m'a fracassé le crâne aujourd'hui dans le bureau de Niles. Il t'a volé le dossier hier, mais ça ne contenait pas ce qu'il pensait.

Le cœur de Savannah se mit à battre plus vite.

— Les documents des RH qui devraient se trouver dans cette chemise sont peut-être dans l'autre. Il y a peut-être quelque chose dans le dossier personnel de Brian Donahue qu'il veut cacher au reste du monde.

— Alors on en revient à Brian ?

— Étant donné qu'il a disparu, la police s'intéresse à lui de très près.

Elle se mit à feuilleter les quatre autres dossiers.

— Rien qui soit lié aux RH, alors les étiquettes n'ont vraiment ni queue ni tête.

— Je vais te laisser te pencher là-dessus, fit Connor en touchant son verre du sien. On dîne dans une heure ?

— Ça marche.

Revenant au premier dossier, Savannah commença à parcourir les offres. Aucune ne la surprit, mais elle comprenait pourquoi Niles avait voulu garder ces informations confidentielles.

Elle passa au dossier suivant et examina un certain nombre de données relatives aux acquisitions. Encore une fois, rien d'extraordinaire, mais pas le genre de choses à exposer dans un forum public ou à mettre à la disposition des employés.

Quand elle étudia les tableaux contenus dans le troisième dossier, son cœur manqua un battement.

— Voilà les papiers que je voulais voir au départ, s'écria-t-elle, ceux que notre cambrioleur a cru voler.

— Bien, dit Connor. Niles a été plus malin que lui, on dirait.

Savannah glissa le doigt le long d'une colonne de chiffres.

— C'est exactement ce que je cherchais. Les paiements reçus pour les commandes passées au cours des deux dernières années pour nos prestations de services.

De l'autre côté de la pièce, Connor lança :

— Ce qui me fait penser… J'ai besoin d'un nouveau comptable pour le vignoble. Le mien a pris sa retraite et je ne suis pas doué avec les chiffres.

— Tu n'es pas le seul.

Savannah attrapa son téléphone, puis ouvrit la calculatrice. Elle s'immergea dans les tableaux, pianotant les chiffres avec des doigts de plus en plus tremblants. Au bout d'un moment, elle s'avachit et lâcha le portable.

Connor leva les yeux.

— Tu as trouvé ce que tu voulais ?

— Oui et non. Apparemment, les comptes de Snap App ont été trafiqués. Les paiements pour des contrats de services s'étalant sur plusieurs mois ont été inscrits en versements uniques pour l'année. C'est ce qui s'appelle accélérer les revenus.

— Tu peux me faire la version spéciale « cancre » ?

— Imagine une entreprise qui signe avec nous un contrat de quatre millions de dollars pour une durée de quatre ans, avec un versement d'un million par an.

— Plutôt sympa.

— Oui, mais, d'après ces chiffres, ces paiements n'étaient pas amortis sur quatre ans. On les inscrivait comme des versements uniques l'année de la signature du contrat.

Elle attrapa les papiers et les agita en l'air.

— Ça a été fait avec plusieurs contrats, ce qui équivaut à des paiements enregistrés de plusieurs centaines de millions – des paiements qui ne sont pas réels.

Repoussant son ordinateur, Connor se leva brusquement.

— Voilà, c'est ça, Savannah ! Celui qui a falsifié ces informations a tué Niles et ne veut pas que tu découvres ses méfaits.

— Je sais. Il n'y a qu'un problème avec cette théorie.

— Lequel ?

— C'est Niles le coupable.

16

Connor se frappa la tête du plat de la main, comme pour dissiper sa confusion.

— Je croyais avoir compris…

— C'est le cas. Ta théorie se tiendrait complètement, mais la vérité est ici, noir sur blanc. Niles trafiquait ces chiffres depuis deux ans.

Elle tapota le dossier.

— Il avait gardé les vrais chiffres à côté des faux pour ne pas perdre le fil, mais ce sont les chiffres truqués qui sont dans le système informatique. Ce sont ceux que nos actionnaires voient – ceux que j'ai vus.

Connor contourna l'îlot pour la rejoindre.

— Sa mort est forcément liée à ça. Mais de quelle façon ? Si quelqu'un avait découvert la magouille et menacé de faire chanter Niles, il ne l'aurait pas tué.

— Sauf s'il avait confronté Niles. Ils se seraient battus et le maître chanteur l'aurait poignardé.

— Ce n'est pas très logique. En le tuant, il aurait éliminé toute chance de rafler la mise, déclara-t-il en tournant le dossier vers lui. Savannah, Niles n'avait aucune intention de te donner ces tableaux. Il savait qu'il te suffirait d'un coup d'œil pour comprendre l'arnaque – exactement ce qui s'est passé.

Elle but une gorgée de vin, puis demanda :

— Où veux-tu en venir ?

— Pourquoi t'a-t-il invitée chez lui s'il savait qu'il n'allait pas te donner les chiffres que tu réclamais ?

— Pour gagner du temps ?

Elle haussa les épaules, mais son regard s'était assombri.

— Quand vous êtes arrivés chez lui, il t'a servi du scotch, n'est-ce pas ? demanda Connor. Tu as vu des traces de ton rouge à lèvres sur le verre, alors tu sais que tu as bu au moins quelques gorgées.

— Oui… Tu veux dire que c'est Niles qui m'a droguée ?

— Qui d'autre ? C'était sa maison, son scotch, ses agissements.

— Non, non, marmonna-t-elle en marchant jusqu'à la fenêtre. Tu penses que Niles allait me tuer ?

Connor abattit son poing sur le dossier.

— Il n'allait pas te montrer ces chiffres. Il n'allait pas te dire qu'il trichait et qu'il mentait. Il savait que tu n'aurais jamais accepté ça… N'est-ce pas ?

Elle le fusilla du regard.

— Bien sûr, qu'il le savait.

— Désolé. Alors il n'avait qu'une raison pour t'inviter chez lui et te droguer : il voulait te tuer, pour que tu ne découvres pas ce qu'il faisait.

Les yeux fermés, Savannah prit une profonde inspiration.

— Même si je croyais à cette explication – et je ne dis pas que c'est le cas –, que s'est-il passé ? Comment la nuit a-t-elle pu s'achever avec lui mort et moi en fuite pour éviter d'être accusée de son meurtre ?

— Ça, je n'en sais rien, admit-il en courbant les épaules. Pourquoi Brian Donahue a-t-il été renvoyé ?

— Il était dépourvu d'aptitudes sociales. Il ne s'entendait avec aucun de ses collègues et a même menacé notre directeur financier. On a dû le mettre à la porte manu militari.

Savannah plissa le nez.

— Ça a été un moment très pénible.

— Est-ce qu'il aurait pu être mêlé à tout ça ? Il me paraît évident que quelqu'un d'autre savait ce que faisait Niles depuis le début, ou l'avait découvert.

— Mais pourquoi ce type ne voulait-il pas tout dévoiler au grand jour ? Parce que c'est pour ça qu'il cherche ce dossier. Il a cru avoir obtenu ces informations avec le premier vol, puis s'est dit qu'il pouvait s'en emparer dans le bureau de Niles quand il t'a assommé. Comment va ta blessure, d'ailleurs ?

Connor haussa les sourcils.

— Ce n'est pas vraiment le plus important maintenant… Et ça va. Il s'efforce peut-être de récupérer les dossiers secrets de Niles parce qu'ils contiennent des preuves de son chantage, voire du meurtre qu'il a commis.

Après avoir repoussé le dossier compromettant, Savannah en fit glisser un autre devant elle.

— C'est le dernier.

Elle l'ouvrit et étudia la seule feuille contenue à l'intérieur.

— Oh non…

— Quoi encore ?

En se penchant par-dessus son épaule, Connor aperçut une liste de noms et de montants en dollars.

— Qu'est-ce que c'est ?

— Les versements privés de Niles. Apparemment, il se servait dans les caisses de l'entreprise pour faire des paiements personnels.

— Quelle crapule… Ça m'étonne que l'entreprise n'ait pas coulé à cause de lui.

Sa vue se brouilla, et il se frotta les yeux.

— Y a-t-il une somme assez élevée pour correspondre à un versement à un maître chanteur ?

— Peut-être, mais c'est surtout de voir certains noms qui me donne à réfléchir – et qui me rend malade, répondit Savannah en posant la main sur son ventre.

— Qui, par exemple ?

Elle fit glisser son index sur la page.

— Il a donné de l'argent à Tiffany, ce qui ne me surprend pas, mais Dee Dee est aussi sur la liste. Je ne peux pas imaginer pour quelle raison… Et je ne crois pas que je veuille le savoir.

Il attrapa le document et l'agita en l'air.

— Ça m'a tout l'air d'une liste de suspects. Ce rendez-vous avec Dee Dee va être plus intéressant que tu ne le pensais. Et si on continuait à étudier ça pendant le repas ? Je vais finir par mourir de faim.

Le lendemain matin, Savannah se réveilla dans la chambre d'amis. Connor avait fait du chemin depuis qu'elle avait avoué le meurtre de Manny, mais refaire l'amour aurait été prématuré, pour lui comme pour elle.

Elle devait d'abord aller à sa séance d'hypnose avec Thomas avant de filer au bureau, ce qu'elle redoutait désormais.

Pourquoi Niles avait-il fait un virement secret à Dee Dee ? À sa sœur ? Pourquoi utilisait-il les fonds de l'entreprise ? Et avait-il vraiment prévu de l'assassiner ?

Connor frappa à la porte.

— J'ai préparé le petit déjeuner.

— Merci. Comment va ta tête ce matin ?

Il entrebâilla le battant et passa le buste dans la pièce.

— Ça fait mal, et j'ai une grosse bosse. Plus grosse que celle que tu avais quand tu es arrivée chez moi.

Savannah palpa l'arrière de son crâne. Le coup avait-il été porté par l'agresseur de Connor ?

— J'ai l'impression que ça remonte à des siècles.

— Je suis content que tu te sois tournée vers moi, déclara Connor. Et je suis désolé.

— De quoi ? Tu m'as recueillie, tu as menti pour moi et tu m'aides à découvrir ce qui s'est passé cette nuit-là. Tu n'as pas à t'excuser de quoi que ce soit.

Il entra dans la chambre, s'assit au bord du lit et prit ses deux mains dans les siennes.

— Je suis désolé de t'avoir soupçonnée et d'avoir eu des doutes à propos de la nuit où Niles est mort.

— Quelqu'un essayait de me piéger. Pourquoi ne m'aurais-tu pas soupçonnée ? Ce qui est incroyable, c'est que tu m'aies recueillie en dépit de tes soupçons.

Levant leurs mains jointes, elle lui embrassa les jointures.

— Tu n'as pas encore compris que je t'aiderais contre vents et marées ? demanda-t-il.

— Même si j'ai tué Manny en faisant porter le chapeau à ton père ?

Il dégagea ses doigts, puis lissa les couvertures sur la cuisse de Savannah.

— Tu parles comme si tu avais fait ça toute seule, comme si c'était ton idée. Tu étais une toute jeune femme en état de choc.

Comme son portable vibrait, Connor leva un doigt.

— Attends un instant. A.J. ?

Savannah s'avança sur le lit, les draps serrés contre elle. Il hocha la tête.

— Je vois. Merci, mon pote. C'est vraiment sympa. Je te dois une caisse de vin le moment venu.

Il raccrocha.

— Tu avais raison. Le scotch contenait des traces de Rohypnol. Tu as bien été droguée – et peut-être que Niles l'a été aussi.

La gorgée nouée, Savannah s'affaissa contre la tête de lit.

— Je le savais.

— Savannah, il est peut-être temps qu'on aille à la police.

Elle repoussa les draps.

— Tu es dingue ? On a menti. *Tu* as menti. Tu as gêné le déroulement d'une enquête de police, tu as entravé le cours de la justice ou quelque chose de ce genre. Je refuse que tu sois puni pour tout ça, Connor. C'est hors de question.

— L'information découverte par A.J. devrait contribuer à te disculper.

— Les lieutenants ont peut-être de gros soupçons, mais ils n'ont toujours aucune preuve que j'étais là-bas cette nuit-là. Je ne compte pas leur en fournir, et tu ne le feras pas non plus.

Elle le poussa du lit.

— Et maintenant, file. Je dois me doucher et m'habiller pour mon grand jour.

Une heure plus tard, Connor la déposa devant le cabinet de Thomas. Le cœur battant, elle monta les marches. Heureusement qu'elle n'avait rien avalé ce matin, songea-t-elle. Elle était au bord de la nausée.

Elle suivit le même protocole que la première fois et s'assit dans le fauteuil en face de Thomas.

— Je suis censée m'allonger sur le canapé ?

— L'important, c'est que vous soyez à l'aise, Savannah.

Elle serait plus à l'aise dans les bras de Connor, mais ce fauteuil ferait l'affaire.

— Je suis bien installée et prête.

Thomas ouvrit la main, révélant un stylo argenté.

— Voici quelque chose sur quoi vous concentrer pendant que je vous hypnotise.

— Pas de montre se balançant au bout d'une chaîne ?

Un gloussement lui échappa, et elle mit la main sur sa bouche. Il lui adressa son sourire patient.

— On peut faire ça, si vous préférez.

— Si le stylo fonctionne, va pour le stylo.

Alors qu'elle coinçait les mains entre ses genoux, il fit un signe de tête vers ses jambes.

— Ça marchera mieux si vous êtes détendue. Mettez vos mains le long de votre corps ou sur vos cuisses. Décontractez vos muscles. Appuyez-vous au dossier. Vous avez l'air prête à exploser.

— C'est vrai.

Elle expira lentement et se laissa aller dans le fauteuil.

Thomas commença aussitôt à parler, d'une voix apaisante qui lui fit l'effet d'un baume sur ses nerfs. Quand il lui dit que ses paupières devenaient lourdes, elle cilla lentement et eut du mal à rouvrir les yeux. Sa respiration devint plus profonde et sa tête pencha une fois, puis deux…

… Ils se disputent encore.

— Qui ?

Étrangement, la voix de Thomas s'est frayé un chemin dans la maison où elle a vécu avec sa mère et Manny – une grande maison, plus grande que toutes celles qu'elles ont occupées auparavant.

— Ma mère et Manny.

Des disputes, encore et toujours des disputes. Pourquoi sa mère ne le quitte-elle pas ? Il embête Savannah… Il trouve constamment des excuses pour la toucher ou lui caresser les cheveux. Elle le déteste.

Elle se couvre les oreilles. Elle ferait mieux de sortir. Elle devrait appeler Connor. Mais Connor est un adulte, à présent. Il est sorti major de l'académie de police. Il sera policier, comme son père, et il sera toujours là pour elle.

Elle va sortir et leur dire de se taire, mais elle ne veut pas se retrouver au milieu d'une de leurs disputes. Si seulement cette querelle-là la concernait, elle… Si seulement sa mère ordonnait à Manny de ne plus s'approcher d'elle…

Mais ils se chamaillent à propos de l'argent. Sa mère en veut plus.

Elle se redresse sur le lit et ôte ses écouteurs. Quelque chose a changé. Sa mère menace Manny. Elle le menace de tout révéler. Elle l'accuse de faire du trafic de drogue.

Savannah se lève pour aller coller l'oreille contre la porte de sa chambre. Arrête, maman. *Un bruit sourd la fait sursauter.*

Si Manny a frappé sa mère, elle va devoir faire quelque chose. Appeler la police.

Puis elle entend un son encore plus terrifiant.

— Qu'avez-vous entendu, Savannah ?

— C'est un coup de feu.

Ouvrant la porte à la volée, elle se précipite dans le salon et se met à hurler.

— Que voyez-vous, Savannah ?

— Manny est par terre, il saigne. Maman est debout, elle tient une arme. Je crie. Je n'arrête pas de crier.

Crie-t-elle vraiment ?

Sa mère lâche le pistolet et la secoue jusqu'à ce qu'elle se taise. Elle ne peut pas parler. Elle ne peut pas bouger. Elle est figée, comme suspendue dans le temps et l'espace.

La voix de sa mère lui parvient, mais trop lointaine pour qu'elle puisse la comprendre. Elle ne peut pas répondre.

Sa mère la secoue à nouveau, puis la gifle. Mais elle s'en moque. Elle veut se rouler en boule sur le sol. Elle s'effondre dans les bras de sa mère.

Sa mère la repousse et attrape son T-shirt. Elle le lui arrache. Savannah s'en moque.

Sa mère lui baisse son pantalon de pyjama et sa culotte. Elle s'en moque. Elle veut se rouler en boule et partir très loin d'ici.

La voix de sa mère pénètre dans son cerveau.

— Ça va aller, Savannah. Tu n'avais pas l'intention de le faire. Manny a essayé de te violer.

Vraiment ?

Les mains de sa mère, apaisantes et protectrices, lui caressent les bras.

— Va t'asseoir là-bas. Je m'occupe de tout.

Elle se réfugie dans un coin de la pièce, nue, désorientée, choquée. Sa mère va tout arranger...

Clignant des paupières, Savannah croisa le regard calme de Thomas. Puis elle se couvrit les yeux d'une main.

— Je me souviens de tout. Ma mère a tiré sur Manny et a rejeté la faute sur moi.

17

En regardant Savannah descendre les marches, Connor esquissa un sourire. Malgré tout ce qu'ils devaient affronter en ce moment, il ne pouvait pas s'en empêcher.

Mais lorsqu'elle s'approcha, il fronça les sourcils, et son ventre se noua. Elle ne cessait de se tamponner les yeux et le nez avec un mouchoir en papier. Ses épaules voûtées donnaient l'impression qu'elle mesurait cinq centimètres de moins. Elle marchait le regard rivé sur le sol, les cheveux pendant de chaque côté de son visage.

Connor sortit de la Lexus et courut vers elle.

— Savannah ? Chérie ? Qu'est-ce qui ne va pas ? Que s'est-il passé ?

Elle leva la tête. Ses yeux se remplirent à nouveau de larmes, qui rejoignirent le flot ruisselant sur ses joues.

— J'ai appris la vérité.

Il serra les dents, se préparant au pire. Qu'est-ce qui pouvait être plus terrible que de tuer un homme en état de légitime défense ? Tuer un homme de sang-froid, songea-t-il en campant les pieds dans le sol.

— Et c'est quoi, la vérité ?

— C'est ma mère qui a tué Manny. Et elle m'a piégée en me faisant croire que je l'avais fait.

Elle poussa une plainte presque animale et se laissa tomber à genoux.

Submergé par une bouffée de rage, Connor fit un pas en arrière et serra les poings.

Sans cesser de gémir, Savannah se courba en deux, puis serra les bras autour de sa taille.

Le souffle court, il s'agenouilla près d'elle et l'étreignit. Il repoussa les cheveux de son visage, avant de lui murmurer à l'oreille :

— Tout va bien. Tout va bien. Tu es libre.

— Libre ? souffla-t-elle contre son épaule. Ma mère. Ma propre mère.

Il croisa le regard d'une femme qui se dirigeait vers le bâtiment. Comme elle ralentissait le pas, il déclara :

— Je vais te ramener à la voiture, d'accord ?

Savannah hocha la tête. Il lui passa un bras autour de la taille et se releva en la soutenant à moitié. Après l'avoir aidée à s'asseoir sur le siège passager, il lui souleva les jambes à l'intérieur.

Une fois au volant, il se tourna vers l'arrière et tira une poignée de mouchoirs d'une boîte posée sur la banquette.

— Tiens… Tu m'as vraiment fait peur.

Elle en roula plusieurs en boule et se moucha.

— Pourquoi a-t-elle fait ça, Connor ?

— Pour sauver sa peau. Ça ne devrait pas te surprendre, Savannah. En fait, je ne sais pas pourquoi je n'y ai pas pensé moi-même.

Il lui releva le menton.

— Georgie a toujours pensé à elle en priorité… et toi en second. Ça ne veut pas dire que ta mère ne t'aimait pas. Elle t'aimait. Personne n'a jamais eu de doute là-dessus, il suffisait de vous voir ensemble. Mais elle ne savait pas comment être une bonne mère. Elle a toujours fait passer ses besoins en premier. Elle faisait la même chose avec mon père. Je sais qu'elle aimait papa, mais elle s'aimait plus encore, et ça a toujours été le cas.

— Il faut que je m'explique avec elle.

Savannah mit en charpie les mouchoirs usagés, créant une tempête de neige sur ses genoux.

— Je dois m'assurer qu'elle sait que je connais la vérité.

— Bien sûr, acquiesça-t-il. Mais pas maintenant.

— Oh ! là, là… La réunion.

Abaissant le pare-soleil, elle observa ses yeux gonflés et son nez rouge dans le miroir.

— Annule-la, suggéra Connor. Repousse-la à un autre jour. Tu as besoin de temps pour digérer ce que tu as appris.

— Hors de question que j'annule cette réunion.

— Alors décale-la de quelques heures, histoire de te remettre les idées en place.

Elle s'adressa une grimace dans la glace.

— Je devrais peut-être y aller avec cette tête-là. Les employés penseront que je suis vraiment bouleversée par la mort de Niles et concluront que je n'aurais jamais pu le tuer.

— Tu fais ce que tu veux, Savannah, mais je pense que tu as besoin de plus de temps, déclara-t-il en lui caressant le bras. Il est encore tôt. Tu peux repousser la réunion à plus tard dans l'après-midi. Il faut que tu en imposes, en arrivant à Snap App. C'est toi la P-DG maintenant.

Elle renifla et se passa les doigts dans les cheveux, avant de pousser un petit cri.

— Tu sais ce que ça veut dire ?

— Ça veut dire que tu n'as pas tué Manny… Ni personne d'autre.

Elle lui enfonça les ongles dans la cuisse à travers le tissu léger de son pantalon.

— Je n'ai pas tué Manny, Connor. Je veux dire… J'ai quand même souscrit à l'histoire de maman, ce qui a entraîné la mort de ton père, mais je n'ai pas pressé la détente. Je n'ai pas fait de *black-out* parce que j'ai assassiné quelqu'un. J'ai fait un *black-out* parce que j'étais choquée par ce que ma mère avait fait.

— Mon père était un adulte, et un policier, qui plus est. Il était mieux placé que toi ou ta mère pour savoir quoi faire. Il a pris la décision de porter le chapeau, puis il en a payé le prix.

— Il aurait fait n'importe quoi pour Georgie.

Connor se pencha pour embrasser la joue humide de Savannah.

— Je ne peux pas le lui reprocher. C'est le genre d'amour que je n'ai aucun mal à comprendre.

— Tout est tellement compliqué, lança-t-elle, la lèvre inférieure tremblante.

— Ce n'est pas compliqué. La vérité sur Manny est rétablie. Et on ne va pas tarder à éclaircir le reste du mystère.

— On n'ira pas voir la police. Je te l'ai dit : je refuse de te mettre dans cette position.

— On n'est pas loin de tout résoudre par nous-mêmes. On pourra peut-être livrer aux enquêteurs le coupable sur un plateau.

Tandis qu'il démarrait, elle lui adressa un sourire plein de larmes.

— Si quelqu'un en est capable, c'est bien toi. J'ai toute confiance en toi, Connor Wells.

— Je regrette de ne pas t'avoir accordé la même confiance, Savannah.

— Je ne t'ai pas donné de raison de m'aider, pourtant tu l'as fait quand même.

Elle redressa les épaules d'un air déterminé.

— Je vais repousser la réunion de deux heures, déjeuner avec toi et me refaire une beauté.

— Ne touche pas à ce visage, ordonna-t-il en lui effleurant la joue. Tu n'as pas besoin de te refaire une beauté, tu es parfaite telle que tu es.

Elle poussa un grognement amusé.

— Là, tu t'emballes un peu.

Une sonnerie les interrompit, et Connor saisit son portable sur la console.

— C'est le tien.

— Si c'est ma mère, il va falloir que tu me retiennes.

Elle regarda l'écran et fronça les sourcils.

— Inconnu.

— Si c'est ton maître chanteur, tu vas devoir me retenir *moi*.

D'un glissement du doigt, elle décrocha.

— Allô ?

— Savannah ?

Comme elle avait mis le haut-parleur, la voix de l'homme résonna dans l'habitacle.

— Oui. Qui est-ce ?

— Brian Donahue.

Elle tourna vivement la tête vers Connor.

— Avez-vous tué Niles ?

— Non ! Et vous non plus.

— Ça, c'est sûr. Qui a dit que je l'avais fait et où êtes-vous ?

— Je sais ce qui se passe. Je peux tout vous raconter si vous me retrouvez ce soir.

— Dites-le-moi maintenant, au téléphone.

— Pouvez-vous être sûre que votre portable n'a pas de mouchard ?

Savannah leva l'appareil devant son visage et l'étudia, comme si elle le voyait pour la première fois.

— Non.

— Donnez-moi un autre numéro, et je vous enverrai l'heure et le lieu.

— Pas l'endroit où j'avais rendez-vous avec Letty.

Donahue laissa échapper un bruit étranglé.

— Vous aviez rendez-vous avec Letty ?

— Vous essayez de me dire que vous n'étiez pas au courant ?

— Savannah, Letty est morte.

— Je le sais, répondit-elle en donnant un petit coup dans l'épaule de Connor. Mais vous, comment le savez-vous ? Vous étiez sur place ?

— Vous voulez rire ? Ça passe aux infos.

— Que savez-vous à propos de Letty ? s'exclama-t-elle.

— Rien. Donnez-moi le numéro, et je vous enverrai les détails par SMS.

Comme Connor lui montrait son portable, Savannah dicta son numéro, puis raccrocha. Quelques secondes plus tard, ils reçurent un message avec une heure et un lieu pour le rendez-vous.

— Le corps de Letty a été retrouvé, déclara-t-elle.

— Je suis content que ce soit le cas, pas toi ?

— Oui, mais de ce fait la photo de moi avec son cadavre devient un vrai bâton de dynamite.

— Ça l'a toujours été, mais, à mon avis, c'est surtout une protection qu'il aurait utilisée au cas où tu t'approches trop près de la vérité.

Il se gara sur le parking d'une épicerie.

— Je croyais qu'on allait déjeuner avant la réunion, remarqua Savannah.

— C'est ce qu'on va faire. On va faire quelques courses, puis on va aller manger sur la plage et se détendre un peu.

— En vêtements de bureau ? demanda-t-elle en tirant sur son pantalon bleu. Même toi, tu es sur ton trente et un.

— On fera attention.

Elle lui prit la main.

— Merci de m'avoir aidée à relativiser la trahison de ma mère.

— Tu n'es pas une tueuse, Savannah, que ce soit en légitime défense ou autrement. Mais je ne vais pas te lâcher.

— Ah bon ? demanda-t-elle, les joues rouges.

— Tu vas retourner voir Thomas. Tu as besoin d'un professionnel pour t'aider à gérer tout ça. Moi, je ne suis qu'un pansement.

Elle déposa un baiser au creux de sa paume.

— Le meilleur pansement que j'aie eu de toute ma vie.

Connor avait raison – comme toujours. Le déjeuner, la plage et le fait d'être ensemble l'avaient aidée à remettre son monde sur son axe. Certes, la sensation d'avoir un trou dans le ventre – un trou où l'amour de sa mère aurait dû se trouver – hantait toujours Savannah, mais elle avait du pain sur la planche. Elle devrait se contenter de son pansement pour l'instant.

Plus tard dans l'après-midi, Connor entra dans le parking souterrain de Snap App. Pendant qu'il se garait sur une place réservée à la direction, elle lança :

— J'aimerais te montrer nos bureaux – que j'ai contribué à construire –, même si tout finit par se réduire en cendres sous mes yeux.

— Si quelqu'un peut réparer les dégâts, c'est toi.

— Avec l'aide de mon directeur financier, Nick.

Elle sortit de la voiture et secoua sa veste avant de l'enfiler. Ils marchèrent jusqu'à l'entrée de Snap App, et Connor ouvrit la porte en verre.

Kelly, la réceptionniste, poussa un cri aigu. Elle fit le tour du bureau, puis passa les bras autour de Savannah.

— Bon retour parmi nous, Savannah. On est tellement heureux que vous soyez de retour aux commandes… Même si, bien sûr, on est dévastés par le meurtre de Niles.

— Bien sûr. C'est horrible.

Kelly posa la main sur sa gorge.

— Vous pensez que sa femme de ménage avait quelque chose à voir avec sa mort ? Elle s'est suicidée.

— Je n'en ai aucune idée, répondit Savannah en tapotant la réceptionniste dans le dos. Je vais laisser les enquêteurs se pencher sur la question. Moi, je suis ici pour Snap App.

Connor et elle prirent l'ascenseur jusqu'au sixième étage. Lorsque les portes s'ouvrirent, elle expliqua :

— Mon bureau est ici, mais la grande salle de conférences est au rez-de-chaussée. La réunion aura lieu là-bas, mais je veux d'abord avoir une petite conversation avec Dee Dee.

— Très chouette, comme endroit, commenta Connor.

Tournant sur lui-même, il observa les bureaux aux parois vitrées qui donnaient sur la marina et le centre-ville.

— Savannah.

Nick Fresco sortit de son bureau en redressant sa cravate immaculée. Il prit les mains de Savannah entre les siennes.

— C'est bon de te retrouver. L'entreprise a besoin de toi.

— C'est sûr que là tout de suite elle a besoin de quelque chose. J'espère seulement que je vais trouver les mots justes.

— Tu y parviendras, j'en suis certain.

Il lui serra les mains, puis jeta un coup d'œil vers Connor.

— Voici Connor Wells, déclara Savannah. Connor, mon fidèle directeur financier, Nick Fresco.

— Enchanté de faire votre connaissance, Connor.

Alors qu'il secouait la main de Connor, il se voûta légèrement, une habitude qu'il avait dû développer du fait de son mètre quatre-vingt-dix-huit.

— Nouvel employé ?

— Non, je suis seulement son chauffeur.

Savannah donna un petit coup dans le bras de Connor, qui pencha la tête en arrière.

— Basketteur ?

— J'ai tiré quelques paniers à une certaine époque.

Elle tira sur la manche de Connor.

— Est-ce que tu veux voir mon bureau ? Je ne l'ai pas occupé depuis un certain temps, mais je l'ai gardé en l'état.

Dee Dee passa la tête dans l'encadrement d'une autre porte.

— Salut, Savannah. On se voit toujours avant la réunion ?

Savannah déglutit et s'obligea à sourire.

— Oui. Je voulais d'abord montrer mon bureau à Connor.

Dee Dee les rejoignit en repoussant ses cheveux sombres derrière ses épaules.

— Ah, voici donc le fameux Connor Wells.

Savannah fit les présentations, puis précéda Connor dans son bureau d'angle.

— Je suis impressionné.

Les mains dans les poches, il s'approcha de la fenêtre et contempla la vue.

— Est-ce que tu vas travailler ici ?

Elle s'approcha de lui, se colla contre son dos et lui passa les bras autour de la taille.

— Je peux travailler n'importe où… même dans un vignoble.

En le sentant se raidir, elle retint son souffle. Était-elle allée trop loin, trop vite ?

Il se tourna vers elle et lui écarta une mèche du front.

— Je peux faire un tour dans la boîte pendant que tu discutes avec Dee Dee ? Ensuite, j'irai travailler un peu dans le café au coin de la rue pendant que tu enchaînes avec tes autres réunions.

— Bonne idée. Je t'enverrai un SMS quand j'aurai terminé. Ensuite, on pourra aller manger si on a le temps avant notre rendez-vous avec Brian.

— C'est toujours bon pour tout à l'heure ?

La voix de Nick la fit sursauter, et elle fit volte-face.

— Oui, on a beaucoup de choses à voir.

Il frappa l'encadrement de la porte.

— Je vais descendre dans la salle de conférences et m'assurer que tout est prêt pour la réunion. J'ai été ravi de vous rencontrer, Connor.

Connor leva la main en réponse.

Dès que Nick fut parti, Dee Dee prit sa place à la porte.

— Prête ?

— Oui, répondit Savannah. Fais comme chez toi, Connor. Je t'enverrai un SMS dès que je serai prête à partir, et puis je te retrouverai en bas près de ma voiture.

— Bonne chance, fit-il en refermant la porte derrière lui.

Après avoir pris une profonde inspiration, Savannah s'assit au bord d'un petit canapé contre le mur.

— Assieds-toi, Dee.

Dee Dee tira un fauteuil en face d'elle et se laissa tomber dedans.

— Quelle semaine de folie… Tu es au courant pour Letty, n'est-ce pas ?

— Oui.

— Est-ce que tu penses qu'elle a tué Niles ? Qu'elle le faisait chanter, ou quelque chose comme ça, et puis qu'elle s'est suicidée ?

— Je ne sais pas. Ça ne ressemble pas à Letty, mais je suppose qu'on ne sait jamais, avec les gens, pas vrai ?

Dee Dee inclina la tête sur le côté.

— J'imagine que non.

— Dee…, commença Savannah en sortant un dossier de sa mallette. Peux-tu me dire pourquoi Niles t'a fait un versement unique qu'il essayait de cacher ?

Le visage de l'assistante blêmit, et elle agrippa les accoudoirs.

— De quoi parles-tu ?

D'un geste vif, Savannah sortit la feuille de la chemise.

— C'est ici, écrit noir sur blanc, Dee Dee. Que s'est-il passé ?

— Est-ce que tu vas le dire à la police ? demanda-t-elle, avant de poser la main sur son cœur. Je jure que je n'ai rien à voir avec le meurtre de Niles.

— Pourquoi ce paiement ?

— Harcèlement sexuel.

Savannah en resta bouche bée.

— Niles t'a harcelée ?

— On a eu une aventure, Savannah, avoua Dee Dee en baissant la tête.

— Pendant qu'il était encore marié avec moi ?

— Oui. Je suis désolée.

— C'était réciproque ?

— En dehors du fait que Niles était mon patron, oui. Je suis désolée.

— Et après, tu as menacé de lui faire un procès ?

— Il était tellement arrogant, Savannah. Tu le sais bien.

— Mais il s'est servi dans les caisses de l'entreprise pour te payer. *Toi*, tu le savais, *ça* ? Tu aurais dû porter plainte pour harcèlement sexuel et négocier avec la compagnie d'assurances.

— Je… Je ne voulais pas que mon mari soit au courant. Ça aurait tué Victor.

— Donne-moi une seule bonne raison de ne pas en parler aux enquêteurs de la brigade criminelle.

— Je t'ai protégée, Savannah, répliqua l'assistante en se levant. On l'a tous fait. Tu ne crois pas que tu es leur principale suspecte ? Bien sûr que tu l'es. C'est ce qu'on aurait pu leur dire, pourtant on a fait de notre mieux pour les éloigner de toi.

— Je ne l'ai pas tué ! cria Savannah avec une assurance décuplée.

Elle n'avait pas tué Manny. Elle avait été droguée la nuit de la mort de Niles. Elle n'était pas une meurtrière.

— Moi non plus, rétorqua Dee Dee en s'appuyant contre la fenêtre. J'étais chez moi avec Victor. La police a déjà vérifié mon alibi.

— Le mien aussi.

— Alors aucune de nous n'a d'inquiétude à avoir.

Ce n'était pas tout à fait vrai, songea Savannah, tandis que la jeune femme lui faisait face, les mains serrées devant elle.

— Et tu n'as aucune raison de parler à la police de mon accord avec Niles, n'est-ce pas ? Ça n'a rien à voir avec le reste.

— Je ne suis pas d'accord, Dee Dee. Comme je le disais tout à l'heure, on ne connaît jamais vraiment les gens, hein ? Tu es virée.

— Savannah ! C'est à cause de la liaison ? Ça ne voulait rien dire, et tu avais déjà tiré un trait sur Niles.

Elle inclina la tête vers la paroi vitrée, désignant Connor qui venait d'apparaître dans le couloir.

— À cause de lui, pas vrai ?

Connor leva le stylo qu'il tenait et le pointa vers la sortie. Savannah lui fit un signe de la main, puis se tourna vers l'assistante.

— C'est une question de confiance, Dee. J'en ai plus qu'assez d'être trahie par des personnes à qui je pensais pouvoir me fier.

Elle se leva en époussetant son pantalon.

— Tu veux savoir la bonne nouvelle ? Tu n'as pas besoin d'assister à la réunion.

Elle sortit de son bureau et regarda autour d'elle. Il n'y avait plus personne à l'étage. Ils devaient tous l'attendre au rez-de-chaussée. Il était temps d'agir en P-DG, et c'était sa première décision en tant que telle.

Quand elle entra dans la salle de conférences, tout le monde se mit à applaudir, puis se leva. Savannah croisa les mains sur sa poitrine. On ne pouvait peut-être pas se fier aux gens, mais cet accueil était très agréable.

Tout sourires, Nick la guida à l'avant de la pièce.

— La fondatrice de Snap App et notre nouvelle P-DG, Savannah Martell.

Sous une nouvelle salve d'applaudissements, Savannah marcha à grands pas jusqu'à l'estrade pour s'adresser à ses employés.

Au cours de l'heure suivante, elle s'en tint à son texte. Elle fit l'éloge de Niles, même si les mots faillirent rester coincés dans sa gorge, et présenta un plan stratégique. Elle passa sous silence les problèmes de comptabilité, mais elle comptait bien en parler avec Nick.

La réunion sembla passer à toute vitesse, mais, lorsque Savannah en eut terminé, l'heure de départ habituelle des employés était déjà passée. La séance se prolongea encore lorsque la moitié de l'assistance s'approcha pour la saluer, lui serrer la main et même faire quelques allusions étranges à propos de Niles.

La pièce finit par se vider, et Savannah se retrouva face à Nick.

— Pfiou…, marmonna-t-elle en se laissant tomber sur la chaise la plus proche. Comment j'étais ?

Il croisa une longue jambe sur l'autre.

— Super. Tu n'as pas vu la réaction des troupes ?

— Ça m'a fait chaud au cœur. Bon, on passe aux choses sérieuses ? J'ai des documents dans ma mallette dont je voudrais discuter avec toi.

Nick désigna le plafond.

— Et j'ai la mienne là-haut. Allons discuter dans mon bureau. J'ai une surprise pour toi.

— Je n'ai pas besoin de surprises, Nick.

Elle pencha la tête sur le côté. D'ordinaire, il était très prévisible. C'était ce qu'elle aimait chez lui.

— D'accord, pas de surprises, répliqua-t-il en levant les mains. J'ai acheté une bouteille de champagne pour fêter ton retour. Une gorgée ou deux, ça te tente ?

— À vrai dire, oui. J'ai eu une rude journée. Une rude semaine.

— Je vais prendre ça pour toi.

Il s'empara de la mallette, puis suivit Savannah dans l'ascenseur. Là, elle lui apprit la nouvelle pour Dee Dee.

— Dee et Niles ? s'exclama-t-il, les yeux écarquillés. Quel crétin ! Je suis désolé, Savannah.

— À qui le dis-tu…

Une fois à l'étage de la direction, Nick la fit entrer dans son bureau. Il ouvrit le mini-frigo, en sortit un magnum de champagne et le brandit en l'air.

— C'est du bon, affirma-t-il, avant de prendre deux verres sur une étagère. Ça t'embête si ce ne sont pas des flûtes en cristal ?

— Tu me prends pour Niles.

— Impossible.

Il déboucha la bouteille, remplit les verres, puis leva le sien vers elle.

— À une nouvelle ère pour Snap App.

— À une nouvelle ère.

Après avoir trinqué et bu une gorgée, elle ouvrit sa mallette et en sortit le dossier contenant les fausses déclarations.

— Et qui va commencer maintenant.

Étalant les papiers sur la table devant eux, elle commença à expliquer ce que Niles avait fait avec les contrats.

Elle n'avait pas besoin d'entrer dans les détails avec Nick. Il était leur directeur financier. Il devait connaître ce genre de pratiques.

— Et ce n'est pas tout, Nick.

Assoiffée après son long discours, elle but une autre gorgée de champagne.

— Je pense que Brian Donahue était plus ou moins au courant de tout ça.

— Brian ? demanda-t-il en tournant son verre entre ses mains. Il a disparu.

— Plus maintenant. Je… Je le vois ce soir. Il m'a contactée et m'a dit qu'il avait des infos à propos de Niles.

— Ce n'est pas prudent, Savannah.

Il lui versa encore un peu de champagne.

— Ce type est imprévisible.

— Je vais y aller avec Connor. Il veillera sur moi.

Elle bâilla, avant de tapoter le dossier.

— Mais qu'est-ce qu'on va faire pour tout ce bazar, Nick ?

— Je vais m'en occuper, Savannah.

Il rassembla les documents et les fourra dans la chemise, qu'il jeta sur son bureau.

Plissant le nez, elle posa son verre et bâilla à nouveau.

— Qu'est-ce que tu fais ?

— Je vais enterrer ces informations tellement profondément qu'elles ne referont jamais surface.

Savannah avait la tête qui bourdonnait. Elle essaya de manifester son indignation, mais elle était trop fatiguée. Elle baissa les yeux sur le champagne qui continuait à pétiller dans son verre. En voulant le prendre, elle eut un mouvement incontrôlé de la main et le renversa.

Elle lutta pour rester consciente, mais c'était trop difficile. Elle allait à nouveau perdre connaissance… mais cette fois, le cadavre retrouvé dans la pièce serait le sien.

18

Connor vérifia son téléphone pour ce qui lui sembla être la centième fois. Les réunions de Savannah devaient sûrement bien se passer. Fresco, le directeur financier, allait peut-être l'aider à redresser la barre du navire Snap App.

Il repoussa son ordinateur portable et s'étira. Même s'ils avaient déjeuné tardivement, il serait prêt à dîner avant leur rendez-vous avec Brian et le retour à San Juan Beach.

Il fit tourner le reste de café au fond de sa tasse, puis la reposa. Il allait se rendre là-bas et attendre Savannah dans le parking, décida-t-il. Ce Brian qu'elle était censée voir plus tard ne lui inspirait aucune confiance.

Comme son téléphone vibrait, il jeta un coup d'œil sur l'écran. Le SMS de Savannah lui arracha un grognement, et il reporta son attention sur la vitrine réfrigérée près de la caisse.

Elle avait décidé d'aller boire un verre avec Dee Dee avant de retrouver Brian. Elle lui demandait de venir la chercher au bar dans deux heures. Connor fronça les sourcils.

Ce n'était pas une bonne idée qu'elle boive avant de voir Brian, songea-t-il, mais elle avait eu une journée difficile – et il serait là pour la soutenir. Il lui envoya l'emoji du pouce levé, puis se commanda un bagel au fromage frais.

Alors qu'il s'asseyait, la femme à la table voisine lui sourit.

— Est-ce que je peux vous emprunter un stylo ? Le mien n'a plus d'encre.

Il fouilla la poche de son jean, à la recherche du stylo qu'il avait pris sur le bureau de Nick Fresco en sortant de Snap App.

— Tenez, dit-il en le lui tendant.

— Merci. Je vous le rends tout de suite.

Elle ouvrit un cahier et commença à écrire.

Connor étala du fromage frais sur une moitié de son bagel chaud, puis mordit dedans. Tout en mâchant, il rapprocha son ordinateur pour lire le rapport de son chimiste sur le vignoble.

La femme tendit le bras entre leurs tables et tapota le stylo sur celle de Connor avant de le lâcher.

— Merci.

Le stylo roula par terre, où il se brisa en deux.

— Oh ! je suis vraiment désolée ! Est-ce qu'il avait de la valeur ?

En se penchant pour le ramasser, Connor sentit un frisson de peur courir sur sa nuque. Où avait-il vu ce genre de stylo auparavant ?

Son cœur fit un bond dans sa poitrine, et il faillit tomber de sa chaise. Lâchant le stylo, il se leva précipitamment. Sous les yeux ébahis de la femme, il abattit son talon sur l'objet et le brisa en éclats.

— Que… Qu'est-ce qui ne va pas ? demanda-t-elle. Je vais le remplacer, si vous voulez.

Connor saisit les morceaux avec une serviette en papier, puis se rassit. Courbé au-dessus de la table, il étudia les bouts de plastique.

Le stylo qu'il avait pris sur le bureau du Nick Fresco était un stylo espion. Comme celui que Savannah avait eu dans son sac à main pendant plusieurs jours. Comme celui que quelqu'un avait glissé dans son sac, la nuit où elle avait été droguée et où Niles avait été assassiné. Comme celui qui s'était cassé de la même façon dans le bureau de Niles.

Et Savannah et Nick avaient rendez-vous ce soir, seuls.

Le cœur cognant dans sa poitrine, Connor entra dans le parking vide. Tout le monde était parti. La réunion était terminée.

Comme Savannah lui avait donné son badge pour entrer et sortir du bâtiment, il n'eut aucun mal à accéder à l'accueil. Il se retint de justesse de monter les six étages au pas de course en hurlant le nom de Savannah.

Il ouvrit doucement la porte de la cage d'escalier et gravit les marches en silence. L'ascension le fit à peine transpirer, comme si l'adrénaline lui donnait la force de dix hommes. Il en aurait besoin – de cela et de son arme. Il toucha le pistolet qu'il avait acheté en prévision du rendez-vous avec Brian.

Une fois au sixième étage, il abaissa la poignée en retenant son souffle. Il poussa légèrement la porte, puis jeta un œil dans l'entrebâillement. La cage d'escalier était au bout du couloir, à quelque distance des bureaux principaux. De là où il se trouvait, il apercevait la seule salle de pause de l'étage.

Il ouvrit la porte juste assez pour se glisser dans le couloir, avant de la refermer avec précaution. Alors qu'il avançait à pas de loup vers les bureaux, il se figea en entendant des voix, celles d'un homme et d'une femme. Les yeux fermés, il poussa un soupir de soulagement. Il aurait reconnu la voix de Savannah n'importe où.

Si Fresco et elle étaient encore en plein rendez-vous, Connor allait la sortir de là sans tarder. Ensuite, ils pourraient réunir des preuves contre le directeur financier sans qu'il ne s'imagine avoir été débusqué.

Les voix devinrent plus claires, mais Connor ne se précipita pas. Il continua à avancer pas à pas vers un box en face des bureaux. S'aplatissant contre l'un des murs, il attendit de les entendre à nouveau parler.

La voix de Savannah, basse et un peu pâteuse, provenait d'un bureau – son bureau.

— Ça ne marchera pas, Nick.

— Bien sûr que si. Tu as assassiné ton mari pour mettre la main sur l'entreprise, l'assurance vie, la maison… Il y a le choix. Tu as enchaîné en tuant Letty parce qu'elle s'apprêtait à te faire chanter avec le bouton. J'en ai la preuve.

— Ce n'est pas une preuve. Et j'ai le couteau, tu te souviens ?

Nick éclata de rire.

— J'aurais dû me douter que tu serais une formidable adversaire, Savannah. Niles était une cible facile. Ce bouton suffira amplement. Et quand les policiers trouveront ton cadavre ici, au bureau, ils concluront que tu as été prise de remords et que tu t'es pendue.

En entendant ces mots, Connor eut l'impression de recevoir

un coup de marteau à l'arrière du crâne. Il se tendit, prêt à jaillir de sa cachette. Mais jaillir vers quoi ? Il n'avait aucune visibilité dans le bureau. Il ne voulait pas pousser Fresco à faire quoi que ce soit pour l'instant.

— J'ai… la drogue que tu m'as fait boire… dans le corps, bredouilla Savannah. Le rapport d'autopsie le montrera.

— Et alors ? Tu as eu besoin de prendre quelque chose pour te calmer avant de passer à l'acte… Tout comme tu as drogué Niles pour pouvoir le poignarder plus facilement.

— Je ne comprends pas pourquoi tu fais ça, Nick. Je n'ai jamais envisagé que tu puisses être dans le coup. Je n'avais aucune idée que Niles et toi trafiquiez la comptabilité ensemble. Les documents ne t'impliquent pas.

— C'était mon plan dès le début : tuer Niles et te faire porter le chapeau. Ton rendez-vous avec Brian ce soir n'a fait qu'avancer l'échéance.

— Brian est au courant, n'est-ce pas ? C'est pour ça que tu l'as renvoyé. Il allait tout me raconter ce soir.

— Ça me paraît peu probable, répliqua Fresco d'un ton amusé. Il est plutôt instable, mais je peux le contrôler. Je l'ai déjà fait par le passé.

Savannah toussa.

— Pourquoi ne nous as-tu pas tués tous les deux cette nuit-là ?

— Pour que les flics recherchent un suspect ? Sans façon.

En entendant le bruit d'une chaise traînée sur le sol, Connor se laissa tomber à quatre pattes et sortit du box. Il devait voir ce qui se passait. Il devait trouver un moyen de mettre un terme à cette folie.

— Connor doit revenir me chercher, il sera là d'une minute à l'autre. Ça ne marchera pas, Nick. On peut passer un marché. Je collaborerai avec toi.

La voix de Savannah semblait moins somnolente et contenait une note de désespoir.

Connor serra les poings, maudissant les parois vitrées modernes de ces bureaux. Dès qu'il se redresserait, Fresco le repérerait.

— Je me suis aussi occupé de Connor.

— Quoi ? demanda-t-elle d'une voix étranglée.

— Oh ! pas comme ça, mais, s'il ne s'arrête pas de fouiner, je prendrai les mesures qui s'imposent.

Fresco fit claquer sa langue, avant de poursuivre :

— Je lui ai envoyé un SMS de ta part à la fin de la réunion avec le personnel, pour le prévenir que tu allais boire un verre avec Dee Dee. Il ne sait même pas que tu es toujours ici. Il t'attendra dans un bar du centre-ville dans une heure environ. Et comme tu l'as dit : aucun de vous ne m'a jamais soupçonné. Tu croyais vraiment que cette idiote de Tiffany aurait pu faire ça ? Ou même son taré de petit ami ? Letty ? Je t'en prie.

— Je ne dirai rien à personne, Nick. Tu peux démissionner de l'entreprise en empochant une grosse prime et je m'occuperai de tout.

Fresco se remit à rire.

— Je n'y crois pas une seconde. Tu as toujours été l'associée dotée de moralité. Niles était un fumier. C'est comme ça que j'ai su qu'il serait ouvert à un peu de manipulation financière.

— Arrête tout ça…

Lui adressait-elle cette supplique à lui ? se demanda Connor. Il ne supportait plus d'écouter leur discussion sans rien faire.

Les mains serrées sur la crosse du pistolet, il se releva lentement pour faire face au bureau de Savannah. Une bouffée de rage l'envahit lorsqu'il vit Fresco glisser un nœud coulant autour du cou de Savannah, debout sur une chaise.

L'homme fit volte-face, une main dans le dos de Savannah, l'autre sur la corde.

— Lâchez-la, gronda Connor.

— Vous êtes sûr que c'est ce que vous voulez ? demanda Fresco en tapant le pied de la chaise du bout de sa chaussure. Un bon coup là-dedans, et elle valse.

— Une balle, et vous êtes mort, répliqua Connor en visant sa tête.

— Je ne serai pas le seul à y passer, Wells. Elle mourra avec moi. Et là, vous aurez un tas d'explications à fournir à la police. À commencer peut-être par comment vous avez entravé une enquête pour meurtre en mentant sur le lieu où se trouvait la principale suspecte.

Le directeur financier se rapprocha de la chaise.

— Je dois admettre que Savannah m'a impressionné par l'étendue de ses compétences criminelles. Je pensais que la police allait l'arrêter tout de suite après avoir borné son téléphone portable et trouvé le couteau. Si j'étais vous, je serais un peu inquiet à l'idée d'être avec une femme capable de masquer ses traces avec autant de talent que Savannah. Ça sent quand même le vécu.

Connor serra les dents. S'il visait la tête, Fresco n'aurait peut-être pas le temps de faire valdinguer cette chaise. Ou peut-être qu'il aurait le temps, mais Connor pouvait piquer un sprint pour traverser la pièce et rattraper Savannah au vol.

Il regarda Fresco dans les yeux, et son doigt se crispa sur la détente.

Une fraction de seconde plus tard, Savannah souleva les pieds de la chaise et les expédia dans les côtes de Fresco.

L'homme trébucha sur le côté, puis plongea vers les jambes de Savannah qui pédalait en l'air.

Connor tira.

C'était l'amour de sa vie, et plus personne ne lui ferait jamais de mal…

Épilogue

Savannah s'étira dans le hamac, puis leva son verre en direction du soleil couchant.

— Ton vin sera meilleur que celui-là, n'est-ce pas ?

Connor, allongé tête-bêche contre elle, but une gorgée et la fit tourner dans sa bouche.

— Absolument.

— Il faudra que tu en envoies aux enquêteurs quand il sera prêt. Le lieutenant Paulson m'a appelée ce matin pour me dire qu'ils bouclaient l'enquête dans l'affaire Nick Fresco.

— Je ne suis pas sûr que Paulson ait cru un seul instant que tu n'étais pas chez Niles cette nuit-là.

— Peut-être pas.

Baissant la main hors du hamac, elle toucha l'herbe haute et fraîche.

— Mais le fait d'avoir trouvé l'arme du crime couverte du sang de Niles et de Nick les a convaincus. Et la déposition de Brian Donahue a enfoncé le clou.

— Je t'ai dit que A.J. était un pro.

Elle fit glisser ses lunettes de soleil sur le bout de son nez.

— Je ne comprends pas pourquoi Nick a gardé l'arme du crime alors qu'il y avait son propre sang dessus.

— Il ne l'a pas gardée. Il l'a cachée dans ta voiture en pensant que tu allais t'en débarrasser. Il n'a pas dû se rendre compte que son sang était sur le couteau, mais il savait que le tien y était, puisqu'il s'en était servi pour te couper la main. Malheureusement pour lui, il a oublié que tu étais gauchère.

Connor saisit le pied nu de Savannah et fit courir ses doigts le long de sa voûte plantaire.

— C'est un sacré coup de chance que j'aie pris ce stylo sur le bureau de Fresco. Je n'en reviens pas qu'il ait laissé quelque chose comme ça à la vue de tous. Mais il a dû se dire qu'il pourrait le glisser sur toi ou dans ton sac quand tu serais avec lui. Est-ce qu'il t'a expliqué pourquoi il est passé à l'acte ce soir-là, alors que tu ne le soupçonnais même pas ?

— Il a toujours prévu de mettre en scène mon suicide.

Elle frissonna malgré le soleil qui tapait sur ses jambes.

— Mais quand je lui ai bêtement dit que j'avais rendez-vous avec Brian, il a disjoncté. Il a pensé que Brian avait peut-être décidé de m'avouer qu'il avait découvert des anomalies comptables et qu'il avait été payé pour se taire.

— Va savoir si c'est ce que Brian comptait faire…

— Je l'ignore encore. Il ne m'a toujours pas rappelée.

Elle fit cliqueter son ongle sur le verre.

— Mais ma mère a fini par le faire.

Connor se redressa, faisant osciller le hamac.

— Georgie t'a rappelée ? Est-ce que tu l'as confrontée à ses actes ?

— Oui.

— Je suis sûr qu'elle s'est trouvé des excuses.

— Bien sûr. Elle m'a dit le plus sérieusement du monde que les policiers auraient été plus compréhensifs avec une jeune femme qui repoussait les avances de Manny qu'avec une femme plus âgée qui allait récupérer tous ses biens.

Savannah se frotta le nez du dos de la main.

— Mais elle m'a dit qu'elle m'aimait.

— Elle n'est pas la seule, répliqua Connor en lui serrant le pied.

Elle vida son verre dans l'herbe, puis le posa par terre.

— Tu es trop loin de moi.

Connor lui tendit les bras. Elle se faufila vers lui, atterrit sur son torse et blottit la tête contre son épaule.

— J'ai trouvé un bon nom pour le domaine.

— Vraiment ?

Il lui caressa les cheveux et l'embrassa sur le haut du crâne.

— Laisse-moi deviner… « Chez Savannah » ?

— Non. « Vignobles Alibi ».

Connor la serra contre lui, et ils éclatèrent de rire, si fort que le hamac se retourna, les expédiant par terre.

— Sois prudente. Le lieutenant Paulson va revenir frapper à ta porte.

— Il n'a qu'à venir, je l'attends. Je les attends tous !

Elle passa les doigts dans les longues mèches de Connor.

— Si tu crois en moi, je peux tout affronter.

— Oh ! je crois en toi, Savannah Martell…

Elle releva la tête et croisa ses yeux bleus. Avait-il presque dit « pour l'instant » ?

Puis il prit son visage entre ses mains pour l'embrasser… et elle oublia tout le reste.

NICOLE HELM

Une vérité inavouable

Traduction française de
DOMINIQUE TRUFFANDIER

BLACK ROSE

HARLEQUIN

Titre original :
WYOMING COWBOY SNIPER

Prologue

Aux yeux de Dylan Delaney, la scène qui se déroulait autour de lui était une atrocité : des Carson et des Delaney de Bent, Wyoming, qui, non contents de se mêler les uns aux autres dans la même cour, faisaient la fête ensemble.

Et que fêtaient-ils ? Le mariage de sa sœur – l'adjointe du shérif, intègre, respectueuse des lois et dotée d'un trop grand cœur – avec un bon à rien de Carson, menteur, tricheur et propriétaire d'un saloon, par-dessus le marché.

Si Dylan s'abstenait de toute remarque, c'était parce que sa sœur semblait parfaitement heureuse de danser avec son tout nouveau mari… Et que le bar qui avait été improvisé dans la grange des Carson où se tenait la réception du mariage de Laurel et de Grady était bien approvisionné.

Toute sa vie durant, Dylan avait été élevé dans la haine des Carson et de ce qu'ils représentaient. Les Delaney étaient meilleurs que ces voleurs et menteurs de bas étage, et l'avaient toujours été depuis que la ville avait été fondée au XIXe siècle.

Le frère et les deux sœurs de Dylan avaient toujours été trop gentils. Si Jen s'était fermement rangée de son côté, Cam et Laurel étaient devenus encore plus gentils à l'âge adulte, quand ils avaient commencé à nouer des relations avec les Carson.

Des relations amoureuses, en plus.

Mais Dylan était demeuré inflexible, et il en était fier. Il était meilleur. La moitié de ses frère et sœurs avaient été ravis d'ignorer l'appel du nom des Delaney mais, pour sa part, il avait utilisé tout ce qu'il avait en lui pour lui faire honneur.

Et tant pis si ses convictions lui semblaient bien creuses devant le bonheur de sa sœur, qui épousait Grady Carson.

— Alors, Delaney, on s'inquiète pour le précieux sang de la famille ?

Dylan ricana. En temps normal, il ne l'aurait pas fait : il serait demeuré parfaitement calme et maître de lui-même, et aurait royalement ignoré Vanessa Carson, même si elle respirait le même air que lui et avait le culot de lui adresser la parole. Mais l'alcool lui engourdissait juste assez les sens pour lui faire oublier qu'il n'engageait jamais une conversation avec le membre de la famille Carson qu'il haïssait le plus.

— Et toi ? Tu n'as pas peur de te faire contaminer par le virus de la loi et de l'ordre ? De ruiner ta réputation de mauvaise fille ?

Il lui sourit, du genre de sourire qu'il aurait pu adresser à un enfant couvert de boue qui venait de tacher son costume tout juste sorti du pressing.

Elle était vêtue de noir, tout comme lui, mais ce n'était pas une robe de cocktail qu'elle portait, ni même une robe d'été décontractée quoiqu'un peu sinistre – qui aurait tout aussi bien convenu pour l'occasion, parce que cette réception bon enfant le rendait aussi morose qu'un enterrement.

Mais non. Vanessa portait un pantalon moulant en cuir et un chemisier dont l'arrière flottait comme une cape jusqu'à ses genoux et dont l'avant était noué sur son ventre, découvrant son nombril percé d'un petit anneau d'or qui semblait le narguer.

Il était tellement attiré par elle qu'il en avait mal, et il maudit cette réaction purement animale par laquelle il avait toujours, *toujours* refusé de se laisser entraîner. Toute sa vie durant, il avait supporté les tours que lui jouait le destin. Cette attirance n'était qu'un autre de ces tours, qu'il devait ignorer et oublier. Il était plus fort que le destin. Il se devait de l'être.

Elle lui décocha un sourire tellement acerbe qu'il eut l'impression que la peau allait se décoller de son visage.

— Ma réputation de mauvaise fille est solide comme un roc, bébé.

D'un pas nonchalant, elle le contourna et passa derrière le bar de fortune, où elle commença à inspecter l'assortiment de bouteilles et de canettes. Pris au dépourvu, le barman cligna des yeux.

— Je peux vous servir ce que vous…

— Pas la peine.

Elle l'écarta du coude, fouilla parmi les bouteilles et se concocta une combinaison d'alcools impressionnante – et peut-être mortelle. Ce ne fut que quand elle leva son gobelet dans la direction de Dylan qu'il se rendit compte qu'il ne l'avait pas quittée des yeux. Elle but une grande gorgée de sa mixture, et il grommela :

— Si tu cherches à m'impressionner, ça ne marche pas.

Il détourna les yeux de ce cou gracile et des longues mèches de cheveux d'un noir de jais qui dansaient autour de son visage.

— Bébé, ronronna Vanessa, jamais je ne chercherais à faire quoi que ce soit pour toi. Même si tu prenais feu devant moi.

Il refusa de laisser son corps réagir.

— Si tu bois tout ça, reprit-il, il faudra que quelqu'un te porte.

Elle partit d'un rire doux et bas qui l'enveloppa comme… Comme rien.

— Je pourrais te faire rouler sous la table, chéri.

— Tu veux parier ? marmonna-t-il.

Il la sentit revenir vers lui mais s'interdit de la regarder. Elle rit de nouveau, et ce son l'excita à tel point qu'il eut envie de se défoncer le crâne.

— Je dois avoir mal entendu, Delaney. Tu ne peux pas avoir dit ça. Tu n'es pas bête à ce point.

La remarque attisa toutes les réactions qu'il gardait enfouies très, très loin en lui. Apparemment, les boissons assez fortes qu'il avait descendues en succession rapide étaient la clé qui les libérait.

Il se tourna vers elle et, articulant chaque mot avec une netteté exagérée, répliqua :

— Alors, je vais me répéter. Tu veux parier ?

Elle se fendit d'un sourire narquois. Bien qu'elle soit plus petite que lui d'une dizaine de centimètres, elle lui donnait toujours l'impression d'occuper tout l'espace.

— Oh ! c'est un défi que je relève volontiers. Combien ?

Il proposa une somme exorbitante qu'elle ne possédait pas – et il le savait.

Elle roula des yeux et agita dédaigneusement une main

ornée d'une collection impressionnante de bagues en argent et en or, pour la plupart en forme de tête de mort ou de dague.

Comme il méprisait chacun des centimètres de cette femme… Et s'il la dévorait des yeux, c'était contre son gré.

— Les Delaney ont toujours adoré faire étalage de leurs richesses.

Il lui décocha un sourire carnassier et se délecta de la façon dont ses yeux s'étrécirent, comme si elle s'apprêtait à le repousser. *Bonne chance, petite fille.*

— Tu te dégonfles ?

Une petite voix, à l'arrière de sa tête, lui rappela les convenances et sa position à Bent. En se livrant à une compétition de boisson avec Vanessa, il ne récolterait que de l'embarras et des ennuis. Ce défi allait à l'encontre de tout ce en quoi il croyait, tout ce pour quoi il luttait. Il aurait dû tourner les talons et s'en aller.

Mais il ne prêta aucune attention à cette voix et resta là où il était.

Quand il se réveilla le lendemain matin, dans un lit qui n'était certainement pas le sien, la dernière chose dont il se souvenait était d'avoir ignoré cette voix. Mais ensuite… C'était le trou noir.

Vanessa était en train de mourir. Elle avait pris tellement de mauvaises décisions, la veille ! Mais le seul responsable était son frère, parce qu'il avait épousé une Delaney. Elle en était certaine.

Elle gémit et roula dans le lit. Son estomac se souleva de mécontentement. Elle avait eu sa part de gueules de bois, mais celle-là était vraiment monumentale.

Et en plus, elle avait des hallucinations. C'était la seule explication logique. Parce qu'il était absolument impossible que Dylan Delaney soit dans son lit.

Non. Il n'y avait aucun Delaney nu dans le lit qui occupait le centre de son appartement, au-dessus du garage. Elle regarda vers la gauche, où se trouvaient sa petite cuisine, le couloir et la porte de la salle de bains, puis vers la droite et la porte donnant sur l'escalier qui descendait jusqu'à son atelier de mécanique. Il y avait réellement un homme dans son champ visuel.

Elle battit des paupières en examinant la silhouette allongée à côté d'elle. Les yeux noirs de Dylan s'élargirent, son regard se fit plus perçant, et chacun des traits de son beau visage devint très, très dur.

Vanessa ferma les yeux et compta jusqu'à dix à voix basse. C'était forcément un rêve, ou un mirage provoqué par l'alcool. En tout cas, la vision ne pouvait pas être réelle.

Mais quand elle eut fini de compter et rouvrit les yeux, Dylan était toujours là.

— Apparemment, les mauvais rêves se réalisent, dit-il d'une voix délicieusement rauque.

Reprends-toi. Il n'y a rien de délicieux chez Dylan Delaney.

Horrifiée – réellement horrifiée, et nullement intriguée –, elle le regarda repousser les couvertures, *ses* couvertures, et se lever. Il semblait n'avoir aucun scrupule à se retrouver nu dans sa chambre.

Avec des gestes saccadés, il enfila le pantalon qu'il portait la veille. La veille… Elle…

— Tu ne dois le dire à personne, lança-t-elle.

Si elle s'était sentie mieux, elle n'aurait rien dit. Elle aurait ignoré la panique qui la gagnait et conservé son avantage. Mais elle avait l'impression d'être à l'agonie et, apparemment, elle avait dormi avec Dylan Delaney.

Elle ne se souvenait de rien de ce qui s'était passé la nuit précédente, hormis la cérémonie de mariage au cours de laquelle son casse-cou de frère avait juré de toujours aimer Laurel Delaney, ce modèle de vertu. Un flic.

Ensuite, tout devenait de plus en plus flou jusqu'à…

Le meilleur baiser de toute ta vie.

Tu parles ! Soûle comme elle l'était, comment aurait-elle pu le savoir ?

Dylan lui décocha un regard de braise – ce qui suffit pour que son cœur passe la surmultipliée et que tout son corps semble irradier de chaleur. Elle pouvait presque, *presque* les imaginer ensemble, sentir ses grandes mains rugueuses sur elle…

Mais Dylan Delaney dirigeait une banque et ses mains

n'étaient pas rugueuses. Oui, elle hallucinait. Et… Qu'entrevit-elle sur son torse avant qu'il enfile sa chemise et commence à la boutonner ? Est-ce que c'était un tatouage ?

— À qui crois-tu que je pourrais parler de cette atroce erreur de jugement ? demanda-t-il d'un ton dégoûté.

Elle ne fut pas blessée, parce qu'elle ressentait la même chose. Sauf que « erreur de jugement » était un terme bien trop faible. « Catastrophe de proportions épiques » était plus approprié.

Et elle allait mettre cette catastrophe aussi sur le compte de Grady parce que, s'il n'avait pas épousé une Delaney, elle n'aurait pas bu au point de passer la nuit avec l'un d'entre eux.

Dylan était maintenant entièrement habillé, mais elle était encore nue dans le lit. Nue.

— Nous allons oublier tous les deux que c'est arrivé, dit Dylan.

Non. Il ne le dit pas. Il l'exigea, comme si elle n'était qu'un pion à qui on pouvait donner des ordres. Mais elle était tellement choquée par ce qui était arrivé qu'elle ne fut même pas contrariée.

— Je ne sais même pas ce qui s'est passé. Nous n'avons pas vraiment…

Mais quand ils s'étaient réveillés, il était tout aussi nu qu'elle.

— Je ne me souviens pas non plus. Alors, nous allons seulement dire que nous ne l'avons pas fait.

— Mais…

— Nous ne l'avons pas fait, répéta-t-il fermement en tapotant ses poches. J'ai mon portefeuille, mais pas mes clés de voiture.

— Nous n'avons certainement pas été assez bêtes pour conduire.

— Et nous n'avons certainement pas été assez bêtes pour demander à quelqu'un de nous conduire ensemble quelque part.

Il soupira et passa nerveusement une main dans ses cheveux ébouriffés par le sommeil. Il était bien loin d'être aussi élégant que d'habitude. Il était débraillé et…

Attirant.

Non, pas ça.

— Coucher avec quelqu'un qu'on déteste est très tendance, lâcha-t-elle.

Elle se sentait inexplicablement nerveuse et incapable de se contrôler. C'était idiot, mais elle ne parvenait pas à se reprendre. Sans doute à cause de sa gueule de bois et de tout l'alcool qui restait dans son sang.

Il lui jeta un regard noir, et Vanessa se demanda pourquoi ses yeux avaient envie de s'attarder sur les ridules qui encadraient sa bouche ou de remarquer l'ombre de barbe qui couvrait son menton, si lisse la veille au soir.

Il y avait quelque chose de captivant chez cet homme. Autant l'admettre tout de suite et retrouver une partie de son contrôle. Dylan et elle étaient aux antipodes l'un de l'autre, et il arrivait que, quand deux contraires ingurgitent assez d'alcool, ils finissent par s'attirer.

Elle se jura sur-le-champ de ne plus boire une seule goutte d'alcool pour le restant de ses jours.

— Ce n'est pas tendance, dit-il sèchement. Pas pour moi.

— Apparemment, ça l'était pour le toi qui avait trop bu.

Il se pinça l'arête du nez.

— Je m'en vais. Nous ne reparlerons jamais de ça. Et si quelqu'un nous a vus…

— Nous mentirons, compléta-t-elle pour lui.

Il sembla surpris par ce mot, mais que pouvaient-ils faire d'autre ?

Enfin, il hocha sèchement la tête.

— Comme deux arracheurs de dents.

Sur ces mots, il se détourna et sortit de son appartement.

En fixant le plafond du regard, Vanessa espéra qu'elle ne se souviendrait jamais, au grand jamais, de ce qui avait pu se produire, et se força à oublier toute cette histoire pour de bon.

1

Quatre mois plus tard

Vanessa Carson n'était pas une lâche. Jamais elle n'avait reculé devant une insulte, un défi ou un poing – trois choses qu'elle affrontait depuis sa naissance. Et pourtant aucune n'arrivait à la cheville du moment qu'elle était en train de vivre.

Elle était assise au volant de sa vieille berline, dans le parking derrière la banque Delaney. Elle préférait se déplacer à moto, mais… Sans réfléchir à son geste, elle posa une main sur son ventre, qui commençait à s'arrondir, juste un peu. Personne d'autre ne l'avait remarqué, mais elle savait. Et bientôt, les autres sauraient, eux aussi.

Les nausées matinales lui avaient fait vivre un enfer, mais elles semblaient s'atténuer au fil des jours. Elle avait pris l'habitude de mieux manger, et avait renoncé à l'alcool pour plusieurs raisons depuis cette soirée. Son médecin disait que son bébé et elle avaient une santé de fer.

Heureusement, parce qu'elle était surtout entourée d'hommes qui ne comprenaient rien à rien, personne parmi ses connaissances n'avait le moindre soupçon. Et s'il lui était arrivé de trouver que sa cousine par alliance ou sa nouvelle belle-sœur la dévisageaient avec insistance quand elle mangeait un plat végétarien ou faisait une nouvelle fois l'impasse sur une dose de caféine, c'était sans doute une manifestation de paranoïa.

Mais qu'elle soit paranoïaque ou non, elle devait braver la tempête avant que quelqu'un assemble vraiment les pièces du puzzle. Il le fallait. Avant que ce soit la tempête elle-même qui le souffle à l'oreille de Dylan.

Tu n'es pas une lâche.

Ces mots accompagnèrent chacun des pas qu'elle faisait vers la banque Delaney, où elle venait pour la première fois. Comme elle aurait préféré se manger un bras que d'y mettre les pieds, elle faisait plus de vingt minutes de route jusqu'à Freemont quand elle avait besoin des services d'une banque.

Mais elle ne venait ni pour demander un prêt, ni pour souiller les couloirs immaculés de l'établissement modèle que dirigeait la famille Delaney. Elle venait annoncer une vérité très désagréable.

Elle allait donner le jour au bébé de Dylan Delaney.

Pendant quelques semaines, elle avait envisagé de s'enfuir. De disparaître. Grady aurait sans doute essayé de la retrouver, secondé par ses cousins Noah et Ty. Mais elle aurait pu réussir en s'y prenant bien, et ils auraient fini par renoncer. Peut-être.

Cependant, Bent était son foyer. C'était là que se trouvait sa vie, qu'elle avait construite tout entière autour de son garage, acheté avec son sang, sa sueur et ses larmes. Elle refusait de se laisser effrayer par un Delaney au point de prendre la fuite.

Ton bébé est à moitié Delaney.

Elle s'arrêta au coin du bâtiment et, impitoyablement, se rappela que Dylan, tout comme elle, voudrait que personne ne soit au courant. Il approuverait son plan. Il y serait obligé. Jamais il ne mettrait sa réputation en jeu uniquement pour faire partie de la vie de son bébé.

Et c'était bien pour cela qu'il fallait qu'elle lui annonce la nouvelle. S'il l'apprenait d'une autre façon, il lui en voudrait. Il fallait que toute l'opération soit rapide, facile et sans douleur… Autrement dit, elle ne pouvait pas se contenter de rester debout dans ce parking.

Elle se retourna en entendant une porte s'ouvrir derrière elle. Dylan apparut, vêtu d'un costume impeccable, un attaché-case à la main. Il posa des lunettes de soleil sur son nez pour protéger ses yeux de la lumière rasante de cette fin de journée qui teintait d'or son visage au teint mat.

Vanessa n'avait jamais compris la réaction qu'il éveillait en elle – une attirance, un désir. Même si elle savait qu'elle ne voulait pas de ce banquier mou et collet monté, quelque chose en elle n'était pas du même avis.

Heureusement, elle était assez intelligente pour savoir à quel moment il fallait faire la sourde oreille aux sentiments imbéciles. Elle allait simplement lui expliquer comment allaient se passer les choses, et en finir avec lui pour de bon.

— Dylan ?

Il sursauta, comme s'il avait immédiatement reconnu sa voix, parfaitement incongrue aux abords de sa précieuse banque. Il inspecta le parking pour s'assurer qu'il n'y avait personne alentour avant de poser les yeux sur elle.

Ensuite, il fit quelques pas vers elle. Il semblait soupçonneux et mal à l'aise, mais pas méprisant. Elle aurait préféré qu'il le soit un peu pour avoir une raison de s'énerver.

— Vanessa.

Sa voix était froide et son ton sec, mais dénué de méchanceté.

— Dylan. Il faut qu'on parle.

Il haussa un sourcil. Bien que son regard soit empli de dédain, elle ne sentit pas chez lui l'animosité qu'elle avait toujours perçue depuis leur enfance. Depuis le mariage de Laurel et de Grady, ils s'étaient évités encore plus soigneusement que d'habitude, ce qui n'était pas une mince affaire dans une aussi petite ville que Bent, alors que deux membres de leurs familles respectives étaient mariés ensemble. Pourtant, ils y étaient parvenus.

Mais quand même, leur antagonisme s'était apaisé. Peut-être savaient-ils maintenant un peu trop bien où pouvait mener une aversion incontrôlée. L'indifférence était tout aussi efficace… et beaucoup moins dangereuse.

Mais elle aurait aimé qu'il soit désagréable pour pouvoir se mettre en colère, au lieu de se sentir nerveuse au point d'en avoir la nausée.

C'est mieux ainsi. Tu peux tout aussi bien garder ton calme et lui montrer qu'il n'est pas le seul à savoir se contrôler.

Comme il ne répondait pas, elle répéta :

— Il faut vraiment qu'on parle. En privé.

Il inspecta de nouveau le parking et sembla satisfait de ne voir personne tapi dans les ombres du crépuscule.

— Suis-moi.

Il marcha jusqu'à la porte par laquelle il venait de sortir, passa une carte magnétique devant un capteur, ouvrit la porte et, d'un geste, l'invita à entrer. Elle avança, le menton un peu trop pointé vers l'avant, les épaules rejetées en arrière, prête à livrer un combat.

Mais ce n'était pas un combat qui l'attendait, seulement une rapide conversation informative. Elle n'allait pas parler pour ne rien dire. Elle allait exposer les faits, nettement, simplement. Ensuite, elle ressortirait de la banque, les épaules délivrées de ce poids affreux.

Il entra à son tour, et la porte se referma derrière eux avec un claquement catégorique. Il lui adressa un signe de la tête et s'engagea dans un couloir, la précédant vers une autre porte – vitrée, celle-ci – derrière laquelle il y avait un bureau luxueux. Le sien, vu que son nom était imprimé sur la porte.

— Tu sais, dans mon garage, je n'ai pas besoin de mettre mon nom sur la porte de mon bureau.

— Je suppose que tu n'y reçois pas de clients fortunés.

Elle lui décocha un sourire dur.

— Si je te donnais les noms des personnes qui aiment que je fasse leur vidange, tu serais surpris.

Il pinça les lèvres et, sous l'homme d'affaires mielleux en costume qui se tenait devant elle, elle ne put s'empêcher de voir l'homme ébouriffé et un peu choqué à côté duquel elle s'était réveillée un matin, des mois plus tôt.

Il posa son attaché-case et s'assit derrière le grand bureau étincelant, avant de passer une main sur le revers de son veston de costume. Il était incroyablement élégant, tout le contraire de ses frère et sœurs, qui étaient du genre aristocratique mais simple : Laurel la policière, Cam l'ancien marine et Jen la propriétaire de magasin.

Dylan avait du style – avec une pointe d'originalité. Elle ne savait pas pourquoi il restait à Bent alors que sa place était dans un lieu bien plus chic que cette ville du Wyoming perdue au milieu de nulle part.

Et elle ne savait pas non plus pourquoi elle se rappelait soudain le contact de ses mains sur son corps, et pourquoi il lui semblait naturel.

Uniquement à cause du coup de folie qu'avait causé sa consommation excessive d'alcool, sans doute.

— De quoi devons-nous parler ? demanda-t-il de la voix froide et détachée qu'il utilisait presque toujours avec elle.

Même quand ils étaient en cours préparatoire, il lui parlait ainsi. Comme si, à sept ans déjà, il lui était supérieur par essence.

Cette attitude aurait dû l'énerver, mais elle ne put que le regarder fixement. Assis derrière son grand bureau, dans cette vaste pièce luxueuse, il semblait tellement important, imposant.

Elle déglutit alors qu'une émotion inattendue la balayait : du regret. Il était vraiment dommage que leur bébé ait été conçu comme il l'avait été parce qu'il aurait pu lui aussi prétendre à l'héritage des Delaney.

L'argent. Le genre de réputation pour laquelle les gens se tuent au travail toute leur vie durant sans jamais pouvoir l'atteindre. Le bébé n'aurait même pas à devoir supporter d'être le premier produit d'une alliance entre Carson et Delaney. Laurel et Grady seraient toujours l'objet des critiques motivées par une malédiction imbécile, parce qu'ils avaient promis de s'aimer devant Dieu lui-même.

Tout le monde en ville ne prenait pas la querelle ancestrale entre les familles Carson et Delaney aussi sérieusement qu'elle, et tout le monde ne croyait pas non plus à la vieille légende selon laquelle, si un Carson et un Delaney venaient un jour à tomber amoureux l'un de l'autre, la ville elle-même serait maudite et frappée de destruction.

Une légende transmise de génération en génération depuis que les Carson avaient accusé les Delaney d'avoir volé leurs terres, au XIXe siècle, et à laquelle suffisamment de gens croyaient pour qu'elle soit toujours d'actualité.

Si Bent ne s'était pas immédiatement écroulée et n'avait pas été frappée par la foudre, les plus superstitieux n'en étaient pas soulagés pour autant. Ils attendaient toujours que cela se produise. Quant à Vanessa, elle était plus du genre à prendre la vie comme elle venait. S'il y avait réellement une malédiction, elle ferait avec – et si la vie suivait son cours, elle n'en serait pas étonnée.

— Je sais que tu n'es pas venue pour le panorama. Ni pour un deuxième round, dit Dylan, la tirant de sa rêverie.

Un deuxième round… Elle serra les dents pour ne pas rester bouche bée. Personne ne la déroutait jamais comme il venait de le faire.

C'était le bébé qui émoussait son caractère. Ce qui serait très bien une fois qu'elle aurait fait ce qu'elle avait à faire. Elle était décidée à être une bonne mère – ce que la sienne n'avait jamais été –, et à faire passer son enfant avant tout. Et aucun homme n'allait gâcher ses bonnes résolutions. Elle était prête à arrondir les derniers angles, à effacer ses tatouages à la sableuse et même à couper son imbécile de langue pour l'empêcher de boire et de jurer, s'il le fallait. Elle voulait que son enfant connaisse l'enfance idyllique qu'elle n'avait jamais eue.

Autrement dit, elle ne devait pas être en conflit avec le père du bébé, même si elle ne prévoyait pas qu'il s'implique.

La meilleure façon d'éviter les conflits étant d'aller droit au but, elle inspira profondément, souffla en se forçant à soutenir le regard noir et intimidant de Dylan, et annonça :

— Je suis enceinte.

Les paroles de Vanessa atteignirent Dylan comme l'un de ces coups qui vous font tinter les oreilles et voir des étoiles. Pendant que son cerveau s'efforçait de comprendre ces trois mots, il se raccrocha désespérément à son sang-froid.

En affaires, le sang-froid était la clé.

Mais il ne s'agissait pas d'une discussion d'affaires.

Enceinte. Un bébé. Vanessa lui annonçait qu'elle était enceinte, autrement dit…

Il ouvrit la bouche pour parler, bien qu'il ne sache pas trop ce qu'il avait l'intention de dire. De toute façon, aucun mot, aucun son n'en sortit.

— Je ne te demande rien, dit-elle d'une voix claire.

Son regard était calme et direct, mais il remarqua ses mains, étroitement entrelacées sur ses genoux. Elle était tellement nerveuse que, si elle n'avait pas été Vanessa Carson, elle aurait tremblé de tout son corps.

— Je préférerais…

— Je peux très bien imaginer tout ce que tu préférerais, marmonna-t-il.

Il regarda son ventre, là où ses mains se rejoignaient. Il n'y avait encore aucun signe qu'un enfant grandissait à l'intérieur, et pourtant il y en avait un, et c'était le sien.

Le sien.

Son cœur se serra, comme pressé par une force extérieure en acier, dans un mélange de panique et d'émerveillement. *Surtout de panique*, se dit-il.

— Mais si je ne te l'avais pas dit, tu aurais fini par t'en apercevoir et faire des suppositions. Alors, je te le dis. Tu n'as ni à t'inquiéter, ni à faire quoi que ce soit. Je ne dirai rien du rôle que tu as joué dans toute cette histoire et j'élèverai le bébé moi-même.

Ses mains s'étreignirent de plus belle. Il semblait incapable de les quitter des yeux pour croiser son regard.

— Toi-même, répéta-t-il bêtement.

— Oui. J'en suis capable. Je n'ai peut-être pas l'air d'être la femme la plus maternelle…

— Je ne te lance aucun défi, Vanessa, rétorqua-t-il en arrachant enfin son regard de ses mains.

Les yeux de Vanessa étaient agités par une tempête où se mêlaient des millions de choses. Des choses auxquelles il ne voulait pas réfléchir.

Mais elle était enceinte de son enfant. *Son* enfant !

Bon sang.

— Quoi qu'il en soit, reprit-elle d'un ton étonnement guindé, je voulais être claire sur ce point : je m'occuperai de tout. Du moment que tu ne vends pas la mèche, tout ira bien.

— Bien, répéta-t-il.

Bien ? Ce n'était pas bien !

Comme elle faisait mine de se lever, il demanda :

— Où est-ce que tu crois aller ?

Elle haussa les sourcils.

— Chez moi. Je t'ai dit ce que j'avais à te dire et…

— Et tu penses que je vais rester en arrière et oublier que j'ai un enfant ? Tu as sincèrement cru qu'il te suffirait de faire ta petite annonce pour que tout soit réglé ?

Son regard se fit glacial, et elle posa des mains qui ne tremblaient plus sur les accoudoirs de son fauteuil.

— Je me doutais que tu allais être odieux, mais je gardais espoir que tu comprennes que, oui, c'est exactement ça. Parce que cet enfant est un Carson.

Il se leva et s'appuya des deux mains sur la surface étincelante de son bureau dans un effort pour se concentrer et juguler sa colère.

— C'est aussi un Delaney.

Elle croisa les bras sur sa poitrine et lui adressa ce regard estampillé Vanessa Carson qui voulait dire qu'il était à ses yeux aussi insignifiant qu'un insecte posé sur l'une de ses bottes.

— Est-ce que tu proposes que nous coupions le bébé en deux ? demanda-t-elle sèchement.

— Je ne propose rien. Tu ne me laisses pas le temps de proposer quoi que ce soit. Tu as lâché ta bombe et maintenant tu sembles croire que tu vas sortir d'ici comme si de rien n'était en me laissant m'occuper des retombées.

— Je pense que c'est généralement ainsi qu'on lâche une bombe, répondit-elle.

Elle était redevenue elle-même, vive d'esprit et méprisante, certaine d'être meilleure que lui.

Mais elle n'avait pas été elle-même pendant quelques minutes, et elle portait son bébé. Son enfant.

Un être vivant, qui respirait…

Écrasé par le poids de cette pensée, il se rassit.

— Je ne peux pas… Depuis quand ? Ça ferait…

Il se livra au calcul.

— Ça fait un moment que tu gardes le secret.

Elle haussa les épaules. Elle portait un jean, un T-shirt à manches longues et de lourdes bottes noires. Même si ses habits dissimulaient ses tatouages, elle semblait sur le point de se livrer à quelque mauvais coup. Comme toujours. Il se demanda pourquoi il avait pensé que sa grossesse y changerait quelque chose.

Il se concentra sur elle. Sur la bague en argent en forme de tête de mort qui étincelait à son pouce, sur le contraste que formaient ses cheveux d'un noir de jais avec ses joues laiteuses et parsemées de taches de rousseur. Cette femme était hérissée d'aspérités, entre lesquelles il distinguait des traces de vulnérabilité surprenantes.

Et elle portait son enfant.

Elle poussa un soupir sonore.

— Écoute, je ne sais pas ce que tu espères accomplir en restant assis là à me regarder, mais voilà comment les choses vont se passer : j'accouche de cet enfant et je dis à tout le monde que le père est originaire d'une autre ville. Je vis ma vie et tu vis la tienne.

— En sachant que ton enfant est le mien.

— Tu n'as qu'à te dire que tu as été un donneur de sperme.

— Je refuse de faire ça.

Il parvint à s'exprimer d'une voix aussi calme que la sienne. Au prix d'un gros effort.

— Je ne sais pas si tu fais exprès de te braquer ou si c'est un comportement naturel chez toi, mais ce n'est pas une *petite* affaire. C'est une affaire énorme, de la taille d'une bombe.

— Pourtant, tu m'as l'air plutôt calme, marmonna-t-elle.

— Des années d'entraînement, répondit-il entre ses dents.

Il avait vu tellement de choses, dit tellement de mensonges… Oui, il avait eu des années pour s'entraîner à sembler calme alors qu'il était en proie à toutes sortes d'émotions, des années pour apprendre à paraître contrôler un monde qui refusait de plier devant sa volonté – que ce soit ici, à Bent, ou là-bas, là où il avait vécu sa vie secrète.

Et maintenant, ça. Il aurait voulu se mettre en colère, mais, à chaque fois que sa fureur s'éveillait, un poids étrange s'abattait sur lui. Ce n'était pas vraiment du calme… mais une sorte d'éclair aveuglant, des bribes de souvenirs de cette fameuse nuit. Une sensation dont il aurait dû se souvenir, mais qui lui échappait. Une impression de douceur, d'harmonie…

Il refoula cette pensée, mais ne put chasser une certitude : il n'avait pas le choix. Vanessa pensait qu'il était capable de partir en tournant le dos à son propre enfant, mais elle se trompait.

Autrement dit, il devait trouver un terrain d'entente avec la seule personne de toute cette ville – et peut-être même du monde entier – avec laquelle il était certain de ne pas pouvoir le faire. Que cela lui plaise ou non, il devait y parvenir. Trouver un compromis.

Quelque chose avait changé cette nuit-là, et pas seulement parce qu'ils avaient créé une nouvelle vie. L'animosité qui existait entre Vanessa et lui s'était émoussée, peut-être à cause du spectacle qu'offraient Laurel et Grady depuis plusieurs mois. Quels que soient les reproches que leur adressaient la ville ou son père, ils souriaient, riaient et… s'en moquaient. Quelque chose avait changé en eux, et ils s'en moquaient.

Il avait conçu un enfant. Le moment était venu de s'en moquer, lui aussi.

— Vanessa…

Le son caractéristique d'un coup de feu les fit tous deux sursauter. Il venait de l'avant de la banque. Dylan se leva d'un bond.

— Reste ici, ordonna-t-il.

— Rester *ici* ? répéta-t-elle, incrédule. Tu ne peux pas… C'était un coup de feu ?

Mais il sortait déjà de son bureau. Il n'était pas arrivé à la moitié du couloir quand il entendit des pas derrière lui. Il fit volte-face.

— Je t'avais dit…

— Est-ce que c'était un coup de feu ? On doit appeler quelqu'un ! Pourquoi est-ce que tu cours vers le bruit ?

Il n'avait pas le temps de le lui expliquer, mais elle pouvait téléphoner.

— Retourne dans mon bureau, enferme-toi à l'intérieur et appelle le 911. Dis-leur que tu as entendu deux coups de feu dans le hall de la banque, qu'il y a un employé, et que tu ne sais pas s'il y a des clients. Vas-y.

Il la poussa vers le bureau.

— Tu ne viens pas avec moi ?

— Je dois m'assurer qu'Adele…

Deux hommes masqués déboulèrent par la porte qui donnait sur le hall. C'était donc un braquage. Peut-être le crime le plus stupide de cette époque. Adele devait avoir déclenché l'alarme et les deux hommes seraient pris avant même d'avoir essayé de partir.

Dylan posa les yeux sur les fusils d'assaut qu'ils portaient tous deux… À moins qu'ils n'aient abattu Adele avant qu'elle ait pu faire le moindre geste. Il fut traversé par un frisson d'horreur mais le réprima aussitôt pour disséquer et jauger la situation.

Face à lui se tenaient deux cambrioleurs armés. Et derrière lui, cette Carson, qui portait son enfant.

Et dire qu'il avait pensé en se levant qu'il s'agirait d'un lundi comme les autres !

2

Vanessa essaya de réfléchir, mais une émotion inhabituelle lui chatouillait le fond de la gorge : une peur panique. Elle avait affronté beaucoup de situations épineuses dans sa vie, mais jamais elle ne s'était retrouvée face à deux hommes armés et encagoulés. Sous l'effet de la peur, son corps lui semblait aussi lourd que s'il avait été en plomb.

— Dans le bureau, souffla Dylan, sans se tourner vers elle.

Mais elle était incapable de bouger. La panique la clouait sur place, paralysait son cerveau, l'empêchait presque de respirer. Ces fusils… En temps normal, la vue d'une arme ne suffisait pas à lui faire perdre tous ses moyens. Elle avait souvent tiré, il lui arrivait même de porter un revolver, et elle avait vécu toute sa vie durant parmi les armes.

Mais celles-ci étaient énormes, et ressemblaient plus à du matériel militaire qu'à des armes de loisir. Elle eut soudain la certitude que Dylan et elle allaient mourir dans ce couloir, et sentit toute la combativité qu'elle avait toujours cru posséder la déserter.

— Qui es-tu ? demanda l'un des hommes en agitant son fusil vers elle.

Il se tourna vers son complice et marmonna :

— Il devait n'y en avoir qu'un. Le chef avait promis qu'il n'y en aurait qu'un.

— Qu'avez-vous fait d'Adele ? demanda Dylan.

Il paraissait tellement calme que c'en était effrayant et, contrairement à Vanessa qui parvenait tant bien que mal à dissimuler sa peur, il n'avait pas l'air de faire semblant. Il avança vers les deux hommes malgré les armes braquées sur lui.

Vanessa essaya de calmer sa respiration laborieuse, qui résonnait dans le couloir silencieux, et s'efforça de bouger. Mais son corps lui faisait toujours l'effet d'être pris dans une chape de plomb.

— Posez ces fusils et nous allons faire en sorte que cette histoire se finisse bien pour tout le monde, dit Dylan en continuant d'avancer, bien que les doigts des hommes se crispent sur la gâchette. Pour commencer, qu'avez-vous fait de mon employée ?

Vanessa ne pouvait plus respirer. Dylan et elle allaient mourir ici, dans ce couloir, et leur bébé allait mourir avec eux. Prise de vertige, elle dut fermer les yeux et s'appuyer contre le mur pour retrouver son équilibre.

— On les prend tous les deux ? demanda l'un des hommes à son complice.

L'autre sembla réfléchir.

— On n'est équipés que pour un.

— C'est délicat. On la descend ?

Un son affreux monta de la gorge de Vanessa, qui fut soudain incapable d'ouvrir les yeux ou de respirer. Elle allait mourir. Son bébé allait mourir. Dylan allait mourir.

Bats-toi. Tu dois te battre !

— Le chef a assez de place. Mieux vaut les prendre tous les deux que nous mettre du sang sur les mains avant d'être sûrs de pouvoir nous en tirer.

— Ils ne devaient pas être deux. Si on doit la tuer, ça sera la faute du chef.

Vanessa ouvrit les yeux. Elle était encore inexplicablement prise de vertige, mais elle devait se battre. Pour son bébé. Pour elle-même. *Dylan.*

— Est-ce que vous êtes vraiment en train de débattre devant moi pour savoir si vous devez me tuer ou non ? demanda-t-elle. Quel genre de criminels êtes-vous ?

— Ouais, on va la prendre, railla le plus grand des deux.

— Il faudra me tuer avant, lança Dylan d'une voix sourde de colère en avançant vers lui.

L'homme lui enfonça le canon de son arme dans le torse et répliqua :

— Je peux arranger ça.

Le sang de Vanessa se glaça. Elle ne parvenait pas à comprendre pourquoi Dylan essayait de la sauver. Seulement à cause du bébé, sans doute. Maintenant, elle claquait des dents. Elle se réprimanda, se traita de trouillarde, mais cela ne suffit pas à lui donner la force nécessaire pour s'écarter du mur. Elle ne pouvait que se tenir là, tremblante, tout son sang-froid envolé, en se demandant pourquoi tout tournait autour d'elle.

Tout, sauf le profil de Dylan. Quelque chose changea dans son expression. Malgré l'arme énorme pointée juste sur son cœur, ce n'était pas de la peur qui se lisait sur ses traits. C'était… de la détermination.

— Vous devriez la laisser. Elle est enceinte. Je suis le fils du président de la banque. Pensez à la rançon que vous pourriez demander. Vous n'avez pas besoin d'elle, et lui faire du mal ne vous servira à rien.

Ensuite, Dylan fit la chose la plus improbable qui soit : il sourit.

— Dylan, parvint-elle à dire.

Le couloir semblait s'assombrir, et elle pensa qu'elle allait vomir. Elle essaya de dire quelque chose, de prévenir quelqu'un que cela n'allait pas être joli à voir, mais tout bougeait autour d'elle. Les murs. Le sol.

— Enceinte, hein ?

L'un des hommes la détailla et elle referma les yeux. Il fallait qu'elle pense au bébé. Si elle parvenait à mettre de l'ordre dans le fouillis de ses pensées et à se défaire de la panique qui la paralysait, elle pouvait courir jusqu'au bureau de Dylan, s'y barricader et appeler le 911.

Mais il aurait suffi à ces hommes de tirer dans la porte en verre pour la faire voler en éclats. Elle avait laissé son téléphone portable dans sa voiture. Est-ce que Dylan avait le sien sur lui ? Il avait tout du genre d'homme qui ne s'en séparait jamais. Elle ouvrit les yeux et observa son pantalon pour voir s'il y avait dans sa poche quelque chose qui pouvait être un téléphone portable.

— Elle ne sera qu'un poids pour vous, dit Dylan.

Il était toujours parfaitement calme, alors qu'elle tremblait.

Est-ce que les lumières s'étaient éteintes ? Tout paraissait si sombre…

— Si vous lui faites du mal, vous le paierez au centuple. Enlever quelqu'un et demander une rançon est une chose, blesser une femme et son enfant à naître est autrement plus grave.

— Seulement si on se fait prendre, répliqua l'autre homme.

Son sourire était si large que la moitié de sa bouche disparaissait sous sa cagoule noire.

Vanessa observa le regard purement meurtrier que Dylan adressa à l'homme et fut convaincue de pouvoir lire dans ses pensées : « Oh ! vous vous ferez prendre. »

Elle n'avait jamais considéré Dylan comme un homme particulièrement courageux, mais, maintenant qu'elle le voyait tenir tête à deux malfaiteurs armés de fusils géants, elle comprit qu'elle devait revoir l'opinion qu'elle avait de lui.

— On doit y aller. On aurait dû partir il y a dix minutes. Suis le plan, sinon le chef…

— Ouais, ouais, ouais !

L'homme qui tenait Dylan en respect le poussa du canon de son fusil.

— Tu viens avec nous.

Il fit un signe vers la porte par laquelle Dylan et elle étaient entrés quelques minutes plus tôt. Dylan se dirigea vers la porte, le fusil maintenant pointé vers son dos.

Il passa à côté d'elle sans même lui accorder un regard.

— On ne peut pas la laisser ici, qu'elle soit enceinte ou pas. Elle en a trop vu. On doit l'emmener. Viens, gamine.

L'homme qui ne poussait pas Dylan tendit le bras vers elle, mais elle recula. Elle voulut le frapper, mais ses bras refusèrent de lui obéir. D'ailleurs elle ne pouvait pas bouger du tout, point final. De la bile lui remonta dans la gorge.

— Je vais…

Mais soudain, le couloir fut plongé dans le noir et le sol se déroba sous ses pieds. Quelque chose lui cogna la tête et des étoiles emplirent son champ de vision, mais sans apporter la moindre lumière. Elle entendit Dylan prononcer son nom, mais elle ne pouvait plus rien faire. Sans pouvoir résister, elle se sentit partir à la dérive.

Le visage de Dylan palpitait au rythme des battements de son cœur. Il aurait dû pouvoir résister à ces hommes mais, au lieu de se battre, il s'était précipité vers Vanessa pour s'assurer qu'elle allait bien.

Maintenant, ses mains étaient attachées dans son dos avec un lien en plastique, et il était à peu près certain de s'être déboîté l'épaule à force de se débattre. Quant à sa mâchoire, il avait d'abord craint qu'elle ait été brisée par le coup de crosse qu'il avait reçu en plein visage – mais, puisqu'il pouvait la bouger, il espérait s'en tirer avec une belle ecchymose.

Jamais il ne parviendrait à rompre les liens qui lui enserraient les poignets et les chevilles, ni même à les détendre. Il continua à tâtonner à l'arrière de la camionnette, essayant de trouver quelque chose de tranchant.

Et il s'efforçait de ne pas penser à Vanessa, qui portait son enfant et qui gisait inconsciente sur le plancher de la camionnette.

Cela faisait maintenant au moins un quart d'heure qu'ils étaient à l'arrière du véhicule, et elle n'avait toujours pas repris connaissance. Elle était si pâle. Si… vulnérable.

Il la sauverait. Il le fallait. Ses aptitudes à la survie avaient été quelque peu émoussées par ces dernières années passées à jouer au banquier consciencieux et protégé de son père, mais elles n'avaient pas disparu. Il allait les raviver, et Vanessa et lui se sortiraient de ce guêpier.

Pauvre Adele… Il espérait qu'elle allait bien. Elle avait sûrement déclenché l'alarme, même si ces deux idiots lui avaient fait mal. Pourtant, ils avaient pris tout leur temps pour ressortir de la banque, et personne n'était arrivé.

Eh bien, quelqu'un remarquerait qu'il avait disparu, et un Carson se rendrait sans doute compte que Vanessa manquait à l'appel, qu'elle n'était pas rentrée chez elle et que son garage n'était pas ouvert. Quelqu'un finirait par voir sa voiture dans le parking de la banque et par comprendre qu'il se passait quelque chose de grave.

S'il se persuadait de ces faits, il pouvait se concentrer sur la façon dont ils allaient s'évader. Parce qu'ils *allaient* s'évader.

Un petit hoquet parvint dans la direction de Vanessa. Dylan glissa vers elle. Il aurait aimé pouvoir se positionner de façon à prendre sa main pour sentir son pouls, mais il n'y avait pas assez de place sur le plancher de la camionnette.

— Vanessa ?

Cette fois, elle poussa un gémissement, bougea la tête et gémit de nouveau.

— Vanessa ? Allez, ma puce. Réveille-toi.

Il voulut la pousser du coude, mais il lui était impossible de se pencher vers elle sans tomber à chaque cahot.

— Qu… Quoi ?

Elle tira désespérément sur ses bras ligotés tout en battant follement des jambes.

— Calme-toi. Tout va bien. Je suis là. Tout va bien.

Elle posa vivement les yeux sur lui et, sous sa colère, il discerna une petite étincelle de peur.

— Pourquoi est-ce que ta présence arrangerait quoi que ce soit, Delaney ? demanda-t-elle d'une voix rude.

Elle jeta un regard paniqué tout autour d'elle.

— Essaie seulement de respirer. Tu t'es évanouie. Prends tout ton temps pour te réveiller. Après, j'essaierai de t'aider à t'asseoir.

Elle inspira et souffla en examinant le lieu où ils se trouvaient. L'arrière de la camionnette était entièrement métallique, avec des vitres teintées noir foncé, mais qui laissaient filtrer assez de lumière pour qu'ils puissent se distinguer l'un l'autre. Elle reposa les yeux sur lui.

— Évanouie ?

Tout en tirant sur les liens qui enserraient ses poignets, elle se redressa en position assise – sans son aide – et grimaça.

— Je ne me suis jamais évanouie de ma vie.

— Il y a une première fois à tout. C'est sans doute à cause de…

— Bon sang, coupa-t-elle, pourquoi est-ce que je me retrouve attachée, et avec toi par-dessus le marché ?

Elle regarda autour d'elle. Sur son visage, un mélange de panique et de dégoût intense avait remplacé la terreur de tout à l'heure, qui avait donné à son teint une couleur de cendre. Il en fut un peu rassuré.

— Où est-ce qu'on est ?

— Ils nous ont pris en otages.

— Qui ça, « ils » ?

Elle tira de nouveau sur les liens qui enserraient ses poignets et grimaça avant de fermer les yeux.

— Comment est-ce que je suis arrivée ici ? Je ne peux pas…

— Tu ne peux pas quoi ?

Il se souvint qu'il pouvait arriver que les gens qui avaient été blessés à la tête ne se rappellent pas ce qui avait provoqué la blessure. En plus, elle s'était évanouie. Peut-être qu'elle ne se rappelait même pas être venue le voir à la banque.

— Tu ne te souviens pas ?

— Me souvenir de quoi ? rétorqua-t-elle.

— Quelle est la dernière chose dont tu te souviennes ?

Elle lui décocha un regard impatient, avant de froncer les sourcils.

— Bon sang, tu t'es bien fait arranger le portrait.

Enfin, elle semblait comprendre qu'il était ligoté, lui aussi.

— Oui, oui. On en parlera plus tard. Vanessa, quelle est la dernière chose dont tu te souviennes ?

Elle cligna des yeux, plissa le front…

— Je ne me souviens de rien. Tout est un peu flou. Je suis allée à l'épicerie ce matin… Oui.

Elle ferma les yeux et déglutit, avant de marmonner, pour elle-même :

— Je ne vais pas être malade.

Comme s'il lui suffisait de le dire à voix haute pour être exaucée.

— Ce serait préférable.

Elle lui jeta un regard réprobateur, mais c'était toujours la perplexité qui prédominait dans son expression.

— Tu as l'air différent. Ton visage est différent.

— Sans doute parce que je suis couvert de bleus.

— Non. Tu as des rides.

— Des rides ?

— Autour des yeux. De la bouche. Et tu portes un beau costume. Est-ce qu'on est à Bent ?

Elle essaya de regarder à l'extérieur, mais sa position assise lui interdisait de voir quoi que ce soit – et, de toute façon, les vitres étaient trop sombres.

— Tu n'es pas censé être à l'université ? Quelque part dans l'Est ? Oui, c'est ça, c'est ce qu'on m'a dit.

— À l'université ?

Il sentit la panique le gagner. *L'université*. Elle était plus qu'un peu désorientée ! Elle avait une décennie de retard.

— Une université haut de gamme, c'est bien ça ? Je me souviens que ton père était fier comme un paon quand je suis allée au magasin ce matin. Dylan ceci, Dylan cela… Comme s'il pensait m'impressionner.

— Vanessa… Mon Dieu.

Il était aussi secoué que quand il avait reçu le coup de crosse en plein visage.

— En quelle année penses-tu que nous sommes ?

— Qu'est-ce que c'est que cette question ? On est en…

Elle plissa de nouveau le front et secoua la tête.

— On est en… Je suis sûre que…

Avec un regard impuissant, elle demanda :

— Qu'est-ce qui ne va pas chez moi ?

— Tu t'es évanouie, et tu t'es cogné la tête en tombant. Tes idées sont un peu embrouillées, mais elles vont s'éclaircir.

Il avait prononcé ces mots avec bien plus de confiance qu'il n'en ressentait. Elle avait oublié plus d'une décennie ! Le petit filet de panique qui le traversait se mua en torrent déchaîné, mais il le refoula impitoyablement.

Elle venait de se réveiller. Elle était désorientée. Le souvenir de ces dix dernières années finirait par lui revenir, et le bébé irait bien.

Il le fallait.

— Est-ce que tu as un téléphone sur toi ?

C'était son dernier espoir de pouvoir envoyer un message à quelqu'un.

— Pourquoi est-ce que j'aurais un téléphone sur moi ?

Il ravala l'éclat de rire dément qui essayait de lui échapper. Il n'allait pas paniquer, il n'allait pas devenir hystérique. Vanessa allait forcément se remettre. Une femme enceinte qui s'évanouissait se remettait toujours, même si elle souffrait d'une légère amnésie. Au temps des pionniers, les femmes avaient survécu à la vie sur la prairie et à toutes sortes de vicissitudes, et elles avaient eu plein de bébés. Tout irait bien si son esprit demeurait calme et son corps, prêt à tout.

Par le passé, il avait été un soldat. Il pouvait en redevenir un.

— D'accord, pas de téléphone. Quelque chose de coupant ?

— Il devrait y avoir un couteau dans ma botte, mais je ne peux pas l'attraper avec les mains attachées derrière le dos. Qui nous a enlevés ? Pourquoi est-ce que nous sommes attachés tous les deux ? Je ne…

— Une chose à la fois, coupa-t-il. Commençons par nous libérer. Ensuite, je t'expliquerai tout.

Peut-être qu'elle recouvrerait la mémoire une fois bien réveillée. Quant à ce couteau… Il devait espérer qu'il y en avait vraiment un dans sa botte, et non le fantôme d'un couteau qui y avait été treize ans plus tôt.

— Tends les jambes.

Elle obéit.

— Quelle botte ?

— La droite. Il y a une fente sur l'extérieur de ma cheville, vers l'arrière.

Dylan glissa vers l'avant et se positionna afin de rapprocher ses mains de la cheville de Vanessa. Pour atteindre sa botte droite, il allait devoir se pencher et effleurer ses jambes.

La position était inconfortable et malcommode, mais le plus important était de trouver ce couteau… Si elle en avait vraiment un ici et maintenant.

Quand il fit enfin glisser ses doigts le long du côté de sa botte, elle se tortilla et dit, d'un ton plaintif :

— Ça fait bizarre.

— Pourtant, ça ne l'est pas plus que tout ce que tu as oublié, marmonna-t-il.

Il se penchait d'un côté, puis de l'autre, sans prêter attention à la douleur aiguë qui lui vrillait les côtes, là où l'un des malfrats lui avait donné un coup de pied – et en essayant de ne pas remarquer que sa tête était pratiquement posée sur les genoux de Vanessa.

Enfin, après beaucoup de temps et au prix de nombreuses

contorsions – et d'une bonne dose de douleur au moindre cahot –, il parvint à faire tomber le couteau sur le plancher de la camionnette.

Bien qu'il soit en nage, il ne s'accorda pas un seul instant pour reprendre son souffle. Plus tôt il les délivrerait de leurs liens, mieux ce serait. Il se pencha en arrière et parvint à se saisir du couteau. Quelques gestes vifs lui suffirent pour trancher le lien en plastique qui lui enserrait les poignets.

Un entraînement militaire pouvait donc parfois servir dans le monde civil. Il ne l'aurait jamais cru.

Sans prendre une seconde pour jouir de son impression de liberté retrouvée, il coupa le lien qui lui enserrait les chevilles avant de libérer Vanessa.

— Eh bien ! Tu bouges… vite, dit-elle, comme si elle était étonnée. Il vaudrait mieux que ce ne soit pas toi qui m'aies entraînée là-dedans, Delaney.

— C'est plutôt le contraire.

— Logique. C'est toujours la faute d'un Carson.

Elle se frotta les poignets avant de se tâter la tempe du bout des doigts.

— Sacrée bosse, remarqua-t-elle avec une grimace.

— Tu es tombée comme une masse et ta tête a cogné le sol avant que j'aie pu te retenir.

Elle le regarda de travers.

— Je trouve cette histoire très difficile à avaler.

— En tout cas, ce n'est pas moi qui t'ai assommée avant de nous attacher tous les deux. Ce sont des hommes avec des fusils. Alors, nous devons nous dépêcher de nous tirer de ce guêpier.

Mais avant qu'ils passent à l'action, il fallait que Vanessa se souvienne d'une chose très importante.

— Tu ne te rappelles pas pourquoi tu es venue me voir ? demanda-t-il prudemment.

— Ces types devaient me braquer une arme sur la tête, parce que rien n'aurait pu me convaincre de venir te voir de mon plein gré. À moins que tu aies été torturé et qu'on m'ait invitée à assister au spectacle.

— Je vois.

Il soupira. Voilà qui allait rendre les choses encore plus

difficiles, mais il n'avait pas le temps de se mettre en colère contre elle.

— Je veux que tu comprennes une chose. D'accord ?

Il inspira profondément. Si elle ne se rappelait vraiment rien de ce qui s'était passé ces treize dernières années, il doutait qu'elle le croie. Il doutait de beaucoup d'autres choses, mais il ne pouvait pas la laisser courir dans tous les sens en pensant que seule sa vie était en jeu.

— Tu es enceinte.

Elle aboya un rire.

— Mais bien sûr.

— Je suis sérieux, insista-t-il. C'est pour ça que nous sommes ici ensemble. Tu étais venue me l'annoncer.

— Et pourquoi est-ce que je t'aurais annoncé que… Oh. Non. Non !

Elle secoua frénétiquement la tête.

— Tu t'attends vraiment à ce que je croie que j'ai couché avec toi ?

— Tu avais beaucoup bu.

Elle secoua la tête, les yeux écarquillés.

— Je n'en crois pas un mot. Il n'y a pas assez d'alcool sur cette terre pour me persuader de coucher avec toi.

— D'accord. Ne me crois pas. Mais il faut que tu comprennes que tu *es* enceinte, que nous sommes treize ans plus tard que tu le penses et que des braqueurs de banque nous ont enlevés pour obtenir une rançon. Mais je vais nous tirer de là, et, quand nous nous échapperons, tu devras faire tout ce que tu pourras pour qu'il n'arrive rien au bébé qui grandit dans ton ventre.

Elle pâlit à ces mots, mais ils n'avaient pas le temps de continuer à discuter. La camionnette roulait depuis trop longtemps, était allée trop loin, et ils allaient bientôt devoir fournir un effort intense. Il fallait qu'elle le croie, même si elle ne le voulait pas.

— C'est impossible, chuchota-t-elle en posant une main sur son ventre.

— Et pourtant, c'est vrai.

3

Vanessa ne croyait pas un mot de ce que Dylan venait de lui dire. D'accord, tout était bizarre : elle se sentait légèrement nauséeuse, des rides étaient apparues sur le visage de Dylan, et ils étaient retenus prisonniers à l'arrière d'une camionnette. Mais jamais elle n'aurait couché avec un Delaney, même après avoir reçu un coup à la tête.

Et jamais il n'aurait couché avec elle.

Dylan tripotait les portes de la camionnette, l'air sérieux et parfaitement maître de la situation. Il avait été assez salement amoché, mais semblait n'y prêter aucune attention. Quant au costume qu'il portait, elle pouvait dire qu'il avait coûté cher, même s'il était sale et froissé.

Elle ressentit un picotement dans les yeux et mit quelques instants pour comprendre qu'elle avait envie de pleurer. Tout allait mal, comme dans un mauvais rêve où seulement la moitié des choses semblent logiques, même si l'ensemble paraît bien réel.

Mais pleurer ? Pas elle. Jamais de la vie. Elle battit des paupières pour refouler ses larmes et se concentra sur l'instant présent. Pas sur ce que Dylan affirmait, mais sur le fait qu'ils s'étaient retrouvés ligotés à l'arrière d'une camionnette et que Dylan se servait maintenant de son couteau pour essayer de forcer les portes.

Quand elle fut certaine que sa voix ne la trahirait pas, elle demanda :

— Est-ce que je peux t'aider ?

— Laisse-moi faire.

Elle le regarda de travers. Elle n'était pas le genre de fille à laisser faire, mais jamais elle n'aurait vu Dylan comme le genre de gars à prendre les choses en main. Pour donner des ordres aux gens peut-être, mais certainement pas pour essayer de les faire sortir d'une camionnette en mouvement.

Comment tout cela était-il possible ? Elle brûlait d'envie d'exiger que Dylan le lui explique, et qu'il lui dise la vérité au lieu de lui servir ce rêve insensé – ces mensonges – dans lequel elle était enceinte de son enfant.

Elle se plaqua une main sur le ventre. D'accord, elle ne se sentait vraiment pas dans son assiette. Mais ce n'était peut-être qu'à cause de sa blessure à la tête. D'ailleurs, peut-être était-ce Dylan lui-même qui l'avait assommée ? Bien sûr, il avait été amoché, et ligoté, lui aussi, mais…

Elle s'efforça d'ordonner ses pensées et ses souvenirs, mais la toute dernière chose qu'elle se rappelait était le doigt d'honneur qu'elle avait adressé au père de Dylan en ressortant de l'épicerie Delaney.

Ce n'était pas son moment le plus glorieux, mais…

Mais rien. Ce vieil idiot le méritait. Elle rouvrit les yeux et regarda le jeune idiot de Delaney, qui essayait toujours de forcer les portes. Quelque chose en lui avait changé. Il semblait plus vieux. Est-ce qu'elle avait vraiment oublié autant d'années ?

Elle baissa les yeux et examina ses mains. Ses poignets étaient éraflés et striés de rose là où les liens en plastique avaient meurtri sa peau mais sinon elles ne semblaient pas avoir changé. Ses bagues étaient toujours les mêmes… Enfin, peut-être pas tout à fait. Elle toucha une bague en or délicatement ciselée, en forme de montagne. Elle ne se souvenait pas de celle-ci.

Il fallait qu'elle se recentre, mentalement et physiquement, qu'elle se défasse de la faiblesse qui alourdissait son corps et son esprit afin de parvenir à combler les lacunes de sa mémoire.

Mais ce fut le moment que choisit le conducteur de la camionnette pour s'arrêter et couper le moteur.

Oh ! mon Dieu.

Dylan jura et s'assit sur le plancher de la camionnette, tout près des portes. Comme s'il savait ce qu'il faisait, comme s'il pouvait les tirer de cette situation, quelle qu'elle soit, il ordonna :

— Reste derrière moi et tiens-toi prête à sauter. À mon

signal, cours aussi vite que tu le pourras vers le premier abri que tu trouveras.

— Et toi ?

Pas qu'elle se soucie de lui, mais…

Il lui décocha un sourire qui ressemblait tellement peu au Dylan Delaney qu'elle avait toujours connu qu'elle en resta bouche bée.

Il y eut un bruit, comme si quelqu'un déverrouillait les portes.

— Tiens-toi prête, murmura Dylan.

Il se pencha en arrière et s'appuya sur les paumes de ses mains, sans quitter les portes des yeux.

— Qu'est-ce que tu…

Quand les portes s'entrebâillèrent, Dylan projeta brusquement ses jambes en avant. Il y eut un bruit sourd, suivi de deux grognements de douleur, mais Dylan ne s'arrêta pas pour autant. Il ouvrit vivement les portes et bondit hors du véhicule.

— Vas-y ! ordonna-t-il.

Vanessa suivit les instructions de Dylan. Elle bondit hors de la camionnette, vit un homme au sol qui s'efforçait de se relever, à côté d'un énorme fusil, et se mit à courir dans la lumière faiblissante du crépuscule.

— De l'autre côté ! hurla Dylan.

Elle fit volte-face, prête à faire tout ce qu'il lui ordonnerait si cela pouvait la tirer de là. Le hurlement de Dylan mourut en un grognement quand l'un des deux costauds lui envoya un coup de coude dans le ventre.

Dylan Delaney, ce Delaney aux airs supérieurs qui passait un diplôme prestigieux et n'avait certainement pas accompli une seule seconde de travail manuel de toute sa vie, encaissa le coup comme si le coude de l'homme l'avait à peine effleuré. Ensuite, il pivota sur lui-même, projeta une jambe avec force et, d'un violent coup de pied, fit tomber le type sur les fesses. Il décocha à son complice un coup de poing en pleine gorge. Quand le premier homme se remit debout, il fit volte-face.

Vanessa cligna des yeux.

— Vas-y ! hurla Dylan.

Et en le voyant se battre ainsi, elle comprit, malgré l'état de choc dans lequel elle se trouvait, qu'il savait ce qu'il faisait. Non, plus encore : c'était comme s'il était né pour le faire.

Mais comme il y avait deux hommes fous de rage et armés de fusils, elle s'élança de l'autre côté, vers l'avant de la camionnette. Le véhicule la dissimula aux regards des deux malfrats, lui permettant de s'enfuir sans qu'ils voient la direction qu'elle empruntait.

En lui ordonnant de courir vers l'avant de la camionnette pendant qu'il se battait contre deux hommes, Dylan savait vraiment ce qu'il faisait. Mais qu'est-ce que c'était que cette histoire ? Elle fit taire sa confusion et se concentra afin de courir aussi vite que possible. Son estomac protestait, sa tête l'élançait, mais les fusils lui avaient fait comprendre qu'elle courait pour sauver sa vie.

Et la vie de ton bébé ?

Elle ne pouvait pas se permettre de penser aux élucubrations de Dylan pour le moment. Il fallait seulement qu'elle s'éloigne – et plus elle s'éloignait, plus il faisait sombre. Elle dut ralentir l'allure pour ne pas trébucher. Et pour ne pas vomir.

Haletante, elle s'arrêta et se plaqua une main sur l'estomac. Elle avait un point de côté qui lui faisait l'effet d'être transpercée par une pointe de glace. Quand elle s'arrêta, elle manqua être terrassée par une nausée intense. Sa tête lui faisait vraiment mal, et le picotement dans ses yeux était de retour.

Mais elle était en danger, et tout Carson savait comment échapper au danger. Elle déglutit pour calmer sa nausée, se concentra pour réguler sa respiration, et inspecta les environs.

Elle avait couru vers la forêt – le meilleur abri qu'elle avait pu trouver – mais c'était une forêt de trembles aux troncs étroits, derrière lesquels il était presque impossible de se cacher. La camionnette devait les avoir emmenés en altitude, mais où ? Il faisait complètement nuit maintenant, et elle ne parvenait pas à se repérer.

La panique s'ajouta au tourbillon nauséeux qui agitait son estomac. Elle respira pour calmer les deux. Elle pouvait survivre à une nuit en plein air. Elle n'avait pas spécialement envie d'en passer une, mais elle pouvait survivre. Du moment que Dylan s'était occupé de ces deux hommes armés, elle était relativement en sécurité. N'importe qui pouvait affronter les éléments pendant une nuit.

Mais si Dylan n'avait pas eu le dessus ?

C'était difficile à imaginer. Il bougeait avec la souplesse et la vivacité d'un danseur – mais un danseur animé d'une violence potentiellement mortelle. Dylan Delaney... Des quatre enfants Delaney, c'était lui qui lui avait toujours paru le plus guindé. Même sa sœur cadette Jen avait plus de caractère que lui.

Mais il lui avait affirmé qu'ils avaient couché ensemble et qu'il lui avait fait un enfant, sans qu'elle puisse comprendre comment c'était arrivé, et elle l'avait regardé se battre comme si elle était en train de rêver.

En portant les doigts à la bosse qui ornait sa tête, elle ne put que se demander si le coup avait provoqué des hallucinations.

Quoi qu'il en soit, elle se retrouvait au milieu de la forêt du Wyoming, en pleine nuit. Elle s'assit par terre, le dos appuyé contre l'écorce rugueuse d'un tronc d'arbre. La position était inconfortable, et il commençait à faire froid.

Tout irait bien. Les premières neiges n'étaient pas encore tombées et les arbres portaient toujours une bonne partie de leurs feuilles, bien qu'elles aient viré à l'or à l'approche de l'automne.

Heureusement, elle était trop nauséeuse pour avoir faim. Cela dit, elle n'aurait pas refusé de boire une gorgée d'eau. Mais elle allait vivre. Elle était en vie, et elle allait vivre.

— Te voilà.

Elle aurait crié si une main ne s'était pas plaquée sur sa bouche. Elle tourna la tête et se trouva en face à face avec Dylan. Il faisait trop noir pour qu'elle distingue les traits de son visage, et pourtant elle sut que c'était lui.

— Chut. Ça va ?

Elle hocha la tête et il laissa retomber sa main.

— Qu'est-ce qui s'est passé ? Comment est-ce que tu... Comment est-ce que je... Qu'est-ce qui se passe ?

Il scruta les ténèbres avant de répondre. Sa respiration était juste un peu laborieuse.

— J'ai réussi à en neutraliser un et à lui prendre son arme.

— Neutra... quoi ?

Mais il ne sembla pas se rendre compte de l'étrangeté du terme qu'il avait choisi.

— Je n'ai pas eu le temps de neutraliser l'autre, poursuivit-il. Je ne voulais pas que tu aies trop d'avance sur moi pour avoir plus de chances de te rattraper.

Et il l'avait rattrapée.

Il s'était battu contre deux hommes armés comme s'il était le héros d'un film d'espionnage, il avait couru assez vite pour la rattraper et maintenant il était devant elle, en costume froissé et déchiré, avec dans les mains une arme semi-automatique géante qu'il tenait comme s'il savait comment s'en servir.

— Qui es-tu ?

Malgré les ténèbres qui les entouraient, elle distingua de nouveau ce sourire, tellement incongru sur son visage.

— Eh bien… Pas celui que tu penses que je suis, apparemment.

Ils étaient vraiment dans le pétrin. Dylan se serait moins inquiété d'être coincé dans le noir il ne savait trop où si Vanessa n'avait pas été enceinte et n'avait pas reçu un coup violent à la tête. Mais il ne pouvait pas se permettre de trop penser à tout ce qu'il risquait de perdre.

Un bon soldat se concentrait sur le présent et sur sa mission, pas sur l'avenir.

Il regarda le fusil et pensa amèrement qu'il n'avait pas eu l'occasion de mettre ses vrais talents à profit. Assommer le premier type et s'emparer de son arme avait pris plus de temps qu'il ne l'aurait voulu. Et quand le second avait sauté dans la camionnette et essayé de l'écraser, il avait compris qu'il était plus raisonnable de fuir que de lui tirer dessus comme le sniper qu'il avait été à une époque.

— Il me faut une explication, dit Vanessa.

Sa voix se voulait forte et autoritaire, mais la peur la faisait trembler légèrement.

Comment cette journée avait-elle pu basculer aussi rapidement en enfer ?

— Je ne sais pas vraiment ce qui se passe, dit-il doucement.

Rien dans toute cette histoire ne lui semblait logique. Braquer une banque était idiot, mais ces deux hommes s'en étaient tirés. Sauf qu'au lieu d'emporter de l'argent c'était lui qu'ils avaient emmené. Et Vanessa.

— Mais tu le sais sans doute mieux que moi, répliqua-t-elle.

Dylan soupira. Même s'il faisait trop noir pour qu'il puisse s'en assurer, il était à peu près certain que l'autre type avait perdu sa trace quand il s'était enfoncé parmi les arbres. La camionnette n'avait pas pu le suivre, et la lumière de ses phares ne pénétrait pas assez profondément dans la forêt.

Mais il devait quand même rester sur ses gardes jusqu'au matin. Quand il ferait jour, il espérait pouvoir déterminer le lieu où Vanessa et lui se trouvaient et les ramener à la maison. Quelqu'un devait bien avoir compris qu'il était arrivé quelque chose, à l'heure qu'il était…

— Dylan ? Je veux des réponses.

Elle serrait les dents, et il se demanda si c'était pour les empêcher de claquer.

— Tu n'as toujours pas retrouvé la mémoire, c'est ça ?

Pendant un long moment, le silence de la forêt ne fut troublé que par le bruissement qu'elle produisait en bougeant.

— Non, dit-elle enfin. Je… Non. Mon dernier souvenir est celui de ma rencontre avec ton père, à l'épicerie, mais, si j'essaie de déterminer en quelle année nous sommes ou l'âge que j'ai, tout se brouille. Certaines choses me semblent logiques et d'autres, pas du tout.

Sa voix se brisa sur les derniers mots.

— Apparemment, il te manque une dizaine d'années, dit-il. Un peu plus, en fait. Cela fait dix ans que je suis revenu de… l'université.

— Pourquoi est-ce que tu as marqué un temps d'arrêt avant de dire « université » ?

— Tu te fais des idées, répondit-il, irrité qu'elle ait remarqué son hésitation. Et maintenant, est-ce que nous pouvons nous concentrer sur le présent ?

— Je suis amnésique, j'ai oublié plus de dix ans de ma vie et tu…

— Je viens de me battre contre deux hommes armés qui

voulaient nous malmener et nous utiliser pour obtenir une rançon, coupa-t-il. Et ça, c'est le moins mauvais des scénarios. Maintenant, nous voilà seuls dans les bois, sans rien à manger, et sans aucun moyen de demander de l'aide. As-tu une idée de l'endroit où nous sommes ?

— Il fait trop sombre. Il fait trop…

Pour couper court à sa panique, il l'interrompit de nouveau.

— Quand nous sommes partis, le soleil était visible par la vitre de la camionnette, sur la droite. Donc, nous avons quitté la ville par le sud et continué à rouler dans la même direction. Autrement dit, vers le territoire des Carson. Peut-être.

— Peut-être, répéta-t-elle. Mais rien de tout ceci ne me semble familier.

— Pas grave. De toute façon, nous n'allons pas nous déplacer dans le noir. Demain matin, nous aurons une meilleure idée de l'endroit où nous sommes.

Il trouverait un moyen.

— Comment te sens-tu ?

— Est-ce que je suis vraiment…

Elle s'arrêta et déglutit bruyamment.

— Enceinte ? compléta-t-il. Pour autant que je sache, oui. C'est pour me l'annoncer que tu es venue à la banque, et ces deux hommes sont arrivés au même moment.

Pour lui-même, il marmonna :

— J'espère qu'ils n'ont pas tué Adele. Je me suis toujours montré trop dur avec elle. Un esprit acéré, un comportement agressif… Oui, mais elle a toujours été une employée modèle. J'aurais dû…

Mais ce n'était pas sa mission du moment. Il souffla et reprit :

— Il faut que tu te reposes. La journée de demain sera sans doute assez pénible. Nous devrons beaucoup marcher.

Il s'assit à côté d'elle, posa le fusil, mais sans le lâcher, et passa son bras libre autour des épaules de Vanessa. Elle se crispa et s'écarta de lui.

— Qu'est-ce que tu fais ?

— Je te sers d'oreiller de fortune, ma puce.

— Tu crois que je vais te dormir dessus ?

Elle semblait si horrifiée qu'il reprit un peu espoir.

— Tu ne t'en souviens peut-être pas, mais tu as fait bien pire que ça sur moi.

Son mouvement de recul lui arracha un petit rire.

— Si ça peut t'aider, je n'ai moi non plus aucun souvenir de ce qui s'est passé. Je peux dire en toute franchise que je n'ai jamais été aussi soûl que cette nuit-là. Je me souviens que nous étions à la réception, mais après… c'est le trou noir.

Peut-être qu'il lui restait quelques lambeaux de souvenirs épars… Ses doux soupirs, ses cheveux soyeux… Mais elle n'avait pas besoin de le savoir.

Si elle ne se laissa pas vraiment aller contre lui, elle cessa au moins d'essayer de s'éloigner.

— Je…

— Je n'ai aucune arrière-pensée. Si nous voulons survivre à cette épreuve, nous devons faire preuve de bon sens et nous tenir chaud, parce que la nuit va être froide. J'espère que tu arriveras à dormir pendant quelques heures. Et ensuite, dès qu'il fera jour, nous nous mettrons en marche.

— Est-ce qu'ils vont nous poursuivre ?

Il envisagea de lui mentir pour la rassurer. Cette envie de la réconforter était étrange, mais elle n'était pas elle-même. Elle était enceinte. Elle avait reçu un coup sur la tête qui l'avait rendue amnésique. Elle était à ramasser à la petite cuillère… et il se sentait fondre devant elle.

Mais il était important qu'elle sache exactement ce qu'ils affrontaient.

— Je n'en ai aucune idée. C'est pour ça qu'il faut que tu dormes. Je monterai la garde.

— Mais toi, tu n'as pas besoin de dormir ?

— Ça va aller.

Elle s'appuya contre lui, lentement, presque par paliers, et posa enfin la tête sur son épaule.

Ce contact le réconforta étrangement.

— Où est-ce que tu as appris à te battre ? demanda-t-elle d'une voix lourde d'épuisement.

Il se demanda brièvement s'il devait l'empêcher de dormir au cas où elle aurait subi un traumatisme crânien, mais elle avait besoin de repos. Elle était enceinte. Comme ils n'avaient rien à manger ni à boire, il valait certainement mieux qu'ils se reposent. De toute façon, il doutait qu'ils dorment beaucoup.

Il ne répondit pas à sa question et, comme elle n'insistait pas, il pensa qu'elle s'était endormie.

C'était amusant : Vanessa était sans doute l'une des rares personnes qui n'auraient pas été horrifiées d'apprendre où il avait appris à se battre et d'entendre tous les mensonges qu'il avait racontés. Elle aurait adoré ça, au contraire.

Et elle aurait tout répété à sa famille avec délectation, malgré sa grossesse non désirée.

Sans qu'il puisse dire pourquoi, cette pensée lui donna envie de sourire malgré le péril qu'ils affrontaient.

4

À Bent

Laurel Delaney gara sa voiture de patrouille devant la banque Delaney et se tourna vers l'homme qui occupait le siège passager.

L'adjoint Hart ne le savait pas encore, mais elle lui avait demandé de la seconder sur cette affaire parce qu'elle devrait bientôt annoncer sa grossesse à ses supérieurs. Ils lui permettraient peut-être de continuer à accomplir son travail de détective, mais pas sur le terrain. Dans un bureau. *Beurk.*

Même si elle envisageait sans plaisir aucun la perspective de devoir rester sur la touche pendant des mois, elle savait que Hart la remplacerait à la perfection pendant qu'elle serait confinée dans un bureau, puis pendant son congé maternité. Pourtant, elle était toujours aussi réticente à l'idée que quelqu'un allait reprendre le poste pour lequel elle avait travaillé si durement. Il n'y avait qu'un poste de détective dans tout le comté de Bent, et elle adorait son métier.

Mais parfois, il fallait sacrifier ce qu'on aimait pour les personnes qu'on aimait. Elle venait à peine d'apprendre l'existence du bébé qu'elle portait, mais elle aimait déjà de tout son cœur l'enfant que Grady et elle avaient conçu.

Et voilà pourquoi Hart allait prendre la main sur cette affaire. Ce qui valait certainement mieux, toutes considérations sur son état de santé mises à part, puisque l'homme qui les avait appelés était son père.

Il les attendait devant la banque, l'air sévère et irrité. Son expression brevetée.

Il ne savait pas encore qu'elle était enceinte. Pour le moment, personne n'était au courant hormis Grady et elle. Il n'allait pas être ravi par la nouvelle mais, de toute façon, il n'était pas non plus ravi par les conjoints que ses enfants avaient choisis, ces derniers temps. Dylan et Jen étaient ses derniers espoirs. Parce qu'ils avaient choisi d'unir leur vie à celle d'un Carson, Laurel et Cam avaient été relégués au rang de moutons noirs – au mieux.

Mais elle n'avait pas choisi de tomber amoureuse de Grady, même si elle supposait qu'ils avaient tous deux choisi d'axer leurs vies autour de l'amour qui les unissait.

Laurel soupira et adressa un sourire crispé à l'adjoint Hart.

— Je te demanderais bien de prendre la main, mais mon père va refuser d'avoir affaire à quelqu'un d'autre que moi.

Le visage rond de Hart se fendit d'un large sourire. Laurel savait qu'il détestait l'aspect poupin de ses traits, mais elle les voyait comme un avantage, au contraire. Beaucoup de gens sous-estimaient la vivacité de l'esprit qui se cachait sous ces traits enfantins.

— J'y compte bien, répondit-il gaiement.

Elle leva les yeux au ciel et descendit de voiture. Bien que la nuit soit tombée, toutes les lumières de la banque étaient encore allumées. Elle prit une grande bouffée d'air frais, fit appel à toute sa patience et s'apprêta à affronter son père.

— Papa.

— Laurel, répondit-il sans même jeter un coup d'œil vers Hart. Tu as mis le temps.

— Tu as dit qu'il ne s'agissait pas d'une urgence.

Son père se borna à hausser les épaules.

— Est-ce que tu as eu des nouvelles de Dylan ? demanda-t-il.

— Non, mais je n'en attendais aucune. Si tu me disais ce qui s'est passé ?

— Je n'en ai aucune idée, rétorqua son père.

Il se radoucit quelque peu, comme s'il se rappelait qu'elle n'était pas son seul public. Pour l'adjoint Hart, il devait jouer le rôle du Delaney modèle.

— Je suis passé devant la banque en rentrant de l'aéroport après ma réunion à Denver, et j'ai vu que les lumières étaient toujours allumées alors que seuls les détecteurs de mouvement auraient dû être enclenchés. Je me suis arrêté en me disant que quelqu'un avait oublié d'éteindre, et j'ai découvert que les portes n'étaient pas verrouillées et que la banque était déserte.

— Et tu soupçonnes un acte criminel ?

Il pinça les lèvres avec irritation.

— Je ne sais pas ce que je soupçonne. Ni ton frère ni Adele ne répondent au téléphone. Les coffres-forts sont tous fermés à clé, mais les documents du soir n'ont pas été établis. Rien ne peut me permettre de dire que toutes les transactions du jour ont bien été répertoriées.

— Dylan et Adele étaient les seuls à travailler ?

Elle se tourna vers Hart pour lui signifier de commencer à prendre des notes et fut heureuse de voir qu'il le faisait déjà. Il allait être un bon remplaçant. Elle espérait seulement qu'il ne serait pas trop bon, et qu'elle pourrait récupérer son poste de détective quand elle reviendrait de son congé maternité.

Mais l'échéance était encore lointaine. Nul besoin d'y penser maintenant.

— Pour autant que je sache, oui, répondit son père. Adele était chargée de fermer. La présence de Dylan n'était pas prévue, mais il lui est souvent arrivé de rester jusqu'à la fermeture. Cependant, aucun rendez-vous n'était programmé et il a pour habitude d'aller discuter avec le contremaître du ranch avant qu'il ait fini sa journée, à 17 heures.

— Hart et moi allons jeter un œil. Est-ce que tu es rentré pour voir si Dylan était à la maison ?

— Non, mais j'ai appelé George, et il ne l'a pas vu.

Laurel sentit un petit pincement d'inquiétude à la base de la colonne vertébrale.

— Hart ? Je m'occupe de l'intérieur. Toi, de l'extérieur. Papa, est-ce que tu as des caméras de surveillance ?

Il bomba le torse.

— Bien sûr, mais je n'ai pas eu le temps de regarder les vidéos. Je t'ai appelée dès que je me suis aperçu que ma banque avait été désertée et qu'elle était grande ouverte depuis Dieu sait quand.

— Sors les vidéos, ordonna Laurel en entrant.

Elle commença par regarder derrière la réception. Même si elle n'avait jamais envisagé de suivre les traces de son père, elle avait travaillé à la banque à temps partiel comme guichetière pour financer ses études à l'école de police, puisque son père avait refusé de le faire.

Autrement dit, elle connaissait les lieux, et ne remarqua rien d'étrange. Rien n'indiquait que la banque avait été prise pour cible par un cambrioleur. Il devait s'agir d'une erreur. Elle ne pouvait pas imaginer que son frère ou Adele Oscar, qui était l'une des employées les plus haut placées de son père, aient pu faire preuve d'une telle négligence. Une urgence les avait peut-être contraints à partir précipitamment…

Et pourtant, l'instinct qui lui avait permis de devenir détective du bureau du shérif du comté de Bent après plusieurs années au poste d'adjointe lui soufflait qu'il y avait quelque chose de louche dans toute cette affaire. Qu'il s'agissait d'autre chose que d'un oubli.

Hart apparut à la porte d'entrée.

— Il y a deux voitures dans le parking des employés, à l'arrière, dit-il. Tu veux venir voir si tu les reconnais ?

Laurel acquiesça et, d'un signe, invita Hart à la suivre dans le couloir qui traversait la banque jusqu'au parking de derrière. Elle passa devant le bureau de son père et s'arrêta en le voyant taper sur le clavier de l'ordinateur, le regard noir.

Il releva la tête et, bien que son visage soit furieux et renfrogné, elle vit une étincelle d'inquiétude dans son regard.

— Je ne sais pas trop ce qui s'est passé, mais il n'y a pas de vidéo pour aujourd'hui. Apparemment, les caméras ont été éteintes hier soir.

— Délibérément ?

Il haussa les épaules.

— Je ne sais pas. Il peut s'agir d'une fausse manœuvre, bien sûr, mais seule une personne qui avait accès aux caméras peut être responsable.

— Hart, reste ici et aide mon père à établir la liste de toutes les personnes qui ont la possibilité d'éteindre ou d'allumer les caméras. Je vais voir les voitures.

Elle reconnut aussitôt le premier véhicule : c'était la voiture de sport de son frère. Cela suffit à la mettre mal à l'aise. Pourquoi Dylan aurait-il laissé sa voiture ici ? Elle aurait pu trouver quelques explications, bien sûr, mais quand elle vit la seconde voiture, garée un peu plus loin, son inquiétude augmenta à tel point que son estomac se retourna.

Que faisait la voiture de Vanessa Carson sur le parking de la banque Delaney ? Ce n'était pas seulement bizarre : c'était carrément inédit.

Elle attrapa aussitôt son téléphone et composa le numéro du saloon. Quand la voix rude de Grady résonna par-dessus le bourdonnement régulier qui emplissait le bar, elle fut incapable de sourire comme elle le faisait d'habitude.

— Grady.

— Quoi de neuf, princesse ?

Le surnom ne l'agaçait plus, mais cette sensation, si.

— Est-ce que tu as vu Vanessa aujourd'hui ?

— Van ? Hum… Je ne crois pas, mais je ne m'attendais pas à la voir.

Il y eut un silence.

— Qu'est-ce qu'il y a ?

— Je ne sais pas trop, dit-elle. Est-ce que tu peux envoyer quelqu'un chez elle pour voir si elle y est et me rappeler ?

— Laurel, est-ce que je dois être inquiet ?

Cette fois, ce fut Laurel qui garda le silence pendant quelques instants.

— Je n'en suis pas sûre.

— Mais toi, tu l'es. Inquiète, je veux dire.

— Rappelle-moi, d'accord ? Je t'aime.

— Laur…

Elle ne pouvait pas rester pendue au téléphone à discuter avec son mari. Elle raccrocha et retourna dans le bureau de son père.

— Ce sont les voitures de Dylan et de Vanessa Carson.

Hart haussa les sourcils et le visage de son père se moucheta de rouge.

— Est-ce que tu es en train de me dire…

— Je suis en train de te dire que ce sont les deux voitures qui restent sur le parking, et que leurs propriétaires ont disparu. Nous devons trouver Adele Oscar. Puisqu'elle travaillait ce soir et que sa voiture n'est plus ici, nous avons besoin de l'interroger. Si elle ne répond pas au téléphone, nous irons chez elle.

Hart hocha la tête et Laurel se tourna vers son père.

— Ferme tout, ordonna-t-elle. Rentre chez toi. Je te préviendrai quand nous en saurons plus.

— J'exige…

— Rentre à la maison, papa. Laisse-nous enquêter.

Elle poussa Hart vers la sortie et la voiture de patrouille.

Elle était taraudée par la sensation désagréable qu'Adele Oscar était mêlée à ce mystère. Il ne leur restait plus qu'à la trouver.

5

Vanessa se réveilla en proie à tout un assortiment de sensations désagréables : la douleur constante qui lui vrillait la tête, une nausée qui lui semblait familière, la faim, et un méchant torticolis.

Elle poussa un gémissement de protestation en sentant son lit bouger sous elle. Quand elle ouvrit les yeux dans la lumière chaude du matin, elle se rendit compte qu'elle n'était pas allongée sur un lit mais sur le sol dur et froid, lovée autour d'un Dylan Delaney bien chaud et très confortable.

Il la regardait. Elle dut se contenter de lui rendre son regard, parce qu'elle aurait vomi au moindre mouvement.

Il y eut un picotement à la base de son épine dorsale, et une vague chaude de… quelque chose de sourd dans son ventre.

Les yeux de Dylan étaient d'un marron tellement foncé qu'ils en étaient presque noirs. L'avait-elle remarqué auparavant ? Son ombre de barbe ne dissimulait pas l'angle volontaire de sa mâchoire. Elle fut saisie du besoin insensé de poser les doigts sur sa joue pour voir si les poils naissants étaient aussi rêches qu'ils semblaient l'être, et si ses pommettes étaient réellement aussi bien dessinées.

Ce besoin avait quelque chose d'élémentaire, comme si elle était exactement là où elle devait être, et lui aussi. Elle devait le toucher parce qu'il était à elle, parce qu'il avait quelque chose de dangereux, comme s'il était un pirate ou un hors-la-loi surgi du passé qui s'apprêtait à l'enlever sans qu'elle résiste, parce que c'était exactement…

Dangereux, Dylan Delaney ? Et elle ne résisterait pas ? Quelle bonne blague ! Aucun doute, elle délirait.

— C'est le matin, parvint-elle à dire.

Il ne bougea pas, ne répondit pas. Il se contenta de la dévisager avec ces yeux noirs qui semblaient renfermer dans leurs profondeurs insondables un siècle de secrets et de désirs.

Franchement… Elle avait reçu un sacré coup sur la tête.

— C'est vrai.

Prudemment, avec une douceur qui la troubla malgré elle, il se dégagea et se leva. Ensuite, il lui tendit une main pour l'aider à faire de même.

Elle ferma les yeux pour surmonter une nouvelle nausée et essaya d'avaler sa salive pour chasser la sécheresse cotonneuse de sa bouche.

— Tu n'as pas l'air très en forme.

Elle aurait aimé se sentir insultée, mais elle se sentait bien plus mal que « pas très en forme ».

— Je veux que tu restes ici, ordonna-t-il.

En temps normal, les ordres la hérissaient, surtout quand ils étaient émis par un Delaney suffisant, mais quelque chose dans cet ordre-ci lui donna l'impression qu'elle était en lieu sûr.

— Je vais trouver de l'eau, poursuivit-il. Toi, ne bouge pas. Contente-toi de regarder autour de toi pour voir si quelque chose te paraît familier. D'accord ? Si tu as besoin du fusil, il est juste ici.

Une fois encore, une partie du cerveau de Vanessa l'exhorta à se disputer avec lui, mais elle était recouverte par une couche d'épuisement bien trop épaisse.

— D'accord.

Il hocha la tête et se dirigea vers les pins.

— Attends… Comment est-ce que tu retrouveras ton chemin ?

Il la gratifia de ce sourire teinté d'ironie qu'elle ne parvenait toujours pas à décrypter.

— Je me débrouillerai.

Elle chercha à se convaincre que c'était un comportement stupide, qu'il allait se perdre dans les bois et qu'elle se retrouverait seule. Et elle préférait cent fois se débrouiller seule que faire équipe avec un Delaney.

Mais quand il disparut entre les arbres, une bulle de panique éclata dans sa poitrine. Dans cette situation précise, même la compagnie d'un Delaney valait mieux que pas de compagnie du tout.

Le soleil qui étincelait dans un ciel sans nuages réchauffait lentement l'air. Elle essaya de se concentrer sur la tâche qu'il lui avait allouée : trouver quelque chose de familier. Mais les trembles, les pins et les rochers pouvaient se trouver n'importe où dans le comté de Bent.

Et d'ailleurs, peut-être qu'ils n'étaient même pas dans le comté de Bent. Ils pouvaient même se trouver en dehors du Wyoming.

Elle resserra ses bras autour de son corps pour essayer de réprimer un accès de panique.

Aurait-elle su où ils étaient s'il ne lui avait pas manqué des pans entiers de mémoire ? Elle ferma les yeux et s'efforça de retrouver le souvenir des années qu'elle semblait avoir oubliées.

Mais tout ce qu'elle vit fut le visage de Dylan. L'ombre noire de sa barbe et ses yeux marron foncé, dans lesquels était tapi quelque chose qui semblait appeler une partie d'elle. Des traits empreints d'une certitude et d'un calme qui la rassérénaient alors qu'elle aurait voulu s'effondrer.

Oui, elle chercha à se convaincre qu'elle ne voulait pas qu'il retrouve son chemin, mais elle savait qu'il y arriverait. Il reviendrait avec de l'eau et cette assurance qu'elle aurait tant aimé posséder. Elle en était certaine.

Elle avait faim, elle avait soif, et elle était devenue folle. Elle ouvrit les yeux, chassa le visage de Dylan de son esprit et se concentra sur sa survie.

Même si ces histoires insensées sur sa supposée grossesse étaient vraies, elle pouvait se passer de nourriture pendant quelques jours. Par contre, elle avait besoin de boire. Et Dylan allait trouver de l'eau.

Elle inspira à fond, expira, et se rendit compte qu'en respirant profondément elle calmait ses nausées.

Enceinte… Elle posa une main sur son ventre en s'efforçant de deviner s'il y avait une quelconque vérité dans cette histoire. Bien sûr, ses nausées pouvaient être des nausées matinales, mais elles pouvaient également être une conséquence du coup qu'elle avait reçu à la tête. Son épuisement pouvait avoir la même origine.

Si un être humain avait été en train de grandir dans son ventre, ne l'aurait-elle pas su grâce à une sorte d'instinct maternel profond ? Elle n'en savait rien.

Mais pourquoi Dylan aurait-il inventé cette histoire ridicule ? Même pour plaisanter, jamais il n'aurait prétendu être le père de son enfant à naître. Il lui manquait peut-être des pans entiers de sa mémoire, mais il était tout bonnement impossible que les sentiments que Dylan et elle avaient l'un pour l'autre aient changé de façon tellement drastique qu'ils puissent avoir envie de devenir parents ensemble.

Elle tâta du doigt la bosse qui lui ornait le crâne, et grimaça. Le plus léger contact était douloureux.

Tout était complètement brouillé. Au lieu d'être alerte et pleine d'énergie comme d'habitude, elle avait l'impression d'être un gros tas informe d'inutilité.

Elle s'adossa à l'arbre et se laissa glisser jusqu'au sol, de sorte à être assise à côté du fusil que Dylan avait appuyé contre le tronc. Que pouvait-elle faire, sinon attendre ? Pleurer ? Elle en avait envie, mais elle se refusait à pleurer devant un Delaney.

Alors, elle continua à regarder la petite clairière en essayant d'y repérer un détail familier, et attendit. Elle tendait l'oreille, guettant un bruit de pas qui aurait annoncé le retour de Dylan, mais n'entendit rien sinon le vent et les légers bruits produits par un animal qui détalait de temps à autre.

Soudain, un autre bruit s'éleva non loin d'elle. Minute… Est-ce que c'était une voiture ? C'était un moteur, aucun doute. Vanessa se releva lentement et se dirigea dans la direction du bruit en laissant derrière elle une piste qui lui permettrait de retrouver la clairière, parce qu'elle en savait un rayon sur les risques que l'on courait si l'on se perdait en montagne ou en forêt.

Il ne lui fallut pas longtemps pour atteindre ce qui semblait être une route. Elle était sale et défoncée, sans doute rarement empruntée, mais elle ressemblait à celle qui montait au chalet des Carson. Une fois encore, elle regarda tout autour d'elle. Elle n'était pas à proximité du chalet de sa famille, mais elle se trouvait dans les montagnes, sans aucun doute. Loin de tout.

Et là, presque comme si elle était dans un rêve, une voiture apparut. Une berline racée, parfaitement incongrue dans les magnifiques montagnes rudes du Wyoming. Parce qu'elle était quelque part dans le Wyoming, tout près de chez elle. Il fallait qu'elle se raccroche à cette certitude.

La berline s'arrêta et la vitre teintée s'abaissa, côté conducteur. Vanessa plissa les yeux et dévisagea la femme qui se trouvait au volant, mais elle ne pensait pas la connaître.

— Bonjour !

La femme lui sourit, d'un sourire qu'elle trouva trop large pour être amical.

— Salut.

— Vous avez l'air…

La femme s'interrompit et balaya les alentours du regard.

— Perdue. Seule.

— Je ne suis pas seule.

— Vraiment ?

Quelque chose dans la façon dont la femme bondit sur ces mots rendit Vanessa nerveuse et lui fit regretter de ne pas avoir emporté le fusil. Mais non, c'était ridicule. Qu'est-ce que cette femme aurait pu lui faire ? Elle représentait une aide, au contraire. Le salut, peut-être.

— Mais nous sommes perdus, reprit-elle. Est-ce que vous avez un téléphone ? Je pourrais appeler l'une de nos connaissances et lui demander de venir nous chercher.

Si elle se rappelait un quelconque numéro… Le ranch. Elle connaissait le numéro du ranch. Il ne devait pas avoir changé, même s'il s'était vraiment écoulé des années depuis son dernier souvenir. Noah ou Ty l'aideraient.

— J'ai bien peur qu'il n'y ait pas de réseau ici.

L'expression de la femme changea, mais Vanessa ne put la déchiffrer. Il y avait bien une ombre d'embarras dans son haussement d'épaules, mais il était trop… ostentatoire.

Vanessa recula d'un pas.

— Je peux vous ramener en ville, proposa la femme. Si c'est là que vous voulez aller. Je me dirigeais vers mon chalet, mais on dirait que vous avez besoin d'aide.

Vanessa regarda derrière elle, vers les pins. Elle pouvait

accepter la proposition et envoyer quelqu'un chercher Dylan. C'était sans doute le choix le plus intelligent et rationnel. Après tout, elle était certaine que Dylan pouvait se débrouiller seul.

— Quelle ville ? demanda-t-elle.

La femme inclina la tête.

— Est-ce que vous allez bien ?

— Pourriez-vous attendre quelques minutes ? demanda-t-elle en grimaçant de sa propre bêtise. Il faut que j'aille chercher l'homme avec lequel je me suis perdue.

La femme la dévisagea.

— Vous avez une sacrée bosse sur la tête. Est-ce que vous êtes sûre de vouloir aller le chercher, Vanessa ?

— Il n'avait rien… Vous me connaissez ?

La femme fronça les sourcils avec tant de force qu'ils se rejoignirent.

— Bien sûr que je vous connais. On ne peut pas dire que nous soyons amies, mais je vis à Bent depuis que j'ai été engagée à la banque.

Vanessa recula d'encore un pas. Toute cette situation lui paraissait affreusement louche. Mais bien sûr, puisque côtoyer Dylan Delaney lui semblait naturel, son instinct était complètement sens dessus dessous.

Elle ne comprenait plus rien. Rien du tout. Quand la femme avait fait allusion à la banque, son ventre s'était noué – pas de dédain, comme à chaque fois qu'elle était en présence de tout ce qui avait un quelconque rapport avec les Delaney, mais plutôt de peur.

— Vous êtes blessée, dit la femme.

Sa voix était douce, mais son ton avait quelque chose de dur, de grinçant.

— Et vous avez peur, poursuivit-elle. Laissez-moi vous emmener en ville. Au Rightful Claim. Oh… Mais votre frère ne vit plus là-bas, n'est-ce pas ?

— Je…

Grady… Grady ne vivait plus au-dessus du Rightful Claim ? Pourtant, le saloon qu'il dirigeait était toute sa vie. Où pouvait-il habiter maintenant ? Sur le ranch des Carson ? Elle ouvrit la bouche pour poser la question, mais se ravisa.

Cette femme qu'elle ne connaissait pas et qui semblait savoir beaucoup de choses à son sujet la mettait mal à l'aise. Et de toute façon, Vanessa n'avait jamais été du genre à dévoiler ses faiblesses devant les inconnus, et cette amnésie bizarre était une sacrée faiblesse.

Ses idées étaient peut-être embrouillées, mais elle avait toujours fait confiance à son instinct. Qu'elle ait été blessée à la tête et souffre d'une quelconque forme d'amnésie ou non, elle devait se fier aux sensations intérieures qui lui permettaient de distinguer ce qui était normal de ce qui ne l'était pas.

— Vanessa !

La voix de Dylan. C'était insensé, mais elle eut envie de s'élancer dans sa direction.

— Attendez, marmonna-t-elle à l'adresse de la femme.

Elle revint sur ses pas.

— Dylan ! J'ai trouvé une route !

Il apparut entre les arbres, le visage durci par la colère. Mais dès qu'il vit la voiture, il s'élança vers elle.

— Adele !

Ce prénom sembla vaguement familier à Vanessa, malgré le brouillard qui lui obscurcissait l'esprit, mais le visage de la femme ne lui évoquait toujours rien. Puisque Dylan la connaissait, elle aurait dû être soulagée.

Et pourtant, elle ne pouvait que regretter qu'il ait laissé le fusil derrière lui au lieu de l'emporter.

— Vous allez bien, dit-il à la femme.

Il s'arrêta à quelques pas de la voiture, et un éclair de surprise et de quelque chose qui ressemblait à du soupçon traversa son visage. Il regarda Vanessa, puis reposa les yeux sur la conductrice.

— Nous étions malades d'inquiétude, Dylan, dit la femme.

Soudain, elle semblait effrayée – et, comme elle venait de le dire, malade d'inquiétude.

— Qu'est-ce qui s'est passé ?

Vanessa fronça les sourcils. Maintenant que Dylan était là, la femme avait changé de comportement. Elle se donnait des airs paniqués alors que, jusqu'ici, elle n'avait semblé ni surprise ni effrayée.

Vanessa ne crut pas une seconde à son petit numéro.

— Je…

— Donc, vous allez nous ramener en ville, coupa Dylan.

Il avait parlé d'une voix tellement autoritaire que Vanessa dut se retenir de lever les yeux au ciel. Ah, les hommes… Et surtout les Delaney.

Mais il n'avait pas pris le fusil et toute cette situation était décidément louche. Il fallait qu'il le comprenne, qu'il voie que quelque chose ne collait pas.

— Dylan…

— Adele va nous ramener en ville, dit-il en ouvrant la portière arrière.

Il prit Vanessa par le bras et la tira vers la voiture.

— Elle travaille pour moi à la banque. Elle va nous ramener.

— Dylan, siffla-t-elle tandis qu'il la poussait doucement vers la banquette. Je ne pense pas que…

Il s'assit à côté d'elle.

— À l'hôpital, Adele. Vanessa doit subir un examen.

— Bien sûr.

Le sourire étrange qu'Adele leur adressa dans le rétroviseur mit Vanessa terriblement mal à l'aise, mais elle ne pipa mot.

Dylan ne tenait pas en place, ce qui ne lui arrivait presque jamais. Mais la présence d'Adele, saine et sauve, sur cette route lui semblait terriblement louche. Tous les sens en alerte, il se préparait à devoir affronter de sérieux ennuis.

Mais à cheval donné on ne regarde pas les dents, comme dit le dicton, et il était urgent que Vanessa aille à l'hôpital. Assez urgent en tout cas pour qu'il ne les retarde pas en allant récupérer le fusil qu'il avait laissé derrière eux. De toute façon, une fois que Vanessa aurait été examinée par un médecin, il raconterait tout ce qui s'était passé à Laurel.

D'ailleurs, qu'est-ce que cette femme, qui n'était plus de la première jeunesse, aurait pu leur faire à tous les deux ? Il ne se considérait pas comme invincible mais, à deux contre un, les chances étaient de leur côté. Sans oublier sa formation militaire : même si Adele avait une arme, il était certain qu'ils ne couraient aucun danger.

Une arme ? Adele ? Quelle idée ridicule. Quelle raison aurait-elle eu de leur faire du mal ? Elle travaillait pour la banque Delaney depuis plus de dix ans et avait lentement gravi les échelons de la hiérarchie. Elle pouvait se montrer un peu brusque, voire agressive, mais elle accomplissait méticuleusement son travail. Elle était entièrement dévouée à la banque, et il avait toujours supposé que cela voulait dire qu'elle l'était également aux Delaney.

— Heureusement que vous étiez sur la route qui mène au chalet que j'ai loué pour mes vacances, dit Adele. Je ne sais pas trop ce qui vous serait arrivé si je n'étais pas passée. Le destin est vraiment une drôle de chose.

— Il n'était pas prévu que vous preniez des vacances, remarqua Dylan.

En théorie, c'était Adele qui était chargée d'établir les emplois du temps. Mais Dylan les supervisait, au point de les connaître par cœur. C'était une habitude qui lui avait été enseignée par son père : « Toujours savoir qui est responsable de quoi. » Si Dylan ne s'était jamais senti à l'aise avec les motivations de son père – écraser de sa morgue le responsable d'une erreur –, il s'assurait néanmoins de toujours être au courant. Il ne savait pas trop ce que cela pouvait révéler sur lui.

— Oh ! je me suis arrangée avec votre père, dit gaiement Adele.

Cette jovialité ne lui était pas coutumière, et ne convenait pas du tout à la situation.

Pire, elle continua à rouler vers le sommet de la montagne, sans leur poser aucune question sur ce qui les avait amenés à se perdre dans la forêt, ni leur demander pourquoi son visage était tuméfié et pourquoi Vanessa avait une énorme bosse sur la tête et devait aller à l'hôpital.

Il comprit alors, mais bien trop tard, que ses inquiétudes au sujet de la santé de Vanessa – et du bébé – l'avaient amené à prendre une décision irréfléchie.

Mais c'était Adele ! Il travaillait avec elle depuis qu'il était revenu à Bent. Ils étaient loin d'être amis, mais il la connaissait.

Son père et lui avaient une confiance aveugle en elle pour tout ce qui touchait à la banque. Son instinct devait s'être détraqué à cause de son inquiétude et de sa perplexité.

Et à cause de la véritable bombe que Vanessa Carson avait lâchée devant lui en lui annonçant qu'elle était enceinte de son enfant, quelques minutes à peine avant qu'ils soient enlevés. Bien sûr, le comportement d'Adele ne semblait pas logique. Mais rien dans toute cette histoire ne l'était.

Pourtant, il ne parvenait pas à se convaincre que la sinistre impression persistante qui s'était logée dans son ventre était autre chose qu'un pressentiment.

— La ville est dans l'autre direction, remarqua-t-il.

Il ne savait toujours pas où ils étaient, mais ce n'était certainement pas en gravissant cette montagne qu'ils allaient parvenir à une ville.

— Il n'y a aucun endroit où faire demi-tour. Soyez patient.

Elle lui adressa un rapide regard dans le rétroviseur.

— N'est-ce pas ce que votre père me répète toujours ? « Patience, Adele », dit-elle en une piètre imitation de la voix de son père.

Et elle éclata de rire.

Dylan n'osa pas regarder Vanessa mais, avec une détermination qui le surprit lui-même, il saisit sa main et l'enveloppa de la sienne. Il sentait la tension qui émanait d'elle. Le souvenir d'Adele avait peut-être été englouti avec tout le pan de mémoire qui lui manquait, mais elle sentait elle aussi ce que la situation avait de bizarre.

Et tout était sa faute. Tout, du début jusqu'à la fin. Il ne parvenait même pas à en vouloir à Vanessa de ne pas lui avoir obéi et de ne pas être restée cachée dans son bureau. Il ne l'aurait pas fait. Pourquoi se serait-il attendu à ce qu'elle le fasse ?

Et maintenant, ils étaient en danger. Il avait beau chercher à se convaincre qu'il pouvait se charger d'Adele et que, de toute façon, elle n'en avait pas après eux, toutes les cellules de son corps hurlaient le contraire.

La voiture s'arrêta enfin devant un chalet isolé, qui semblait avoir été construit récemment. En tout cas, il n'avait rien à voir avec le chalet des Carson, qui était une relique délabrée du passé.

— Adele. Il faut qu'elle aille à l'hôpital, dit-il calmement, d'une voix claire, sans lâcher la main de Vanessa.

Il pouvait neutraliser Adele et conduire Vanessa lui-même. Il n'avait aucune envie de lui faire du mal, mais il en était capable, et n'hésiterait pas un instant si c'était le seul moyen de s'assurer que Vanessa, et leur bébé, reçoivent les soins qui leur étaient nécessaires.

Adele mit la voiture au point mort, donna un petit coup de klaxon et lui adressa un regard vaguement compatissant par-dessus son épaule.

— Je sais. Je suis vraiment désolée pour tout ça.

— Adele…

Mais elle tendit le doigt vers la porte du chalet et il s'interrompit, submergé par le désespoir. Les deux hommes qui les avaient enlevés apparurent. L'un avait encore son fusil, l'autre portait un pansement et tenait une carabine à la main. Cette fois, ils ne portaient pas de cagoule.

Bon sang.

6

Interdite, Vanessa ne put que fixer du regard les deux malfrats qui se tenaient à la porte. C'était de mauvais augure. Mais la grande main de Dylan qui enserrait la sienne lui donnait une impression de sécurité.

Tu t'imagines vraiment que tu es en sécurité, imbécile !

Adele tourna vers eux un visage qui n'exprimait que de la contrition. Sans savoir pourquoi, Vanessa n'y crut vraiment pas.

— Je suis tellement désolée, dit Adele en ne regardant que Dylan.

À voix basse, elle ajouta :

— J'ai dû le faire.

— Vous avez dû faire quoi ? demanda Dylan.

Tranchante comme un rasoir, sa voix fit frissonner Vanessa. Même si cette attitude était peu caractéristique du Dylan qu'elle connaissait – ou pensait connaître –, elle ne se serait pas hasardée à mettre cet homme en colère.

Mais Adele ne sembla pas impressionnée.

— Ils m'ont dit qu'il fallait que je vous retrouve et que je vous ramène jusqu'à eux. Ils m'ont menacée de mort. Je n'avais pas le choix.

— Pas le choix ? Vous étiez seule dans une voiture ! Vous auriez pu aller en ville et…

Elle secoua tristement la tête.

— Vous ne comprenez pas, Dylan. Je crains que vous soyez obligé de jouer leur jeu. Mais ne vous inquiétez pas : ils m'ont assurée qu'ils ne nous feraient aucun mal. Ils ne veulent qu'une rançon. Nous avons seulement à faire ce qu'ils nous diront.

— Pourquoi est-ce qu'ils ne vous ont pas fait de mal, à vous ? demanda Vanessa.

Dylan et Adele la regardèrent en clignant des yeux. Mais le fait était que, contrairement à Dylan et elle, Adele était indemne.

— Parce que j'ai fait tout ce qu'ils m'ordonnaient de faire, répondit Adele d'une voix légèrement tranchante.

Ce fut d'un ton plus doux qu'elle précisa :

— Si nous leur obéissons tous les trois, nous sortirons de là sains et saufs.

— Comment pouvez-vous en être certaine ?

— Jusqu'ici, tout va bien, répondit-elle. Venez, descendez de voiture avant qu'ils ne vous en fassent descendre par la force.

Elle se tourna vers Vanessa et ajouta :

— Nous ne voulons pas que cela arrive, n'est-ce pas ?

Comme si elle savait que Vanessa était enceinte. Mais comment l'aurait-elle su ? Elle ne l'avait certainement pas deviné en entendant Dylan dire qu'elle devait aller à l'hôpital.

Adele descendit de voiture et avança vers les deux hommes, les mains levées, comme si elle se rendait. Elle se retourna et ils regardèrent tous trois Dylan et Vanessa descendre à leur tour.

— Rien de tout cela ne colle, marmonna Vanessa.

Seuls quelques mètres les séparaient d'Adele et des deux hommes.

— Non, rien, convint Dylan. Mais pour le moment, Adele a raison. Si nous jouons le jeu, ils ne nous feront aucun mal.

Il la poussa doucement vers l'avant et ils commencèrent à avancer tous deux vers le chalet en traînant les pieds. Comme elle posait un regard sans équivoque sur son visage tuméfié, il haussa les épaules.

— Ce ne sont pas quelques bleus qui vont me tuer. Ces hommes ont à manger et à boire, et nous serons à l'abri dans ce chalet. Pour obtenir une rançon, ils doivent nous garder en vie. Pour le moment, puisque tu ne peux pas être examinée par un médecin, le plus important est que tu manges et que tu boives. S'il y a un quelconque danger, je trouverai un moyen de nous faire sortir d'ici. En attendant, tu vas te reposer et me laisser veiller sur toi.

Cela lui faisait tout drôle que quelqu'un veille sur elle. Oh !

bien sûr, son grand frère et ses deux cousins auraient donné leur vie pour elle. Mais ils n'étaient pas du genre raffiné. Aucun Carson ne l'était. Ils auraient été prêts à la protéger et à la défendre, mais jamais ils n'auraient fait passer son besoin de repos avant tout le reste.

— Bien joué, lança l'un des hommes avec un sourire réjoui. Vous n'avez réussi qu'à repousser l'inévitable. Bienvenue à la maison, les amis.

Il était couvert de pansements. C'était certainement l'homme que Dylan avait « neutralisé ».

Dans ses yeux brillait une lueur que Vanessa n'aimait pas. Toutefois, ce n'était pas pour elle qu'elle avait peur : c'était pour Dylan. Pourtant, elle était certaine de le détester. Quand tout serait fini et qu'elle aurait recouvré la mémoire, cette bonne vieille haine resurgirait et tout redeviendrait logique. Elle se moquerait du bien-être de Dylan comme de sa première chemise.

Mais les faits étaient là : il lui avait tenu la main dans la voiture et, tandis qu'ils avançaient vers ces hommes aux sourires aussi étincelants que leurs armes, il avait exprimé les inquiétudes que lui inspirait son état de santé.

Parce qu'elle était enceinte. Prétendument. Et que le bébé était de lui. Supposément. C'était sans doute pour cela qu'il ressentait le besoin de s'occuper d'elle. S'il disait vrai, il ne faisait que protéger ce qui lui appartenait.

Tout à coup, elle tituba, gagnée par un épuisement inexplicable. Mais Dylan l'aida à garder son équilibre.

Un Delaney la soutenait. Elle ne pouvait pas croire ce qui arrivait.

— Il lui faut un endroit où se reposer, dit-il. De l'eau. À manger.

— Dans mon souvenir, ce n'est pas toi qui donnes les ordres ici, lui rétorqua l'homme aux pansements. Tu ferais mieux de ne pas l'oublier si tu ne veux pas qu'on t'arrange le portrait une fois de plus.

— On dirait qu'il a arrangé le vôtre, marmonna Vanessa avant d'avoir pu se retenir.

— Je ne sais pas si tu nous es très utile, rétorqua l'homme. Le chef n'a pas parlé de rançon pour toi.

Dylan avança, malgré les deux armes pointées sur lui.

— Si tu poses une main sur elle, tu le paieras de toutes les façons dont un homme peut payer. Et vos armes ne suffiront pas à vous protéger.

Quelque chose émergea dans le brouillard qui emplissait le cerveau de Vanessa. La même image de Dylan, affrontant des armes létales, mais dans un autre endroit.

Adele rit nerveusement, et l'image s'enfuit.

— Allons… Calmons-nous tous. Personne ne veut être blessé.

Dylan lui décocha un regard qui aurait pu faire fondre l'acier, et elle se racla la gorge avant de demander :

— Que devons-nous faire pour partir d'ici ?

Il y avait quelque chose d'étrange dans la façon dont cette femme parlait à des hommes armés. Elle ne cherchait pas à se les concilier, et sa voix ne trahissait aucune peur. Peut-être que son calme n'était que de façade, mais il mettait Vanessa terriblement mal à l'aise.

— Entrez, dit l'homme aux pansements.

Il prit Adele par le bras et la poussa à l'intérieur avant de faire de même avec Vanessa.

Elle se dégagea de la main moite qui enserrait son bras, mais il l'empoigna de nouveau et la secoua si brutalement que ses dents s'entrechoquèrent.

— Tu es peut-être une dure à cuire, mais je n'ai pas peur de te malmener.

Un éclair de fureur dissipa sa confusion et son épuisement. La malmener ? Elle aurait aimé le voir essayer ! Elle se débattit pour se dégager.

— Je…

Dylan posa une main au creux de ses reins, comme pour la supplier silencieusement d'arrêter de résister. Malgré la colère qui faisait galoper son cœur et enflammait son sang au-delà de toute raison, de tout contrôle, la légère pression de la grande main de Dylan lui rappela qu'elle voulait rester en vie, même si son tempérament protestait.

Elle inspira profondément et se détendit, abandonnant son bras à la main épaisse qui l'enserrait. Le malfrat la poussa rudement à l'intérieur du chalet. Elle trébucha et faillit perdre l'équilibre. Elle s'arrêta en dérapant, juste à côté d'Adele, et remarqua que la femme n'avait pas esquissé le moindre geste pour la retenir. Elle s'était bornée à la regarder.

Et son regard était trop clinique, trop détaché. Cette femme ne faisait pas partie des victimes, elle en était presque certaine.

— Et maintenant, à toi, mon *ami*.

L'homme aux pansements attrapa Dylan par le devant de sa chemise et le projeta durement à l'intérieur. Dylan tomba souplement et se releva aussitôt.

Sérieusement, qui était ce type ?

L'homme aux pansements pointa son arme vers le cœur de Dylan.

— Maintenant, avant de nous installer, mettons les choses au point. C'est moi qui commande, ici. Tu fais ce que je dis, ou elles meurent.

Il déplaça son arme pour la pointer sur Vanessa, mais sans quitter Dylan des yeux.

— Tu es le seul qui ait une valeur pour moi, parce que ton père est riche.

— Vous ne savez pas à qui vous avez affaire.

La crosse de l'arme frappa le visage de Dylan avec un craquement écœurant. Vanessa cria et s'élança vers l'avant, mais le second homme secoua la tête et claqua de la langue. Il pointait son arme droit vers la poitrine de Vanessa.

Dylan se releva.

— Il en faut un peu plus qu'un pauvre coup aussi minable pour m'empêcher de me relever, espèce de…

Quand l'homme leva de nouveau son arme, Vanessa ne put se retenir plus longtemps. Son cœur tambourinait dans sa poitrine, mais elle était plus lucide qu'elle ne l'avait jamais été depuis qu'elle était revenue à elle, dans la camionnette. Elle bondit en avant.

— Attendez !

Tout le monde la regarda. Elle ne savait pas quoi dire. Elle avait été confrontée à la violence toute sa vie durant, mais n'avait jamais été très douée pour désamorcer les situations explosives. Elle était plutôt du genre à les envenimer. Mais les choses changeaient. La vie changeait. Douée ou non, elle *devait* désamorcer cette situation-ci.

— Nous voulons tous vivre, dit-elle.

Elle avança encore de quelques pas, en restant derrière Dylan et, le regard rivé aux armes que les hommes braquaient sur eux, elle fit exactement le même geste que lui, quelques instants plus tôt.

Doucement mais fermement, elle posa une main dans son dos. Sous sa paume, son corps était dur comme le roc, comme l'acier. Il était prêt à se battre. Cependant, malgré le peu de confiance que lui inspiraient Adele et cette situation dans son ensemble, elle mesurait le danger que représentaient les deux hommes armés. Il fallait qu'ils se servent de leur cervelle, plus que de leurs muscles. Et en ce domaine, elle avait de l'expérience à revendre : elle avait passé toute sa vie à le faire.

Bien sûr, si l'occasion s'était présentée d'en découvrir un peu plus sur la musculature impressionnante de Dylan, elle n'aurait pas dit non.

D'où était venue cette pensée saugrenue ?

— Nous devons garder notre calme, dit-elle à mi-voix.

Elle s'adressait bien plus à Dylan qu'aux malfrats qui se tenaient face à eux.

Dylan releva le menton mais lui jeta un regard où elle ne lut que de la fureur. Un éclair de violence, qui aurait dû sembler incongru sur ses traits parfaits, traversa son visage. Pourtant, en cet instant, il semblait parfaitement à sa place.

Dylan avait envie de réduire ces deux barbares débiles en poussière. Et il aurait pu le faire. Même s'ils étaient armés et plus grands que lui, il était certain de pouvoir les liquider tous les deux. Il pouvait même visualiser l'action : d'abord, un balayage de la jambe. Ensuite, il projetait l'un des types sur l'autre pour le déstabiliser. Un coup de poing sec au ventre, et il arrachait le fusil des mains de l'homme et s'en servait pour assommer le second. Le sang. Le bruit des os qui se brisent. La victoire.

Mais ce qu'il visualisait également, c'était la possibilité

que les deux types s'en prennent à Vanessa ou à Adele. La présence des deux femmes représentait malheureusement une complication qu'il devait prendre en compte.

Il se concentra sur la pression exercée dans son dos par la main de Vanessa et se la représenta comme une sorte d'ancre. Il devait réfléchir au lieu de se laisser entraîner par sa fureur. Il devait également veiller à ce que son instinct ne prenne pas le dessus.

Parce qu'il n'était pas entouré de soldats, mais de civils. Assurer leur sécurité était primordial. La sienne passait en second.

Sans prêter la moindre attention aux deux hommes, il se tourna vers Vanessa. Elle laissa retomber sa main et le dévisagea. Toute une palette d'émotions brillait dans ses yeux sombres. Chez elle, c'était inhabituel. En temps normal, elle ne laissait rien transparaître de ce qu'elle ressentait.

Mais elle était face à deux hommes armés, avait été blessée à la tête, souffrait d'amnésie et – qu'elle le croie ou non – portait son enfant.

Il ne pouvait pas se laisser emporter par la colère. Il devait être méthodique. Comme il le lui avait dit avant d'entrer dans le chalet, filer doux était leur meilleure option, pour le moment. Il fallait que quelqu'un prenne soin d'elle – même des preneurs d'otages – avant qu'il trouve un moyen de les faire évader. Quoique ces hommes disent ou fassent, il devait garder son calme, faire appel à tout le contrôle qu'il avait acquis pendant sa carrière de sniper et l'utiliser ici.

Il regarda Adele, qui se tenait légèrement en retrait. Elle portait un jean et un T-shirt à manches longues. Ce n'était certainement pas la tenue qu'elle portait à la banque la veille. Elle posait sur Vanessa un regard vaguement méditatif qui fit se dresser les cheveux dans sa nuque.

Le premier qualificatif qui lui vint à l'esprit était « calculatrice ». Ce qui ressemblait assez à Adele. Elle était effectivement du genre calculateur, mais la haute opinion qu'elle avait de son intelligence sapait souvent ses manœuvres.

Et d'ailleurs, peut-être qu'elle ne cherchait qu'un moyen de se tirer de cette situation, tout comme lui. Son instinct avait beau lui hurler qu'il y avait quelque chose de suspect dans le comportement d'Adele, son esprit rejetait inlassablement cette mise en garde.

Il avait passé bon nombre d'années à vivre en n'écoutant que son instinct et son courage. Cette faculté s'était-elle émoussée au cours des dernières années, qu'il avait consacrées à faire ce que son père exigeait de lui ? Est-ce que toutes les aptitudes qu'il avait aiguisées en lui, afin de pouvoir survivre sans suffoquer dans le carcan que son nom lui imposait, s'étaient ramollies et perdues ?

Mais ce n'était pas le moment de traverser une crise existentielle. Il avait deux femmes à sauver et deux malfrats à neutraliser.

Il se tourna vers eux. Il avait recouvré tout son calme. Il était prêt non plus à se bagarrer, mais à livrer bataille. Une bagarre était un acte instantané, sans réelle conclusion, dicté par la colère et la soif de vengeance. Une bataille avait pour but ultime de remporter la victoire : dans ce cas précis, mettre ces deux femmes en lieu sûr et faire du monde – même de ce tout petit morceau du monde – un endroit où le bien avait triomphé.

Il allait gagner. Pas seulement pour lui-même, mais aussi pour cet enfant à naître qui allait, d'une certaine façon, faire partie de lui. Ainsi que de Vanessa.

Vanessa, dont il fallait s'occuper à tout prix

— Alors, quelles sont vos intentions ? demanda-t-il calmement.

Il allait gérer la situation comme un rendez-vous d'affaires. Quand ces hommes lui auraient dit ce qu'ils voulaient, il leur ferait part de ses propres exigences.

Et quand l'occasion s'en présenterait, il leur ferait regretter d'être venus au monde.

Le regard qu'échangèrent les deux hommes suffit à Dylan pour comprendre qu'ils n'étaient pas les instigateurs de ce petit complot. Ils n'étaient que des hommes de main.

Mais alors, qui était le chef ?

L'un des hommes agita son arme vers une porte.

— Vous deux, dans cette pièce. Et toi, ajouta-t-il en désignant Adele, dans celle-là.

Dylan fronça les sourcils. Les séparer était idiot. Les portes vernissées des deux pièces n'avaient rien de bien intimidant, et il y avait sûrement des fenêtres dans celle qui leur était allouée. Il faillit leur demander s'ils étaient sûrs de vouloir procéder ainsi, et leva les yeux au ciel, agacé contre lui-même.

Comme Adele gagnait sa pièce en traînant les pieds, Dylan prit Vanessa par le bras et l'entraîna vers l'autre. Il poussa la porte et découvrit ce qui semblait être un bureau. Il y avait bien des fenêtres, mais elles étaient étroites et percées tout en haut du mur. Même s'ils trouvaient un moyen de monter là-haut, jamais ils ne pourraient se glisser par les ouvertures.

L'un des hommes les avait suivis à l'intérieur. Dylan le dévisagea.

— De l'eau. À manger. Si vous me voulez vivant, il me faudra les deux, dit-il, incapable de formuler sa requête de façon moins agressive.

— Vous aurez les deux. Quand je serai prêt.

Il referma la porte sans douceur, et le cliquetis d'un verrou résonna dans la pièce.

Dylan regarda tout autour de lui. Oui, il s'agissait bien d'un bureau. En fouinant assez, peut-être qu'ils pourraient déterminer à qui il appartenait.

Mais il y avait plus important, pour le moment. Il guida Vanessa jusqu'au siège qui semblait le plus confortable, un fauteuil de bureau en cuir à roulettes, qui était au moins un peu rembourré. Même si elle s'y assit sans rechigner, un éclair de l'ancienne Vanessa traversa ses traits.

Elle était encore livide d'épuisement, mais il vit à son regard qu'elle avait retrouvé sa lucidité.

— Ton employée est dans le coup, dit-elle fermement.

« Dans le coup » semblait un peu exagéré, et pourtant… Mais tout ce qu'il répondit fut :

— Il y a quelque chose de louche dans cette histoire, c'est vrai.

— C'est elle qui est louche, insista Vanessa. Tout en elle est louche. Quand je suis tombée sur elle, sur la route, elle n'avait pas du tout l'air inquiète ou nerveuse. Au contraire, elle était très calme. J'ai eu l'impression qu'elle voulait que je te laisse derrière moi. Au début, je ne savais pas qu'elle me connaissait.

Mais quand tu es arrivé, son comportement a changé du tout au tout. « Oh ! nous étions malades d'inquiétude ! » parodia-t-elle.

Dylan serra les dents.

— Il y a quelque chose de bizarre, oui. Mais…

— C'est *elle* qui est bizarre, insista Vanessa.

Il acquiesça.

— D'accord. Elle est mêlée à tout ça, d'une façon ou d'une autre.

Pourtant, il pouvait presque tout expliquer… sauf le changement de vêtements. Si elle avait été une victime, elle aussi, elle aurait porté les mêmes habits que la veille, tout comme lui.

Il ôta son veston en lambeaux et le posa sur les genoux de Vanessa.

— Il te faut de l'eau, à manger et du repos.

Ce qu'il lui fallait vraiment, c'était un médecin. Et il trouverait un moyen de la conduire jusqu'à l'hôpital, il en était certain.

— Nous devrions jeter un œil dans cette pièce, reprit-il. Pour voir si nous parvenons à déterminer l'identité du propriétaire de ce chalet.

Vanessa leva les yeux vers les fenêtres, et il put voir qu'elle parvenait à la même conclusion que lui : impossible de sortir par là.

— Nous devons sortir d'ici.

— Nous en sortirons, affirma-t-il. Mon père paiera…

— Cette histoire de rançon est du vent, coupa-t-elle. Tu le sais aussi bien que moi. Ce n'est pas uniquement une histoire d'argent. Et même si « papa-plein-aux-as » était prêt à payer, je pense que Laurel et ses collègues ne seraient pas d'accord.

— Et moi, je pense que les gens que nous aimons feraient tout pour que nous revenions sains et saufs.

— Pour que *tu* reviennes sain et sauf, espèce de benêt, rectifia-t-elle d'une voix tranchante.

Dylan eut envie de rire, mais la vulnérabilité qui perçait sous ses paroles l'en empêcha. Il s'accroupit face à elle, prit ses mains dans les siennes et les pressa. Elle lui jeta un regard empli d'étonnement et de suspicion, mais il n'en tint pas compte.

— Quelles que soient les choses dont tu te souviens et

celles que tu as oubliées, tu sais que ton frère remuerait ciel et terre pour te protéger. S'il sait que tu as disparu, tu peux être sûre qu'il est déjà en train de te chercher. Et Noah et Ty aussi.

— Il faudrait encore qu'ils le sachent.

— Ne t'inquiète pas, ils le sauront. Ce n'est qu'une question de temps.

7

Bent, dans le garage de Vanessa

— Elle ne ferait jamais ça.

La bouche de Grady n'était plus qu'un trait mince dans son visage déformé par la fureur. Laurel se frotta les tempes, où une migraine menaçait. Même si elle était d'accord avec son mari, qui estimait que Vanessa n'aurait jamais quitté la ville sans prévenir personne, son manque de coopération lui portait sur les nerfs.

Grady avait ouvert la porte du garage de Vanessa pour que Hart et elle puissent y jeter un œil, et, bien qu'ils n'aient trouvé aucun indice irréfutable, sa moto avait disparu. Tout le reste était à sa place. Quand Hart avait émis la supposition que Vanessa avait pu partir de son propre gré sur ladite moto, le mari de Laurel s'était emporté.

— Hart ne te demande pas si elle a quitté la ville, dit Laurel d'une voix calme et pondérée. Ce que nous te demandons, c'est ce qui, d'après toi, aurait pu la pousser à partir sans prévenir personne.

— La question ne se pose pas, parce qu'elle ne ferait jamais ça.

Il brandit la facture du cabinet d'un gynécologue obstétricien de Fremont, qu'ils avaient trouvée en fouillant l'appartement au-dessus du garage.

— Même pas à cause d'une grossesse. Elle sait que nous la soutiendrons toujours, quoi qu'il arrive. Rien ne peut lui faire peur au point de la pousser à fuir.

Laurel se força à garder bouche close. Depuis qu'elle était

dans la même situation, il lui était parfois arrivé, ces dernières semaines, d'observer Vanessa et de s'interroger. Pourtant, sa belle-sœur ne fréquentait aucun homme et semblait n'avoir aucune intention d'informer sa famille de son état. Autrement dit, Laurel doutait qu'elle soit certaine de pouvoir compter sur leur soutien. Cependant, elle était d'accord avec son mari sur un point : rien n'aurait pu pousser la Vanessa qu'elle connaissait – ou qu'elle pensait connaître – à prendre la fuite.

Grady continuait à tempêter. Heureusement, elle le connaissait assez bien pour deviner qu'une profonde angoisse était tapie sous sa fureur. Mais elle ne pouvait pas se permettre de se laisser attendrir – ce qui n'était pas facile parce qu'elle s'inquiétait, elle aussi.

— Elle n'aurait sûrement pas filé sur sa moto en laissant sa voiture derrière la banque Delaney, poursuivit Grady d'un ton rageur.

— L'autoroute est toute proche de la banque, objecta Hart.

Laurel était impressionnée par le calme qu'il conservait malgré l'humeur massacrante de Grady.

— Et la rampe est plutôt discrète. Si elle ne voulait pas que…

Grady gronda et Laurel posa une main sur son torse. Elle ressentait une inquiétude égale à celle qu'elle devinait en lui. Pourtant, cela faisait longtemps que Vanessa et elle avaient cessé d'être amies. Même son mariage avec Grady n'avait pas apaisé les tensions surgies au cours de leur adolescence, bien qu'il ait légèrement arrondi les angles.

Mais pendant qu'elle pensait à Vanessa, elle pouvait oublier que son frère aussi avait disparu. Sans réfléchir à son geste, elle pressa une main sur son ventre.

Grady soupira et passa un bras autour de ses épaules. Bien qu'elle soit en uniforme, et en mission officielle, il lui déposa un baiser sur la tempe.

— Qu'est-ce qu'on peut faire ? demanda-t-il.

La question s'adressait à Hart. La tension qui habitait Laurel s'atténua un peu. Elle fut encore plus rassurée d'entendre son adjoint répondre, avec une franchise pleine de certitude :

— Me faire confiance pour mener l'enquête.

Il se fendit d'un sourire légèrement penaud avant de compléter :

— Et à Laurel aussi, bien sûr. Si vous trouvez un indice qui peut nous aider à comprendre ce qu'il est advenu de Vanessa, informez-en la police – et demandez aux autres membres de la famille de faire de même. Il faut que nous travaillions tous ensemble. Tout comme vous, nous voulons que tout le monde revienne sain et sauf.

Le téléphone de Laurel sonna. Elle envisagea de ne pas répondre, mais, quand elle vit s'afficher le numéro du ranch des Delaney, son estomac se noua légèrement. Elle décrocha et s'éloigna de Grady.

— Laurel ?

Elle fronça les sourcils en entendant le ton grave de son père.

— Qu'est-ce qu'il y a ?

— Je regardais mes e-mails, commença son père. Avec l'histoire d'hier soir, je n'avais pas encore eu l'occasion de le faire depuis mon retour. J'ai un message de Dylan, daté d'hier, où il m'annonce qu'il sera absent pendant quelque temps. Il ne donne aucune explication. Il m'informe seulement qu'il doit quitter la ville.

— Fais-moi suivre cet e-mail, dit Laurel machinalement.

Elle raccrocha et, en attendant de recevoir le message, expliqua :

— Papa a reçu un e-mail de Dylan, daté d'hier, qui dit qu'il sera absent pendant quelque temps. Il me le fait suivre.

— Peut-être qu'ils se sont enfuis ensemble, suggéra Hart en tendant le bras vers l'appartement de Vanessa.

Grady renifla.

— Bien sûr. Enfin… Pour s'entre-tuer, peut-être. Mais certainement pas *ensemble*.

— Heu…

Laurel dévisagea Hart et remarqua que ses joues rosissaient étrangement.

— Euh quoi ? demanda-t-elle.

— Eh bien, c'est seulement que…

Il toussota.

— Ils n'avaient pas particulièrement l'air d'humeur meurtrière à votre réception de mariage. Bien au contraire.

Grady et Laurel le dévisagèrent tous deux avec une expression également abasourdie.

— Vous savez que je ne suis pas resté très longtemps parce que je faisais partie de l'équipe du matin, le lendemain. Je les ai vus partir ensemble.

Laurel leva les yeux au ciel.

— Ils sont peut-être partis au même moment, mais pas *ensemble*. Et ils devaient se disputer.

— Oh non. Ils étaient vraiment ensemble et ne se disputaient vraiment pas. Difficile de se disputer avec quelqu'un quand sa langue est dans votre bouche. Je les ai ramenés chez Vanessa parce qu'ils étaient bien trop soûls pour conduire.

D'un signe de la tête, Hart indiqua la facture médicale que Grady avait reposée sur le bureau.

— Non, lâchèrent Laurel et Grady à l'unisson.

Jamais son frère, intègre au point d'en être rigide, ne… Jamais il… Elle regarda Grady. Il y avait eu une époque où elle n'aurait jamais… Elle non plus, mais elle n'avait jamais accordé autant d'importance que Dylan à la querelle ancestrale qui opposait les deux familles.

— Mais sérieusement, ils étaient soûls comme des grives, reprit Hart. Vous pouvez me croire. Ils se dirigeaient droit vers une décision désastreuse. De celles qui peuvent avoir des conséquences. Peut-être qu'ils se sont enfuis ensemble pour régler le problème.

Laurel leva les yeux vers Grady. L'explication était étrangement logique, même si elle ne parvenait pas vraiment à y croire. Vanessa et Dylan… Non, c'était forcément impossible.

— Impossible, confirma Grady, comme s'il lisait dans ses pensées.

Le téléphone de Laurel bipa, annonçant l'arrivée d'un e-mail. Elle secoua la tête. Elle devait se concentrer sur les faits, et non sur des suppositions.

Elle ouvrit l'e-mail qui lui avait été transféré et le lut, le front plissé.

Je serai absent un moment. Ne t'inquiète pas. Je t'expliquerai tout quand je reviendrai. Adele peut me remplacer à la banque. Dylan

Elle montra le message à Hart, puis à Grady.

— Sauf qu'Adele aussi est introuvable, remarqua Hart.

— Rien ne colle, dit Laurel en regardant fixement l'écran de son téléphone.

Même en supposant que Vanessa ait fui la ville sur sa moto, elle ne l'imaginait pas partir sans avoir réglé les derniers détails au garage. Et jamais Dylan n'aurait quitté la banque aussi soudainement – surtout sans fermer.

Pourtant, un frisson d'inquiétude la traversait quand elle pensait que Dylan et Vanessa avaient pu coucher ensemble après avoir trop bu lors de son mariage, concevoir un enfant – et être maintenant introuvables tous les deux. Ils devaient être mortifiés. Horrifiés, même. Au point de fuir la ville ?

Mais Adele Oscar était le détail qui faisait dérailler cette théorie. Laurel et Hart étaient passés chez elle, la veille au soir, et de nouveau le matin même. Elle n'y était pas. La maison était fermée à clé et sa voiture demeurait introuvable bien qu'ils aient lancé un avis de recherche.

— Nous devons trouver Adele Oscar, dit Hart. Obtenir un mandat de perquisition pour fouiller sa maison.

Laurel acquiesça. Adele était la clé de l'énigme.

8

Après avoir fouillé méticuleusement la pièce, Dylan se mit à l'arpenter d'une démarche souple. Vanessa se disait qu'elle évoquait celle d'un loup – ou de quelque autre dangereux prédateur – quand la porte s'ouvrit brusquement.

L'homme qu'elle avait surnommé Gros-Yeux, parce qu'ils étaient larges comme des soucoupes, jeta une assiette en carton sur le bureau. Ensuite, il lança une bouteille d'eau vers Dylan. De toutes ses forces.

Dylan la rattrapa sans faillir, et Gros-Yeux se renfrogna. Sans un mot, il referma la porte et la verrouilla.

L'odeur lourde, presque chimique, de la pizza réchauffée au micro-ondes lui souleva l'estomac, mais elle ne vomit pas. C'était déjà ça.

Dylan posa sur elle un regard mi-inquiet, mi-inquisiteur.

— Il faut que tu la manges, dit-il après quelques secondes.

— Si je dois tout vomir, ça ne servira à rien.

— Tu ne peux pas être sûre que tu vas vomir. Et si tu vomis, ça pourra faire une excellente diversion.

Elle rit malgré elle, mais son rire mourut rapidement quand il s'accroupit devant elle. Il tenait l'assiette avec le répugnant repas réchauffé au micro-ondes dans une main, et la bouteille d'eau dans l'autre.

— Le milieu de cette atrocité est encore congelé, mais les bords sont chauds. Je vais t'en donner un morceau. Mange-le, et bois de l'eau. Ça devrait t'aider à le garder.

— Je n'ai pas besoin que tu me donnes la becquée.

Mais elle prit la bouteille d'eau qu'il lui tendait, tout en posant sur lui un regard méfiant.

Ses yeux marron foncé soutinrent son regard sans ciller, et elle sentit quelque chose palpiter dans sa poitrine. C'était une sensation légère, aérienne, en total contraste avec leur situation… et avec tout ce qu'elle avait toujours éprouvé envers Dylan.

Il la dégoûtait. Les seuls sourires qu'il lui arrachait étaient des sourires de mépris. Elle n'éprouvait rien pour lui, sinon de la haine. Elle n'avait jamais eu un seul sentiment positif pour Dylan, aucune interaction positive avec lui.

Mais au cours des dernières vingt-quatre heures, il avait fait preuve d'une douceur qu'elle ne lui connaissait pas et d'une force pleine de ressources qu'elle ne l'aurait jamais cru posséder. Cet homme s'était battu contre deux types armés, et si elle, et peut-être Adele, n'avaient pas été là, elle était sûre et certaine qu'il les aurait déjà liquidés et serait de retour à Bent à l'heure qu'il était.

Peut-être que c'était uniquement à cause de sa barbe naissante que ses sentiments pour lui avaient changé. Elle adorait les barbes, et la sienne poussait vite, épaisse et magnifique.

Elle préférait blâmer sa pilosité faciale que reconnaître qu'elle s'était toujours trompée à son sujet.

Il cassa un morceau de la pâte caoutchouteuse et le porta à ses lèvres. Leurs regards se croisèrent, s'unirent, et quelque chose frissonna en elle. Elle voulut se convaincre que ce frisson était provoqué par la situation funeste dans laquelle ils se trouvaient, mais il était dû à quelque chose de plus léger, de plus doux, et une partie d'elle qui semblait ne pas lui appartenir avait envie de s'y prélasser.

Une image surgit dans son esprit. Celle du visage de Dylan, rasé de frais, l'air grave, dans une autre pièce baignée d'une lumière tamisée. Un éclair de quelque chose. Des mains sur son visage. Même s'il ne la touchait pas, elle pouvait le sentir et se souvenir du choc qu'elle avait éprouvé quand…

— Tu as un tatouage, affirma-t-elle.

Il haussa un sourcil et profita de ce que ses lèvres étaient entrouvertes pour lui glisser le morceau de pizza dans la bouche. Elle le mâcha et l'avala, tellement distraite par l'irruption de cet étrange lambeau de souvenir que son estomac ne se souleva même pas.

— Vraiment ?

— Je n'ai pas pu voir ce qu'il représentait parce qu'il faisait trop sombre. Mais tu étais torse nu, et tu avais un tatouage.

Ce n'était pas la première petite explosion de souvenir qu'elle avait, mais c'était la plus nette. Et la plus insensée.

— Remplis les blancs pour moi.

Il détacha un autre morceau de croûte et le tendit vers ses lèvres.

— Je ne sais pas quels sont tes blancs, Vanessa.

— Alors, dis-moi ce dont tu te souviens.

Elle sentit qu'il n'en avait aucune envie, mais elle savait qu'il se sentait redevable envers elle, parce qu'il pensait que c'était uniquement à cause de lui qu'ils se retrouvaient dans ce pétrin.

Et elle n'allait pas hésiter à tirer parti de cet avantage. Elle refusa de prendre le morceau de pizza qu'il lui tendait et il soupira.

— Très bien. Si tu manges ça, je t'en dirai autant que je pourrai.

Elle acquiesça et le laissa continuer à lui donner de petits morceaux de pizza. Après chaque bouchée, elle buvait une gorgée d'eau. Elle se rendit compte qu'il ne lui donnait que les morceaux qui étaient chauds. Quand il ne resta plus que le centre, qui n'était pas entièrement décongelé, ce fut lui qui le mangea.

Elle n'aurait pas dû être étonnée qu'il soit aussi chevaleresque. Après tout, c'était un Delaney. Le plus condescendant, arrogant et snob de toute la famille – après son père – mais dans ce clan la galanterie avait toujours cours.

Ce qui l'étonnait, c'était d'être touchée par les attentions dont il l'entourait. Elle n'avait jamais voulu qu'on s'occupe d'elle, parce qu'elle voulait ne rien devoir à personne. Quand on était une Carson, on devait se débrouiller seule. Bien sûr, quand il lui était arrivé d'avoir des ennuis, Grady, Noah ou Ty étaient intervenus pour la défendre. Mais personne ne lui avait jamais donné la becquée et gardé les mauvais morceaux pour lui-même.

Pour autant que tu te souviennes.

— J'ai un tatouage, en effet, dit-il quand elle eut avalé la dernière bouchée. Le seul moment où tu as pu le voir, c'est quand nous…

Comme il laissait sa phrase en suspens, elle ne put retenir un petit sourire.

— Tu as peur de dire les mots, mon cœur ?

— Tu vois ? Tu avais besoin de manger. Tu es pratiquement redevenue normale.

Sauf qu'elle ne se souvenait pas. Pas vraiment. Pas comme il l'aurait fallu. Elle inspira pour chasser un accès de panique. Elle avait perdu treize années de sa vie, et ne les retrouverait peut-être jamais. Mais au moins, elle était en vie pour en connaître d'autres.

— Quand nous avons couché ensemble, acheva-t-il. Je le sais parce que je me suis réveillé nu à côté de toi, le lendemain du mariage de Laurel et de Grady. Je ne…

— Laurel et *Grady* ? hurla-t-elle presque.

Il pinça les lèvres, mais sa bouche s'incurva quand même.

— Ne t'inquiète pas. Tu as parfaitement exprimé ton indignation sur le moment.

— Mon frère a épousé… Il ne peut pas avoir… *Épousé* ?

— Et j'ajouterai qu'ils sont parfaitement heureux, même si j'adorerais pouvoir dire le contraire.

— Mais Laurel est tellement… respectable ! Elle est… Elle est dans la police, non ?

Vanessa porta les mains à sa tête. Maintenant qu'elle avait mangé, elle se sentait un peu mieux, mais son cerveau lui faisait toujours aussi mal.

— Elle a toujours voulu être dans la police. Donc elle y est forcément arrivée. Oui, elle y est arrivée. Elle a aidé…

Mais le souvenir flou qui avait affleuré à la surface de son esprit s'estompait déjà. Elle lâcha un juron.

— Du calme, dit doucement Dylan. Tu commences à retrouver des bribes de souvenirs. C'est sans doute le signe que tout finira par te revenir. Mais pour le moment, nous avons des problèmes plus importants à résoudre.

— Oui, c'est vrai, répondit-elle en posant un regard noir sur la porte. Mais dis-moi ce qui s'est passé. Comment nous nous sommes retrouvés ici.

Il lui raconta sa visite, la fusillade à l'avant de la banque et le trajet en camionnette. Vanessa ne se souvenait de rien de tout cela, mais elle repensa à Adele et dit :

— Elle a changé de vêtements.

Quand son regard croisa celui de Dylan, elle comprit qu'il avait déjà réfléchi à la question.

— Et s'ils nous ont séparés, poursuivit-elle, c'est parce qu'elle est dans le coup. Sinon, et s'ils avaient un brin de jugeote, c'est toi qu'ils auraient isolé, puisque tu es celui qui rapporte.

La grimace que lui arracha ce mot l'aurait fait rire si elle n'avait pas été tellement en colère contre Adele.

— Je parie cent billets que cet endroit lui appartient.

La bouche de Dylan se tordit.

— Attention, c'est à cause d'un pari que tu t'es retrouvée dans ce guêpier.

Elle fouilla sa mémoire, mais sans retrouver le souvenir d'un quelconque pari. Alors, elle se concentra sur l'instant présent.

— Elle travaille à la banque. Pour toi et ton père. Elle connaît ton emploi du temps.

Ils devaient comprendre le rôle que jouait Adele. S'ils y parvenaient, peut-être que toute cette histoire leur semblerait plus logique et qu'ils pourraient trouver un moyen de s'évader.

— Pourtant, si tu n'étais pas venue me voir, je serais parti avant que les deux types arrivent, remarqua-t-il.

— Mais tu n'étais pas parti. Ta voiture était toujours là, n'est-ce pas ?

— C'est vrai, oui. Mais Adele travaille pour nous depuis des années. Je ne peux pas croire…

— Qu'est-ce que tu sais d'elle ?

— Elle a commencé comme guichetière. Elle avait déjà travaillé dans une banque, à… à Denver, je pense. Ou peut-être à Seattle. Dans une grande ville, en tout cas. Elle a eu envie de s'établir dans une petite ville, et mon père a aimé l'idée d'engager une étrangère.

— Ça ne lui ressemble pas.

— Mieux vaut un étranger qu'un Carson ou l'un de leurs sympathisants.

— Ça, par contre, ça lui ressemble.

— Elle a une bonne éducation. Elle travaille dur et elle est rapidement montée en grade. Au moment où je suis… revenu de l'université, son seul supérieur hiérarchique était le directeur adjoint. Un poste que papa conservait pour moi.

— Quand tu es… revenu de l'université. Tu dis ça si bizarrement.

— Vraiment ?

— Et tu dis « vraiment ? » avec le ton hautain que tu prends toujours quand un sujet devient un peu trop personnel. Donc, quand tu es revenu avec ta licence en gestion de luxe.

— C'est ce qu'ils disent.

Pourquoi parlait-il par énigmes d'un sujet aussi insignifiant ? Cela n'avait aucun sens.

— Et *toi*, qu'est-ce que tu dis ?

Il haussa les épaules.

— C'est sans importance.

— Peut-être pas pour moi.

Il planta son regard dans le sien, et la même palpitation étrange s'éveilla dans sa poitrine, un peu trop près de son cœur. Mais elle soutint son regard sans broncher. Peut-être qu'elle avait perdu son bon sens en même temps que sa mémoire, mais elle ne parvenait pas à s'en inquiéter.

La puissance. Dylan et Vanessa avaient toujours éveillé chez l'autre des réactions puissantes. Jadis, c'était de la haine. Maintenant… la chose qui crépitait entre eux avait changé. Dylan avait envie de la toucher. Il gardait de cette nuit un souvenir aussi flou que devaient l'être les souvenirs que Vanessa avait de ces treize dernières années, mais des images, des sensations étranges lui revenaient. Une impression d'harmonie quand leurs corps s'étaient unis.

Il détourna les yeux. Il ne croyait ni à l'harmonie ni aux sentiments. Tout ce qui importait était la raison. Et les faits.

Et pourtant, il avait fait fi de la raison comme des faits pour vivre dans un mensonge pendant des années, afin de pouvoir supporter de vivre dans un autre mensonge.

Il se leva et s'éloigna de la chaise où il avait installé Vanessa. Plus pour se reconcentrer que pour la fuir.

— Il faut que nous réfléchissions à…

— Non, coupa-t-elle, ne m'ignore pas comme ça. C'est toi qui es la clé de toute cette affaire. Moi, je suis une victime collatérale. Ils ne m'ont emmenée que parce que, à t'écouter, nous avons bu jusqu'à commettre une erreur monumentale.

Il haussa un sourcil et elle souffla.

— D'accord, très bien… Je te crois. Nous avons couché ensemble après avoir trop bu, et j'espère vraiment que je suis enceinte parce qu'il doit bien y avoir une raison pour que je me sente aussi mal. Mais ça ne change rien au fait que tu es la clé de cette affaire. Apparemment, ces hommes veulent te libérer contre une rançon.

— Apparemment, répéta-t-il.

Mais il y avait des failles dans cette théorie : pour commencer, il aurait quitté la banque avant l'arrivée des deux hommes si Vanessa n'était pas venue le voir. Ensuite, il n'avait pas d'emploi du temps fixe. Et enfin, les deux hommes ne semblaient pas avoir volé d'argent à la banque.

Qui que soient ces hommes, quelles que soient leurs motivations, c'était lui qui était visé.

Il aurait suffi aux malfrats de voir sa voiture dans le parking pour passer à l'action… Mais Adele était dans ce chalet, elle aussi.

« On n'est équipés que pour un », avait dit l'un des hommes. Pourtant, ils avaient trois otages.

Et Adele avait changé de vêtements. Ce détail le taraudait. Il portait toujours son costume – maintenant sale et déchiré – et Vanessa portait la même tenue que la veille. Mais Adele s'était changée. Elle portait un jean et un chemisier propres. Et elle ne semblait pas avoir peur.

— Si elle est dans le coup, remarqua-t-il, cette affaire concerne la banque.

— Autrement dit, l'argent, compléta Vanessa.

— Je suppose.

— Est-ce qu'elle a des soucis d'argent ?

— Je ne sais rien de la vie privée d'Adele. En plus d'être plutôt solitaire, elle est…

— Elle est quoi ?

— C'est difficile à expliquer. Sous sa politesse, il y a une sorte d'agressivité. Je pense qu'elle n'est vraiment appréciée de personne. Pour tout dire, et bien qu'elle fasse tout pour le cacher, elle se croit plus futée et travailleuse que tout le monde. Elle se croit supérieure.

Vanessa renifla.

— Elle doit s'accorder à merveille avec les Delaney.

Il lui jeta un regard inexpressif.

— Mais il n'y a jamais eu de tension ou de disputes. Elle n'a jamais été rétrogradée ni réprimandée. Elle n'a aucune raison de me haïr ou de haïr la banque.

— Et ton père ? Est-ce qu'elle aurait une raison ?

— J'aimerais pouvoir dire que non, mais…

— Mais quoi ?

Il se frotta la nuque. Il n'aimait parler des défauts de son père devant personne, surtout une Carson.

— Il n'est pas aussi irréprochable que je l'avais toujours cru.

Il pensa avec amertume à la découverte qu'ils avaient faite l'année passée : son père entretenait une liaison avec une femme mariée. Une femme Carson, en plus. Il n'avait tué personne mais la découverte avait ébranlé les convictions de Dylan, qui avait toujours tenu son père, malgré sa dureté, pour un homme bien.

— Elle pourrait donc avoir eu un problème avec ton père ?

— C'est possible. Mais pourquoi ne s'en est-elle pas prise à lui ?

Vanessa leva les yeux au ciel.

— Tu ne regardes jamais de films ? On ne s'en prend jamais à la personne que l'on hait, mais à ce à quoi elle tient.

L'explication était logique. Désagréable à envisager, mais logique.

— Si c'est le cas, si elle cherche vraiment à se venger de mon père, elle ne voudra sans doute pas que je survive. Elle me descendra dès qu'elle aura obtenu la rançon.

Mais il ne s'inquiétait pas outre mesure, parce qu'il aurait aimé voir quelqu'un essayer de se débarrasser de lui. *Tout le monde* le sous-estimait. Même Adele.

Et même Vanessa, qui posait sur lui un regard méditatif.

— Ils ont bien insisté sur le fait qu'ils devaient te garder en vie. Peut-être pour donner du poids à leur histoire de rançon, à moins qu'elle n'ait aussi une dent contre toi.

— Et qu'est-ce qu'elle pourrait me reprocher ?

— La même chose que nous tous, prolos de Bent. Dylan, tu es une ordure.

Il se hérissa. Sans savoir pourquoi, il se sentait insulté par ce qui n'était pourtant que l'opinion que Vanessa avait toujours eue de lui.

— Et j'en suis une moi aussi, reprit-elle. Les gens nous détestent parce que nous ne sommes pas assez gentils pour eux. Je dis les choses comme je les pense et toi, tu tiens le reste du monde à l'écart. Ce n'est peut-être qu'une façade, mais c'est tout ce que les gens voient.

— Alors, que caches-tu derrière cette façade, Vanessa Carson ?

Sans qu'il l'ait voulu, la question était chargée d'une connotation sexuelle. Son corps se réchauffa, se tendit. Parce que, même s'il ne parvenait pas à se souvenir en détail de leur nuit d'amour, la sensation qui s'éveillait en lui quand il pensait à leur union était presque irrésistible.

Presque.

9

Le corps de Vanessa fut traversé par une bouffée de chaleur et, pire encore, un soupçon d'excitation qu'il aurait été vain de vouloir nier. Sa peau la picotait et son ventre vibrait de désir.

Et zut !

Sa gorge était affreusement sèche. Quand elle se rendit compte qu'elle tenait toujours la bouteille d'eau à la main, elle dévissa le bouchon en prenant une inspiration tremblante. Elle ne pouvait pas penser au sexe avec Dylan, point final. Surtout alors qu'ils étaient retenus en otages par deux bandits. Et pourtant, elle y pensait.

— C'est sur toi que nous devons nous concentrer, parvint-elle à dire en espérant qu'il n'avait pas remarqué son trouble. Moi, je suis secondaire.

Il fit un petit bruit qu'elle ne sut comment interpréter, mais qu'elle pensa motivé par son sentiment de culpabilité. Cependant, il n'insista pas – et elle décida de se servir de l'unique avantage qu'elle possédait sur lui.

— Et puisque je suis ici à cause de toi, reprit-elle, nous devons comprendre. Nous concentrer sur Adele. Et sur toi.

— Oui, répondit-il. Peut-être qu'elle voulait mon poste.

— Tout le monde l'aurait voulu. Enfin… Pas tout le monde. Seulement les personnes qui travaillent dans cette banque.

Pour sa part, elle aurait préféré se jeter par une fenêtre que s'aventurer dans l'univers guindé de la finance.

— Tout le monde savait que ce poste m'était destiné. Mon père l'a conservé pour moi pendant que j'étais… parti.

— Il va falloir que tu t'expliques tôt ou tard.

Elle voulait savoir pourquoi il devenait si nerveux dès qu'on abordait le sujet de ses années d'université.

— Il aurait fallu être stupide pour penser que quelqu'un d'autre pouvait avoir ce poste, reprit-il en ignorant sa remarque. Et je ne pense pas qu'Adele soit stupide.

— Moi non plus, mais les gens font souvent des choses stupides sans l'être.

Nous avons couché ensemble. Ce seul fait semblait être le summum de la stupidité.

— Elle aurait fait quelque chose d'aussi stupide qu'envoyer deux hommes armés pour m'enlever ? Je ne peux pas le croire, Vanessa. Vraiment pas. Elle est peut-être intraitable, mais ce n'est pas une psychopathe.

Vanessa pensa à son père et à son oncle. Les gens avaient pu les tenir pour des crétins et des alcooliques, mais certainement pas pour des psychopathes. Mais nul ne savait qu'ils aimaient user de leurs poings sur les femmes, même si ce genre d'acte aurait paru incompréhensible à une personne normale.

Noah et Ty avaient toujours considéré leur père comme un monstre, jusqu'à son dernier jour. Quant à Grady, il ne savait pas grand-chose de ce que leur père avait fait en son absence.

Elle soupira. Les vieilles blessures n'avaient rien à faire ici. Mais *elle* n'avait rien à faire ici, elle non plus, et pourtant elle y était.

Maintenant qu'elle avait mangé et bu, elle se sentait un peu mieux, un peu plus solide. Son cerveau n'était plus aussi embrumé et elle n'avait plus l'impression qu'un geste un peu trop brusque lui ferait rejeter tout le contenu de son estomac.

— Il y a forcément un lien avec la banque, reprit-elle. Peut-être pas avec toi, mais avec ton père.

Dylan fronça les sourcils.

— Mais c'est moi qui suis ici.

— Oui, mais tu es la plus grande fierté de ton père. Donc, c'est peut-être toi qui es visé. Ou lui. Voire les deux, ou les Delaney en général.

— Ça te plairait, n'est-ce pas ?

— Si je ne me retrouvais pas coincée dans ce guêpier avec toi, sans doute. Mais tu as dit que nous avions été enlevés à la banque. Donc, il y a forcément un rapport avec la banque, et Adele est mêlée à toute cette histoire, d'une façon ou d'une autre.

Dylan reprit le raisonnement de Vanessa et y ajouta quelques-unes de ses propres idées.

— Ils ont dit qu'ils voulaient une rançon. Peut-être que ce n'est qu'un stratagème pour que mon père leur verse une grosse somme.

Il s'interrompit, secoua la tête et reprit :

— Pourtant, ça ne me plaît pas. Il y aurait des façons plus intelligentes et plus simples d'y parvenir.

— Peut-être… Et peut-être pas. Adele veut de l'argent, ou a besoin d'argent. Elle fait semblant d'être une victime pour que personne ne puisse jamais se douter qu'elle est dans le coup. Et elle s'en tire sans être inquiétée. Mais il y a un problème : je suis venue me mettre en travers de son chemin.

Contre toute attente, Dylan sembla réfléchir, *vraiment* réfléchir à ses paroles. Elle avait tellement l'habitude d'être rejetée par les Delaney – surtout lui !

— Si ce n'est qu'une question d'argent, il y avait des moyens plus simples d'en obtenir. Adele a accès à toutes sortes de données. Elle aurait pu détourner ou voler l'argent de la banque. C'était beaucoup plus prudent.

— Mais pas tellement facile, remarqua Vanessa.

— Oh oui. C'est tellement facile d'enlever des gens ! rétorqua-t-il, pince-sans-rire.

Elle ignora le sarcasme.

— Toute opération bancaire aurait pu permettre de remonter jusqu'à elle, expliqua-t-elle.

La bouche de Dylan frémit, amenant cette étrange sensation agaçante à palpiter de nouveau dans sa poitrine.

— Tu as l'esprit vif, Vanessa.

— Sans blague, rétorqua-t-elle sèchement.

— Tu n'as jamais envisagé de cambrioler une banque ?

Elle aurait voulu se vexer, mais la boutade lui donna envie de rire. Pas de lui, mais *avec* lui.

— Oh ! j'ai envisagé toutes sortes de choses, Delaney.

Son bref sourire fit naître un désir malvenu dans son ventre. Elle n'avait jamais nié que Dylan avait un physique séduisant.

C'était tout le reste qu'elle haïssait. Mais maintenant, tout se brouillait.

Fichu coup à la tête. Elle allait dire que c'était à cause de lui… et changer de sujet.

— Tu as raté ton diplôme, ou quoi ?

— Hein ?

— Tu deviens bizarre à chaque fois qu'on aborde le sujet de tes études. Il s'est passé quelque chose pendant que tu n'étais pas à Bent. Je veux savoir quoi. Peut-être qu'il y a un lien.

— Non.

— Peut-être que si.

— Non, répéta-t-il.

Elle souffla, agacée.

— Je n'ai pas échoué, dit-il. Je…

La porte s'ouvrit brusquement. L'homme de main qu'elle avait décidé de surnommer Sans-Cou apparut, brandissant son arme comme si elle attestait du pouvoir épique dont il était investi. Vanessa eut toutes les peines du monde à retenir un sourire méprisant.

Maintenant qu'elle se sentait à peu près redevenue elle-même, elle allait devoir se retenir pour ne pas être *trop* elle-même, au risque d'énerver les deux hommes.

— Toi.

L'homme pointa son revolver sur Dylan.

— Sors de là.

Dylan obtempéra aussitôt, mais elle se leva d'un bond.

— Vous ne pouvez pas nous séparer !

Sans-Cou éclata de rire.

— Je peux faire ce que je veux, gamine.

Dylan lui décocha un regard acéré.

— Reste ici. Ne bouge pas.

Il posa un regard entendu sur son ventre, auquel elle porta une main, sans même réfléchir à son geste. Pour la première fois, elle le croyait vraiment, réellement, sans réserve. Elle portait son bébé, et il ferait tout pour les protéger tous deux.

Cette certitude, cette acceptation, la secoua avec la force d'un tremblement de terre.

Dylan suivit l'abruti plein de muscles jusque dans le séjour en prenant note de tout ce qu'il voyait. Il y avait un téléphone sur la table basse, près du canapé. Il archiva le renseignement. Des meubles, des tableaux aux murs, des fenêtres. Dès qu'il le put, il nota l'angle décrit par les rayons du soleil, de l'autre côté des stores fermés.

Quand il les aurait tirés de ce pétrin, il saurait comment conduire la police jusqu'à ce chalet afin que ces hommes – et leur chef – paient pour ce qu'ils avaient fait. Il se l'était promis, et il avait pour habitude de tenir les promesses qu'il se faisait.

Le crétin armé le poussa sur un canapé de cuir moelleux, qui devait avoir coûté cher. Qui que soit le propriétaire de ce chalet, il avait de l'argent. Autant dire que c'était autre chose qui intéressait ces hommes et leur chef.

C'était un renseignement supplémentaire, qu'il archiva soigneusement lui aussi.

— Tu vas passer un appel, dit l'homme. Un appel vidéo sur Face Time.

Dylan essaya de masquer sa jubilation. Étaient-ils stupides à ce point ? Même s'ils ne lui laissaient rien dire d'important, un appel vidéo montrerait un arrière-plan qui fournirait à son père quelques indices, quelques idées – une *piste* qu'il pourrait communiquer à Laurel et à la police.

Il se plaqua une expression dégoûtée sur le visage et insuffla dans sa voix autant de sarcasme qu'il en fut capable.

— J'ai bien de la chance.

L'homme leva la crosse de son arme et Dylan força son corps à se détendre afin de n'opposer aucune résistance quand le coup s'abattrait. Il savait que cela allait lui faire un mal de chien, à en juger par la douleur sourde et lancinante qui palpitait dans son visage tuméfié, mais c'était le meilleur moyen de ne récolter aucune blessure vraiment sérieuse.

Mais le second homme sortit de ce qui devait être un coin cuisine, sur le côté du séjour, et dit :

— Souviens-toi de ce qu'a dit le chef.

L'homme au revolver grogna et abaissa son arme avec un regret manifeste. Dylan se fendit d'un sourire narquois, ce qui lui valut un coup de poing en plein ventre. Ses poumons se vidèrent de tout air avec un sifflement et il se plia en deux. Des étoiles dansaient devant ses yeux.

Le type qui venait de sortir de la cuisine soupira, mais son comparse éclata de rire.

— Le chef a seulement dit de ne plus lui amocher le visage. Je ne l'ai pas frappé au visage.

— Toi, dit l'autre, tu as envie de mourir.

Dylan espérait franchement que c'était le cas.

Lentement, il se redressa en position assise. Même si tout son corps ou presque lui faisait mal maintenant, il ne le laisserait voir à personne. Ni aux deux hommes de main, ni à Vanessa, ni…

— Où est Adele ?

— Dans sa pièce. Elle est plus sympa que la vôtre parce qu'elle a coopéré, elle.

— Elle n'était pas dans la camionnette avec nous.

— Et alors ?

— Et elle a changé de vêtements.

L'homme qui venait de le frapper jeta un regard vers celui qui se tenait dans le coin cuisine. Dylan essaya de ne pas réagir, mais cette hésitation, ce regard, lui en apprenait beaucoup. Parce qu'ils ne s'étaient pas attendus à ce qu'il remette en question le rôle que jouait Adele dans toute cette histoire.

Enfin, le premier homme rejeta la tête en arrière et partit d'un rire sonore.

— Tu as tout compris. C'est la blonde qui est le cerveau de la bande. Tu nous as démasqués. Je ferais mieux d'aller me rendre tout de suite, puisque j'ai un détective aussi futé que toi aux trousses.

L'autre homme rit aussi. Très fort.

Mais Dylan ne s'y laissa pas prendre. Leur réaction avait peut-être semé une graine de doute ou deux, mais c'était tout. Cependant, il laissa paraître ce doute. Il n'allait adopter ni la tactique du « je suis plus malin que toi », ni celle du « je suis bête comme mes pieds ». Il fallait qu'il trouve un juste milieu, et qu'il les prenne sans cesse à contre-pied.

— Va dire à la blonde de déverrouiller son téléphone,

ordonna le type du séjour au type de la cuisine. Le numéro du vieux est enregistré dedans.

Même s'il était parfaitement logique qu'Adele ait le numéro de son père, Dylan trouva la requête bien étrange. Face Time… Le téléphone d'Adele… Le plan était trop commode pour être plausible.

Mais peut-être que la manœuvre était intelligente, au contraire. S'ils utilisaient le téléphone d'Adele, c'était jusqu'à elle que la police pourrait remonter, pas jusqu'à eux. Qu'Adele puisse contacter son père leur fournissait une garantie bien pratique au cas où il refuserait de coopérer.

Peut-être que c'était tout simplement une question d'argent, et qu'Adele n'avait rien à voir avec tout ça.

Mais elle avait changé de vêtements, n'avait pas été blessée au cours du braquage, et les hommes avaient clairement dit qu'ils n'étaient censés enlever qu'une personne.

Quoi qu'il en soit, si quelqu'un avait remarqué qu'Adele avait disparu et qu'ils utilisaient son téléphone, il pourrait être localisé. Cela prendrait peut-être un peu de temps – Dylan savait par Laurel que la police devait franchir toutes sortes d'obstacles légaux avant d'accéder à ce type d'information –, mais c'était une possibilité.

Le second homme amena Adele. Elle semblait toujours aussi maîtresse d'elle-même. Seuls ses yeux étaient un peu écarquillés. Dylan parvint presque à croire qu'elle avait peur.

Presque.

— Est-ce que… que je ne peux pas seulement vous d… donner le code ? bégaya-t-elle quand l'homme au revolver lui tendit le téléphone.

Elle le manipula maladroitement et il tomba au sol. L'un des sbires le poussa du pied.

— Ramasse-le et installe-le, ordonna-t-il en montrant un petit trépied. Cadre bien Delaney et passe cet appel.

— Vous pourriez enregistrer une vidéo et l'envoyer, suggéra Dylan.

Il doutait qu'ils mordent à l'hameçon, mais cela valait la peine de tenter le coup. Une vidéo pouvait être regardée, analysée. Un appel Face Time… Il faudrait que son père ait la présence d'esprit de faire une capture d'écran, en admettant qu'il sache comment faire.

L'homme secoua la tête.

— Les ordres du chef sont clairs, mon pote.

En tremblant, Adele fixa le téléphone sur le trépied. Sa nervosité était convaincante et pourtant Dylan n'était pas convaincu.

Cependant, qu'elle soit coupable ou innocente, elle avait un téléphone. Et ce téléphone était son meilleur atout, à condition que sa disparition ait été remarquée.

Mais, à l'heure qu'il était, Laurel savait certainement qu'ils avaient disparu tous les trois, dans des circonstances qui nécessitaient l'intervention de la police. *Certainement.* Sa sœur était un bon policier et une détective hors pair. Il devait croire qu'elle enquêtait sur cette affaire.

— Voi… Voilà. Je crois que tout est prêt. Je n'ai plus qu'à cliquer sur l'icône vidéo.

— Assois-toi à côté de lui. Ne parle pas.

Adele acquiesça et obtempéra. Tout son corps semblait vibrer sous le coup d'une émotion que Dylan prit d'abord pour de la nervosité. Ensuite, il remarqua son regard froid, l'absence de tension sur son visage. Il voulait toujours croire qu'elle était effrayée et agissait sous la contrainte, mais ce mystère se composait de petits détails qu'il n'arrivait pas à mettre en place.

L'un des hommes lui fourra une feuille de papier dans les mains.

— Tu vas dire ça, et rien d'autre. Sinon, les choses ne se termineront pas bien pour ton amie.

Il pointa son revolver vers la pièce dans laquelle se trouvait Vanessa.

— Lis quand je te dis de le faire. Même s'il te parle, tu te contentes de lire ce texte une fois, et je te déconnecte.

Dylan posa les yeux sur le papier.

L'annonce était simple :

Je suis en danger.

Suivaient des directives sur la façon de remettre l'argent de la rançon. Aucune mention de Vanessa. Ni d'Adele, même si elle allait figurer sur la vidéo.

Dylan regarda l'homme, puis le téléphone. Il s'interdit tout regard vers la porte derrière laquelle se trouvait Vanessa. Il s'interdit de penser que ces hommes pouvaient s'en prendre à elle. Il devait se concentrer sur tous les moyens possibles de comprendre ce qui se passait vraiment ici.

S'il savait le rôle que jouait chacun des acteurs de cette affaire, il pouvait tirer tout le monde de là avec un minimum de dommages. Il en était persuadé.

— Très bien, mon pote. Dès que Papa-plein-aux-as répond, tu lis.

Dylan hocha la tête. Il sentait encore les vibrations qui émanaient d'Adele, à côté de lui, mais se força à se concentrer sur son moi intérieur, à instaurer une quiétude absolue dans son âme. En tant que soldat, il avait appris à compartimenter ses émotions. Et en tant que sniper, il avait appris à vivre sa mission, et uniquement sa mission.

Quand son père répondit, que dans le petit rectangle de l'écran apparut son visage où se mêlaient espoir et inquiétude, il ne ressentit rien.

Il baissa les yeux sur la feuille de papier et commença à lire.

10

Bent, sur le ranch Delaney

Laurel demanda à son père de tout lui répéter une fois de plus. Et une fois encore. Elle prit des notes pendant qu'il lui rapportait sa version de l'appel vidéo, et lui demanda de noter par écrit tout ce dont il se souvenait.

Elle s'inquiétait pour son frère, et même pour la pauvre Adele, qui semblait maintenant n'être qu'une victime collatérale. Cependant, elle était persuadée de pouvoir les sauver. Elle devait l'être.

Ce qui la rendait malade, c'était qu'à aucun moment il n'avait été fait mention de Vanessa. Elle allait devoir rentrer chez elle et annoncer à son mari que sa sœur s'était peut-être vraiment enfuie sans prévenir qui que ce soit.

Il ne la croirait pas. D'ailleurs, elle ne le croyait pas elle-même.

Si la voiture de Vanessa avait été retrouvée ailleurs que sur le parking de la banque, elle aurait tiré les mêmes conclusions que Hart : elle aurait été convaincue que Vanessa s'était enfuie pour donner naissance à son enfant, loin de sa famille.

Mais même si Dylan était le père de ce bébé – une théorie que Laurel avait encore plus de mal à croire –, il n'y avait aucune explication logique à la présence de la voiture de Vanessa sur le parking de la banque Delaney.

— Il était neuf, dit son père.

C'était la quatrième ou cinquième fois qu'il mentionnait ce détail. Il était assis à la table de la cuisine du ranch des Delaney, pâle et tremblant, et jamais Laurel ne l'avait vu aussi accablé. Il était encore plus bouleversé qu'à la mort de sa femme, ou que quand Jesse Carson avait menacé sa vie, l'année précédente.

— J'ai bien vu que ce chalet était neuf. Tu pourrais fouiller du côté des chalets neufs. Les promoteurs ont sûrement des dossiers, et…

Elle essaya de le rassurer d'un sourire.

— Hart a commencé à suivre cette piste après ta première déposition. Nous aurons les noms de toutes les personnes qui ont fait construire ou acheté un chalet dans le comté au cours des vingt-quatre derniers mois. C'est un bon point de départ. Et maintenant nous essayons de localiser le téléphone d'Adele. Nous avons des indices. Des pistes solides.

Son père lui adressa un regard implorant. Apparemment, voir Dylan sur cette vidéo l'avait dépouillé de sa maîtrise coutumière. Il était malade d'inquiétude. Son angoisse ébranlait le calme de Laurel, mais elle était policière – et devait l'être maintenant plus que jamais.

— Et s'ils ne sont plus dans le comté ? demanda son père. Ou même dans l'État ?

Ces mots faisaient écho à ses propres peurs, mais elle ne pouvait pas le lui laisser voir.

— C'est peu probable.

C'était un mensonge mais, pour le moment, c'était mieux ainsi.

Son père se leva et commença à faire les cent pas.

— Je dois envoyer l'argent.

— Tu n'as pas cette somme. D'ailleurs, si tu cèdes, ils ne feront que monter d'un cran et demander plus. Il faut que tu…

Il fit volte-face.

— J'ai la banque. J'ai accès à tout l'argent dont nous avons besoin.

— Papa, tu ne peux pas… Ce n'est pas légal, et tu le sais aussi bien que moi.

— Je pourrais vendre le bétail et tout rembourser. Je pourrais tout vendre s'il le fallait. Je pourrais…

— Tu pourrais, oui, mais pour le moment il faut que tu t'asseyes.

Elle prit une grande inspiration et l'entraîna jusqu'à sa chaise. Elle devait tenir bon. S'il était resté froid ou autoritaire, elle y serait parvenue sans mal. Mais en le voyant craquer, elle sentait les larmes lui monter aux yeux.

Elle n'allait pas pleurer. Elle était une Delaney. Policier. *Sœur.* Elle déglutit malgré le nœud qui lui enserrait la gorge. Tout ce qu'elle devait être ici, c'était une représentante de la loi.

— Il faut que tu te calmes, et que tu nous laisses faire notre travail.

— Laurel, ton frère…

Son cœur se brisa, mais elle n'en montra rien.

— Je sais. Fais-moi confiance. Je sais. Mais nous avons appelé les fédéraux, et ils doivent enquêter avant que je puisse te laisser verser cette rançon. Il est rare qu'un ravisseur relâche son otage après avoir reçu l'argent. D'ailleurs, toute cette histoire est inhabituelle.

— Nous devrions appeler le FBI.

— Si le besoin s'en fait sentir, nous le ferons. Je ne peux pas faire grand-chose avec les moyens dont dispose le comté. Mais je fais tout ce que je peux.

Quand son père la regarda, il y avait sur son visage un soupçon du dédain glacial qu'elle s'était habituée à y voir depuis qu'elle était tombée amoureuse de Grady.

— Vraiment ? demanda-t-il froidement.

Même si elle voulut se convaincre que c'étaient sa peur et sa colère qui s'exprimaient, cette question lui fit mal.

Saisie par un accès de vertige malvenu, elle dut s'appuyer sur la table du bout des doigts pour conserver son équilibre. Il fallait qu'elle mange. Il fallait que le bébé mange.

Elle posa les yeux sur son père, qui n'avait toujours pas été informé de sa grossesse. Et qui ne l'approuverait pas. Épouser un Carson était déjà assez grave. Alors, procréer avec lui…

Elle faillit sourire. Si Vanessa portait réellement le bébé de Dylan, elle le ramènerait à Bent uniquement pour voir la tête que ferait son père.

— Dylan est intelligent et ingénieux. Je ne connais pas très bien Adele, mais elle semble capable de garder la tête froide au milieu d'une crise. Je fais confiance à Hart pour m'aider dans cette enquête, et je sais que les fédéraux prendront la bonne décision quand le moment sera venu de déterminer si, quand et comment nous devons verser la rançon. Rien ne te force à leur faire confiance, papa. Pas plus qu'à Hart ou moi. Mais si tu le faisais, ce serait beaucoup mieux pour toi, et pour Dylan.

— Si quelque chose lui arrive, je ne te le pardonnerai jamais, lâcha son père, d'un ton froid et sans réplique.

Il était redevenu le père qu'elle avait connu cette dernière année.

— Ne t'inquiète pas. Je ne me pardonnerai pas à moi-même non plus.

— C'est à cause de toi que nous en sommes là. Tu as attiré la malédiction sur notre famille.

La haine que son père vouait aux Carson n'avait jamais choqué Laurel, mais ce reproche l'ébranla jusqu'aux tréfonds de son être.

— Papa, tu ne crois pas vraiment ça.

— Ce que je crois, c'est que cette ville est dans la tourmente depuis que tu as laissé ce bon à rien te toucher. Combien de fois un Delaney a-t-il été blessé depuis que tu…

— Je refuse d'écouter ça, coupa-t-elle en tournant les talons.

C'en était trop. Elle se débattait déjà contre les reproches qu'elle s'adressait à elle-même. Elle n'allait pas en plus supporter ceux de son père.

— Reste ici et ne bouge pas, ordonna-t-elle en s'éloignant d'un pas rageur. J'ai demandé à Jen de garder un œil sur toi. Ne me force pas à appeler Cam.

Mais elle allait quand même appeler son autre frère pour s'assurer qu'il surveillait ce qui se passait à la banque. Si son père ajoutait au pétrin dans lequel ils se trouvaient en commettant un délit…

Mais elle ne pouvait pas penser à ça. Elle avait une affaire à élucider.

Son père ne répondit pas, et elle sortit. Elle s'arrêta quelques instants sur le porche et prit une grande bouffée de l'air du Wyoming. Le ranch était plongé dans un profond silence, qui n'était troublé que par le bruissement du vent ou un meuglement occasionnel, au loin.

Cette maison était son foyer, ou l'avait été. Maintenant,

c'était auprès de Grady et de son bébé qu'il se trouvait. Le monde changeait. Bent changeait.

Et les malédictions… Elle ne croyait pas aux malédictions. Elle n'avait jamais accordé la moindre importance à la querelle ancestrale entre Carson et Delaney, qui amenait les deux familles à se battre depuis plus d'un siècle. Elle n'allait pas commencer maintenant, et jamais, au grand jamais, elle ne se laisserait convaincre que la malédiction existait bel et bien alors que Grady était tout ce dont elle avait jamais eu besoin.

Mais elle eut beau scander ces certitudes dans son esprit, un frisson de peur palpitait dans ses entrailles.

11

Vanessa n'avait aucune idée de l'heure qu'il était, ce qui causa chez elle un début d'accès de panique. Depuis combien de temps Dylan avait-il quitté la pièce ? Et pendant combien de temps encore allait-elle rester seule ?

La solitude ne lui avait jamais pesé, auparavant. Pour tout dire, elle adorait être seule… Du moins quand elle était aux commandes de sa vie. Son statut d'otage semblait semer la pagaille dans son sens de la normalité.

En plus, elle avait bu toute la bouteille d'eau. Autrement dit, il fallait vraiment, vraiment qu'elle sorte d'ici.

Mais quelque chose la retenait… Non, pas « quelque chose ». Elle savait précisément de quoi il s'agissait. Elle rechignait seulement à l'admettre.

La peur. Elle était pétrifiée de peur à l'idée de ce qui pouvait se passer de l'autre côté de cette porte. Et s'ils avaient torturé, ou même tué Dylan ? C'était peut-être un homme qui dissimulait sa force et son cran sous des apparences inoffensives, mais il était en présence de deux types armés de revolvers.

Mais non. Puisqu'ils cherchaient à obtenir une rançon, ils n'allaient pas tuer la vedette de leur petit spectacle.

Sauf que ces types étaient des crétins. Et qui que soit leur chef, il – ou plutôt elle, puisque Vanessa n'avait aucun doute qu'il s'agisse d'Adele – était propriétaire de ce chalet qui devait avoir coûté un paquet d'argent. Ce n'était donc pas après l'argent qu'ils en avaient.

Quoique… On pouvait se retrouver à court d'argent. Ou en vouloir encore plus.

Bon sang, où était Dylan ?

Elle ferma les yeux. Elle n'était pas une trouillarde et, puisqu'elle se sentait à peu près redevenue elle-même, elle ne pouvait même pas mettre sa peur sur le compte de sa blessure à la tête ni sur cette… cette histoire de grossesse. Elle ne pouvait pas se permettre d'avoir peur. Ce n'était pas permis.

Elle se leva et se mit à cogner sur la porte, jusqu'à ce qu'elle s'entrouvre. Les yeux perçants de Sans-Cou apparurent par l'entrebâillement.

— Arrête ça, gronda-t-il.

— Il faut que j'aille aux toilettes.

Après quelques minutes de chuchotements, de grognements et de bruits divers, la porte s'ouvrit entièrement.

Une grande main l'attrapa par le bras et la fit sortir de la pièce sans ménagement. Ensuite, l'homme se saisit de son autre bras, qu'il lui ramena dans le dos afin de pouvoir la pousser.

Aussitôt, elle chercha Dylan des yeux. Il ne fallut qu'un instant pour que son regard soit attiré vers le canapé. Il était assis en plein milieu, raide comme la justice. Les types lui avaient attaché les mains et les pieds, et elle eut l'impression – même si elle ne put s'en assurer – que quelque chose le contraignait à maintenir cette position absurdement droite.

Ensuite, elle remarqua le morceau de scotch, en travers de sa bouche. Comme il continuait à regarder droit devant lui, sans un coup d'œil pour elle, elle se demanda une fois encore si c'était à cause de la façon dont ils l'avaient ligoté.

Et pourtant, elle ne devinait en lui aucune peur, aucune inquiétude. Il semblait seulement… agacé. Comme s'il ne parvenait pas à croire qu'il se laissait maltraiter par ces hommes.

Il était tellement Delaney… Pour la première fois de sa vie, cette pensée la fit sourire. Et ce sourire la rendit peut-être un peu trop téméraire.

— Où est votre patronne ? demanda-t-elle à l'abruti qui lui tenait les bras.

L'homme ne répondit pas. Il se contenta de la pousser, sans doute vers les toilettes. Quand elle passa devant Dylan, il inclina légèrement la tête en direction de l'autre pièce, toujours sans établir de contact visuel. Apparemment, Adele était toujours là-dedans.

L'homme ouvrit une porte et la poussa à l'intérieur. Elle trébucha et dut se rattraper au lavabo pour ne pas tomber en avant. Quand elle se retourna pour le regarder de travers, il la gratifia d'un sourire mielleux.

— Tu as trois minutes, dit-il. Le décompte commence tout de suite.

Et il referma la porte.

Furieuse, Vanessa se soulagea rapidement avant de se laver les mains tout en se regardant dans le miroir. Ses cheveux étaient tout emmêlés, son visage était pâle et sale, et de profonds cernes étaient apparus sous ses yeux.

— Plus qu'une minute, lança l'homme de l'autre côté de la porte.

Elle s'accorda le plaisir de tirer la langue dans sa direction avant d'inspecter la petite pièce avec toilettes et lavabo dans laquelle elle se trouvait.

Là aussi, le haut du mur était percé d'étroites fenêtres par lesquelles il était impossible de se glisser à l'extérieur. Elle s'accroupit et ouvrit le placard sous le lavabo. Elle le fouilla, en quête d'une arme – ou d'un indice –, mais il ne contenait que des rouleaux de papier toilette et des serviettes.

— Le temps est écoulé !

Elle se redressa juste au moment où la porte s'ouvrait. Au lieu de se saisir d'elle, l'homme s'appuya au chambranle et la regarda.

— Tu as de la chance, tu sais.

Elle leva les yeux au ciel.

— Ouais, une vraie princesse de conte de fées.

— Parce que si c'était moi qui donnais les ordres…

Il caressa son corps du regard, et elle sentit son estomac se soulever.

— Les choses seraient *très* différentes pour toi, princesse de conte de fées.

Elle se mordit la langue pour ne pas lui répondre que les choses seraient très différentes, en effet, parce qu'elle lui trancherait les testicules, et elle se borna à lui jeter un regard vide de toute expression.

— Hé, les deux brutes ! s'écria soudain Dylan. Qui a pu

engager des types comme vous ? À vous deux, vous n'avez pas un cerveau complet.

Vanessa écarquilla les yeux en même temps que Sans-Cou. Comment Dylan pouvait-il parler ? Il était bâillonné, et…

— Bon sang ! Comment est-ce qu'il a enlevé le scotch ? gronda l'homme en se retournant.

Elle imagina qu'elle en profitait pour l'attaquer. Pour lui sauter sur le dos et le frapper de toutes ses forces. Il était peut-être plus fort qu'elle, mais elle était nerveuse et rapide, et savait comment profiter de l'effet de surprise pour envoyer un homme au tapis.

Mais il avait un revolver et, à en croire Dylan, un bébé grandissait dans son ventre.

De toute façon, Sans-Cou s'était rappelé son existence. Il la saisit par le bras et la ramena sans douceur dans le séjour.

Gros-Yeux était planté face à Dylan. Son visage ingrat était déformé par la colère et, lui sembla-t-il, la perplexité.

Il enfonça dans le flanc de Dylan le canon du revolver dont il semblait ne jamais se séparer.

— Comment est-ce que tu l'as enlevé ? demanda-t-il.

Dylan lui sourit.

— Par magie.

Gros-Yeux lui asséna un violent coup de crosse en plein ventre. Dylan se plia en deux, lâcha une expiration haletante, mais, quand il se redressa, son expression ne trahissait ni douleur ni colère. Il se contentait de sourire.

Peut-être que c'était lui, le psychopathe de l'histoire.

— Comment est-ce que tu l'as enlevé ? répéta Gros-Yeux en s'apprêtant à frapper de nouveau.

Vanessa chercha désespérément un moyen d'intervenir, mais Sans-Cou la poussa vers l'avant.

— Remettons-les tous les deux dans la pièce avant que tu le tues et que le chef *nous* tue.

Gros-Yeux grogna et marmonna quelques paroles inaudibles en mettant Dylan sur ses pieds.

— Quand le moment viendra de te tuer – et ce moment viendra –, je le ferai avec grand plaisir.

— Tu as une vie imaginaire passionnante.

Sans-Cou coupa les liens qui entravaient les chevilles de Dylan mais lui laissa ceux qu'il avait aux poignets. Ensuite, Gros-Yeux souleva littéralement Dylan du sol et le projeta dans la pièce où ils étaient retenus prisonniers. Incapable d'amortir sa chute à cause des liens qui lui enserraient les poignets, il s'écrasa contre le mur et retomba sur le sol avec un bruit sourd.

Vanessa se débattit sous la main de Sans-Cou. Dès qu'il la relâcha, elle se précipita vers Dylan.

— Mon Dieu. *Mon Dieu.* Tu vas bien ? Est-ce que tu es… ?

Avec effort, elle le mit sur le dos afin de constater la gravité de ses blessures. Elle était tellement résolue à lui venir en aide qu'elle n'entendit ni le claquement de la porte ni le bruit du verrou.

Il se laissa retourner sans le moindre gémissement. Elle aurait pu croire qu'il s'était évanoui si ses yeux n'avaient pas été grands ouverts et posés sur elle. Il esquissait un sourire, comme si toute cette histoire n'était qu'une vaste plaisanterie. Prudemment, elle tâta les ecchymoses et les éraflures qui marquaient son visage assombri par sa barbe naissante.

Elle n'aurait jamais dû faire ça. Quelque part au fond de son esprit, la vraie Vanessa devenait folle en la voyant caresser ainsi le visage de Dylan Delaney.

Comme mus par une volonté propre, ses doigts se glissèrent dans les cheveux de Dylan. Ensuite, elle posa doucement sa main libre en coupe sur sa mâchoire blessée.

— Tu vas bien ?

Son regard était tellement sérieux et ouvert que quelque chose de bizarre agita son cœur. Elle voulut détourner les yeux, mais sa fierté était en jeu. Alors, elle continua à le dévisager.

— Si je dis non, est-ce que tu vas me faire un bisou magique ?

Elle aurait dû s'écarter ou le traiter de tous les noms, mais elle ne pouvait se résoudre à retirer ses doigts de ses cheveux soyeux.

— Il faut que tu arrêtes de les énerver, le sermonna-t-elle. Ils vont finir par te tuer.

Il pressa sa joue contre sa main, et quelque chose remua dans sa poitrine.

— Ile ne me tueront pas. Et je te protégerai.

— Je peux me débrouiller seule, Dylan.

Il émit un son évasif et ramena ses mains sur l'avant de son corps.

— Hé, comment est-ce que tu as enlevé ça ?

Bouche bée, elle contemplait les liens en plastique, sur le sol.

Il lui sourit. Les marbrures rouges qui marquaient le contour de sa bouche n'atténuaient en rien la puissance de ce sourire.

— Par magie !

Dylan avait envie de toucher Vanessa. Bon sang, il avait envie de l'embrasser ! La douleur dans son ventre était insignifiante à côté du contact réconfortant de ses mains sur son visage. Ses longs cheveux en désordre effleuraient sa joue, elle était telle qu'elle avait toujours été – avec ses tatouages, son regard méfiant et sa bouche dure –, mais ses mains étaient tellement douces. Et, dans cet univers étrange, loin des yeux de son père et des habitants de Bent, loin de cette vie dans laquelle il se sentait aussi à l'étroit que dans un costume trop petit de deux tailles, il n'avait plus l'impression d'être Dylan Delaney.

La présence de Vanessa à ses côtés lui paraissait naturelle. Juste. Ensemble, ils avaient le pouvoir de traverser cette étrange tempête. Pendant un court instant, il sut qu'elle ressentait la même chose.

Et ensuite, elle s'écarta.

Ce qui était aussi bien. Que pouvaient-ils faire alors qu'ils étaient retenus en otages ? Pas grand-chose. Il était heureux de voir qu'elle semblait redevenue elle-même. Elle était plus robuste, plus lucide. Peut-être que ses souvenirs étaient encore flous, mais il espérait que le coup qu'elle avait reçu à la tête n'aurait pas de répercussions sur sa grossesse.

Il s'assit, pas le moins du monde perturbé par le regard à la fois perplexe et irrité qu'elle posait sur lui.

— Il faut que tu m'expliques. La bagarre. La façon dont tu t'es libéré du scotch et de ces liens et… il faut que tu me dises comment toi, entre tous les hommes, tu peux être… être…

— Aussi férocement létal ?

Elle leva les yeux au ciel, mais il ne suggéra pas d'autre terme.

Il soupira. Quarante-huit heures plus tôt encore, dissimuler ses secrets – surtout à une Carson – lui aurait semblé être une question de vie ou de mort. Mais maintenant, il comprenait l'essence de la vie et de la mort avec une netteté qu'il n'avait jamais ressentie, même à l'époque où il était sniper.

Il n'avait pas changé parce qu'il avait affronté la mort, mais parce qu'il avait affronté la vie. Quand Vanessa lui avait annoncé qu'elle était enceinte, elle avait chamboulé toutes ses certitudes. Toutes les choses qu'il avait toujours crues essentielles lui semblaient maintenant dérisoires. Il se moquait de ce que les gens pensaient de lui – même son père. Parce qu'il avait créé une vie… Et même s'il n'avait pas encore entièrement réalisé tout ce que cela impliquait, il savait déjà que cet enfant occuperait le centre de sa vie. Qu'il ferait toujours partie de lui.

Donc, Vanessa pouvait savoir. Ce n'était pas bien grave. Elle pouvait même révéler son secret à toute la ville quand ils rentreraient chez eux – parce que, dans son esprit, ce n'était pas *si* mais *quand*.

— Eh bien, quand mon père se vantait devant toi de moi et de mes études, dans ton dernier souvenir…

Elle posa un doigt sur sa tête, à côté de la bosse, et fronça les sourcils.

— Tu te souviens ? demanda-t-il en se levant.

— Non. Pas vraiment. Mais je n'ai plus l'impression que… Même si la chronologie est toujours aussi floue, je n'ai plus l'impression que ce soit un événement récent. Je n'arrive toujours pas à croire que Laurel et Grady sont mariés, mais ça ne me semble plus… Il me semble me souvenir de les avoir vus ensemble, et d'en avoir été irritée. Elle est policière. Je me souviens de l'avoir vue en uniforme. Et elle porte une arme. Enfin… Je crois.

— Il y a eu quelques problèmes en ville, ces derniers mois. Tu dois l'avoir vue dégainer son arme plus d'une fois.

— Des problèmes ? Quel genre de problèmes ? Est-ce que tout le monde… ?

La peur et l'horreur se succédèrent sur son visage. Dylan comprit qu'elle craignait de ne pas se rappeler avoir perdu quelqu'un qu'elle aimait.

— Pour autant que je sache, tous les Carson auxquels tu tiens sont là et bien là.

Elle déglutit.

— D'accord.

Ensuite, elle plissa les yeux.

— Tu essaies de me distraire.

— Tu te distrais toi-même. Je n'ai même pas besoin d'essayer.

Il croisa les bras derrière sa tête et lui sourit. Elle gronda :

— Où est-ce que tu as appris à te battre, à te libérer de liens, à sauter d'une camionnette en marche et à neutraliser des types avec des revolvers ?

Il devait aller droit au but pour qu'ils puissent ensuite passer à des sujets bien plus importants. Comme le rôle possible d'Adele dans cette histoire et le petit plan qu'il avait échafaudé pour les faire évader cette nuit, une fois qu'il aurait glané plus de renseignements.

— J'ai fait croire à tout le monde que j'allais à l'université, mais c'était un mensonge. J'ai pris l'argent destiné à payer mes études et dit à papa que je voulais régler moi-même toutes les factures pour apprendre à être responsable. J'ai fait de faux bulletins de notes. En réalité, je me suis engagé dans l'armée et je suis devenu sniper.

— Tu…

Elle le regardait, bouche bée. On aurait dit un poisson tiré de l'eau.

— Tu… C'est un mensonge. Ça… Tu ne peux pas avoir fait ça ! Pourquoi ? Pourquoi te donner toute cette peine ?

— Je savais que j'avais sept ans devant moi. Après les cinq ans du premier cycle, je pouvais affirmer qu'il me fallait deux années supplémentaires, voire trois, pour obtenir un master. Voilà ce que j'ai fait croire à tout le monde. Il fallait que je fasse ce que je voulais faire pendant ces quelques années pour pouvoir revenir à Bent et devenir ce que mon père voulait que je sois.

— Dylan. C'est dingue !

— Non. J'ai seulement eu l'impression que je ne pouvais pas faire autrement. Cam refusait de travailler à la banque, Laurel était déjà destinée à devenir policière, et Jen n'avait pas la patience nécessaire pour la finance. Elle voulait seulement diriger la boutique. J'étais le seul qui restait.

— Puisque ton père est le mal incarné et qu'il va vivre encore trois millions d'années, il aurait suffi que ce soit lui qui reste.

Dylan secoua la tête.

— Non. J'étais le seul vrai Delaney de Bent qui puisse endosser la responsabilité. La banque est dans notre famille depuis sa création. Elle est transmise de fils aîné à fils aîné. Je ne suis pas l'aîné, mais Cam a refusé de la reprendre. Tu dois comprendre l'importance des pressions familiales, Vanessa. Chez les Carson comme chez les Delaney. C'est notre nom de famille qui nous façonne.

Et pourtant, ne pensait-il pas maintenant que rien de tout cela n'avait d'importance ?

Peut-être que cela n'en avait pas… et peut-être que cela en avait. De toute façon, c'était le choix qu'il avait fait à l'époque, parce que c'était ce qu'il ressentait alors.

— Tu t'es engagé dans l'armée, tu es devenu sniper, tu as falsifié ta vie pendant sept ans. C'est *dingue*. Et tu en parles comme si tu n'avais pas eu d'autre choix.

— Pour moi, c'était le cas.

— Tu aurais pu dire à ton père ce que tu voulais faire.

— Non. C'était impossible. J'étais prêt à revenir et à assumer mes responsabilités, mais il me fallait quelques années pour…

Pour se trouver ? L'expression lui semblait ridicule. Pourtant, c'était ce qu'il avait eu besoin de faire. Il avait fallu qu'il découvre qui il était hors de Bent, loin des chiffres et des apparences.

Cam s'était engagé dans les marines, et on avait interdit à Dylan de le suivre. Alors, il avait trouvé un autre moyen d'arriver à ses fins. Il aurait peut-être dû tenir tête à son père mais, après tout, il n'avait que dix-sept ans.

Le fin mot de l'histoire, c'était qu'il ne l'avait pas fait.

— Même si je ne peux pas expliquer pourquoi, j'avais besoin que ce pan de ma vie reste un secret. Et j'avais besoin que rien ne me rattache à Bent. Ces années m'ont formé, m'ont permis de vivre ma vie assez longtemps pour pouvoir revenir à Bent et endosser ce…

Carcan. Suivre les traces de son père lui avait fait l'effet de s'enfermer dans un carcan dont il ne pouvait pas se libérer.

— J'ai eu un peu de temps pour moi, conclut-il. Ensuite je suis rentré à la maison pour remplir mon rôle de Delaney. C'est un parcours un peu original, mais qui n'a rien de dingue.

— L'armée. Un *sniper.* Je…

Vanessa secoua la tête et se mit à arpenter la pièce.

— Tu t'es donné tout ce mal dans le seul but de risquer ta vie pour ton pays. Tu as falsifié ton existence pour te sacrifier, pour protéger autrui. Je n'arrive pas à comprendre.

Il inclina la tête de côté et l'observa. Sans même s'en rendre compte, elle avait posé une main sur son ventre. Il pensa qu'elle commençait enfin à croire que sa grossesse était bien réelle, et qu'il était le père de son bébé.

— Et moi, je pense que tu commences à comprendre, au contraire, dit-il doucement.

Elle baissa les yeux vers sa main et la laissa retomber. Comme elle lui tournait le dos et qu'il ne pouvait déchiffrer son attitude, il la rejoignit et, bien qu'il s'attende à ce qu'elle résiste, il posa doucement les mains sur ses épaules.

Elle ne chercha pas à se dégager, et il ne la sentit pas se crisper sous ses doigts. Alors, il la força à se tourner vers lui.

Elle le regarda droit dans les yeux, et il s'efforça de décrypter son regard. Il crut y lire de la suspicion, à moins qu'il ne s'agisse que de perplexité. Non, elle ne le comprenait vraiment pas.

Mais il n'en fut pas affecté. Elle était une Carson, il était un Delaney. Jamais ils ne se comprenaient.

Et pourtant, comme il aurait souhaité la comprendre, et faire en sorte qu'elle le comprenne. Il voulait explorer la force qui crépitait entre eux. Mais ce n'était ni le lieu ni le moment… et, d'ailleurs, peut-être que cela ne le serait jamais.

— Pour le moment, il faut que nous trouvions un moyen de sortir d'ici.

Il sentit ses épaules se crisper et les pressa doucement.

— Ne t'inquiète pas. Je te protégerai. Je suis un expert.

Elle ne rit pas, ne se fendit même pas d'un sourire, mais son regard resta rivé au sien. Soudain, il eut besoin qu'elle place toute sa confiance en lui, qu'elle soit convaincue qu'il la protégerait quel qu'en soit le prix.

Il posa une main sur le ventre de Vanessa. Aussitôt, son corps et son âme furent gagnés par la nervosité, la peur de l'avenir. Mais il n'en laissa rien paraître.

— Je vous protégerai tous les deux, compléta-t-il.

Elle inspira vivement, et souffla lentement. Ensuite, elle posa une main sur sa joue, comme elle l'avait fait quand il s'était retrouvé étalé par terre après avoir été projeté contre le mur. Sa poitrine lui fit l'effet d'être broyée par une main d'acier qui comprimait son cœur, ses poumons.

Dans les profondeurs insondables de ses yeux sombres, il vit quelque chose qu'il n'avait jamais vu auparavant. De la douceur. De la tendresse.

Tu perds la boule, Delaney.

— Protège-nous tous les trois, chuchota-t-elle avant de presser sa bouche contre la sienne.

12

Ce baiser n'était pas seulement hors de propos, c'était aussi une erreur monumentale.

Ce qui n'empêcha pas Vanessa de nouer les bras autour du cou de Dylan et de redoubler de passion. Toute sa vie avait été construite sur des erreurs ou des actions déplacées. D'ailleurs, elle était elle-même une erreur. Elle avait toujours eu pour philosophie de l'accepter sans se poser de questions.

Alors elle s'abandonna à un baiser dont elle aurait dû s'abstenir, et se figura que c'était de la Vanessa tout crachée.

Jusqu'à ce que Dylan prenne le contrôle. Il fit glisser ses mains sur ses joues et jusque dans ses cheveux, où ses doigts s'emmêlèrent. Il la força à légèrement incliner la tête afin de mieux pouvoir caresser ses lèvres de la langue avant de la glisser dans sa bouche.

Maintenant, elle comprenait pourquoi ses mains étaient aussi grandes, fermes et habiles. Même si elle ne voyait toujours pas l'utilité de mener une vie secrète, de se forger un soi secret, tout ce qui lui avait semblé incongru chez lui lui apparaissait sous un jour nouveau.

Elle savait sur lui quelque chose que personne d'autre ne savait. En cet instant, ils vivaient ensemble quelque chose que personne ne pouvait partager avec eux. Ils étaient liés l'un à l'autre. Unis.

Et elle avait envie de lui. Alors, pourquoi s'abstenir ?

Lentement, très lentement, il mit fin au baiser et éloigna son visage du sien, juste assez pour que leurs lèvres soient séparées. Mais leurs corps restèrent pressés l'un contre l'autre.

Elle sentait le cœur de Dylan tambouriner dans sa poitrine, tellement proche du sien.

Leurs regards s'unirent. Elle s'était attendue à voir dans celui de Dylan… pas vraiment de l'horreur, mais quelque chose d'approchant. Des remords. Du dégoût. Elle était une Carson et il était un Delaney. Il ne l'avait jamais vue que comme une erreur de la nature. Elle n'avait pas besoin d'avoir recouvré la mémoire pour le savoir.

Un lambeau de souvenir surgit dans son esprit : il sortait de son appartement, au-dessus du garage. Ses vêtements étaient froissés et il semblait furieux. Dégoûté. Sur le moment, elle avait pensé que c'était elle que ce dégoût visait mais maintenant, sans savoir pourquoi, elle comprenait que c'était lui-même. Parce qu'il avait été incapable de se contrôler, parce qu'il avait écorné son image qui, même si elle ne lui correspondait pas du tout, était le cadeau qu'il avait fait à sa famille.

— Dylan.

Elle avait envie de l'embrasser de nouveau. De le réconforter, même si elle ne savait pas pourquoi il aurait pu en avoir besoin. De lui offrir toute sa compréhension – même si elle était limitée.

Mais ce fut alors qu'elle se rendit compte qu'elle pouvait se représenter son appartement. Elle savait de quelle couleur étaient ses draps. Elle savait que c'était là qu'elle habitait.

— Attends. Attends !

Le fait qu'il ne semble pas horrifié lui était complètement sorti de l'esprit. Elle ne pouvait penser qu'à une chose : elle savait…

— Je… Je ne fais pas que travailler au garage. J'en suis propriétaire. Et je vis dans l'appartement au-dessus.

Elle s'agrippa à ce lambeau de souvenir comme s'il s'agissait d'une ancre.

— Le garage est à moi parce que… parce que Grady m'a aidée à l'acheter quand Jim a passé l'arme à gauche.

Elle déglutit. Elle pouvait voir certaines des voitures sur lesquelles elle avait travaillé. Elle se sentait marcher le long de la promenade qui menait de son garage à Rightful Claim.

Où Grady n'habitait plus. Parce qu'il avait épousé Laurel. Ils s'étaient mis ensemble quand Clint, le demi-frère de Vanessa, avait été accusé de meurtre. Grady et Laurel avaient travaillé ensemble à laver son nom, et ils étaient tombés amoureux. Ce qui avait irrité beaucoup de monde.

Elle leva les yeux vers Dylan, abasourdie d'avoir retrouvé des bribes de mémoire.

— Tu devrais sans doute m'embrasser une fois de plus, suggéra-t-il en l'attirant contre lui.

Comme elle lui adressait un regard réprobateur, il haussa les épaules. Un sourire jouait au coin de ses lèvres.

— Quoi ? Tu as recouvré une partie de ta mémoire. Avec un autre baiser, tu retrouverais peut-être tous tes souvenirs.

Elle entrouvrit les lèvres, toute prête à répondre à sa boutade par quelques paroles suggestives, sans se soucier du lieu ni des circonstances, quand la porte s'ouvrit à la volée.

Ce ne fut qu'ensuite qu'elle se rendit compte que Dylan et elle ne s'étaient pas écartés d'un bond. Au contraire, ils avaient continué à s'étreindre. Leur réaction était révélatrice, même si elle n'aurait su dire de quoi.

Mais ils devraient attendre avant d'y réfléchir. L'un des deux malfrats poussa Adele dans la pièce. Elle avait les cheveux en bataille et un filet de sang s'échappait de son nez.

Dylan se précipita aussitôt vers elle, mais Vanessa n'esquissa pas le moindre mouvement.

Qu'elle saigne ou non, elle ne faisait aucune confiance à cette femme au regard froid. Parce que, même si des bruits de sanglots montaient de sa gorge, aucune larme ne jaillissait de ses yeux.

— On a parlé au chef, gronda Sans-Cou. Vous allez rester ici tous les trois. Organisez bien votre évasion parce que, si je vous attrape, je me ferai une joie de vous casser les rotules.

Dylan ne prêta aucune attention à Sans-Cou et à Gros-Yeux, qui refermèrent la porte en ricanant.

— Est-ce que ça va ? demanda-t-il à Adele.

Sa voix était aussi douce que ses gestes. Vanessa se renfrogna.

— J'ai seulement…

Adele déglutit et porta une main tremblante à son nez.

— J'ai fait tout ce qu'ils disaient, mais ils sont tellement brutaux !

Elle laissa échapper encore un petit bruit de sanglot. Toujours pas de larmes.

Vanessa alla prendre la boîte de Kleenex posée sur le bureau et la tendit à Adele, qui cligna des yeux avant de prendre un mouchoir d'un geste délicat.

— Oh ! je…

Elle se tamponna le nez avec le Kleenex et ferma étroitement les yeux.

— Je me sens un peu mal quand je vois du sang.

— Tout va bien, assura Dylan.

Vanessa eut bien du mal à ne pas lever les yeux au ciel. En d'autres circonstances, elle serait restée de marbre devant cette petite comédie de demoiselle au bord de l'évanouissement. Mais vu qu'Adele avait regardé Dylan prendre plusieurs coups de crosse de revolver sans la moindre réaction, Vanessa ne ressentait aucune compassion pour elle.

Bien sûr, Dylan avait été formé pour continuer à se battre, même après avoir été passé à tabac. Un soldat secret. Dylan Delaney.

Et personne d'autre qu'elle ne le savait. Ce détail lui semblait tellement important qu'elle parvint à rassembler suffisamment de miséricorde pour s'accroupir face à Adele et nettoyer son nez à sa place.

— Voilà. Il est comme neuf. Penchez la tête en avant en pinçant le haut de votre nez. Vous serez en pleine forme en un rien de temps.

Adele grimaça et suivit les instructions de Vanessa. Quant à Dylan, il haussa un sourcil à son intention.

— Spécialiste des saignements de nez ?

— Évidemment. Je suis une Carson. Que ce soit mon nez, celui de mon frère ou ceux de mes cousins… Imagine tout un défilé de nez Carson qui saignent après avoir reçu un coup de poing.

Vanessa reporta son attention sur Adele.

— Mais vous n'avez pas été frappée au visage, n'est-ce pas ?

— Oh ! je…

Sa main s'agitait sans relâche devant elle.

— Non. Ils m'ont un peu bousculée et je…

— À mon avis, on dirait plutôt un saignement de nez dû à l'altitude, remarqua Vanessa malgré le regard réprobateur de Dylan.

— Oh ! mais je suis tombée. Ils m'ont poussée et je suis tombée.

Vanessa se releva et haussa les épaules.

— Si vous le dites.

— Ils ont dit qu'ils avaient une espèce de réunion avec leur chef, dit Adele, s'efforçant de changer de sujet. Et ils avaient besoin de la pièce où ils me retenaient. Est-ce que vous pensez que la personne qui a manigancé toute cette histoire va venir ici ?

Sa voix vibrait d'inquiétude.

Vanessa parvint à ravaler les mots qui lui brûlaient les lèvres : « Je pense que leur chef est déjà ici, menteuse. »

Elle voulait croire que Dylan ne se laissait pas prendre à cette petite comédie de femme fragile, mais ce fut avec une infinie douceur qu'il aida Adele à se relever et la guida jusqu'au fauteuil où il avait installé Vanessa, il n'y avait pas si longtemps. Et, tout comme il l'avait fait pour elle, il recouvrit les genoux d'Adele de son veston.

— Détendez-vous. Qui que soit leur chef, il ne doit pas être bien dangereux. Sinon, il n'aurait pas engagé deux crétins pleins de muscles pour faire le sale boulot à sa place.

— Vous croyez vraiment ? demanda Adele.

Elle levait vers Dylan des yeux emplis d'adoration. Il lui tapota l'épaule.

— Oui, je le crois vraiment. Faites-moi confiance. Tout ce qui doit nous inquiéter, c'est que ces deux types ont des revolvers.

Vanessa fit abstraction de la coulée de jalousie, huileuse et noire, qui la traversait. Elle commençait à penser que les attentions dont l'entourait Dylan n'étaient pas motivées par le fait qu'il tienne à elle, ou même à leur bébé. Non, il était comme ça, c'était tout. Elle n'avait rien de spécial à ses yeux.

Enfin… Il y avait quand même eu ce baiser.

— Ce dont il faut que tu t'inquiètes aussi, lui dit-elle, c'est du penchant qu'a Gros-Yeux à te botter les fesses.

Parce qu'elle souffrait réellement en voyant sur le visage

de Dylan les preuves physiques de leur brutalité, même s'il se comportait comme si c'était sans importance.

Il lui décocha un regard acéré et répondit :

— Je vais bien. Nous allons tous aller bien.

Il se tourna vers Adele et conclut :

— Je vous le promets.

Vanessa n'était pas d'un naturel jaloux – elle ne l'avait jamais été, du moins. Mais maintenant, elle était consumée par la jalousie, ce qui l'agaçait prodigieusement. Elle en voulait à Dylan. À Adele. À Sans-Cou et à Gros-Yeux. Mais surtout à elle-même.

Adele s'agrippa à la main de Dylan et la serra.

— Je me sens tellement mieux ici, avec vous deux. C'est affreux d'être seule, sans savoir ce qui va se passer.

— Vous n'avez pas une petite idée de ce qu'ils pourraient vouloir ? demanda Vanessa.

Elle espéra que la question semblait innocente, et que sa voix était dénuée de sarcasme.

— Après tout, reprit-elle, vous avez passé plus de temps que nous avec eux, puisque nous nous sommes échappés. Bien sûr, vous n'étiez pas avec nous à l'arrière de la camionnette.

Elle se fendit d'un sourire mielleux.

— J'étais à l'avant, dit Adele en relâchant la main de Dylan et en se tamponnant de nouveau le nez avec le Kleenex. Ligotée sur le siège avant. Il n'y avait de la place que pour une personne supplémentaire, et ils avaient besoin de moi pour les guider. Vous étiez inconsciente et Dylan… n'était pas coopératif.

Elle butait un peu sur les mots, comme si elle répétait un petit discours appris par cœur, mais l'explication était simple et logique, Vanessa ne pouvait pas le nier.

— Comment êtes-vous montée dans la camionnette sans que nous vous voyions ? demanda Dylan.

Son ton était dubitatif, mais sa voix demeurait douce.

— Ils m'ont fait sortir par l'avant de la banque avant d'y retourner pour aller jusqu'à l'arrière. Du moins, c'est ce que je pense. Je suis restée assise, ligotée dans cette camionnette pendant je ne sais pas combien de temps avant qu'ils reviennent et démarrent.

Là encore, l'explication était plausible. Vanessa se renfrogna. Cette femme était vraiment une menteuse professionnelle. Si elle voyait bien que Dylan doutait encore qu'elle soit impliquée, Vanessa, pour sa part, refusait de lui accorder le bénéfice du doute. Il fallait parfois se montrer inflexible pour obtenir ce qu'on voulait.

Et ce qu'elle voulait, c'était être libre et que Dylan soit sain et sauf.

Peut-être que tout ce que tu veux, c'est Dylan.

Eh bien, c'était possible. Mais elle ne pourrait pas l'obtenir avant qu'ils soient rentrés sains et saufs à Bent, où la seule menace qui planerait sur eux serait une malédiction ancestrale.

Dylan n'était pas insensible au regard pensif de Vanessa. Mieux encore, il le comprenait. Toutes les preuves accusaient Adele.

Mais rejeter le blâme sur elle semblait trop facile – et il sentait confusément qu'il y avait dans cette affaire une dimension qui lui échappait encore. Peut-être qu'elle agissait réellement sous la contrainte et que, parce qu'elle obéissait au lieu de résister, on lui accordait certains privilèges. Changer de vêtements, par exemple.

Il connaissait cette femme. Sur le plan professionnel, il avait toute confiance en elle. Il avait du mal à accepter qu'elle puisse être l'instigatrice de toute cette histoire. Contrairement à lui, Vanessa ne la connaissait pas personnellement, même si elle commençait à recouvrer la mémoire.

Une sensation chaude et extrêmement dangereuse l'emplit quand il repensa au baiser et aux souvenirs qui avaient surgi dans l'esprit de Vanessa. Il n'était pas assez idiot ou romantique pour penser qu'il lui avait suffi de l'embrasser pour déverrouiller une partie de sa mémoire, mais c'était agréable de faire comme si.

Cependant, le moment était mal choisi pour ce genre de réflexions. Maintenant, Adele tremblait.

S'il choisissait d'analyser la situation avec autant de cynisme et de méfiance que le faisait Vanessa, ce tremblement ressemblait à la vibration qu'il avait sentie émaner d'elle quand elle s'était assise à côté de lui sur le canapé pendant l'appel vidéo. C'était un tremblement d'excitation plus que d'angoisse.

Mais chacun avait sa façon d'exprimer sa nervosité. Il y avait encore assez de soldat en lui pour qu'il sache qu'il ne devait pas juger les réactions d'autrui à l'aune des siennes. Avant de devenir sniper, il avait eu un collègue qui gloussait de rire quand ils rencontraient des problèmes pendant l'entraînement. Pas parce qu'il était content, mais parce que la nervosité le faisait rire.

Ce gamin n'avait d'ailleurs pas tenu jusqu'au bout de sa formation. Mais son évocation rappela à Dylan que tout le monde ne savait pas contrôler et affûter ses réactions en présence d'un danger. Plus encore, tout le monde ne réagissait pas d'une façon logique.

Mais quand même, le comportement d'Adele lui paraissait louche, et le soldat en lui se méfiait de toute attitude dépourvue de logique, ou qui ne suivait aucun schéma.

Bien sûr, les réactions des gens pouvaient parfois échapper à toute logique. Cependant, il allait rester sur ses gardes jusqu'au moment où il aurait une preuve concrète de l'innocence d'Adele. Simple question de prudence.

Il était incapable de se ranger à l'avis de Vanessa, qui avait décidé d'emblée qu'Adele appartenait au camp des méchants. Mais Vanessa avait fondé toute sa vie sur une méfiance instinctive, dès la première rencontre.

Ce qui l'irritait, c'était de constater que son radar était brouillé parce qu'il connaissait Adele depuis des années – sans jamais avoir réellement fait sa connaissance. Pour lui, elle n'était qu'Adele Oscar, employée de banque. Il savait comment elle se comportait avec les clients, que son guichet et son bureau étaient toujours propres et parfaitement rangés, mais il n'avait pas la moindre idée de la façon dont elle pourrait se comporter pendant une crise, et ignorait tout de son passé, qui aurait pu façonner ses réactions.

Mais il ne pouvait pas se laisser influencer par sa frustration. Il fallait qu'il se concentre sur la tâche du moment, même si Adele était un joker dont il ignorait toujours le rôle.

Il leur fallait un plan d'évasion. Et trois contre deux était mieux que deux contre deux – surtout quand l'une des trois était une femme enceinte et que les deux de l'autre camp étaient armés.

— S'ils ont eu besoin d'elle pour les guider, elle sait où nous sommes, remarqua Vanessa d'un ton dénué de gentillesse. Nous n'avons qu'à trouver un moyen pour lui permettre d'appeler la police.

Elle décocha un sourire narquois et provocateur à Adele, qui ouvrit de grands yeux.

— Je ne sais pas où nous sommes. Pas vraiment. En tout cas, pas assez pour guider quelqu'un jusqu'ici.

Elle saisit de nouveau la main de Dylan et la pressa. Il la laissa faire.

— Mais vous pourriez leur dire tout ce que vous savez, dit-il gentiment. Si nous pouvons appeler ma sœur, quelques indices suffiront pour que la police nous localise. Si elle n'a pas déjà localisé votre téléphone.

— Localisé mon… ? Ils m'ont ordonné de l'éteindre dès que l'appel vidéo a été terminé.

— Mais nous pouvons quand même nous en servir pour passer un coup de fil. Vous pourrez dire à la police tout ce que vous vous souvenez d'avoir vu sur la route qui nous a menés jusqu'ici.

— Il faisait nuit, dit Adele faiblement.

— Non, pas tout à fait, contra Dylan en retirant sa main de la sienne.

Adele aurait dû bondir sur cette occasion de les faire sortir d'ici. Pas se dérober. Quelles que soient les réactions que la peur suscite en elle, jamais elle n'aurait dû refuser de les aider à s'évader.

Dylan se leva et se rapprocha de Vanessa.

— Je ne sais pas… Je n'arrive pas à me rappeler.

Elle leva vers lui un regard implorant, mais il fut incapable de ressentir la moindre compassion pour cette femme, qui n'essayait même pas de les aider. Il lui lança un regard dépourvu d'aménité. Elle déglutit bruyamment et alla même jusqu'à se renfoncer dans son siège.

— Réfléchissez, ordonna-t-il d'une voix tranchante. Dites-moi tout ce dont vous vous souvenez, même si cela vous semble insignifiant. Commençons par le commencement. Après avoir quitté la banque, quelle direction ont-ils prise ?

Adele cligna des yeux en regardant tout autour d'elle. Elle noua ses mains sur ses genoux pour les empêcher de s'agiter et inspira profondément.

— Je ne suis bonne à rien quand je suis sous pression, murmura-t-elle.

Dylan l'avait vue gérer plus d'un client difficile. Des hommes furieux qui pensaient qu'ils avaient droit à un prêt, ou un client qui exigeait qu'on encaisse un chèque même s'il n'avait pas sa pièce d'identité.

Et jamais Adele n'avait craqué sous la pression. De deux choses l'une : soit elle ne leur disait pas tout, soit c'était elle qui était derrière toute cette histoire. Quoi qu'il en soit, il allait rester calme, mais ferme. Jusqu'à être sûr du rôle qu'elle jouait ici.

— Tout ce que je vous demande, c'est de décrire ce que vous avez vu. Personne ne vous fera de reproches si vous ne vous souvenez pas de tout dans les moindres détails.

Adele hocha vigoureusement la tête en se tordant les mains.

— D'accord, d'accord. J'avais peur, Dylan. Tellement peur !

Elle leva vers lui des yeux brillants de larmes, espérant sans doute éveiller sa sympathie. Et cela fonctionna. Il se radoucit, bien qu'il puisse sentir Vanessa se raidir à côté de lui. Adele se recroquevilla dans son siège, comme intimidée par le regard glacial qu'elle lui adressait.

Alors, Dylan se posta devant Vanessa, formant une sorte de bouclier entre les deux femmes. Elle pouvait fusiller son dos du regard jusqu'à y faire des trous si cela lui chantait. Il voulait seulement établir une connexion avec Adele.

— Détendez-vous et dites-moi ce que vous vous rappelez.

Adele renifla et acquiesça.

— D'accord. Alors… Ils ont démarré et sont sortis du parking, sur l'avant de la banque. Mais au lieu de prendre l'autoroute, ils ont descendu Ellington.

Dylan hocha la tête. C'était effectivement la route qu'ils avaient suivie. S'il avait pu se repérer grâce aux virages que prenait la camionnette, il lui avait été plus difficile d'estimer les distances, vu que rien ne lui avait permis de déterminer la vitesse à laquelle ils roulaient. Il avait l'impression d'avoir perdu le fil dès que le véhicule était sorti de la ville.

— Ensuite ils sont partis vers le nord, je pense. Je ne suis pas douée avec les directions.

— Quelle route ont-ils prise, après Ellington ?

Elle pressa ses doigts sur ses tempes.

— Je… Je ne sais pas trop. J'étais terrifiée. Je ne faisais pas attention. Ces revolvers…

Elle frissonna.

— Je n'ai jamais été terrifiée par les armes, mais ces hommes sont tellement… tellement…

— Les routes, Adele. Concentrons-nous sur les routes. Ils ont donc pris Ellington jusqu'aux faubourgs de la ville et ensuite, ils se sont dirigés vers le nord ?

À en juger par la position du soleil quand Vanessa et lui s'étaient échappés, il doutait qu'ils se soient effectivement dirigés vers le nord. Mais il allait quand même continuer à écouter tout ce dont elle prétendait se souvenir.

— La Country Road B peut-être ? Oui, ça pourrait être ça. Ils pourraient s'être dirigés vers le nord, vers les Tetons. C'est un endroit assez isolé.

Elle pressa son poing sur sa bouche.

— Nous sommes *tellement* loin de tout, chuchota-t-elle.

Une larme roula sur sa joue mais, cette fois, Dylan ne se laissa pas attendrir. Tout ce qu'elle lui avait dit était aux antipodes de ses propres théories, de ses propres réactions instinctives. Il était sûr de lui : quand la camionnette était sortie de la ville, elle avait bifurqué vers le sud. Certainement pas dans la direction du parc national.

Peut-être aurait-il dû faire confiance à Adele, puisqu'elle avait tout vu, mais il ne pouvait tout simplement pas renoncer aux certitudes que lui dictait son instinct pour croire une femme qui ne lui inspirait aucune confiance.

Cependant, ils étaient effectivement dans les montagnes. Et ce joli chalet aurait plus été à sa place à Jackson Hole que dans la région qui s'étendait au sud de Bent.

Peut-être que son instinct s'était trompé, après tout, et

qu'il avait été tabassé assez violemment pour que son sens de l'orientation se dérègle.

Bon sang, quel guêpier ! Il détestait douter de lui-même. C'était ainsi qu'on se faisait tuer en temps de guerre, et cette situation n'était pas tellement différente d'une guerre.

— Quelle menteuse, lui chuchota Vanessa à l'oreille.

Dylan lui jeta un regard sévère, qu'elle lui rendit. Parce qu'ils avaient été enlevés et qu'elle n'avait pas été dans son assiette pendant un moment, il avait complètement oublié que son tempérament habituel la poussait à faire l'exact opposé de ce qu'on lui demandait.

— Excusez-nous une seconde.

Il prit Vanessa par le bras et l'entraîna à l'autre bout de la pièce. S'ils parlaient à voix basse, Adele n'entendrait probablement rien de leur conversation.

Il rapprocha sa bouche de l'oreille de Vanessa et chuchota :

— Ne t'attends pas trop à ce qu'elle réponde à nos standards. Ce serait injuste.

— Qu'est-ce que ça veut dire ? répliqua-t-elle en croisant les bras sur sa poitrine.

Elle parlait à voix basse, mais sans chuchoter.

— Ça veut dire que tu es une Carson, et que j'ai fait l'armée. On ne peut pas dire que nous sommes *normaux*.

Il vit que ses paroles la vexaient et devina qu'elle avait envie de lui répliquer qu'ils ne se ressemblaient en rien, mais elle se borna à inspirer profondément et souffler lentement, avant de regarder Adele de travers par-dessus son épaule.

— Il y a vraiment quelque chose de louche chez elle. Je ne sais pas quoi, mais je le sens.

Cette fois, elle avait chuchoté.

Il regarda Adele par-dessus son épaule. Elle les observait mais, à en juger par le pli vertical qui barrait son front, elle ne devait pas saisir grand-chose de leur conversation.

— Je suis d'accord avec toi sur ce point, mais ce n'est pas une raison pour la laisser derrière nous. Tout plan d'évasion doit l'inclure, même si nous ne lui faisons pas confiance.

— Il y a trop de petit garçon modèle en toi.

Il parvint à sourire.

— On ne peut pas se débarrasser de certaines choses.

Le regard de Vanessa s'unit au sien et, en scrutant attentivement ses yeux marron – très, très attentivement –, il y discerna quelque chose qui ressemblait à de la tendresse.

— Comme les querelles ancestrales et les malédictions ? demanda-t-elle.

Il ne put s'empêcher d'appuyer son front contre le sien.

— Comme les personnes que nous sommes vraiment malgré tout cela.

Et il pensait qu'ils pouvaient vraiment être quelque chose, ensemble.

Mais d'abord, ils devaient s'évader.

13

Bent, chez Adele Oscar

— Rien.

Laurel était incapable de masquer sa déception. Hart et elle avaient obtenu un mandat de perquisition et fouillaient la résidence d'Adele Oscar. Mais jusqu'ici ils n'avaient rien trouvé. Pendant ce temps, les secondes s'égrenaient et Dylan, Vanessa et Adele demeuraient introuvables.

Elle n'avait pas dormi de la nuit. Elle avait cherché à se convaincre que c'était parce qu'elle attendait avec anxiété d'obtenir le mandat de perquisition, ou que l'opérateur de téléphonie mobile annonce qu'il avait localisé le portable d'Adele. Comme elle s'inquiétait pour son frère et sa belle-sœur, seuls le travail et l'angoisse pouvaient avoir causé cette nuit blanche.

Certainement pas l'atmosphère pesante qui avait régné sur le dîner de la veille. Grady s'inquiétait tout autant pour sa sœur qu'elle pour son frère – il était normal que leur angoisse ait dressé entre eux ce mur de silence. Ses cousins et lui devaient enfreindre toutes sortes de lois pour essayer de retrouver Vanessa, pendant qu'elle tutoyait les limites de la légalité pour atteindre le même but.

Mais quand ils étaient allés se coucher, ils s'étaient tourné le dos, ce qui l'avait travaillée pendant toute la nuit.

Elle ferma les yeux et se frotta le visage des deux mains. Elle était en service. Ce n'était pas le moment de penser à ses émotions ni à son couple.

— Tout va bien ? demanda Hart avec douceur. Tu as l'air un peu patraque, comme dirait ma mère.

Elle ouvrit les yeux et lui jeta un regard acéré, farouche.

— Ça va.

Il haussa les épaules.

— Si tu le dis, chef.

— Je ne suis pas ton chef, grommela-t-elle.

Elle referma la porte du placard de l'entrée d'Adele, qui ne contenait que des manteaux et des chaussures rangés avec soin.

— Non, mais tu me formes, dit Hart d'un ton détaché.

Il ôta les gants en latex qu'il avait enfilés pour fouiller dans les ordures.

— Ce n'est pas vrai, protesta-t-elle, inutilement sans doute.

Elle était à la fois irritée et impressionnée qu'il l'ait percée à jour. Elle avait pourtant essayé d'être subtile, bien que la subtilité n'ait jamais été son fort.

— Tu m'as laissé prendre la main sur presque toute l'affaire. Laurel… Je travaille avec toi depuis assez longtemps pour savoir que tu ne laisses jamais personne le faire sans une raison bien particulière. Surtout pour cette affaire, qui concerne ton frère. Donc, c'est parce que tu me formes.

Elle laissa échapper un soupir. Elle aurait aimé qu'il continue à penser n'être que son second, mais il avait tout deviné. En somme, c'était mieux ainsi.

— Très bien, avoua-t-elle. Je te forme.

— Tu nous quittes ? demanda-t-il d'un ton neutre.

Son flegme aussi était impressionnant. Il avait vraiment beaucoup mûri au cours des dernières années. Elle en retira une sorte de fierté, comme celle que peut ressentir une grande sœur.

— Temporairement.

Hart haussa les sourcils.

— Je n'aurais jamais cru que je verrais le jour où tu…

Par contre, il allait encore devoir s'exercer à garder un visage impassible. Parce que, quand le déclic se produisit, il écarquilla légèrement les yeux.

— Oh. *Oh !* Eh bien, je pense que des félicitations s'imposent.

— Elles ne s'imposeront pas avant un certain temps. C'est encore tôt, et personne dans le département ne sait rien.

Il fronça les sourcils.

— Ils devraient le savoir, Laurel.

— Tu parles comme mon mari.

— Et ça t'énerve parce que tu sais que nous avons raison tous les deux. Ils devraient savoir et toi, tu ne devrais pas te tuer à la tâche comme tu le fais. En fait, je suis presque sûr que tu devrais faire du travail de bureau.

Elle aurait pu se mettre en colère contre Hart pour oser la sermonner ainsi, mais cette affaire n'était pas comme les autres.

— Mon frère et ma belle-sœur ont disparu, et ils sont en danger, dit-elle simplement. Je ne peux pas rester en retrait. Mais je fais attention à moi. Et tu es là, n'est-ce pas ?

— Je suis là, oui. Mais c'est dingue. Toi et un Carson. Ton frère et une autre Carson.

Il secoua la tête.

— Quoi ? Tu penses que la ville tout entière va s'effondrer sur nos têtes ?

Sa voix était trop tranchante, ses mots alourdis par son bagage émotionnel. Quelle idiote. Il ne fallait pas qu'elle se laisse troubler par le fait que cette affaire la touchait de très près. Qu'elle soit enceinte ou non, qu'il s'agisse de membres de sa famille ou non, elle devait être le détective que la situation exigeait.

Mais Hart ne capitula pas. Avec un gentil sourire, il répliqua :

— Non. Peut-être qu'elle va juste un peu s'effriter sur les bords. Il y aura peut-être encore quelques enlèvements et un ou deux incendies… À moins que la Mafia passe dans le coin et me tire dessus une fois de plus. Mais Satan finira par en avoir marre de déchaîner les feux de l'enfer. Bent ne mourra pas.

La phrase sur Satan et les feux de l'enfer arracha un petit rire à Laurel, mais la description n'était pas tellement éloignée de la réalité. Ils avaient eu beaucoup d'ennuis au cours de l'année précédente. Les premiers s'étaient déroulés juste avant qu'elle commence à fréquenter Grady, mais la plupart étaient survenus après.

Elle ne croyait ni aux malédictions ni aux querelles ancestrales. Pas du tout.

En inspirant profondément, elle se répéta les paroles de Hart :

Bent ne mourrait pas. La ville et ses habitants continueraient à vivre malgré tous les problèmes qu'ils rencontreraient, quelle que soit leur gravité. Et même si la malédiction était réelle, Bent tiendrait bon.

Et nous aussi, se dit-elle en faisant tourner son alliance autour de son doigt.

— Allons-y.

Mais d'abord, elle allait envoyer un SMS à Grady. Elle prit son téléphone et fut étonnée de voir qu'il l'avait devancée.

Tu fais attention à toi et compagnie, princesse ?

Le « et compagnie » la fit sourire, ainsi que ce SMS, qui s'apparentait à une timide proposition d'armistice. Elle décida de lui en faire une, elle aussi.

Je fais de mon mieux. Je vais finir tôt. Faire une sieste.

Une vraie sieste, ou une fausse ?

Ça dépend. À quelle heure est-ce que tu peux être à la maison ?

J'arriverai avant toi.

C'était aussi simple que ça. Grâce à ce court dialogue, elle avait retrouvé tout son calme, tout son équilibre. Elle avait épousé un homme bien, qui avait épousé une femme bien. Et la personne qui avait été assez insensée pour enlever une Carson et un Delaney ensemble allait vraiment payer le prix fort.

— Prête ? demanda Hart.

Laurel balaya le séjour du regard.

— Oui. Nous avons regardé partout, et je pense que je vais prendre mon après-midi. J'ai le cerveau en bouillie. Il me faut quelques heures de repos. Tu peux t'occuper de tout, pendant ce temps. Rappelle l'opérateur téléphonique, et insiste jusqu'à ce que nous ayons une localisation pour ce portable.

Elle fit quelques pas vers la porte, mais s'arrêta devant un petit bureau, dans un coin du séjour. Ils l'avaient déjà fouillé, sans y trouver le moindre indice. Mais maintenant qu'ils avaient inspecté toute la maison, elle se rendait compte que les échantillons de peinture et les coupons de tissu qui étaient posés dessus ne correspondaient à rien de ce qu'ils avaient vu dans les autres pièces.

— Hart. Regarde ça.

— Ouais.

Il ramassa les échantillons.

— Des échantillons de peinture et des coupons de tissu… Tu crois qu'elle veut demander une rançon pour pouvoir redécorer sa maison ?

— C'est possible, mais certains échantillons ont été marqués. Sélectionnés.

Elle n'en dit pas plus. Elle attendit de voir s'il parviendrait à la même conclusion qu'elle.

— Mais…

Il regarda le séjour dans lequel ils se trouvaient avant de parcourir une nouvelle fois chacune des pièces en comparant les tissus d'ameublement et les couleurs de peinture avec les échantillons qu'il tenait à la main.

— Ce n'est pas pour ici, dit-il enfin, catégorique.

— Non. Elle a une autre résidence. Ou en a fait construire une. Récemment.

— Un chalet, peut-être ? Comme celui que ton père a décrit, où il l'a vue assise à côté de Dylan, silencieuse et l'air effrayé ?

Laurel continua à suivre son idée.

— Elle ne serait sûrement pas assez idiote pour enlever quelqu'un et le séquestrer dans un chalet à son propre nom. D'ailleurs, son nom n'est relié à aucune des constructions récentes de la région. Nous avons vérifié.

— Pourtant, elle apparaissait sur la vidéo. Comme si elle essayait de se faire passer pour une victime. Maintenant que nous avons un nom et une bonne raison de le faire, nous allons élargir le champ de nos recherches, dit Hart sur un ton de commandement plutôt convaincant. Mais il y a d'autres possibilités.

— Lesquelles ? Si elle refait la décoration, c'est que l'endroit lui appartient.

Il y avait beaucoup de façons de réfuter cette affirmation, mais Laurel attendit que Hart expose ses propres théories.

— Deux possibilités. D'une, le chalet lui appartient mais

il n'est pas à son nom. Ou du moins pas au nom que nous lui connaissons. Elle pourrait l'avoir acheté sous un faux nom, un nom rattaché à un compte en banque où l'argent d'une rançon pourrait être versé sans qu'on puisse remonter jusqu'à elle.

— Mon Dieu, c'est tiré par les cheveux.

Mais c'était possible. Tout à fait possible.

— Le chalet pourrait également être au nom d'un petit ami, ou d'un membre de sa famille. Elle pourrait avoir participé à l'achat sans que son nom apparaisse nulle part.

Un petit ami ? Il n'y avait pas la moindre trace d'un quelconque petit ami dans l'entourage d'Adele Oscar et, quand Laurel avait interrogé les employés de la banque pour savoir qui étaient ses amis, ils avaient été incapables de lui donner un seul nom.

La banque…

— Il y a une troisième possibilité, dit-elle.

Hart claqua des doigts.

— Elle travaille dans une banque et accorde des crédits à la propriété.

Laurel acquiesça.

— Voyons si nous pouvons obtenir une injonction pour consulter quelques dossiers bancaires.

14

Maintenant, Vanessa ne voulait plus seulement s'évader de ce chalet pour fuir les deux hommes armés et tout le reste de cette histoire, mais aussi parce qu'elle se sentait devenir folle à lier.

— Tu ne peux pas tout simplement te débarrasser d'eux ? demanda-t-elle, irritée.

Dylan étudiait l'agencement du chalet avec Adele afin de comprendre comment étaient disposés les lieux et de trouver des failles par où ils pourraient s'évader. C'était du moins ce qu'il avait dit.

Ils la regardèrent tous deux. Le regard d'Adele était songeur et celui de Dylan, réprobateur. Il refusait toujours de dévoiler son secret, ce qui lui donnait envie de hurler. C'était un secret absurde et, vu les circonstances, elle ne pensait pas qu'il soit tellement grave que tout le monde sache qu'avec un revolver en main Dylan Delaney pouvait liquider quiconque se dressait en travers de son chemin.

— Ils ont des armes, et pas nous, répondit-il simplement.

— Il ne nous en faut qu'une, rétorqua Vanessa.

— Il leur en resterait une. Nous ne pouvons pas courir ce risque.

Le ton patient et indulgent avec lequel il prononça ces mots l'énerva prodigieusement. Même s'il avait raison.

Il était protecteur et doux, à sa façon. Et, ce qui était parfaitement insensé, elle était déchirée entre deux émotions : elle avait envie de le voir passer en mode sniper de l'armée, et elle souffrait pour lui parce qu'il pensait devoir se cacher à cause de son nom et de sa réputation à Bent. Et cette seconde émotion la troublait bien plus qu'elle l'aurait souhaité.

Pour sa part, elle n'avait aucun secret. Bent et sa famille savaient qui elle était… plus ou moins. D'accord : elle avait peut-être cultivé sa personnalité de rebelle parce qu'elle avait toujours senti que c'était le seul moyen de survivre quand on était un – et surtout *une* – Carson. Il fallait être dur et il fallait être rude, sinon il fallait partir – comme sa tante, qui avait disparu et coupé les ponts avec sa famille pendant des années. Comme elle ne rentrait pas dans le moule, elle s'était enfuie au lieu d'essayer de lutter.

Vanessa, pour sa part, avait fait tout son possible pour rentrer dans ce moule, même quand elle ne se sentait pas vraiment aussi impétueuse qu'elle était censée l'être. Mais elle aurait préféré se couper un doigt ou deux que montrer de son plein gré le côté plus doux de sa personnalité, que ce soit à sa famille ou aux autres habitants de Bent.

— Si nous leur demandions quelque chose à manger ? suggéra gaiement Adele. Peut-être que tout le monde serait de meilleure humeur.

Vanessa lui décocha le regard le plus mauvais de son arsenal. Elle avait faim, elle était irritable, mais cela lui déplaisait souverainement qu'Adele le souligne.

— Bonne idée, dit Dylan en marchant vers la porte.

Il commença à cogner dessus jusqu'à ce que Sans-Cou apparaisse, l'air grognon et mauvais.

— Vous devez nous donner à manger, ordonna Dylan. Ce serait plus facile si vous nous donniez quelques en-cas et de l'eau, que nous garderions ici.

— Mais bien sûr, mon pote. J'ai très envie de te faciliter la vie, répliqua Sans-Cou avec un reniflement.

Mais il regarda Adele, puis Vanessa, avant d'ajouter :

— Mais puisque le chef nous a ordonné de vous garder en vie et en bonne santé… Tu vas venir avec moi. Je ne suis pas ton cuistot.

Sans-Cou prit Dylan par le bras et lui fit passer la porte sans douceur. Il se laissa faire. Vanessa remarqua qu'il serrait les dents et chassait toute trace de fureur et de violence de ses traits. Au lieu d'essayer d'amadouer leurs gardes, il feignait la faiblesse.

Parce que, chez lui, c'était une habitude. Jamais il n'essayait de se concilier personne. Il faisait seulement semblant de se soumettre.

Elle sentit de nouveau ce petit frémissement autour de son cœur. Comme s'il l'impressionnait, la stupéfiait. Comme si elle voulait…

Elle voulait être libre. C'était tout ce qui importait pour le moment. Ce qu'elle pouvait vouloir d'autre était secondaire.

Quand Dylan fut sorti, Adele commença à déambuler dans la pièce. Elle toucha une chaise, tapota le mur du bout du doigt, leva les yeux vers les étroites fenêtres percées au ras du plafond.

Vanessa l'imita et remarqua qu'il faisait nuit. Cela faisait maintenant deux jours qu'ils étaient ici, sans avoir dormi ou presque, et après avoir passé une nuit dans la forêt.

Elle devait continuer à croire qu'on faisait tout pour les retrouver, mais le temps commençait à lui sembler affreusement long.

— Je ne savais pas que Dylan et vous étiez tellement… proches, dit Adele sur un ton qui se voulait anodin.

Vanessa renifla. Elle recommençait à se sentir un peu nauséeuse, mais pas aussi faible qu'avant. Comme Adele continuait à tourner en rond dans la pièce, elle ferma les yeux pour repousser un vertige. L'un des joyeux symptômes de sa grossesse, elle s'en souvenait maintenant.

— Proches ?

— Est-ce que ce n'est pas le mot qui convient ? gloussa Adele. Il y a un lien entre vous deux, c'est incontestable. Une énergie qui vous unit.

— Une énergie, marmonna Vanessa avec un soupçon de dégoût.

Elle ouvrit prudemment un œil. Adele était venue se planter devant elle. La femme se pencha, comme si elles étaient deux amies qui conspiraient ensemble.

— Quelque chose qui grésille entre vous.

— On appelle ça de la haine, rétorqua Vanessa.

Adele allait à la pêche aux informations. Vanessa se refusait à jouer le rôle de la truite qui se fait prendre à l'hameçon.

— Vous êtes enceinte, dit doucement Adele.

Vanessa lui décocha un regard dur comme l'acier tout en se retenant de poser une main sur son ventre.

— Pas d'un de ces foutus Delaney.

Adele leva les yeux au ciel.

— Je n'ai jamais compris pourquoi cette ville était obsédée par les Carson et les Delaney. Vous êtes des gens comme les autres.

Elle avait dit « cette ville ». Vanessa ressentit une pointe d'excitation. Peut-être que ce n'était que sa façon de s'exprimer… Et peut-être que « cette ville » voulait dire qu'ils n'étaient pas si loin que ça de Bent.

— D'ailleurs, vous étiez entortillés l'un autour de l'autre comme deux plantes grimpantes quand on m'a jetée dans cette pièce. Ne me dites pas qu'il ne se passe rien entre vous. À moins que vous ayez oublié ?

Adele était toujours à la pêche. Par chaque question, chaque regard, elle cherchait à évaluer la mémoire de Vanessa et la nature de ses relations avec Dylan. Pourquoi, sinon pour glaner des informations dans un but bien précis ?

— Vous avez une sacrée bosse sur la tête. Vous ne reconnaissez pas les gens, et en plus vous êtes enceinte… C'est un gros traumatisme.

— Je survivrai, répliqua Vanessa.

— Bien sûr, dit Adele en soupirant. À condition que nous sortions d'ici.

— Dommage que vous ne puissiez pas nous aider.

— Tout le monde ne peut pas être aussi fort et sûr de soi que vous, Vanessa. Cette ville ne peut pas se composer que de Carson et de Delaney. Les relations deviendraient un peu incestueuses, vous ne pensez pas ?

Vanessa eut envie de ricaner devant la pointe d'agacement qui rendait sa voix tranchante. Avec la bonne attitude, les bonnes remarques désinvoltes, elle devait pouvoir l'amener à se montrer sous son vrai jour.

— Et pourtant, les gens de Bent semblent incapables de s'intéresser à autre chose qu'aux Carson et aux Delaney, dit-elle avec un sourire mielleux. Le monde continue à tourner, mais ils ne s'intéressent qu'au mariage de Grady et de Laurel ou à l'aventure que le vieux Delaney a eue il y a des années, avec une Carson *mariée*.

Elle se sentait inspirée. Elle battit des paupières et poursuivit sur sa lancée.

— Oh ! pardon… M. Delaney, je veux dire. Vous deviez collaborer étroitement avec lui avant que Dylan rentre à Bent.

Sous son masque neutre, le visage d'Adele était tendu. Le sourire de Vanessa se fit complice.

— Je collabore avec tous ceux qui travaillent à la banque, répondit Adele.

Sa voix était vide d'émotion, dénuée d'inflexion. Mécanique.

— Bien sûr, mais M. Delaney est le patron. Le big boss. Et on veut toujours bien se faire voir du big boss.

La mâchoire d'Adele se crispa. Elle serra le poing et le desserra aussitôt.

— Je fais mon travail, dit-elle. J'ai toujours fait mon travail.

Quelque part sous sa maîtrise d'elle-même, Adele avait un point faible. Un point de rupture. Et il était en lien avec son travail. Ne restait plus qu'à le trouver.

Mais Dylan revint au même moment, les bras chargés de nourriture – encore ces pizza pockets répugnantes – et de bouteilles d'eau.

Vanessa continua à observer Adele. Spéculations, regard inquisiteur, feu roulant de questions… tout avait disparu. Sa colère et sa tension s'étaient dissipées.

Aucun doute, cette femme jouait un rôle, et Dylan gobait tout : l'hameçon, le fil et le plomb.

Ah, les hommes !

Vanessa ne pouvait même pas lui en vouloir parce qu'elle savait que ce n'était dû qu'à la bonté innée des Delaney. Dylan voulait croire que le bien existait dans ce monde, et que les gens qui faisaient partie de sa vie étaient bons.

Quelques jours plus tôt, elle aurait pensé que ce n'était qu'une question d'arrogance. En admettant qu'Adele était malhonnête, il aurait dû accepter qu'il se fût forgé une opinion erronée d'une personne qui travaillait pour sa famille depuis une décennie.

Mais non : il voulait qu'Adele soit dans le camp des gentils parce que ce n'était qu'en tout dernier ressort qu'il mettait leurs actes sur le compte de la malhonnêteté ou de la méchanceté. À moins qu'il s'agisse d'un Carson.

Et pourtant… il avait volé à son secours, avait pris soin d'elle, l'avait protégée depuis le début de toute cette histoire. Elle finirait peut-être par se convaincre que c'était uniquement à cause de cette grossesse accidentelle… mais le souvenir du baiser qu'ils avaient échangé était encore trop frais dans son esprit. Oui, Dylan Delaney en pinçait pour elle. Et malgré toutes les preuves qui auraient dû le convaincre du contraire, il la tenait pour une gentille.

Elle déglutit et quitta Adele des yeux pour regarder l'homme en question. Il lui tendit une pizza enveloppée dans une serviette en papier – bien cuite, cette fois. Ensuite, il déboucha une bouteille d'eau et la posa sur le bureau, à côté d'elle.

Dans d'autres circonstances, ce geste l'aurait agacée. Pourquoi est-ce que ce n'était pas le cas ici ?

— Je crois que j'ai un plan, déclara-t-il.

À cause de ces quelques mots, Vanessa n'eut pas le temps de trouver la réponse à sa question.

— Tu ne crois pas que…

Dylan savait déjà ce que Vanessa allait dire. Elle allait détester ce plan uniquement parce qu'il accordait à sa sécurité une importance primordiale – sans parler du fait qu'il allait l'exposer en présence d'Adele.

Oui, il s'attendait à un vrai feu d'artifice.

Mais il espérait savoir maintenant gérer les feux d'artifice tirés par Vanessa, parce qu'il était à peu près certain que ce plan pouvait réussir.

En ignorant ses protestations, il désigna la porte de la tête et dit :

— Ces deux idiots adorent bavarder. Ils ont littéralement décrit toute leur routine du soir devant moi.

— Il ne suffit pas de connaître leur routine pour pouvoir nous évader, remarqua Adele en jetant un regard vers Vanessa. Où irions-nous ? Je ne pense pas qu'il soit recommandé à une femme enceinte de courir dans les bois en pleine nuit.

— Vous seriez étonnée de savoir ce que peut faire une femme enceinte, rétorqua Vanessa d'une voix vibrante de colère.

Dylan lui sourit.

— Très étonnée, renchérit-il. Et en plus, je ne parle pas vraiment d'une évasion mais plutôt d'une diversion qui nous donnera l'occasion d'appeler à l'aide.

Il adressa un sourire encourageant à Adele.

— Avec les renseignements que vous m'avez fournis, je pense savoir où nous sommes.

Adele hocha lentement la tête.

— Et où sommes-nous ?

Il fut ennuyé qu'elle lui pose cette question. Elle aurait dû vouloir s'évader, pas vérifier ses théories. Mais il pouvait lui mentir… ou éluder la question. Il posa les yeux sur Vanessa. Elle regardait Adele de travers, mais s'abstint de toute remarque hargneuse. C'était un progrès.

— Est-ce que vous avez l'heure, Adele ? demanda-t-il en ignorant complètement sa question.

Elle fronça les sourcils.

— Pourquoi me demandez-vous ça ?

Je pourrais vous retourner la question, pensa-t-il.

— Pour être sûr que nous agissons en même temps. Comme je ne pense pas qu'ils vont vous laisser dans la même pièce que nous pendant toute la nuit, il faut que nous ayons un moyen de coordonner nos actions. Si vous avez l'heure, nous pouvons décider d'un moment précis.

— Je ne pense pas qu'il y ait un réveil dans la pièce où je suis. Mais je n'en suis pas sûre.

Dylan secoua la tête. Ces hésitations ne faisaient que lui confirmer qu'elle était partie prenante dans l'enlèvement. Mais pour préserver son vrai plan, il allait continuer à faire mine d'avoir confiance en elle. Et tant pis s'il entendait Vanessa bouillir littéralement de colère derrière lui.

— Ce n'est pas grave, dit-il d'un ton rassurant. Nous avons un mur en commun. C'est moi qui donnerai le signal en frappant dessus : deux coups, une pause, deux autres coups. Et vous saurez que c'est le moment de passer à l'action.

Adele fronça les sourcils.

— Comment ?

— En suivant le plan.

— Nous ne sommes pas obligés de tous y prendre part, dit Vanessa, les dents serrées.

Dylan se tourna vers elle et, d'un regard, essaya de lui faire comprendre qu'il savait ce qu'il faisait. Mais elle ne décoléra pas.

— Nous allons attendre d'être en pleine nuit, reprit-il. Je frapperai sur le mur juste avant que Vanessa demande à aller aux toilettes. Tendez bien l'oreille. Quand vous les aurez entendus ouvrir notre porte et emmener Vanessa aux toilettes, ce sera votre tour. Vous vous mettrez à cogner sur la porte en demandant à aller aux toilettes. L'un des deux types dormira sur un lit de camp, dans une pièce à côté de la cuisine. L'autre sera désemparé face à deux femmes qui demandent à utiliser les toilettes en même temps. J'en profiterai pour sortir d'ici et appeler le 911 depuis le téléphone fixe.

— La porte sera verrouillée, remarqua Adele. Et même si vous parvenez à sortir, ils vous entendront parler au téléphone.

Il ne releva pas sa remarque concernant la porte fermée à clé. Elle n'avait pas besoin de savoir tout ce dont il était capable.

— Je ne dirai rien. Je composerai le numéro et laisserai le téléphone décroché. Le temps que les gardes s'en rendent compte, le dispatcher aura localisé l'appel et envoyé quelqu'un. J'en suis certain.

— Eh bien…, fit Adele en se mordillant la lèvre. Peut-être que ça pourrait marcher. Mais s'ils se rendent compte que le téléphone est décroché et que l'un de nous a appelé le 911 ? Nous ne pouvons pas risquer qu'ils s'en prennent à Vanessa.

Quelques minutes plus tôt encore, il aurait pu être terrifié par cette remarque, qui lui aurait fourni une raison supplémentaire de croire qu'Adele n'avait rien à voir avec tout cela. Mais il avait vu les preuves. Que Dieu bénisse les pizza pockets.

— Bien sûr que non, concéda-t-il. Nous allons tout faire pour que tout le monde reparte d'ici sain et sauf. Mais Vanessa ne reçoit pas les soins qu'il lui faut. Il faut la faire sortir d'ici le plus vite possible.

— Je suis là et parfaitement capable de parler pour moi, dit Vanessa.

Il y avait dans sa voix un calme de mauvais augure qu'il connaissait bien. Elle n'allait pas tarder à exploser, avec la puissance d'une bombe atomique. Il avait presque envie d'assister au spectacle.

Mais il préféra l'ignorer parce que sa fureur, pour le moment, servait parfaitement son plan.

— Quoique ces types me réservent, je peux le gérer.

— Rien de plus facile à gérer qu'une balle dans la tête, marmonna Vanessa.

— Vanessa marque un point, remarqua Adele. Ils ne veulent pas vous tuer, Dylan. C'est votre famille qui est riche. Mais ils pourraient nous abattre, Vanessa et moi, sans aucun scrupule. Je serais plus tranquille si nous attendions simplement que la rançon ait été versée. Ils ont menacé ma famille, vous savez.

Dylan faillit se crisper, mais il s'exhorta au calme.

— Non, c'est une information que vous avez omis de me donner.

Elle secoua la tête et ferma les yeux.

— J'ai eu tellement peur, je me suis sentie tellement perdue ! Au moindre faux pas, ma famille est morte.

— Je ne savais pas qu'il vous restait de la famille à San Francisco.

Il avait choisi San Francisco parce qu'il savait que ce n'était pas de là-bas qu'elle venait. Il voulait voir s'il pouvait la piéger, la pousser à mentir une fois de plus.

— Nous ne sommes pas vraiment proches, mais je ne veux pas qu'ils meurent, répondit-elle d'une voix tremblante.

Des larmes roulèrent sur ses joues mais, cette fois, il ne se laissa pas attendrir. Bien sûr, il était toujours possible que les malfaiteurs l'aient forcée à coopérer en menaçant de s'en prendre à sa famille au lieu d'user de violence, comme ils l'avaient fait pour Vanessa et lui.

Mais il était formel : même s'il ne savait pas grand-chose sur elle, il était certain qu'elle n'avait aucune famille à San Francisco. D'ailleurs, jamais elle n'avait mentionné sa famille. Quand il lui était arrivé d'annoncer qu'elle se rendait à Seattle ou à Denver pendant ses vacances, Dylan avait supposé que c'était pour rendre visite à sa famille. En tout cas, jamais elle n'avait mentionné San Francisco.

Ce dernier mensonge fut le coup de grâce. Adele avait toujours été leur ennemie.

Mais malgré toute sa rage et sa déception, il ne fallait pas qu'il lui laisse deviner qu'il l'avait percée à jour. Et il fallait aussi qu'il empêche Vanessa de les griller.

Alors il se tourna vivement vers elle. Elle ouvrait déjà la bouche, sans doute pour demander à Adele pourquoi elle n'avait rien dit plus tôt. Il lui décocha le regard le plus meurtrier qu'il put. Elle le lui retourna, mais ne posa pas la question qui devait lui brûler les lèvres.

— Est-ce que vous avez un meilleur plan, Adele ? demanda-t-il calmement.

— Oui. Nous attendons que la rançon arrive. Ensuite, ils nous laisseront partir. Ils seront obligés de le faire.

— Si vous croyez ça, vous êtes la personne la plus stupide qui existe, cracha Vanessa.

Adele se redressa et la regarda de travers.

— Je vous prie de m'excuser.

— Vraiment ? demanda Vanessa d'une voix doucereuse.

Le regard toujours aussi noir, la femme reprit :

— Je vous prie de m'excuser de me mettre en colère contre une traînée qui ne sait même pas qui est le père de son bébé. C'est indigne de moi.

Vanessa se redressa lentement en serrant les poings. Dylan comprit qu'elle n'hésiterait pas à frapper si elle en avait l'occasion. Il se glissa entre les deux femmes furieuses et planta son regard dans celui d'Adele.

— Ne lui reparlez jamais ainsi, Adele.

— Hum.

Elle le regarda de la tête aux pieds. Ses yeux brillaient d'un dédain glacial, calculateur.

— Est-ce que je vous ai vexé ? demanda-t-elle d'une voix enfantine. Parce qu'elle sait qui est le père du bébé… Vous, peut-être ?

Elle fit mine de pousser un cri étouffé.

— Que dirait votre papa !

Il fit un pas vers elle avant de se rappeler qu'il jouait un jeu dangereux. Si Adele était le cerveau de la bande, il fallait qu'il garde son calme. À quoi cela aurait servi de lui tordre le cou ? Il ne savait toujours pas quelles étaient ses motivations et, si elle n'était plus là pour se livrer à ses petites manigances, les deux types armés n'hésiteraient sans doute pas à les abattre, Vanessa et lui.

Même s'il bouillait de rage, il fallait qu'il ait une idée plus précise de la situation. Et, ce qui était plus important encore, qu'il écarte Vanessa de la ligne de tir avant de tenter quoi que ce soit.

— Vous commencez à avoir l'air jalouse, Adele, lança Vanessa derrière Dylan.

Mon Dieu… Elle ne l'aidait vraiment pas.

— Du calme, dit-il. Nous sommes tous fatigués et nous avons faim. Nous nous disputons au pire moment, alors que nous devons nous serrer les coudes.

Il fallait en tout cas qu'Adele pense que c'était ce qu'ils faisaient.

La femme inspira profondément et souffla avant d'acquiescer.

— Vous avez raison, Dylan. Mangeons ces trucs immondes. Ensuite, nous nous sentirons tous mieux.

Vanessa ne se départit pas de son regard noir, mais elle prit une grosse bouchée de pizza et entreprit de la mastiquer au lieu de continuer à argumenter.

15

Bien malgré elle, Vanessa dut reconnaître qu'elle se sentait mieux après avoir mangé. Mais, malheureusement, Adele était toujours dans le camp des méchants.

Elle n'avait jamais tenu Dylan pour un imbécile mais, maintenant, elle remettait son intelligence en question. Il passait de nouveau son plan en revue avec Adele, comme s'il lui faisait confiance, comme s'il ne voyait pas toutes les incohérences qui émaillaient son histoire.

Elle avait cessé de l'écouter et de se mettre en colère, parce que c'était inutile. Oui, Dylan était un idiot. Et quand Adele lui logerait une balle en plein cœur, il n'aurait que ce qu'il méritait.

Cette pensée lui glaça le sang malgré sa colère. Pour se rassurer, elle dut se rappeler qu'Adele semblait vouloir garder Dylan en vie, quelles que soient ses raisons. Si elle avait voulu le tuer ou le faire tuer, elle avait eu plus d'une occasion de le faire.

Peut-être qu'elle n'agissait que pour l'argent, après tout. D'autres qu'elle avaient fait bien pire pour de l'argent. Et pourtant, Vanessa n'y croyait pas. Elle sentait confusément qu'il y avait quelque chose de bien plus important en jeu. Si seulement elle pouvait comprendre ce que c'était avant que cet idiot de Dylan se fasse tuer.

La porte s'ouvrit à la volée et Gros-Yeux apparut, agitant la crosse de son revolver dans tous les sens comme si cela lui donnait de l'importance. Vanessa se retint à grand-peine de lever les yeux au ciel. Jusqu'ici, le type ne s'était servi de son arme que pour frapper Dylan. Devaient-ils vraiment avoir peur de lui ?

Il attrapa rudement Adele par le bras. La femme gémit et

voulut résister, mais Gros-Yeux lui serra le bras avec assez de force pour lui arracher un cri étouffé.

Vanessa regarda la scène avec autant de détachement que s'il s'était agi d'une pièce de théâtre. Gros-Yeux pouvait brutaliser Adele tant qu'il le voulait, mais, pour qu'elle croie à sa petite mascarade, il aurait fallu qu'il utilise contre elle ne serait-ce que la moitié de la force qu'il avait utilisée contre Dylan.

— C'est l'heure de la rançon et tu es notre assurance, ma belle, lâcha l'homme en entraînant Adele vers la porte. À ta place, j'arrêterais de faire des histoires avant que quelqu'un s'occupe de ta famille. L'un de nos hommes est à Frisco et n'attend que notre signal.

— S'il… S'il vous plaît… Ne…

Adele cessa de résister et laissa Gros-Yeux l'entraîner hors de la pièce. La porte claqua et le verrou se referma avec un bruit sec.

— Quel ramassis de…

Dylan leva une main, dans laquelle Vanessa eut envie de donner un coup de poing. Mais quand il porta un doigt à ses lèvres, elle se tut à contrecœur et le regarda aller sans bruit jusqu'au bureau, où il commença à pianoter sur le clavier de l'ordinateur.

Comme il avait déjà essayé sans succès de contourner la protection par mot de passe, elle se demanda ce qu'il espérait accomplir maintenant. Il cliqua plusieurs fois, sembla régler le volume depuis le clavier, et fouilla sur le bureau jusqu'à trouver un stylo et une feuille de papier sur laquelle il écrivit à la va-vite, en grandes lettres : MOUCHARD.

Mouchoir ? Qu'est-ce qu'il lui prenait ?

— Qu'est-ce que tu veux que je fasse d'un m…

Il lui plaqua la main sur la bouche d'un geste tellement vif que le stylo, le papier et la chaise qui les séparait tombèrent par terre. Ensuite il la regarda, les yeux écarquillés, comme pour la forcer à comprendre. Il lui fallut une minute, mais elle finit par piger.

Pas un mouchoir, un mouchard. Un micro. Ils étaient sur écoute. Est-ce qu'elle avait été catapultée dans un film d'espionnage ?

— Ils ne verront rien arriver, dit gaiement Dylan en retirant lentement la main de sa bouche. Ce plan est vraiment génial, et Adele va nous être d'une grande aide.

Vanessa plissa le front. Il ne semblait pas lui-même et parlait un peu trop fort. Mais si on les écoutait, elle ne pouvait pas se permettre d'élever d'objections.

Il redressa la chaise, ramassa le stylo et le papier, et gribouilla quelque chose tout en répétant le plan qu'il avait mis au point avec Adele. Et ce ne fut qu'alors que Vanessa comprit enfin. Il n'avait aucune confiance en Adele. Il lui tendait un piège.

Elle lut ce qu'il venait d'écrire.

Je pense que le micro est dans l'ordinateur, même si je n'ai rien trouvé tout à l'heure. Je vais essayer de le désactiver.

Vanessa balaya la pièce du regard en essayant de ne pas penser à ce qu'Adele et ses sbires pouvaient avoir entendu. Elle n'avait rien dévoilé de bien important mais Dylan, si. Parce qu'elle l'y avait forcé.

Elle fut prise de remords. Ceux qui écoutaient leurs conversations savaient maintenant qui était Dylan et connaissaient son passé. Ils ne le sous-estimeraient plus. Ils savaient aussi qu'elle portait son enfant. À cause d'elle, il avait dévoilé tous ses secrets.

C'était une pensée effrayante. L'argent pouvait acheter le silence, mais pas éternellement. Et d'ailleurs, elle persistait à penser que ce n'était pas l'argent qui motivait les actes d'Adele.

— Dylan…

Mais elle ne pouvait pas parler, puisqu'ils étaient sur écoute et qu'il n'était toujours pas parvenu à pirater l'ordinateur pour désactiver le micro.

Des câbles serpentaient sur le sol, entre le bureau et une multiprise. Elle s'approcha pour l'examiner. L'un de ces câbles devait être relié à l'ordinateur et, si elle le débranchait…

Elle marcha sur le câble de la multiprise, délogeant la fiche de la prise murale. L'ordinateur s'éteignit avec un « pop ». Elle leva les yeux vers Dylan et haussa les épaules.

— Oups…

Il secoua la tête.

— J'aurais préféré un moyen un peu plus discret. S'ils se rendent compte que le flux s'est interrompu, ils vont venir rebrancher l'ordinateur, ou poser un nouveau micro.

— Je doute qu'ils aient des micros de rechange. D'ailleurs, ça a tout l'air d'un accident. S'ils viennent rebrancher l'ordinateur, ils prennent le risque de nous faire comprendre que nous sommes sur écoute. Et nous pourrons le débrancher autant de fois qu'il le faudra.

Dylan jeta un regard circulaire dans la pièce.

— À condition qu'il n'y ait pas d'autre micro dans la pièce. Je n'en ai pas trouvé tout à l'heure, mais Adele pourrait en avoir posé un.

Soudain, Vanessa se sentit épuisée. Un autre micro ? Comment allaient-ils pouvoir s'évader si quelqu'un épiait chacune de leurs paroles ?

— Ils peuvent aussi nous enregistrer pour écouter plus tard, reprit Dylan. Nos conversations pourraient donc leur parvenir avec un temps de retard. En tout cas, ils n'écoutaient rien quand je suis allé chercher à manger. Et toi, quand tu es allée aux toilettes, est-ce que tu as remarqué quelque chose ?

— Non. Mais la porte d'Adele était fermée. C'est peut-être elle qui nous écoute.

— Adele ne ferait jamais ça, dit-il.

Mais il hocha la tête, leva théâtralement les yeux au ciel et forma les mots : « Tu parles ! »

Vanessa ne put s'empêcher de lui sourire. Il n'était pas idiot, après tout. Au contraire, il envoyait Adele sur une fausse piste. Dieu merci.

— Mais nous devons quand même être prudents, ajouta-t-il.

Il reprit le stylo et écrivit quelques mots sur la feuille, qu'il lui tendit.

Maintenant que je sais vraiment ce que je cherche, je vais fouiller la pièce une dernière fois.

Ce qu'il fit, avec tant de minutie que Vanessa eut l'impression que cela lui prenait des heures. Elle faillit s'assoupir sur la chaise, mais il la fit se lever afin de pouvoir tâter les plis du tissu et appuyer sur le coussin, sans doute pour sentir si un petit objet dur y était dissimulé.

— Tu es fatiguée, dit-il.

— Épuisée.

— J'ai bien envie de leur demander de nous fournir un lit, mais, s'ils sont partis pour nous faire croire qu'ils allaient récupérer la rançon, mieux vaut ne pas faire de vagues. Je suis pratiquement sûr qu'il n'y a pas d'autre micro et, puisqu'ils ne se sont pas empressés de venir rebrancher l'ordinateur ou nous dire que nous n'appellerons jamais le 911, je suppose qu'ils enregistrent au lieu d'écouter en direct. Nous allons donc en profiter pour dormir pendant quelques heures.

— Je veux rentrer chez moi.

C'était un besoin tellement désespéré qu'elle sentit les larmes lui monter aux yeux.

Dylan vint vers elle et posa les mains sur ses épaules. La douceur du contact, la tendresse qui adoucissait son regard, manquèrent faire jaillir ses larmes.

— Je sais. Je sais. Je vais te ramener chez toi.

C'était une promesse. Un serment.

Elle fut mortifiée en sentant les larmes couler sur ses joues et en entendant un bruit de sanglot s'échapper de sa gorge. Elle voulut se dégager, mais Dylan la retint et l'attira contre lui. Il appuya doucement sur sa tête jusqu'à ce qu'elle la pose sur son épaule.

Il ne chercha pas à la réconforter ni à sécher ses larmes. Il se borna à la laisser pleurer sur son épaule tout en lui frottant le dos de la main.

Alors elle pleura comme elle n'avait jamais pleuré devant personne auparavant. Elle se laissa complètement aller, comme si elle était seule sous la douche, par exemple. Mais elle n'était pas seule. Dylan était là et la serrait dans ses bras, comme s'il serait toujours là.

Il fallait vraiment qu'elle se reprenne. Pleurer était ridicule, mais envisager un *toujours* était le summum de l'absurde. Elle se dégagea et s'essuya le visage des paumes des deux mains.

— Je suis…

— Je sais que tu ne vas pas t'excuser d'avoir pleuré après

avoir été enlevée et avoir subi une blessure importante à la tête qui a causé une amnésie passagère. Tout ça alors que tu es enceinte, en plus. Parce que s'excuser serait tout simplement idiot.

Elle renifla, le regarda de travers, et pensa que c'était exactement ce qu'il avait recherché. Il avait voulu l'énerver et la mettre un peu en colère contre lui pour qu'elle ne se remette pas à pleurnicher.

— Il faut que tu te reposes, dit-il doucement. Ensuite, nous verrons bien ce qui sort de cette histoire de rançon.

Il regarda sa montre.

— Je veux que le second garde dorme à poings fermés avant que…

Il laissa sa phrase en suspens, sans doute parce qu'il craignait toujours qu'on les écoute.

— S'ils continuent à nous enregistrer, ils n'entendront rien avant un moment, chuchota-t-elle.

Elle ne voulait pas qu'il continue à griffonner des messages. Elle était tellement fatiguée qu'elle n'aurait jamais pu garder les yeux ouverts assez longtemps pour les lire.

— Nous n'allons pas appeler le 911, dit-il. Enfin si, mais nous allons nous évader par la même occasion. Nous ne passerons pas vingt-quatre heures de plus dans ce chalet. Je te le promets.

— Tu penses vraiment que nous pouvons y arriver ? demanda-t-elle à voix basse.

— Je vais te ramener chez toi. J'en fais le serment.

Elle fronça les sourcils devant le choix de ses mots – il avait parlé d'elle, et non d'eux –, mais il s'éloigna et commença à lui expliquer comment il comptait lui fabriquer un lit de fortune.

Le lit ne serait pas des plus confortables, mais l'essentiel était que Vanessa dorme. Dylan avait posé deux tapis l'un sur l'autre, couché la chaise de sorte que le repose-tête fasse office d'oreiller, et trouvé dans un placard une bâche en tissu qui pourrait servir de couverture.

Elle le regarda s'activer sans mot dire, l'air pensif et un peu méfiant. Il n'y prêta aucune attention parce que ce silence lui convenait. Il fallait qu'il retouche légèrement son plan, ce qui serait plus facile si elle ne le bombardait pas de questions et d'objections.

— Voilà. Ce n'est pas le grand luxe, mais ça ira.

D'un geste, il l'invita à s'étendre. Elle haussa les sourcils et considéra le lit rudimentaire.

— Parce que tu crois que je suis habituée au luxe ? demanda-t-elle sans bouger. Et toi, où est-ce que tu vas dormir ?

— Contre la porte, répondit-il. Au cas où ils entreraient. Je peux dormir n'importe où.

Avec un sourire forcé, il expliqua :

— Tu sais, l'armée, mon entraînement…

Elle approcha du lit de fortune en grimaçant mais finit par s'étendre. Elle posa la tête sur l'oreiller improvisé et dévisagea Dylan.

Ce regard scrutateur ne le dérangeait pas. *Elle* ne le dérangeait pas. Toute sa vie avait changé en un clin d'œil. Il ne comprenait pas encore tout à fait ce que cela impliquait, et il ne le comprendrait que quand elle serait en sécurité.

Oui, à ce moment-là, il pourrait s'occuper de tout le reste.

Enfin, elle tapota les tapis, à côté d'elle.

— Viens ici. Il y a assez de place.

Il fut surpris de voir à quel point il avait envie de la rejoindre – plus qu'une envie, c'était un besoin physique, qu'il devait réprimer.

— Il vaut mieux que nous soyons prêts à toute éventualité.

Qu'il dorme contre la porte de sorte qu'ils ne puissent être pris par surprise.

— Viens ici, je te dis. Est-ce que les soldats ne sont pas censés suivre les ordres ?

Sa voix était assez autoritaire pour lui arracher un sourire.

— Cela fait des années que je ne suis plus un soldat.

— Pourtant, depuis deux jours, tu en fais une imitation assez impressionnante. Et maintenant, fais ce que Capitaine Vanessa te dit et viens ici.

— Capitaine ?

— Tu as raison. Je suis faite pour être général.

Il gloussa de rire. Franchement, pourquoi résister ? Qu'il dorme auprès d'elle ou contre la porte, il la protégerait tout aussi bien. D'ailleurs, il n'allait sans doute pas fermer l'œil. Il était plutôt doué pour s'endormir sur commande, quand il en avait vraiment besoin, et il lui aurait suffi de dormir une heure ou deux pour rester parfaitement alerte, mais c'était la première fois qu'il devait protéger autant de choses tellement importantes pour lui.

Il soupira et s'allongea sur le lit improvisé, tourné vers elle. Ils étaient tellement proches qu'il pouvait sentir la chaleur de son corps et compter les taches de rousseur qui parsemaient son nez et les longs cils d'un noir de jais qui frangeaient ses yeux.

— Quand est-ce que tu as compris ? chuchota-t-elle.

Il n'eut pas besoin de lui demander de quoi elle parlait.

— J'ai des soupçons depuis le début, mais Adele est bonne actrice et je… C'est difficile de croire qu'une personne en qui tu as eu confiance te veut du mal.

Le visage de Vanessa se ferma.

— Pas pour tout le monde.

Il ne savait pas grand-chose de son enfance, mais il en savait assez. La plupart des hommes de la précédente génération de Carson étaient rudes et mauvais. Violents. Il s'était appuyé sur ce prétexte pour haïr tous les Carson, mais en vérité…

Bon sang, Grady était un type bien, et il n'avait jamais eu aucun problème avec Noah. Quant à Ty… Il avait parfois envie de lui casser la figure, mais aucun des trois hommes ne ressemblait à leurs pères.

— C'est vrai, répondit-il. Tu as raison.

Il ne put s'empêcher de tendre la main pour écarter les cheveux qui retombaient sur son visage.

— Mais personne ne t'a jamais donné de raison de croire qu'il ne te ferait jamais de mal.

Elle haussa nerveusement les épaules.

— Si. Grady, Noah et Ty.

— Ça n'a rien à voir. Crois-moi. Entre gamins, c'est différent. Mais les enfants ont besoin qu'un adulte veille sur eux, et c'est quelque chose que vous n'avez jamais connu.

— Les Carson commenceraient-ils à te plaire, Delaney ?

— Je pense que ça vaudrait mieux. Je vais être le père d'un demi-Carson, après tout.

Quand leurs regards s'unirent, il lut dans ses yeux tout ce qu'il ressentait lui-même. La peur. L'espoir. La tendresse.

— Alors, à quel moment est-ce que tu as pigé, pour Adele ? demanda-t-elle.

Sa voix était un peu pâteuse. D'épuisement sans doute, mais une partie de lui se demanda si c'était à cause de l'émotion.

— Quand ils m'ont emmené dans la cuisine pour faire réchauffer les pizzas, j'ai regardé partout pour essayer d'avoir une idée de l'endroit où nous sommes. La porte de la pièce où se trouvait Adele était ouverte. J'y ai vu deux fenêtres d'une taille parfaitement normale et un ordinateur. C'est elle qui dirige tout. Quant aux deux types qu'elle a engagés pour jouer les gros bras, ils n'ont pas trois neurones à eux deux.

Vanessa souffla et se rapprocha de lui, comme si tout était normal, comme si leur vie était faite de conversations dans leur lit, le soir – comme s'ils n'avaient pas été enlevés et n'essayaient pas de dormir par terre avec deux tapis, une bâche et un fauteuil de bureau en guise de literie.

— Je pense que tout tourne autour de la banque et de son travail, dit-elle. Pendant que tu n'étais pas là, elle s'est mise en colère parce que je n'arrêtais pas de lui parler de la banque et de ton père. Il y a un lien avec ça.

— Eh bien, la banque représente une source d'argent inépuisable.

Vanessa secoua la tête.

— Ce n'est pas une question d'argent, chuchota-t-elle. Je le sais. Tu dois trouver le lien avec la banque.

— Mais elle est partie récupérer la rançon.

— C'est soit un mensonge, soit un subterfuge.

Les lèvres de Vanessa effleuraient son oreille, éveillant son désir. Le moment était particulièrement mal choisi.

— Quelle motivation peut être plus grande que l'argent ? demanda-t-il.

Il cherchait à garder son esprit concentré sur le mystère qui les occupait et à ne pas remarquer qu'elle se rapprochait encore de lui et que leurs corps étaient maintenant pressés l'un contre l'autre.

— Je ne suis pas sûre d'avoir une réponse à cette question,

dit-elle en frottant sa joue contre la sienne. Quand on a assez d'argent pour vivre, ce qui semble être son cas, pourquoi se donner toute cette peine pour en avoir plus ? Il y a forcément autre chose. Dommage qu'on ne puisse pas demander à ton père ce qu'il en pense.

Dylan ricana.

— Lui ? Il voudrait toujours plus d'argent.

— Bien sûr, comme nous tous. Mais quels risques serions-nous prêts à prendre pour l'avoir ? Pourquoi risquer de tout perdre pour de l'argent quand on en a déjà ?

— Elle est peut-être accro au jeu, suggéra-t-il. À moins qu'un membre de sa famille ait des frais médicaux. Ou qu'elle ait pris un crédit pour ce chalet.

— Non. Ça ne colle pas. C'est une motivation personnelle.

— Elle est peut-être psychologiquement instable. Nous devrions envisager cette possibilité.

Vanessa ferma les yeux.

— Je suis tellement fatiguée d'envisager des possibilités.

Il effleura sa tempe des lèvres, autant pour la réconforter que pour se réconforter lui-même. Il voulait lui aussi qu'ils sortent de là, que Vanessa soit examinée par un médecin et qu'elle rentre chez elle saine et sauve.

Chez elle… Ils allaient devoir discuter de ce point, parce qu'il était hors de question que leur bébé grandisse au-dessus d'un endroit aussi sale et dangereux qu'un garage. Et il savait qu'elle lutterait bec et ongles pour que leur bébé ne vive pas à proximité de la propriété des Delaney.

Il posa la joue sur le sommet de sa tête et la serra contre lui. Toutes sortes de défis les attendaient. La situation délicate dans laquelle ils se trouvaient en ce moment, le bébé… Mais quelque chose dans ce moment de quiétude lui ôtait toute envie de trouver des solutions. Il voulait seulement souffler, il voulait du calme.

Vanessa soupira dans son cou.

— Je sais que c'est complètement dingue, chuchota-t-elle.

Et cette fois, ce n'était sans doute pas de peur qu'on les écoute.

— Mais nous allons bien ensemble.

— Oui, c'est vrai.

Elle l'embrassa dans le cou, puis sur la joue, en ondulant de tout son corps contre lui.

— Eh bien !

Il se racla la gorge, qui était devenue aussi sèche que si elle était pleine de poussière.

La bouche de Vanessa se posa sur la sienne, légère et taquine, et elle mordilla ses lèvres. Tous ses muscles se tendirent et il resserra son étreinte sur elle.

— Et pendant environ cinq minutes, chuchota-t-elle contre ses lèvres, j'aimerais faire comme si plus rien n'existait sinon ceci.

— Cinq minutes ? railla-t-il. Vraiment ?

Elle rit doucement contre sa bouche et se positionna sur lui.

— C'est tout ce qu'il me faut.

Dylan posa les mains de part et d'autre de sa taille et savoura le doux plaisir éveillé par le frottement de leurs corps, même à travers leurs vêtements.

— Mais moi, il me faut plus.

Elle lui décocha un sourire éblouissant.

— Tu veux parier ?

16

Même si c'était à cause d'un pari qu'ils s'étaient retrouvés dans le pétrin – ce dont elle se souvint à peu près au moment où Dylan la déshabilla rapidement –, celui-ci lui semblait légitime. La présence de Dylan lui semblait légitime. Ils allaient bien ensemble.

Quand ils seraient de retour dans le monde réel, elle devrait peut-être réfléchir à la question en se montrant un peu plus franche avec elle-même, mais cette pièce, ce lit de fortune, étaient hors du monde réel.

Elle prit un moment pour passer le doigt sur le petit tatouage qui ornait son torse, et qu'elle reconnut pour être la marque des Delaney. Elle en fut émue. Elle avait plusieurs tatouages elle-même, dont certains étaient lourds de sens, mais jamais elle n'avait gravé l'héritage de sa famille sur sa peau. Il lui semblait à la fois noble et un peu triste que Dylan l'ait fait.

Mais sa tristesse s'évapora quand Dylan se glissa en elle. En cet instant, plus rien n'exista sinon eux et la sensation de quiétude paradisiaque qui l'emplissait. Cela n'avait aucune importance qu'il soit un Delaney. Tout ce qui importait était leurs corps, qui bougeaient avec une harmonie parfaite.

Elle se cambra contre lui et il chuchota :

— Van.

Dans sa bouche, son diminutif lui fit l'effet d'être une pierre précieuse. Il la touchait comme si elle était sienne, et tout son être fut traversé par une énergie étincelante qu'elle fut incapable de contrôler ou de dissimuler sous sa carapace impénétrable.

— Je te veux. Je nous veux.

« Nous ». Elle voulait qu'il y ait un « eux ». Si son esprit ne parvenait pas encore tout à fait à le comprendre, son cœur avait déjà fait le grand saut. Peut-être même avant toute cette histoire, dès cette nuit floue pendant laquelle ils avaient conçu un enfant ensemble.

Elle soupira en atteignant la délivrance et le serra contre elle quand il la rejoignit. Ensuite, elle plongea dans un sommeil profond et parfaitement heureux.

Quand elle se réveilla – sans trop savoir pendant combien de temps elle avait dormi –, elle était habillée et pelotonnée dans le lit improvisé par Dylan. Il était blotti derrière elle, les bras noués en un geste protecteur autour de son ventre.

Elle referma les yeux et s'abandonna à l'envie de se laisser de nouveau engloutir par cette sensation d'absolue sécurité, quel que soit l'inconfort de leur couche.

Mais elle sentit l'étreinte de Dylan se resserrer, puis se relâcher tandis qu'il se réveillait contre elle. Le monde réel s'abattit de nouveau sur eux. Elle put presque sentir le cerveau de Dylan se mettre en marche pour réfléchir à la prochaine étape.

La peur la balaya. Une peur viscérale de le perdre.

— Est-ce que tu es sûr qu'il n'est pas plus prudent d'attendre, tout simplement ? Quelqu'un doit bien te chercher.

Une tension qu'elle était incapable de décrire se glissa dans ses épaules, et elle se sentit soudain… insignifiante.

— Et moi ? reprit-elle. Est-ce que tu penses qu'on me cherche ? Je suis sûre que tout le Wyoming se mobilise pour retrouver Dylan Delaney, mais est-ce que quelqu'un s'est seulement rendu compte que j'avais disparu ?

— Ta voiture était sur le parking de la banque. Je te parie que toute une armée de Carson convaincus que c'est moi qui t'ai enlevée rôde dans les montagnes pour me retrouver et me descendre.

Elle rit, se blottit contre lui et savoura cette sensation agréable et nouvelle. Jamais elle n'avait été du genre à se blottir contre quelqu'un ou à l'enlacer. Il lui arrivait bien de voler quelques câlins avec le fils de Noah et Addie, mais il grandissait vite et commençait à se tortiller pour lui échapper.

Elle caressa son ventre de la main, et Dylan fit de même.

Leurs doigts s'effleurèrent, leurs deux paumes reposant sur la vie qu'ils avaient créée ensemble.

— Je sais que ce n'est pas le moment de discuter de ça, que nous devons d'abord survivre à toute cette histoire, mais comment allons-nous faire ?

Tellement d'émotions la traversaient qu'il fallait qu'elle vide son sac pour ne pas s'effondrer une fois de plus.

— Je remarque que tu es passée au « nous », au lieu de m'ignorer comme tu le faisais avant, dit-il.

Elle se tourna dans le cercle de ses bras pour lui faire face.

— Le fait que tu m'aies sauvé la vie une fois ou deux ces derniers jours doit m'avoir amadouée.

— C'est ma faute si tu es…

— Non, coupa-t-elle. C'est la faute d'Adele.

Elle s'assit et se frotta les yeux. Elle se sentait légèrement nauséeuse, mais pas autant que d'habitude. Ils pouvaient discuter de la place qu'il tiendrait dans son avenir et celui de leur enfant, ils devaient même le faire, sans doute, mais penser à Adele lui avait rappelé qu'ils devaient d'abord rentrer chez eux sains et saufs.

— Est-ce que tu penses qu'elle est de retour ?

Dylan tendit le doigt vers la fenêtre.

— Il fait encore nuit, mais on peut voir les premières lueurs de l'aube. Elle doit être de retour, tu ne crois pas ?

— Il y a une façon de le savoir.

Vanessa se leva et se dirigea vers la porte.

— Van…

Elle lui adressa un clin d'œil par-dessus son épaule.

— Désolée, Charlie, mais tu n'es pas invité. Quand une femme est enceinte, elle a souvent besoin de faire pipi.

Elle se mit à cogner sur la porte malgré son air réprobateur.

Il fallut plus longtemps que d'habitude à Sans-Cou pour venir ouvrir. Il semblait un peu chiffonné, comme s'il était en train de dormir. Vanessa le regarda, les sourcils froncés.

— Tu peux y aller. Mais si tu fais des tiennes, je tire.

Il ne la saisit que par un bras, et la relâcha avant qu'elle soit arrivée devant la porte des toilettes pour se diriger d'un pas lourd vers le coin cuisine, où il commença à batailler avec la cafetière.

Vanessa avança lentement en fouillant le séjour du regard, cherchant un quelconque signe de la présence d'Adele. Elle ne la vit pas, mais remarqua que le guéridon sur lequel elle avait vu un téléphone fixe la dernière fois était maintenant vide.

Sorcière !

— Avance, gronda Sans-Cou en agitant sa tasse de café vers elle.

Elle obéit et entra dans les toilettes. Puisque Sans-Cou était distrait, elle prit le temps de fouiller le placard sous le lavabo plus minutieusement que la dernière fois, mais sans rien trouver qui puisse leur être utile.

Elle se releva avec un grognement de déception juste au moment où Sans-Cou ouvrait la porte à la volée.

— Hé ! protesta Vanessa.

— Tu mets trop longtemps.

Elle sortit de la pièce en lui lançant :

— Vous êtes vraiment d'excellente humeur, le matin.

Il la poussa dans le dos, et seuls ses réflexes l'empêchèrent de se cogner le ventre dans le dossier du canapé. Elle se retourna pour lui lancer un regard assassin, mais il était trop occupé à engloutir son café en grimaçant, sans doute parce qu'il se brûlait.

— Où est votre copain ? demanda-t-elle.

— C'est pas tes affaires. Tu préfères retourner dans ta pièce sur tes deux pieds, ou tu préfères que je te pousse une fois de plus ?

Elle fut tentée de lui retourner une réplique désobligeante et envisagea même de frapper celle de ses mains qui tenait la tasse pour que son café se renverse sur lui. La diversion lui permettrait de…

De quoi ? De courir vers la porte et de prendre une balle dans le dos ?

L'air sombre, elle se dirigea de nouveau vers la pièce. Elle allait ouvrir et refermer la porte elle-même, et peut-être que Sans-Cou oublierait de la verrouiller. Mais il la rejoignit en un éclair, ouvrit la porte et la poussa à l'intérieur.

Elle fit volte-face pour le regarder de travers, ce qui l'empêcha de regarder Dylan qui s'était plaqué contre le mur, juste à côté de la porte, hors de vue de Sans-Cou.

Le malfrat répondit à son regard noir par un sourire narquois et referma la porte, mais pas avant que Dylan ait silencieusement glissé quelque chose entre le battant et le chambranle.

— Qu'est-ce…

Il porta un doigt à ses lèvres, secoua la tête et l'entraîna à l'autre bout de la pièce. Là, il se pencha pour lui glisser à l'oreille :

— J'ai bouché le trou de la gâche avec un morceau de scotch. Je ne suis pas sûr qu'il soit bien mis ni qu'il soit assez solide pour empêcher le pêne de s'engager, mais ça valait le coup d'essayer.

Il haussa les épaules et conclut :

— Nous testerons plus tard. Tu as vu quelque chose dehors ? Adele ?

— Seulement Sans-Cou, mais le téléphone qui était sur la table n'y est plus.

Au lieu de paniquer ou même de froncer les sourcils, comme elle s'y serait attendue, Dylan sourit.

— Pourquoi est-ce que ça t'amuse ? demanda-t-elle. Nous ne pourrons pas appeler le 911 ! Notre plan tombe à l'eau.

— Ma chérie, ça n'a jamais été mon plan.

Elle le regarda de travers.

— Prends ton « chérie » et fourre-le-toi là où le soleil ne brille jamais.

Son sourire s'élargit.

— Et c'est la preuve qu'Adele est derrière tout ça, ajouta-t-il.

— Ouais, parce que la fenêtre immense et l'ordinateur que tu as vus dans sa pièce ne suffisaient pas, répliqua-t-elle, sarcastique. Alors, qu'est-ce qu'on fait maintenant ?

— Maintenant…

Il la prit par les épaules et planta son regard dans le sien.

— Nous organisons notre évasion.

Laurel aurait grand besoin d'un double café, mais elle devait se contenter d'eau, parce qu'elle avait déjà absorbé sa quantité quotidienne de caféine à environ 7 heures du matin. Il était maintenant midi passé et elle se dirigeait vers le ranch des Delaney pour affronter son père.

Elle avait laissé Hart étudier seul les dossiers bancaires qu'ils avaient enfin pu obtenir. Quant au portable d'Adele, il n'avait toujours pas été localisé…

Une migraine tambourinant aux tempes, elle frappa à la porte et entra.

— Papa ?

— Il est en haut, répondit Jen.

Sa sœur sortit de la cuisine, où elle se trouvait généralement quand elle était à la maison.

— Toujours rien ?

Laurel secoua la tête et l'embrassa rapidement.

— Les fédéraux se préparent pour une éventuelle remise de rançon, mais ils ont du mal à obtenir des instructions de la part du ravisseur. Apparemment, elle a disparu de la surface de la terre après avoir demandé de l'argent.

— Elle ? demanda Jen, un sourcil haussé.

— C'est ma théorie.

Qu'elle n'allait pas développer devant sa sœur, même si elle l'adorait.

— Est-ce que tu as une idée de la raison pour laquelle papa a voulu que je passe ?

Jen secoua la tête.

— Il s'est enfermé dans son bureau depuis qu'il est levé. Il n'a même pas voulu parler à Cam quand il est passé.

Jen leva les yeux vers le plafond, le front plissé par l'inquiétude.

— Est-ce que Cam est ressorti pour poursuivre les recherches ?

Jen acquiesça et se tordit les mains.

— J'aimerais tant pouvoir faire quelque chose !

— Ce qu'il faut que tu fasses, c'est surveiller papa. D'accord ? Ce n'est pas amusant, je sais, mais c'est important.

— Il est anéanti.

Laurel hocha la tête.

— Je vais monter. Merci de rester avec lui pendant que nous travaillons sur cette affaire.

— Tu sais que tu n'as pas à me remercier.

— Oui.

Elle envisagea un instant de parler du bébé à sa sœur. Grady et elle avaient décidé de ne rien dire à personne avant que sa grossesse soit plus avancée, mais Jen, en plus d'être sa sœur, était sa meilleure amie. Et d'ailleurs, elle avait été forcée de mettre Hart au courant.

— Écoute…

Elle se mordilla la lèvre.

— Est-ce que tu as remarqué quelque chose entre Dylan et Vanessa, à mon mariage ?

— Dylan et Vanessa ? répéta Jen en éclatant de rire. Tu veux dire, autre chose qu'une haine pure et non dissimulée ?

— Oui, autre chose que ça.

— Non. Enfin… Je ne les ai pas beaucoup vus, c'est vrai.

Une expression bizarre traversa fugitivement le visage de Jen.

— Tu crois vraiment qu'ils sont ensemble ?

— De plus d'une façon.

— C'est impossible, répondit Jen d'un ton étonnamment catégorique.

— Toutes les preuves indiquent que…

— Je me fiche de ce qu'indiquent les preuves. C'est déjà assez grave que tu sois avec Grady, mais si Dyl…

Elle s'interrompit et ferma les yeux.

— Je ne voulais pas dire ça.

— Si, c'est exactement ce que tu voulais dire, répliqua Laurel.

En temps normal, ce genre de remarque lui passait au-dessus de la tête. Elle avait fini par se résoudre à voir tous les membres de sa famille rester coincés dans la querelle ancestrale – hormis Cam – et par passer à autre chose. Mais elle était enceinte et Dylan avait disparu, ce qui ravivait toutes sortes de sentiments qu'elle n'avait pas le temps d'éprouver.

— Je reviens, murmura-t-elle.

Elle tourna le dos à Jen et à ses excuses pour se diriger vers l'escalier, qu'elle monta d'un pas lourd. Elle était épuisée et redoutait de devoir affronter son père alors que Dylan était toujours porté disparu.

Elle frappa à la porte close du bureau, et n'entra que quand son père l'eut invitée à le faire.

— Tu voulais me voir, dit-elle simplement.

— J'ai reçu un autre courrier.

— Quoi ? Et tu ne me l'as pas tr…

— J'ai trouvé ça sur le porche ce matin, coupa-t-il en désignant de la tête une enveloppe marron posée sur son bureau.

— Il y a combien de temps ?

Son père haussa les épaules sans répondre.

— Papa… Qu'est-ce qui ne va pas chez toi ? Pourquoi est-ce que tu ne m'as pas appelée plus tôt ? Pourquoi est-ce que tu ne m'as pas dit que tu avais trouvé un indice ?

Elle sortait déjà ses gants en latex de la poche de son ceinturon quand son père sortit une photo de l'enveloppe et la tendit vers elle.

— Pose cette photo, ordonna-t-elle. Tu mets tes empreintes dessus.

Elle examina la photo. Malgré le grain, on reconnaissait parfaitement Dylan et Vanessa, qui s'enlaçaient dans une pièce qui semblait être un bureau.

— Pose-la, répéta-t-elle. Il y a peut-être des empreintes sur cette photo. Nous pourrions…

— Est-ce que tu as bien regardé ? coupa son père en la lui agitant sous le nez. Et ce n'est pas tout ! Cette enveloppe est pleine de preuves que mon fils me ment depuis des années. Au sujet de ses études, de sa vie, de tout ! Et maintenant il y a ces foutaises sur cette Carson qui est enceinte et…

Sa fureur sembla s'atténuer.

— Tu n'as pas l'air étonnée.

— J'ai appris que Vanessa était enceinte au cours de l'enquête, rétorqua froidement Laurel. Quant au reste, je ne sais absolument pas de quels mensonges tu parles.

— Et que Dylan est le père de ce bébé ? cracha son père. Tu le savais ?

— C'était une théorie.

— Comment pouvez-vous tous les deux être tellement…

— Non. Non ! Pas de ça. Nous essayons de retrouver Dylan et Vanessa. Et toi… Comment as-tu pu les mettre en danger comme tu l'as fait ? Tu aurais dû m'appeler dès que tu as trouvé cette enveloppe. Tu n'aurais jamais dû… Comment peux-tu réagir ainsi, pour un détail tellement insignifiant ?

— Insignifiant ? S'il a osé féconder cette traînée…

— Et c'est tout ce qui te préoccupe ? cria-t-elle, incapable de juguler sa fureur. Dylan pourrait être mort à cause de toi !

Il pâlit, mais ne relâcha pas la photo.

— Si ce que je vois sur cette photo est vrai, il est mort pour moi.

Laurel le gifla avant même d'avoir réfléchi à son geste, et attendit d'être submergée de remords. Mais rien ne se passa. Dylan courait un grave danger, une jeune femme enceinte avait de gros ennuis, et son père ne s'inquiétait que de la réputation de la famille.

— Tu es odieux et complètement tordu, parvint-elle à dire bien que sa voix se brise en même temps que son cœur.

Malgré les larmes brûlantes de rage qui lui échappaient, elle poursuivit :

— Ton fils court un grave danger et tout ce qui te préoccupe, c'est un nom. Une querelle ancestrale poussiéreuse. Pourtant, tu nous parles encore, à Cam et à moi. Pourquoi est-ce que les actes de Dylan seraient impardonnables ?

— Parce que Cam et toi ne faites pas d'enfants avec ces bâtards. La conduite de Dylan va à l'encontre de l'histoire de notre famille, et de la nature même de Bent. Laurel… Les Carson et les Delaney ne sont pas faits pour être ensemble. Bon sang, est-ce que tu as remarqué ce qui se passe depuis que tu as commencé à fréquenter Grady ?

Elle ignora la dernière partie de sa diatribe. Elle refusait qu'il rejette la faute sur elle – et sur l'amour qu'elle portait à Grady.

— Et pourtant, c'est ce que je fais. Un enfant.

— C'est ce que tu penses, je le sais, mais Carson montrera son vrai visage avant que tu…

— Non, papa. Je suis enceinte.

La photo tomba des mains de son père et vola jusqu'au sol. Il se laissa lourdement tomber dans son fauteuil de bureau.

— Jusqu'ici, poursuivit-elle, tous tes futurs petits-enfants sont à moitié Carson. Et j'espère que les autres à venir le seront aussi, et que tu arriveras à te mettre dans la tête que tu dois en être fier.

Et maintenant, elle avait un travail à faire. En se gardant bien de regarder son père, elle enfila ses gants afin de pouvoir toucher la photo et l'enveloppe sans y ajouter ses propres empreintes.

— Je ne sais pas à quel moment de votre éducation j'ai pu me tromper à ce point, les enfants, dit son père d'une voix faible. Je vous ai appris à distinguer le bien du mal, et voilà comment vous me remerciez tous.

— C'est ce que tu as fait, oui. Tu nous as appris la différence entre le bien et le mal, entre la justice et l'injustice.

S'ils étaient tous les quatre devenus des citoyens modèles, n'était-ce pas parce qu'il leur avait insufflé le sens des responsabilités et appris à toujours faire ce qui était bien ? Et pourtant, au cours de l'année passée, elle avait eu plus d'une preuve que son père ne savait pas où était le bien.

— Et je me demande ce qui s'est passé pour que tu ne comprennes pas que nous suivons tes préceptes.

— À cause de toi, la malédiction va s'abattre sur nous, dit son père d'une voix mourante, désespérée.

Depuis le début de cette épreuve, elle se demandait si elle n'avait pas attiré la malédiction sur la ville parce qu'elle aimait le mauvais homme, tout en sachant que c'était ridicule parce que l'homme qu'elle aimait n'avait rien de mauvais.

— Non. La malédiction qui s'abat sur nous depuis tant d'années, c'est ça, contra-t-elle en tendant le bras vers lui. Cette haine farouche et sans fondement. Voilà où vous vous trompez tous depuis plus de cent ans. La haine n'a jamais rien résolu, et ne résoudra jamais rien.

Taraudée par une douleur insupportable, elle regarda son père et conclut :

— Mais l'amour peut tout résoudre.

Tout au long de sa vie, elle avait cru à la lutte entre le bien et le mal, à l'importance de la quête de vérité et de justice. C'était sur ces fondements qu'elle avait construit tant son âme que sa carrière, mais en vérité elles reposaient sur un socle d'amour.

— J'espère que tu changeras d'avis à temps pour être le grand-père que nos enfants méritent.

Parce que l'amour engendrait l'espoir et, elle l'espérait, le pardon.

— Et maintenant, pendant que je m'échine pour ramener mon frère à la maison sain et sauf, j'espère que tu vas prendre un moment pour réfléchir à ce autour de quoi tu veux construire ton monde. Une querelle vaine et stupide, ou ta famille ?

Elle prit la photo et l'enveloppe, tourna le dos au visage boudeur de son père et sortit de la pièce. Elle inspira et souffla lentement pour cloisonner son chagrin afin de pouvoir faire son travail.

Elle partit sans dire au revoir à Jen, monta dans sa voiture et mit les preuves dans des sachets avant de démarrer. Elle faisait marche arrière quand son portable sonna.

— Je crois que j'ai trouvé, dit Hart dès qu'elle décrocha. J'ai appelé des renforts. Nous partons tout de suite.

— L'adresse, ordonna Laurel.

— Pas question, Laurel.

— C'est mon frère.

— Exactement. J'ai assez d'effectifs pour m'en occuper seul. Et toi, avec ton effectif personnel, tu vas t'asseoir derrière un bureau et attendre.

Malheureusement, Hart avait raison. Il fallait qu'elle fasse attention à elle et au bébé, et qu'elle se persuade qu'il pouvait se charger de tout. Ce qui l'énerva à tel point qu'elle prononça des mots qu'elle n'aurait jamais pensé dire un jour.

— Comme tu veux, mais j'envoie mes propres renforts.

— Laurel, je n'ai pas besoin des Carson.

— Tu les auras quand même.

Elle respectait toujours scrupuleusement la loi, mais, si elle ne pouvait pas être là pour sauver son frère, elle allait envoyer un groupe d'hommes qui n'hésiteraient pas à l'enfreindre pour sauver celle qu'ils aimaient – en même temps que Dylan.

17

Dylan était passé maître dans l'art d'attendre. Son entraînement de sniper lui avait appris à rester assis des heures durant dans une position inconfortable, l'arme à la main. Telle avait été sa vie pendant deux ans, et sa capacité à patienter et à se contrôler n'avait pas disparu à son retour à la vie civile.

Mais patienter aux côtés d'une femme enceinte et impatiente qui aurait été incapable de rester en place même si sa vie en avait dépendu le rendait fou.

— Bébé, il faut que tu restes assise.

Elle le regarda de travers.

— Toute cette histoire de bébé devient lassante.

— D'accord, dit-il en souriant. Pas de bébé. Chérie, il faut que tu restes assise.

Elle croisa les bras.

— Chérie ? C'est trop mignon.

— Je sais.

Mais parce que son irritabilité et ses regards noirs n'étaient dus qu'à sa nervosité, il s'approcha d'elle et posa les mains sur ses épaules, avant de les presser en un geste rassurant.

— Attendre est le plus difficile, mais aussi le plus important. Le timing est crucial.

— Nous ne savons même pas si le scotch a bien bloqué le pêne. Il faudrait peut-être vérifier.

— Non, ce qu'il faut faire, c'est attendre.

Elle gémit et chercha à se dégager, mais il l'en empêcha en nouant les bras autour de sa taille. Il l'attira contre lui, l'embrassa dans le cou et se délecta de sentir sa résistance fondre peu à peu.

— J'aurais bien un moyen de te changer les idées…, chuchota-t-il.

Mais elle ne se détendit pas complètement et garda les deux mains plaquées sur son torse pour le maintenir à distance. Quand elle leva les yeux vers lui, il vit qu'elle réprimait un sourire, mais ses yeux la trahissaient. Il fut tenté de lui dire combien il était facile de lire dans son regard, mais se ravisa. Elle aurait seulement fait en sorte que ses yeux ne la trahissent plus.

Le soupçon d'humour qui les faisait pétiller disparut.

— Si ça marche…

— Ça va marcher, corrigea-t-il.

Elle eut un soupir excédé.

— D'accord. Ça va marcher, et nous allons rentrer chez nous. Et là, nous aurons un sacré paquet de choses à régler.

— Et nous nous rendrons peut-être compte que ce ne sont que des détails. Au final, quand nous serons rentrés chez nous, nous n'aurons qu'un objectif : donner à notre bébé la meilleure vie qui soit.

Elle fronça les sourcils.

— Nous ne serons jamais d'accord sur ce que peut être la meilleure vie qui soit.

Dylan haussa les épaules.

— Tu pourrais être étonnée de voir sur combien de choses nous serons d'accord. Mais pour commencer, nous devons sortir d'ici. Alors, passons une dernière fois le plan en revue.

Elle gémit de nouveau et voulut le repousser, mais il la retint fermement.

— Je t'écoute.

Elle fit la grimace avant d'obéir.

— Nous attendons 16 heures, l'heure à laquelle ils commencent leur petite routine du soir. Sans-Cou va faire sa sieste, pendant que Gros-Yeux prépare son dîner. Si ton truc avec le scotch a fonctionné, nous sortons sans bruit. D'abord moi, et toi ensuite.

— Et si Gros-Yeux nous voit, ou qu'Adele jaillit de l'endroit où elle se cache ?

— Je dis que j'ai eu envie d'aller aux toilettes et qu'ils avaient oublié de fermer la porte à clé. S'ils ne me croient pas, j'avoue que tu as forcé la serrure et que tu m'as sacrifiée en me forçant à essayer de m'enfuir. S'ils se dirigent vers ici, je crie en prétendant que j'ai vu une araignée. Tu crées une diversion, et je cours vers la porte d'entrée.

Elle leva les yeux vers lui, et cette fois il fut à peu près certain que c'était volontairement qu'elle laissait toutes ses émotions transparaître sur son visage.

— Je n'aime pas cette partie, Dylan.

Il appuya le front contre le sien.

— Je sais, mais nous devons te faire sortir d'ici. Et si tu n'es pas dans la ligne de tir, je pourrai éliminer ces deux crétins.

Il n'avait pas peur de se sacrifier. D'ailleurs, selon ses estimations – et à moins qu'Adele et les deux types lui réservent une grosse surprise –, il avait quatre-vingt-cinq pour cent de chances de survivre. À condition que Vanessa ne cherche pas à intervenir.

Autrement dit, il devait s'assurer qu'elle n'interviendrait pas. La tâche était ardue, parce qu'il avait rarement croisé femme plus contrariante qu'elle. Mais il y avait en jeu bien plus que leurs vies à tous deux.

— Van, le plan ne marchera que si tu cours quoi qu'il arrive. Sans un regard en arrière. Sans essayer de me sauver. Il faut que tu coures aussi vite que possible et que tu me laisses m'occuper de ces types.

— Dylan…

— Il faut que tu coures, martela-t-il. Tu ne peux pas penser qu'à toi. Et d'ailleurs, je peux me débrouiller.

— Je ne vais pas…

— Promets-moi que tu feras ce que je te dis.

— Très bien, mais je veux que les choses soient claires : je ne vais t'obéir que parce que je suis enceinte et que je me suis promis, il y a bien longtemps, de m'efforcer d'être une meilleure mère que l'était la mienne et de faire passer mon bébé avant tout le reste. Voilà. C'est la seule raison pour laquelle je vais t'obéir. Un Carson ne fuit pas, il protège ce qui lui appartient.

Il sourit.

— C'est exactement ce que je te demande de faire.

— Vous m'appartenez tous les deux, répliqua-t-elle avec fougue.

Elle souligna ses paroles d'un regard grave et plein de détermination.

Le sens profond de ces mots éveilla en lui des sentiments qui l'ébranlèrent. Mais les sentiments étaient dangereux. Ils pouvaient être source d'erreurs, et la moindre erreur lui était interdite. Son premier instinct fut de les faire taire.

Mais comme il était primordial que Vanessa fasse exactement ce qu'il lui demandait, il allait se servir de ces sentiments avant de les mettre de côté pour les examiner plus tard.

Il encadra le visage de Vanessa de ses mains en essayant de ne pas remarquer qu'elles tremblaient peut-être un peu.

— Je n'avais jamais pensé pouvoir tomber amoureux d'une Carson.

Elle inspira vivement. Sans y prêter attention, il poursuivit :

— Ou pendant un enlèvement. Ou d'une femme qui serait déjà enceinte de moi. Mais peut-être que c'est normal, tout compte fait.

Il la sentit frissonner et la regarda déglutir avec effort.

— Eh bien, parvint-elle enfin à dire d'une voix tremblante. Je suis à peu près certaine qu'il y a une semaine je t'aurais répondu que je préférerais boire de l'eau de Javel que tomber amoureuse d'un Delaney.

— Charmant.

— Mais si je ressentais ça, je crois que c'est parce que… pas parce que je déteste les Delaney.

— Tu en es sûre ?

— D'accord, je déteste ton père. Et il m'arrive d'avoir envie de coller mon poing dans le visage parfait de Cam, sans savoir pourquoi. Mais je n'ai jamais détesté Laurel. Je…

Ses épaules s'affaissèrent et elle posa ses doigts sur sa bosse – qui commençait à dégonfler, remarqua-t-il.

— Nous étions amies. Si nous avons cessé de l'être, ce n'est pas parce que je me suis mise à la détester du jour au lendemain. C'est plus compliqué que ça. Quant à Jen, je suis partagée à son sujet, mais sans plus.

— Tu parles de mon père et de mes frère et sœurs, mais tu ne dis rien sur moi.

Elle inspira profondément, souffla et avoua :

— Cela fait longtemps qu'il y a quelque chose entre nous.

— Oui, c'est vrai.

— Je voulais que ce soit de la haine, mais peut-être que ça n'en a jamais vraiment été.

Il ramena quelques cheveux derrière ses oreilles. Tellement de fragments de son être, qu'il avait enfermés à double tour dans son âme, se libéraient soudain.

— Peut-être, oui.

— Ce qui pourrait être la source de tous les problèmes. Les gens ont vu de la haine là où il y avait de l'amour et… Eh bien, quoi qu'il en soit, je suppose que je suis en train de te dire que je t'aime aussi. Je ne sais pas pourquoi, mais je le sais. Tu es bon et, sous ton vernis, tu es aussi dur que n'importe quel Carson. Tu te soucies des autres et de moi… Nous ne sommes pas en train de nous dire adieu, n'est-ce pas ? Parce que je ne te permets pas de te défiler. Nous allons rentrer à Bent ensemble, et que leur malédiction aille se faire voir.

Il sourit, parce que ces mots lui ressemblaient tellement, et parce qu'il espérait qu'ils parviendraient à construire une relation solide.

— Non, ce n'est pas un adieu, répondit-il. Je veux seulement que tu sois consciente de ce qui est en jeu et que tu me promettes de courir aussi vite que tu le pourras. Protège notre bébé. Et si tu as l'occasion d'appeler ton frère et tes cousins pour me donner un coup de main, je n'ai rien contre.

— Tu ne veux pas plutôt que j'appelle Laurel et la police ?

Il regarda la porte et y réfléchit.

— Je veux bien les deux.

Elle lui prit le poignet et le tourna pour voir sa montre.

— On dirait que c'est l'heure de commencer le spectacle.

Mais il ne la relâcha pas. Au contraire, il l'étreignit plus fort.

— Promets-moi.

Elle secoua la tête, mais le regarda droit dans les yeux.

— Je promets. Je courrai. Et tu sauras mener ta propre bataille. Je te fais confiance.

Elle prit sa main et la posa sur son ventre.

— Mais n'oublie pas pour quoi tu te bats.

Il acquiesça, l'embrassa une dernière fois, avec fougue, et chassa ce moment de son cerveau. Dommage qu'il ne puisse pas, pour les quelques minutes à venir, le chasser aussi de son cœur.

Il la relâcha, souffla et dit :

— Très bien. Et maintenant… Allons-y.

Il fit appel à tout son calme et s'approcha lentement de la porte. Sans se laisser distraire par l'impatience de Vanessa, il tourna le bouton de porte, qui céda lentement et silencieusement. Faisant fi de l'excitation qui faisait battre son cœur un peu plus vite, il tourna le bouton complètement et le tira. La porte bougea avant de se coincer. Il ravala un juron. Il devait garder sa lucidité, sa sérénité.

— Trouve-moi quelque chose d'assez fin pour glisser dans l'entrebâillement. Une carte de crédit ou une épingle à cheveux, par exemple.

Il réprima l'envie de tout simplement tirer un bon coup pour ouvrir la porte. Il fallait qu'ils soient parfaitement silencieux.

Et qu'ils aient une bonne tonne de chance.

Vanessa se mit aussitôt au travail. Elle fouilla parmi les objets posés sur le bureau, trouva un cahier à spirale et en arracha la couverture, qu'elle brandit vers lui. Quand il acquiesça, elle la déchira en deux.

— Plus petit, enjoignit-il.

Elle la déchira encore et encore jusqu'à atteindre la taille qu'il lui fallait. Enfin, il glissa le morceau de carton dans l'interstice entre la porte et le chambranle et s'en servit pour repousser le pêne, qui s'était engagé en partie dans la gâche malgré le morceau de scotch.

Le pêne céda, et il ouvrit la porte sans bruit.

Le séjour était vide mais, comme il l'avait soupçonné, il entendit quelqu'un s'activer dans la cuisine.

D'un geste, il ordonna à Vanessa de sortir. Elle obéit et se dirigea vers la porte d'entrée d'un pas vif et silencieux. Dylan inspecta la pièce dans l'espoir d'y trouver une arme qu'il pourrait utiliser s'ils se faisaient prendre. Il ne trouva rien, mais ses poings – et son intelligence – lui suffisaient.

Il n'osa pas regarder Vanessa, parce qu'il devait observer l'entrée du coin cuisine afin de s'assurer que personne n'en sortait. Quand il entendit le léger grincement de la porte d'entrée, il grimaça et banda tous ses muscles, prêt à passer à l'attaque.

Mais personne ne vint.

Le cœur tambourinant sous l'effet d'un espoir trop vif pour qu'il puisse le contenir, il s'éloigna à reculons de l'entrée du coin cuisine, en direction de la porte. Il était impossible qu'ils puissent s'évader aussi facilement. Impossible. Et pourtant…

Il arriva à la porte que Vanessa avait entrebâillée juste assez pour se laisser glisser à l'extérieur, où elle l'attendait. Il lui adressa un hochement de tête et lui prit le bouton de porte des mains.

Il allait devoir ouvrir un peu plus la porte pour pouvoir passer. Quand il tira sur le bouton, la porte émit un nouveau grincement, à peine plus sonore que le premier, mais il sut tout de suite que les hommes l'avaient entendu.

Il s'accorda un précieux moment pour regarder Vanessa dans les yeux.

— Cours.

Il la poussa doucement, referma la porte et pria pour qu'elle obéisse.

Vanessa s'élança en retenant des larmes nées d'un mélange de peur et de colère. Quel idiot ! Il avait refermé la porte afin de pouvoir affronter les hommes seul. Si jamais ils rentraient à Bent, il allait passer un sale quart d'heure.

— Quand. Quand nous rentrerons à Bent, chuchota-t-elle.

Elle suivit les directives de Dylan et courut vers les arbres. Il lui avait dit de s'enfoncer dans la forêt jusqu'à ne plus pouvoir distinguer le chalet. Ensuite, elle devait s'arrêter et tendre l'oreille. Si elle n'entendait aucun bruit de course derrière elle, il fallait qu'elle revienne lentement sur ses pas, en se dissimulant autant que possible parmi les arbres, et suive la route qui descendait de la montagne.

Si quelqu'un sortait du chalet, elle devait s'enfoncer aussi profondément que possible dans la forêt. Quand il aurait neutralisé les malfaiteurs, il saurait la retrouver.

C'était un plan tellement stupide qu'elle eut envie de se gifler pour se punir d'avoir accepté de le suivre. Mais quand le chalet ne lui apparut plus que comme une vague tache claire au loin, à travers les arbres, elle s'arrêta, s'accroupit et tendit l'oreille.

Personne ne s'était lancé à sa poursuite. Et aussi longtemps que les hommes ne la pourchassaient pas, Dylan était en vie.

À moins que ce soit seulement lui qu'ils veuillent, et que tu ne les intéresses pas assez pour qu'ils prennent la peine de te retrouver.

En ravalant un sanglot, elle se releva et, lentement, prudemment, se glissa entre les arbres vers la lisière de la forêt. Enfin, elle put distinguer la route.

Elle remarqua deux voitures garées devant le chalet et fit taire l'inquiétude qui la gagnait. Elle ne devait penser qu'à une chose : mettre le bébé qui grandissait dans son ventre en lieu sûr.

Un sanglot lui échappa, et elle se mordit la lèvre pour retenir les autres. Sans cesser de se cacher derrière les arbres, elle s'éloigna lentement du chalet, parallèlement à la route.

Ses larmes finirent bientôt par se tarir, et tout ce qui resta en elle fut une détermination implacable. Même si elle avait mal aux pieds et que sa tête l'élançait, elle allait continuer à marcher.

Mais quand elle atteignit un embranchement, ses larmes menacèrent de se remettre à couler. Elle ne savait pas où elle était. Quelle route devait-elle suivre ? Fallait-il qu'elle traverse, ou qu'elle reste cachée ? La route la plus proche d'elle pouvait remonter dans la montagne. Mais si elle traversait et que quelqu'un commençait à lui tirer dessus ?

Elle ne pouvait pas risquer de se retrouver à découvert. De toute façon, quelle que soit la route qu'elle choisisse, elle finirait bien par la mener quelque part. Elle décida donc de rester à l'abri derrière les arbres et reprit son chemin d'un pas lourd.

Elle continua à marcher jusqu'à ce qu'elle soit forcée de s'arrêter et de s'appuyer contre un arbre pour souffler. Elle avait des vertiges et sa bouche était trop sèche. Elle était morte de fatigue.

Mais, quelque part derrière elle, Dylan se battait contre deux hommes armés. Elle devait le sauver, d'une façon ou d'une autre. Il fallait qu'elle atteigne une ville, une…

Elle s'arrêta net en voyant une voiture garée de l'autre côté de la route. Quelqu'un était appuyé sur le capot.

En s'efforçant de demeurer rigoureusement immobile, elle observa la voiture entre les arbres. C'était un véhicule brun clair, dont la portière était marquée d'un logo qu'elle connaissait. Et la personne vêtue d'un épais manteau qui était appuyée sur le capot était…

— Laurel.

Comme Laurel ne bougea pas, Vanessa comprit qu'elle craignait tellement qu'il ne s'agisse que d'un mirage qu'elle avait à peine chuchoté son prénom. Elle fit un pas en avant. La voiture de patrouille ne s'estompa pas, le profil grave de Laurel ne se transforma pas. Non, ce n'était pas une hallucination.

Elle continua sa lente progression vers la route sans cesser de s'attendre à ce que la vision disparaisse.

Enfin, elle sortit de la forêt en trébuchant.

— Laurel.

La jeune femme tourna vivement la tête, et Vanessa remarqua qu'elle portait la main à son arme.

— Oh ! mon Dieu. Oh ! mon Dieu !

Laurel relâcha la crosse de son revolver et s'élança aussitôt sur la route.

Quand elle fut auprès d'elle, tout ce que Vanessa put faire fut de la prendre dans ses bras et de pleurer. C'était bien réel. Dylan l'avait fait sortir du chalet, et Laurel était ici. Elle serra le corps mince de la jeune femme aussi fort qu'elle le put et laissa libre cours à ses larmes.

Laurel finit par se dégager, mais sans cesser de la soutenir, et la dévisagea. Son regard scrutateur trahissait son angoisse.

— Dylan, dit-elle. Où est mon frère ?

— Il est toujours là-bas. Il a besoin d'aide.

Vanessa déglutit et rassembla ce qu'il lui restait de forces.

— Il est là-bas ! s'exclama-t-elle en attrapant Laurel par le bras. Viens. Je vais t'y conduire. Tu as une plaque et un revolver.

Mais Laurel ne bougea pas.

— Nous n'allons pas retourner là-bas, Van.

Un frisson d'angoisse fusa le long de son épine dorsale.

— Bon sang, qu'est-ce qui ne va pas chez toi ? Il est là-bas et il se bat contre deux crétins armés et une folle furieuse. Il faut que tu ailles le chercher !

Laurel ferma les yeux, comme pour repousser un immense chagrin, mais résista quand même quand Vanessa chercha de nouveau à l'entraîner vers la forêt.

— Mes hommes s'en occupent.

— Tes hommes ? Depuis quand est-ce que tu laisses une bande de flics sauver un membre de ta famille ?

— Vanessa. Calme-toi.

De son bras libre, Laurel prit la main de Vanessa dans la sienne.

— Est-ce que tu vas bien ? Je devrais appeler une ambulance. Viens.

Elle l'entraîna vers la voiture de patrouille. Vanessa fit quelques pas avant de s'arrêter net.

— Non ! Je n'irai nulle part avant d'être certaine que Dylan est sain et sauf. Il faut que tu le trouves, Laurel. Il faut que tu le sauves !

Laurel acquiesça.

— C'est ce que nous sommes en train de faire. Mes hommes encerclent le chalet en ce moment même.

— Pourquoi est-ce que tu n'es pas avec eux ?

Laurel sembla de nouveau incroyablement triste, mais, quand elle répondit, ce fut d'une voix calme et égale. Sa voix de flic.

— Parce que je ne peux pas y être. Pour la même raison qui a poussé Dylan à te faire sortir du chalet.

— Tu…

Il fallut à peine plus d'un instant à Vanessa pour relier les points. Laurel savait. Et elle était…

— Tu es au courant.

— Nous avons dû fouiller ton appartement. Attends…

Elle approcha de sa bouche le micro fixé à son uniforme et, en jargon policier, signala que Vanessa était avec elle.

— Deux hommes armés, et une femme ? Adele Oscar ?

— Oui. Tu le savais ?

Laurel l'entraîna vers la portière de droite de la voiture de patrouille.

— Nous avons deviné une chose ou deux, oui.

Elle ouvrit la portière et la poussa doucement vers le siège.

— C'est donc vrai, reprit-elle. Dylan est…

— Le père de mon bébé ? coupa Vanessa. Oui. Et j'espère vraiment que Grady est le père du tien.

Laurel lui décocha un regard torve et referma doucement la portière avant de contourner la voiture par l'avant et de s'installer au volant.

— Nous ne pouvons pas rester assises là sans rien faire.

— Mais il le faut, dit Laurel en secouant la tête. Ça me tue autant que toi, mais… une femme doit parfois se sacrifier d'une façon qu'un homme ne connaîtra jamais. C'est ce que nous sommes en train de faire. Si ça peut te rassurer un peu, j'ai donné l'adresse du chalet à Grady. Mes officiers ne sont pas les seuls à être ici.

Vanessa se détendit dans son siège.

— Dieu merci. Enfin quelqu'un qui a un cerveau.

Et maintenant, toutes les personnes qu'elle aimait étaient en danger.

— Il y a forcément quelque chose que je peux faire, dit-elle à mi-voix.

— En effet. Tu vas me dire tout ce que tu sais sur les personnes qui sont à l'intérieur, sur la disposition des pièces et sur le plan débile qui t'a permis de sortir de ce chalet et à cause duquel mon frère va sans doute être blessé. Pendant ce temps, je te conduirai à l'hôpital pour que tu sois examinée.

Vanessa ouvrit vivement les yeux et agrippa le bras de Laurel.

— Je vais tout te dire ici, parce que je refuse de partir avant que Dylan soit sorti. Quand ils l'auront tiré de là sain et sauf, nous monterons au chalet. Il est blessé, lui aussi, mais ça va. En tout cas, il n'y avait rien de grave quand je suis partie. Je n'irai nulle part sans lui.

— Tu l'aimes, murmura Laurel.

Sa voix trahissait sa surprise, mais pas une once de réprobation. Mais de tous les Delaney, Laurel était celle qui était la moins bien placée pour la critiquer.

— Peut-être que je l'ai toujours aimé, marmonna-t-elle.

Laurel sourit gentiment, ôta la main que Vanessa avait posée sur son bras, la pressa, et mêla ses doigts aux siens.

— Je sais ce que tu ressens. Maintenant, dis-moi tout.

18

Le combat fut long et violent, mais Dylan en sortit vivant. C'était déjà quelque chose. Maintenant, il lui suffisait de s'emparer de l'un des revolvers pour être tiré d'affaire.

Mais il avait envoyé d'un coup de pied celui de Sans-Cou à l'autre bout de la pièce et, vu que l'homme avait noué ses mains épaisses autour de la gorge de Dylan, il y avait peu de chances qu'il parvienne à l'atteindre.

Heureusement, Gros-Yeux s'en était moins bien tiré. C'était lui qui était entré en scène le premier en se jetant sur Dylan au moment où il refermait la porte. Dylan avait décidé que le lourd panneau de bois ferait une arme très acceptable. Il avait ouvert la porte à la volée au moment où Gros-Yeux se jetait sur lui, et l'arête avait percuté le front du type, qui s'était effondré comme un poids mort. Il était toujours au sol, où il saignait abondamment en gémissant.

Mais Sans-Cou était arrivé pour voir ce qui causait tout ce vacarme. Dylan avait envisagé de partir en courant. Il était presque certain de pouvoir le semer. Mais il aurait pu le mener droit à Vanessa, et c'était un risque qu'il ne pouvait prendre. Surtout si le malfrat disposait d'un véhicule.

Alors, il s'était battu. Après quelques coups de pied assez efficaces, il était parvenu à faire voler le revolver de la main de Sans-Cou, mais l'arme avait été projetée trop loin pour qu'il puisse s'en emparer. Ensuite, Sans-Cou avait usé de sa corpulence considérable pour le faire tomber au sol.

Dylan avait connu un moment de panique à cause duquel il se retrouvait maintenant dans cette position délicate : il se faisait lentement étrangler. S'il avait gardé son calme comme il savait le faire pendant sa carrière de sniper, il n'aurait eu aucun mal à se libérer.

Tu peux encore le faire. Tu peux encore, psalmodia-t-il pour lui-même alors que sa vision commençait à s'obscurcir. Bien que la pression augmente à l'intérieur de son crâne parce qu'il lui était impossible d'inspirer de l'air frais, il testa la mobilité de ses membres.

Une poussée de la main au bon endroit et…

Un coup de feu retentit, et le corps de Sans-Cou tressauta. Ses yeux s'agrandirent et se vidèrent de toute expression, et il s'effondra lentement sur le côté, mort.

Dylan prit une inspiration haletante. Il ressentait un tel soulagement qu'il ferma les yeux. On l'avait sauvé, et à la toute dernière seconde. Sa gorge lui faisait mal, sa tête l'élançait mais, mon Dieu ! Il pouvait de nouveau respirer et quelqu'un…

Il ouvrit les yeux. Si Vanessa était revenue dans le chalet, il allait se mettre dans une rage folle.

Mais ce n'était pas Vanessa… Et il n'était certainement pas sauvé.

— Debout, ordonna Adele en agitant son revolver.

Mais Dylan était trop abasourdi par ce qui venait de se passer pour obéir.

— Vous l'avez tué.

Adele jeta un regard indifférent vers le corps sans vie.

— Ça n'a pas été aussi difficile que je l'aurais cru.

Elle regarda Gros-Yeux, qui gémissait toujours et, avant que Dylan ait pu esquisser le moindre mouvement, pointa son arme sur lui et tira. Mais son tir n'avait pas été assez précis, et elle pressa de nouveau la détente. Cette fois, Gros-Yeux se tut.

Elle pointa lentement l'arme sur Dylan, mais ne tira pas. Elle se borna à poser sur lui un regard songeur.

Au lieu de se laisser gagner par la peur, il réfléchit à ce qu'il pouvait faire. Adele se tenait un peu trop loin de lui pour qu'il la fasse tomber, et il valait mieux qu'il essaye de temporiser jusqu'à ce que sa vision soit redevenue parfaitement nette.

— Pourquoi est-ce que vous avez tué vos propres hommes ? demanda-t-il, incrédule.

En tout cas, ce n'était certainement pas pour le sauver.

— Parce que ce n'étaient que des bons à rien. Combien de fois se sont-ils laissé piéger par un mauvais soldat sans arme avec une femme enceinte sur les bras ?

Elle inclina la tête sur le côté sans cesser de l'observer.

— Vous êtes plutôt idiot, vous aussi, mais vous pouvez encore m'être utile. Debout.

Lentement, en épiant le moindre des mouvements d'Adele, en réfléchissant à la moindre action qui pouvait lui permettre de s'emparer de son arme, Dylan s'accroupit. Mais avant qu'il ait pu bondir vers l'avant et arracher l'arme des mains d'Adele, comme il en avait eu l'intention, un coup de feu claqua.

Une douleur aiguë lui transperça le ventre et il retomba à genoux. Tout son corps était agité d'un violent tremblement et il dut réprimer un hurlement.

Il sentait le sang jaillir de la blessure et imbiber sa chemise et son pantalon. Il serra les dents, s'assit par terre et pressa sa main sur la plaie. Il lui fallait un pansement… Un pansement ? Non, c'était un miracle qu'il lui fallait !

— Désolée. Avec une balle dans le ventre, un homme peut moins facilement maîtriser une pauvre petite femme telle que moi.

Elle haussa les épaules.

— J'espère que je n'ai atteint aucun organe vital.

Dylan ne pouvait que presser la blessure des deux mains et prier pour qu'elle ait raison. Mais il y avait tellement de sang…

Sa vision s'obscurcit de nouveau. Il appuya plus fort et se concentra sur la douleur qui le transperçait.

— Tout aurait pu être tellement facile, Dylan, dit Adele en décrivant un cercle autour de lui. Mais il a fallu que vous compliquiez les choses. Si vous aviez fait ce que vous étiez censé faire, personne ne serait mort – et je ne vous aurais pas tiré dessus. J'aurais pourtant cru que vous faisiez toujours ce qu'on attendait de vous.

— On dirait bien que ce n'est pas toujours le cas, parvint-il à dire entre ses dents serrées.

Il fallait qu'il arrache son revolver à cette femme, et de préférence avant d'avoir perdu trop de sang pour rester conscient.

— Votre papa parfait sait tout, dit-elle. Ces histoires ridicules de sniper. Vanessa.

Elle éclata de rire.

— Mon Dieu, j'aurais adoré voir sa tête. Son précieux héritier a engrossé une Carson. Je n'avais jamais rêvé d'obtenir quelque chose d'aussi bon, et il a fallu que vous gâchiez tout.

— Adele. S'il vous plaît. Je…

— Oh ! ne prenez pas ce ton avec moi. Ne croyez pas que vous pouvez m'expliquer le sens de ma vie, uniquement parce que vous êtes un homme.

Elle agita le revolver, assez pour le rendre nerveux. Il survivrait peut-être à cette blessure, mais il n'était pas sûr de pouvoir en supporter une seconde.

— Je suis plus futée que vous, reprit-elle.

Elle serrait la crosse du revolver avec tant de force que ses doigts blanchirent.

— D'ailleurs, je l'ai toujours été. Et pourtant, c'est vous qui avez fini tout en haut de l'échelle. Mais cette fois, ça n'arrivera pas, parce que je suis meilleure que vous.

Dylan repoussa une nausée.

— Si vous me tuez, Adele… tout est fini. Vous n'aurez plus aucun poste. Votre vie sera finie, comme la mienne.

— Parce que vous avez tout gâché ! J'avais un plan génial et vous avez tout gâché !

Elle souffla avec irritation et Dylan comprit qu'elle avait perdu les pédales. Elle ne parvenait plus à se maîtriser. Quant au plan dont elle parlait… il pensait sincèrement que c'était de le tuer.

Et maintenant ? Tout était possible.

— Cette femme n'aurait jamais dû être ici, marmonna-t-elle en frappant le canon de son arme contre la paume de son autre main. Et vous, vous n'étiez pas censé savoir vous battre. J'ai tout supporté aussi longtemps que je l'ai pu, mais ces deux idiots ont été la goutte d'eau qui a fait déborder le vase.

— Vous ne pouvez pas me tuer, Adele, dit-il.

Elle haussa un sourcil, et une peur glaciale, viscérale, s'insinua dans l'âme de Dylan.

Il toussota et s'efforça de concentrer son esprit sur autre chose que l'atroce douleur qui le transperçait.

— Je sais que vous en avez la possibilité, précisa-t-il. Je veux seulement dire que ce ne serait pas dans votre intérêt.

— Et vous, bien sûr, vous savez quels sont mes intérêts, parce que vous êtes un homme.

Il essaya de trouver un argument, mais les mots se brouillaient dans son esprit. Tout dans la pièce semblait flou, comme recouvert d'un voile grisâtre. Est-ce que quelqu'un avait éteint une lumière ?

Il appuya de plus belle sur son ventre, mais il savait qu'il s'affaiblissait rapidement.

— Je pourrais vous laisser vous vider de votre sang, dit Adele.

Elle fit mine de réfléchir avant de reprendre :

— Vous tuer ne faisait pas partie du plan, Dylan. Mais les plans changent. Votre père m'avait dit d'être patiente. Il m'avait dit que, si je faisais mes preuves, le poste était à moi. Et vous savez ce que j'ai fait ? J'ai fait mes preuves. Encore et encore. Plus qu'il ne le fallait. Et c'est quand même vous qui avez tout eu.

— Qu'est-ce que j'ai à voir avec ça ?

— Vous avez eu ce poste. Si je vous tue, vous ne l'aurez plus et votre père souffrira. J'espérais que vous souffririez vous aussi quand il apprendrait que vous lui aviez menti et que vous aviez fécondé une Carson, et qu'il vous ficherait dehors. Mais la mort me va tout aussi bien.

— Vous allez vous priver de votre satisfaction, parvint-il à bafouiller.

— Peut-être. Je n'avais pas l'intention de vous tuer, Dylan. Je voulais juste vous détruire.

Elle leva de nouveau le revolver. Cette fois, elle le visa à la tête.

— Mais apparemment, je vais faire les deux.

— N'y comptez pas trop.

Même s'il savait que cela allait certainement le tuer, il relâcha sa blessure, s'appuya au sol des deux mains et se releva d'un mouvement aussi rapide et fluide qu'il le put.

Il avait pensé s'emparer du revolver, mais il percuta violemment Adele, qui tomba en arrière. Il s'effondra sur elle, et tous deux hurlèrent de douleur en même temps. La main d'Adele laissa échapper le revolver.

Dylan essaya de se battre et de réfléchir, mais tout devenait noir. Et cette douleur atroce… C'était à peine s'il savait ce qu'il faisait, s'il se rappelait pour quoi il se battait.

— Je la tuerai elle aussi ! hurla Adele.

Son genou manqua de peu l'entrejambe de Dylan.

Elle. *Eux*. Van et son bébé. Il rassembla toute sa force, toute sa concentration, repoussa la douleur et saisit les poignets d'Adele. Mais ses mains humides de sang glissèrent sur sa peau, et il ne parvint pas à l'empêcher de le frapper, au visage d'abord, et pire encore, à l'endroit précis où il avait reçu la balle.

Son corps s'affaiblit et un épais voile noir s'abattit devant ses yeux. Adele parvint à se dégager et s'éloigna de lui en rampant avec un petit cri de triomphe.

Mais Dylan ne pouvait pas la laisser gagner. Il se releva péniblement et manqua perdre l'équilibre, tandis qu'Adele se ruait vers l'endroit où était tombé le revolver. Il empoigna la lampe qui était posée sur la table, à côté de lui, et l'abattit sur la tête d'Adele aussi violemment qu'il le put.

Elle poussa un hurlement de douleur, tituba et s'effondra. À moins que ce soit lui ?

Quelques secondes plus tard, il se rendit compte qu'il était par terre, et que quelqu'un se tenait au-dessus de lui.

Cette fois, ce n'était pas Adele. C'était Grady. Et Ty. Les Carson.

— Est-ce que je suis mort ? parvint-il à demander. Je suis arrivé en enfer ?

Grady lâcha un horrible juron et lança :

— Il lui faut une ambulance. Ça urge.

Il fit un signe de la tête à Ty, qui disparut de la vision faiblissante de Dylan.

— Adele ?

— Si tu parles de la blonde, tu l'as assommée avec cette lampe.

— Où est la police ?

— Ils ont dit qu'ils se mettaient en position et nous ont

ordonné d'attendre. On ne les a pas écoutés. Tu ne trouves pas qu'on a bien fait ?

— Grady.

Il parvenait encore à distinguer son visage. Plus ou moins.

— Van ?

— Laurel l'a récupérée. Elles ne vont sans doute pas tarder à arriver.

— Non. Ne la laisse pas…

Il gémit sous le coup de la douleur. Il se sentait basculer dans l'oubli… ou peut-être dans la mort.

— Aide-moi à me lever, dit-il. Et donne-moi une chemise propre.

— Ce qu'il te faut, abruti, c'est un hôpital…

— Oui. Aussi. Mais je ne veux pas qu'elle sache que c'est aussi grave. Aide-moi, c'est tout… Il ne faut pas qu'elle sache, pas avant qu'un médecin l'ait examinée. D'accord ?

Dylan n'entendit pas la réponse de Grady. Quand il revint à lui, la pièce fourmillait de policiers. Quelqu'un lui enleva sa chemise et pansa sa blessure. À chaque fois qu'il se sentait sur le point de perdre connaissance, il luttait pour rester conscient.

Il crut entendre crier Adele, mais il s'en moquait. Le plus important était Vanessa. Il lui fallait…

— Viens, gros dur, marmonna Grady en lui passant un T-shirt.

— Aide-moi à me lever.

— L'ambulance va bientôt arriver, intervint un policier. Restez assis et ne bougez…

Mais l'homme s'arrêta net quand Grady souleva Dylan pour le remettre debout.

— Elle ne va jamais gober ça, marmonna Grady.

Dylan respira et s'appuya contre lui.

— Si, elle y croira.

Parce qu'il le fallait.

— Je veux qu'elle soit examinée et déclarée bonne pour le service avant de savoir que je suis gravement blessé.

Grady secoua la tête et passa un bras autour de sa taille. Il sentit qu'un autre bras le soutenait, de l'autre côté. Ty.

— Tu seras mort avant qu'elle le sache, dit Ty d'un ton dégoûté.

— Quoi qu'il arrive, assurez-vous seulement qu'elle ne sache rien avant d'avoir vu un médecin.

— Il est sacrément atteint, dit Grady.

— Atteint ? Tu veux dire qu'il est en phase terminale, rétorqua Ty.

S'il survivait, oui. Il était atteint, de façon incurable.

Quand elle entendit ses collègues appeler une ambulance, Laurel sentit le sang se glacer dans ses veines, pourtant elle se força à adresser un sourire rassurant à Vanessa.

— Ils sont sortis du chalet.

Elle éteignit la radio, parce que s'ils commençaient à décrire la scène… Même si elle mourait d'envie de savoir ce qui s'était passé, le plus important était que Vanessa conserve son calme.

Elle tremblait et son visage était bien trop pâle. Laurel se demanda si elle se rendait compte que c'était la façon dont son corps réagissait au traumatisme et à l'inquiétude.

— Est-ce qu'on peut y aller maintenant ? Il faut que je le voie. Il faut que je sois sûre…

— Nous monterons dès qu'on m'aura donné le feu vert.

— Laurel… S'ils ont appelé une ambulance, c'est que nous avons le feu vert, non ?

— Pas nécessairement. Écoute…

Elle fut interrompue par la sonnerie de son téléphone. Elle ouvrit le texto et fronça les sourcils devant les mots de Grady.

> Je suppose que tu ne vas pas décider d'emmener Van à l'hôpital pendant que nous nous occupons de tout ?

— On monte, dit-elle.

Sa voix était calme, son visage neutre, mais elle était tenaillée par la peur.

Si Dylan était mort, quelqu'un serait sûrement venu le lui dire. Sûrement. Elle ravala la bile qui lui remontait dans la gorge. Elle était dans la police depuis assez longtemps pour parvenir à sembler imperturbable bien qu'elle soit malade de peur.

Elle démarra et fonça vers le chalet dont Hart lui avait parlé. Deux voitures de patrouille, une moto et le camion de Grady étaient garés le long de la route, à quelque distance du chalet, mais elle continua à rouler.

Quand la voiture arriva en vue du chalet, elle vit deux officiers entraîner Adele Oscar, qui avait été menottée. Elle saignait de la tête, mais hurlait sur tous ceux qui l'entouraient. Laurel espéra sincèrement que ce n'était que pour elle qu'on avait appelé une ambulance.

Elle se gara devant le chalet, et chercha Grady et Ty des yeux. Mais elle ne les vit pas, pas plus que Hart et l'adjoint qu'il avait forcément emmené.

— Reste ici et…

La porte du chalet s'ouvrit et Vanessa, d'un bond, descendit de la voiture avant que Laurel ait pu l'en empêcher. Grady et Ty apparurent, encadrant Dylan.

Vanessa se rua vers lui, mais Laurel se força à rester là où elle était et observa son frère. Son visage était tuméfié mais, sous les coupures et les ecchymoses, son teint était d'une pâleur mortelle. S'il portait sans doute toujours le même costume que le jour de l'enlèvement, elle reconnut son T-shirt : il appartenait à Grady, qui le laissait souvent traîner à l'arrière de son camion. Et pour finir, sans le soutien de Ty, il se serait écroulé.

Mais si Vanessa remarqua l'un de ces détails, elle ne s'arrêta pas pour autant. Elle jeta ses bras autour de Dylan et s'agrippa à lui.

Laurel sentit des larmes lui monter aux yeux et la faiblesse gagner tous ses muscles, mais elle parvint à se maîtriser. Les yeux hagards, Dylan passa un bras autour des épaules de Vanessa et lui murmura quelque chose à l'oreille.

Laurel approcha lentement en essayant de déchiffrer l'expression de Grady, mais le visage de son mari était parfaitement neutre.

— Il est blessé, dit-elle gentiment. Laissons-le un peu respirer.

Vanessa renifla, relâcha Dylan et dit :

— Il te faut une ambulance.

— Elle arrive, répondit-il avec un petit sourire.

Mais il ne semblait pas lui-même. Comme si ses forces le quittaient peu à peu.

— Van, dit Grady, laisse-moi te conduire à l'hôpital. Tu as été blessée à la tête.

Il s'écarta de Dylan, qui s'appuya sur Ty de tout son poids.

— Pourquoi est-ce que je ne peux pas y aller en ambulance avec lui ? demanda-t-elle en écartant la main que Grady avait posée sur son bras.

— La voiture de Grady sera plus confortable que l'ambulance, dit faiblement Dylan.

Laurel comprit qu'il était bien plus gravement blessé qu'il ne le laissait paraître, et que personne ne voulait que Vanessa le sache. Elle faillit leur enjoindre d'arrêter d'essayer de donner le change, mais Vanessa aussi était à ramasser à la petite cuillère. Pas la peine de la soumettre à un surcroît de stress.

— C'est la procédure, improvisa-t-elle. Nous devons prendre vos dépositions séparément afin qu'elles ne soient pas influencées par ce que l'autre a pu voir ou ressentir. Nous tenons à ce qu'Adele passe un bon moment derrière les barreaux.

Elle toucha le bras de Vanessa et reprit :

— Va avec Grady. Il va te conduire à l'hôpital. Je vous rejoindrai là-bas pour prendre ta déposition, et Hart va monter dans l'ambulance avec Dylan pour prendre la sienne. Et une fois que ce sera fait, vous serez libres de vous voir autant que vous en aurez envie.

Vanessa fronça les sourcils, mais Laurel avait l'affreux pressentiment que le temps pressait.

— Va, maintenant. Je te promets de tout régler aussi vite que possible.

Grady parvint à éloigner Vanessa, mais pas à l'empêcher de se retourner constamment. Dylan réussit à lui sourire, mais Laurel ne vit rien dans ce sourire sinon du vide.

— Qu'est-ce qu'il y a ? siffla-t-elle.

— Attends, c'est tout, marmonna Dylan.

Il suivit la silhouette de Vanessa des yeux jusqu'à ce qu'elle ait disparu derrière le virage. Alors seulement, il laissa se relâcher tous les muscles de son visage et jura d'une voix faible.

— Qu'est-ce qu'il y a ?

Comme il semblait au bord de l'évanouissement, elle se tourna vers Ty.

— Il a reçu une balle. Dans le ventre. J'espère que ton ambulance se dépêche.

— Allongez-le par terre, aboya Laurel. Qu'est-ce que vous avez dans la tête, bon sang ? Il ne devrait pas être debout ! Est-ce que vous êtes idiots ?

Sa voix se brisa sur le dernier mot. Elle aida Ty à allonger Dylan par terre et s'agenouilla à côté de lui pour mieux le réprimander.

— Et toi, comment peux-tu être aussi bête ?

— Ne pleure pas, sœurette.

— Je ne pleure pas, répliqua-t-elle bien que de grosses larmes dévalent ses joues. Pourquoi est-ce que tu t'es fait tirer dessus ? C'est mon boulot !

Elle voulait le faire parler, le maintenir éveillé. Aussi longtemps qu'il ne s'endormait pas…

— Ça va aller, dit-il. Enfin, je crois. C'est une espèce de tradition, non ? Toi, Cam et maintenant, moi. Il faudrait penser à offrir un gilet pare-balles à Jen.

— Ce n'est pas drôle. Reste avec moi, d'accord ? Reste avec moi.

Elle prit sa main et la pressa.

— Tu ne peux pas t'en aller parce que tu as une tonne de choses à expliquer.

Il ferma les yeux sans presser sa main en retour, mais continua à parler.

— C'est complètement dingue, Laurel. Je l'aime. Je ne sais pas comment c'est arrivé. C'est comme si… c'était là, c'est tout. Ça a toujours été là.

— Oui. Je vois ce que tu veux dire.

Fais-le parler. Fais-le parler !

— Tu penses pendant des années qu'ils ne vivent que pour t'empoisonner l'existence et un beau jour tu te rends compte qu'ils étaient tout simplement… destinés à en faire partie.

— C'est le destin, répondit-il. Pourtant, je n'ai jamais cru au destin… mais je croyais au bien-fondé d'une querelle ancestrale. Tu parles d'une attitude arriérée.

— Alors, redresse la barre et va de l'avant.

Elle entendit le son des sirènes, au loin, et pria pour que

l'ambulance arrive vite. Elle pressa la paume écorchée et ensanglantée de Dylan contre sa joue, et ne put retenir un sanglot.

— Laurel… Ne sois pas aussi inquiète. Ce n'est pas une balle qui va m'empêcher d'être père – et un meilleur père que le nôtre.

Elle fut choquée d'entendre Dylan prononcer ces mots. Il avait toujours été le plus fervent supporter de leur père et ne savait certainement rien de la colère qu'il avait piquée tout à l'heure.

— Meilleur que le nôtre, oui, renchérit-elle. Et il va aussi falloir que tu t'entraînes à devenir le meilleur des oncles.

— Oncle… Toi aussi ?

Le rire qui monta de ses lèvres ressemblait plus à une espèce de sifflement mouillé qu'à un rire. Laurel se remit à pleurer.

— C'est super, dit-il. C'est…

Laurel releva la tête et manqua s'évanouir de soulagement en voyant arriver l'ambulance.

— Très bien. Mais pour le moment, tu vas nous montrer à quel point tu es fort.

— Ça va aller. Ça va aller. Dis-le bien à Van, d'accord ?

Laurel s'écarta pour laisser travailler les urgentistes et leur tourna le dos. Elle ne voulait pas voir ce qu'ils faisaient. Une main pressa son épaule. Elle se retourna et vit que Ty l'avait rejointe.

— Viens, dit-il. Allons à l'hôpital.

Elle hocha la tête et se ressaisit peu à peu. Il lui restait encore beaucoup de travail.

19

— C'est vraiment une vilaine bosse, et cette perte de mémoire est préoccupante, mais je pense qu'elle est plus due au traumatisme qu'à la blessure. Il faudra néanmoins que vous restiez vigilante. Des maux de tête ou des problèmes de vue pourraient indiquer la présence d'un problème sous-jacent.

Vanessa acquiesça et se mordit la langue pour ne pas dire quelque chose comme : « Je m'en fous. Dites-moi comment va la bébé. »

— Les battements du cœur du bébé sont bien forts, reprit le docteur. Je pense que vous n'avez aucune raison de vous inquiéter sur ce plan. Mais je vous conseille quand même de demander un rendez-vous à votre obstétricien pour être certaine qu'il n'y a aucune inquiétude à avoir.

— Donc le bébé va bien ?

— Il en a tout l'air.

Vanessa descendit de la table d'examen.

— Je peux partir, maintenant ?

— Votre pression artérielle est encore un peu élevée. Je préférerais vous garder ici en attendant qu'elle descende. Alors, asseyez-vous et détendez-vous.

Vanessa regarda Grady de travers.

— Est-ce qu'il vient de me dire de me détendre ?

— Allons, Van…

D'un signe de la tête, Grady ordonna au médecin de quitter la pièce. Le praticien fit la première chose intelligente depuis qu'il avait ouvert la porte : il partit sans dire un mot.

Grady reconduisit Van vers la table d'examen.

— Écoute le docteur, dit-il doucement en la forçant à se rallonger.

Elle se laissa faire, mais croisa les bras et le fusilla du regard.

— Je veux voir Dylan.

— Les médecins sont en train de l'examiner, lui aussi.

Maintenant qu'elle avait le temps de réfléchir, elle se rendait compte qu'il y avait eu quelque chose de très inquiétant dans toute la scène qui s'était déroulée devant le chalet. Dylan lui avait semblé bizarre. Mais puisqu'il était debout et qu'il lui avait parlé…

Elle avait l'impression désagréable qu'il lui manquait une pièce du puzzle. Quand Laurel l'avait interrogée un peu plus tôt, elle était pâle et semblait distraite. Si elle lui avait appris qu'Adele était soignée pour ses blessures avant d'être mise en garde à vue, elle n'avait pas pu la renseigner sur l'état de santé de Dylan ni lui apprendre ce qu'il avait dit dans sa déposition – pas plus que ce qu'il adviendrait de cette horrible bonne femme.

— Où est Laurel ?

— Elle te l'a dit. Elle est partie prendre des nouvelles de Dylan.

— Je veux en prendre moi-même.

Grady haussa les sourcils.

— Voilà qui est amusant.

Vanessa détourna les yeux. Après tout ce que Dylan et elle avaient traversé, elle n'était pas gênée. Mais elle se sentait légèrement embarrassée parce qu'après avoir cassé les pieds à Grady quand il s'était mis avec Laurel, voilà qu'elle…

— Comment est-ce que c'est arrivé ?

— Comment est-ce que quoi est arrivé ? demanda Grady.

Il rapprocha de la table d'examen la chaise trop petite sur laquelle il s'était installé.

— Nous. Comment avons-nous… Comment sont-ils… ?

Trop bouleversée pour poursuivre, elle dut s'interrompre et secoua la tête.

— Je l'aime, reprit-elle. Je ne sais pas comment ni pourquoi c'est arrivé, mais je l'aime. À tel point que c'en est effrayant. J'aime un *Delaney*.

— Je sais. C'est un peu comme recevoir un coup sur la tête.

Grady prit sa main dans les siennes et la pressa.

— Je ne peux pas te dire pourquoi tu l'aimes. Tout ce que je peux te dire, c'est que si ça te semble bien, alors c'est bien.

Elle acquiesça et battit des paupières pour chasser les larmes qui menaçaient de lui échapper.

— Il faut qu'il aille bien. J'en ai besoin.

— En ce cas, il ira bien.

— Parce que j'ai toujours eu ce que j'avais besoin d'avoir ? Tu connais mes antécédents.

— Parce que c'est un Delaney, et qu'eux y parviennent toujours.

Il caressa ses cheveux et reprit :

— Tu nous as fait une sacrée peur.

— Tu aurais dû savoir que je me battrais jusqu'à sortir de là.

Elle aurait aimé pouvoir donner libre cours à ses émotions, s'appuyer sur son grand frère et tout évacuer en pleurant, mais elle se sentait comme piégée. Avant d'être certaine que Dylan allait bien…

— Quelque chose ne va pas.

— Ce n'est qu'une impression, répondit Grady. Tu viens de vivre quelque chose de complètement dingue. Et si le temps te semble long, c'est uniquement parce que tu attends. Mais puisqu'il est hors de question que tu sortes de là avant que ta pression artérielle soit redescendue, pourquoi est-ce que tu n'essaies pas de te détendre un peu ?

Parce qu'elle ne pourrait pas se détendre avant d'être sortie de cette pièce qui la rendait claustrophobe et de serrer de nouveau Dylan dans ses bras.

Non, vraiment, quelque chose n'allait pas, et depuis un moment déjà. Mais puisqu'elle n'obtiendrait pas de réponses avant que ce médecin la laisse sortir d'ici, elle ferma les yeux et se força à respirer lentement, calmement.

Elle ressentit une bouffée de gratitude envers Grady, qui ne lâcha pas sa main. Il continua à la serrer dans la sienne, qui devint pour elle une sorte d'ancre.

Le temps continua à s'écouler avec une lenteur atroce, mais elle eut beau lui poser la question, encore et encore, Grady n'avait toujours aucune nouvelle. Quand le médecin revint enfin – un million d'années plus tard, lui sembla-t-il –, sa tension artérielle était redevenue correcte, et il l'autorisa à partir.

Ce qui prit un autre million d'années. Elle dut remplir de la paperasse et écouter des recommandations et des mises en garde contre les maux de tête, bla, bla, bla… Puisque son bébé allait bien, elle n'avait plus besoin que d'une chose : savoir pourquoi elle n'avait pas encore vu Dylan.

— Il faut que j'aille aux toilettes. Tu veux m'attendre ici ? demanda-t-elle en désignant des chaises, dans le hall.

Heureusement, Grady était trop occupé à discuter par textos avec Ty pour la regarder. Il aurait tout de suite compris qu'elle lui mentait.

— Bien sûr.

Il s'assit et continua à pianoter sur son téléphone.

Vanessa se dirigea d'un pas détaché vers les toilettes mais dépassa la porte et poursuivit son chemin. Elle trouva un plan et essaya de deviner où était Dylan. Sans doute aux urgences, puisqu'il était arrivé en ambulance. Elle revint sur ses pas pour retourner aux urgences, où elle avait été soignée elle aussi, mais vit un policier qui partait dans la direction opposée. Elle connaissait cet homme. Hart. Il travaillait souvent avec Laurel.

Elle se retourna, attendit quelques instants et, en prenant bien garde qu'il ne la voie pas, le suivit sans se presser, l'air détaché.

Hart se retourna une fois pour regarder derrière lui, mais elle était heureusement dissimulée par un homme à la carrure impressionnante.

Quand il poussa les portes du service de chirurgie, le cœur de Vanessa se serra. Sans prendre plus longtemps la peine de marcher lentement ou de paraître calme, elle s'élança et s'arrêta net en découvrant toute une rangée de chaises occupées par des Delaney.

— Oh ! mon Dieu !

Laurel se leva d'un bond et s'approcha d'elle en jurant à mi-voix.

— Ne t'imagine surtout pas le pire.

— Vous êtes tous là.

Le visage de Jen était aussi rouge et bouffi que celui de Laurel. Hilly, la cousine que Vanessa avait perdue de vue pendant des années, et qui était maintenant la petite amie de Cam, se tamponnait les yeux avec un Kleenex.

— Vous pleurez tous, accusa-t-elle en agitant frénétiquement le doigt.

Mon Dieu, non. Non !

— Pas tous, dit Laurel d'un ton plein d'espoir. Cam ne pleure pas.

Vanessa lui lança un regard horrifié. Laurel passa son bras sous le sien et poursuivit :

— Écoute, Dylan est au bloc.

— Pourquoi ? demanda-t-elle en se dégageant.

Grady passa les portes en trombe. Il semblait fou de rage.

— Bon sang, Van ! Tu m'as dit que tu allais aux toilettes.

— Et toi, tu m'as dit que tout allait bien !

Elle fit volte-face et demanda à Laurel :

— Pourquoi est-il au bloc ?

— Il a… reçu une balle.

— Une balle ? *Une balle ?* Quand ? Comment a-t-il pu être… ?

Elle vacilla. Grady la soutint et la força à s'asseoir, à côté de Hilly. Soudain, elle comprit pourquoi tout lui avait semblé aller de travers depuis que Laurel et elle étaient remontées au chalet.

— On lui a tiré dessus avant que nous revenions, dit-elle. Il n'a pas voulu que je le sache.

— C'est vrai, avoua Laurel.

— Pourquoi ?

Elle leva un regard impuissant vers Laurel, puis Grady. Elle allait dire à Dylan ce qu'elle pensait de lui dès qu'il serait sorti du bloc. Oh bon sang, et comment !

— Depuis combien de temps est-il au bloc ? Qu'est-ce qu'ils… Dis-moi ce que tu sais.

— Si nous…

— Dis-moi ce que tu sais, répéta-t-elle.

Que cette femme avait l'esprit lent ! Elle agrippa ses bras et la secoua dans l'espoir de mieux se faire comprendre d'elle.

— Je me fiche qu'il n'ait pas voulu que je sache. Je me fiche de tout, sauf de savoir ce qui se passe. Il faut que je sache ce que les médecins sont en train de faire.

Le visage de Laurel s'adoucit, mais ses yeux s'emplirent de nouveau de larmes. Elle battit des paupières pour les refouler et se plaqua sur le visage son expression de flic. Vanessa dut reconnaître qu'elle l'enviait de pouvoir paraître aussi imperturbable.

— Il a été touché au ventre.

Et elle aurait pu sembler parfaitement indifférente si sa voix n'avait pas été aussi éraillée.

— Malheureusement, poursuivit-elle, la balle a touché certains organes. Il va donc peut-être passer un moment au bloc. Pour le moment, nous ne pouvons rien faire sinon attendre que le chirurgien ait fait son travail et vienne nous annoncer comment s'est passée l'opération.

— Il pourrait mourir.

Et soudain, elle comprit pourquoi il n'avait pas voulu qu'elle sache. C'était parce qu'il pouvait vraiment mourir.

— Van, écoute…

Elle leva les yeux vers Laurel, tremblant de rage autant que de peur.

— Il pourrait mourir, répéta-t-elle. Arrête avec tes « écoute ». Il pourrait mourir !

— C'est vrai, chuchota faiblement Laurel.

— Mais il peut aussi vivre, intervint Hilly en prenant la main de Vanessa dans les siennes.

Sa voix était calme et rassurante. Pas indifférente comme celle de Laurel.

— Nous ne devons pas envisager le pire scénario, poursuivit sa cousine. Ce que nous devons faire, c'est… c'est…

— Avoir des pensées positives, suggéra Jen. Prier, envoyer des bonnes ondes… Tout ce que tu peux.

Des bonnes ondes. Des prières. Des pensées positives. Vanessa eut envie de crier. Rien de tout cela n'allait aider Dylan.

— C'est la malédiction, lança-t-elle. Elle existe bel et bien. Je n'y croyais pas, mais elle existe.

Grady s'accroupit devant elle – ce frère qui avait gaiement parlé de la querelle ancestrale et prétendu qu'il était meilleur que les Delaney pendant la majeure partie de sa vie. Il prit ses mains dans les siennes et la regarda droit dans les yeux. Il semblait parfaitement sûr de lui.

— Il n'y a pas de malédiction. L'amour n'est jamais une malédiction. Une vie nouvelle non plus. Ce sont un défi, mais pas des malédictions. Et si nous relevons tous ces défis et que nous gagnons, imagine un peu ce que nous obtiendrons.

Plus de querelle ? Des Carson et des Delaney qui se mêlaient les uns aux autres ? Il n'y avait pas si longtemps, elle aurait dit à qui aurait voulu l'entendre que c'était son pire cauchemar.

Mais comme c'était devenu, sans qu'elle comprenne pourquoi, le plus beau de ses rêves, elle fit ce que Jen avait suggéré. Elle pria et envoya vers Dylan des pensées positives et toute l'énergie qu'elle put rassembler.

Et, dans cette salle d'attente pleine de Carson et de Delaney qui se tenaient par la main et échangeaient des paroles d'encouragement à voix basse, elle attendit.

Ce désert n'en finissait pas. Et pourquoi portait-il ces vêtements ? Surtout ce chapeau de cow-boy ! Juché sur un cheval, il avançait à travers le désert et n'avait qu'un souhait : boire de l'eau.

Tout son corps était traversé par des torrents de douleur insupportable. Il baissa les yeux et vit des traces d'impact de balle, mais pas une goutte de sang.

Cette image ne pouvait pas être réelle. Il s'efforça de la chasser, mais la scène continua à se dérouler, comme s'il regardait un film. Et pourtant, c'était bien de lui qu'il s'agissait. Il sentait le chapeau de cow-boy sur sa tête, le tissu rêche du pantalon bizarre contre sa peau, et les bottes qui lui allaient à la perfection.

Mais son corps était parsemé d'impacts de balle.

Il leva les yeux et vit un autre cheval, au loin, avec un autre cavalier. Il était vêtu de blanc et elle, de noir.

Elle.

— Vanessa ?

Elle venait vers lui, nimbée d'un halo de noir – le tissu de ses vêtements, ses longues mèches de cheveux. Le vent faisait voler ses jupons et ses écharpes autour d'elle, et elle portait un chapeau orné d'une broche étincelante en forme de tête de mort. Il était tout simplement parfait.

Le cheval progressait dans le sable, de plus en plus proche de lui, et pourtant, encore bien trop loin.

Un choix. Confusément, il sut qu'il devait faire un choix. Accepter les impacts de balle et la rejoindre. Être maudit.

Mais s'il lui tournait le dos, tout irait bien. Il lui suffisait de faire faire demi-tour à son cheval et ses blessures guériraient.

Mais alors, elle ne serait pas sienne. Est-ce qu'il était en vie ? Il y avait ces impacts de balle, mais pas de sang. Par contre, il y avait cette douleur, et seuls les vivants ressentaient la douleur.

Pourquoi se serait-il détourné ?

Il tomba du cheval et atterrit dans le sable, mais ce n'était pas du sable. On aurait plutôt dit un lit.

Il ouvrit les yeux… Le désert avait disparu. Il était encore tenaillé par la soif, mais la pénombre avait remplacé la lumière aveuglante du désert. Il ne put penser qu'à une chose : elle était partie, avec son cheval et ses vêtements noirs qui flottaient au vent.

— Van, souffla-t-il.

— Enfin de retour parmi nous.

Sa voix… Mon Dieu, il aurait pu pleurer ! Mais il ne pleura pas. Sans la regarder, parce qu'il était incapable de tourner la tête vers elle, il marmonna :

— Tu étais toute costumée.

À peine eut-il prononcé ces mots qu'il se rendit compte que ce n'était qu'un rêve, idiot et complètement tordu.

— Tu n'arrives même pas à avoir un rêve érotique digne de ce nom ?

— Je ne peux pas… bouger.

— Ce n'est pas grave.

Il sentit sa main sur son épaule, et elle entra dans son champ de vision.

— Les médecins ont dit que tu allais être un peu patraque pendant un moment. Ne bouge pas. Tu es relié à plein d'appareils.

Il la but des yeux. Elle avait l'air d'être robuste et en bonne santé. Son teint avait repris une couleur normale. Elle n'était pas vêtue de noir, mais d'un jean et d'un T-shirt. Et pourtant, elle était tellement jolie, semblait tellement sienne… Cette vision ne pouvait pas être réelle.

— Est-ce que je suis mort ?

— Non, à moins que les morts puissent parler. Et l'armée de médecins et d'infirmières qui viennent te tripoter nuit et jour semblent penser que tu te remettras. Je ne pense pas que tu t'en souviennes, mais tu as passé ton temps à te réveiller et à te rendormir depuis que tu es sorti du bloc.

— Je ne me souviens pas de grand-chose depuis qu'Adele m'a tiré dessus. Sauf que, pendant un moment, j'ai eu l'impression que j'étais mort.

— En parlant de ça, heureusement pour toi que tu es cloué au lit, parce que je pourrais te botter les fesses assez fort pour t'envoyer jusqu'à Toledo.

Elle s'assit sur le bord du lit et le dévisagea. Son regard était difficile à déchiffrer, mais il crut y lire du soulagement.

— Comme je n'ai pas tellement envie d'aller dans l'Ohio, je vais rester dans ce lit.

Il ferma les yeux. Soudain, il était exténué.

— Est-ce que tu vas me toucher, ou quoi ?

Elle laissa échapper un son qui ressemblait à un rire, et il sentit qu'elle s'allongeait auprès de lui, sur le lit étroit.

— Je vais me faire crier dessus, mais je m'en fiche.

— Très bien. Moi aussi.

— Dylan Delaney… Tu respectes toujours les règlements et la bienséance.

— Non. C'est seulement ce que tout le monde croit.

Il enfouit son visage contre elle.

— Je veux te tenir dans mes bras.

— Pour le moment, tu ne peux pas. C'est moi qui vais te tenir. Tu devras t'en contenter.

Quand il sentit les bras de Vanessa autour de son corps, il soupira de bonheur. L'une de ses mains était assez proche d'elle pour qu'il puisse la poser sur le léger renflement de son ventre.

— Le bébé va bien, murmura-t-elle.

Elle glissa ses doigts dans ses cheveux et il fut gagné par une sensation de plénitude.

— Et la maman ?

— Maman…

Il sentait son souffle sur son visage. C'était paradisiaque.

— Tu sais, c'est marrant. Je n'avais jamais vraiment pensé à moi comme à une « maman », jusqu'ici.

— Il te reste un peu de temps pour t'y faire. Et pour te faire à l'idée que tu vas devenir ma femme.

Elle resta silencieuse pendant tellement longtemps qu'il rassembla son énergie et ouvrit les yeux. Elle contemplait la perfusion reliée à son bras et toutes ces machines qui bipaient autour de lui sans qu'il comprenne quelle était leur utilité.

Elle le regarda enfin et dit :

— Je n'ai jamais vraiment pensé me marier. Je ne suis pas très traditionaliste.

— Moi si. Mais je peux m'adapter. Notre enfant pourra porter nos deux noms.

Vanessa renifla.

— Tu veux qu'il se balade à Bent, Wyoming, avec les noms « Delaney » et « Carson » ?

— Oui, répliqua-t-il. Tu peux garder ton nom, moi le mien, et le bébé portera les deux. Tu peux aussi garder ton garage si tu le désires. Quant à moi… Je ne sais pas si je conserverai mon poste à la banque mais, s'il le faut, je peux demander à Cam de me trouver un travail dans son agence de sécurité.

— Monsieur le Sniper Secret.

— Je pensais plus à un poste de comptable. Je crois que mes jours de sniper sont derrière moi.

Il souleva la main en un geste d'impuissance.

— Je ne sais pas si tu l'as remarqué, mais je me suis fait salement tabasser, dans ce chalet.

Elle ferma les yeux et une expression douloureuse traversa son visage.

— J'ai remarqué, oui.

Elle le serra un peu plus fort, tout en restant d'une douceur exceptionnelle pour elle. Il aurait aimé ne pas sentir qu'il avait besoin de toutes ces précautions.

— Donc, tu envisages de… Tu vas m'épouser ?

— Et comment.

— Tu vas te tenir devant ton père, le reste de ta famille et tous les citoyens de Bent, et tu vas promettre d'aimer et de chérir une Carson ?

Bien que son flanc et son épaule lui fassent l'impression d'être criblés d'épingles rougies à blanc, il porta la main de Vanessa à sa bouche et déposa un baiser dans sa paume.

— Jusqu'à ce que la mort nous sépare.

— Tu n'aurais pas été blessé à la tête ?

— Si. Plusieurs fois même, pour autant que je sache.

Il soupira, lâcha sa main et referma les yeux.

— Mais je suis sûr que je vais t'épouser. Si tu préfères attendre que nous nous soyons assurés que mon corps est en état de marche avant de te décider, très bien. Mais ce que je peux te dire, c'est que je t'aime et que nous allons nous marier. Avec ou sans ces impacts de balle.

— Au pluriel ? Je suis à peu près sûre qu'on ne t'a tiré dessus qu'une seule fois.

— J'ai rêvé que j'étais troué de partout, et que j'avais un choix à faire : soit je te tournais le dos et mes blessures guérissaient, soit je te rejoignais et je devais les supporter, avec toi. Je ne suis pas parti. Et jamais je ne partirai.

— Ce que tu dis n'a ni queue ni tête.

Il marmonna quelques mots indistincts et se laissa de nouveau glisser dans le sommeil. Cette fois, il ne rêva pas d'impacts de balle, de chevaux ou de désert. Il rêva d'un porche, et d'un profond silence.

Il se réveilla à plusieurs reprises, généralement parce qu'une infirmière le touchait ou lui faisait une piqûre. À l'un de ces réveils, il vit Laurel et Grady. Il vit aussi Jen – deux fois – et Cam et Hilly. Et à chaque fois qu'il se réveillait, Vanessa était là, elle aussi.

Le lendemain, quand il ouvrit les yeux, il faisait nuit. Cette fois, ce n'était pas une infirmière qui l'avait réveillé. Il s'était éveillé de lui-même. Vanessa était pelotonnée contre lui, sur le lit étroit, et dormait à poings fermés.

Il ne put s'empêcher d'écarter les cheveux qui retombaient sur son visage. Elle ne l'avait pas abandonné. Peut-être que cet hôpital n'était pas encore tout à fait le monde réel, mais il en faisait suffisamment partie pour qu'il soit certain que ce qu'il vivait n'allait pas s'évaporer. Vanessa et lui allaient trouver un moyen de construire une vie, ensemble.

Elle bougea contre lui, ouvrit les yeux et bâilla.

— Tu es encore trop faible pour faire l'amour, mon pote.

Il ne rit pas, parce qu'il savait que cela aurait provoqué une douleur atroce, mais il sourit.

— C'est noté. Ils t'ont permis de rester ici ?

— Non, ils ont essayé de me mettre dehors en menaçant d'appeler la sécurité. Je suis revenue en douce.

— Hum… Est-ce que je t'ai dit que je t'aimais ?

Elle se blottit plus près de lui.

— Pas assez.

Cette fois, il parvint à tourner la tête pour l'embrasser sur la tempe.

— Tu as décidé de m'épouser ?

Elle secoua la tête.

— Tu es tenace. Pourtant, tu as perdu tellement de sang que je croyais que cela te calmerait un peu.

— Ta famille et la mienne m'ont donné leur sang. Maintenant, je suis rempli à ras bord de ténacité.

Elle éclata de rire, et il fut émerveillé de pouvoir être allongé contre elle et de la faire rire. La douleur et les circonstances n'avaient aucune importance. Elle était sienne. Et ils allaient y arriver.

— Tu comptes venir vivre au-dessus de mon garage ?

— Non.

— Et tu crois que je vais aller m'installer sur le ranch Delaney ?

Cette fois, il ne put s'empêcher de rire. La douleur fulgurante lui arracha une grimace.

— Non. Jamais de la vie.

Il fronça les sourcils en se rendant compte d'un détail auquel il n'avait pas vraiment pensé avant qu'elle parle du ranch.

— Mon père. Tout le monde est venu me voir, sauf…

Vanessa se raidit et souffla lentement.

— Eh bien… Tu sais qu'il a beaucoup de choses à remettre en ordre à la banque.

Dylan voulut se tourner pour poser sur elle un regard incrédule, mais le mouvement lui fit trop mal et il s'avachit à mi-chemin.

— Est-ce que tu défends mon père ?

— Non. Je pense que c'est un vrai salaud.

Elle souffla de nouveau et lui frotta l'épaule de la main.

— Évitons de parler de lui, tu veux bien ?

— Il n'est vraiment pas venu me voir, n'est-ce pas ? Il…

C'était inconcevable. Il avait failli mourir !

Eh bien, le comportement de son père lui disait sans doute tout ce qu'il avait besoin de savoir. Quel que soit le chagrin que cette révélation lui cause, il avait maintenant la certitude que son père n'était pas l'homme qu'il l'avait toujours cru être. Il ferma les yeux. Son corps lui faisait mal. Sa tête lui faisait mal. Son *cœur* lui faisait mal.

— Alors, où allons-nous vivre si je t'épouse ? demanda-t-elle. Ma réponse dépend de la tienne.

Elle essayait de lui changer les idées. Pourquoi ne pas la laisser faire ?

— Voyons… Je pourrais envisager de vivre au-dessus de ton garage, mais je suis à peu près certain qu'il n'y a aucun moyen de faire en sorte que le garage devienne un lieu sûr pour un petit enfant. Il nous faut de la place. Une maison dans laquelle nous construirons notre famille.

Il pensa au chalet dans lequel ils avaient été retenus prisonniers, et gloussa de rire en se rendant compte qu'il n'allait sans doute pas tarder à être mis en vente.

— Je connais un chalet qui cherche un acquéreur, dit-il.

Elle éclata de rire.

— C'est ça. Achetons le chalet d'Adele. Il va falloir poncer le parquet pour enlever toute trace de ton sang.

— C'est là que nous sommes tombés amoureux, dit-il.

En fait, l'idée commençait à réellement lui plaire.

— Ce chalet est isolé, et assez loin de Bent. Même si nous n'y vivons pas à temps complet, il pourrait être notre résidence secondaire. La vie sur le ranch me manquera, mais j'aimerais bien ne pas habiter en ville.

— Et le chalet n'est qu'à vingt minutes de Bent, remarqua-t-elle. Assez près pour que nous puissions facilement aller travailler.

Elle lui tapota doucement le torse et éclata de rire.

— Mais qu'est-ce que je raconte ?

Son rire l'emplit d'un bonheur absolu. C'était un son qui gommait toutes les aspérités, la douleur et la déception.

Il avait peut-être perdu son père, mais il avait gagné quelque chose de plus grand. De mieux. Une famille qui l'aimait. Une famille… L'amour. Il en avait fini avec ces querelles ancestrales absurdes et cette amertume inutile. Il allait saisir ce qui était bon.

— Nous n'achèterons pas le chalet d'Adele, dit-elle fermement.

— Je ne sais pas. Ça mérite réflexion.

— Rendors-toi. Quand tu te réveilleras, tu auras peut-être une once de bon sens dans la cervelle.

Il embrassa de nouveau sa tempe, puisqu'il le pouvait, et décida ensuite de suivre son conseil et de se rendormir. Mais pour ce qui était du bon sens… il ne pouvait rien lui promettre.

20

Vanessa était épuisée. Il n'était pas facile de se reposer quand on dormait dans un hôpital, surtout quand on devait combattre les infirmières et les médecins. Mais Dylan sortait le lendemain, et…

Il allait devoir habiter dans le ranch de sa famille pendant quelque temps. Même si elle n'aurait pas demandé mieux, elle ne pouvait pas s'occuper de lui comme il le fallait dans son garage.

Elle était encore adolescente quand elle s'était juré que jamais, au grand jamais, elle ne remettrait les pieds chez les Delaney. Mais elle allait devoir manquer à ce serment. Pour Dylan. Pour leur avenir.

Mais d'abord, elle devait calmer le jeu avec le reste de sa famille. Après avoir pris part à l'entrevue pendant laquelle le médecin avait parlé à Dylan de sa rééducation, elle avait donc passé le relais à Jen, qui passerait la journée avec lui pendant qu'elle faisait ce qu'elle devait faire.

Et elle allait commencer par une visite qu'elle aurait dû rendre depuis longtemps.

Elle frappa à la porte de la maison de Laurel et de Grady. Elle savait que Grady serait parti au Rightful Claim pour préparer l'ouverture.

Quand Laurel ouvrit la porte, elle avait les yeux à moitié fermés et semblait complètement patraque.

— Oh oh… Je vois que tu n'as pas été épargnée, toi non plus.

— Pourtant, jusqu'ici, je me sentais bien…, dit Laurel.

— J'aimerais pouvoir te dire que ça va s'arranger.

Laurel poussa un gémissement et, d'un geste, l'invita à entrer.

Étrangement, le fait qu'elle soit elle aussi victime de nausées matinales mit Vanessa à l'aise – et lui compliqua la tâche.

— Alors, euh…

Laurel attendit patiemment, mais Vanessa ne put que bégayer. Furieuse contre elle-même, elle décida que tout ne devait pas nécessairement changer. Sa façon de foncer bille en tête, par exemple.

— On était les meilleures amies du monde, lâcha-t-elle.

Laurel cligna des yeux avant de hocher lentement la tête. Elle semblait perplexe.

— Oui, c'est vrai.

— Je n'ai pas vraiment eu d'autre meilleure amie depuis toi.

Le visage de Laurel s'adoucit.

— Moi non plus. Enfin… J'ai bien ton frère, mais, quand je veux discuter avec lui de la façon dont deux personnages se font la cour dans un film, ses yeux deviennent tout vitreux.

Vanessa parvint à rire faiblement.

— C'était pareil pour moi.

— Non. Tu faisais semblant d'être écœurée, mais tu regardais toutes les comédies romantiques avec moi.

Il y avait des années de cela. Toute une vie, presque. Comment Vanessa pouvait-elle s'attendre à ressusciter cette époque ? Bien sûr, elle ne s'était jamais attendue à épouser Dylan Delaney. Parfois, la vie pouvait être aberrante.

— Je crois que j'espérais que nous pourrions redevenir amies.

Laurel se fendit d'un large sourire.

— Mais, Van… Nous ne sommes pas amies.

Vanessa fronça les sourcils. Pourquoi Laurel souriait-elle ainsi ? Pourtant, elle n'était pas méchante. Mais ce qu'elle venait de dire était cruel.

— En ce cas, va te faire…

Laurel leva les yeux au ciel et fit quelques pas vers elle.

— Nous sommes *sœurs*.

Et elle lui tendit les mains comme si c'était aussi simple que cela. Parce que, pour elle, ça l'était. Et Vanessa commençait à comprendre, après avoir traversé le moment le plus effrayant et compliqué de toute sa vie, que le chemin le plus simple était parfois le meilleur.

— Est-ce que tu crois vraiment à tous ces trucs que Grady a dits dans la salle d'attente ? Tu sais, qu'il n'y a pas de malédiction, qu'il n'y a que des défis…

— J'y crois, répondit Laurel. Je t'avoue que, quand Dylan et toi étiez tous deux portés disparus, je me suis posé des questions. J'ai eu des doutes. Mais…

Elle secoua la tête et posa les deux mains sur son ventre.

— Comment ai-je jamais pu croire qu'il était mal de créer une vie ? Que nous serions maudits ?

Vanessa posa elle aussi les mains sur son ventre. Non, ce qu'elle vivait n'avait rien d'une malédiction. Jamais son bébé ne lui avait fait l'effet d'en être une, même à l'époque où elle était certaine que Dylan ne ferait jamais partie de leurs vies à tous deux.

— Le fait que nous soyons toutes deux enceintes au même moment ressemble plus à un coup du destin qu'à une malédiction.

Cette fois, Laurel la prit dans ses bras.

— Le destin, dit-elle en la serrant étroitement. Ça me plaît beaucoup.

Vanessa la serra en retour. Elle était gênée de mettre ainsi son âme à nu, mais elle n'en avait pas encore tout à fait terminé.

— Écoute, dit-elle en se dégageant. Je voulais te parler d'autre chose. Ton père n'est pas allé rendre visite à Dylan à l'hôpital.

Laurel souffla, se dirigea vers le canapé et s'y laissa tomber. D'un geste, elle invita Vanessa à la rejoindre.

— Non, pas une seule fois.

— Dylan veut aller le voir demain, dès qu'il sera sorti, et je ne veux pas qu'il y aille si ton père doit se comporter comme un salopard.

— Alors, il va falloir que tu l'en empêches. Parce que, pour tout dire, c'est ce qu'il va faire.

— Je ne comprends pas. J'ai toujours détesté ton père, mais il ne vous cognait pas dessus. Je me disais… Tu sais, que ça suffisait à faire de lui un bon père, même si c'était une ordure imbue de lui-même.

— Je ne comprends pas moi non plus, avoua Laurel. Ce n'est pas l'homme que j'ai connu. Bien sûr, il a toujours attaché beaucoup d'importance à cette vieille querelle, mais sa famille passait quand même avant tout le reste…

— Il est venu à ton mariage.

— Ouais. J'ai cru que c'était un progrès. Mais j'ai appris il n'y a pas si longtemps qu'il espérait que j'allais reprendre mes esprits avant de commencer à me reproduire avec Grady.

— C'est atroce.

— Non, c'est triste. Il est triste.

Laurel tendit le bras et prit la main de Vanessa.

— Je sais bien que tu veux protéger Dylan, et c'est ce que je veux moi aussi. Pourtant, il va devoir l'affronter et lui parler. Et si ça finit mal, tu seras là pour le réconforter. Il en souffrira, bien sûr, mais ta présence l'aidera.

— Tu sais quoi ? Je pense que tu es trop bien pour Grady.

— Est-ce que tu voles les antalgiques de Dylan ?

Vanessa leva les yeux au ciel.

— Grady avait besoin de pouvoir compter sur une personne qui n'appartienne pas au clan Carson. Cette personne a été toi. Tu es… J'ai vraiment été odieuse avec vous deux, mais je pense que c'est parce que je savais…

Elle fit la grimace et remarqua :

— Je crois que je vais me sentir mal, moi aussi.

— Oui, mais parce que tu exprimes tes sentiments. Les nausées matinales n'y sont pour rien.

— C'est seulement que… Je savais que tu étais la femme qu'il lui fallait, et je ne pouvais pas le supporter. Si je t'en ai voulu, et à lui aussi, c'est parce que vous aviez su faire fi de toutes les inepties que nos familles nous avaient fourrées dans le crâne depuis notre naissance. Cette querelle avait un bon côté : nous étions en sécurité. Personne ne souffrait.

— Mais personne ne devenait meilleur non plus.

— Oui. Je commence tout juste à le comprendre. Mais je ne veux pas que ton père fasse souffrir Dylan.

— Je sais, mais il le fera sans doute. Et tu ne pourras pas plus protéger Dylan de cette douleur qu'il ne pourra accoucher de ce bébé à ta place – même si je sais qu'il endurerait la douleur pour te l'épargner s'il le pouvait. Tu vois, j'ai découvert que l'amour ne suffisait pas à résoudre tous nos problèmes.

— Alors, à quoi est-ce qu'il sert ?

— Il nous donne une main à laquelle nous pouvons nous agripper pour mieux supporter les épreuves. Et c'est beaucoup plus efficace que se contenter d'éviter toute situation douloureuse.

— Si tu le dis, marmonna Vanessa.

Mais même si ce petit discours sonnait comme un ramassis de fadaises, elle ne voyait aucune raison de ne pas faire confiance à l'expérience de Laurel. Et c'était sacrément agréable.

S'il n'avait pas souffert le martyre, Dylan aurait pu embrasser le sol. Il était libre. Il quittait l'hôpital sur ses deux jambes, sans la moindre intention d'y revenir un jour.

Enfin… Sauf pour la rééducation, les visites de contrôle et tout le reste. Mais il refusait de penser à autre chose qu'à sa liberté retrouvée.

Et à la tâche qui l'attendait. Le soleil étincelait dans le ciel d'un bleu intense. Il avait l'impression de prendre un tout nouveau départ… Mais ce ne serait vraiment le cas que quand il se serait occupé du seul nuage qui planait au-dessus de sa tête. Mais d'abord, il fallait qu'il se débarrasse de Vanessa et, si possible, de l'une de ses sœurs. Il se serait volontiers débarrassé des trois, mais il n'avait pas encore l'autorisation de conduire.

— Jamais de toute ma vie autant de femmes ne se sont affairées autour de moi. Rappelez-moi de ne plus jamais me faire tirer dessus.

— Tu n'as qu'à te le rappeler tout seul, champion. C'est toi qui as joué au héros et qui m'as poussée par la porte avant de me cacher qu'on t'avait tiré dessus. Si tu me l'avais dit, tu serais sans doute en meilleure forme.

— L'ambulance ne serait pas arrivée plus vite, argumenta-t-il. Et d'ailleurs, ta tension était déjà assez haute comme ça.

Vanessa s'arrêta devant les portes de l'hôpital et croisa les bras.

— Je n'arrive pas à croire que Grady t'ait tout répété. Et de toute façon, j'allais bien.

— On va aller chercher la voiture, intervint Laurel. Asseyez-vous et attendez-nous ici.

Elle sourit et s'éloigna en entraînant Jen avec elle.

— Elles nous laissent un peu d'intimité pour que nous puissions nous disputer, dit Vanessa.

Dylan tendit son visage vers le soleil et répondit :

— À moins qu'elles s'en accordent pour pouvoir jaser tout à leur aise.

— Je veux aller avec toi, dit fermement Vanessa.

Elle sautait du coq à l'âne, mais il n'avait pas besoin d'interprète pour comprendre de quoi elle parlait.

— Ce n'est pas une très bonne idée.

— Je n'ai pas peur de ton père.

— Moi non plus, et c'est pour ça que je vais aller le voir. Mais si tu m'accompagnes, ta présence ne fera que l'irriter.

— Et alors ? demanda-t-elle en le regardant de travers. Un homme qui ne va pas voir son fils à l'hôpital une seule fois alors qu'il est à l'article de la mort peut supporter d'être un peu irrité.

Dylan chercha à se raccrocher à sa joie d'être enfin sorti de l'hôpital, mais ses épaules étaient lentement gagnées par la tension.

— Il vaudrait mieux pour nous…

— Non, coupa-t-elle. Pas de ça. Je veux bien te laisser t'occuper de tous les fous dangereux que nous pourrons croiser, puisque tu sais comment t'y prendre, mais je refuse que tu décides seul ce qui est mieux pour nous deux. Ce n'est pas comme ça que ça marche.

— Tu es épuisante.

— Tu ferais mieux de t'y habituer.

— Il va sans doute être tellement odieux que je n'ai vraiment pas envie que tu assistes à ça. Je ne veux pas que tu te sentes…

— Quoi ? Ne me dis pas que tu as peur que je change d'avis !

La voiture de Jen se gara le long du trottoir. Dylan fit quelques pas vers elle, mais Vanessa le retint.

— Bébé, je me suis toujours moquée de ce que pouvaient penser les habitants de cette ville, y compris ton père, et ce n'est pas maintenant que ça va changer. En fait, je crois que je vais acheter un espace publicitaire dans le journal et faire fabriquer une immense bannière qui dira : « JE PORTE LE BÉBÉ DE DYLAN DELANEY ET J'EN SUIS FIÈRE. » Je l'accrocherai au-dessus du Rightful Claim pour que tout le monde la voie.

Il prit sa main, la porta à ses lèvres et déposa un baiser sur ses doigts.

— Je t'aime.

— Et je t'aime aussi. Autrement dit, je vais venir avec toi. Ton père pourra faire autant d'allusions à Dalila qu'il le voudra, je resterai à tes côtés.

Il la regarda – il la regarda vraiment. Il avait déjà admis qu'il était tombé amoureux d'elle en dépit des incidents qui les avaient opposés par le passé. Elle était forte et courageuse : admirable. Il voulait construire sa vie avec elle parce qu'elle s'accordait parfaitement avec lui, comme si sa place avait toujours été à ses côtés.

Mais il n'avait jamais pleinement compris tout le bien que Vanessa Carson pouvait lui faire. Pendant bien trop longtemps, il s'était soucié de ce que les gens pensaient de lui – et, si il n'avait jamais capitulé, il lui était arrivé de mentir ou de se dissimuler.

Il savait que Vanessa ne se conduirait jamais ainsi, et il doutait qu'elle le laisse le faire. Ce qu'il savait aussi, c'était que jamais elle ne voudrait que leur enfant grandisse en ayant l'impression de devoir être une personne qu'il n'était pas.

— Pourquoi est-ce que tu me regardes comme ça ? Tes sœurs nous attendent.

— Parce que tu as raison.

Elle haussa les sourcils.

— Bien sûr que j'ai raison. Tu ne m'apprends rien. Alors, tu ne vas pas m'empêcher de venir avec toi ?

Il mêla ses doigts aux siens et avança vers la voiture.

— Non. Non, tu as raison. Nous formons une équipe. Plus question de jouer les loups solitaires.

Ils montèrent à l'arrière de la voiture de Jen et bavardèrent pendant tout le trajet. Mais la tension croissante qui les enveloppa à mesure qu'ils approchaient du ranch des Delaney n'échappa pas à Dylan.

— Est-ce que vous pouvez nous laisser nous occuper de ça tout seuls, Van et moi ?

— Bien sûr, dit Jen. On va aller chez Hilly. Si vous avez besoin de quelque chose, hurlez.

— J'apprécie.

Pour exaspérant que ce soit, il dut laisser Vanessa l'aider à descendre de voiture. Même si le trajet avait été plutôt confortable, il se sentait tout endolori. Suivre le long chemin qui le mènerait à la guérison n'allait pas être une partie de plaisir.

Mais quand il marcha vers la porte, la main de Vanessa glissée dans la sienne agit sur la douleur comme un baume apaisant. Il devait croire qu'il en serait toujours ainsi.

Il ouvrit la porte et l'invita à entrer. Il appela son père, mais comprit vite qu'il ne devait pas être au rez-de-chaussée mais à l'étage, dans son bureau.

Épuisé, il se laissa tomber sur le canapé du séjour.

— Il faut que je me repose une minute avant de monter, marmonna-t-il.

— Je vais aller le chercher, dit Vanessa.

Elle se dirigeait déjà vers l'escalier.

— Van ?

Elle se retourna et lui décocha un regard espiègle.

— Tu as déjà oublié ton petit discours sur le travail en équipe ?

Il tapota le canapé, à côté de lui. Elle plissa le nez et soupira bruyamment avant de le rejoindre.

— Bon sang, Delaney, ta piaule est plutôt luxueuse.

— Rien à voir avec un appartement au-dessus d'un garage, mais je saurai m'en contenter.

Elle lui sourit et lui passa les doigts dans les cheveux.

— Tu es lessivé.

— Oui. Mais je survivrai.

— Je m'en assurerai.

Elle l'embrassa sur la joue. Ce simple baiser l'émut, comme le faisaient tous ses petits témoignages fortuits de tendresse.

— Je t'aime, Van.

— Je t'aime aussi.

Des pas résonnèrent dans l'escalier et il marmonna :

— Prépare-toi.

Son père apparut au pied de l'escalier. Ses traits exprimèrent une surprise fugitive, puis quelque chose qui ressemblait à de la douleur. Il s'éclaircit la voix. Il avait l'air… défait. Mais Dylan ne ressentit aucune compassion pour lui, parce qu'il avait passé des jours à l'hôpital sans qu'il lui rende visite une seule fois.

Ce qui voulait tout dire, n'est-ce pas ?

Il avait eu l'intention de demander à son père, calmement, poliment, où en étaient leurs relations. Mais il oublia tout de ses intentions et annonça :

— Je suis seulement venu chercher mes affaires.

Un homme qui s'était autant fourvoyé que son père et qui avait quand même refusé de venir le voir à l'hôpital ne méritait pas sa politesse.

— Dylan…

— Non. Non, je ne peux pas rester ici. Pas sous ce toit. Je croyais que je pouvais être raisonnable, mais je n'arrête pas de penser à ce que m'a dit Adele. Tu lui avais promis mon poste, et…

— C'était une bonne employée, coupa son père, mais elle avait besoin de motivation. Ce n'est pas à cause de la façon dont j'ai agi avec elle que tu as été enlevé et…

— Et qu'on m'a tiré dessus ? Qu'on a essayé de me tuer ? Ce n'était peut-être pas sa seule motivation, mais tes manipulations et tes mensonges ont joué un rôle dans toute cette histoire. Tu as causé tellement de mal…

Il se leva.

— Je ne veux rien avoir à faire avec tout ça. *Nous* ne voulons rien avoir à faire avec tout ça. Je vais aller chercher mes affaires et nous irons ailleurs pour…

— Peut-être que nous pouvons envisager une autre solution, coupa son père. Si vous restiez ici tous les deux ?

Il avait retrouvé son ton d'homme d'affaires en pleine négociation. Dylan se laissa retomber sur le canapé, vidé de toute énergie par la véritable bombe que son père venait de lâcher devant lui.

— Pardon ?

— Vous n'êtes pas obligés d'accepter cette offre, mais si cela peut t'aider dans ta rééducation… Tu dois pouvoir faire assez de place pour Vanessa dans ta chambre. Elle sera la bienvenue.

— D'accord, nous acceptons votre offre, répondit Vanessa.

Dylan posa un regard incrédule sur la femme qui avait dit un jour qu'elle préférerait boire de la Javel que vivre dans le ranch des Delaney.

— Vraiment ?

— Ce n'est que temporaire, répondit-elle. Jusqu'à ce que tu sois assez bien remis pour pouvoir te débrouiller seul.

Elle posa un regard sévère sur son père et lâcha :

— Merci.

— Donc, la question est réglée.

Vanessa hocha fermement la tête.

— Elle est réglée, oui.

Dylan se toucha la tempe.

— Je crois que j'ai des hallucinations.

— Non, dit son père. Ta sœur m'a dit certaines choses qui…

Il s'interrompit et souffla. Il semblait tout à la fois sidéré et irrité, mais, au lieu de battre en retraite ou de se plaquer sur le visage l'expression glaciale et dédaigneuse dont il était coutumier, il se passa une main dans les cheveux.

— J'ai fait des erreurs. Je ne les regrette pas toutes. Mais… Il m'est parfois arrivé d'avoir tort. Je ne suis pas ravi que vous ayez tous décidé de…

Son père s'interrompit, secoua la tête et commença à faire les cent pas. Quand il s'arrêta face à eux, il adopta cette posture raide que Dylan connaissait bien. Il se prépara pour le sermon qui ne pouvait manquer de suivre, mais son père dit :

— J'ai travaillé avec des avocats pour constituer des fiducies.

— Des fiducies ?

— Pour ton enfant, et aussi pour celui de Laurel. Les faits sont là : quelles que soient les circonstances, ils seront tous deux mes petits-enfants. Et mes petits-enfants auront ce qu'il y a de mieux.

— Vos petits-enfants auront le choix, répliqua Vanessa.

Son père sembla avoir envie de répondre quelque chose, mais il ne dit mot.

Maintenant, Dylan était à peu près certain d'avoir des hallucinations. Vanessa devait lui avoir fait avaler à son insu l'un de ces antalgiques qui le rendaient cinglé.

— Rien n'a plus d'importance que notre famille. Parce que, apparemment, la famille n'est pas la même chose que le nom.

À ce mot, « apparemment », Dylan dut réprimer un sourire. Son père se serait emporté, et il ne voulait pas que Vanessa ait à subir l'une de ses colères.

— Tu devras suivre certaines règles, prévint-il.

— Bien sûr. Vanessa est la mère de ton enfant. Je la traiterai donc avec tout le respect que ce statut exige.

— Maintenant, c'est moi qui ai l'impression d'halluciner, marmonna Vanessa.

— J'ai fait certaines erreurs et, ces dernières années, certaines choses ont échappé à mon contrôle… En réalité, tout a échappé à mon contrôle. Mais ça va changer. Nous sommes toujours des Delaney. Alors, au lieu de nous écrouler, nous…

Il s'interrompit et grimaça. Dylan ne put s'empêcher de ressentir une certaine admiration pour lui quand il reprit :

— Nous allons nous unir et faire quelques compromis. Peut-être… Peut-être que Laurel avait raison et que ce dont cette ville a toujours eu besoin, c'est que nos deux familles s'unissent.

Dylan sentit la main de Vanessa prendre la sienne et la presser.

— Je pense que c'est tout ce dont nous avons besoin, en effet.

Dylan pressa sa main en retour. Il avait passé l'essentiel de sa vie à haïr les Carson et tout ce qu'ils représentaient. Jamais il n'avait imaginé contribuer un jour à l'union des deux familles.

Mais jamais, de toute sa vie, il n'avait ressenti une telle fierté.

Épilogue

Deux mois plus tard

— Vous êtes conscients que c'est complètement dingue, au moins ?

Vanessa se prélassait sur la balancelle que Dylan avait installée la veille, pendant que les Carson et les Delaney transportaient des meubles et des cartons. Personne ne voulait que Dylan et elle fassent trop d'efforts à l'occasion de leur déménagement.

— Est-ce que tu parles de nous, ou du chalet ?

Laurel s'assit à côté de Vanessa. Elles avaient toutes deux beaucoup grossi, ces derniers temps. Dès que Vanessa et Dylan auraient fini de s'installer, elles allaient organiser une fête commune pour leurs bébés, qui devaient naître avec deux mois d'écart.

Vanessa avait l'impression que sa grossesse n'en finissait pas.

— Tu dois avoir entendu dire qu'Adele a choisi de plaider la folie, dit doucement Laurel.

Vanessa haussa les épaules. Elle avait dû purger sa vie de certaines choses – entre autres, la colère que lui inspirait Adele. Jamais elle ne pardonnerait à cette femme de leur avoir fait traverser un véritable enfer, mais elle refusait d'être en colère contre elle. Ce n'aurait été qu'une perte de temps et d'énergie.

— Aussi longtemps qu'elle est enfermée, je me moque que ce soit en prison ou dans un asile.

Laurel regarda de nouveau le chalet et secoua la tête.

— Je n'arrive pas à croire que vous ayez envie de vivre dans la maison où vous avez été retenus prisonniers.

Vanessa sourit et regarda son frère et ses cousins transporter des canapés et des bois de lit pendant que le frère de Dylan ne lui confiait que les cartons les plus légers.

— C'est là que je suis tombée amoureuse de ton frère. Pourquoi n'élèverions-nous pas notre famille ici ?

Laurel secoua de nouveau la tête et se borna à répondre :

— Si tu le dis.

Dylan monta les marches du porche et vint s'asseoir à côté de Vanessa.

— Je pense que ça y est.

Vanessa le dévisagea. Elle avait eu peur qu'il en fasse trop. Il était presque complètement remis, mais il travaillait toujours sur l'endurance et la mobilité, et avait tendance à aller au-delà de ses limites.

Mais il ne semblait pas exténué, et son teint n'avait pas cette teinte grisâtre qu'elle lui voyait parfois. Il était en forme, ce qui lui permit de se détendre.

— Cam et Hilly vont aller chercher les pizzas, annonça-t-il. J'ai proposé d'y aller moi-même, mais ils ont refusé. Tout le monde me traite comme si j'étais un bébé.

Elle lui tapota l'épaule.

— Et ça va durer pendant encore un peu de temps.

Il posa la main sur son ventre, et ils lâchèrent à l'unisson un soupir de contentement. Chez eux. Ils étaient chez eux, et sur le point de fonder une famille. Cela avait valu le coup de traverser l'enfer, parce qu'ils y avaient gagné le plus précieux des cadeaux : eux. Une famille. Un avenir.

D'un mouvement de la tête, Vanessa désigna Ty, qui se tenait près du camion de déménagement, l'air froid et maussade – puis Jen, qui bavardait avec sa cousine Gracie en se cachant derrière Grady.

— Est-ce que vous avez remarqué ces deux-là ? Ils passent leur temps à s'éviter comme s'ils avaient chacun sur eux un aimant qui repousse l'autre.

— Non, répondit Dylan en fronçant les sourcils.

— Oh ! tout à fait, dit Laurel. Je suis presque sûre qu'il y a eu quelque chose entre eux au lycée.

— Jen et Ty ? demanda Dylan, incrédule. Impossible.

— Possible, contra Laurel. Après, il est parti à l'armée. Il est de retour depuis déjà un an, mais je ne crois pas qu'ils aient échangé plus de deux mots depuis.

— Peut-être qu'ils ne s'aiment pas, dit Dylan en tapotant le ventre de Vanessa. Tout le monde ne tombe pas amoureux de l'ennemi.

Vanessa secoua la tête.

— Il y a anguille sous roche. Et tôt ou tard, ça va exploser. Puisque ça nous est arrivé, je ne vois pas pourquoi ça ne leur arriverait pas à eux.

Dylan dévisagea sa sœur, puis le cousin de Vanessa, et secoua la tête.

— Impossible, répéta-t-il.

Laurel se leva en voyant approcher Grady.

— Moi, je pense qu'il se passe quelque chose, dit-elle en allant à la rencontre de son mari.

Vanessa regarda *son* mari – un terme qu'elle était étonnée d'aimer à ce point, tout comme elle avait aimé la simplicité de leur mariage au palais de justice et la réception tapageuse qui avait suivi, sur le ranch des Carson –, et sourit.

— Combien tu veux parier qu'ils seront ensemble avant la fin de l'année ?

Dylan se frotta le menton en observant Ty, puis Jen, et proposa la somme astronomique qu'il lui avait donnée au mariage de Laurel et de Grady, au tout début de la nuit qui avait bouleversé leurs vies et les avait rendues infiniment plus belles.

Elle se pencha et embrassa la cicatrice qu'il avait sur le sourcil, et dont il aimait dire que c'était le dernier cadeau que lui avait fait Sans-Cou.

— Les Delaney ont toujours aimé faire étalage de leur richesse, chuchota-t-elle.

Il mêla ses doigts aux siens.

— Ces jours-ci, à ce qu'il paraît, c'est surtout de leur amour que les Carson et les Delaney aiment faire étalage.

Elle leva les yeux au ciel mais s'appuya contre lui, tout à

son bonheur de se balancer sur cette balancelle avec son mari en regardant leurs familles – Carson et Delaney – interagir, rire ensemble et s'aimer.

Oui, c'était sans conteste une richesse dont ils devaient faire étalage, qu'ils devaient chérir et encourager.

Pour toujours.

ADRIENNE GIORDANO

Un rival trop attirant

Traduction française de
GAËLLE BRAZON

BLACK ROSE

HARLEQUIN

Titre original :
THE DEFENDER

Ce roman a déjà été publié en 2015

1

Russ avait bien du mal à écouter Penny Hennings. Il n'avait d'yeux que pour son postérieur : un des plus beaux qu'il ait jamais croisés.

Penny Hennings se tenait à trois mètres de lui, sur les marches du tribunal. Normalement, il aurait dû la retrouver pour une entrevue, mais elle avait annulé au dernier moment pour tenir une conférence de presse impromptue avec son père, Gerald Hennings, légendaire avocat de la défense. Devant une telle paire de fesses, Russ s'en était vite remis.

Quelques mois plus tôt, ses collègues du FBI de Chicago avaient surnommé la jeune femme « la Ravageuse » à cause de ses contre-interrogatoires agressifs. Mais Russ avait d'autres raisons en tête. Des raisons qui n'avaient rien à voir avec un tribunal et tout à voir avec elle, sa chambre à lui et beaucoup de temps libre.

Les distractions de ce genre, il n'avait rien contre, songea-t-il.

Pan. Une détonation déchira l'air.

Gerald s'accroupit aussitôt, au contraire de sa fille. Tous les sens en alerte, Russ dégaina son arme et s'écarta vivement de la rampe en fer contre laquelle il s'appuyait. Penny était figée sur les marches, tandis que la journaliste devant elle s'écroulait, apparemment touchée par la balle.

Des cris stridents retentirent parmi la foule. Certains passants se jetèrent au sol. D'autres se mirent à courir.

Russ se précipita vers Penny, qui n'avait toujours pas bougé. Tout en avançant, il observa rapidement les alentours, à la recherche du tireur.

Un nouveau coup de feu résonna. Il provenait de l'autre côté de la rue, d'un point en hauteur.

— Courez ! cria Russ.

Mais Penny resta immobile. Elle était en pleine lumière, et son tailleur rouge la transformait en cible idéale. Une marche plus bas, son père était étendu sur le sol. Russ franchit les trois dernières marches, attrapa Penny par le bras et la tira derrière lui. Gerald Hennings releva la tête. Ainsi, il était vivant, se dit Russ, rassuré.

— Il faut filer d'ici !

Penny se tourna vers Gerald.

— Papa…

— Allez ! cria Russ.

Mais elle se dégagea, visiblement résolue à se rapprocher de son père.

— Je ne peux pas le laisser là.

Le tireur fit feu une troisième fois. La balle ricocha sur la marche à côté de l'avocat, faisant voler un éclat de ciment.

Penny blêmit. Assez tergiversé, se dit Russ. S'il ne passait pas à l'action, la prochaine balle allait la tuer.

Sans perdre une seconde, il la fit basculer au sol, tout en la tenant pour amortir le choc.

Pan. Ce quatrième coup de feu provenait de la droite. Plaqué sur Penny, Russ leva légèrement la tête pour jeter un coup d'œil de l'autre côté de la rue.

Le parking à niveaux… Le tireur devait être dans l'un des étages supérieurs du bâtiment.

Armes au poing, des agents de sécurité surgirent du palais de justice. La foule sur l'escalier continuait à se disperser en criant. Les autres passants avaient fui ou s'étaient mis à l'abri. Certains s'étaient réfugiés derrière des arbres ou des poubelles.

Gerald était toujours allongé à quelques pas. Son visage était tourné vers eux et ses yeux bleus exprimaient une peur que Russ avait trop souvent observée. Ils ne pouvaient pas rester là, il était grand temps de bouger.

Autour d'eux, l'air sembla se figer, et Russ releva un peu plus la tête. Un léger vent faisait bruisser les feuilles et le ciel de mai était d'un bleu vif. Le détraqué n'aurait pas pu choisir une plus belle journée pour décider de mitrailler un groupe de civils.

Sous lui, Penny bougea. Si seulement elle l'avait fait au bon moment !

— Restez baissée, lui intima-t-il.

En rasant le sol, elle tendit le bras pour toucher la main de son père.

— Papa ?

— Je vais bien, la rassura Gerald.

Quand elle ramena son bras, Russ se laissa peser de tout son poids sur elle. Au beau milieu de l'escalier désert, ils constituaient une cible parfaite.

Il inspecta les alentours, mais il n'y avait aucun endroit où s'abriter. Ils allaient devoir se relever et fuir en courant. *Pourvu que personne d'autre ne prenne de balle*, pria-t-il.

Un peu plus bas, la journaliste blessée poussa un gémissement. Elle aussi devait être évacuée d'urgence.

— Tenez bon, cria-t-il. On va vous emmener à l'hôpital.

Mais il ignorait la gravité de son état. Elle n'était peut-être plus en mesure de l'entendre.

Toutes sirènes hurlantes, des véhicules de la police de Chicago arrivèrent en trombe devant le palais de justice. Comme un homme sortait d'une voiture banalisée — probablement un officier —, Russ hurla :

— Le parking ! En hauteur, vers la droite !

Il s'adressa ensuite à Penny :

— Vous avez été touchée ?

— Je ne crois pas, répondit-elle en relevant la tête. Mais il y a quelque chose qui me rentre dans les fesses.

À ces mots, Russ déglutit. Puis il se força à reprendre ses esprits. L'essentiel était que Penny ne soit pas blessée. Il lui repoussa doucement la tête sur le sol.

Un camion blindé s'arrêta alors le long du trottoir, faisant crisser ses pneus. Des hommes du SWAT en jaillirent, visiblement prêts à en découdre.

Russ cria dans leur direction :

— Tireur dans le parking !

Pourvu que quelqu'un nous aide, songea Penny pour la énième fois. Le tumulte de ses pensées lui donnait la migraine. Les cris, les détonations et les sirènes ne cessaient de résonner dans sa tête, accompagnés d'une peur atroce qui lui nouait le ventre. Elle ferma les yeux un instant pour tenter de recouvrer son calme.

Puisqu'elle était rassurée sur le sort de son père, elle pouvait réfléchir à un moyen de les sortir de là. Avec cet agent du FBI qui était couché sur elle, ils allaient concocter un plan.

Le martèlement dans son crâne se calma un peu, et elle rouvrit les yeux. Son père la fixait avec une expression terrorisée qu'elle n'aurait jamais cru découvrir chez un homme aussi combatif.

— Russell, il faut qu'on bouge, murmura-t-elle.

— Oui, Penny. Mais laissez-moi réfléchir une seconde.

Elle se retint de soupirer. C'était une manie, chez les mâles dominants comme Russel, de vouloir prendre les rênes.

— Mais qu'est-ce qui me frotte en bas du dos ? Est-ce que l'une des balles m'a atteinte ?

— Le parking ! cria-t-il en direction de l'unité SWAT.

Il agita le bras droit, et ce mouvement accentua la pression contre son postérieur, sentit-elle.

— Russell, je crois que j'ai été touchée.

— Pas moi.

— Alors c'est quoi, cette drôle de sensation ?

— Heu… désolé. En fait… Comment dire… C'est… moi. Ça arrive, parfois. C'est l'adrénaline.

Déroutée, elle détailla le corps de Russ, son positionnement par rapport au sien et…

Elle comprit. Ah, les hommes.

— Vous avez une *érection* ? marmonna-t-elle, priant pour que son père ne l'entende pas. *Maintenant ?*

— Hé, ça ne se contrôle pas, ces choses-là.

Penny n'en revenait pas. Un dingue leur tirait dessus, et

l'agent du FBI qui venait de lui sauver la vie avait une érection. C'était à peine croyable.

— Eh bien, essayez quand même ! protesta-t-elle.

— Penny, intervint son père. Chut.

Décidément, elle ne comprendrait jamais rien aux hommes. Mais ce n'était pas le plus urgent. Que venait-il de se passer au juste ? Son père et elle étaient en train de parler de leur client aux journalistes lorsqu'ils s'étaient soudain retrouvés sous le feu des projectiles. Et au lieu d'entraîner son père à couvert, elle était restée immobile, paralysée par la peur. Une vraie froussarde, incapable de prendre une décision. Vraiment lamentable, conclut-elle.

Et Russell Voight, cette affolante source de fantasmes, celui-là même qui pressait une érection impressionnante contre son fessier, semait encore plus la confusion dans son esprit.

— Tout va bien, lança Russ en direction de son père. Elle a peur. Les gens ont tendance à bavasser dans ces cas-là.

— Je ne bavasse pas.

— Désolé de vous contredire. À trois, on sprinte vers le tribunal. Restez baissés. Et débarrassez-vous de vos échasses.

Penny hocha la tête, ôta ses escarpins et toucha l'épaule de son père.

— Tu es prêt ?

— Oui.

— Alors c'est parti, déclara Russ. Un, deux, trois.

Il bondit sur ses pieds avec une vivacité qui la stupéfia et lui serra la main si fort qu'une de ses jointures craqua. Puis il tira dessus pour l'obliger à se lever. Alors qu'il l'entraînait vers le palais de justice, elle jeta un coup d'œil derrière elle. Son père était à moins d'un pas, elle tendit le bras vers lui.

— Fonce, Penny, lui intima Gerald. Je vais m'en sortir.

Tout en courant, Penny garda les yeux fixés sur la tête de Russ et se concentra sur ses épais cheveux bruns. D'une part, il avait des cheveux magnifiques ; d'autre part, cela l'empêchait de penser à la fusillade.

Il ouvrit la porte d'entrée du tribunal et propulsa Penny à l'intérieur.

— Trouvez une pièce tranquille et restez-y, ordonna-t-il.

Je vous y retrouverai.

— Russell !

— Allez-y. Je vous retrouverai. D'abord, je dois leur filer un coup de main.

2

Trois heures plus tard, après avoir aidé la police à sécuriser la scène de crime, Russ se rendit chez Hennings & Solomon. Le cabinet d'avocats était au dixième étage d'un immeuble cossu du centre-ville. Dans l'ascenseur, Russ pensa à Penny. Elle avait déjà été interrogée sur place par les enquêteurs mais, pour une raison inexplicable, il avait besoin de la revoir. À vrai dire, il savait exactement pourquoi. Elle l'exaspérait avec son agressivité d'avocate et ses reparties tranchantes mais, au fond de lui-même, là où régnaient ses plus bas instincts, il la désirait comme un fou.

Alors oui, il devait être sacrément névrosé, parce que Penny Hennings était une vraie vipère. Cinq mois plus tôt, elle l'avait massacré lors d'un contre-interrogatoire. Il était sorti de la confrontation épuisé, frustré et blessé dans son amour-propre. « La Ravageuse » méritait bien son surnom. Et plutôt deux fois qu'une. Non seulement, elle était impitoyable au tribunal, mais également d'une beauté renversante : blonde aux yeux bleus, avec un visage si parfait qu'il avait toujours envie de le caresser. Au premier abord, les gens se laissaient attendrir par son physique menu, mais ils changeaient vite d'avis en subissant ses assauts oratoires.

Russ soupira. C'était officiel, quelque chose ne tournait pas rond chez lui.

Les portes de l'ascenseur s'ouvrirent sur une vaste salle d'attente, au sol recouvert d'une épaisse moquette. Comme toujours dans ce genre d'endroit, une réceptionniste jeune et sexy parlait d'une voix douce dans son casque.

— Hennings et Solomon, que puis-je faire pour vous ?

Elle pouvait raccrocher et lui indiquer où se trouvait le bureau de Penny, plaisanta Russ intérieurement. Il était 17 heures passées, mais la jeune femme continuait à répondre aux nombreux appels qu'elle recevait. Probablement les médias qui voulaient une déclaration sur la fusillade. Tout le monde voulait toujours une déclaration.

Trop impatient pour attendre plus longtemps, Russ montra sa plaque à la jeune femme. Elle mit ses appels en attente pour lui indiquer le chemin. Rien de tel qu'un insigne du FBI pour attirer l'attention de quelqu'un.

Comme il n'était jamais venu dans le bureau de Penny, il compta les portes et lut les plaques nominatives au passage. Quelques pièces étaient encore ouvertes. Leurs occupants levèrent les yeux sur lui, s'attardant sur son costume bleu marine froissé et le col déboutonné de sa chemise. Aucune importance. Après une journée pareille, le FBI devrait s'accommoder de sa tenue débraillée.

Deux portes ouvertes se trouvaient au bout du long couloir. D'après la secrétaire, celle de Penny était l'avant-dernière. Tandis qu'il avançait, la voix de l'avocate résonna dans le corridor :

— Non. Je l'amènerai. Je ne vais pas vous laisser exhiber mon client devant une flopée de caméras de télévision. C'est un homme d'affaires, nom d'un chien. Faites avec.

Russ retint un sifflement d'admiration. Même après s'être fait tirer dessus, Penny gardait la tête froide. Elle était peut-être une vipère, elle n'en restait pas moins professionnelle. Décidément, elle le chamboulait complètement.

Il s'arrêta devant la porte entrouverte, non pour espionner la conversation, mais pour se préparer mentalement. Il avait besoin d'organiser ses pensées et ses émotions. Après cette journée infernale, la fatigue pesait sur lui comme une chape de plomb.

Penny avait failli se faire abattre. Si l'une des balles avait fait mouche, sa jolie tête aurait été désintégrée.

Elle serait morte.

Une onde de chaleur se propagea sur sa nuque. Il devait

garder ses distances avec elle. Penny défendait une femme qui pouvait être un témoin décisif dans une énorme affaire de fraude boursière. Il ne pouvait pas courir le risque que l'avocate prenne de l'ascendant sur lui.

— Très bien, poursuivait Penny. J'attends de vos nouvelles. Je peux le faire aller là-bas demain. Mais hors de question qu'il se retrouve à parader menottes aux poignets comme un criminel. Il arrivera en toute discrétion.

Sur ce, elle raccrocha avec un bruit sec.

— Crétin, marmonna-t-elle.

Russ frappa doucement et poussa la porte.

— Dites donc, je vous ai sauvé la vie, aujourd'hui. Vous pourriez éviter de m'insulter.

Elle esquissa un sourire qui le surprit.

— Pas vous. *Crétin.*

Russ sourit à son tour et entra dans le bureau. Penny se cala dans son siège, puis appuya sa tête contre le dossier. Son parfum, une fragrance légère et fraîche, ni fleurie ni capiteuse, flottait dans l'air. Il essaya de le reconnaître, sans succès. En tout cas, c'était très agréable. Cela lui rappelait à quel point il aimait l'odeur d'une femme.

Penny avait suspendu la veste de son tailleur rouge — la cible qui aurait pu lui coûter la vie — à l'arrière du fauteuil et elle avait remonté les manches de son chemisier blanc. Quelques mèches de longs cheveux blonds avaient échappé à sa barrette et encadraient son visage aux traits tirés. Cette coiffure moins sévère lui allait à merveille, donnant presque l'impression qu'elle sortait du lit.

Associer Penny et un lit dans la même pensée avait de quoi mettre un homme dans l'embarras, songea Russ en se laissant tomber sur la chaise en cuir, face à elle.

— Comment allez-vous ? s'enquit-il. Au vu des circonstances…

— Je ne suis pas à la morgue, alors je suppose que ça va.

— C'était vraiment effrayant.

Elle pinça les lèvres, puis poussa un profond soupir.

— Je suis restée paralysée. Le comble du ridicule.

Après ce qu'elle venait de vivre, elle se faisait des reproches ?

La Ravageuse ne se contentait pas de tailler en pièces les témoins. Elle n'était pas tendre non plus avec elle-même.

— Vous étiez terrifiée, nuança-t-il. J'ai déjà observé ce genre de réaction chez des agents chevronnés. Alors inutile de gamberger.

— Comment va la journaliste ?

— Elle est toujours en salle d'opération.

— La pauvre… Et le tireur ? Est-ce qu'on lui a mis la main dessus ?

Russ secoua la tête.

— Non. Les gars de la police scientifique sont sur le coup. Nous allons le retrouver.

— Vous croyez ?

— Sinon, je serais un bien mauvais agent du FBI…

Elle répondit d'un haussement d'épaules.

— Et votre père ? demanda-t-il.

— Il est secoué, mais ça va. Mon frère et moi l'avons obligé à rentrer à la maison. Face à nous deux, il n'a pas fait le poids.

Le regard fixé droit devant elle, elle cilla plusieurs fois, puis abattit une main devant ses yeux. Bon sang, il ne voulait pas que la Ravageuse pleure. Cela le rendait furieux que cette femme au tempérament de feu en soit réduite aux larmes par la faute d'un détraqué.

— Penny…

Elle éleva l'autre main, et il se tut.

Au bout d'un moment, elle découvrit ses yeux et le fixa avec une intensité qui le fit s'agiter nerveusement. Elle l'avait dévisagé de la même façon cinq mois plus tôt sur le banc des témoins.

— Je suis désolée, Russell. Vous avez failli vous faire tuer à cause de moi.

Il ne s'attendait pas à ça. Là, elle marquait un point.

— Vous n'êtes en rien responsable, rétorqua-t-il. Vous vous trouviez simplement sur les marches du tribunal. En quoi est-ce votre faute si un taré a décidé de tirer sur des civils innocents pour résoudre ses problèmes ?

— Mais…

— Penny. Stop.

Elle referma la bouche. Incroyable, pensa-t-il. S'il avait su qu'il pouvait la réduire au silence aussi facilement, il l'aurait fait cinq mois plus tôt.

Elle leva les mains d'un air agacé.

— *Russell*, j'essayais d'assumer la responsabilité de mes actes.

Voilà qui lui ressemblait plus. La Ravageuse était de retour.

— Je ne veux pas vous entendre vous excuser, affirma-t-il. Pas pour ça.

Il sourit, se pencha en avant et plongea le regard dans ses beaux yeux bleus.

— Si vous voulez vous excuser, faites-le pour m'avoir atomisé au tribunal il y a cinq mois. Mon amour-propre ne s'en est toujours pas remis.

— M'excuser ? Jamais, rétorqua-t-elle d'un ton railleur. Et puis, c'était un excellent contre-interrogatoire. Probablement le meilleur de ma carrière.

— Félicitations. J'étais la victime.

Elle s'avança sur son siège avec un grand sourire.

— Vous vous êtes bien défendu. Dans mon souvenir, vous avez plutôt apprécié le combat.

C'était loin d'être faux, reconnut Russ intérieurement. Il en aurait peut-être profité davantage s'il n'avait pas été visé. Pourtant, d'une façon paradoxale et un peu retorse, il avait été fasciné par sa façon d'arpenter la salle tout en le bombardant de questions complexes.

— Vous êtes coriace, Penny, mais vous ne me faites pas peur.

— Dommage. Enfin, je suppose.

Il ne put s'empêcher de rire. C'était vraiment suicidaire de désirer à ce point cette femme. C'était d'autant plus regrettable que rien ne pourrait jamais se passer entre eux. Elle avait pour mission de démolir le dur labeur que des hommes comme lui mettaient des mois, voire des années, à accomplir. Il croyait fermement au droit de chacun à un procès équitable, mais parfois, à la fin d'une mauvaise journée, il se posait la question : comment les avocats de la défense justifiaient-ils le fait de faire libérer des meurtriers ?

— Enfin, bref, reprit-elle. Pourquoi êtes-vous venu ? Vous avez encore des questions ?

— Non. Je suis ici à cause de notre rendez-vous manqué.

La fusillade les avait empêchés d'avoir l'entretien prévu dans l'après-midi. Ils étaient censés discuter du sort d'un témoin dont Russ avait besoin dans une affaire de fraude boursière.

Penny se redressa d'un mouvement souple. Elle rejeta les épaules en arrière, comme si elle se préparait au combat.

— Elizabeth Brooks. Vous voulez toujours en parler après ce qui s'est passé aujourd'hui ?

— Si vous vous sentez d'attaque.

Penny haussa un de ses sourcils parfaits.

— Oh ! Russell, je me sens toujours d'attaque.

La repartie provoqua aussitôt chez Russ des pensées déplacées. L'obsédé qui sommeillait en lui ne pouvait s'empêcher d'imaginer Penny Hennings étendue nue sur son lit. Et pourquoi ce « Russell » ? Elle l'appelait toujours par la version longue de son prénom alors que tout le monde utilisait l'abréviation « Russ ». Ou divers noms d'oiseaux moins sympathiques.

Il abattit sa main sur l'accoudoir.

— Alors allons-y.

— Très bien. Elizabeth est prête à témoigner, mais il faudra qu'elle soit placée sous protection.

— Elle me dira tout ?

Penny hocha la tête.

— Tout ce qu'elle sait.

Russ s'y connaissait en matière d'avocats de la défense, et Penny Hennings faisait partie des meilleurs. En plus d'être intelligente et rusée, elle était belle et douée pour manipuler les hommes. Si elle ne gagnait pas sa vie en essayant d'anéantir tout le travail qu'il faisait, il aurait pu tomber amoureux d'elle. Mais s'il baissait un tant soit peu sa garde, elle le laminerait, purement et simplement.

Elle lui adressa un sourire à la fois sexy et narquois.

— Vous ne me faites pas confiance ?

— Pas du tout.

— Oh ! Russell, répliqua-t-elle en battant des paupières. La flatterie mène à tout.

Il ne put s'empêcher de rire.

— Vous êtes un sacré numéro. Je suis content de vous avoir sauvé la vie aujourd'hui.

Penny saisit un stylo et le lança sur lui.

— Ce n'est pas juste de tout rapporter à cette histoire de vie sauvée.

Touché à la poitrine, il rattrapa l'objet. Un Montblanc. Au prix que cela coûtait, elle devrait en prendre plus soin. Il le reposa sur le bureau.

— J'ai un marché à vous proposer, Penny. Vous n'essayez pas de me rouler et je ne vous rappelle pas que je vous ai sauvé la vie.

Il lui tendit la main.

— C'est d'accord ?

La quasi-absence de victimes lors de la fusillade avait été un miracle. Si elle acceptait sa proposition, ce serait le second de la journée. Elle contempla sa main et fit la moue.

— Vous avez peur d'en être incapable, déclara Russ en laissant retomber son bras.

— N'importe quoi !

Au bout d'une interminable minute, elle lui tendit la main à son tour.

— Très bien, marché conclu.

Penny avait une poigne ferme, mais sa main était petite, douce et délicate, nota Russ. Pendant une seconde, il imagina les autres parties douces et délicates de son corps qu'il aimerait toucher.

Décidément, quelle journée ! songea-t-il. Toutes ces pensées lascives devaient être sa façon de gérer la situation. Il se racla la gorge.

— Ça va ? s'enquit Penny en se levant. Je vais vous chercher de l'eau.

À vrai dire, il avait plutôt besoin d'un scotch. Tandis qu'elle marchait vers le mini-bar dans un coin de la pièce, il baissa les yeux sur ses pieds. Elle ne portait plus les escarpins vertigineux qu'elle avait au tribunal. Et voilà qu'il avait du mal à décider ce qui l'excitait le plus : Penny en talons hauts ou Penny pieds nus.

Elle lui tendit une bouteille d'eau, puis s'assit sur la chaise à côté de lui. Intéressant. Certaines femmes auraient préféré rester derrière leur bureau pour lui rappeler qu'il était l'invité et qu'elles étaient en position d'autorité.

Son estime pour Penny Hennings n'en fut que plus grande et sa consternation avec. D'un trait, il avala la moitié de la bouteille — *dommage qu'il ne s'agisse pas de scotch* — puis revissa le bouchon.

— Elizabeth Brooks, reprit-il finalement. Je veux qu'elle me dise tout sur Heath et sur le rôle qu'elle a joué dans la magouille.

La femme en question était la veuve d'un courtier impliqué dans une fraude d'une centaine de millions de dollars. Sam Brooks et son associé, Colin Heath, créaient des sociétés-écrans, puis émettaient des titres pour leur compte. Ils vantaient les mérites de ces sociétés dans des communiqués de presse, des bulletins d'entreprise et par tout autre moyen de communication. Quand leurs victimes se mettaient à acheter les actions en masse, ce qui faisait automatiquement gonfler leur cours, les deux hommes revendaient alors leurs titres. Ils se remplissaient les poches… tout en ruinant au passage des milliers d'investisseurs innocents.

Quand Brooks, le courtier, avait voulu cesser cette arnaque, Colin Heath s'était débarrassé de lui, lui réservant une mort douloureuse et fort opportune. Le meurtre avait été commis par le numéro deux de Heath, un homme de main sans scrupules qui avait été assez bête pour se faire capturer. Mais comme l'homme refusait de parler, le FBI n'avait pas assez d'éléments pour coincer Heath.

Coincer Heath, c'était justement l'objectif de Russ. Et Elizabeth Brooks, par l'intermédiaire de Penny, semblait en mesure de l'aider.

— Elle va parler, affirma Penny. Mais il lui faut l'immunité. Et des mesures de protection.

Une question tracassait Russ.

— Pourquoi accepte-t-elle soudain de collaborer ? Son mari est mort il y a des mois.

Penny parut hésiter. Eh bien, leur marché n'avait pas tenu longtemps, songea Russ en se levant. Il posa la bouteille d'eau sur le bureau, prêt à s'en aller. Il voulait Colin Heath, mais il refusait d'être un pantin entre les mains de Penny. Quand il fit un pas vers la porte, elle le retint par le bas de sa veste.

— Ne partez pas. Je réfléchissais, c'est tout.

Russ se tourna vers elle et plongea les yeux dans les siens. Il était cuit, comprit-il.

Quel homme exaspérant, se dit Penny. Il suffisait d'un rien pour qu'il monte sur ses grands chevaux, comme s'il cherchait le conflit avec elle. Lui en voulait-il à ce point pour ce contre-interrogatoire un peu musclé qu'elle lui avait imposé cinq mois plus tôt ?

Elle n'avait pas eu le choix : au cours de ses recherches, elle avait compris que Russ était un enquêteur hors pair. Elle avait dû se préparer à l'affronter comme jamais auparavant.

C'était vraiment jouer de malchance de le retrouver dans l'affaire Colin Heath, pesta Penny intérieurement. Elizabeth Brooks était dans le pétrin et lui avait demandé de passer un marché avec le FBI. Russ était donc incontournable et pouvait mettre sa cliente en difficulté.

— Je dois protéger Elizabeth, déclara-t-elle. Comme vous le savez, *Russell*, Colin Heath est dangereux, et Elizabeth a un fils à élever.

Il lui lança un regard dur. Il n'appréciait probablement pas tous ces « Russell » qu'elle lui assenait. Tant pis pour lui. Elle était une fervente adepte du « jeu de la maman » : utiliser le nom de baptême de ses interlocuteurs avec une pointe de raillerie. Elle n'avait jamais rencontré un homme capable de résister à cette tactique.

— C'est bien pour ça que je ne vais pas vous laisser tergiverser plus longtemps, répliqua Russ. Ce marché, soit vous l'acceptez, soit vous le refusez. C'est aussi simple que ça. Alors ?

Tout compte fait, « le jeu de la maman » n'avait pas l'air de marcher avec cet homme-là.

— Bien sûr que j'accepte. Mais vous devez me donner des garanties. Hors de question que le FBI laisse ma cliente, ou son fils, aux prises avec un meurtrier.

— Quel est le problème avec son fils ? C'est la seconde fois que vous le mentionnez.

J'ai peur pour lui, tout simplement, soupira Penny en son for intérieur. Le détraqué qui avait ouvert le feu au tribunal avait bouleversé ses plans concernant sa conversation avec Russ. Tout ce qu'elle avait préparé s'était évaporé, anéanti par sa terreur de voir ceux qui l'entouraient s'effondrer à terre. Sur ces marches, pendant quelques brèves secondes, elle avait cru que son père était mort, abattu sous ses yeux. Une bouffée de panique rétrospective l'envahit, et son ventre se crispa douloureusement.

Elle leva les yeux vers Russ. Il était bien campé sur ses jambes, les mains sur les hanches, dans une posture typique de mâle dominant. En observant son visage aux traits décidés, elle recouvra un peu de calme. Il ne dépassait pas un mètre soixante-dix-huit, mais n'avait rien à envier à un géant en termes de puissance et de présence. Il dégageait une aura de solidité et d'assurance. Certes, il était capable de s'emporter, mais il savait aussi comment mener une conversation, elle en avait fait l'expérience cinq mois plus tôt.

Elle expira profondément avant de répondre :

— Je dois pouvoir vous faire confiance.

— Soyez franche avec moi, et tout ira bien. J'enquête sur cette affaire depuis plus d'un an. Alors ne me faites pas perdre mon temps, ou celui du FBI. Je suis à peu près sûr que cette escroquerie est en place dans plusieurs États. Nous avons des agents dans tout le pays qui suivent des pistes sur Colin Heath.

Penny lui fit signe de s'asseoir, mais il ne bougea pas. Il se tenait debout, les yeux un peu plissés. Aussi, elle insista :

— S'il vous plaît. Je vais vous dire tout ce que je sais.

Il s'assit. Victoire ! songea-t-elle. Elle l'avait empêché de partir, c'était déjà ça. Il était temps de se remettre au travail.

— Comme vous le savez, Elizabeth Brooks est courtier agréé.

— Exact, acquiesça-t-il.

— Après le meurtre de Brooks, Colin Heath s'est rendu compte qu'il lui manquait de l'argent.

— Attendez… Vous voulez dire que Sam Brooks volait Heath ?

— Évidemment, répondit Penny en hochant la tête. À quoi s'attendent ces crapules ? Ils plument des innocents, mais s'étonnent que leurs complices s'envolent avec les bénéfices ?!

Elle s'interrompit, escomptant une réaction de Russ, mais celui-ci garda le silence.

— Bref…, reprit-elle. Colin est allé voir Elizabeth peu de temps après la mort de Sam et lui a dit que de l'argent avait disparu. Il avait la ferme intention de le récupérer, mais Elizabeth n'était au courant de rien.

— Vous n'êtes pas sérieuse, Penny ! Elle ne savait rien ?

— C'est la vérité, *Russell*. Elizabeth aimait son mari. Elle soupçonnait peut-être que certaines de ses opérations étaient illégales mais, quand elle l'a interrogé, il l'a embobinée. Elle a fait l'erreur de se fier à son époux. On ne peut pas condamner une femme pour ça.

Russ la toisa avec dureté, comme lorsqu'il se trouvait dans le box des témoins, cinq mois plus tôt.

— Mais on peut la condamner si elle est impliquée dans une activité criminelle.

Penny leva les yeux au ciel.

— Heath est aussi cynique que vous. Il a pensé qu'elle mentait en disant ignorer où se trouvait l'argent. Il a décrété qu'elle devait effectuer des transactions pour lui afin de rembourser la dette de Brooks. Quand elle a refusé, il lui a envoyé une photo de son fils barrée d'une croix.

— Il a menacé son fils ?

Russ expira longuement et courba les épaules. Ainsi, il était sensible au sort des enfants, conclut-elle. C'était bon à savoir. En avait-il, d'ailleurs ? Les recherches qu'elle avait faites sur lui n'en avaient pas fait mention. D'après ce qu'elle savait, il avait la trentaine et n'avait jamais été marié. Pour autant, cela ne voulait pas dire qu'il n'avait jamais eu d'enfant. Elle était peut-être passée à côté de certains aspects de sa vie personnelle.

— La photo impliquait que le fils d'Elizabeth serait en danger si elle n'acceptait pas de faire les transactions, déclara-t-elle. Alors elle a obéi. Quelle mère ne serait pas prête à enfreindre la loi pour protéger son enfant ? Sans oublier qu'elle est en deuil. Jusqu'à la semaine dernière, elle était incapable de passer en revue les affaires de Sam. Quand elle en a enfin trouvé le courage, elle a découvert de nombreuses clés de coffres-forts cachées dans le grenier. Les coffres en question contenaient cinq millions de dollars en liquide.

Russ haussa les sourcils.

— Pas mal.

— Pensant qu'il s'agissait de l'argent volé, elle a vidé les coffres et a tout remis à Heath. Elle a cru qu'avec ce versement il la laisserait tranquille.

— C'était plutôt naïf de sa part.

— C'était surtout désespéré, répliqua Penny. Heath a pris l'argent, mais lui a ordonné de poursuivre ses transactions boursières, sinon gare. Comme elle avait peur d'être inculpée si elle allait voir le FBI, elle est venue me consulter.

Russ hocha lentement la tête.

— Je vous écoute.

— Elizabeth Brooks veut se sortir de cette situation. Elle peut vous donner les numéros de comptes, vous expliquer le fonctionnement du système, etc. Tout ce qu'elle veut, c'est une nouvelle vie dans un endroit sûr.

Sur ce, Penny se renfonça dans son fauteuil. Elle avait fait son travail et présenté son offre. C'était au FBI de prendre une décision.

Le regard fixé sur elle, Russ pianota sur l'accoudoir. Il semblait l'analyser, comme s'il essayait de deviner ses véritables intentions. Mais elle n'avait aucune idée derrière la tête. Elle s'efforçait simplement de rendre à sa cliente sa tranquillité d'esprit.

Elle se pencha pour toucher l'accoudoir de Russ.

— C'est une mère avant tout, Russell. Son mari est mort, et elle essaie d'offrir une vie normale à son fils. Elle sait qu'elle a violé la loi. Elle veut se racheter. Pouvez-vous l'aider ?

Russ baissa les yeux sur sa main, puis les reporta sur son visage. Elle n'allait pas essayer de lire ses pensées. Elle ne perdait plus son temps à tenter de déchiffrer les cyniques du genre de Russell Voight.

Au bout d'un long moment, il reprit :

— Elizabeth accepte de tout nous dire ? Il n'y aura pas d'embrouille ?

— Pas d'embrouille. C'est promis.

— Alors laissez-moi en discuter avec mon responsable.

Quelqu'un frappa à la porte, et Penny tourna la tête. Son frère Zac et sa petite amie étaient sur le seuil.

— Salut, vous deux. Comment va papa ?

— Il va bien, répondit Zac. Je me suis dit qu'on allait passer te chercher pour te ramener chez toi.

Zac jeta un coup d'œil curieux vers Russ, puis reporta son attention sur elle. Les présentations étaient de rigueur.

— Agent spécial Voight, voici mon frère Zachary et sa compagne, Emma. Zac et Emma, voici Russell Voight, du FBI.

— Est-ce que nous tombons mal ? demanda Emma, la mine confuse.

Comme d'habitude, la simple présence d'Emma, avec ses cheveux sombres tirés en arrière tels ceux d'une adorable institutrice, apaisa Penny. Rares étaient les personnes à avoir ce genre d'influence sur elle. Calme et réservée, Emma avait un sens de l'humour simple et désarmant. Elle était l'exacte opposée de Penny en termes de physique, de look, de franc-parler et de penchant pour le chaos. En un mot, elle était spéciale.

Elles s'étaient rencontrées lorsque Emma cherchait à prouver l'innocence de son frère accusé à tort. Étant donné qu'elle avait d'abord été sa cliente, Penny se glorifiait d'avoir trouvé Emma avant Zac. Selon les jours, elle s'attribuait le mérite de les avoir réunis, ou accusait son frère d'avoir été un mufle en séduisant sa cliente d'alors, devenue depuis une amie proche.

— Je pense que nous en avons terminé, déclara Russ en se tournant vers Zac et Emma.

Zac se redressa légèrement, ajoutant ainsi quelques millimètres à sa taille, comme s'il se mesurait à l'autre homme dans la pièce. Fascinée, Penny posa les yeux sur le dos de Russ, mis en valeur par l'excellente coupe de sa veste. À première vue, les différences entre Russ Voight et Zac Hennings étaient évidentes. Son frère était un grand blond aux larges épaules. Russ Voight, brun, faisait une dizaine de centimètres de moins que Zac, avec un physique plus compact. Mais sa posture pleine d'assurance, sans oublier sa grâce prédatrice, était cent pour cent virile. Quelque chose se mit à palpiter dans son ventre.

Peut-être même plus bas. Entre son ventre et le haut de ses cuisses. De l'attirance sexuelle à l'état pur, se dit-elle.

Russ serra la main de Zac.

— Vous êtes substitut du procureur général du comté de Cook. Au bureau des poursuites pénales, n'est-ce pas ?

Ainsi, il connaissait Zac. Voilà qui était intéressant, se dit Penny. Mais pas aussi intéressant que de les regarder se jauger comme le faisaient souvent les mâles pour établir qui était le gorille dominant dans la pièce.

— Ouais, répondit Zac.

— Ouh là, Zachary…, fit Penny. Le FBI sait qui tu es. Ils te surveillent peut-être.

Son frère haussa les épaules.

— Si ça les amuse.

— Vous avez à moitié raison, remarqua Russ en jetant un regard en coin vers Penny.

— Comment ça ?

— C'est dans le cadre de l'enquête sur la fusillade. Nous cherchons à comprendre pourquoi quelqu'un déciderait de tirer sur des civils innocents. Le travail de votre frère, tout autant que le vôtre, peut faire de lui une cible.

Emma, qui s'appuyait au chambranle de la porte, se redressa et s'avança de quelques pas dans la pièce.

— Pardon ?

Zac hocha la tête.

— Les substituts du procureur font souvent l'objet de menaces.

— Exact, acquiesça Russ. Nous cherchons dans toutes les directions. Par exemple, l'affaire sur laquelle votre père travaille en ce moment.

— Attendez une seconde, intervint Penny. Vous pensez que le tireur visait mon *père* ?

— Je n'ai pas dit ça.

— Russell !

Les lèvres pincées, il pencha la tête sur le côté et la fixa.

— Et si vous me laissiez le temps de répondre à votre question avant de commencer à hurler ?

Penny se rassit.

— Désolée.

Zac croisa les bras en souriant.

— Ça, ça fait plaisir à voir.

— Tu m'étonnes, répliqua Emma.

Mais Penny n'était pas d'humeur à tolérer leurs remarques.

— Vous deux, taisez-vous. Continuez, Russell.

— Bref, nous prenons tous les aspects en compte. Les possibilités sont infinies.

— Vous nous tiendrez au courant ? s'enquit Penny.

— Bien sûr. Mais tant que nous n'en saurons pas plus, évitez de tenir des conférences de presse sur les marches du tribunal. Faites profil bas et soyez prudente. Compris ?

L'intensité dans ses yeux chocolat était si sexy que son ventre se remit à palpiter. Normalement, elle se serait montrée caustique envers quiconque se serait risqué à lui donner des ordres, mais Russ n'avait pas l'air d'humeur joueuse. Elle ne le connaissait pas assez pour savoir ce qu'il comptait faire, mais, à en juger par les cernes sous ses yeux, dormir devait être tout en haut de la liste de ses priorités.

— Compris, répondit-elle. Je ferai attention.

— Merci. Je crois qu'on a fait le tour…

Elle hocha la tête, puis demanda :

— Vous me tenez au courant, pour notre marché ?

— Dès que j'ai du nouveau, je vous appelle.

— Merci. Et merci aussi pour aujourd'hui.

Un instant, leurs regards restèrent rivés l'un à l'autre, lourds d'attirance sexuelle, aurait juré Penny. Si elle cédait, Russell Voight avait le potentiel de lui faire perdre la tête. Ce qui ne serait pas forcément une mauvaise chose, songea-t-elle. Elle ne tombait pas souvent sur des hommes capables de l'enflammer de la sorte. Une femme combative comme elle avait besoin d'un partenaire qui soit prêt à livrer bataille quand c'était nécessaire… et même quand cela ne l'était pas. C'était peut-être insensé, mais elle aimait les échanges animés. La plupart des hommes qu'elle avait connus ne comprenaient pas son goût du débat, ou bien se montraient arrogants et intransigeants.

Aussi, le nombre de candidats en mesure de lui tenir tête

se réduisait comme peau de chagrin. Elle avait un vrai talent : savoir terrasser un homme.

Russ lui adressa un léger sourire, comme s'il savait qu'elle pensait à autre chose qu'à Elizabeth Brooks.

— Mais je vous en prie, répondit-il. Je vous appelle plus tard.

Penny se racla la gorge. Elle devait cesser d'agir comme une écolière énamourée.

— Je vous raccompagne, déclara Zac.

Dès que les hommes eurent quitté la pièce, Emma fondit sur elle.

— Waouh !

Penny lui fit signe de s'asseoir dans le fauteuil que Russ venait de quitter. Elle allait devoir jouer les innocentes.

— « Waouh » quoi ?

Emma répondit par un reniflement dédaigneux.

— Arrête… Tu crois que je n'ai pas remarqué ? Tu le regardais comme s'il était une pile géante de nounours blancs.

Penny fit la grimace.

— Hé, ne dis pas ça.

— Pourquoi ?

Sur la liste des bonbons préférés de Penny, les nounours gélifiés blancs occupaient une place de choix. Elle en raffolait littéralement. Ils provoquaient en elle un besoin compulsif qui l'empêchait de dormir la nuit quand elle pensait au doux afflux de sucre dans son organisme. À maintes reprises, elle avait essayé d'y renoncer pour de bon. Chaque fois, elle avait rechuté, incapable de résister à leur attrait. En matière de nounours gélifiés blancs, elle ne valait pas mieux que les accros au crack qui pullulaient dans le South Side de Chicago.

— Parce qu'ils me font me sentir faible. Je ne veux pas qu'un homme ait cet effet-là sur moi.

Emma pencha la tête sur le côté en faisant la moue.

— Tu veux me psychanalyser, maintenant ? poursuivit Penny. Écoute, Freud, ça ne cache rien de profond. Je dis simplement que je ne veux pas me sentir en état de manque à cause d'un homme.

— Peut-être, mais tu as dit que tu ne voulais pas être faible. Tu n'as jamais eu de moments de faiblesse de ta vie.

— C'est exactement là où je veux en venir.
— C'est peut-être ça, ton problème.
— Qu'est-ce que tu insinues ? protesta Penny.
— J'ai toujours su que tu étais un peu dingue mais, jusqu'ici, je ne m'étais pas rendu compte à quel point.

Emma était bien la seule à pouvoir faire ce genre de déclaration impunément. Et au lieu de se sentir insultée, Penny éclata de rire.

— Tu as de la chance que je t'aime autant, Emma Sinclair.
— Je t'aime aussi, et c'est pour ça que je vais prendre le risque de te dire ça : une relation évolue en fonction des partenaires. L'un est vulnérable quand l'autre est fort, puis la situation s'inverse. Tout est question d'équilibre. Tu crois que ton frère n'est jamais vulnérable ? Il passe son temps à s'inquiéter pour son travail. Ça me rend folle, mais c'est aussi pour ça que je l'aime. Et crois-moi, il est loin d'être faible.

Comment en étaient-elles venues à discuter de cela ? s'interrogea Penny.

— Je comprends ce que tu veux dire mais, dans le cas présent, ça ne changera rien. Russ Voight est inaccessible. Il enquête sur un dossier qui implique une de mes clientes. Et contrairement à mon porc de frère, qui est sorti avec toi alors qu'il travaillait sur ton affaire, je ne le ferai pas. Hors de question.
— Tu sais que ce n'est pas un porc, répliqua Emma en riant. Tu dis ça seulement pour l'embêter.

Penny claqua des mains avec entrain.

— Je sais ! C'est tellement drôle.
— Qu'est-ce qui est drôle ? demanda Zac en revenant dans la pièce.
— Rien, répondirent-elles en chœur.

Il les observa d'un air méfiant.

— Vous étiez encore en train de parler de moi ?
— Absolument, répliqua Penny.

Pour la millième fois peut-être depuis que Zac avait commencé à fréquenter Emma, il lança les bras en l'air. Il détestait que sa petite amie parle de lui avec sa sœur.

— Détends-toi, conseilla Penny. Russ est parti ?

— Oui. Certains agents fédéraux sont des enfoirés de première, mais lui, il a l'air d'un type bien.

— C'est vrai. Je l'ai mis en pièces à la barre il y a quelques mois, pourtant il me parle encore. Il m'a même sauvé la vie aujourd'hui. Certaines des personnes que j'ai affrontées ont probablement une balle avec mon nom dessus.

Son frère pointa un doigt sur elle.

— C'est exactement pour ça que tu dois suivre les instructions de Voight et faire profil bas.

Penny n'arrivait toujours pas à y croire : son père avait été la cible d'un tireur ! Était-il possible que quelqu'un les haïsse à ce point ?

Les droits constitutionnels des citoyens américains devaient être respectés, et c'était son travail de faire en sorte qu'ils le soient. Lorsqu'elle rencontrait quelqu'un pour la première fois, la même question revenait systématiquement : « Comment pouvez-vous défendre ces gens-là ? » Cette question exaspérait Penny, car elle impliquait que l'avocat de la défense était moins respectable que celui de l'accusation. Comme si cela la ravissait de défendre un homme accusé de meurtre… Bien des fois, elle en perdait le sommeil.

En réalité, elle avait son métier dans la peau. Cela faisait peut-être d'elle une masochiste, mais elle aimait les affaires que l'on disait perdues d'avance. Elle était motivée par les inévitables problèmes à résoudre et les défis intellectuels à relever. Par le conflit.

— Au risque de te choquer, Zachary, je vais suivre son conseil. Je suis peut-être folle, mais je ne suis pas stupide. Quand même, l'idée que papa a été visé parce qu'il a défendu les droits de quelqu'un est plutôt hypocrite. Enfin, de toute façon, l'esprit criminel me laissera toujours perplexe.

— Comme tu dis, approuva Zac. Bon, il est temps d'y aller. J'ai faim et je suis fatigué.

— Une combinaison mortelle, observa Emma d'un ton pince-sans-rire.

Zac lui lança un coup d'œil féroce. Sachant comment son frère pouvait être grognon dès que sa glycémie baissait, Penny referma son ordinateur portable, le débrancha et le rangea dans sa sacoche.

— Ne vous disputez pas, je vous en prie. J'ai eu ma dose de violence. Franchement, ce n'est pas tous les jours que quelqu'un essaie de me tuer.

3

Après avoir montré sa plaque, Russ entra dans le bureau de Gerald Hennings. Il s'installa dans un des fauteuils et attendit que l'avocat raccroche. Il était à peine 10 heures, pourtant la journée avait déjà pris une sombre tournure. À 7 h 43, la journaliste blessée sur les marches du tribunal avait succombé.

Ce rebondissement avait forcé Russ à revoir la priorité de ses dossiers en cours. C'était contrariant, étant donné qu'il venait de gagner du terrain dans l'affaire Heath. Il rêvait de coincer l'escroc, de le mettre à l'ombre pour longtemps.

Depuis des années, il pourchassait des crapules comme Heath, qui n'hésitaient pas à délester les retraités et les travailleurs de leurs économies. Ses propres parents avaient été victimes d'une arnaque hypothécaire. Depuis le jour où sa maison d'enfance avait été saisie, Russ se servait de la peine et de la colère ressenties alors comme d'un moteur. Quand il était las de toute la racaille qu'il côtoyait, il repensait au matin où il avait vu son père rendre les clés de leur maison. Il avait douze ans. Cette vision était gravée à vie dans sa mémoire.

Gerald Hennings reposa le combiné du téléphone et se laissa aller contre le dossier de son fauteuil. Portant beau pour son âge, il était réputé dans tout Chicago pour sa mise soignée. Ses cheveux poivre et sel à la coupe parfaite étaient rarement décoiffés. Adepte des chemises sur mesure et des bretelles colorées, il avait été surnommé « maître Dandy » par les médias.

— Bonjour, agent Voight.

Russ se pencha au-dessus du bureau pour lui serrer la main.

— Bonjour, maître.

— Vous avez du nouveau ?

— Oui, malheureusement. La journaliste blessée dans la fusillade est morte ce matin.

— On me l'a appris, répondit l'avocat. Une véritable tragédie. Nous enverrons nos condoléances à sa famille.

Il secoua la tête d'un air navré.

— Je ne comprendrai jamais ce qui pousse quelqu'un à faire ça.

Dans ce cas, pourquoi défendre tous ces monstres ? songea Russ. Mais ce n'était pas le moment d'avoir cette conversation. Il avait une autre mauvaise nouvelle à communiquer, et Gerald Hennings était sûrement du genre à préférer une annonce brève et sans détour. Il alla donc droit au but.

— Je ne suis pas autorisé à rentrer dans les détails, mais les indices recueillis semblent indiquer que vous étiez la cible du tireur.

L'avocat resta de marbre. Après des années passées à défendre des ordures, il devait maîtriser son langage corporel à la perfection, songea Russ, parce que aucun mouvement de sourcils, aucun battement de paupières ne vint troubler son impassibilité.

— Je vois. Et vous êtes certain que j'étais visé ? Pas Penny ?

— Nous n'en sommes pas sûrs à cent pour cent. Vous et Penny étiez au cœur de la fusillade, sans oublier que les journalistes ne sont pas visés si souvent que ça. En tout cas, étant donné l'endroit, ça ne ressemble pas à une attaque fortuite.

Cette fois, Hennings avança sa lèvre inférieure d'un air songeur.

— Quelque chose me dit que ce n'est pas la seule raison qui vous amène ici.

Il avait vraiment oublié d'être bête, pensa Russ en hochant la tête.

— Nous sommes en train de prendre des mesures pour assurer votre sécurité, la vôtre et celle de Penny et Zac.

— Vous estimez que c'est nécessaire ?

— Nous préférons ne prendre aucun risque tant que dure l'enquête. Vous allez encore être interrogé aujourd'hui. Et les US Marshals, avec qui nous collaborons, vont envoyer des agents pour veiller sur vous.

Si Hennings avait des réserves, il les garda pour lui. Quel dommage qu'il fût avocat de la défense, regretta Russ. Il aurait fait un excellent agent du FBI.

— Merci pour votre aide, répondit l'avocat. Quand ces personnes arriveront-elles ? Je dois prévenir Zac. Et ma fille.

— Aujourd'hui.

— Bien.

Hennings posa les coudes sur la table, passa les deux mains sur ses cheveux un peu clairsemés, puis esquissa un sourire.

— Est-ce que ce serait vu comme de la corruption si je vous payais cent dollars pour l'annoncer à Penny ?

Décidément, Russ appréciait beaucoup cet homme.

— Vous êtes inquiet à propos des mesures de protection ?

— Non. Ce que j'appréhende, c'est de dire à ma tête de mule de fille qu'un marshal va lui coller aux basques jusqu'à nouvel ordre. Vous avez intérêt à trouver quelqu'un d'endurant. Tout va être sujet à débat.

Comme s'il ne le savait pas, soupira Russ intérieurement. Mais, les cent dollars mis à part, une mission de ce genre le réjouirait et aurait une place à part dans son cœur pour le reste de sa vie.

— Maître, il y a cinq mois, votre fille m'a soumis au contre-interrogatoire le plus brutal que j'aie jamais subi. Elle m'a étrillé si durement que j'en ressens encore les effets.

Le sourire de Hennings s'élargit. À l'évidence, l'avocat adorait sa fille.

— Elle a été à bonne école.

— En effet. Je devrais vous en vouloir, et pourtant je vais vous donner un coup de main. Gardez vos cent dollars. Après la pâtée qu'elle m'a mise, rien ne me ferait plus plaisir que de lui dire qu'elle va devoir obéir à mes ordres. Je sens que je vais me régaler.

Penny traversa à la hâte la rue bondée et manqua se faire renverser par un chauffeur de taxi qui avait dû trop forcer sur le café.

C'était justement un besoin pressant de caféine qui l'avait

poussée à quitter son bureau. Avec un peu de chance, un *latte* double expresso suffirait à la requinquer. Ce n'était pas la moindre de ses bizarreries, mais il lui suffisait de dormir cinq heures pour être en forme. La nuit précédente, elle n'avait pas atteint son quota. Apparemment, être la cible d'un sniper fou n'invitait pas au sommeil réparateur.

Quand elle poussa la porte du « Café gourmet » d'Erin, elle fut accueillie par une bouffée d'air glacial — contrastant avec la chaleur anormalement élevée pour la saison — et l'arôme du café frais. Sans oublier les célèbres scones de l'établissement, qui la mirent au bord de la surcharge sensorielle.

Quatre clients attendaient leur tour. Elle se plaça en bout de queue et jeta un coup d'œil autour d'elle. Il n'y avait aucune table de libre, ce qui n'était pas plus mal. Elle avait dit à la réceptionniste qu'elle n'en aurait que pour quelques minutes. Elle n'avait pas le temps de traînasser. Et de toute façon, ce n'était pas son genre. Elle n'allait pas commencer parce qu'elle avait passé une mauvaise nuit. Pour s'assurer une belle carrière, elle devait éviter tout ce qui la tenait éloignée de ses dossiers.

Comme son portable sonnait, elle le sortit de la poche de sa veste. L'écran affichait :

« Numéro masqué. »

Ce genre d'appel pouvait aussi bien provenir d'un client paranoïaque que d'un client potentiel. En tout cas, cela mettrait un peu d'animation dans sa journée.

Elle décrocha avant que la messagerie ne s'enclenche. Tout en plaquant le téléphone contre son oreille, elle enfonça un doigt dans l'autre pour atténuer le brouhaha des conversations autour d'elle.

— Penny Hennings, déclara-t-elle en prenant sa voix d'avocate intraitable.

— Ah, la charmante Penny Hennings. Je suis surpris que vous ayez décroché.

— Vous ne devriez pas l'être, puisque votre numéro est masqué et que je ne sais pas qui vous êtes.

— Colin Heath à l'appareil.

Penny abaissa brusquement son portable et le contempla avec

stupéfaction. Elle n'avait encore jamais reçu d'appel de la part de quelqu'un contre qui une de ses clientes allait témoigner.

La voix de son père se mit à résonner dans sa tête, porteuse de conseils : ne pas se laisser démonter, aborder le problème de façon calme et rationnelle puis, le moment venu, attirer sa proie dans un piège et frapper.

Même si sa proie était un meurtrier désaxé.

Elle ramena le téléphone contre son oreille.

— Vous prétendez être Colin Heath mais, en réalité, vous pouvez être n'importe qui.

— Vous autres avocats de la défense êtes toujours si suspicieux.

La femme derrière elle se racla la gorge. La queue avait avancé, mais pas Penny.

— Désolée, fit-elle en se tournant vers la cliente.

Pour mieux se concentrer, elle sortit de la file et marcha jusqu'à un recoin tranquille près de la vitrine à pâtisseries.

— Que puis-je faire pour vous, monsieur Heath ?

— Oh ! mon cœur ! Appelez-moi Colin. Après tout, je vous ai laissée vivre, hier.

— Que voulez-vous dire ? demanda-t-elle, le ventre noué.

— Je surveille Elizabeth Brooks et je sais qu'elle vous parle. Conseillez-lui d'oublier jusqu'à mon nom. Son mari connaissait les risques quand il m'a dérobé de l'argent.

Un mouvement à la porte attira l'attention de Penny. Le visage impassible, Russ Voight entra dans le café. Que diable faisait-il là ? Il inspecta du regard la salle pleine à craquer, la repéra et se dirigea vers elle d'un pas décidé.

Elle leva la main avant qu'il ne commence à parler et désigna son téléphone du doigt.

— Monsieur *Heath*, pourquoi m'appelez-vous ? Si vous cherchez un avocat, vous vous doutez bien que je ne peux pas vous aider.

Russ en resta bouche bée. À n'importe quel autre moment, elle aurait ri devant la mine horrifiée de l'agent fédéral. Mais là, elle était trop inquiète pour cela.

— Oh que si, vous pouvez m'aider, répliqua Heath. Dites

à Elizabeth de fermer sa jolie bouche, et je continuerai à vous laisser vivre.

Un frisson d'effroi parcourut Penny.

— C'est la seconde fois que vous dites ça. Expliquez-vous.

— Devant le tribunal. C'était mon tireur, mademoiselle Hennings. Il est plutôt doué. Au milieu de tout ce chaos, il a réussi à ne pas vous toucher, vous ou votre cher papa. Voici vos options : soit vous arrêtez de collaborer avec Elizabeth Brooks, soit vous l'obligez à se taire. Si vous faites ce que je demande, elle et son fils resteront en vie. Ce serait triste que le gamin grandisse sans au moins un de ses parents.

Penny crut s'étrangler et, de rage, empoigna la manche de Russ, tordant le tissu avec violence. L'agent du FBI subit l'assaut sans broncher.

Ce fou furieux de Heath voulait se servir d'elle pour menacer un client ? Jamais ! Elle ne se laisserait pas faire.

Russ agita deux doigts devant ses yeux.

— Concentrez-vous, articula-t-il silencieusement.

Elle inspira profondément et fit appel à toutes ses qualités professionnelles. Quand elle était Penny l'avocate, calme et implacable, rien ne pouvait l'abattre. Elle s'imagina Colin Heath dans le box des témoins, prêt à être anéanti par ses soins.

— Vous vous rendez sûrement compte que vous êtes en train de me menacer. Je pourrais vous faire arrêter pour ça. Et ce serait bien le moindre de vos crimes.

— Mais vous ne le ferez pas, rétorqua Heath. Ce serait signer votre arrêt de mort. Même depuis une cellule de prison, je peux vous faire tuer. Je pourrais le faire en ce moment même. Ou quand vous sortirez du café.

Il savait où elle était ! Une bouffée de chaleur monta aux joues de Penny. La peur ? Sans doute. Il y avait quelque chose de vraiment terrifiant à être traquée par un meurtrier.

Elle se décala pour observer la salle derrière Russ. Les deux hommes assis dans le coin étaient en pleine conversation. Il ne pouvait donc s'agir de Heath. Les deux tables suivantes avaient été réunies par un groupe de femmes accompagnées de leurs enfants. À la table voisine, un jeune homme d'une vingtaine d'années était plongé dans un magazine sportif. Il était trop jeune.

— Quoi ? finit par murmurer Russ.

Tout en plaquant la main sur le portable, Penny lui chuchota à l'oreille :

— Il sait que je suis ici.

— Ne vous inquiétez pas, intervint Heath. Je ne suis pas dans le café. Je ne suis pas bête à ce point. Dites à l'agent du FBI que je le vois aussi.

Elle leva de nouveau les yeux sur Russ et se concentra sur son regard sombre pour tenter d'oublier la peur qui la faisait trembler. Avec une moue songeuse, il lui fit signe de continuer à parler.

C'était facile, pour lui. Il ne venait pas de se faire menacer par un psychopathe qui avait donné l'ordre de tirer sur des innocents.

Une cliente se faufila derrière Russ pour examiner les gâteaux dans la vitrine à pâtisseries. Russ secoua la tête d'un air agacé et Penny comprit le message. Un café bondé n'était pas le meilleur endroit pour avoir cette conversation, mais elle n'avait pas l'intention de sortir non plus. Elle n'allait pas prendre le risque d'être de nouveau une cible.

C'était quand même un comble, songea-t-elle. Elle était coincée dans un café sans avoir sa dose de caféine !

Russ jeta un coup d'œil dans le couloir derrière eux. L'une des mères de famille venait de sortir des toilettes. Il attrapa Penny par le poignet et l'entraîna à sa suite. Elle trottina derrière lui, ses hauts talons cliquetant sur le carrelage, jusqu'aux W-C. La pièce était à peine assez grande pour une personne, ce qui les obligea à se tenir à quelques centimètres l'un de l'autre. Le parfum grisant du savon de Russ — un mélange d'épices et de cuir — lui rappela la scène de la veille : lui, étendu sur elle, avec une érection géante.

Pour mettre un peu de distance entre eux, elle recula et heurta la cuvette. Légèrement dégoûtée, elle se tourna de côté. De toute façon, elle n'avait guère le choix. Comme s'il percevait sa gêne, Russ se plaqua contre la porte pour lui donner de l'espace. Un vrai gentleman.

— Jolie Penny ? demanda Heath.

Pourquoi s'adressait-il à elle de cette façon ? C'était exaspérant. Odieux même.

— Attendez que je résume, riposta-t-elle. Vous voulez que je persuade ma cliente de ne pas témoigner contre vous ? En échange, vous les laissez tranquilles, elle et son fils. Pourquoi ne pas les tuer tous les deux ?

L'escroc éclata de rire. Bien sûr, elle ne s'attendait pas à ce qu'il réponde à sa question. En tant qu'avocate, elle avait l'obligation éthique de dénoncer tout crime porté à sa connaissance. Pire encore, Heath avait été assez prudent pour ne pas donner de détails sur ce qu'il comptait lui faire. Pour le moment, elle n'avait rien de valable à signaler aux autorités. Pas de doute, le bonhomme pensait à tout, admit-elle. Il savait exactement comment jongler avec la loi.

— Mon offre est sur la table, jolie Penny.

— Vous êtes conscient que si j'essaie de la convaincre de ne pas témoigner, elle peut s'adresser à un autre avocat ?

— En effet, mais il y aurait des conséquences. Et avec cette soudaine mauvaise conscience qui la travaille, elle ne le supporterait pas. De toute façon, vous allez tout faire pour empêcher ça. Trop de vies sont en jeu. La vôtre, la sienne, celle du petit garçon. Et même celle de votre famille.

Sa famille… Penny abattit la main sur le sommet de son crâne et riva son regard sur Russ. Une vague d'émotion brute déferla sur elle. Rien n'empêchait Heath de s'en prendre à ses parents. Sans parler de Zac, M. Routine. Tous les matins, à la même heure, il s'arrêtait au même café en allant travailler. Ce fou furieux de Heath pouvait abattre chacun des membres de sa famille l'un après l'autre.

Russ posa la main sur la sienne et la serra doucement.

— Respirez, murmura-t-il. Du calme.

Elle ferma les yeux et se concentra sur la marche à suivre pour faire arrêter l'escroc.

— Je comprends, fit-elle dans l'appareil.

— Combien de vies seront perdues, Penny ? Tout dépend de vous. Je vous appellerai dans vingt-quatre heures. Donnez-moi la bonne réponse.

Quand Heath raccrocha, Penny put enfin déglutir. La pièce sembla rétrécir autour d'elle, tandis que le carrelage blanc se mettait à ondoyer sous ses yeux. Le téléphone lui échappa, tomba bruyamment sur le sol. Elle allait devoir stériliser l'appareil, voire le jeter. Comme Russ se baissait pour le ramasser, elle fronça le nez. Rien que de penser aux germes… Il appuya sur une touche, probablement pour s'assurer que la communication était terminée, puis rangea le portable dans la poche de sa veste.

— Ça va ? s'enquit-il en lui saisissant le bras.

— J'ai envie de vomir.

— Vous êtes au bon endroit pour ça.

Elle hocha la tête. Après tout, il avait raison. Mais elle ne voulait pas se mettre à genoux dans ces toilettes. Quand le sol avait-il été lavé pour la dernière fois ?

Le motif du mur derrière Russ devint vraiment flou. Prise d'un vertige, elle chancela.

— Tout doux, s'exclama-t-il en l'empoignant par les deux bras.

Elle se pencha en avant et posa la tête contre son épaule. Elle avait besoin d'une minute, rien qu'une minute. Le temps que l'étourdissement passe et qu'elle prenne la mesure de cette situation catastrophique.

Russ la tenait fermement par les bras. Apaisée par son geste, elle ferma les yeux, quelques secondes seulement. Une fois ressaisie, elle recula et croisa le regard de Russ.

— Vous savez qu'il est fou ?

— Oui, je le sais, répondit-il. Je peux vous lâcher ? Vous n'allez pas tomber ?

Elle le dévisagea, presque outrée.

— Ici, par terre ? Jamais de la vie.

Il la libéra lentement et écarta les mains. D'un geste, Penny le rassura, puis enchaîna aussitôt, sans s'attarder sur sa faiblesse passagère :

— Il a commandité la fusillade d'hier. Pour me faire peur.

— C'est ce qu'il a dit ?

Elle hocha la tête.

Russ prit son portable dans sa poche et fit défiler la liste de ses contacts. Il avait rejoint Penny dans le café avec la ferme intention de lui passer un savon. La veille, il avait évoqué la possibilité qu'elle ou son père aient été les cibles du tireur. À en juger par sa façon de déambuler toute seule dans les rues, elle était restée sourde à ses avertissements. Elle avait bien de la chance que sa secrétaire l'ait renseigné sur sa destination, sinon elle aurait dû faire face toute seule aux menaces de Heath. Et au milieu d'un café bondé, en plus ! Elle était vraiment inconsciente, songea-t-il.

— Qui appelez-vous ? demanda-t-elle.

— Mon bureau. Je veux que les marshals vous prennent en charge le plus vite possible. Et nous allons aussi mettre Elizabeth sous protection. Comment diable a-t-il appris qu'elle voulait passer un marché ? Et, bon sang, pourquoi vous vous baladez toute seule alors que vous avez failli prendre une balle hier ?

Penny le fixa d'un air ébahi.

— Vous avez perdu la tête, *Russell.* J'irai où je veux ! Et j'ignore comment Heath est au courant pour Elizabeth. À part mes collègues, vous êtes le seul à qui j'en ai parlé. Je suis sûre qu'Elizabeth n'en a touché mot à personne. En tout cas, à personne en dehors de ses proches. Et elle est vraiment à cran, alors je doute qu'elle l'aurait fait. Mais il a dit qu'il la surveillait. Il a peut-être lancé ça comme ça et, par un étrange coup de bol, il a visé dans le mille.

— Eh bien, grâce à ce coup de bol, il a droit à des accusations d'extorsion et d'obstruction, en plus du reste. Et si je peux le prouver, de meurtre. La journaliste est morte ce matin.

Penny eut un mouvement de recul. Il leva un doigt pour réclamer le silence : Guy Hawkins, un de ses coéquipiers à la Division d'enquêtes criminelles, décrochait.

— Ici Voight. On en est où avec les marshals pour Penny et Gerald Hennings ?

— Ils sont en chemin. Ils devraient arriver d'un instant à l'autre.

La poignée de la porte se mit à bouger contre la hanche de Russ. Quelqu'un voulait aller aux toilettes.

— Un instant, demanda-t-il à la personne de l'autre côté.

Puis il reprit le fil de sa conversation :

— Très bien. Merci. Passe-moi Everly.

Il baissa les yeux sur Penny, qui lui renvoya un regard éteint. L'annonce de la mort de la journaliste l'avait ébranlée. À juste titre.

— J'essaie de joindre mon supérieur. C'est sa boîte vocale.

Contrarié, mais n'ayant pas d'autre choix, il laissa un message, puis se tourna vers Penny.

— Bon, il est temps de sortir de ces toilettes. Je ne vais pas vous faire sortir par la grande porte. J'ignore où est Heath, mais il a une vue sur l'entrée. C'est la seule certitude que nous avons.

— Alors que faisons-nous ? Nous prenons une des sorties de secours ?

— Je vais demander à un des marshals de venir nous chercher dans la ruelle derrière le café. Peu importe où se trouve Heath, il ne vous verra pas partir.

— Où allons-nous ?

— Chercher Elizabeth. Nous allons la mettre à l'abri quelque part. Cet enfoiré a peur de ce qu'elle peut révéler. S'il a orchestré cette fusillade, ça veut dire qu'elle en sait assez pour l'envoyer derrière les barreaux.

La personne dans le couloir frappa.

— Il y a qu'un seul W-C, mon pote, déclara une voix masculine.

Russ se tourna, ouvrit la porte et dégaina sa plaque. Le jeune homme, celui qui lisait un numéro de *Sports illustrés* un peu plus tôt, regarda le sigle avec des yeux ronds.

— Waouh !

— C'est ça, répliqua Russ. Laissez-nous une seconde.

Il referma la porte. Il devait l'avouer, il tirait un plaisir un peu pervers à se servir de sa plaque.

— Il me faut carrément un badge du FBI, plaisanta Penny.

— Ça a ses mérites. Vous êtes prête ?

Elle acquiesça et il rouvrit la porte. Le jeune homme accro au sport regarda Penny, puis Russ, puis de nouveau Penny. Il eut un sourire sarcastique que Russ aurait aimé lui faire ravaler. Cela dit, il était forcément évocateur de trouver deux personnes enfermées depuis un bon moment dans un espace confiné.

Penny s'avança dans le couloir et fit un signe de tête en direction du garçon.

— À toi de jouer, *mon pote.*

Charmant, se dit Russ. Même traquée, menacée et prise pour cible, Penny Hennings avait toujours autant de ressort. S'il parvenait à passer outre le fait qu'elle remettait des criminels en liberté, elle était peut-être bien la femme de sa vie.

Une fois dans le couloir, Penny s'arrêta. Elle se tourna vers lui, se mordit la lèvre supérieure puis expira bruyamment. Un peu inquiet, il l'écarta du passage et s'appuya de l'épaule contre le mur.

— Vous réfléchissez. À quoi ?

— Ma famille, répondit-elle d'une voix aiguë. Il pourrait s'en prendre à eux.

Non, non, non, protesta Russ *in petto.* Elle ne pouvait pas le lâcher. La Ravageuse n'était pas du genre à fuir le conflit. Il avait travaillé trop dur et trop longtemps pour coincer l'escroc. Entre les accusations de fraude et de conspiration en vue de commettre un crime, Heath était grillé. Il ne leur restait plus qu'à prouver sa culpabilité. Le témoignage de la veuve Brooks les aiderait à gagner leur procès. Et il n'était pas prêt à laisser Penny l'avocate-de-la-défense tout flanquer par terre.

— Ne me laissez pas tomber, Penny. Cette affaire est trop importante. Nous vous mettrons tous sous protection.

— Vous pensez que je fais marche arrière ? demanda-t-elle d'un air choqué. C'est ça que vous pensez ? Il se trouve que je suis fatiguée. Ça ne veut pas dire que je vais laisser ce cinglé me dicter comment je dois vivre. Mais je veux que ma famille soit en sécurité. C'est à ça que je réfléchis.

Il s'était peut-être trompé. À en juger par le regard cinglant qu'elle lui adressa, il s'était même planté dans les grandes largeurs.

Le lecteur de *Sports illustrés* sortit des toilettes, les aperçut et détourna les yeux. Apparemment, ce qui s'était passé plus tôt lui avait servi de leçon. Il ne voulait plus avoir affaire à la belle blonde à la langue acérée, conclut Russ.

Lui non plus, à vrai dire. Mais il allait devoir essayer de réparer les dégâts. Il désigna le jeune homme du menton.

— Je crois que vous lui avez fait la peur de sa vie.

Penny leva les yeux au ciel et se décolla du mur.

— N'essayez même pas, Russell. Admettez-le, vous avez merdé. Vous ne vous rattraperez pas en flattant ma vanité.

Il était vraiment dingue, mais oui, c'était peut-être bien de l'amour.

— J'ai merdé. Je n'aurais pas dû tirer de conclusions hâtives. Et vous savez quoi d'autre ?

Un bruit venant de la salle attira l'attention de Penny pendant une seconde. Quand elle tourna de nouveau la tête vers lui, sa queue-de-cheval vola et retomba sur son épaule.

— Quoi ?

Il repoussa doucement les mèches blondes et ses doigts s'attardèrent une seconde, peut-être deux.

Quand elle bougea, il sourit. Il avait peut-être besoin de sexe, tout simplement. Besoin d'une partie de jambes en l'air déchaînée comme il n'en avait pas eue depuis trop longtemps. Il n'avait jamais eu de mal à trouver une femme avec qui coucher. Faire l'amour avec la femme idéale était plus compliqué.

Penny Hennings, avocate de la défense ou pas, était peut-être bien cette femme idéale.

Elle bougea de nouveau, fit semblant de ronfler puisqu'il n'avait toujours pas répondu.

Il pencha la tête un peu plus, tandis qu'elle relevait lentement le menton. Encore quelques millimètres, et il serait assez près pour l'embrasser.

— Oui, vous êtes peut-être la bonne, murmura-t-il.

Elle se rapprocha de lui en le regardant d'un air interrogateur.

— Pardon ?

Un bruit strident résonna dans le couloir. Son téléphone. C'était le patron qui répondait à son SOS. Il secoua la tête et laissa la sonnerie le ramener à la raison.

Coucher avec Penny Hennings… Il n'y survivrait pas.

4

Penny retint un soupir. Cela faisait déjà plus d'une heure qu'elle était à l'arrière de cette voiture banalisée conduite par le marshal Brent Thompson. Russ était sur le siège passager, et elle, elle en était réduite à observer le paysage : les rives du lac Michigan. Comme si elle n'avait que ça à faire, songea-t-elle avec dépit. Ses dossiers et ses rendez-vous allaient devoir attendre. Ses clients risquaient d'en être contrariés. Mais elle n'avait pas vraiment le choix. Russ et Brent la conduisaient dans une planque du FBI, près de New Buffalo.

Sur les bords du lac, des gens se faisaient bronzer et des enfants jouaient avec le sable. Une sensation de calme et de sérénité comme elle en éprouvait rarement l'envahit soudain. Elle n'allait pas souvent à la plage, mais elle devrait peut-être passer plus de temps au bungalow de ses parents dans le Wisconsin.

— Vous êtes trop silencieuse, observa Russ depuis le siège avant. Ça m'inquiète.

— Pauvre biquet… Ne vous tracassez pas, Russell. J'étais en train de me dire que je devrais aller à la plage.

— Je ne vous pensais pas amatrice de plage.

— Je ne le suis pas. Il est peut-être temps que ça change. On est bientôt arrivés ?

D'après Russ, Elizabeth et son fils devaient les retrouver à la planque, une maison où ils allaient séjourner sous la protection des marshals. Au moins, ils y seraient en sécurité pendant qu'elle, Penny, essaierait de les sortir de ce pétrin.

Elle plongea la main dans son sac pour prendre son portable, puis se rappela : c'était Russ qui l'avait. Quel homme exaspérant ! Il lui avait confisqué l'appareil, comme s'il était convaincu qu'elle n'allait pas pouvoir s'empêcher de téléphoner. Il avait aussitôt enlevé la batterie pour que le portable ne puisse être localisé. À vrai dire, Penny ne pouvait le lui reprocher. Colin Heath s'était donné beaucoup de mal pour la retrouver. Après avoir organisé cette fusillade insensée sur les marches du tribunal, il était sans doute capable de soudoyer son opérateur téléphonique pour découvrir où elle se cachait.

Elle laissa échapper un soupir.

Russ se tourna vers elle.

— Ça ne va pas ?

— J'ai beaucoup de mal à ne rien faire. L'inactivité me rend fébrile.

— Nous sommes presque arrivés. Voulez-vous appeler quelqu'un ? Vous pouvez utiliser mon portable.

Avant de quitter la ville, elle avait joint son père pour le mettre au courant de la situation. La dernière fois qu'ils s'étaient vus, elle était sur le point d'aller s'acheter un *latte*. Et voilà qu'elle se retrouvait sur les routes, sans même avoir pu satisfaire son besoin de caféine. Son père lui avait promis de déplacer ses rendez-vous clients ou de les recevoir à sa place, mais elle avait quand même l'impression de tirer au flanc.

— Non, merci. Vous avez chargé quelqu'un de veiller sur ma famille, n'est-ce pas ?

— Bien sûr, répondit-il en hochant la tête. Faites-moi confiance, d'accord ? Vous êtes tous sous protection. Si nous estimons que votre famille doit être placée en lieu sûr, nous prendrons des mesures.

Penny observa un instant l'arrière de la tête du marshal Thompson. Brent gardait les yeux fixés sur la route, comme s'il n'entendait pas un mot de leur conversation. Évidemment, il ne devait pas en perdre une miette.

— Si je ne vous faisais pas confiance, je ne serais pas dans cette voiture, finit-elle par répondre.

Russ se retourna vers l'avant sans rien ajouter.

Vingt minutes plus tard, ils tournèrent dans une voie privée menant à une villa blanche aux volets fermés. La maison ne semblait pas très grande, mais, supposa Penny, si elle était bâtie sur le modèle du bungalow de ses parents, la villa devait disposer d'un vaste terrain à l'arrière, sur le front de lac. Dans tous les cas, c'était une planque de luxe. La propriété avait dû être saisie lors d'une enquête.

Russ bondit de la voiture mais, au lieu d'emprunter l'allée en briques qui menait au perron, il marcha jusqu'à la porte du garage. Il tapota sur le clavier à code, puis Brent avança pour se garer dans le local.

Ils étaient enfin arrivés dans le nouveau foyer d'Elizabeth, songea Penny. Sa résolution à faire tomber Colin Heath en fut exacerbée. Avec ou sans le FBI, elle sortirait sa cliente du guêpier dans lequel elle était tombée.

Brent coupa le contact et Penny, impatiente de sortir, actionna la poignée. À sa grande surprise, la portière ne s'ouvrit pas. Ils l'avaient enfermée à l'intérieur, comme si c'était elle la criminelle !

— Vous pensez que je vais filer quelque part, l'ami ?

— Pas du tout, protesta Brent. J'attends que Russ ferme la porte du garage pour que personne ne vous voie, madame-la-maligne.

Penny s'esclaffa. C'était bon de rire dans de telles circonstances. Certes, Brent avait semblé un peu arrogant et autoritaire quand il lui avait ordonné de monter dans la voiture, à la sortie du café. Mais elle appréciait les joutes verbales avec quelqu'un qui ne la troublait pas. C'était différent avec Russ, parce qu'il la troublait. Elle ne savait pas ce qu'elle attendait de lui. Elle aimait bien leurs chamailleries mais, parfois, elle avait envie d'autre chose. Quelque chose de paisible, de calme… de sécurisant. Être protégée par un homme, pensa-t-elle en fermant les yeux. N'était-ce pas un concept qu'elle rejetait en bloc d'habitude ?

— Rien à ajouter ? demanda Brent sur un ton amusé.

— Bien au contraire. Je sens que vous et moi allons très bien nous entendre.

Enfin, Russ lui ouvrit la portière. Elle jaillit de l'habitacle, manquant le renverser au passage.

— Rentrez dans la maison et restez-y, ordonna-t-il. Nous allons vérifier les alentours. Des agents se sont déjà occupés de l'intérieur, mais je veux m'assurer que tout est normal dehors.

Penny se mit au garde-à-vous et salua.

— Chef, oui, chef.

Puis elle ajouta, plus sérieusement :

— Pourquoi est-ce que je n'attendrais pas ici, le temps que vous fassiez ce que vous avez à faire ? Ça nous faciliterait la vie à tous.

— Excellente idée. Ne bougez pas d'ici.

C'était si gentiment demandé, se dit Penny. Elle aurait vraiment aimé avoir un tonneau entier de nounours gélifiés pour patienter. Une bonne dose de sucre lui ferait le plus grand bien.

Les deux hommes marchèrent jusqu'à une porte de bois massif au fond du garage. Elle passa les dix minutes suivantes dans le local, fermé et dépourvu de fenêtres, dans une chaleur suffocante. Puis Brent revint.

— C'est bon, tout est normal, dit-il.

— Où est Russ ?

Un bruit étrange résonna à l'autre bout du garage, et Penny fit volte-face. Debout dans l'embrasure de la porte menant à l'intérieur, Russ tapait du pied sur le bourrelet de calfeutrage en caoutchouc. Elle avait été terrorisée par un simple coupe-froid, songea-t-elle, une main sur la poitrine.

— Vous m'avez fait une de ces peurs, *Russell* !

Il releva la tête et agita des clés dans sa direction.

— Je suis entré par-derrière. Vous pouvez venir.

Penny gravit les trois marches de bois, passa à côté de Russ et entra dans un vestibule de la taille d'un petit bureau.

— Elizabeth est encore loin ?

— À vingt minutes d'ici.

Après avoir franchi une autre porte, elle pénétra dans une cuisine jaune, baignée de soleil, avec une alcôve pour le petit déjeuner. C'était charmant.

Elle avança de quelques pas et passa dans un vaste salon au parquet en noyer massif. D'immenses fenêtres allant du sol au plafond donnaient sur le lac. Elle fit le tour de la pièce, effleurant les coussins moelleux et les poteries qui ornaient les étagères. Un coup d'œil sur le grand canapé, et elle s'imagina pelotonnée dessus. Et si un certain agent du FBI avait envie de l'y rejoindre, elle n'y verrait aucun inconvénient.

Pense plutôt à tes nounours adorés, s'admonesta-t-elle pour chasser cette idée de son esprit.

Elle finit par se tourner vers l'agent en question.

— On se croirait dans un catalogue de déco. Vous, les fédéraux, vous savez soigner vos témoins.

— Nous avons saisi cette propriété l'an dernier. Un courtier à l'origine d'une chaîne de Ponzi.

Elle avait donc vu juste.

Russ actionna un interrupteur sur le mur et les rideaux se fermèrent. Il l'ignorait évidemment, mais il coupait court au fantasme qui était né dans son esprit : eux deux blottis l'un contre l'autre, suivant la course du soleil au-dessus du lac.

— Est-ce qu'on ne pourrait pas les laisser ouverts ? La vue est magnifique.

— Si nous pouvons voir à l'extérieur, les gens peuvent voir à l'intérieur. Ils auraient dû être fermés avant notre arrivée.

Penny ne pouvait pas le contredire. Tant pis pour ses fantasmes, pensa-t-elle avec un soupir.

— Me voilà comblé, déclara Russ d'un ton amusé.

— Pardon ?

— Cet air… mélancolique sur votre visage.

— Mélancolique ?

Elle aurait voulu le rembarrer, mais il la fixait avec une telle intensité qu'elle ne trouva rien d'autre à dire. Avec ses yeux sombres et profonds, il était beaucoup trop sexy.

— Ça m'a plu, poursuivit-il. J'ai entrevu le côté plus doux de Penny Hennings. Une autre facette d'une personnalité fascinante.

Son compliment était difficile à croire.

— *Vous*, vous me trouvez fascinante ? L'agent du FBI qui déteste les avocats de la défense ?

Il s'appuya sur l'accoudoir du canapé et croisa les bras. Il paraissait nonchalant, mais sur la réserve.

— Je ne déteste pas les avocats de la défense.

— Vous avez dit…

— Ça me dégoûte que les avocats de la défense fassent libérer des criminels. Vous ne me dégoûtez pas du tout. Bien au contraire.

S'il continuait sur cette voie, son fantasme allait faire son grand retour. D'ici une minute, elle allait foncer rouvrir ces rideaux. Ensuite, ils allaient prendre possession du canapé et faire des choses qu'elle n'avait pas faites depuis très très longtemps.

— Russell…

Le ronronnement d'un moteur — la porte du garage qui se levait — l'interrompit, et Russ se tourna. Brent apparut alors dans l'embrasure du vestibule, mettant un terme à leur intéressante conversation.

— Elizabeth Brooks et son fils sont arrivés. Le gamin est enchanté par le lac.

Il jeta un coup d'œil vers Penny.

— C'est compliqué, avec les enfants. Ils traînent toujours partout. Je vais vérifier l'étage une dernière fois.

Lorsqu'il fut parti, Russ fit un geste vers le canapé.

— Asseyez-vous. Vous avez envie de quelque chose ?

Comme s'il avait besoin de poser la question, songea Penny. Pendant une brève seconde, leurs respirations se suspendirent. Leurs regards se rivèrent l'un à l'autre, tandis qu'un courant d'énergie presque palpable circulait dans la pièce silencieuse. Le ventre de Penny se contracta et une onde de chaleur la traversa. Brent, Elizabeth et son fils allaient devoir patienter ailleurs pendant dix minutes.

— Penny ?

— De la caféine. N'importe quoi avec de la caféine dedans. Et des nounours gélifiés blancs. J'en raffole.

Son organisme n'avait pas vraiment besoin de plus de stimulation, mais elle regrettait encore le *latte* de chez Erin.

— Les nounours, ce sera pour une autre fois, répliqua Russ. Pour le reste, je vais voir ce que je trouve.

Il revint avec deux canettes de Coca, une version light et une version normale. C'était bien vu de sa part de ne pas conclure d'office qu'elle voudrait la boisson allégée.

Elle prit la boisson allégée. Ce n'était pas un *latte* double expresso, mais cela ferait l'affaire.

Un autre marshal, au physique moins imposant que celui de Brent, surgit du vestibule, suivi d'Elizabeth et de son fils, Sam.

L'enfant avait des yeux immenses, ronds et sombres comme ceux de son père, du moins à en croire les photos que Penny avait consultées. Ils exprimaient une profonde tristesse, comme aucun garçon de douze ans ne devrait connaître.

Penny jaillit du canapé, s'avança vers Elizabeth et la prit dans ses bras. La jeune femme n'avait eu droit qu'à une explication hâtive et une demi-heure pour faire ses valises. Elle avait sûrement autant besoin d'une amie que d'une avocate.

— Je suis désolée que vous ayez été prévenue à la dernière minute, commença Penny.

— Comme ça venait de vous, je me suis doutée que c'était nécessaire.

Penny recula : Brent était dans l'escalier, pouce levé. Comprenant le message, Penny posa la main sur l'épaule de Sam.

— Tu sais, mon grand, je crois qu'il y a plusieurs chambres là-haut. Pourquoi toi et ta maman n'iriez pas en choisir une ? Vous allez passer quelques jours de vacances ici.

Des vacances avec interdiction de sortir, se dit-elle. Mais ce n'était pas le moment d'en parler. Elle se tourna vers Brent.

— Ils peuvent monter, n'est-ce pas ?

— Oui, c'est bon. Nous serons dehors. Tout le monde reste à l'intérieur. Criez s'il vous faut quelque chose.

Elizabeth et Sam montèrent l'escalier, leurs pas résonnant sur les marches de bois. Russ se laissa tomber sur le canapé et étendit ses bras sur le dossier.

— De quoi avez-vous besoin ?

Elle avait besoin de beaucoup de choses. Et il pouvait les lui donner.

Elle pencha la tête sur le côté, hésita un instant, puis s'assit dans le fauteuil en face de lui. Un simple regard avait fait naître une onde de chaleur entre eux, alors elle n'allait pas prendre le risque d'occuper le même canapé que lui. Elizabeth et son fils avaient besoin que leur avocate reste concentrée.

— Vous réfléchissez, remarqua Russ. Vous faites ce truc avec vos sourcils. Ils remontent et se rapprochent. C'est très révélateur.

— Ah bon ?

— J'avais remarqué ça au tribunal, ce jour-là. Juste avant que vous mettiez mes intestins sur le gril.

— Russell, il serait temps de passer à autre chose.

Il sourit, et le ventre de Penny se contracta de nouveau. Cet homme séduisant et charmeur lui faisait beaucoup trop d'effet. Elle ne pouvait pas ressentir ces choses pour quelqu'un qui voulait seulement boucler son enquête. Elle devait se focaliser sur sa cliente.

— J'aime bien vous le rappeler, répliqua-t-il. Ça vous titille, et vous êtes drôle quand vous réagissez au quart de tour.

Les hommes, pensa-t-elle, écœurée. Tous des porcs.

— Heath doit me rappeler demain. Il faut que j'aie quelque chose à lui dire, mais je ne sais pas quoi. Alors, pour répondre à votre question, j'ai besoin d'un plan.

— Vous voulez mon avis ?

Penny l'avocate de la défense n'avait pas coutume de demander son avis à un agent du FBI ou à n'importe quel autre représentant de la loi. La plupart d'entre eux le lui proposaient fréquemment, mais merci bien, elle connaissait son métier. Un métier qui protégeait les droits constitutionnels des citoyens américains.

Elle appuya la tête contre son dossier.

— Voilà ce que je pense. Je devrais lui dire que je vais le faire. Je vais lui mentir. Je vais prétendre avoir besoin de temps pour habituer Elizabeth à l'idée de ne pas témoigner. Il ne peut pas discuter là-dessus. Il sait qu'elle est intelligente et qu'elle se méfiera si je change brusquement de stratégie.

Russ acquiesça.

— Quand Heath appellera demain, dites-lui que vous allez convaincre Elizabeth de ne pas témoigner. Ainsi, nous aurons un peu plus de temps pour interroger votre cliente. Pendant ce temps, nous allons rechercher Heath et le tireur d'hier. Nous allons enquêter, poser des questions à ses connaissances. Quand nous aurons mis la main sur lui, nous l'arrêterons.

Penny se pressa les mains contre le front.

— C'est de la folie. Je dois prévenir ma famille. Nous sommes tous en danger.

Russ se leva du canapé et contourna la table basse avant

de s'asseoir dessus. Penny eut la brusque vision du meuble s'effondrant sous le poids de Russ, et elle claqua de la langue.

— J'aurais aimé voir votre tête si la table n'avait pas tenu le coup.

Il baissa les yeux et remua un peu, comme pour tester la solidité de son siège provisoire. Puis il releva la tête en souriant.

— C'est vraiment nul que vous soyez avocate de la défense.

Son air espiègle allait finir par la faire fondre complètement.

— Je vais vous aider avec votre famille, poursuivit-il. Je suis à deux doigts de coincer ce type, et le voilà qui admet avoir commandité la fusillade d'hier. Il est aux abois, sinon il ne vous aurait pas appelée.

Il toucha le bras de Penny.

— Ça n'en a peut-être pas l'air, mais c'est vous qui tenez les rênes. Vous pouvez anéantir ce type.

Elle connaissait à peine Russell Voight, pourtant il avait réussi à comprendre ce qu'il lui fallait. Elle n'avait pas besoin d'être traitée comme une enfant ou une petite femme fragile. Elle avait besoin qu'on lui rappelle sa force. La plupart des hommes se seraient empressés de lui dire quoi faire mais Russ,lui, lui avait affirmé qu'elle tenait les rênes.

Le léger contact de ses doigts l'embrasa. Elle leva les yeux vers lui et se noya dans son regard sombre, à la fois expressif et distant.

Elle avait une envie folle de coucher avec lui.

Là, tout de suite. Dans cette maison de catalogue, avec Elizabeth et Sam à l'étage, et deux marshals à l'extérieur.

Quelque chose ne tournait pas rond chez elle.

— Ça va ? demanda-t-il.

Elle était vraiment dans le pétrin. Elle s'inclina vers lui et murmura :

— J'ai des pensées classées X à propos de vous.

De toutes les femmes que Russ n'était pas censé désirer, Penny Hennings était la championne pour le stimuler. Elle l'exaspérait, avec ses commentaires caustiques et son attitude méfiante envers les forces de l'ordre. Pourtant, d'une façon complètement tordue, il la désirait comme un fou.

— « Classées X » à quel point ? chuchota-t-il.

— Russell !

— Simple X ou triple X ?

Penny se frappa le front de la paume de la main.

— Je ne pensais pas à quelque chose d'aussi détaillé. Ça n'a duré que quelques secondes. Pas la peine de vous emballer.

— Hé, c'est toujours bon à savoir, ces choses-là.

— Mais je ne devrais pas penser à ça, gémit-elle en secouant la tête. La situation est compliquée, et ce genre de distraction ne peut rendre service à personne.

— Je peux faire une observation ?

— Bien sûr.

— C'est sûrement votre façon de réagir à toute la série d'incidents des deux derniers jours. Je suis le petit chanceux qui tombe au bon moment.

— C'est l'homme qui a eu une érection hier qui me dit ça ?

Russ ferma les yeux. Elle s'était sentie obligée de remettre cela sur le tapis. Il finit par rouvrir les paupières et l'observa sans ciller.

— C'était en partie dû à l'adrénaline, mais seulement en partie. Et c'est bien ça le problème.

Il effleura du doigt la joue et la mâchoire de Penny. Il en avait rêvé tous les jours depuis qu'il l'avait vue face au box des témoins.

— Russell…

— Chut… Depuis le jour où vous m'avez étrillé à la barre, je pense à vous. Vous êtes belle, sexy et grande gueule. Je suis peut-être bizarre, mais je trouve ça très excitant. Malheureusement, le risque est trop élevé.

Pour autant, il n'y avait aucun doute sur la question : il voulait s'envoyer en l'air avec elle et passer des heures à explorer son corps nu.

Pour le moment, il faisait partie de la vie de Penny à cause d'Elizabeth Brooks et de Colin Heath. Ce n'était pas grave d'éprouver des émotions lors d'une affaire, mais il fallait que ce soient les bonnes. Elles devaient le pousser à se donner à fond pour mettre le criminel derrière les barreaux. Mettre Penny dans son lit n'y aiderait certainement pas.

Comme la voix de Sam résonnait depuis le couloir du premier étage, il se leva d'un bond.

— Nous ne devrions pas parler de ça pour l'instant.

Penny tourna la tête vers l'escalier, puis se tapota le front.

— Vous avez raison. Je vais chercher Elizabeth.

Il fallut une vingtaine de minutes à Russ pour mettre Elizabeth Brooks au courant. Le plan était relativement simple : Penny ferait le nécessaire pour occuper Colin Heath pendant qu'Elizabeth et son fils resteraient à l'abri, sous la protection des marshals. Entre-temps, la veuve révélerait au FBI tout ce qu'elle savait de la magouille de Heath.

Penny, assise à côté d'Elizabeth sur le canapé, lui toucha la main.

— Est-ce que ça vous convient ? Sinon nous trouverons une autre solution.

Certainement pas, songea Russ. Il avait beau être très attiré par Penny, il n'hésiterait pas à passer à l'attaque si nécessaire. Il s'était démené afin d'obtenir le feu vert de ses supérieurs pour cette opération, une opération qui allait coûter les yeux de la tête aux contribuables américains. Il ne comptait pas laisser l'avocate tout gâcher.

— Il n'y a pas d'autre solution qui tienne, intervint-il.

Penny tourna lentement les yeux vers lui. S'il n'avait pas étudié son langage corporel depuis le jour de leur rencontre, il aurait manqué le très léger frémissement de ses narines. La Ravageuse était de retour.

— J'ai besoin d'un instant en tête à tête avec ma cliente.

Elizabeth secoua la tête.

— Pas la peine. J'accepte. Peu importe ce que je dois faire pour nous sortir de là, je le ferai.

— L'immunité contre son témoignage, déclara Penny. Le FBI ne cherche pas à la mettre en cause. Vous la laissez tranquille.

— Mes supérieurs ont donné leur aval. Les documents sont en cours.

— Vous n'interrogez pas ma cliente tant que tout n'est pas signé.

Cette fois, c'en était trop, se dit Russ. Si elle lui faisait le même cinéma d'avocate chaque fois, ils n'allaient pas avancer. Il se leva et fit un signe en direction de la cuisine.

— Une minute, « maître ». S'il vous plaît.

— Bien sûr, répliqua-t-elle d'une voix flûtée.

Quelle femme exaspérante ! Même si, à vrai dire, il l'avait provoquée avec ce *maître* appuyé.

Elle le suivit d'un pas décidé, perchée sur ses échasses, de toute évidence prête au combat. Décidément, elle lui plaisait beaucoup.

Une fois dans la cuisine, il fit volte-face, attendit qu'elle entre et referma la porte battante derrière elle. Un jour, lui aussi aurait une maison en bord de lac, avec une porte battante un peu extravagante comme celle-ci.

Il croisa les bras et observa le joli visage hostile de Penny. C'était vraiment malvenu d'être excité par l'éclat de ses yeux bleus. Il devait être malade, c'était la seule explication. Parce que chaque fois qu'il croisait ce regard combatif, il voulait attraper l'avocate par les épaules, l'embrasser et découvrir en combien de temps elle perdrait ses moyens.

Les mains sur les hanches, elle demanda d'un ton impatient :

— Eh bien ? Qu'y a-t-il ?

— Nous avons passé un marché. Vous devez me faire confiance.

— D'abord, je ne me méfie pas de vous, mais du FBI. Mon travail, c'est de protéger les droits de mes clients. Et ça veut dire obtenir des garanties en béton armé avant de permettre au FBI de s'adresser à Elizabeth. Qu'est-ce que vous ne comprenez pas là-dedans ?

Le prenait-elle pour un idiot ? Pour un pauvre type qu'elle pouvait émasculer en jouant de son QI de surdouée et de son physique de mannequin ? Dommage pour elle, il n'allait pas se laisser faire.

— Je sais en quoi consiste votre travail, rétorqua-t-il. Je sais aussi que les avocats adorent démolir des dossiers sur lesquels des gars comme moi se décarcassent. Ouvrez grand vos oreilles : je ne vais pas vous laisser tout faire capoter.

Au lieu de la réaction d'humeur qu'il attendait, Penny le regarda d'un air interrogateur, presque incertain.

— Pourquoi pensez-vous que je ferais capoter quoi que ce soit ? Je veux que ma cliente soit en sécurité. Et je suis en danger, moi aussi. C'est dans notre intérêt à tous que Heath soit arrêté.

Elle avait raison, bien sûr.

N'ayant rien à répondre à cela, il garda le silence. Cette affaire le touchait peut-être de trop près. Il se rappelait encore le jour où la banque avait saisi la maison de ses parents à cause d'un arnaqueur du type de Heath. Entre ces souvenirs difficiles et le désir qu'il éprouvait pour Penny, la situation devenait ingérable.

Il se posa les doigts sur les tempes et appuya, puis relâcha la pression.

— Écoutez, nous avons passé un marché. Dans votre bureau, hier soir. Soit vous nous faites perdre un temps précieux en m'empêchant d'interroger votre cliente, soit nous allons de l'avant. À vous de décider.

Penny parut hésiter. Elle étudia le meuble au-dessus de sa tête, puis reporta son attention sur lui. De façon inexplicable, cette réponse, ou plutôt cette absence de réponse, le choqua. Quelque part au fond de lui, là où les hommes comme lui expédiaient tout ce qu'ils ne voulaient pas affronter, un pincement de douleur le titilla.

— C'est pas croyable…, marmonna-t-il.

Elle l'attrapa par l'avant-bras.

— Je vous fais confiance, je vous le jure. Mais nous devons être prudents.

— Très bien. Nous attendrons.

— Non. Ce serait une perte de temps pour tout le monde. J'ai un compromis à vous proposer. Laissez-moi parler à mon père. S'il estime que c'est ce qu'il faut faire, je vous laisserai interroger Elizabeth.

— Vous n'allez pas revenir là-dessus plus tard ?

— Mon père est bien meilleur avocat que moi. S'il approuve, ça me va.

Russ sortit son téléphone de sa poche. Il avait toujours celui de Penny, délesté de sa batterie.

— Vous ne pouvez pas vous servir de votre portable, alors voici le mien. Je vais vous laisser seule. Prenez votre temps.

Elle hocha la tête.

— Merci. Je pense que c'est ce qu'il y a de mieux à faire.

— Je suis d'accord.

Il se détourna, déstabilisé par cette Penny prête au compromis. Il venait de découvrir une autre face cachée de la jeune femme, celle qui trouvait une solution, même si cela ne cadrait pas avec son plan originel.

Il était comme au bord du précipice, obligé de se cramponner à un garde-fou pour garder l'équilibre, pour ne pas craquer pour Penny Hennings, avocate de la défense.

— Vous savez, ce que vous avez dit à propos de votre père qui serait meilleur avocat… Je n'y crois pas. Il a plus d'expérience. Il n'en est pas meilleur que vous pour autant.

À la surprise de Russ, Penny tressaillit.

— Qu'y a-t-il ? demanda-t-il.

— Je… Je…

Elle leva un doigt, hésita.

— Après la pâtée que je vous ai mise au tribunal, vous devriez me détester. Au lieu de ça, vous me dites que je suis aussi bonne avocate que mon père.

— C'est la vérité.

Les yeux bleus s'embuèrent de larmes ; il en fut sidéré.

— Penny ?

Il fit un pas vers elle, mais elle agita les mains.

— Ne me touchez pas. Ça m'achèverait.

— D'accord, répondit-il, déconcerté. Mais je suis un peu perdu.

— Tout au long de mes études et de mes stages, j'ai travaillé comme un forçat. J'ai fait mon possible pour ne pas tirer parti de la réputation de mon père, pour prouver que je pouvais y arriver par moi-même. Ce n'est pas ce *népotisme*, cracha-t-elle, comme si le mot lui brûlait la langue, qui m'a fait entrer dans l'un des meilleurs cabinets de Chicago. Ça me fait voir que toutes ces années d'insomnie valaient le coup.

— C'est une bonne chose, non ?

— Non ! Vous devriez me détester et garder vos distances. Au lieu de ça, vous me comprenez.

Russ n'aurait jamais imaginé que la Ravageuse avait elle aussi un puits secret au plus profond d'elle-même, où elle enfouissait tous ses doutes.

Elle baissa les yeux sur le téléphone portable et fit courir son pouce sur le clavier qu'il avait dû toucher des milliers de fois.

— Vous me terrifiez. Vous détestez mon métier, un métier que j'aime. Si je survis à toute cette histoire, ce sera sûrement grâce à vous. Et c'est bien là le problème, parce que vous allez me briser le cœur, j'en suis certaine. D'une façon ou d'une autre, je vais souffrir.

Russ ouvrit la bouche, mais resta muet. Aucune pensée cohérente ne lui venait à l'esprit. La Ravageuse venait de s'ouvrir à lui en toute sincérité, et il ne savait pas quoi dire.

— Je suis…

Elle leva brusquement la main.

— Oublions tout ça. S'il vous plaît. Faisons comme si ces dernières secondes n'avaient pas eu lieu. Je vais appeler mon père, vous ne direz rien et nous n'en parlerons plus jamais.

Elle tourna les talons et prit la direction du vestibule. Il devait l'arrêter, résolut Russ en fonçant vers la porte pour y arriver avant elle.

— Et si je tiens à en reparler ?

Elle secoua la tête.

— Pas maintenant, poursuivit-il. Mais quand tout ça sera fini. Quand votre cliente ne sera plus entre nous. C'est possible ?

Il attendit quelques secondes, presque paralysé parce que Penny lui avait fait assez confiance pour dévoiler ses sentiments. C'était peut-être une bonne chose, après tout. Les femmes aimaient tout ce tourbillon émotionnel. Les hommes ? Pas vraiment. Mais l'idée que Penny ravale toutes ses angoisses n'avait rien de rassurant.

Enfin, elle hocha légèrement la tête. Un point pour lui.

— Très bien, déclara-t-il. On remet ça, alors.

— Je dois passer si je veux appeler mon bureau.

Il ôta sa main du battant et lui ouvrit la porte.

— Allez-y.

Un quart d'heure plus tard, elle réapparut. Elle s'arrêta à un mètre de lui et lui tendit son téléphone.

— C'est d'accord.

5

— Vous n'êtes pas obligé de m'accompagner, lança Penny à Russ.

Ils se trouvaient au niveau garage de son immeuble et attendaient l'ascenseur. Depuis neuf mois qu'elle habitait dans le bâtiment, elle payait un supplément pour bénéficier d'un garage sécurisé. Elle avait toujours estimé que cette taxe de confort, comme elle l'appelait, valait le coup. Depuis que Colin Heath la menaçait, elle en était persuadée. Elle ne regretterait plus jamais les chaussures qu'elle aurait pu acheter avec cet argent. Même si la lenteur du portail l'agaçait, sa présence la rassurait.

— C'est un sacré avantage, remarqua Russ.

Ils en étaient réduits à échanger des banalités, parce que leur univers était bouleversé, ils le savaient tous les deux. Après cette journée riche en émotions, le dieu de l'amour avait décidé de leur jouer un nouveau tour : dans la soirée, un juge avait reçu une menace de mort et nécessitait la présence du second marshal affecté à la protection d'Elizabeth Brooks.

Comme ils ne voulaient pas laisser la veuve avec un seul marshal, Russ et Brent avaient décidé que Brent resterait sur place pendant que Russ conduirait Penny chez elle. Dans la matinée, Russ reviendrait avec la voiture de Brent.

C'était un bon plan parce qu'Elizabeth restait en sécurité, songea Penny en attendant l'ascenseur. Mais, pour elle, non : elle s'apprêtait à rentrer dans son appartement vide avec l'agent du FBI qu'elle désirait de tout son être.

Les yeux fixés sur les numéros clignotants des étages, elle se dandina jusqu'à ce que l'ascenseur arrive. Lorsque les portes s'ouvrirent, Russ les retint le temps qu'elle entre dans la cabine. Pour ne rien arranger, il était un gentleman, songea-t-elle.

— Drôle de situation, non ?

— C'est le moins qu'on puisse dire.

Elle n'était donc pas la seule à cogiter. Cela la soulageait un peu, mais ne fit rien pour calmer la pulsation dans son ventre. Tout au long du trajet, cette pression avait monté en elle, de plus en plus brûlante.

— Bon, nous sommes des professionnels, soupira-t-elle. Nous sommes tout à fait capables de gérer ce petit problème d'attirance.

Du menton, elle désigna les boutons de l'ascenseur.

— Huitième étage, grand chef.

Russ éclata de rire.

— Vous êtes vraiment dingue.

— C'est vrai. Tout le monde vous le confirmera.

Quand les portes se rouvrirent, Russ tendit le bras pour bloquer le chemin de Penny, puis jeta un coup d'œil dans le couloir.

— Rien à signaler. Vous avez vos clés ?

— Oui.

— Allons-y.

Une fois sortie de la cabine, elle s'arrêta. Il fallait que Russ remonte dans cet ascenseur et s'éloigne de chez elle. De son appartement très vide où elle voulait l'entraîner dans son lit très accueillant.

— Vous pouvez y aller, maintenant.

— Désolé, ma belle. Je dois vérifier l'intérieur.

— Russell !

— C'est vous qui avez dit que nous sommes des professionnels. Ça, c'est la procédure standard. Si Brent était là, il le ferait. Imaginez un peu que je fasse l'impasse et que vous soyez kidnappée. Même si je suis à peu près sûr qu'ils vous relâcheraient aussitôt tellement vous êtes pénible !

Sa petite plaisanterie le fit rire, et Penny en resta bouche bée. Malgré tout, elle était plutôt fière qu'il la croie en mesure d'effrayer ses kidnappeurs potentiels.

— Russell, je vous l'ai déjà dit, la flatterie mène partout.

Et en particulier dans son lit, si elle confiait le fond de sa pensée.

— Je vais garder ça à l'esprit, rétorqua-t-il.

Elle fit volte-face et se dirigea vers son appartement à grands pas. Malheureusement, la moquette épaisse absorbait le martèlement de ses pieds, lui enlevant le plaisir de faire du bruit.

Elle était en train de se rendre folle, pensa-t-elle en secouant la tête.

Elle s'efforça de marcher d'un pas plus léger et inspira profondément. Ils étaient des professionnels, ils pouvaient y arriver. Il allait inspecter son appartement. De son côté, elle s'enfermerait dans le placard pour éviter toute tentation.

Elle se concentra sur la porte d'entrée, juste devant elle. À cette heure-ci, la plupart de ses voisins étaient silencieux. La télévision de M. Hanley était encore allumée, mais il n'y avait rien d'inhabituel à cela : il était insomniaque.

Elle déverrouilla la porte, l'ouvrit et fit signe à Russ d'entrer.

Il parcourut le salon du regard.

— Vous laissez toujours les lumières allumées ?

— Il y a une minuterie. Je n'aime pas rentrer chez moi dans l'obscurité.

— Ça vous dérange si je fais le tour ?

— Allez-y. Si vous fouinez dans mon tiroir à lingerie, je le saurai.

Comme il répondait par un grognement, elle ajouta :

— Vous pourriez garder ça pour une prochaine fois.

— Je vous ignore, cria-t-il depuis la salle de bains.

Penny se mit à rire. Après cette journée interminable, cela lui fit l'effet du tonneau de bonbons dont elle rêvait. Puis, tandis que Russ explorait les deux pièces, elle contempla la porte de son placard. Elle n'avait peut-être pas besoin de se réfugier à l'intérieur. Si elle se contentait de la regarder, cela suffirait peut-être à l'empêcher d'imaginer Russ dans sa chambre.

— Vous voyez quelque chose d'intéressant ? demanda-t-elle d'une voix forte.

— En dehors du soutien-gorge qui traîne sur votre lit ?

Elle fit la grimace. Dans la précipitation du matin, elle avait enlevé son soutien-gorge en dentelle rose vif parce que… Elle ignorait pourquoi. Elle avait préféré mettre un soutien-gorge beige tout simple à la place. Et en partant, elle avait oublié de ranger le dessous affriolant dans le tiroir. Encore une fois, le dieu de l'amour se moquait d'elle. Comment aurait-elle pu savoir que Russell Voight allait l'escorter chez elle ?

— Je ne pensais pas que j'aurais de la compagnie. Dans ma chambre, qui plus est.

— Qu'est-ce qu'une autre séance de torture, après tout ? ironisa Russ en revenant dans le couloir.

Il s'arrêta dans la cuisine et alluma la lumière. Il inspecta le minuscule garde-manger, puis pressa de nouveau l'interrupteur.

Enfin, il franchit les quelques pas qui la séparaient d'elle. La cravate dénouée, le col déboutonné, il avait l'air fatigué, ce qui était bien compréhensible. Même elle, qui n'avait besoin que de très peu de sommeil, rêvait de rejoindre son lit.

— Un autre marshal est en route, déclara-t-il. Il montera la garde devant votre porte ce soir.

— Merci.

Pendant une seconde, elle avait envisagé de protester, avant de renoncer. C'était peut-être un aveu de faiblesse, mais savoir que quelqu'un était là, sur le seuil, l'aiderait à s'endormir.

Sauf que Heath était un cinglé sournois, et elle côtoyait assez ce genre de détraqués pour avoir une idée de leur mode de fonctionnement.

— Russell, vous connaissez bien ces marshals ?

— Pourquoi ? demanda-t-il en la dévisageant.

— Heath est dingue, mais il est aussi brillant. Il a l'air au courant du moindre de mes mouvements.

— Vous pensez qu'il y a une fuite ?

— Non, pas vraiment. Mais…

Elle leva les mains, puis les laissa retomber.

— Je ne sais pas. Je suis fatiguée.

— Écoutez, c'est une question pertinente. Je me la suis posée, moi aussi. Nous sommes en train de vérifier les données financières de toutes les personnes impliquées dans l'affaire. Si Heath a une taupe, nous allons trouver qui.

— Ce n'est probablement rien…

— Ça ne coûte rien de vérifier. Je retourne à la planque dans la matinée. J'imagine que vous voudrez être là ?

— Oui. Mais je dois d'abord passer par le cabinet.

Russ gratta son menton couvert de barbe.

— Ça marche. Il faut donner l'impression que tout est normal. Je viendrai vous chercher à votre bureau, puis nous ferons un peu de conduite créative au cas où Heath nous surveille. Ça vous convient ?

— Très bien.

Elle se mit à se balancer d'un pied sur l'autre. Ils étaient deux professionnels en train de discuter, pensa-t-elle. Aucun problème. Sauf qu'une vague d'énergie brûlante s'élevait de nouveau entre elle et Russ, menaçant de la submerger si elle n'était pas vigilante.

— Vous devriez y aller, lança-t-elle en désignant la porte.

— Je sais.

— Et pourtant, vous êtes encore là. Comme pétrifié.

— Oh ! Il n'y a rien de pétrifié en moi, je vous assure.

— Russell !

Il ne répondit pas et resta immobile. Le seul son dans la pièce silencieuse était le léger ronronnement du réfrigérateur. Penny se concentra dessus plutôt que sur la cravate dénouée qui ne demandait qu'à être arrachée.

Puis la vague déferla et, comme s'ils s'étaient donné le mot, ils firent tous les deux un pas en avant. Penny attrapa Russ par la cravate et l'attira à elle, tandis qu'il plaçait la main derrière sa tête. Elle se haussa sur la pointe des pieds, anticipant le contact de ses lèvres. Le premier moment de leur premier baiser.

Cela dépassa tout ce qu'elle avait imaginé. Il avait un goût délicieux, à la fois chaud, viril et protecteur. Il l'embrassa plus fermement tandis qu'elle tirait de nouveau sur sa cravate, en proie à un désir insatiable.

— Allons bon, marmonna-t-il sans décoller la bouche de la sienne. Encore mieux que ce que je pensais.

— Je sais. Ça craint.

Comme il semblait sur le point de reculer, elle serra la cravate entre ses doigts et tira dessus. Elle n'allait pas le laisser partir aussi facilement. Après ces quelques journées difficiles, elle voulait oublier qu'elle avait failli se faire abattre. Elle ferma les yeux et l'embrassa avec ferveur. Elle avait trop envie de lui, tant pis si c'était de l'inconscience.

Le téléphone fixe se mit à sonner. Elle l'ignora et passa les bras autour du cou de Russ. Elle se pressa contre lui tandis qu'il l'enlaçait plus étroitement.

La sonnerie continua.

Penny fit un bond en arrière tout en repoussant Russ. Les bras tendus devant elle, le souffle court, elle le détailla : son visage anguleux, ses yeux sombres… Il était merveilleux.

— Je regrette vraiment de nous interrompre, mais c'est peut-être le portier. Plus personne n'appelle la ligne fixe.

Russ se frotta le visage.

— On est vraiment dans le pétrin.

— Je sais.

Le téléphone cessa de sonner. Étrangement, le brusque silence ne rassura pas Penny. Elle avait besoin de quelque chose pour la distraire du tumulte qui régnait dans son esprit, pour l'empêcher d'aller plus loin. Si c'était un mauvais numéro, elle et Russ pourraient reprendre le fil de cet incroyable baiser.

Comme il lui lançait un regard brûlant, elle fit un pas vers lui, mais fut coupée dans son élan. Son portable, que Russ lui avait rendu à leur retour en ville, émettait de la musique, et c'était celle qu'elle avait attribuée au concierge. Ce n'était donc pas un mauvais numéro.

— Ma vie est formidable, remarqua-t-elle en plongeant la main dans son sac pour prendre l'appareil. Bonsoir, Henry.

— Bonsoir. Désolé de vous déranger à une heure aussi tardive. Il y a un marshal qui voudrait vous voir.

Penny reporta son attention sur Russ. Il continuait à la fixer avec cette intensité qui l'avait toujours troublée. Malheureusement, rien n'était plus possible pour le moment. Plus tard, peut-être.

— Merci, Henry.

Elle raccrocha et posa le portable sur la table basse. Russ se réajustait. Elle ne put retenir un soupir.

— L'autre marshal est arrivé.

— J'avais deviné.

— Je voulais…

— Stop, la coupa-t-il en levant la main. Pas la peine.

Il renversa la tête en arrière et prit une profonde inspiration, puis posa les yeux sur elle.

— Nous devons nous concentrer sur l'affaire.

— Je sais.

Un coup discret fut frappé à la porte, Russ s'approcha de l'entrée. Comme il n'y avait pas de judas pour vérifier l'identité du visiteur, il s'arrêta pour demander :

— Qui est là ?

— Le marshal Danson.

Russ entrouvrit la porte, parut hésiter, puis recula. Un homme de taille moyenne entra et montra sa plaque à Penny. Il semblait avoir entre trente et trente-cinq ans, mais ses cheveux blonds grisonnaient déjà aux tempes. Le stress du travail, peut-être.

— Je suis Russ Voight, dit Russ en lui serrant la main. Voici Penny Hennings.

Le marshal hocha la tête.

— Madame.

— Il ne devrait pas y avoir de problème, cette nuit, indiqua Russ. Surveillez la porte. Je passe la chercher demain matin.

— Compris.

— Ça ira ? demanda Russ en se tournant vers Penny.

À vrai dire, elle ne voulait pas qu'il franchisse cette porte. Une expression dure et déterminée apparut sur le visage de Russ. Il plissa les yeux, comme pour l'avertir de ne pas aborder le sujet devant le marshal.

— Ça ira, finit-elle par répondre. Merci… pour tout.

— On se voit demain matin. Bonne nuit.

S'il croyait vraiment qu'elle allait bien dormir, il se faisait des illusions.

6

À 9 heures tapantes, Russ entra dans le vaste bureau de Gerald Hennings, précédé de Penny. Elle était vêtue d'un élégant tailleur bleu ciel et de talons aiguilles. L'avocat, lui, était assis dans son fauteuil, les pieds posés sur son imposante table de travail. Seul un homme incroyablement riche pouvait se permettre de porter des costumes à quatre mille dollars, avec bretelles et pochettes, et de mettre les pieds sur un meuble qui devait valoir vingt mille dollars, estima Russ.

Zac, le frère de Penny, était assis en face de lui. Il se tourna pour voir qui entrait, puis se leva pour lui serrer la main. Il n'avait pas l'air ravi d'avoir été convoqué.

Le téléphone de bureau émit un *bip-bip*.

— J'ai David au bout du fil, déclara une voix féminine, probablement celle de la secrétaire.

David Hennings, le frère aîné de Penny, également avocat, se rappela Russ. Au moins, lui n'était pas un avocat pénaliste. Il avait choisi le droit civil. Mais Russ aurait préféré une confrontation avec des serpents à sonnettes plutôt que ce rendez-vous avec quatre avocats.

— Merci, Margaret, répondit Gerald en relevant les yeux. Bonjour, agent Voight.

— Bonjour, maître.

— Bonjour, Zachary, fit Penny en se penchant pour embrasser son frère sur la joue.

Elle offrit à Russ le second fauteuil pour visiteur, mais il lui fit signe de le prendre. Il préférait rester debout. S'il changeait d'avis, il pourrait toujours prendre place sur l'immense canapé digne de King Kong.

Le téléphone sonna de nouveau et Gerald appuya sur une touche.

— David ?

— Bonjour, papa.

— Salut Dave, lança Zac.

Penny, elle, garda le silence, ce qui surprit Russ.

— Est-ce que quelqu'un va me dire ce qui se passe ? demanda David d'une voix cinglante.

Penny s'avança sur le bord de son fauteuil pour se rapprocher du téléphone.

— Je suis désolée de ne pas t'avoir appelé hier.

— Sans blague ? ! Ça aurait été sympa d'être prévenu avant qu'un marshal débarque à mon cabinet.

Choqué par le reproche, Russ fit un pas vers le bureau, mais Gerald intervint avant lui :

— David, change de ton. La journée d'hier a été mouvementée. Tu as eu droit aux mêmes informations que moi.

— Peut-être, mais je constate qu'une fois encore la diva de la famille a semé le chaos, et que ça nous retombe dessus.

Russ se tourna vers Penny, mais elle avait les yeux rivés sur le téléphone, les joues creusées comme si elle les mordillait. Apparemment, elle et David ne s'entendaient pas bien.

— Arrête, David, soupira Zac. Ce n'est pas sa faute.

— Ben tiens… Ce n'est jamais sa faute. Même à Boston, je ne peux pas échapper à tous ses petits drames. Et papa et toi, vous la laissez faire. Comme d'habitude.

Trente secondes que Russ connaissait David Hennings, et déjà il avait de l'antipathie pour lui. Il n'aimait pas son attitude envers Penny. Si Gerald et Zac comptaient rester les bras ballants, lui, il avait une autre idée en tête. Il tendit la main au-dessus du bureau, souleva le combiné, puis le laissa retomber. Les trois autres occupants de la pièce en restèrent pantois. Visiblement, on ne raccrochait pas au nez de David. Tant pis. C'était devenu nécessaire.

— Il rappellera, déclara-t-il.

Zac donna un coup de coude dans le bras de Penny.

— Il me plaît bien, ce type.

— Pas de bêtises, plaisanta-t-elle.

Elle fixait Russ, ses grands yeux bleus arrondis par la surprise, et peut-être même l'amusement. Trente secondes plus tard, David fut de nouveau en ligne.

— Est-ce que vous m'avez raccroché au nez ? s'écria-t-il.

— David, fit Russ. Je suis l'agent spécial Russell Voight. C'est moi qui ai raccroché. Continuez à hurler comme ça, et je ne vais pas me gêner pour recommencer. Au cours de cet entretien, votre seule tâche est d'écouter.

— Attendez…

— Non. J'ai perdu cinq minutes de ma vie à vous écouter et je ne peux pas les récupérer. Votre sœur ne vous a pas appelé hier pour une bonne raison : après qu'elle a été menacée par un individu ayant commandité une fusillade, je lui ai confisqué son téléphone pour éviter qu'un tueur ne la localise. Je l'ai emmenée dans une planque du FBI, où sa cliente, qui est aussi un témoin capital pour moi, nous a retrouvés. Penny a appelé votre père en utilisant mon téléphone, et c'est la seule communication qu'elle ait eue avec qui que ce soit en dehors du FBI ou des US Marshals. Si ça vous pose problème, on en reparlera plus tard. Pour l'instant, la cliente de votre sœur m'attend, et je ne peux pas l'interroger sans Penny. Alors vous allez vous taire et nous allons régler ça rapidement.

— Russell Voight, déclara Penny. Je crois que je vous aime.

Gerald Hennings et Zac éclatèrent de rire. David était clairement le seul homme de cette conversation à ne pas porter Penny dans son cœur, conclut Russ. Un bref silence s'ensuivit, et il fit signe à Gerald d'enchaîner.

— David, jusqu'à ce que le FBI estime que les menaces contre Penny sont levées, nous serons tous sous protection. À part ça, il n'y a pas grand-chose à dire.

— David, poursuivit Penny, j'ai accepté une affaire. C'est tout. Si j'avais su ce qui allait se passer, bien sûr que je me serais abstenue.

— Cause toujours, Penny.

Elle leva les mains au ciel.

— En quoi est-ce ma faute ? Tu crois que je reste assise toute la journée à réfléchir au meilleur moyen de t'embêter ?

— Ça suffit, reprit Russ. Je pense qu'on en a terminé.

Il raccrocha avant que la situation ne dégénère davantage et s'adressa à Gerald :

— S'il rappelle, faites-moi plaisir et raisonnez-le. Je n'ai pas de temps à perdre en querelles familiales. De toute façon, il est à côté de la plaque.

Il se tourna ensuite vers Zac.

— Désolé pour le dérangement, mais c'est pour votre sécurité. Changez vos habitudes jusqu'à nouvel ordre.

— Pas de Starbucks avant le travail, lança Penny.

Puis elle croisa le regard de Russ.

— Il s'y arrête tous les matins…

— Elle a raison, renchérit Russ. Quelle que soit votre routine habituelle, oubliez-la. Il ne faut pas lui faciliter la tâche, à ce malade.

— Vous pensez pouvoir le coincer ? demanda Zac.

— Oui. Tant que la cliente de votre sœur coopère, nous avons de quoi le mettre à l'ombre.

Un nouveau *bip-bip* résonna. C'était probablement David qui revenait à la charge, songea Russ avec agacement.

— J'ai un certain Colin Heath pour Penny, déclara la secrétaire. Elle voulait que je la prévienne dès qu'il appellerait.

Russ se tourna vers Penny, qui scrutait le téléphone comme s'il était devenu venimeux. Les deux autres les regardèrent tour à tour.

— Allez-y, lança Russ. Faites comme on a dit. Vous allez gérer ?

— Oh que oui.

Penny empoigna le combiné dès la première sonnerie.

— Bonjour, monsieur Heath. Quelle ponctualité !

— Quand il y a une belle femme au bout du fil, je fais de mon mieux.

Elle leva les yeux au ciel. Comme façon de se défouler, c'était léger, mais son père n'apprécierait sûrement pas le geste obscène qui lui démangeait la main.

— J'ai une journée chargée, alors faisons vite. Je vais

accepter vos termes, monsieur Heath. Mais je veux votre parole qu'il n'arrivera rien à Elizabeth et à son fils.

— Vous allez la convaincre de ne pas témoigner ?

— Ai-je le choix ?

— Pas vraiment.

D'une façon ou d'une autre, elle allait coincer cet enfoiré.

— Alors ma cliente ne témoignera pas, promit-elle.

— Et qu'allez-vous faire en ce qui concerne le FBI ?

Penny jeta un coup d'œil vers Russ : il lui fit signe de continuer à parler.

— Ça, c'est mon problème.

— Vous me débarrassez du FBI, mademoiselle Hennings, et Elizabeth ne risquera plus rien. Après tout, son mari m'a fait gagner beaucoup d'argent.

— On en a fini ? demanda-t-elle sèchement.

— Tout à fait. Je vous contacterai pour m'assurer que notre petit marché suit son cours.

Penny raccrocha sans prendre la peine de dire au revoir. Pourquoi échangerait-elle des civilités avec un détraqué pareil ?

Son père se pencha et tendit le bras vers elle.

— Tu vas bien ?

— Oui, papa, répondit-elle en lui serrant la main, autant pour le rassurer que se rassurer elle-même. C'est la bonne décision.

— Sœurette, tu as du cran, commenta Zac.

Elle haussa les épaules.

— Ça m'arrive.

— Nous devrions y aller, lança Russ en désignant la porte du menton. J'ai toujours la voiture de Brent. Plus tôt nous rejoindrons Elizabeth, plus vite cette affaire sera bouclée.

— Très bien, fit Penny. Je dois juste récupérer mon ordinateur portable.

Elle étreignit son frère, puis son père.

— Je suis désolée, pour David.

Son père l'embrassa sur la tête, comme il le faisait quand elle avait sept ans et qu'elle avait un gros chagrin. Même après toutes ces années, elle en tirait un immense réconfort.

— Je vais me charger de ton frère, répliqua-t-il.

— Merci, papa.

Une fois au rez-de-chaussée, dans le hall qui menait à la ruelle derrière l'immeuble, elle attendit que Russ lui donne le feu vert. Il y avait quelque chose de félin dans sa façon de bouger, songea-t-elle. Une sorte de grâce virile qui transparaissait dans le moindre de ses mouvements. Il marchait toujours d'un pas alerte et résolu. Comme s'il ne s'accordait aucun répit, comme s'il n'éprouvait n'aucune faiblesse. En tout cas, il n'en affichait aucune. Certaines femmes en seraient peut-être contrariées, estima Penny, mais pas elle. Ils étaient de la même trempe : à ne pas reconnaître leurs failles, même s'ils en avaient, bien sûr. Elle en était parfaitement consciente. L'une des siennes, c'était son frère David. Il l'accusait constamment de tous les maux de la Terre. À ses yeux, le moindre désagrément dans leurs vies était sa faute à elle. Mais, pour la première fois, quelqu'un lui avait rabattu son caquet. Russ Voight. Elle avait adoré quand il lui avait raccroché au nez ! Elle en était encore toute retournée.

Russ ouvrit la porte donnant sur la ruelle et lui fit signe de le rejoindre. Il la fit monter dans la berline gouvernementale de Brent, puis se glissa derrière le volant.

— Prête ?

— Oui. Oh ! Mon téléphone.

Elle sortit son portable, enleva la batterie et rangea le tout dans son sac.

— Maintenant, je suis prête.

— Alors… David ? Charmant garçon, dites donc.

Elle secoua la tête.

— Il est ce qu'on appelle communément un « vrai connard ». Et je le dis avec tout l'amour que j'éprouve pour lui. Il ne m'a jamais laissé de répit depuis que je suis sortie du ventre de ma mère.

Russ quitta la ruelle, s'engouffra dans la circulation matinale et prit la direction du sud.

— C'est quoi, son problème ?

— Hormis que je sois en quelque sorte coupable de ma propre existence ? Je n'en ai vraiment aucune idée.

Elle ravala la boule qui lui nouait la gorge. Même absent, David parvenait à la déprimer.

— Que fait-il à Boston ? demanda Russ.

— Il s'est installé là-bas il y a quatre ans. Il est avocat dans le civil et a déclaré qu'il avait besoin d'espace pour suivre sa voie. D'après moi, il a vu que la carrière de Zac était sur le point de décoller et que mon père m'avait déjà promis une place dans son cabinet.

— Qui est spécialisé en droit pénal…

— Oui. Les conversations lors des repas de famille tournaient immanquablement autour des dernières affaires criminelles à la une. J'ai l'impression que David ne savait pas où était sa place.

— Il se sentait exclu ?

Elle haussa les épaules.

— Sans oublier sa perpétuelle antipathie à mon égard.

— C'est votre frère. Il tient forcément à vous, rappela Russ.

Il lui jeta un regard en coin et pinça ses lèvres fabuleuses. Une chaude sensation de réconfort envahit Penny. Cet homme était comme un nounours gélifié à taille humaine.

— Il m'aime peut-être, mais il ne m'apprécie pas. Et son comportement en est le parfait reflet, parce qu'il ne s'adresse à moi que pour me crier dessus.

— Allons… Vraiment ? Est-ce qu'il appelle Zac ?

— Oui, deux fois par mois, soupira-t-elle.

— Sympa… Je comprends pourquoi vous pensez qu'il a une dent contre vous.

Elle finit par tourner la tête vers lui.

— En parlant de ça, merci. J'ai failli mouiller ma culotte quand vous lui avez raccroché au nez. C'est peut-être bien le meilleur cadeau qu'on m'ait jamais fait.

Russ haussa les épaules.

— Il se comportait comme un idiot. Nous n'avons pas le temps pour ça. D'ailleurs, ça ne m'étonnerait pas qu'il me cherche des poux là-dessus. Si c'est bien le cas, je l'attends de pied ferme. J'ai l'impression que votre frère a besoin qu'on lui rentre un peu dedans.

Elle pivota face à lui.

— C'est mal si je suis contente qu'il vive à Boston ?

— Mon ange, je trouve qu'il devrait déménager à l'étranger.

Penny éclata de rire. L'homme qu'elle avait massacré à la

barre parvenait à comprendre les complexités de sa relation avec son frère. Mieux : il ne la jugeait pas pour ses pensées négatives.

— Il est très doué pour me faire douter de moi. Parfois, je le crois, et je déteste ça, mais il reste mon frère. Il a le droit de ressentir ce qu'il ressent.

Russ s'engagea sur la voie rapide et appuya sur l'accélérateur. Elle n'y avait jamais pris garde, mais il conduisait vite.

— Ce qui est regrettable, déclara-t-il, c'est qu'il ait besoin de vous rabaisser pour se sentir bien. Je trouve ça plutôt lâche, mais qu'est-ce que j'en sais ? Je suis fils unique.

À vrai dire, il en savait déjà long, songea Penny. Une brève conversation avait suffi à l'agent spécial Voight pour dresser le profil de son frère… et mettre en plein dans le mille.

— Je ne vous imaginais pas fils unique, remarqua-t-elle.

— Eh oui. Il n'y a que mes parents et moi.

— Est-ce qu'ils vivent ici ?

Il changea de file et doubla un conducteur plus lent. Apparemment, les agents du FBI ne se souciaient pas des limitations de vitesse.

— Ils ont déménagé en Floride il y a quelques années. Mon père voulait prendre sa retraite.

— Il était dans les forces de l'ordre ?

— Non. Il était mécanicien.

Penny n'avait pas imaginé cela non plus. Pour une raison quelconque, peut-être à cause de cette confiance en lui qui le caractérisait, elle l'avait imaginé grandir auprès d'un homme en uniforme.

— Alors pourquoi avoir choisi le FBI ?

Russ crut tomber dans le vide… et il aimait cela. Ou plus exactement, il aimait que cela arrive avec Penny, qui entraînait son esprit dans des directions inavouables.

Mais que devait-il lui révéler ? En général, il ne se confiait pas aux femmes sur son enfance. Et il ne l'avait jamais fait avec un avocat de la défense, quel que soit son sexe. C'était bien là le problème : lorsqu'il était seul avec Penny, il appréciait sa compagnie. La compagnie d'une femme désirable dont il rêvait d'explorer le corps à un moment ou à un autre.

Ces pensées n'avaient pas leur place dans une telle situation. Il devait se concentrer sur l'inculpation de Colin Heath, mais pas seulement pour fraude. Également pour le meurtre de la journaliste abattue sur les marches du tribunal. Quel genre de malade s'amusait à menacer quelqu'un en terrorisant des centaines de personnes ? Depuis que Russ travaillait pour le FBI, il s'était posé la question plus d'un millier de fois, mais la réponse continuait à lui échapper.

— Russell ?

C'était maintenant ou jamais. Il pouvait encore la garder à distance. Lui dire qu'il voulait aider les gens victimes d'injustices. Ce ne serait pas un mensonge. Mais ce ne serait pas non plus la vérité.

— Quand j'avais douze ans, notre maison a été saisie.

— Oh ! fit-elle. Je suis désolée de l'apprendre.

— Un escroc a proposé à mon père de racheter le prêt immobilier à la banque et de faire payer à mes parents un taux d'intérêt plus bas. Mon père n'est pas bête. Il s'est renseigné sur ce type, et ce qu'il a trouvé paraissait légitime.

— Oh non…

Il la regarda du coin de l'œil : elle le fixait avec attention.

— À cause de cet arnaqueur, des centaines de personnes ont perdu leur maison. Quand la banque a appelé pour réclamer les douze mois de versements que mes parents avaient payés à ce type, il a disparu dans la nature. Après ça, mon père n'a plus jamais été le même. Il ne l'a jamais dit, mais je pense qu'il s'est senti en dessous de tout. Comme un sous-homme incapable de subvenir aux besoins de sa famille. Il a changé, je l'ai bien vu.

— Et c'est pour cette raison que vous aimez travailler sur les fraudes financières ?

Russ haussa les épaules.

— J'y trouve une satisfaction personnelle. J'aimerais mettre la main sur l'escroc qui nous a ruinés. Je suis sûr qu'il continue à monter des coups.

— Est-ce que vous l'avez cherché ?

Russ dépassa à presque cent quarante kilomètres à l'heure une voiture de police garée sur le bas-côté. Il agita la main, espérant que l'agent reconnaîtrait un véhicule du gouvernement. Rassuré que le policier ne bouge pas, il reporta son attention sur Penny.

— Tous les mois, je le cherche. Il finira par resurgir. Les types comme lui ne peuvent pas rester au vert bien longtemps. C'est comme du crack, pour eux. La prochaine arnaque, la prochaine magouille… Ça les excite.

— Et vos parents ? Ils s'en sont remis ?

— Oui, mais ça a pris des années. Leur solvabilité a été réduite à néant. Comme ils ne pouvaient plus obtenir de prêt, ils ont loué pendant quinze ans. Mon père a travaillé comme un forçat pour faire des économies, afin de payer en liquide la maison en Floride. Il ne voulait plus faire d'emprunt.

— C'est pour ça que vous détestez les avocats de la défense ? Parce que nous défendons des arnaqueurs ?

Il lui jeta un nouveau coup d'œil : quelle femme à la fois intelligente, sexy et intrépide ! Comment diable pourrait-il faire semblant de la détester ?

— Ce n'est pas ma profession préférée.

Il sourit, puis reporta son attention sur la route.

— Après le baiser torride d'hier, je crois que vous êtes l'exception qui confirme la règle.

— Oh ! *Russell*. Vous êtes si gentil avec moi.

Il s'en doutait déjà, mais c'était officiel : il était complètement raide dingue de Penny Hennings.

— Est-ce que nous devons en discuter ? demanda-t-il. De ce qui s'est passé hier ?

Elle se repositionna face à la route.

— Non. Ça ne nous mènerait à rien. Alors à quoi bon me torturer ?

Elle n'avait encore rien vu, songea Russ.

— Je pourrais vous torturer de bien des façons. Pour ça, j'ai besoin d'une surface plane. Et moelleuse, de préférence.

Elle baissa sa vitre, comme si elle avait soudain besoin d'air.

— Mais ça ne sera pas pour tout de suite, enchaîna-t-il. Je ne vais pas mettre cette affaire en péril parce que je fantasme sur vous toute nue. Ou seulement vêtue d'une paire de talons aiguilles, les rouges, ceux de l'autre jour, et de ce soutien-gorge rose qui traînait sur le lit.

— N'importe quoi… Ça ne serait pas du tout confortable. Et en plus, ça ne va pas ensemble.

— J'avoue que, parfois, je me moque complètement du confort ou de la mode.

Penny se mit à rire.

— Alors nous avons intérêt à trouver Colin Heath très vite.

— Je suis sur le coup. Nous l'attraperons. Il ne peut pas rester caché pour l'éternité.

7

Vers le milieu de l'après-midi, Penny se serait damnée pour un *latte* double expresso et quelques nounours gélifiés blancs. Russ bombardait Elizabeth de questions depuis des heures, et sa cliente, en dehors de quelques trous de mémoire, s'en sortait remarquablement bien.

Après avoir passé une bonne partie de la journée dans sa chambre, Sam avait eu la permission de jouer dans le jardin. Le petit filou avait ensuite entrepris de convaincre le marshal qui le surveillait que rien ne l'empêchait d'aller au bord du lac. Il avait argumenté que sa mère lui avait tondu les cheveux la veille et qu'avec une casquette et des lunettes il ne risquait pas d'être reconnu. Décidément, ce n'était pas une vie pour un enfant, mais personne ne pouvait contester son raisonnement, conclut Penny. Si elle menait sa tâche à bien, Elizabeth et son fils auraient bientôt une nouvelle vie où ils seraient libres d'aller dehors sans avoir peur.

Russ écrivit quelques mots, puis reporta son regard sur Elizabeth.

— Votre mari avait-il l'air troublé ? Stressé ?

— Oui. Quand je lui en ai parlé, il a dit que Colin lui mettait la pression. Il n'a pas voulu rentrer dans les détails. Deux semaines plus tard, il était mort.

— Et quand est-ce que Heath est venu vous voir pour vous demander de continuer la magouille ?

— Peut-être deux semaines après la mort de Sam. C'est à ce moment-là que j'ai vraiment compris dans quoi mon mari était impliqué. D'après Colin, les investisseurs appelaient pour récupérer leur argent. Colin ne l'avait pas. Il m'a dit que j'allais devoir faire des transactions. Il voulait que le prix de l'action monte, afin de convaincre les investisseurs de rester. Il prévoyait d'amener de nouveaux investisseurs pour payer les transactions qu'il voulait que je fasse.

— Dans le but de gonfler le prix ?

— Oui.

— Vous avez effectué les transactions ?

— Quand il a menacé mon fils, oui.

— Il est peut-être temps de faire une pause, intervint Penny.

Russ lâcha son stylo, se laissa aller sur le canapé et étendit les bras sur le dossier. Comme le tissu de sa chemise se tendait sur son torse, Penny déglutit. L'agent spécial semblait avoir un corps de rêve sous son costume.

— Je ne vous juge pas, Elizabeth, confia-t-il. Je compile des informations. Pour tout dire, j'aurais fait pareil. J'imagine que ce serait le cas pour la plupart des parents.

Penny frémit de nouveau. Elle allait coucher avec cet homme. Où et quand, elle l'ignorait, mais c'était une certitude : elle le ferait.

— Allez, pause ! s'exclama-t-elle en se levant. J'en ai besoin, et comme personne ne parle en mon absence, c'est réglé. J'aimerais bien quelque chose de sucré. Russell ? Y a-t-il quelque chose dans cette maison qui contienne une immense quantité de sucre ?

Les bras toujours étendus sur le canapé, il l'étudia avec une curiosité qui fit naître une onde de chaleur au creux de son ventre. Puis du menton, il désigna la cuisine.

— Le garde-manger. Il y a des cookies pour Sam. Et pour Brent.

— Hé ! protesta Brent.

Cela fit rire Russ.

Les taquineries bon enfant détendirent l'atmosphère et Penny secoua la tête, faussement dégoûtée.

— J'aime les cookies, déclara le marshal. Et alors ?

Russ leva les mains d'un air innocent.

— C'était une simple remarque.

— C'était une vacherie. Je n'ai pas honte d'aimer les cookies.

— On se détend, les garçons, intervint Penny. Je vais

préparer du café pour accompagner notre goûter. J'espère que ce ne sont pas ces infâmes biscuits industriels. Ce qu'il nous faut, c'est des cookies de pâtisserie.

— De pâtisserie ? répéta Russ.

— Tant qu'à manger des cookies, autant que les calories en vaillent la peine.

Penny s'accroupit devant Elizabeth.

— Vous tenez le coup ? Je peux vous apporter quelque chose ?

Tout en parlant, elle jeta un coup d'œil vers la fenêtre. Le soleil filtrait à travers le store qui bloquait la vue spectaculaire sur le lac. À vrai dire, ils avaient peut-être tous besoin de prendre l'air.

— Russell ? Elizabeth et moi, nous allons dehors pendant quelques minutes.

— Pourquoi ?

Parce que Elizabeth était fatiguée, pensa-t-elle. Mais elle répondit :

— Je dois m'entretenir avec ma cliente.

Il se leva.

— Faites-le ici. Je vais vous laisser seules.

— Non. Nous allons dehors. Qui me dit que cet endroit n'est pas truffé de micros ?

— Vous plaisantez ! déclara-t-il en penchant la tête.

— Je suis très sérieuse.

Les yeux sombres de Russell devinrent durs et inflexibles tandis qu'un muscle jouait sur sa mâchoire.

— J'ai une responsabilité envers ma cliente, insista Penny.

— Très bien. Allez-y. Mais dix minutes, pas plus. Et gardez-la hors de vue.

Penny traversa la cuisine avec Elizabeth jusqu'à la porte de derrière. Brent, les sourcils froncés, sortit pour vérifier les alentours. Apparemment, les deux hommes n'aimaient pas son idée d'aller dehors. Tant pis, ils allaient devoir faire avec.

— Ne vous éloignez pas de la maison, ordonna le marshal une fois de retour.

— Compris. Merci.

L'une derrière l'autre, elles descendirent les marches menant à un patio. Penny s'arrêta pour admirer le lac. Le cadre et la journée ensoleillée lui rappelaient les sorties en famille de son enfance. Même alors, avant que son père ne se fasse un nom, avant qu'ils ne puissent s'offrir une résidence secondaire, ses parents avaient adoré passer du temps au bord du lac. Un jour, elle aussi s'achèterait une maison dans le coin. Un petit cottage qu'elle pourrait agrandir. Où elle viendrait peut-être avec sa famille à elle.

— Qu'y a-t-il ? demanda Elizabeth en agitant les doigts devant Penny pour attirer son attention.

— Quoi ?

— De quoi vouliez-vous me parler ?

— De rien. Je me suis dit que vous aviez besoin de prendre l'air. Il ne vous ménage pas, avec ses questions.

Elizabeth lui adressa un petit sourire reconnaissant.

— Merci. Mais je savais à quoi m'attendre.

— Penny ? appela Russ depuis la porte du perron.

Elles n'étaient dehors que depuis quelques instants, et il les dérangeait déjà ? Drôle de façon de les laisser tranquilles.

— Russell, ça fait à peine deux minutes !

Il lui tendit son portable.

— C'est votre secrétaire.

Son téléphone à elle était toujours éteint, rangé dans son sac, délesté de sa batterie. Les appels importants passaient par Russ. Comme il jouait les messagers de bonne grâce, elle pouvait difficilement laisser libre cours à son irritation.

— Merci. Désolée de vous embêter avec mes coups de fil.

Elle saisit l'appareil, mais Russ attendit une seconde avant de le lâcher. Quand leurs doigts se frôlèrent, l'étincelle habituelle jaillit au contact de leurs peaux.

— Pas de problème, répondit-il avec un large sourire.

Elle leva les yeux au ciel, puis se mit à rire. Il l'irritait, certes, mais il l'amusait tout autant. Elle lui arracha le portable, puis lui fit signe de s'éloigner.

— Bonjour, Margaret.

— Bonjour. Le gérant de votre immeuble vient d'appeler. Vous avez laissé le robinet de la baignoire ouvert ce matin.

— Bien sûr que non.

— D'après lui, l'eau a traversé le plafond de votre voisin du dessous.

Tout à coup, Russ passa la tête dans l'embrasure de la porte, mais Penny se concentra sur Margaret.

— Je ne dis pas le contraire, mais ça ne vient pas de chez moi. Je n'ai pas pris de bain depuis dix ans.

Silence. Son chauffe-eau avait peut-être explosé, songea Penny. Dans ce cas-là, les dégâts devaient être considérables.

— Je vais rappeler le gérant, reprit-elle. Où puis-je le joindre ? Je ne peux pas accéder à mon répertoire.

Margaret dicta le numéro. Penny le répéta à voix haute, puis remercia sa secrétaire. Russ la rejoignit au même moment et demanda :

— Que se passe-t-il ?

— Attendez. Je ne veux pas oublier ce numéro.

Juste avant d'appuyer sur la touche d'appel, elle leva les yeux sur Russ. Il se tenait sur les marches, baigné dans la lumière vive du soleil d'après-midi. Elle aurait aimé profiter de cette journée avec lui, sans qu'ils soient séparés par une affaire criminelle.

— Le gérant de mon immeuble a appelé. Il dit que ma baignoire a débordé. Ce qui est totalement impossible parce que je ne prends pas de bain. Comment peut-on aimer mariner dans de l'eau sale ? Beurk.

Elle appuya sur la touche et attendit que le gérant, un vieux type grincheux du nom de Morton, décroche.

— Allô ?

— Bonjour, Morton. Penny Hennings à l'appareil.

— Bonjour, Penny. Écoutez, il y a un gros problème. Votre baignoire a débordé et a inondé l'étage du dessous. Ça a fait beaucoup de dégâts.

— Avez-vous vérifié dans mon appartement ?

— Oui. J'ai dû y entrer pour fermer l'eau. Nous avons essayé de vous appeler sur votre portable, mais nous sommes tombés sur la messagerie.

Elle se tourna vers Russ. Elle avait vraiment besoin de son téléphone. L'appareil était comme son oxygène, et Russ appuyait sur le tuyau.

— Quel genre de dégâts ? s'enquit-elle.

— Votre salle de bains et le couloir extérieur sont trempés. Il va falloir enlever la moquette et remplacer des plaques de plâtre. Un sacré bazar.

— Morton, je ne vois pas comment c'est possible. Je ne me sers pas de la baignoire et je n'aurais sûrement pas oublié de couper la douche.

— Je l'ai vu de mes yeux ! L'eau coulait à flots et la baignoire était bouchée. Si ce n'est pas vous qui avez mis la bonde, alors c'est quelqu'un d'autre.

8

Lorsqu'ils arrivèrent à l'immeuble de Penny, une équipe du FBI avait déjà inspecté les lieux, au cas où l'intrus aurait été assez bête pour se cacher dans un des placards.

L'intrus… Penny savait parfaitement de qui il s'agissait. Avant même d'avoir franchi la porte d'entrée, elle le savait.

Elle monta dans l'ascenseur, flanquée de Russ et de Brent, impatiente d'arriver à son étage. Lorsque les portes s'ouvrirent, Russ étendit le bras pour lui bloquer le passage. Il sortit la tête et demanda :

— RAS ?

— RAS, répondit une voix féminine depuis le bout du couloir.

Une femme agent du FBI ? Très sympa, songea Penny en poussant Russ pour pouvoir avancer.

Il grogna aussitôt.

— *Russell !* s'exclama-t-elle. Votre collègue vient de dire que c'est bon. Je devrais avoir le droit d'aller chez moi quand même !

La femme dans le couloir la salua d'un signe de la tête.

— Madame.

Elle était à peine plus âgée que Penny, donc bien trop jeune pour l'appeler de cette façon. Dans d'autres circonstances, Penny aurait fait une réflexion impertinente, mais ce n'était pas le moment.

— Puis-je entrer ?

— Salut, Cathy, déclara Russ derrière elle.

Il avait dit cela avec lenteur et familiarité. Une bouffée de chaleur envahit Penny. Elle se retourna brusquement, dévisagea

Russ qui regardait ailleurs, puis la Cathy en question. Celle-ci fuya son regard aussitôt.

Ils avaient couché ensemble ! C'était évident, s'emporta Penny intérieurement.

Elle ouvrit la porte d'un geste sec.

— Russell Voight, vous me rendez folle.

— Quoi ?

— Oh ! Taisez-vous.

Elle ne voulait pas l'imaginer en pleine action avec cette jolie brune à forte poitrine. Elle en était écœurée : ses seins à elle étaient bien plus menus. À peine assez gros pour les bonnets A de son soutien-gorge rembourré !

Les hommes… Tous des porcs !

— Chaussons, déclara Cathy.

Penny se tourna vers elle.

— Pardon ?

— Votre appartement est considéré comme une scène de crime. Il vous faut des chaussons de protection et des gants.

L'agent désigna les deux cartons sur le sol. L'un contenait des surchaussures en papier ; l'autre, des gants en latex.

— Je vais attendre ici, lança Brent. Appelez-moi en cas de besoin.

Penny ôta ses chaussures et mit les chaussons. Ils tenaient à peine sur ses pieds minuscules. C'était toujours la même histoire : elle était trop petite pour à peu près tout.

Tandis que Russ l'imitait, elle se concentra pour ne pas se transformer en reine des glaces. Lui et Cathy avaient été amants. La belle affaire. Les histoires de coucheries entre collègues n'avaient rien d'exceptionnel.

Mais elle avait beau se montrer rationnelle, elle savait de quoi il s'agissait : elle était jalouse, comme elle ne l'avait jamais été auparavant. Cela aurait pu être difficile à admettre, mais Penny se flattait de toujours voir la réalité en face. Même si dans ce cas, elle aurait préféré éviter de voir ce qu'elle pensait avoir vu !

À l'intérieur, deux agents en costume — la tenue standard du FBI — étaient dans sa cuisine, sûrement pour éviter le tapis détrempé.

— Les techniciens sont toujours dans la salle de bains, annonça l'un des hommes.

— Merci, répondit Russ.

Il retint Penny par le bras pour l'empêcher de s'éloigner.

— Qu'est-ce qui vous arrive ?

À quoi s'attendait-il, franchement ? songea-t-elle. Pour commencer, son domicile avait été envahi. Et voilà qu'elle était confrontée à une jolie agente du FBI avec qui Russ, l'homme qu'elle s'était laissé aller à désirer, avait sûrement couché.

— Aucune importance, répondit-elle enfin. Ça ne me regarde pas. Je dois aller voir l'étendue des dégâts.

Russ la dévisagea avec attention, puis fit quelques pas en arrière vers l'entrée de la cuisine.

— Les gars, donnez-nous une seconde.

— Pas de souci, Russ.

Une fois les deux agents sortis de l'appartement, Russ verrouilla l'entrée. Il rejoignit Penny dans le couloir, jeta un coup d'œil vers la porte close de la salle de bains, puis croisa les bras.

— Allez, dites-moi ce qui vous chiffonne.

Penny ne put s'empêcher de rougir. Que pouvait-elle dire sans se couvrir de ridicule ? Elle n'avait aucun droit d'être jalouse. Ils n'étaient rien l'un pour l'autre. Ils avaient échangé un baiser torride, mais ils n'étaient pas en couple.

Elle baissa les yeux sur la moquette trempée. Colin Heath — ou un de ses hommes de main — était forcément responsable de ce dégât des eaux. Malgré le portier et le garage sécurisé, il était parvenu à entrer dans son appartement.

— Oui, j'ai couché avec elle, souffla Russ.

Penny ferma les yeux et expira lentement. Cela ne faisait que confirmer ce qu'elle savait déjà.

— Ça ne me regarde pas.

— Alors j'ai dû faire quelque chose dans le couloir qui vous a sacrément énervée.

— Vous n'avez rien fait. C'est ça le problème. Vous aviez une drôle de voix et le regard fuyant.

— On a passé une nuit ensemble il y a deux ans. Elle n'était même pas dans mon service à l'époque. On a partagé un peu de bon temps, et c'est tout. Je vous le jure.

Elle le dévisagea, se concentrant sur ses yeux. Il la fixait sans ciller. Il semblait sincère. Mais il mentait peut-être. Après tout, certaines personnes savaient donner le change. Russ était sûrement un bon menteur dans les moments délicats. Pourtant, en cet instant, il paraissait dire la vérité.

— Vous ne me devez aucune explication.

— Si. Je ne veux pas que vous pensiez que c'est dans mes habitudes de coucher avec mes collègues.

— Je le sais maintenant.

Cela faisait quand même mal, et Penny le frappa au torse du dos de la main.

— Sale type.

— Je dis la vérité !

— Et alors ? Je ne veux pas ressentir ça pour vous, s'exclama-t-elle en agitant les bras. Vous êtes comme un bonbon géant. Doux et sucré… Et satisfaisant.

Comme Russ souriait, elle eut envie de le taper de nouveau. Il la croyait peut-être trop chétive pour lui faire mal, mais Zac lui avait donné des leçons. Un bon coup de poing effacerait ce sourire de son visage.

— Vous êtes jalouse, affirma-t-il.

— Oh ! Taisez-vous, Russell. Ces derniers jours ont été affreux. Et maintenant, ça. Quelqu'un est entré chez moi comme dans un moulin. Pourquoi ? J'ai accepté les termes de Heath. J'ai fait tout ce qu'il voulait, et pourtant il continue.

— Il veut que vous sachiez qu'il vous surveille toujours.

— Et qu'il peut m'atteindre quand il veut, n'est-ce pas ?

Russ se gratta la nuque, puis se passa la main dans les cheveux.

— Oui, c'est ce que je crois.

— C'est sa façon de me dire que, si je le double, il peut me faire la même chose qu'à Sam Brooks ?

Elle se prit la tête entre les mains.

— Je n'arrive pas à y croire. Je suis avocate. Ça ne devrait pas m'arriver.

— Du calme. Il faut prendre un problème après l'autre. Pour l'instant, attendons que les techniciens finissent leur travail.

Elle observa les traces de poudre sur la porte d'entrée.

— Vous ne pensez pas sérieusement que Heath laisserait des empreintes ? L'appartement est sûrement impeccable. De toute façon, la scène de crime est contaminée, puisque le gérant est entré.

Pas de réponse. Elle avait raison, et il le savait. Elle lui enfonça un doigt dans le torse.

— Je vous parie cent dollars qu'ils ne trouveront rien. Ce dingue est venu ici dans le simple but de me montrer qu'il pouvait le faire. Et vous savez ce qui me rend furieuse ?

Russ lui attrapa le doigt et le serra doucement.

— En dehors de toute cette situation ?

— Oui. Ce qui me rend folle, c'est comment ce type peut savoir que je ne prends pas de bain…

Elle dut s'interrompre pour ravaler un sanglot inopiné.

— Que voulez-vous dire ? demanda Russ.

— Je n'ai pas pris de bain depuis dix ans. Soit il a choisi la baignoire par le plus grand des hasards, soit…

— Il était au courant et voulait que vous sachiez que quelqu'un disposant de cette information était venu chez vous.

— Exactement.

Il marcha jusqu'à la porte d'entrée, l'ouvrit et vérifia le verrou.

— Pas d'effraction, déclara l'un des agents à l'extérieur.

Russ fit quelques pas dans le couloir, regarda dans toutes les directions, puis rentra.

— Y a-t-il des caméras de sécurité dans le couloir ?

— Non. Seulement au rez-de-chaussée. Vérifiez le garage. La porte est tellement lente que n'importe qui peut se faufiler dessous. Je l'ai signalé un millier de fois.

— Nous sommes sur le coup. Croyez-moi, nous allons découvrir comment l'intrus s'y est pris.

Les yeux fixés sur lui, Penny hocha la tête. Il avait les épaules rejetées en arrière, les mains sur les hanches, les doigts frémissant contre le tissu de son pantalon. Même à deux mètres de lui, son énergie à peine contenue, son besoin pressant de passer à l'action étaient palpables.

Quoi de mieux qu'un homme capable de prendre les choses en main…

Le portable de Penny sonna. Elle avait replacé la batterie dès qu'ils étaient revenus en ville. Elle consulta l'écran, puis releva les yeux sur Russ.

— C'est bloqué. Heath appelle toujours d'un numéro masqué.

— Répondez.

Avec plaisir, songea-t-elle. Il était temps de remettre ce type à sa place et de ne plus se laisser traiter en victime.

— Bonjour, monsieur Heath.

— Ah, vous savez que c'est moi ?

— Pas la peine de prendre cet air flatté. Maintenant que vous avez inondé mon appartement, j'espère que vous comptez payer pour les dégâts ?

Heath émit un de ces petits ricanements doux, à peine amusés, qui lui portaient sur les nerfs.

— Il y a quelque chose de drôle dans ce que je viens de dire ? demanda-t-elle.

— Rien du tout, en fait. Je vois que vous passez du temps avec le FBI.

Penny fixa Russ. Ils avaient pris tellement de précautions depuis le début pour s'assurer de ne pas être suivis.

Heath avait une taupe.

— Je suis avocate de la défense, monsieur Heath. Je m'occupe de beaucoup d'affaires. Un grand nombre d'entre elles impliquent le FBI.

— C'est une coïncidence que vous soyez avec l'agent spécial Voight, alors. Celui-là même qui enquête sur Elizabeth Brooks.

— L'agent Voight a d'autres enquêtes en cours. Comment êtes-vous entré chez moi ?

Heath poussa un soupir.

— Quand on s'en donne les moyens, c'est plutôt facile.

Une sirène résonna à l'autre bout du fil. Surprise, Penny pencha la tête. Le son était en stéréo. Elle s'avança jusqu'à la fenêtre, décolla le téléphone de son oreille : il y avait la même sirène dans la rue, en bas.

Il était tout près.

Les bras parcourus de fourmillements, elle se précipita vers son bureau et écrivit quelques mots.

— Oh ! Je finirai par le découvrir, répondit-elle.

Et peut-être plus tôt qu'il ne le pensait.

Russ lut le message, releva les yeux et articula sans un son :

— Faites-le parler.

Il courut jusqu'à la porte et l'ouvrit à la volée. Il avait intérêt à se dépêcher, parce qu'elle n'avait pas grand-chose à dire à un homme qui ne rêvait que de la terroriser et de la plier à sa volonté. Comme si elle allait se laisser faire.

— Alors c'est un appel de courtoisie ? Histoire de me faire comprendre que vous me surveillez ?

— Je suis au courant de vos moindres faits et gestes, jolie Penny. La baignoire était le premier avertissement. Arrêtez de parler au FBI.

Il y eut un Klaxon dans le téléphone, puis un brouhaha de voix. Elle résista à l'envie de regarder par la fenêtre. S'il était aussi près, il risquait de la voir. Où diable se cachait-il ? Puis plusieurs personnes se mirent à chanter, et elle sursauta.

Elle connaissait cet air. Elle savait où était Heath.

L'imbécile était entré chez le marchand de glaces du coin de la rue. Il ignorait que les employés chantaient à chaque pourboire.

Penny écrivit un autre message, puis se rua vers la porte tout en parlant :

— Monsieur Heath, je vous l'ai déjà dit. J'ai d'autres affaires en cours avec le FBI. J'ai passé un marché avec vous. Je ne vais pas revenir dessus.

Le bonhomme était de l'autre côté de la rue. Elle devait bien admettre une chose : il avait du cran. Il la menaçait, entrait chez elle, provoquait une inondation, puis restait tout près pour assister au dénouement.

Elle ouvrit la porte et donna le papier à Cathy, celle-qui-avait-couché-avec-Russ-la-première. L'agent hocha la tête, saisit le téléphone à sa ceinture, et Penny referma la porte.

— Je sais que vous n'allez pas revenir sur notre marché, répondit Heath. La baignoire était une mise en garde. Je vous tiens, Penny. Je vois tout.

À l'autre bout de la ligne, une portière claqua. Il bougeait de nouveau.

Pourvu que Russ le trouve à temps…

— Ce sera mon dernier avertissement, Penny. Arrêtez de parler au FBI.

Allez, Russ, pensa-t-elle en faisant les cent pas.

Elle devait parvenir à freiner Heath.

— Je vous ai promis que je trouverais un moyen pour convaincre ma cliente, je tiendrai cette promesse.

Pause. Où était-il ?

Tant pis, décida-t-elle en jetant un coup d'œil par la fenêtre. Russ traversait la rue en courant.

— Allô ?

— Ah, Penny. Vous venez de faire une grossière erreur.

Russ slaloma entre les voitures et faillit se faire renverser par un conducteur un peu trop pressé. Après s'être débarrassé des chaussons de protection, il pouvait avancer plus vite.

Deux hommes se tenaient devant la boutique du marchand de glaces dont Cathy venait de lui parler. L'un, vêtu d'une chemise blanche et d'une casquette bleue, parlait au téléphone. Il repéra Russ et tourna au coin de la rue. Le second, en jean et polo, fit volte-face et partit dans l'autre direction.

Il était temps de prendre une décision.

Les deux hommes avaient des carrures similaires, et Russ était trop loin pour savoir lequel des deux était Heath. Lequel devait-il suivre ? Lequel ?

Celui à la casquette. Heath porterait sûrement un couvre-chef pour essayer de passer incognito.

Russ tourna à l'angle de la rue, dépassa une femme au pas de course et bouscula un homme d'affaires. Mais il ne lâcha pas du regard sa cible qui le précédait de quelques centaines de mètres. C'était forcément Heath.

Il appuya sur le bouton de la radio que Cathy lui avait donnée et cria :

— Au coin de North Sheridan. Une casquette bleue. Un bermuda en jean. Un T-shirt blanc. Un T-shirt blanc ! North Sheridan !

Heath bondit sur la chaussée et traversa la rue en diagonale. Une voiture ayant pilé fut percutée par le véhicule qui la suivait. Une femme jaillit d'un magasin pour voir ce qui se passait. Russ l'évita de justesse, heurta une voiture garée, puis reprit sa course. Furieux d'avoir perdu un temps précieux, il traversa la rue à son tour. Où était passée la casquette ? Là. En direction de l'est.

Il accéléra l'allure, jusqu'à ce qu'un groupe de passagers descendant d'un bus lui bloque la vue. Exaspéré, il se fraya un passage parmi eux, tout en examinant les alentours. Il scruta la rue, les entrées d'immeubles et de magasins. Rien.

Le bus commença à s'éloigner du trottoir. Par acquit de conscience, Russ trottina à côté et se hissa à hauteur des fenêtres. Pas de casquette bleue.

Il s'arrêta, remarqua un taxi un peu plus loin qui se fondait dans la circulation. L'arrière de la tête d'un homme. Des cheveux bruns. Pas de casquette.

Russ tourna la tête dans l'autre direction. Rien. Il posa ses mains toujours gantées sur les hanches et tapota des doigts. Où était passé ce type ?

Le taxi était à une cinquantaine de mètres. Le souffle court, le cœur tambourinant dans sa poitrine, Russ le suivit des yeux : le taxi filait le long de la rue, puis tournait à droite. Le passager portait-il un T-shirt blanc ?

En proie à une brusque appréhension, il inspecta le trottoir. Rien. Une poubelle. Juste à côté de lui. Il jeta un coup d'œil à l'intérieur. Une casquette bleue.

Il laissa échapper une longue bordée de jurons. Au bout d'un moment, il se tut et crispa la mâchoire jusqu'à en avoir mal. Il devait se ressaisir.

Une passante approcha pour jeter quelque chose à la poubelle. Russ montra sa plaque et lui fit signe de s'éloigner. Il passa un doigt sous la languette en plastique à l'arrière de la casquette et sortit celle-ci. C'étaient des ordures : il n'avait pas besoin d'un mandat.

Un test ADN était à l'ordre du jour.

9

Quelqu'un entrait dans l'appartement, et Penny se retourna. C'était Zac, vêtu d'un costume gris et d'une chemise rose clair. Il referma la porte derrière lui, indiquant ainsi aux agents à l'extérieur qu'ils n'étaient pas invités à participer à la conversation. Consciente qu'elle allait avoir besoin de réconfort, elle l'avait appelé avec le téléphone de Russell en revenant en ville.

— Qu'est-ce qui se passe, bon sang ? s'enquit-il.

Elle aurait bien aimé lui donner des réponses mais, pour l'instant, elle ne savait qu'une chose : Heath semblait être au courant du moindre de ses mouvements.

— Ce type est une vraie vipère, s'exclama-t-elle.

Zac se tourna vers le couloir, mais n'avança pas. En tant qu'avocat du ministère public, il savait bien qu'une scène de crime devait être préservée.

— Où est Russ ?

— La dernière fois que je l'ai vu, il pourchassait Heath dans la rue.

— Heath était ici ? demanda Zac, l'air stupéfait.

— Il m'a appelée. Il était de l'autre côté de la rue. Il est fou.

Zac se frotta le visage et poussa un soupir.

— Tu ne peux pas rester ici. Il faut que tu ailles chez papa et maman.

Comme leurs parents habitaient dans un quartier résidentiel sécurisé en banlieue de Chicago, son frère devait estimer qu'elle y serait à l'abri. Ce n'était pas une mauvaise idée, mais Penny savait ce qu'il fallait faire. Elle devait prendre ses distances avec sa famille, dans l'espoir que Heath les laisse tranquilles. Elle devait absolument monopoliser son attention.

— Tu dois y aller, Zac.

— Pourquoi ?

— Tu ne peux pas rester ici.

— Pff.

Comment faire entendre raison à son frère ? Elle s'approcha de lui, l'attrapa par les revers de sa veste et le secoua. Il faisait peut-être trente centimètres de plus qu'elle, mais il allait obéir.

— Ne commence pas, Penny.

— Allez, va-t'en.

— Je sais ce que tu fais. Même si je pars, ça ne veut pas dire qu'il ne s'en prendra pas à moi. Idem pour papa et maman. Il connaît tes points faibles. Il n'hésitera pas à en tirer parti. Peu importe où nous allons, il nous retrouvera s'il le veut vraiment.

— Zachary !

Mais fidèle à lui-même, Zac ne riposta pas. Il se contenta de la regarder avec une expression calme et neutre, dépourvue de reproches. Enfin, il lui serra le bras.

— Tu dois l'accepter et te préparer. Quel est ton plan ?

Décidément, il la connaissait trop bien. Elle plissa les yeux et eut un instant d'hésitation. Oui, elle avait un plan, qu'elle avait mis au point pendant qu'elle discutait avec son persécuteur.

Zac leva les yeux au ciel.

— Arrête ton cinéma.

— Je vais envoyer un enquêteur du cabinet sur les traces de Heath. Je refuse qu'il s'imagine pouvoir me contrôler.

— Tu ne crois pas que les fédéraux vont t'en empêcher ?

— Je me moque de ce qu'ils font. Je suis harcelée par un homme qu'ils ont l'air incapables de localiser tant qu'il n'est pas à trois mètres de moi. J'ai le droit d'engager un détective privé pour le trouver. Comment peut-on être sûrs que le FBI n'a pas de fuite ?

Sa question fit rire Zac.

— Je t'adore, Penny. Tu n'as peur de rien. Je te reconnais bien là. Russ Voight va faire une crise.

La porte s'ouvrit, et Russ entra, ses cheveux bruns ébouriffés, la cravate de travers, le visage ruisselant de sueur. Il tenait une casquette bleue à la main. Il regarda Penny et Zac tour à tour, puis demanda :

— Une crise ? Quelle crise ?

Penny plissa le nez en direction de son frère, qui l'avait mise dans le pétrin sans même essayer, et réfléchit. Était-elle prête à risquer une inculpation pour coups et blessures ? À douze ans, Zac lui avait appris à ne pas taper comme une fille. Depuis, il n'avait cessé de le regretter, étant donné qu'elle n'hésitait pas à s'en servir sur lui. Si elle s'y prenait bien…

— Si tu oses me frapper, je te tue, prévint Zac. Sous les yeux d'un agent du FBI.

L'agent en question laissa échapper un soupir audible.

— Alors ? Quelle crise ? Je n'ai pas le temps pour ça.

— Pourquoi tenez-vous cette casquette ? demanda Penny.

— Ça appartient au type que je pourchassais. Je vais l'envoyer au labo, histoire de voir ce que nous pouvons en tirer. Des empreintes, de l'ADN, tout ce qui pourrait nous aider à l'identifier. A priori, nous n'obtiendrons pas d'empreinte valable. Pas avec ce tissu. Peut-être sur la languette en plastique. Plutôt de l'ADN, je suppose.

— Vous l'avez perdu ?

La question lui valut un regard meurtrier de Russ.

— Je demande, c'est tout, fit-elle.

— Oui, je l'ai perdu. Il avait beaucoup d'avance sur moi. Il y avait deux hommes, et ils sont partis dans deux directions différentes. J'ai choisi de suivre celui qui tenait un portable. Je me suis dit que c'était lui qui vous parlait. Je n'ai pas pu voir son visage. Je crois que c'était Heath.

— Qui était l'autre type ?

— Je ne sais pas. Alors… c'est quoi, cette crise que je suis sur le point de faire ?

Penny recula légèrement et se prépara à une explosion de rage. La seule solution était d'attaquer le problème de front, sans y aller par quatre chemins.

— Je vais faire appel à l'un des enquêteurs du cabinet.

— Négatif.

— Pardon ? demanda-t-elle en penchant la tête sur le côté.

— Pas d'enquêteurs. Ils vont bousiller mon affaire.

— Eh bien, tant pis, *Russell*. Je refuse que Heath prenne le contrôle de ma vie.

Elle fit un geste en direction de la salle de bains.

— Cet homme était chez moi. Et le FBI ne parvient pas à le trouver.

La porte s'ouvrit de nouveau, et Brent entra, ses pieds immenses protégés par des chaussons en papier. Le volume de la conversation n'eut pas l'air de le soucier. Il tendit un sachet à indice ouvert, dans lequel Russ laissa tomber la casquette, puis le scella.

— Merci. Je vais apporter ça à qui de droit.

Puis il regarda Penny.

— Tout va bien ?

Il était peut-être autoritaire, mais c'était un gentil garçon, songea-t-elle.

— Je vais bien. J'arrive dans une minute.

Il hocha la tête, l'air de dire qu'il n'était pas loin si elle avait besoin de lui. Lui et Russ étaient peut-être du côté du gouvernement, mais Brent était un de ces mâles ultradominants qui avaient perfectionné l'art de prendre soin des femmes. Elle l'avait remarqué dès la seconde où il avait débarqué dans sa vie chaotique. Il était toujours bon de reconnaître des traits de caractère comme celui-ci.

Tandis que Brent se dirigeait vers la porte, Penny jeta un œil vers Zac. Il était appuyé contre la bibliothèque, les bras croisés. Lui aussi était un mâle dominant, elle le savait depuis bien longtemps. S'il la jugeait en danger, il interviendrait. Il leur arrivait de se disputer ou d'être en désaccord, mais ils se serraient toujours les coudes.

— Russ, lança Zac, l'enquêteur n'est peut-être pas une mauvaise idée. Un regard neuf pourrait s'avérer utile.

Penny le remercia mentalement et observa Russ. Il semblait réfléchir ou faire semblant de réfléchir. Cet homme l'intriguait. Elle ne le connaissait pas encore assez pour déchiffrer ses manies et ses expressions.

Il finit par la fixer d'un air sévère.

— Je ne suis pas forcément hostile à l'idée. Mais je ne suis pas prêt à compromettre mon affaire. Pas d'enquêteur. C'est clair ?

C'était à peine croyable, songea Penny. Ils étaient chez elle, dans son appartement saccagé, et il pensait pouvoir la traiter comme une imbécile. Comme une femelle hystérique ayant besoin de lui pour régler ses problèmes. Il se faisait des illusions.

— Oh ! Vous avez été très clair, agent spécial Voight. Aucun doute là-dessus.

Russ posa les mains sur les hanches.

— À en juger par votre ton sarcastique, vous n'aimez pas ce que j'ai dit.

— C'est votre ton que je n'aime pas. Je suis avocate, *Russell*. Une excellente avocate, et je n'apprécie pas que vous me traitiez comme une idiote.

— Oh ! Mais n'importe quoi !

Penny n'insista pas. Pourquoi se disputer avec quelqu'un qui était aussi entêté qu'elle ? Cela ne servait à rien. De toute façon, elle n'avait rien accepté.

Zac s'écarta de la bibliothèque.

— Votre querelle ne fait rien avancer du tout, et je dois retourner au bureau. Alors calmez-vous. Nous reparlerons de cette histoire d'enquêteur plus tard.

— Certainement pas, répliqua Russ, les yeux rivés sur Penny.

Elle se tourna vers son frère.

— Retourne travailler. Je vais très bien.

Son seul allié quitta la pièce, elle inspira profondément. Elle ne devait pas perdre son sang-froid. La seule façon de se confronter à un homme dominateur était de rester calme. Elle devait se montrer rationnelle et ne pas lui donner de munitions, résolut-elle en se tournant vers Russ.

— Je comprends ce que vous ressentez. Cela dit, j'aimerais proposer un compromis. Si je demandais à mon enquêteur de vous contacter, pour que vous puissiez travailler main dans la main, cela vous irait ? Les détectives privés ont beaucoup plus de *liberté* que les agents fédéraux.

— En d'autres termes, il peut contourner la loi à sa guise.

— Ce n'est pas ce que j'ai dit.

— Mais c'est ce que vous vouliez dire.

Il s'approcha d'elle, assez près pour qu'elle en ait pleinement conscience.

— Et quand la loi est trop contournée, et que des preuves

sont rejetées parce qu'un avocat dans votre genre démontre que les droits constitutionnels de Heath ont été bafoués, tout mon travail tombe à l'eau. Donc, pas d'enquêteur. Vous m'avez promis de collaborer. J'espère que vous allez tenir parole.

Penny se rapprocha à son tour, pour ne pas être la seule à voir son espace vital envahi.

— Et vous, vous m'avez dit que vous nous protégeriez.

À l'évidence, Russ ne la connaissait pas du tout.

Cela lui fit de la peine. Elle ne savait pas ce qu'elle attendait de lui, mais elle voulait au moins qu'il la respecte. Qu'il comprenne qu'elle ne laisserait personne la terroriser.

— Attendez un peu…, fit-il.

— Non. Cet homme est entré chez moi. Je suis censée l'oublier ? Il a sûrement farfouillé partout, il a dû tripoter mes affaires personnelles. Je vais devoir laver tous mes sous-vêtements par mesure de précaution.

Russ avança un peu plus, un simple pas qui réduisit la distance entre eux à quelques centimètres. Sa posture avait légèrement changé, ses épaules s'étaient relâchées. Il semblait plus détendu, moins menaçant.

Penny examina la cravate rayée. Ce serait désastreux de croiser le regard de Russ, elle le sentait d'instinct. L'agent Voight était formé pour savoir s'y prendre avec les gens. Si elle levait les yeux, elle ne lirait plus dans les siens de la colère, mais de la chaleur et de la compréhension.

Elle ne devait pas le regarder. Ses émotions étaient trop instables. Elle avait déjà du mal à gérer l'invasion de son appartement. Si elle ajoutait ses sentiments contradictoires pour Russ à tout le reste, elle n'allait pas s'en sortir.

Et pourtant, malgré la tension agressive qui régnait entre eux, il y avait chez Russell Voight quelque chose qui la calmait, qui la rendait plus malléable, presque à son corps défendant. C'était bien pour cela qu'elle ne pouvait pas lui faire face.

— Regardez-moi, ordonna-t-il.

— Non.

— Penny.

— Non.

Il pencha un peu la tête.

— Je sais ce que vous faites. Ça ne marchera pas.

Doucement, elle leva la main droite et… le frappa. Un bon coup de poing en plein biceps. Mais sa main glissa, et l'agent du FBI fit semblant de ronfler.

Elle le détestait. Parfois. Pas tout le temps. C'était le cas quand il la perçait à jour ou quand il manœuvrait la conversation dans son intérêt à lui. Mais elle pouvait difficilement lui en vouloir pour cela. Après tout, il l'irritait parce qu'il parvenait à la battre à son propre jeu.

Brusquement, tout le stress de la journée remonta à la surface. Une vague d'émotions déferla sur elle, balayant ses réserves d'énergie. Elle était trop épuisée pour réfléchir. Elle se pencha en avant et appuya le front contre le torse de Russ.

— Je ne peux pas vous regarder, murmura-t-elle.

Les yeux fermés, elle savoura son agréable odeur masculine. Il posa les mains sur ses bras et les caressa doucement. Une sensation de chaleur envahit Penny, accompagnée d'une crispation dans son ventre. Ils étaient tellement proches l'un de l'autre. Elle devait reculer, tout de suite.

— Parlez-moi, Penny.

Malgré sa résolution, elle resta immobile, laissant son corps se détendre après cette journée atroce.

— Non. Vous allez me convaincre de ne pas faire appel à l'enquêteur. Je le sais. Et je ne veux pas renoncer à cette idée. Heath me terrifie. Je déteste qu'il ait réussi à me mettre dans cet état, et ça m'agace encore plus de penser que vous allez réussir à me faire changer d'avis.

Russ la repoussa gentiment. Il plaça un doigt sous son menton et l'obligea à relever la tête. Elle se laissa faire, mais garda les yeux fermés.

— J'ai besoin que vous me fassiez confiance, Penny. Je vais m'occuper de vous. Nous allons coincer ce type.

Elle finit par ouvrir les yeux.

— C'est en lui que je n'ai pas confiance.

— Ça se comprend. Mais mettre un de vos enquêteurs sur le coup ne servira qu'à lui donner plus de pouvoir. Soyez plus maligne que lui. Il sait que vous aimez livrer bataille. C'est exactement ce qu'il attend de vous. Il tire les ficelles et vous le laissez faire.

— C'est faux.

— Il s'attend à ce que vous contre-attaquiez. Il ne sait peut-être pas de quelle façon, mais il prévoit que vous allez passer à l'offensive. Alors ne le faites pas. Si ça le déstabilise, tant mieux. Je crois qu'il a peur. Il se sent menacé et veut que vous paniquiez. Les gens commettent des erreurs quand ils paniquent. Ne le laissez pas vous manipuler.

Il poussait le bouchon un peu loin, songea Penny.

— Vous ne pensez quand même pas que je vais tomber dans le panneau ?

— Quoi ? demanda-t-il en haussant les épaules.

— Allons, Russell. Je sais ce que vous essayez de faire, avec cette histoire de manipulation. Vous voulez que je sois d'accord avec vous.

— Bien sûr. Pourquoi je resterais ici, sinon ?

Elle éclata de rire. Il était agaçant au possible, mais il y avait de fortes chances qu'elle l'aime. Elle lui enfonça un doigt dans le torse.

— Voilà le marché : j'accepte de suivre votre conseil. Pour l'instant. Si ça tourne mal…

Elle agita le doigt, puis l'enfonça de nouveau au même endroit.

— On en reparlera. C'est tout ce que je suis prête à vous accorder. Contentez-vous de ça et acceptez le marché.

Il rit.

— Vous me rendez dingue.

— Je sais.

— Mais en même temps, je trouve ça très agréable. C'en est presque dérangeant. Vous êtes belle, vous avez du caractère et un esprit de contradiction incroyable. C'est super sexy. Vous me stimulez et vous me poussez à bout, mais, dans le cas présent, je voudrais faire un compromis. Je tiens à ce que vous soyez en sécurité et que vous vous sentiez à l'aise. Alors, sur ce sujet, je suis ouvert à vos idées.

— Sauf pour ce qui est de l'enquêteur.

— Sauf pour ce qui est de l'enquêteur. Ça, je ne peux pas. C'est trop risqué. Et vous devez me promettre de ne pas faire appel à lui. Vous n'allez peut-être pas me croire, mais je vous connais. Si vous me dites que vous ne le ferez pas, je sais que vous tiendrez parole. C'est quand vous gardez le silence que je ne vous fais pas confiance.

Penny réfléchit à toute vitesse. Elle pouvait lui promettre ce qu'il voulait tout en croisant les doigts dans son dos. Comme font les enfants pour annuler les promesses. Elle mettrait alors l'enquêteur sur le coup. Bien sûr, Russ l'apprendrait d'une façon ou d'une autre et toute la confiance qu'il avait en elle serait aussitôt détruite.

Elle pouvait aussi jurer avec sincérité et espérer que l'agent spécial Voight fasse son travail, comme il savait si bien le faire, et qu'il mette la main sur Heath.

Leurs regards se croisèrent. Les yeux sombres de Russ étaient comme un laser à la recherche du moindre signe de tromperie. Il le saurait si elle mentait.

— Pas d'enquêteur, déclara-t-elle. C'est promis.

Il lui adressa un sourire plein de morgue, et elle referma le poing, prête à frapper.

— Ne vous avisez pas de jubiler, ou je vous en colle une. Je vous ferai tellement mal que vous sortirez d'ici sans comprendre ce qui s'est passé.

Tout en gardant le sourire, il se rapprocha d'elle. Son souffle la caressa.

— Merci, Penny.

Il pencha la tête et l'embrassa doucement. Cette caresse légère fit chavirer Penny. Elle lui jeta les bras autour du cou et se pressa contre lui. Elle voulait son corps contre le sien, profiter de sa chaleur pour évacuer la tension qui la glaçait depuis des heures.

Il posa les mains sur sa taille, les descendit dans le creux de ses reins et l'enlaça. Mais son baiser resta doux et léger. C'était délicieux, idéal et parfait. Comme une promesse muette que le meilleur restait à venir, plus tard.

Cela ne la dérangeait pas. Au contraire, elle appréciait. Elle aimait la dualité de Russell Voight et les surprises qu'il lui réservait.

Elle fit un pas en arrière et tendit la main pour lisser le revers de sa veste.

— Nous devrions arrêter. La dernière fois que nous nous sommes retrouvés dans cette situation, nous avons décidé de nous concentrer sur l'affaire.

Il fit une moue faussement boudeuse.

— Sacrée façon de nous faire redescendre sur terre, maître.

— C'est vrai. Mais je ne sais pas lequel de nous deux j'essaie de convaincre.

10

Russ leva les yeux de ses papiers alors que Joel Kellog approchait de son bureau. L'homme faisait partie d'une des quatre unités scientifiques du bureau du FBI de Chicago. Les équipes étaient composées de dix agents spéciaux qui étaient envoyés sur les scènes de crime pour récolter les indices.

— J'ai analysé la casquette, annonça Joel. J'ai trouvé une empreinte sur la languette en plastique. Votre fuyard a un casier plus long que le bras.

— Heath ?

— Non.

— Qui, alors ? J'aurais juré que c'était Heath.

— Ce type s'appelle Randolph — alias Randy — Jones. Il a trente-quatre ans et a grandi à Evanston. Il a fait de la prison à deux reprises. Une fois pour cambriolage, une autre fois pour enlèvement avec circonstances aggravantes.

Russ siffla entre ses dents.

— Crime de dixième catégorie. Six ans minimum.

— Il en a fait huit pour avoir kidnappé son ex-petite amie et avoir essayé de la convaincre de renouer avec lui. La battre comme plâtre était un de ses arguments. Un voisin a entendu les cris et a prévenu la police. Avant ça, Jones avait fait trois ans pour cambriolage. Il fait des allers et retours en prison depuis ses dix-neuf ans.

Voilà donc quelqu'un qui n'hésitait pas à s'en prendre aux femmes, conclut Russ. Il visualisa le visage parfait de Penny. Hors de question que ce Randy Jones pose ses sales pattes sur elle. Russ le tuerait avant.

— Quel est son lien avec Heath ?

— Aucune idée. Heath n'est mentionné nulle part là-dedans, répondit Joel en posant un dossier sur le bureau. Voilà tout ce qu'on a pour l'instant.

— Merci. Et la vidéosurveillance, ça a donné quoi ?

— Les photos sont dedans. Penny a vu juste. Un homme en T-shirt blanc, coiffé d'une casquette bleue, s'est glissé sous la porte du garage quand quelqu'un est sorti. Il ressemble à Randy Jones. Aucune empreinte dans l'appartement. Il a dû crocheter la serrure. Et sans beaucoup de mal : c'est de la camelote.

Russ soupira. Il allait devoir demander à Penny de la changer. Elle comptait beaucoup trop sur les mesures de sécurité à l'extérieur de l'immeuble.

Il ouvrit le dossier et tomba sur le casier judiciaire de Randy Jones et sa photo. Russ n'avait pas pu voir son visage lorsqu'il le pourchassait. Il n'avait aperçu que l'arrière de sa tête, avec des cheveux bruns à moitié recouverts par la casquette. La couleur semblait correspondre à ceux de Jones.

Il vérifia ensuite le signalement qu'il avait fait après la poursuite. D'après lui, le fuyard mesurait environ cinq centimètres de plus que lui… comme Jones.

— Bon, alors, Randy, quel est ton lien avec Colin Heath ?

Russ trouva ensuite des notes sur le passé de Jones, ainsi que les photos tirées de la vidéosurveillance. Randy Jones avait passé toute sa vie à Chicago. Ou plus exactement à Evanston, une ville d'environ quatre-vingt mille habitants, située à une quinzaine de kilomètres du centre-ville de Chicago. C'était aussi là que se trouvait l'université Northwestern… où Colin Heath avait fait ses études.

À en juger par ses séjours en prison, Jones n'était sûrement pas allé à la fac, mais il n'avait que quelques années de moins que Heath. D'une façon ou d'une autre, Northwestern était le lien, songea Russ. Les deux hommes avaient peut-être un ami commun qui avait fréquenté cette université. Ou un membre de leurs familles. Il fallait creuser dans cette direction.

En tout cas, Jones n'était vraiment pas un type recommandable, ce qui n'avait rien pour rassurer Russ.

Il vérifia l'heure sur son téléphone de bureau : 15 h 50. Il était censé reprendre l'interrogatoire d'Elizabeth Brooks, en présence de Penny. Il en profiterait pour transmettre à celle-ci ce qu'il venait d'apprendre et l'encouragerait à trouver un nouvel endroit où loger.

Mais, avant cela, il voulait mettre la main sur Randy Jones et découvrir ce que savait ce criminel sur Colin Heath.

Après un trajet d'une quarantaine de minutes dans la circulation dense de Lake Shore Drive, Russ et son collègue Ryan Davis arrivèrent devant la porte de l'appartement de Jones. L'immeuble de trois étages avait connu des jours meilleurs. De l'appartement de l'autre côté du hall provenaient le vacarme d'une télévision et les vociférations de deux personnes. Un homme et une femme, à en juger par les voix. Russ haussa les sourcils. Ils n'avaient vraiment pas le temps de s'occuper d'une dispute conjugale ayant dégénéré.

Il frappa et attendit. Il n'y avait pas de judas. Le suspect allait sûrement crier à travers la porte ou l'entrouvrir. Auquel cas Russ montrerait sa plaque, et Randy Jones comprendrait qu'il avait des explications à fournir.

À sa grande surprise, la porte s'ouvrit à la volée. Randy s'avança, vêtu du bermuda et du T-shirt blanc qu'il portait plus tôt dans la journée.

— Bande de tarés ! hurla-t-il, le visage écarlate.

Russ dégaina sa plaque et la lui fourra sous le nez.

— Bonjour, Randy. Vous avez une minute ?

Aussitôt, l'homme tourna les yeux à gauche puis à droite, pour enfin les poser sur la porte de l'appartement d'en face. À l'évidence, il s'était attendu à tomber sur ses voisins. Il venait de comprendre son erreur et semblait pris de panique. Ryan regarda par-dessus l'épaule de Jones à l'intérieur de l'appartement et siffla doucement.

— Je suppose que vous pouvez justifier la présence de ce fusil dans votre appartement, étant donné que vous êtes en liberté conditionnelle.

Russ pencha la tête pour mieux observer le petit salon. Un canapé à carreaux bleus était placé contre le mur du fond. Deux des coussins étaient rapiécés avec du tissu blanc. Un fusil de précision M24 était posé sur l'accoudoir.

Jones fit un geste pour claquer la porte, mais Russ et Ryan s'élancèrent et passèrent en force.

— Même pas en rêve, mon pote, lança Russ. Cette arme pose un problème de sécurité. Et à cause de ça, vous êtes en violation de votre liberté conditionnelle.

Il propulsa Jones à l'intérieur et le plaqua contre le mur.

— Posez vos mains là où je peux les voir. Vous avez quelque chose dans les poches qui pourraient me blesser ? Des aiguilles ? Non ?

— Je ne sais rien, s'exclama Jones. Ce fusil n'est pas à moi.

— Je l'aurais parié. Mais ça veut quand même dire retour direct à la case prison. Vous ne voulez pas nous dire s'il a été utilisé lors de la fusillade au tribunal, l'autre jour ?

Jones garda le silence.

Quelque chose ne collait pas, songea Russ. Ce type avait passé la majeure partie de sa vie adulte en prison. Il ne pouvait pas être le tireur. Il fallait des heures et des heures de pratique pour atteindre un tel niveau. Or les prisonniers n'avaient en général pas le droit de pratiquer le tir sur cible avec des fusils de sniper.

Ils allaient donc devoir déterminer à qui appartenait l'arme.

À la maison du lac, Penny était assise sur le canapé en face d'Elizabeth. Elles attendaient que Russell les rejoigne enfin. Il avait presque deux heures de retard. Penny avait apporté à dîner pour tout le monde, et ils avaient mangé sans lui. Quand il se déciderait à arriver, il avait intérêt à la remercier à genoux : elle avait gardé sa part loin de Brent et du second marshal, qui étaient en train de se goinfrer comme s'ils sortaient d'une grève de la faim.

— Les garçons ! cria-t-elle en direction de la cuisine. Je ne veux pas vous voir zyeuter la dernière assiette. Je le saurai si vous posez ne serait-ce qu'un doigt dessus.

— Du calme, répondit Brent depuis sa place à table. Le voilà, de toute façon.

Une minute plus tard, Russ entra par la porte de derrière.

Ses cheveux décoiffés lui retombaient sur le front et sa cravate était dénouée. Il tenait un dossier à la main.

— Bonsoir tout le monde.

— Comment ça ? Pas d'excuses ? lança Penny. Ça fait deux heures que nous vous attendons.

Il soutint son regard pendant une seconde, puis lâcha le dossier sur la table basse.

— Il s'est passé quelque chose. Et j'ai appelé.

— Quelque chose ? Quoi ?

Il se tourna vers Elizabeth.

— Randy Jones. Vous le connaissez ?

Elizabeth réfléchit un instant, puis secoua la tête.

— Ça ne me dit rien.

Russ sortit une photo du dossier et la lui tendit.

— Vous le reconnaissez ?

Elizabeth secoua de nouveau la tête. Penny se mit à agiter la main pour avoir la photo.

— De qui s'agit-il ?

— C'est l'homme que j'ai pourchassé ce matin. C'est aussi lui qui s'est faufilé sous la porte de votre garage. Vous aviez vu juste.

Une sensation de malaise envahit Penny.

— Je croyais que vous couriez après Heath ?

— Moi aussi. Mais ils étaient deux. J'ai dû en laisser filer un et j'ai suivi celui-là, expliqua-t-il en montrant la photo. Le second type était sûrement Heath. Nous sommes en train de chercher ce qui peut les lier.

Penny repassa la photo à Elizabeth, qui l'étudia un peu plus longtemps.

— Je suis désolée. Je ne le connais pas.

— Vous en êtes sûre ? insista Russ. Ses cheveux ont peut-être changé. Plus longs, plus courts, une couleur différente…

Tandis qu'elle scrutait de nouveau la photo, Penny leva les yeux au ciel.

— Est-ce que vous comptez la harceler jusqu'à ce que sa réponse vous convienne ?

Russ pencha doucement la tête sur le côté. Son visage se

crispa, ses yeux se plissèrent. Ce regard avait de quoi faire fondre une pierre. Penny leva la main.

— Je suis désolée. Je n'aurais pas dû dire ça. Mais elle affirme ne pas le connaître.

Il plaça la photo sur la table basse devant Elizabeth.

— Réfléchissez-y. Pour l'instant, nous allons passer à autre chose.

Sauf que Penny n'était pas prête pour cela. Elle voulait savoir pourquoi Randy Jones l'avait espionnée dans l'après-midi. Pire encore, pour qu'ils aient retrouvé aussi vite sa trace, il devait avoir un casier. Être pourchassée par un repris de justice n'avait rien de rassurant.

Elle se leva et tapa Russ sur le bras.

— Puis-je vous dire un mot en privé ? Elizabeth, nous revenons tout de suite.

Il la suivit dans la cuisine. Brent et l'autre marshal étaient sortis, probablement pour aller surveiller les alentours. Penny ferma la porte, fit volte-face et croisa les bras.

— Crachez le morceau, Russell.

Il avait la même expression pensive que plus tôt dans la journée, lorsqu'ils étaient dans son appartement.

— Et pas de rétention d'information, ajouta-t-elle. J'ai accepté vos conditions cet après-midi. Alors j'attends de vous que vous soyez honnête avec moi. L'homme sur la photo est entré chez moi par effraction. Il doit avoir un casier si vous l'avez déjà retrouvé.

Russ s'appuya contre le plan de travail en granit, croisa les bras et la regarda dans les yeux.

— En effet.

— Vous pensez sûrement que c'est lui qui a inondé ma salle de bains. Il était chez moi, puis il est allé se poster de l'autre côté de la rue, au côté de Colin Heath, et ils ont attendu que le spectacle commence. J'ai déjà vu ça dans d'autres affaires. Bon sang, j'ai même engagé des profileurs pour m'éclairer sur les comportements post-délictuels. Je devrais avoir l'habitude. Et pourtant, je suis écœurée. Allez comprendre…

Russ baissa les bras et poussa un soupir.

— Malheureusement, ça arrive, et plus souvent qu'on ne

le pense. Certains criminels aiment jouer avec les médias, envoient des messages à la police, prennent un malin plaisir à intervenir dans les enquêtes. C'est peut-être ce qu'il fait.

— A-t-il déjà manifesté ce genre de comportement ? demanda Penny.

— Jones a fait deux séjours en prison : cambriolage et enlèvement avec circonstances aggravantes.

Penny ouvrit la bouche, mais il leva aussitôt la main.

— Laissez-moi terminer.

Elle referma la bouche.

— Merci, fit-il avec un léger sourire. Je suis ravi de constater que vous m'écoutez enfin.

— Ne me cherchez pas, Russell.

— Il est en liberté conditionnelle. Nous l'avons retrouvé à son appartement.

Elle fit quelques pas et s'appuya à son tour contre le plan de travail. Elle était assez près de Russ pour distinguer les cernes sous ses yeux. Il était visiblement épuisé. Pourtant il était venu interroger Elizabeth afin de faire avancer son enquête. D'autres auraient préféré rentrer chez eux pour aller se coucher.

Pas lui.

Elle était dans un sacré pétrin. Toutes ses excuses pour ne pas avoir un homme dans sa vie ne tenaient pas la route face à celui-là. Comme elle, il se donnait corps et âme à son travail et avait des horaires impossibles.

Mais elle ne pouvait pas y réfléchir dans de telles circonstances. Elle devait se concentrer sur leur conversation.

— Il vous a laissés entrer comme ça ?

— Non. Il ne s'attendait pas à tomber sur nous. Quand nous sommes arrivés, le couple qui habite en face de chez lui était en pleine dispute. Et ils ne sont pas du genre discrets. Jones a ouvert en pensant avoir affaire à la femme. Je suppose qu'elle a l'habitude de tambouriner à sa porte. Quant à savoir ce qu'elle vient chercher chez un repris de justice…

— Il a peut-être le cœur sur la main.

— Ça m'étonnerait, ma belle. Bref, dans son appartement, nous avons trouvé un fusil de sniper.

— Ha ! Violation de liberté conditionnelle. C'est fini pour lui.

Russ lui adressa un large sourire.

— Nous l'avons bouclé en effet. Maintenant, il faut attendre les résultats de l'analyse balistique. C'est peut-être l'arme qui a été utilisée pour la fusillade au tribunal. Pour l'instant, Jones reste muet.

Penny fronça les sourcils. L'homme avait passé des années en prison. Comment pouvait-il tirer avec une telle précision ?

— C'est un sniper ?

— Avec son casier ? grommela Russ. Comment aurait-il fait ?

— C'est bien ce que je pensais.

Il jeta un œil sur l'assiette qu'elle avait mise de côté pour lui. Il devait mourir de faim, sauf s'il s'était arrêté à un fast-food sur la route.

— Ça vous tente ? demanda-t-elle. J'ai presque dû arracher tout ça des mains de Brent. Franchement, il a un appétit d'ogre.

— Vous m'avez mis mon dîner de côté ?

Penny battit des paupières.

— Oui. Même si vous étiez en retard. Si vous avez faim, je vais mettre l'assiette à réchauffer pendant que vous parlez à Elizabeth.

Pendant une seconde, il resta figé, les sourcils légèrement haussés, l'air un peu étonné. Elle allait finir par se vexer.

— Vous êtes surpris que je vous aie gardé de quoi dîner ?

— Non. Je sais que vous êtes attentionnée. Ce qui m'étonne, c'est que vous y ayez pensé après tout ce qui s'est passé. Vous êtes une sacrée bonne femme, Penny Hennings.

Voilà une réponse comme elle les aimait. Bon Dieu, cet homme n'avait pas le droit d'être aussi fantastique !

— Vous devriez me remercier à genoux.

Il éclata de rire. Un rire joyeux et sexy qui ferait fondre n'importe quelle fille, elle la première, pensa Penny. Son béguin pour lui commençait à devenir ingérable.

Elle observa les petites rides au coin de ses yeux et l'imagina dans trente ans. Il aurait les mêmes yeux sombres, les mêmes pattes d'oie, un peu plus profondes. Il allait devenir encore plus séduisant avec l'âge, elle était prête à le parier.

Il la surprit en pleine contemplation et lui rendit la pareille. Malgré l'air conditionné, la température monta d'un cran. Si

Elizabeth n'avait pas été dans la pièce voisine, Penny n'aurait pas hésité à se jeter sur Russ Voight.

— Bon, pour en revenir à nos moutons, reprit-il, le frère aîné de Jones est un ancien militaire. Il a quitté l'armée il y a trois ans. S'il était sniper, ce fusil est probablement le sien. Et si c'est l'arme qui a servi lors de la fusillade, Randy Jones ne voudra sûrement pas être inculpé de meurtre.

— Une troisième condamnation…, commenta Penny. Autrement dit, une peine allant de vingt-cinq ans à la perpétuité.

— Oui. Si c'est le bon fusil, je vais convaincre notre suspect de nous donner le tireur et Heath.

C'était un plan solide. Penny donnerait volontiers ses escarpins préférés pour assister à sa mise en œuvre. Elle imagina Russ dans une salle d'interrogatoire, la veste déboutonnée, les bras croisés, mais les épaules rejetées en arrière. Il s'arrangerait pour déstabiliser le suspect, pour le mettre sur des charbons ardents, juste avant de lui annoncer qu'il était cuit. Quoi de plus sexy ?

Penny ignora le frémissement dans son bas-ventre, posa l'assiette dans le micro-ondes et pressa plusieurs boutons.

— Quel est son lien avec Heath ?

— Je ne sais pas encore. Heath a grandi dans une banlieue chic et a étudié à Northwestern. Jones a vécu par intermittence à Evanston. Le lien est peut-être là. Heath et le frère de Randy ont à peu près le même âge. Je suis en train de vérifier tout ça. Je devrais en savoir plus dans quelques heures. Pour le moment, j'ai besoin de parler avec Elizabeth. Tout ce qu'elle nous révélera, combiné avec ce qui s'est passé aujourd'hui, nous rapprochera un peu plus de Heath.

— Alors au travail, *Russell*. Allez-y. Je vous apporte votre repas dans un instant.

S'il quittait la cuisine, elle n'aurait plus la tentation d'enlever tous ses vêtements.

Russ étudia ses notes avant de se tourner vers Elizabeth. Après trois heures d'interrogatoire, il avait l'esprit qui fonctionnait au ralenti. Affalée sur son siège, les joues maculées de traces de maquillage, Elizabeth n'avait pas l'air plus en forme que lui.

— Nous en avons presque terminé pour ce soir, déclara-t-il.

— Je vais bien. J'aimerais autant en finir une bonne fois pour toutes.

Penny se pencha et la poussa doucement avec son épaule.

— Vous vous en sortez très bien. Ça doit être difficile.

— Oui et non. C'est presque un soulagement. Je veux que cet homme sorte de nos vies. Il a tué le père de mon fils. Si je ne vous aide pas à le coincer, il continuera à me tourmenter jusqu'à la fin de ma vie. C'est un vrai malade. Une fois qu'il a mis le grappin sur quelqu'un, il ne le lâche plus.

— Saviez-vous que votre mari avait menacé de le dénoncer ? demanda Russ.

— Non. À ce moment-là, je ne savais même pas qu'il faisait quelque chose d'illégal.

Il scruta Elizabeth : croyait-elle vraiment à ce qu'elle disait ? Inconsciemment, elle s'était peut-être convaincue elle-même.

— Je savais qu'il était stressé, alors je l'ai interrogé, poursuivit-elle. Son comportement avait quelque chose d'étrange, mais je ne voyais pas vraiment quoi. Je ne pensais pas qu'il enfreignait la loi. Ensuite, quand il a été tué, je suis restée dans le doute. En tout cas, jusqu'à ce que Heath me contacte. Il m'a révélé la vérité et a affirmé que Sam lui avait volé de l'argent. Je n'étais pas au courant, je vous le jure. J'ai pris le relais pour protéger mon fils. J'ai effectué les transactions et j'ai fait des copies de sauvegarde. Je savais que je ne serais pas capable de faire le sale boulot de Heath indéfiniment, mais j'avais besoin de temps pour trouver comment m'en sortir. Il fallait que je travaille pour lui. Je n'avais pas d'autre choix si je voulais garder mon fils en sécurité.

Russ prit quelques notes. Elizabeth avait déjà abordé le sujet, mais il retranscrivait tout, afin de vérifier la moindre incohérence plus tard.

— Et en ce qui concerne les coffres ?

— J'ai trouvé les clés et ouvert tous les coffres. En voyant l'argent, j'ai pensé que c'était celui de Heath et je le lui ai apporté. Il était plus qu'heureux de m'en débarrasser, mais a refusé de me tenir quitte.

— C'est à ce moment-là que vous êtes allée voir Penny ?

— Oui. J'avais cru que, si je lui rendais l'argent, je serais enfin libre. Je suis vraiment stupide.

— Vous n'êtes pas stupide, intervint Penny. Je ne veux pas entendre ces mots-là dans votre bouche.

— Penny a raison, renchérit Russ.

Penny se tourna vers lui, les yeux écarquillés par la surprise. Eh bien quoi ? songea-t-il. Le croyait-elle incapable de lui marquer son approbation et son soutien ?

Il se gratta l'arrière du cou, s'enfonçant les ongles dans sa peau. La légère douleur parvint à le distraire de la peine qu'il ressentait. La femme qu'il désirait depuis des mois, et à qui il tenait de plus en plus, pensait qu'il n'avait pas de cœur.

— Vous avez dit avoir tout sauvegardé, reprit-il, résolu à se remettre au travail. Où sont ces copies ?

— Dans les coffres où se trouvait l'argent.

Elizabeth se leva et marcha jusqu'au placard près de l'escalier. Penny jeta un coup d'œil vers Russ, puis haussa les épaules. Elizabeth revint avec un sac à main assez gros pour servir de baise-en-ville. Elle le posa sur la table et farfouilla dedans jusqu'à ce qu'elle en sorte un petit sac à congélation.

— Voici les clés du coffre. Je les ai prises avec moi quand vous nous avez conduits ici. J'aurais dû vous les donner avant. Je suis désolée. J'avais… J'avais peur.

Russ garda le silence une seconde, fasciné par ce que tenait Elizabeth. Elles étaient là. Les clés qui allaient tout débloquer. Douze mois de travail, et un sac en plastique comme point culminant. Le cœur battant la chamade, il se raidit pour tenter de maîtriser ses émotions. Enfin, il tenait Heath. Il tendit la main vers le sac, mais Elizabeth recula légèrement.

— C'est tout ce que j'ai. Les seules copies.

Penny se rapprocha d'Elizabeth et lui passa le bras autour des épaules.

— Ne vous inquiétez pas. Il va bien s'en occuper. Je vous le promets.

Si Elizabeth avait besoin d'être convaincue, il la convaincrait, résolut Russ. D'abord en douceur comme Penny le faisait, puis, dans le pire des cas, en la menaçant d'une peine de prison.

— Ça va aller, déclara Penny en tendant la main.

Elizabeth baissa les yeux sur la paume de Penny, serra le petit sac entre ses doigts, puis se tourna vers Russ.

— C'est la vie de mon fils qui se trouve là-dedans.

— Cette option est la meilleure de toutes, la rassura Russ, les yeux rivés sur elle. Le FBI peut vous donner une nouvelle vie. Et pour ça, il me faut ces clés.

Malgré son crâne douloureux, il attendit sans rien ajouter. Le silence était parfois un atout. En général, le perdant était celui qui parlait le premier. Mais si tout se passait bien, il n'y aurait pas de perdant cette fois-ci.

Elizabeth lâcha le sac dans la main de Penny. Russ s'efforça de ne pas réagir, de contrôler son langage corporel. Il inhala, et la bouffée d'oxygène lui fit du bien, calmant le martèlement dans sa tête. Puis il expira et prit une seconde pour mettre de l'ordre dans ses pensées.

— Je vous les confie, déclara Elizabeth.

— Merci, fit-il.

Mais Penny referma les doigts sur le sac. Russ releva les yeux sur elle. À quoi jouait-elle ?

— Je vous accompagne dans les banques, annonça-t-elle. Je veux faire la liste de tout ce qu'elle vous confie.

Il aurait voulu lui dire d'aller se brosser, mais elle était l'avocate d'Elizabeth. Elle risquait même d'insister pour voir les pièces à conviction avant lui.

— Je fais preuve de bonne volonté, Russell. Je pourrais très bien décider de passer les documents en revue avant vous.

— Il y en a beaucoup, précisa Elizabeth.

Un sourire suffisant s'afficha sur le visage de Penny.

— J'en suis sûre. Ça me prendrait au moins un mois.

Elle était peut-être coriace, conclut Russ, mais il n'avait pas peur d'elle. Pas trop, en tout cas. Et cela ne le dérangeait pas qu'elle l'accompagne. Comme Heath la surveillait, ils devraient se montrer prudents au moment d'entrer dans les banques, mais ils s'en sortiraient.

— D'accord, acquiesça-t-il en tendant la main. Passez-moi ces clés.

Elle replia le bras et marcha jusque dans la cuisine. Une minute plus tard, elle revint avec Brent.

— Vous êtes mon témoin, lança-t-elle au marshal.

Elle était vraiment impayable, pensa Russ avec amusement.

— Je vous en prie, Penny… C'est un agent du gouvernement. Vous ne pouvez pas vous servir de lui.

— Il est ici et je me sers de lui. Comme ça, vous ne dévierez pas du droit chemin.

Elle se tourna vers Brent.

— Elizabeth est sur le point de donner les clés de…

Elle s'interrompit pour compter les clés dans le sac.

— … quatre coffres-forts. L'agent Voight vient d'accepter que je l'accompagne pour récupérer et consigner les indices contenus dans ces coffres. Vous êtes mon témoin.

Brent pointa le doigt vers Russ.

— Tu es d'accord ?

— Oui.

— Bien. Je suis votre témoin. C'est tout ?

Penny hocha la tête.

— Oui. Merci.

— Donnez-les-moi, ordonna Russ en tendant la main.

Il l'observa : allait-elle exiger autre chose ? Cette femme était comme un requin. S'il s'y prenait mal, elle allait le dévorer. Elle lui arracherait les membres et le transformerait en homme-tronc. Autant sur le plan professionnel que personnel.

Et il adorait ça.

11

Posté devant le tribunal, Colin Heath but une gorgée de son *latte* frappé. Le soleil cognait sur le trottoir, et il faisait très chaud pour un matin de mai : le thermomètre atteignait déjà les trente degrés et dépasserait sûrement trente-cinq à midi.

Les esprits n'allaient pas tarder à s'échauffer pour une tout autre raison.

Il s'appuya contre le réverbère en sirotant sa boisson. Le métal brûlant dans son dos était comme un rappel à la vigilance. Pour la seconde fois de la semaine, il était devant ce bâtiment, prêt à suivre l'action de près. Il aurait peut-être dû se tenir à distance, étant donné la sécurité renforcée, mais c'était plus fort que lui. Il avait besoin d'être aux premières loges. Il voulait ressentir en temps réel le plaisir d'arracher toute illusion de contrôle à cette pétasse de Penny Hennings.

Une jeune femme blonde vêtue d'un short en jean et d'un débardeur marchait dans sa direction. Il abaissa ses lunettes et la gratifia d'un long regard appréciateur. Après tout, il n'était qu'un type inoffensif en bermuda et T-shirt, qui attendait un ami et montrait son intérêt à une jolie fille. Dommage que la blonde ne puisse être sa maîtresse. Elle ne devait pas avoir l'âge légal pour aller boire un verre, mais c'était le cadet de ses soucis. Avec le corps qu'elle avait, ils trouveraient facilement de quoi s'occuper.

Jusque-là, la secrétaire idiote de chez Hennings & Solomon suffisait à combler ses besoins. Mais elle lui était de moins en moins utile. Comme il se faisait passer pour un conseiller publicitaire nommé Joe, il pouvait difficilement continuer à lui soutirer des informations sur ses employeurs. Pauvre petite fille naïve. Tant pis pour elle.

La blonde détourna les yeux. Dommage. Ils auraient pu passer du bon temps ensemble.

Son portable sonna et il le sortit de sa poche, tandis que le magnifique fessier de la blonde quittait son champ de vision.

— Quoi de neuf ?

— Il est en train de sortir.

— Merci. Tu es prêt ?

— Ouais. J'arrive. C'est bon pour la camionnette.

Le plan était simple. Presque trop, mais Colin excellait dans la conception de plans d'une simplicité enfantine. Depuis des années, il escroquait ses investisseurs sans le moindre scrupule. Il avait un train de vie dont beaucoup ne faisaient que rêver, et son triomphe aiguisait chaque jour un peu plus son appétit. Si les gens étaient prêts à lui confier leurs économies, il n'y pouvait rien. Il avait une entreprise à gérer.

Il raccrocha, observa la rue d'un air désinvolte et repéra sa cible sur les marches du tribunal. Avec son mètre quatre-vingt-dix, Zac Hennings passait difficilement inaperçu. Mais il fallait que tout se passe dans le bon timing. Le marshal qui accompagnait Hennings n'allait pas leur faciliter la tâche.

Deux réverbères plus loin, un employé de maintenance vêtu d'un bleu de travail lâcha par terre une sacoche à outils. Hennings continua à avancer dans sa direction, la tête haute.

Bien sûr, l'avocat avait modifié sa routine matinale, mais il ne pouvait pas tout changer. Il ne s'arrêtait plus au Starbucks, mais il devait faire son métier. Et cela impliquait des allers et retours au tribunal. Heath avait donc tiré parti de la situation : il s'était garé près du bâtiment puis, une fois Zac à l'intérieur, il avait mis son plan en branle. Il ne restait plus qu'à attendre que sa cible ressorte.

Une proie facile, songea-t-il avec satisfaction. Le marshal avait peut-être l'œil aux aguets, mais il ne pourrait pas faire grand-chose.

Heath croisa le regard de l'employé de maintenance. Jusque-là, tout se déroulait comme prévu. Tandis que Hennings dépassait l'employé, une camionnette blanche apparut et avança lentement le long du pâté de maisons.

Timing, timing, timing.

Colin leva la main pour ajuster la visière de sa casquette, puis fit un pas sur le côté. L'employé de maintenance se tourna brusquement, prenant le marshal au dépourvu. Il s'approcha de lui et lui enfonça une aiguille dans l'épaule. Le cou aurait été une meilleure cible, du fait de sa riche vascularisation, mais tant pis. La drogue mettrait simplement une minute de plus à faire effet.

— Hé ! s'écria Zac.

L'employé traversa la rue en courant pour se réfugier dans une voiture qui s'éloigna aussitôt.

Heath but quelques gorgées de son *latte*, les yeux fixés droit devant lui, tandis qu'une femme s'arrêtait près du marshal. C'était gentil de sa part, mais elle ne lui serait d'aucune aide. Un autre passant, un adolescent, contourna le petit groupe d'un air incertain.

Heath ne bougea pas d'un pouce, observant et attendant patiemment la suite.

— Courez ! cria le marshal en titubant.

Lorsqu'il s'effondra sur le sol, vaincu par la drogue, la femme poussa un cri aigu. Hennings s'accroupit pour vérifier l'état de son garde du corps. Décidément, c'était trop facile.

La camionnette pila près du trottoir, sur la zone réservée aux pompiers, et la portière latérale glissa bruyamment.

Heath s'écarta du réverbère.

Deux hommes au visage cagoulé jaillirent du véhicule et Hennings se releva vivement. Quand les hommes l'attrapèrent par les bras, il se débattit et donna un violent coup de pied dans le genou d'un de ses assaillants.

Heath inspira profondément. Son sang semblait couler plus vite et plus fort dans ses veines. Toutes ces émotions lui avaient donné une érection, et il eut envie que la blonde revienne pour s'occuper de lui. Assister à un spectacle qu'il contrôlait de bout en bout l'excitait toujours au plus haut point.

Près de la camionnette, Zac continuait de se débattre. Deux

passants accoururent et se jetèrent sur les assaillants. Mais confrontés au canon d'un fusil, ils s'écartèrent.

Tandis que l'avocat était poussé à l'intérieur, des sirènes résonnèrent au loin. Trop tard. La camionnette déboîta et se fondit dans la circulation.

Heath contempla le marshal étendu à terre, puis le véhicule qui s'éloignait. Oui, décidément, les plans simples étaient toujours les meilleurs.

Assis à son bureau, Russ se préparait pour sa conversation imminente avec Randy Jones. Le suspect allait devoir prendre une décision. L'arme retrouvée chez lui et les balles tirées lors de la fusillade du tribunal correspondaient.

Bref, Randy Jones était cuit. Pour s'en sortir, il lui suffisait de dire à Russ qui s'était servi du fusil.

Un *bip* résonna désagréablement. Russ considéra les tas de dossiers qui encombraient son bureau, puis son téléphone fixe. L'appareil avait déjà sonné trois fois, mais Russ avait préféré laisser le répondeur se déclencher plutôt que d'interrompre son travail. Cette fois, la réceptionniste utilisait l'Interphone. Apparemment, quelqu'un cherchait à le joindre d'urgence. Il était temps de décrocher.

— Oui, je suis là. Désolé. J'étais trop occupé pour répondre.

— Brent Thompson veut vous parler.

— Passez-le-moi. Merci.

Il coupa l'Interphone et attendit que la ligne sonne.

— Que se passe-t-il, Brent ?

À l'autre bout du fil, des voix s'élevèrent, une porte claqua, puis le silence se fit. Brent avait dû s'isoler dans un bureau. Cela n'augurait rien de bon.

— Pour faire court, répondit Brent, quelqu'un a kidnappé Zac Hennings.

Russ déglutit. Comment diable cela avait-il pu arriver ? Et où était donc le marshal censé assurer la protection de Zac Hennings ?

Il se leva, fit un pas, mais le fil du téléphone l'empêcha d'aller plus loin. Il jeta un coup d'œil par-dessus la cloison métallique dans le box à côté. Il allait demander à Ryan de passer des coups de fil pour essayer de découvrir ce qui était arrivé à Zac Hennings.

Mais son collègue n'était pas là. Deux agents discutaient un peu plus loin, personne d'autre n'était visible dans l'enfilade de box.

— Que s'est-il passé, bon sang ? demanda-t-il à Brent.

— Il sortait du tribunal.

Russ referma le poing et décocha un coup dans l'air. Il faisait son maximum pour protéger la famille Hennings, mais il ne pouvait pas être partout. Après la remarque de Penny sur le Starbucks, il avait pourtant conseillé à Zac d'oublier sa routine.

— Avant que tu t'énerves, je tiens à préciser qu'il avait changé ses habitudes, poursuivit Brent. Mais il doit faire son travail, et ils s'en sont pris à lui alors qu'il sortait d'une audience. Heath devait l'attendre.

Le bureau de son supérieur se trouvait un peu plus loin, parmi d'autres pièces aux parois transparentes. Russ se tordit le cou pour essayer d'attirer son attention, mais il était occupé.

— Où est le marshal de Zac ?

— À l'hôpital. Les kidnappeurs lui ont injecté un tranquillisant. La police est intervenue, elle a prévenu mon chef et ils ont mis une heure avant de me contacter.

— Ça fait une heure qu'il a disparu ?

— Je t'ai appelé dès que j'ai appris la nouvelle.

— Où es-tu ?

— Dans une salle de conférences près du bureau de Penny.

— Et où est-elle ?

— Dans son bureau. Je l'attacherai si nécessaire, mais elle ne quittera pas la pièce. Elle n'est pas encore au courant. Nos supérieurs sont en train de discuter en ce moment même. Je me suis dit que j'allais te donner les nouvelles.

Comme Ryan sortait des toilettes, Russ lui fit signe d'approcher. Puis il s'adressa de nouveau à Brent :

— Arrange-toi pour que Penny ne puisse pas téléphoner ou regarder la télévision avant que j'arrive. Elle va piquer une crise, mais je suis sûr que tu sauras faire face. Heath va certainement chercher à la contacter. Si j'ai bien cerné le personnage, il va vouloir lui annoncer la nouvelle, pour Zac. Essayons de lui couper l'herbe sous le pied.

— Je m'en occupe.

À l'autre bout du fil, un cri étouffé résonna. Russ tressaillit, puis se figea alors que le gémissement s'intensifiait.

— Trop tard, reprit Brent. Je crois qu'elle est au courant.

12

Russ raccrocha brutalement, prit sa veste et son téléphone portable, puis s'élança vers l'ascenseur. Ryan vint à sa rencontre, les mains levées.

— Tu as l'air contrarié. Que se passe-t-il ?

Russ ne s'arrêta même pas.

— Je dois filer. Je vais t'appeler sur ton portable. Décroche.

Tout en marchant, il fit défiler son répertoire jusqu'au numéro de Ryan.

— Je vais chez Hennings & Solomon, lui annonça-t-il.

Il appuya sur le bouton de l'ascenseur. D'après le voyant lumineux, la cabine était au rez-de-chaussée. Trop pressé pour attendre, il décida de prendre l'escalier. Le bureau de Penny se trouvait à environ six cents mètres en direction du sud. Entre la circulation et les feux rouges, il risquait de mettre vingt minutes en voiture. L'autre solution était de s'y rendre à pied, en plein soleil, au risque d'être victime d'un coup de chaleur. Il y parviendrait en cinq minutes, mais il se retrouverait sans moyen de locomotion.

Vingt minutes contre cinq.

Il devait rejoindre Penny au plus vite. Elle avait besoin d'aide et elle était peut-être la suivante sur la liste. L'esprit en ébullition, Russ dévala les marches.

Sa décision était prise : il allait courir.

Quelques minutes plus tard, il poussait la porte de Hennings & Solomon. En le voyant, la réceptionniste grimaça et eut un mouvement de recul. Bien sûr, il avait le visage ruisselant de sueur, la chemise trempée, et ne devait pas sentir la rose.

Mais il venait de sprinter sous une chaleur étouffante. À quoi s'attendait-elle ?

— Penny et Brent, aboya-t-il. Où ?

Il ne risquait pas de la charmer en s'adressant à elle de cette façon, mais sa brusquerie eut le mérite de la faire réagir.

— Ils viennent de sortir, répondit-elle en indiquant la porte.

— Quoi ?

Est-ce qu'il avait bien entendu ? La chaleur avait dû lui griller le cerveau. Il avait ordonné à Brent de ne pas bouger du cabinet. Quoique… Il était incapable de se rappeler s'il le lui avait dit ou pas. Son portable sonna, et il le sortit de sa poche. C'était Brent.

— Où êtes-vous ? cria Russ.

— En route pour l'appartement de Penny. Heath lui a dit qu'elle avait un quart d'heure pour s'y rendre, sinon Zac…

Le marshal se racla la gorge, comme s'il rechignait à terminer sa phrase devant Penny.

— J'ai compris, marmonna Russ. Pourquoi son appartement ?

— Il a dit qu'il appellerait sur le téléphone fixe pour lui donner plus d'instructions.

Toute en arpentant la zone de réception, Russ fourrageait ses cheveux humides.

— C'est peut-être un piège.

— Ouais.

— Il y aura des renforts à votre arrivée ?

— Ils sont en chemin. Nous inspecterons l'appartement avant de laisser entrer Penny.

— Je vais voir si on peut tracer l'appel, déclara Russ en se massant le front. Comment va-t-elle ?

— Pas très bien.

Russ s'arrêta de marcher. L'adrénaline lui donnait mal à la tête, et il serra son front plus fort. Penny avait besoin d'aide, et tout semblait se liguer contre lui pour l'empêcher de la rejoindre.

— Passe-la-moi.

— Un instant.

Au bout d'une minute, Penny fut au bout du fil.

— Russell ?

Sa voix était brisée, rauque, fragile comme après une crise

de larmes. Russ se rua dans la cage de l'escalier de secours, mais s'arrêta avant de perdre la communication.

— Salut, mon ange. Écoutez, je suis sur le coup. Le FBI et les US Marshals ont déjà envoyé des agents sur place. Nous trouverons Zac. Je vous le promets.

Même s'ils risquaient de le retrouver mort, songea-t-il. Il ne devait pas se laisser aller à ce genre de pensée négative, mais il faisait ce travail depuis assez longtemps pour voir les choses en face : Zac Hennings avait peut-être déjà été tué.

— D'accord, répondit-elle.

Pas de cri, pas de scène… Elle était vraiment au bout du rouleau.

— Je suis en route pour chez vous. Où est votre père ?

— Il est en rendez-vous à l'autre bout de la ville. Il n'est pas au courant. Je vais devoir lui dire.

Elle marqua une pause, inspira brusquement.

— Comment est-ce que je suis censée lui annoncer ça ?

— Nous trouverons un moyen.

— Je hais cet homme. Je le *hais*. Je veux qu'il meure.

La Ravageuse faisait son grand retour, comprit Russ. C'était le seul point positif dans cette terrible situation. Ils avaient besoin de son agressivité.

— Je sais, répondit-il.

— Je veux serrer son cou entre mes mains et voir la vie s'échapper de lui. Il m'a volé mon frère !

Plantée au milieu de son salon, dans son immeuble sécurisé où rien ne pouvait lui arriver de mal, Penny parvint à une conclusion : c'était une illusion, et son sanctuaire n'en était pas un.

Tandis qu'elle attendait l'appel de Heath, le téléphone sans fil se mit à glisser dans sa main moite. Elle crispa les doigts sur l'appareil, dans une vaine tentative pour se décharger de sa peine et de sa colère. Un tremblement involontaire commença à agiter ses genoux, puis remonta le long de ses cuisses, envahit ses hanches et son buste. L'horreur de la situation la submergea de nouveau : son frère avait été enlevé, voire assassiné.

Les larmes aux yeux, elle fit un effort pour se ressaisir. Sans lâcher le combiné, elle marcha jusqu'à la fenêtre, fit volte-face et revint sur ses pas. Heath allait appeler d'une seconde à l'autre. Ou pas ! La faire rentrer chez elle était peut-être un jeu pour lui, une façon de la contrôler. De la part d'un pervers dans son genre, cela n'aurait rien d'étonnant.

Le téléphone se mit à sonner.

Les nerfs à vif, Penny le fixa pendant une demi-seconde. C'était l'heure de vérité.

Elle avait besoin de Russ. De sa présence, à défaut d'autre chose. Brent était dans le couloir, où elle l'avait envoyé parce qu'elle avait besoin d'être seule, rien qu'une minute. Il avait protesté, bien sûr, mais elle était douée pour persuader les hommes de faire des choses contre leur gré.

De toute façon, Brent ne savait pas l'apaiser comme Russ. Lui savait communiquer avec elle. En sa présence, elle était en sécurité, sans que cela soit un aveu de faiblesse.

Et Russ ne l'aurait jamais laissée seule.

Mais Russ n'était pas là, et le téléphone venait de sonner pour la troisième fois. Il était temps de répondre.

— Allô ?

— Jolie Penny.

Tout en prenant une inspiration, elle visualisa ses mains autour du cou de ce cinglé. Elle ne l'avait vu qu'en photo, mais son imagination faisait le reste.

— Arrêtez, Heath. Passez-moi mon frère.

— Tout vient à point à qui sait attendre, ma chère. Il est en route pour l'endroit où je me trouve en ce moment même.

Autrement dit, le trajet était plutôt long, songea Penny. Où emmenait-on Zac ?

— Si vous n'êtes pas en train de le conduire ici, vous pouvez me dire ce que je fais dans mon appartement ? Vous m'avez fait venir pour le seul plaisir de me donner des ordres ?

Heath se mit à rire, un de ces petits rires hypocrites typiques des vendeurs.

— Comme vous me connaissez bien…

— Vous êtes assez prévisible.

Elle se mordit la lèvre. Cet homme avait kidnappé son frère.

Elle ferait sans doute mieux de garder ses reparties pour elle et de montrer qu'elle avait peur.

Mais malgré tout l'amour qu'elle portait à Zac, elle n'était pas sûre d'y arriver. Elle se sentait incapable de passer pour une faible femme, dépassée par les événements.

De toute façon, Zac n'approuverait sûrement pas.

— Peut-être bien que je suis assez prévisible, reprit Heath. Mais si vous voulez que votre frère reste en vie, vous allez devoir me livrer la veuve. Ou, mieux encore, me dire où je peux la trouver. Manifestement, elle continue à parler, et je refuse d'attendre plus longtemps.

Penny voulut répliquer, mais Heath enchaîna :

— Ne bougez pas de votre appartement, sinon votre frère est un homme mort. N'appelez pas le FBI. Et n'appelez pas l'agent spécial Voight. Je vous ai à l'œil et je les tuerai tous. Je vous rappellerai sur ce numéro avec de nouvelles instructions.

Un silence s'ensuivit. Le pouls de Penny s'emballa.

— Allô ?

Elle abaissa le téléphone, consulta l'écran une seconde, puis le plaqua de nouveau contre son oreille.

— Heath ?

Son seul lien avec Zac venait de raccrocher. Elle serra l'appareil avec force, laissant la pression remonter de ses doigts jusqu'à son poignet.

Elle devait garder son calme.

C'était pourtant le moment idéal pour piquer une crise. Son frère avait disparu. Et c'était sa faute à elle.

La peur la prit à la gorge, avec une telle férocité qu'elle ne put retenir un gémissement. Comment une affaire de fraude financière avait-elle pu échapper à ce point à son contrôle ?

Elle lança le téléphone contre le mur et l'appareil se brisa en trois morceaux.

Penny étouffa un cri. Le silence dans l'appartement était à peine troublé par le ronronnement de l'air conditionné. D'ordinaire, ce léger son la détendait mais, là, il lui rappelait surtout combien elle était seule.

Quelqu'un frappa à la porte d'entrée. C'était sûrement Brent.

— Tout va bien ? s'enquit-il.

Si elle ne le rassurait pas, il allait se précipiter dans la pièce et la trouver dans cet état pitoyable. Elle ne voulait pas qu'il la voie craquer. Ni lui ni personne. Cela mettrait à mal son image d'avocate sans peur et sans reproche.

— Je vais bien, lança-t-elle. J'avais besoin de piquer une petite crise. Ça m'arrive de temps en temps.

S'il pensait qu'il s'agissait d'un comportement normal, après tout, pourquoi pas ?

Le téléphone portable posé sur la table basse se mit à sonner. Elle se rua vers lui et vérifia le numéro sur l'écran.

— Russell ?

Sa voix se brisa et ses yeux se remplirent de larmes. Pour les empêcher de couler, elle pressa son pouce et son majeur sur ses paupières closes. Ce n'était vraiment pas le moment de pleurnicher. Et elle n'était pas censée lui parler.

Elle inspira puis expira lentement, et poursuivit :

— Vous ne pouvez pas venir ici.

— Je suis à deux cents mètres de chez vous. La circulation est infernale, et j'ai dû attendre un taxi parce que j'ai couru jusqu'à votre cabinet.

— Vous avez *couru* jusqu'à mon cabinet ?

— C'était plus rapide comme ça. Ce n'était peut-être pas le plus malin mais, sur le moment, ça m'a semblé judicieux.

— Heath vient d'appeler. À l'instant. Ne venez pas ici.

— Arrêtez de me parler et écrivez tout avant d'oublier.

Elle hocha la tête. Et dire qu'elle se prenait pour une avocate, pensa-t-elle, consternée. Elle aurait dû commencer par cela, bien sûr.

— Il a dit : pas de FBI. Ne venez pas, je vous en prie. Il va me rappeler et il me surveille.

— Penny, je vous promets qu'il ne me verra pas.

L'ascenseur s'arrêta à l'étage de Penny, et Russ en jaillit. Il fit quelques pas, puis s'arrêta net. Brent était posté devant la porte fermée de l'appartement, les mains sur les hanches. À en juger par son langage corporel, il était énervé. Il tourna la tête vers Russ. Oui, aucun doute. Le marshal était furieux.

— Qu'est-ce qu'elle a encore fait ? demanda Russ.

— Elle refuse d'ouvrir. Ça fait cinq minutes que je parle à la porte. Comment puis-je l'aider si elle m'enferme dehors ? Je suis sur le point d'enfoncer cette satanée porte.

Russ se rapprocha et, comme il l'espérait, Brent recula. Il avait remarqué que le marshal n'aimait pas qu'on envahisse son espace vital.

— Il l'a appelée, annonça Russ.

Le géant leva les mains d'un air exaspéré.

— Ça explique tout. J'ai entendu du bruit, mais elle a dit qu'elle piquait une petite crise et qu'elle allait bien. Depuis, plus rien. Je savais que je n'aurais pas dû la laisser seule.

— Elle peut être très convaincante, répliqua Russ.

De toute évidence, Penny n'allait pas bien du tout.

Il se plaça entre Brent et la porte, puis frappa.

— C'est Russ. Ouvrez.

Trois secondes plus tard, Penny apparut. Elle avait ôté sa veste de tailleur, révélant un débardeur moulant de soie blanche. Les bonnets de son soutien-gorge étaient visibles sous le fin tissu, et Russ s'obligea à détourner le regard.

Il lança un coup d'œil vers Brent. Le marshal avait visiblement remarqué la même chose que lui. Il était temps d'interrompre le spectacle. Russ se glissa dans l'entrebâillement de la porte et repoussa Penny à l'intérieur.

— Je m'occupe de Penny, déclara-t-il en se tournant vers Brent. Retourne à ton bureau et essaie de faire bouger les choses.

— Tu en es sûr ?

— Oui. Tout ira bien.

Il ferma la porte et fit face à Penny. Plus tard, il lui conseillerait peut-être de ne pas ouvrir à deux célibataires au sang chaud en étant vêtue comme un mannequin lingerie. En attendant, ils avaient du travail.

Sauf que Penny était tout près de lui, le fixant de ses immenses yeux bleus vidés de toute leur énergie. La Ravageuse n'était plus que l'ombre d'elle-même.

— Ça va ? s'enquit-il.

Elle tendit les mains vers lui et empoigna sa chemise. Un

peu surpris, il baissa les yeux. Avant qu'il n'ait le temps de les relever, elle posa la tête contre son torse.

— Je ne sais pas quoi faire.

— Ah, Penny… Je suis désolé.

— Où est mon frère, Russell ?

Il lui frotta les bras, puis les serra doucement. Elle avait la peau glacée.

— Nous allons le retrouver, je vous le promets. Heath n'a nulle part où se cacher. Nous interrogeons toutes ses connaissances. J'ai reçu les résultats de la balistique pour le fusil, et ça concorde. Quelqu'un travaille Randy Jones en ce moment même. Nous allons bientôt mettre la main sur le tireur, et il va nous dire où est Heath. Ça va marcher.

Elle finit par relever la tête, croisa brièvement son regard, puis se mit à fixer sa bouche.

Russ avait une certaine expérience en matière de femmes, et tout indiquait que Penny était sur le point de l'embrasser.

Et il n'allait pas l'en empêcher, ce qui était problématique.

— Quelqu'un vous a vu entrer dans l'immeuble ? demanda-t-elle.

— Non. J'ai appelé votre portier. Le taxi m'a lâché à cent mètres, et je suis passé par les petites rues. Ensuite, le portier m'a laissé entrer par l'entrée de service à l'arrière.

— Vous en êtes sûr ?

— Certain.

Elle baissa de nouveau les yeux sur sa bouche.

— Penny, ça va aller. Vous vous en sortez bien.

— Non. Je suis une vraie calamité.

Puis elle passa à l'action. Elle agrippa sa chemise encore plus fort, se haussa sur la pointe des pieds et l'embrassa. Un long baiser plein de douceur qui faillit le faire céder. Un reste de bon sens le poussa à s'écarter.

— Ce n'est pas ce qu'il vous faut.

— Si, c'est exactement ce qu'il me faut. Et je ne veux pas trop y réfléchir, parce que ça risque de tout gâcher. Mon frère a été enlevé, et je ne peux rien faire, à part attendre le prochain coup de fil.

— Écoutez-moi…

— Je ne veux pas écouter, je veux me battre. Pour mon frère. Ma famille est mêlée à tout ça à cause de moi, et je suis complètement impuissante. La culpabilité, la colère, le chagrin… Tout ça est en train de me rendre folle. Je me déteste, Russell. Je dois annoncer la nouvelle à mes parents. Mon père est en rendez-vous client depuis ce matin, et je ne vais rien dire à ma mère tant qu'il n'est pas à ses côtés. Pour l'instant, je ne peux rien faire pour arranger les choses. Tout est ma faute. J'ai besoin que quelqu'un — *toi* — me rappelle que je suis bonne à quelque chose, que je ne rate pas tout ce que j'entreprends. Toi et moi, ça ne peut pas échouer. Je le sais.

C'était une grande première à bien des niveaux, songea Russ. Tout d'abord, la Ravageuse était en train de craquer. Ensuite, une avocate de la défense lui faisait du rentre-dedans. Et enfin… il aimait cela.

Elle l'entoura de ses bras et approcha son visage du sien. Russ aspira une bouffée d'air, attendant l'instant où elle allait poser les lèvres sur les siennes et où son corps allait s'enflammer de nouveau.

Elle l'embrassa. Il eut un instant d'hésitation, jusqu'à ce qu'elle se presse contre lui. Le message était très clair : sa participation était requise.

Mais il ne devait pas encore succomber. Elle n'avait pas besoin d'une partie de jambes en l'air vite expédiée. Elle ne s'en rendait peut-être pas compte, mais c'était l'inverse qu'il lui fallait. Et il allait essayer de le lui donner. Il lui serra les bras et s'écarta.

— Quel est le problème ? demanda-t-elle en reculant.

— D'abord, il y a un technicien qui va bientôt débarquer pour trafiquer ton téléphone. Ensuite, on ne doit pas se précipiter. Tu es sous tension, alors c'est une mauvaise idée de revenir sur notre accord d'éviter toute relation physique.

La ride entre les sourcils de Penny se creusa davantage.

— Russell Voight, parfois, j'ai envie de te détester, mais la plupart du temps, je suis pleine de reconnaissance.

— Pourquoi ?

— Toi. Tu me rends folle, mais j'adore t'avoir près de moi.

Il ne s'attendait pas à cela. Il s'avança vers elle, lui prit la main et effleura chacun de ses doigts pour en soulager la tension. Puis il pencha la tête et pressa un baiser au creux de sa paume.

Comme elle inspirait brusquement, il releva les yeux. Elle se rapprocha alors de lui et l'enlaça par la taille. Il se mit à lui caresser la tête, enroulant les longues mèches blondes autour de ses doigts. Au tremblement de ses épaules, il comprit : elle pleurait.

— Oh ! Bébé, murmura-t-il. Je suis désolé.

— Mes parents ne me le pardonneront jamais. Et moi non plus.

Secouée de gros sanglots, elle se blottit contre lui. Mais quand elle leva le visage vers lui, il fixa sa bouche sensuelle et comprit ce qu'il voulait. Ce qu'ils voulaient tous les deux.

Il fit la seule chose possible. Il se courba et la souleva comme une plume. Tandis qu'il se dirigeait vers la chambre, elle le regarda d'un air ébahi. Cela valait cent fois mieux que de la voir en larmes.

— Tu es tout à moi, déclara-t-il.

Elle gigota et le frappa à la poitrine.

— Russell !

Voilà qui ressemblait davantage à la Ravageuse.

— Russell ! Tu ne peux pas me traiter comme ça dans ma propre maison !

— Si. Tu en as bien besoin, répliqua-t-il en souriant. Tu as besoin de beaucoup de choses, et j'ai bien l'intention de te les donner.

Elle agita les jambes et faillit l'émasculer.

— Du calme, s'exclama-t-il. N'abîme pas le matos avant de l'avoir testé.

— Non, mais quel porc !

Il adorait la mettre en rogne. Si en plus elle en venait à oublier le cauchemar qu'elle vivait en ce moment, c'était encore mieux.

Une fois dans la chambre, il la jeta sur le lit et attendit qu'elle lui hurle dessus.

Un, deux, trois.

Pas de cri.

— Tu ne dis rien, remarqua-t-il en enlevant sa cravate et en déboutonnant le col de sa chemise.

Les yeux rivés aux siens, elle se redressa. Puis elle ôta son débardeur. Aussitôt, il se figea comme un adolescent maladroit. Depuis des mois, il fantasmait sur Penny Hennings nue et voilà qu'il ne rêvait que d'une chose : avancer en douceur, savourer le moindre vêtement qu'elle retirait et graver chaque seconde dans sa mémoire.

Il posa un genou sur le lit et lui attrapa les mains.

— Ralentis un peu, tu veux ?

Elle lui adressa un sourire en coin. Il reconnaissait cette expression sexy : il venait de lui donner tout le pouvoir et elle comptait en profiter. Elle allait le dévorer vivant.

— Russell ?

— Oui ?

— Je suis en train de penser à toutes les choses que je veux que tu me fasses.

Il rejeta la tête en arrière, essayant de ne pas penser à son érection et aux mains de Penny sur sa ceinture.

— Tu veux toujours que je ralentisse ? demanda-t-elle.

— Oui. J'imagine ce moment depuis des siècles. Je veux le faire durer au maximum.

Elle s'agenouilla sur le lit, l'attrapa par la chemise et l'embrassa. Doucement et lentement, comme il l'avait réclamé. Quelque chose se déclencha alors dans son cerveau, et un besoin brûlant, trop longtemps refoulé, l'envahit.

Cette femme allait chambouler sa vie. Sa carrière, ses émotions… Elle aurait la mainmise sur tout. Et il s'en moquait. Pour une fois, il se moquait de garder le contrôle, de gagner ou de perdre. Cette fois, ils allaient tous les deux avoir ce qu'ils voulaient.

Il dégrafa son soutien-gorge, fit glisser les bretelles sur ses épaules, et elle recula. Elle se montrait à lui, comme il le lui avait demandé.

— Tu es magnifique. Peut-être un peu grande gueule, mais ça me plaît.

Elle esquissa le même sourire taquin.

— Russell, tais-toi et embrasse-moi.

Bon sang, c'était peut-être bien de l'amour, songea-t-il en obéissant. Tout en explorant sa bouche, il se mit à caresser la peau douce à portée de ses doigts. Lorsqu'il eut baissé la fermeture Éclair de sa jupe, Penny s'allongea. Il tira lentement sur le vêtement le long de ses jambes, effleurant ses cuisses au passage. Elle était minuscule et délicate, aux antipodes de sa personne publique.

Puis il oublia toute idée de lenteur et se jeta sur elle. Après des mois d'attente, il voulait la dévorer. Lèvres, joues, cou, seins… Tout était enfin à sa portée. Elle enfonça les doigts dans ses cheveux, et son sang se mit à bouillonner.

Il la voulait. Là, maintenant.

13

Penny poussa un gémissement lorsque Russ posa la bouche partout où elle l'avait imaginé. Enfin ! Ils avaient résisté à leur attirance mutuelle pendant assez longtemps.

Mais brusquement une horrible pensée l'envahit :

Je me sers de lui !

Elle ouvrit les yeux et fixa le plafond. Non, c'était faux. Elle avait *besoin* de lui. Besoin qu'il lui fasse oublier ses échecs. Besoin qu'il l'aime.

Elle rabaissa les paupières. Si seulement son cerveau pouvait la laisser tranquille… Elle voulait quelques minutes de paix, rien de plus.

D'un geste vif, elle repoussa Russ, le fit rouler sur le matelas et l'enfourcha. Il portait beaucoup trop de vêtements. Avec une certaine maladresse, elle s'empressa de déboutonner sa chemise. Il avait un T-shirt en dessous ! Elle fronça les sourcils.

— Russell, tu m'énerves. Enlève-moi tout ça.

Il se mit à rire, puis s'assit, une main posée sur elle pour l'empêcher de bouger. Elle lui ôta sa chemise, puis son T-shirt. Dessous, il était comme elle l'avait imaginé : taillé en V et tout en muscles. Elle embrassa son épaule nue.

— J'aime ta peau, Russell.

Il la repoussa sur le côté.

— Je dois retirer mon pantalon.

— Je suis on ne peut plus d'accord.

Sans le quitter des yeux, elle s'allongea. Elle ne pouvait s'empêcher de sourire. Elle était d'humeur espiègle. Elle ne laissait pas souvent son côté joueur ressortir, mais c'était facile avec Russ. Elle tapota le matelas à côté d'elle.

— Viens me chercher.
— Pff…
Elle éclata de rire, mais resta bouche bée devant son érection.
— Waouh !
— Qui est-ce qui rit, maintenant ?
N'étant pas du genre à se défiler, elle passa un pied le long de son mollet.
— J'attends.
Elle n'eut pas à attendre longtemps. Après avoir enfilé un préservatif, Russ se positionna au-dessus d'elle. Appuyé sur les coudes, il lui caressa doucement le visage, puis enfouit les doigts dans ses cheveux.
Jamais elle n'aurait imaginé une telle tendresse entre eux, songea-t-elle en glissant une jambe le long des siennes. Leurs corps étaient parfaitement alignés, presque fusionnés. Au contact de leurs peaux, une flamme de désir s'alluma dans son bas-ventre. Saisie d'un besoin irrépressible, elle posa la main sur la nuque de Russ.
— On ira plus doucement la prochaine fois.
S'il avait eu l'intention de protester, il y renonça lorsqu'elle enroula les jambes autour de ses hanches. Il se pressa contre elle tandis qu'elle écartait encore plus les cuisses, anticipant le fabuleux moment où il allait la pénétrer. Enfin, il se glissa en elle, prenant son temps, et atteignit son but avec un grognement.
Penny exhala un soupir de plaisir. Impatiente, elle ondula du bassin pour lui indiquer d'accélérer le rythme. Elle allait le tuer s'il continuait à la torturer de cette façon. Mais en dépit de ses envies de violence, une intense sensation de plénitude fit naître des frissons sur sa peau.
Enfin… Un homme qu'elle pouvait aimer. Un homme qui l'appréciait, malgré ses bizarreries et sa personnalité autoritaire.
— C'est parfait, murmura-t-elle.
Il sourit, puis l'embrassa, tandis qu'elle serrait les bras autour de lui. Elle en voulait encore plus, beaucoup plus, toujours plus.
Lorsqu'il bougea de nouveau, une convulsion la secoua. Elle ferma les yeux et inspira, puis agita les hanches contre lui à un rythme presque frénétique. Obéissant à son ordre muet, il augmenta la cadence de ses coups de reins.

Elle s'abandonna aux vagues de sensations qui grandissaient en elle, qui la submergeaient et la paralysaient. Elle y était presque. Elle crispa les paupières, imagina le moment d'extase finale. Elle était si proche, si proche… Russ donna un dernier coup de butoir et l'orgasme déferla sur elle, comme un raz-de-marée de lumière et de joie intense. Elle se concentra sur sa perfection, la savoura, déterminée à ne jamais oublier l'euphorie née de leurs ébats. Elle avait su que cela se passerait ainsi entre eux.

Russ poussa un cri guttural et elle rouvrit les yeux pour le regarder. Il rejeta la tête en arrière, les muscles de ses épaules tendus à l'extrême, tandis qu'il était à son tour foudroyé par le plaisir. Elle effleura son visage, descendit les doigts le long de son cou et sur son épaule, le caressant jusqu'à ce qu'il s'effondre sur elle.

Oui, ils allaient bien ensemble. Affaire classée.

Russ finit par rouler sur le côté, lui passa un bras autour de la taille et la ramena vers lui. De sa main libre, il se frappa le front.

— La vache !

Penny se blottit contre son flanc et passa la jambe sur la sienne. Elle avait envie de se fondre en lui. Ils venaient de se rapprocher autant que deux personnes peuvent le faire, pourtant cela ne lui suffisait pas. C'était peut-être lié à la personnalité de Russ et à sa façon de lui rappeler que tout n'était pas sa faute.

— Merci, déclara-t-elle.

Il la regarda en fronçant les sourcils.

— Heu…

Il devait croire qu'elle le remerciait pour ce qui venait d'arriver, comprit-elle. Ce serait peut-être justifié, mais elle refusait de dire quelque chose d'aussi niais. Elle le tapa sur l'épaule avec espièglerie.

— Pas pour ça. Espèce de porc.

— Hé, c'est toi qui me dis merci après que je t'ai envoyée au septième ciel.

— Oh ! Arrête.

— Simple constatation, répliqua Russ en souriant.

— Si tu n'étais pas aussi arrogant, je dirais quelque chose de gentil, mais tant pis, je me tais.

En même temps, elle se pelotonna de nouveau contre lui. Elle appréciait l'ambiance détendue et taquine qui régnait entre eux. Russ avait une certaine opinion de lui-même, mais il ne prenait pas la moindre remarque comme un affront personnel ou un sous-entendu. Contrairement à beaucoup de ses congénères, il faisait face à son impertinence sans se vexer. Elle avait l'habitude que les hommes s'offusquent de son franc-parler. Elle avait souvent dû s'excuser pour ses propos.

Avec Russ, elle n'avait plus à demander pardon pour ce qu'elle était.

— Bref, reprit-elle, merci de m'avoir permis de croire que tout n'était pas ma faute. C'était pour ça que je te remerciais.

Il roula sur elle, et la peau chaude de ses jambes contre les siennes suffit à réveiller leur désir mutuel. Il l'embrassa doucement, sans se presser. Apparemment, Russ aimait prendre son temps pendant l'amour. C'était toujours bon à savoir.

— Tu n'as rien à voir dans tout ce qui arrive, répondit-il. Nous avons affaire à un vrai cinglé. Ça ne sert à rien d'essayer de comprendre ce qu'il a dans la tête. Nous devons attendre son prochain appel, et ensuite nous l'attraperons.

Quelqu'un frappa à la porte. Russ s'écarta de Penny et bondit sur ses pieds.

— Ça, c'est sûrement le technicien qui doit s'occuper de ta ligne téléphonique.

Il lui donna une petite tape sur la hanche.

— Habille-toi, chérie. Je vais ouvrir.

Tout en marchant vers l'entrée, Russ rentra sa chemise dans son pantalon. Un nouveau coup fut frappé, mais il prit quelques secondes pour vérifier son aspect dans le miroir à côté de la porte. Il aplatit ses cheveux et rajusta le nœud de sa cravate. Mieux valait en rester là. S'il avait l'air trop propre sur lui après une journée pareille, il éveillerait les soupçons.

Il jeta un coup d'œil par le judas et éprouva soudain le besoin d'uriner. Mais soucieux de ne pas perdre plus de temps, il ouvrit la porte.

Gerald Hennings le fixa d'un air un peu incertain. Il ne

s'attendait clairement pas à trouver un homme chez sa fille. L'avocat cilla une fois, puis deux. En un instant, Russ se retrouva dans la peau d'un adolescent venant chercher Penny pour le bal de promo.

Il devait agir normalement, résolut-il. Certes, il venait de se rapprocher de la fille de cet homme dans le sens biblique du terme, et de quelle façon. Il n'en restait pas moins un adulte, et un agent du FBI en pleine enquête.

— Bonjour, monsieur, déclara-t-il tout en reculant. Penny est dans l'autre pièce. Je croyais que c'était l'un de nos techniciens.

Le père de Penny franchit le seuil, puis se tourna aussitôt vers Russ.

— Que s'est-il passé ? Elle avait l'air bouleversée. Elle m'a dit de la retrouver ici. Or, elle ne fait jamais ça au beau milieu de la journée.

— Oui, monsieur. Nous avons du nouveau.

— Papa ?

Les deux hommes pivotèrent vers Penny. Avec ses escarpins pointus et un tailleur propre, elle était redevenue la Ravageuse. Le premier venu n'y aurait vu que du feu, mais Russ était plus observateur. Elle avait les yeux gonflés et le visage éteint. La douleur était trop profonde pour que Penny puisse la dissimuler, même après une splendide partie de jambes en l'air.

— Ma puce, s'exclama Gerald en avançant vers elle. Que se passe-t-il ?

Il prit Penny dans ses bras, et elle l'enlaça à son tour, s'agrippant à sa veste avec une force désespérée.

Devant une telle scène, Russ hésita à sortir de la pièce. Il aurait aimé les laisser en famille un instant, mais c'était impossible. Penny était sur le point d'annoncer une terrible nouvelle à son père, et Russ ne pouvait rien y faire.

Il se racla la gorge.

— Nous devrions nous asseoir.

Hennings recula et redressa les épaules. Il semblait se préparer physiquement, comme s'il se blindait à l'avance. Il s'assit sur le canapé tandis que Penny s'installait dans un fauteuil en face de lui. Elle leva les yeux vers Russ, qui hocha la tête en signe d'encouragement. Puis il pointa un doigt vers son torse, lui proposant ainsi de parler à sa place.

Gerald les regarda tour à tour.

— L'un ou l'autre, allez-y.

Penny se redressa, rejeta ses cheveux blonds derrière ses épaules et se tourna vers son père.

— Papa, je suis désolée.

— De quoi ?

Elle secoua la tête, ferma les yeux et courba les épaules. Russ s'assit sur l'accoudoir du fauteuil et posa la main dans le dos de Penny.

— Monsieur, Penny a reçu un appel dans la journée. Je suis désolé de vous l'apprendre, mais Zac a été kidnappé.

Gerald Hennings se figea. Il semblait en état de choc, comme s'il avait pris une balle dans le corps. Dans quelques secondes, il aurait absorbé la nouvelle, puis le chagrin et l'angoisse s'abattraient sur lui, anticipa Russ.

— Kidnappé…, répéta Gerald.

Penny se pencha pour attraper la main de son père.

— Je suis tellement…

Elle baissa la tête, grimaça d'un air coupable et laissa échapper un sanglot. Tout en lui serrant l'épaule, Russ observait Hennings. L'avocat s'avachit brusquement. Sa main glissa de celle de Penny et retomba sur le canapé. Puis il émit un bruit étranglé, mélange de hoquet et de gémissement.

— Papa ?

— Monsieur, le FBI et les US Marshals sont sur le coup, annonça Russ. Nous allons le retrouver.

En larmes, Penny courut s'asseoir près de son père et l'étreignit.

— Je suis désolée, je suis tellement désolée.

— Je… Je…

Hennings leva des yeux humides vers Russ, puis tapota affectueusement l'épaule de Penny. Malgré l'horrible nouvelle, il trouvait la force de réconforter sa fille. Russ ne l'en admira que plus.

Les Hennings étaient peut-être excentriques, mais l'amour qu'ils avaient les uns pour les autres était incroyable. Russ avait également une relation solide avec ses parents, mais elle n'était pas aussi intense, inconditionnelle. Au bout de quelques jours seulement, il avait envie de faire partie de cette famille que le frère aîné de Penny avait plus ou moins rejetée.

La jalousie, probablement, supposa Russ. Elle avait tendance à aveugler et à endurcir les gens. C'était sûrement pour cela que David critiquait Penny à longueur de temps.

— C'est Heath, monsieur. Il a enlevé Zac devant le tribunal, aujourd'hui.

— Mon fils est-il en vie ?

Penny se rassit et se couvrit la bouche des mains. Elle avait les yeux fixés sur Russ, qui répondit :

— A priori, oui.

Gerald jeta un regard vers Penny, puis passa le bras autour de ses épaules.

— Ce n'est pas ta faute, d'accord ? N'y pense même pas. J'ai besoin de toi.

Penny se redressa et releva le menton. L'avocat savait exactement comment s'y prendre avec sa fille, comprit Russ.

— Tu es la meilleure, reprit Gerald. Ta mère est au courant ?

— Non. Je voulais te l'annoncer en premier.

— Très bien. Je vais la prévenir. Et Emma aussi.

La petite amie de Zac, se souvint Russ.

Penny se tapa le front du plat de la main.

— Comment est-ce que j'ai pu oublier Emma ?

— Je m'en charge, répéta son père.

Puis il se tourna vers Russ.

— J'ai besoin de détails. Ensuite, je dois aller parler à ma femme.

— Bien sûr. Des agents ne vont pas tarder à arriver. Je vais demander à quelqu'un de vous ramener chez vous. Il vous mettra au courant en chemin.

— Non, intervint Penny. Heath nous surveille. Il a dit : pas de FBI.

Russ la fixa, la tête penchée sur le côté.

— Penny, c'est notre boulot. Ils ne nous verront pas.

Hennings passa les mains sur ses cheveux gominés. Il les y laissa une minute, puis les fit retomber. Doucement, comme une marionnette tirée par des ficelles, il se redressa et bomba le torse.

Tel père, telle fille, pensa Russ : Penny tenait de Gerald cette capacité à contrôler ses émotions.

— Quand Heath doit-il rappeler ? demanda Hennings.

— Je ne sais pas. Bientôt, je suppose, répondit Penny. Il veut que nous échangions Elizabeth contre Zac.

— Bon Dieu…

— Papa, j'aimerais tellement t'accompagner pour prévenir maman. Nous devrions le faire ensemble.

— Non. Tu dois rester ici et prendre l'appel de Heath. Zac est notre priorité. À partir de maintenant, tout ce que nous faisons, c'est pour lui. Compris ?

— Oui.

Russ ouvrit la porte à Hennings.

— Pas d'échange qui tienne, maître. Nous allons trouver Heath. Toutes les forces de l'ordre de Chicago sont à sa poursuite. Il n'a nulle part où aller.

14

Penny suivit des yeux son père qui sortait de l'appartement. Quelque chose en lui semblait brisé. Certes, il était parvenu à se ressaisir, mais elle avait passé de nombreuses heures à l'étudier, autant à la maison qu'au tribunal. Dans sa quête pour devenir une avocate exceptionnelle, comme lui, elle n'avait jamais cessé de l'observer. Elle savait déchiffrer ses humeurs et son langage corporel. Et dans cette situation, le constat était clair : les lèvres pincées de son père étaient l'ultime signe qu'il venait de voir son monde voler en éclats.

Et au lieu de s'en attribuer la faute, elle devait tout faire pour recoller les morceaux.

D'une façon ou d'une autre, elle récupérerait Zac.

Elle se tourna vers la porte que Russ avait fermée derrière lui et saisit son téléphone. La vie de son frère était en danger. Cela changeait la donne. Tant pis pour sa promesse, il était temps de faire appel à ses propres enquêteurs.

Russ allait la détester, songea-t-elle.

Mais comme le FBI n'arrivait pas à localiser Colin Heath, elle n'avait pas le choix. Un détective privé avait plus de latitude que les fédéraux : il pouvait enfreindre quelques lois, faire pression sur les témoins, se passer des mandats exigés pour la moindre chose.

Le FBI était dans l'impasse. Sans le moindre doute, ils avaient besoin d'aide.

Les yeux rivés sur la porte, elle attendit que Russ revienne. La décision qu'elle venait de prendre lui pesait, car elle avait toujours tenu ses promesses, mais elle allait devoir faire une exception. Sa famille et Emma risquaient trop gros. Elle devait agir.

La porte d'entrée s'ouvrit, et Russ apparut. Penny se tourna vers lui, les épaules rejetées en arrière. Il l'observa en plissant les yeux, comme s'il soupçonnait quelque chose. Qu'il la connaisse déjà si bien était effarant.

— Ça y est, ton père est parti, déclara-t-il en continuant à la fixer d'un air inquisiteur.

— Arrête de me regarder comme ça.

— Dis-moi que je peux te faire confiance.

Ils venaient de faire l'amour. Elle avait peut-être pensé au début que coucher avec lui était une bonne façon d'évacuer son stress, mais tout avait changé. Ils savaient tous les deux que leur relation avait pris une nouvelle dimension. L'acte lui-même était important, sans comparaison possible avec une aventure sans lendemain.

Décidément, cette journée avait été riche en émotions, songea Penny.

— Est-ce qu'on peut éviter de faire ça ? S'il te plaît ?

Russ attendit un instant, puis se frotta la bouche.

— Nous allons coincer ce type, Penny. Il n'a nulle part où aller. Je fais tout ce qui est en mon pouvoir pour le retrouver.

— Je sais. Et c'est quelque chose qui me plaît chez toi.

— Mais ?

Elle tenait peut-être l'occasion de le convaincre.

— Parfois, il ne s'agit pas de nous et de ce que nous pouvons faire. Parfois, ce qui compte, c'est de redresser la situation. La vie de mon frère est en jeu. C'est beaucoup plus qu'une affaire pour moi.

— Je le sais bien.

— Oui, mais est-ce que tu le *comprends* ?

Il gonfla les joues, puis expira bruyamment.

— Bon sang…

Il semblait réceptif. Penny se précipita vers lui.

— Écoute-moi. J'ai des ressources à ma disposition qui peuvent nous aider. Mets-toi à ma place. Et s'il s'agissait de tes parents ?

Il releva la tête. Elle insista :

— Tu ne voudrais pas faire ton maximum ?

— Tu veux mettre ton enquêteur sur le coup, c'est ça ?

— Je sais que nous avions décidé de ne pas le faire, mais ça, c'était avant. Les choses ont changé.

Un bruit résonna dans le couloir, et Russ tressaillit, posant aussitôt la main sur son arme.

— Je dois aller vérifier.

— Russell ? Je t'en prie. Laisse-moi le champ libre.

Il s'avança à grands pas vers la porte, la veste de son costume flottant derrière lui. Le professionnel dans toute sa splendeur.

— Fais-le, Penny. Mais je ne veux rien savoir. Rien du tout.

Russ revint dans l'appartement, accompagné de deux agents techniques. Ils allaient mettre la ligne téléphonique sur écoute, afin d'intercepter tous les appels arrivant dans la résidence. Dans un coin de la pièce, dos au mur, bras croisés, Penny regardait les hommes déballer leur matériel.

— Messieurs, voici Penny Hennings, annonça Russ. Penny, voici Ron Turner et Josh Gayner.

Après les salutations de rigueur, les hommes s'attelèrent à leur tâche. Devant l'expression angoissée de Penny, Russ eut envie de la prendre dans ses bras et de la rassurer. Il allait s'occuper de tout. C'était peut-être présomptueux, mais il voulait remettre d'aplomb l'univers de la Ravageuse.

Il regrettait simplement que Penny et l'enquête la plus importante de sa carrière se télescopent de cette façon.

Il étudia Penny, qui observait ce qui se passait d'un regard morne. À cause de Heath, la petite flamme habituelle ne brillait plus dans ses yeux. Russ ne le supportait pas.

— Nous n'avons pas l'heure exacte du prochain appel, remarqua-t-il. C'est peut-être pour bientôt.

— Nous serons prêts, répondit Ron. Pas de problème.

Il se tourna vers Penny et brandit un téléphone sans fil.

— Nous remplaçons votre appareil par celui-ci.

Penny hocha la tête, mais à en juger par son visage pâle et ses yeux hagards, elle n'avait aucune idée de quoi il parlait.

Le portable de Penny, posé sur la table basse, émit un *bip* strident, puis une vibration. Elle se rua dessus et le saisit avec des mains tremblantes.

— Du calme, conseilla Russ. Il a dit qu'il appellerait sur l'autre ligne.

— C'est un numéro masqué, répondit Penny, le regard baissé sur l'écran. Il appelle toujours d'un numéro masqué.

Ils étaient allés voir un juge pour obtenir l'autorisation expresse de tracer les appels sur le portable de Penny. Mais Russ ignorait si le juge avait déjà donné son accord.

— Décroche et mets le haut-parleur.

Penny appuya sur une touche.

— Allô ?

— C'est moi.

La voix ressemblait à celle de Zac Hennings.

— Zac ? s'écria Penny.

— Je vais bien, répondit-il d'une voix ferme, peut-être un peu plus rauque que d'habitude.

Soit il était fatigué… soit il avait été battu.

— Oh ! Zac, je suis désolée. Je suis vraiment désolée.

Un bruit résonna à l'autre bout du fil, comme si le téléphone tombait.

— J'en suis sûr, fit une autre voix masculine.

C'était Heath.

— Voici votre preuve de vie, poursuivit-il. Je vous contacterai demain matin. Soyez prête à me remettre Elizabeth, sinon votre frère meurt.

— Attendez. Où m'appellerez-vous ?

— Je vous trouverai, répliqua-t-il.

Puis il raccrocha.

Russ se tourna vers les deux agents. Les enlèvements étaient leur spécialité.

— Qu'est-ce qu'il trafique, bon sang ?

— Il gagne du temps, répondit Ron. Mais pour quelle raison ?

— Aucune idée, reconnut Russ. Il devrait plutôt essayer d'accélérer les choses. Plus il traîne, plus nous avons de temps pour le retrouver et tirer le maximum d'informations du témoin.

Quelques minutes avant 19 heures, Penny prit l'ascenseur pour son bureau. Brent était à son côté. Elle avait besoin de se distraire avant le prochain appel de Heath, et travailler lui changerait les idées. Elle détestait rester dans son appartement à se tourner les pouces pendant que le FBI retournait la ville pour retrouver son frère. De façon toujours aussi exaspérante, Russ refusait qu'elle les aide, estimant que c'était trop dangereux.

La situation avait tout de même un peu évolué. Comme prévu, Randy Jones avait dénoncé son frère comme étant le tireur du tribunal. La loyauté familiale n'était vraiment plus ce qu'elle était. Seul problème : le fameux frère avait disparu en même temps que Heath.

Et comme Russ ne voulait pas accepter l'aide de Penny, elle avait fait la seule chose en son pouvoir et pris rendez-vous avec l'une des enquêtrices du cabinet.

Elle jeta un coup d'œil vers Brent, appuyé contre la paroi de la cabine, puis regarda de nouveau droit devant elle. La porte métallique lui renvoyait son reflet brouillé. Son corps semblait déformé, comme étiré dans toutes les directions. C'était exactement ce qu'elle ressentait : elle était écartelée entre Russ et sa famille. Tout le monde voulait que cette affaire se termine, mais pour des raisons très différentes.

Si seulement chacun de leurs vœux pouvait être exaucé, pensa-t-elle. Capturer Colin Heath était la solution. Sauf que le criminel s'entêtait à leur compliquer la tâche.

Lorsque les portes s'ouvrirent, Brent tendit le bras devant Penny.

— Je sais, lança-t-elle. Vous d'abord.

À son grand soulagement, le marshal avait gardé le silence pendant le trajet. Il n'avait pas posé de questions concernant cette visite tardive à son bureau. De toute façon, même s'il l'avait interrogée, elle n'aurait rien dit. Ce rendez-vous était confidentiel. Et avec un peu de chance, il l'aiderait à se rapprocher de Zac.

Elle tendit sa carte d'accès à Brent, qui la passa devant le lecteur à l'entrée de Hennings & Solomon. À partir de 18 heures, le cabinet devenait une vraie place forte. Par le passé, ces mesures de sécurité l'avaient exaspérée, parce qu'elle oubliait constamment son badge. Là, elle ne s'en plaignait pas.

Une fois à l'intérieur, Brent inspecta la première pièce, puis les autres dans le couloir. Penny patienta jusqu'à ce qu'il lui donne le feu vert : elle le rejoignit devant la porte de son bureau.

— Merci. J'ai rendez-vous avec Jenna Hayward, une employée du cabinet. Elle a une carte d'accès.

Elle ne lui donnerait pas plus de renseignements. Il allait peut-être s'imaginer qu'elle retrouvait une autre avocate, à tort. Jenna était la détective privée de la firme. Elle n'hésitait pas à se servir de son physique d'ancienne Miss Illinois pour obtenir tout ce que le cabinet lui demandait.

Penny laissa Brent dans le couloir, ôta sa veste, retira ses escarpins et remonta les manches de son chemisier. Elle fit rouler doucement la tête, puis la laissa tomber une seconde. Malheureusement, cela ne fit rien pour soulager sa migraine. L'épuisement avait ce genre d'effet sur elle.

Elle s'affala dans son fauteuil et inspira profondément. Elle devait se concentrer sur Zac. Dépasser sa fatigue était le seul moyen de retrouver son frère, de réunir sa famille, de ramener leur fils cadet à ses parents.

Une demi-heure plus tôt, sa mère avait été mise sous sédatif. Le chagrin avait été si fort qu'elle avait frôlé la crise de nerfs. Lors de sa visite à domicile, le médecin lui avait administré un calmant.

Penny n'aurait pas dit non, elle non plus, à deux ou trois cachets.

Quelqu'un frappa à la porte, et elle essuya ses larmes, releva les yeux. Jenna était sur le seuil. La jeune femme brune portait une robe en cuir noir digne d'une dominatrice. Sourire aux lèvres, elle adressa un hochement de tête à Brent. Lequel eut l'air d'apprécier la vue arrière de Jenna.

— Costaud, ce garçon, observa la détective.

— C'est le moins qu'on puisse dire. Ferme la porte.

Jenna obéit, tout en faisant un petit geste vers Brent.

— À plus, chéri.

C'était exactement pour cela qu'ils avaient engagé Jenna, songea Penny. Elle était incroyable de force et d'audace.

— Tu as une mine affreuse, constata Jenna.

— Je sais.

— Je suis désolée pour Zac.

La jeune femme s'assit dans un des fauteuils visiteurs et sortit de son sac un carnet en piteux état.

— Dis-moi ce que je peux faire.

— Colin Heath, répondit Penny en lui tendant un dossier. Voici tout ce que j'ai sur lui. Photocopie ces documents et rends-les-moi. J'ai besoin que tu nous aides à le trouver. Peu importe ce que ça coûtera. Papa nous donne carte blanche.

— C'est ce type qui a enlevé Zac ?

Pour s'occuper les mains, Penny les croisa sur le bureau.

— Oui. Où qu'il se cache, mon frère est avec lui. Heath veut échanger une de mes clientes contre Zac.

— Aïe.

— Comme tu dis. Il doit me recontacter demain dans la matinée, mais je ne sais pas quand, ni par quel moyen.

— Est-ce que le FBI partagera ces infos ?

Penny repensa à Russ et à son refus d'avoir affaire à l'enquêteur du cabinet.

— Non. On est seules sur ce coup-là.

Jenna hocha la tête.

— D'accord. J'adore réparer les bêtises des fédéraux.

Penny réfléchit un instant, puis ajouta :

— Le responsable de l'enquête est Russ Voight. J'ai confiance en lui. C'est un excellent agent.

Et un excellent amant !

— Si la sécurité de Zac n'était pas en jeu, je laisserais faire le FBI, avec Russ aux commandes. Mais Zac change la donne.

— Compris, répondit Jenna en se levant. Je vais voir ce que je peux dégoter. J'ai quelques amis dans le monde de la finance.

Elle fit un grand sourire.

— Certains d'entre eux me doivent des services, et ils connaissent peut-être Heath.

— C'est pour ça que je t'adore.

L'enquêtrice se pencha par-dessus le bureau et serra la main de Penny.

— Tu sais que je vais faire mon possible. Je suis prête à passer n'importe quel marché pour obtenir des informations.

Penny n'en doutait pas une seconde. Elle remercia Jenna,

mais le sentiment de vide ne la quittait pas. Seul le retour de Zac pourrait le combler.

Jenna sortit du bureau et referma doucement la porte, comme si elle avait senti que Penny préférait rester seule.

L'enquêtrice semblait si confiante, presque suffisante. Penny ne savait plus quoi penser. Elle avait placé sa confiance en Russ. Elle croyait en lui et en ses capacités, mais il était obligé de jouer selon les règles. En tant qu'avocate, elle connaissait bien la loi. Un criminel comme Heath ne cherchait qu'à la contourner, alors que Russ et elle devaient œuvrer en restant dans les limites de la légalité.

Penny se renfonça dans son siège tandis que ses pensées se tournaient vers sa cliente et son fils. Tant de vies étaient en jeu. La pression était immense.

L'idéal serait de pouvoir garder Elizabeth et le petit Sam à l'abri, tout en récupérant Zac. Capturer Heath permettrait de boucler la boucle, mais il se révélait être un adversaire coriace.

À un moment, elle avait laissé Heath prendre le contrôle de la situation. Elle lui avait lentement cédé les rênes du pouvoir. Il était temps de les reprendre.

Elle se redressa. Elle devait parvenir à joindre Colin Heath, et vite. Elle décrocha le combiné du téléphone fixe et appela le portable de Jenna.

— Re-bonjour. J'ai oublié de mentionner quelque chose, désolée. Il y a un homme en prison qui s'appelle Simon Caldwell. Il a tué le mari de ma cliente. Il apparaît dans le dossier. J'ai un message pour Colin Heath, et je pense que Simon pourra lui transmettre.

— Très bien, répliqua Jenna. Je m'en occupe. Si je parviens à lui parler, quel est le message ?

— Dis-lui seulement que j'ai une offre que Heath ne peut pas refuser.

Russ attendait devant l'appartement de Penny qu'elle et Brent arrivent par l'ascenseur. Il était à peine 21 heures, mais il mourait de faim. Une odeur de viande grillée se mit à flotter dans le couloir, et son estomac gargouilla. Quand avait-il mangé pour la dernière fois ? se demanda-t-il. Au déjeuner ? Non, il l'avait sauté. À vrai dire, il n'en avait aucune idée.

Son esprit était trop obnubilé par Penny, le charme qu'elle opérait sur lui. Elle le défiait sans arrêt, lui faisait apprécier leurs joutes verbales… Sans parler des aspects physiques qu'ils avaient explorés ensemble. Elle avait apprécié leurs ébats autant que lui, il le savait. Mais il n'allait pas analyser ce que cela révélait de leur relation.

Pour l'instant, il n'avait qu'une envie : poser les yeux sur son petit corps sexy débarrassé de ses vêtements.

Et ce désir était problématique, parce qu'il n'était pas censé être obsédé par ce membre-là de la famille Hennings alors que c'était Zac Hennings qui était détenu quelque part.

La porte de l'ascenseur s'ouvrit et Brent sortit la tête de la cabine. Uniquement la tête. C'en était presque comique, songea Russ.

Puis Penny s'avança dans le couloir, et il oublia Brent.

Pour une femme aussi menue, Penny avait vraiment une présence incroyable. Son tailleur bleu marine, celui qu'elle avait revêtu après l'exploration de leurs zones érogènes, était toujours impeccable. Comme elle s'approchait, Russ remarqua cependant des cernes sombres sous ses yeux.

— Bonsoir, Russell, lança-t-elle.

Son ton était sans équivoque : ils n'étaient pas seuls, il devait contrôler ses pensées.

— Bonsoir.

Il se tourna vers la porte et la déverrouilla. Penny lui avait laissé la clé au cas où il ait besoin de retourner à l'intérieur.

— Tu as inspecté l'appartement ? demanda Brent.

— Oui. Rien à signaler.

Penny se tourna vers le marshal.

— Merci pour aujourd'hui.

— De rien. Essayez de vous reposer. Demain, la journée sera longue.

— Promis.

Elle croisa le regard de Russ pendant une fraction de seconde, pas assez longtemps pour que Brent puisse soupçonner quoi que ce soit.

— Bonne nuit, messieurs.

— Bonne nuit, acquiesça Russ. Je vous tiendrai au courant.

— Merci.

Une fois Penny à l'intérieur, Russ observa Brent. Ses cheveux rebiquaient dans tous les sens, les plis dans son costume semblaient dater de plusieurs jours et sa cravate pendouillait.

— Tu as une de ces touches.

— Je sais, dit Brent.

— Tu finis quand ?

— Dans une heure. Le collègue qui doit prendre le relais après moi explore une piste concernant Zac. Je lui ai dit que je resterais plus tard.

Au point où ils en étaient, Russ était prêt à se jeter sur le moindre indice. Surtout après avoir passé les trois dernières heures à traquer les membres de la famille de Heath.

— Quelque chose qui vaut le coup ?

— Je ne sais pas. Quelqu'un a aperçu une camionnette blanche dans le South Side. Comme il doit y en avoir des millions, le pauvre doit tourner en rond.

— On ne sait jamais.

Russ s'appuya contre le mur et fit un signe en direction de la porte.

— Comment va-t-elle ?

— Elle est distraite.

C'était une réponse intéressante, songea-t-il. Elle n'était pas bouleversée, ni hystérique, ni calme. Elle était *distraite*. Parce que son frère avait été kidnappé ou parce qu'elle préparait un mauvais coup ? se demanda Russ. Son instinct d'agent du FBI le faisait pencher pour la seconde option.

Il devait en effet admettre une chose : Penny et lui avaient un instinct animal. C'était en partie ce qui l'attirait chez elle. Ils se comprenaient. Grâce à cela, ils étaient curieux, forts et combatifs. Russ ne pouvait que le reconnaître : si l'un de ses proches s'était fait enlever, il ne serait pas là en train d'attendre. Il aurait déjà échafaudé un plan.

Il ne pouvait donc pas faire entièrement confiance à Penny, et cela le dérangeait. À moins que ce ne soit le coup porté à son amour-propre lorsqu'elle avait parlé d'engager un enquêteur du cabinet.

Il devait lui rappeler qu'ils avaient passé un marché concernant sa cliente et qu'il attendait d'elle qu'elle s'y tienne. Dans *tous* les cas.

— Tu n'as qu'à y aller, lança-t-il à Brent. Je m'occupe de Penny. De toute façon, je dois lui parler. Je vais attendre l'autre marshal.

Brent se gratta la tête.

— Tu es sûr ?

— Oui. Tu as l'air crevé. Et elle a besoin que tu sois d'attaque demain.

— Je l'aime bien. Elle est compliquée, mais elle est rigolote. Ça me donne envie de l'aider. Tu vois ce que je veux dire ?

— Je le sais, crois-moi. Elle m'a anéanti à la barre, et bizarrement, ça m'était égal.

— J'ai vu ça, répondit Brent en riant.

— Allez, rentre chez toi.

Russ attendit que Brent soit entré dans l'ascenseur et frappa doucement à la porte de Penny. Le verrou tourna, elle lui ouvrit. Cette fois, elle portait un débardeur rose vif — sans soutien-gorge — et un short de sport. Le manque de sex-appeal de cette tenue la rendait encore plus érotique.

Il l'observa longuement de la tête aux pieds, puis riva les yeux sur sa poitrine. Il avait besoin d'un lit dans les cinq prochaines minutes. Peu importait leur conversation et tout le reste.

— Tu dois arrêter d'ouvrir la porte habillée comme ça. Ça aurait pu être Brent.

— Je t'ai entendu lui dire de partir, répondit-elle en papillotant des paupières. J'écoutais, *Russell.*

— Tu es une vraie sorcière.

Elle recula et lui fit signe d'entrer.

— La flatterie mène à tout. Maintenant, parle-moi de mon frère.

— Rien de neuf. Du moins, pas encore. Certains informateurs nous ont donné des lieux à vérifier. On ne sait jamais. Tu tiens le coup ?

— Tu sais, je ne crois pas que Heath fera du mal à Zac. Je me suis dit qu'il avait besoin de moi. Si jamais…

Elle ferma les yeux, rejeta les épaules en arrière, puis le regarda.

— Si jamais il fait du mal à mon frère, j'ai Elizabeth sous la main. Il sait que j'ai de quoi le mettre en prison. Il ne va pas prendre le risque de m'énerver.

— Tu as peut-être raison.

— Tu n'y crois pas ?

Il haussa les épaules.

— Je ne fais pas de prédiction. Mais je veux croire que tu as raison. C'est logique. Et tu es intelligente.

— Et tu as envie de sexe.

Il sourit.

— C'est incontestable.

— Mais tu as quelque chose d'autre à l'esprit. Ça se voit.

— À part l'enlèvement de ton frère et le fait d'avoir léché la moindre parcelle de ton corps cet après-midi, ce qui m'inquiète beaucoup, parce que je n'ai jamais fait ça avant ?

— Léché le corps d'une femme ? ironisa-t-elle.

— C'est vraiment le moment de plaisanter ?

Elle se rapprocha de lui, remonta les mains le long de son torse, puis les posa sur ses épaules.

— Tu réfléchis trop.

— J'ai plusieurs choses en tête. L'une d'entre elles, c'est d'essayer de ne pas flanquer mon enquête par terre à cause de ce que je ressens pour l'avocate de la défense.

Il passa le bras autour de la taille de Penny.

— Je déteste les avocats de la défense.

— Je sais. Je suis désolée.

Il devait lui demander s'il pouvait lui faire confiance. Il voulait lui rappeler ce qu'elle avait promis.

Sauf qu'elle se rapprocha, écrasa ses seins contre lui et plaça la main derrière sa nuque. C'était foutu. La fatigue l'avait peut-être ramolli, mais pas partout, loin de là. Cette partie de lui-même savait exactement quoi faire, et ce n'était pas de débattre si oui ou non il pouvait faire confiance à Penny.

La confiance ? Aucune importance.

— Tu passes la nuit avec moi ? demanda-t-elle.

— Impossible.

Devant sa moue déçue, il se mit à rire.

— Un autre marshal arrive d'ici une heure. De quoi j'aurais l'air si je sortais de chez toi demain matin ?

— Je n'avais pas pensé à ça. Je déteste les baby-sitters. C'est étouffant.

Il se pencha pour déposer un baiser sur ses lèvres boudeuses. Elle était adorable.

— Je sais. Je suis désolé. Ça sera bientôt terminé.

— Russell ?

— Quoi ?

— Je crois que je t'aime.

Les mots lui parvinrent avec un temps de retard, comme assourdis par le bourdonnement dans ses oreilles. Sa vision se brouilla, et il battit des paupières plusieurs fois.

Elle l'aimait ? Cette déclaration avait de quoi faire de lui l'homme le plus chanceux de la terre, mais n'était peut-être que la conséquence des événements de ces derniers jours. Penny avait besoin d'un refuge et semblait lui avoir attribué ce rôle. Il pouvait comprendre sa réaction. À sa place, il se sentirait sûrement perdu lui aussi.

— Penny…

Elle pressa deux doigts sur ses lèvres.

— Ne dis rien. Laissons ça de côté pour l'instant. Je veux revoir mon frère. Quand je l'aurai récupéré, nous discuterons. Pour l'instant, je veux qu'on aille au lit et que tu me rappelles combien la vie est belle. Tu veux bien faire ça pour moi ?

Russ hésita. Son corps disait oui. Son cerveau, non. Coucher avec elle ne ferait que renforcer l'illusion qu'elle l'aimait. Et c'était bel et bien une illusion, sans aucun doute. Il l'avait constaté des centaines de fois au long de sa carrière. Quand la vie devenait dure, les gens se découvraient soudain amoureux.

Penny lui tira légèrement sur la chemise. Il baissa les yeux sur elle, croisa son regard bleu et lui caressa une pommette. Quelque chose trembla au plus profond de lui. Chaque fois qu'il la voyait, qu'il la touchait, elle semblait remplir un vide dont il n'avait jamais eu conscience auparavant.

Elle finirait par se rendre compte qu'elle ne l'aimait pas. Pas comme elle le croyait. Pas comme il l'espérait.

Elle tira de nouveau sur sa chemise, se rapprocha et posa la tête sur son torse. Tant pis, se dit-il. Pour l'instant, comme un parfait égoïste, il la laisserait croire ce qu'elle voulait.

Sa décision était prise. Il n'avait plus besoin de réfléchir. Il sourit.

— Si tu insistes… Je crois qu'il y a quelques endroits que j'ai oublié de lécher cet après-midi.

15

Après une nuit d'angoisse, Penny s'assit à son bureau pour consulter ses e-mails. Elle espérait de tout cœur avoir reçu un message de Jenna ou de Colin Heath. La moindre nouvelle compenserait les longues heures d'insomnie. Bien sûr, Russ avait réussi à la distraire pendant un certain temps. En tout cas, jusqu'à ce que l'autre marshal arrive et qu'ils n'aient plus de raison valable pour justifier sa présence chez elle.

Dire qu'elle lui avait dit qu'elle l'aimait… C'était vraiment idiot. Elle avait vu assez de cas similaires au cours de sa carrière pour le savoir : les émotions étaient souvent instables après des événements traumatiques.

Elle y réfléchirait plus tard, une fois Zac rentré et Heath derrière les barreaux. Alors seulement, elle et Russ pourraient essayer d'identifier ce qui se passait entre eux.

En admettant qu'ils soient toujours en bons termes !

Si l'idée qu'elle avait eue portait ses fruits, Russell Voight allait lui tourner le dos. Une partie d'elle-même espérait qu'il comprendrait sa tentative désespérée, mais elle était réaliste : il verrait tout rapprochement avec Heath comme une trahison.

Et sa réaction serait compréhensible, songea Penny. Elle avait promis qu'elle coopérerait, et elle avait tenu parole. Jusqu'à ce que Zac soit enlevé.

Elle repoussa la souris d'ordinateur et se laissa aller contre le dossier. Deux cents e-mails attendaient d'être lus pendant qu'elle se tracassait pour son plan. De toute façon, rien ne pourrait être mis en œuvre si Heath ne recevait pas son message. Angoisser ne ferait pas avancer les choses. Elle devait attendre que le criminel l'appelle, tout en priant pour que le FBI retrouve son frère. En vie, bien sûr.

Jenna franchit alors la porte, vêtue d'une jupe courte à fleurs et d'un petit haut dos nu qui dévoilaient son corps tonique. Ce n'était pas une tenue très professionnelle, mais Penny s'était fait une raison depuis longtemps. Tant que Jenna lui fournissait des informations, sa façon de s'habiller était le cadet de ses soucis.

L'enquêtrice posa un dossier sur le bureau et s'assit dans l'un des fauteuils.

— À quel point tu m'aimes ?

— Je t'aime beaucoup. Peut-être même plus qu'hier.

— Excellente réponse, approuva Jenna en ouvrant le dossier. Je t'ai trouvé un type qui a trouvé un type qui a trouvé un type.

— Trois types ?

— Peut-être quatre. J'ai perdu le fil. J'y ai passé la nuit et tu vas faire une attaque en voyant combien ça m'a coûté. Mais comme tu n'as pas fixé de limites…

Jenna sortit un téléphone portable de son fourre-tout Louis Vuitton.

— Quand ça sonnera, réponds.

— Ce sera qui ? demanda Penny en contemplant l'appareil.

— Si j'ai bien fait mon travail, et nous savons toutes les deux que c'est le cas, ça devrait être notre pote Colin. Ou en tout cas, quelqu'un proche de lui. Tu lui transmettras ton message, et ma mission sera accomplie.

Penny tendit la main pour récupérer le portable.

— Quand va-t-il appeler ?

— Ça, je n'en suis pas sûre. J'ai dit à mon contact que tu voulais lui parler en privé. Sur ce téléphone. Et que personne d'autre — pas même le FBI — ne serait au courant de l'appel.

— À qui appartient ce téléphone ?

— À moi. C'est un jetable. Je leur ai donné le numéro.

— D'accord.

Jenna abattit les mains sur les accoudoirs du fauteuil.

— Tu as besoin d'autre chose ?

— Non, c'est bon. Merci. C'est de l'excellent travail.

Penny veillerait à ce que la détective reçoive une grosse augmentation. Elle venait peut-être de sauver la vie de Zac.

Russ franchit l'entrée principale de la prison de Welberg, dans le sud-est du Michigan. Une odeur de renfermé et d'antiseptique flottait dans les couloirs, ce qui n'était guère surprenant. Le bâtiment n'avait pas dû être aéré depuis trente ans. En tant qu'agent du FBI, il avait l'habitude de l'odeur des prisons, mais il ne s'était jamais fait à la sensation d'enfermement. Même si ce n'était pas lui qui était en cellule.

Après un trajet de trois heures compliqué par les bouchons du matin, il était de fort méchante humeur. La journée promettait d'être ingérable. Il n'avait rien contre un peu de désordre dans sa vie mais, là, le niveau de chaos atteignait des sommets. Heath, Zac, Penny : ils formaient comme une énorme boule de feu qui roulait en direction d'une forêt appartenant à l'agent spécial Russell Voight.

Après avoir fait enregistrer son pistolet, il suivit un garde armé dans une petite salle de conférences. C'était là que les avocats et les policiers interrogeaient les témoins. Ou un prisonnier purgeant sa peine.

Tout en marchant, Russ garda les yeux fixés droit devant lui. Quand il venait en prison, il ne baissait jamais la tête. Il refusait de montrer le moindre signe de peur ou de faiblesse, même si, à vrai dire, les murs livides et le sentiment d'isolement le terrifiaient.

Une fois arrivés dans la petite salle, le garde verrouilla la porte derrière lui. Tandis qu'on allait chercher le prisonnier, Russ inspecta la pièce du regard. Encore des murs blancs et nus, comme il y en avait beaucoup dans le bâtiment. Au milieu de la pièce, une table métallique était scellée au sol, afin qu'aucun détenu téméraire ne s'en serve comme arme. Et les deux chaises en plastique posées autour se briseraient sûrement avant de blesser qui que ce soit.

Il patienta debout. Il ne s'asseyait jamais tant que le prisonnier n'était pas menotté à la table. C'était une autre de ses règles : s'il était assis au moment où le détenu entrait, celui-ci le dominerait de toute sa taille et serait en position de force. Or Russ ne cédait jamais une once de pouvoir.

Il repensa aux questions qu'il comptait poser. Simon Caldwell avait été condamné pour l'assassinat du mari d'Elizabeth

Brooks. À l'époque, Caldwell était employé par Colin Heath et, aux dires de tous, les deux hommes avaient été proches. Était-ce toujours le cas ? Russ l'ignorait, mais il était sur le point de faire une offre que Caldwell serait bien bête de refuser.

Tout ce que le criminel devait faire, c'était : a) aider Russ à localiser Heath et b) témoigner contre l'homme d'affaires. En échange, sa peine serait réduite au minimum, et il sortirait de prison bien avant l'heure.

Ou bien il pouvait rester derrière les barreaux pour les quarante prochaines années. À lui de voir.

Avec un peu de chance, Caldwell ferait le bon choix. Mais à en juger par son casier judiciaire, ce n'était pas dans les habitudes du bonhomme.

Une sonnerie retentit à l'extérieur de la pièce. Russ sortit les mains de ses poches et laissa retomber les bras le long du corps.

Le garde déverrouilla la porte et fit entrer le prisonnier menotté. Caldwell portait un uniforme de prisonnier bleu marine et des chaussures en toile blanche sans lacets. Il avait le crâne rasé, un long visage maigre et la peau cireuse de quelqu'un n'ayant pas été exposé aux rayons du soleil depuis des mois. Il était de carrure plutôt moyenne, mais mesurait cinq ou six centimètres de plus que Russ.

— Les menottes restent en place, annonça le garde.

Caldwell s'assit sur la chaise près du mur. Le garde l'enchaîna à un crochet sur la table, puis sortit. Une fois la porte refermée, Russ s'installa en face de Caldwell.

Le prisonnier sourit d'un air narquois, comme s'il aurait préféré rester dans sa cellule plutôt que d'avoir cette conversation.

— Je suis l'agent spécial Russ Voight, du FBI. Je suis ici à propos de Colin Heath.

— Je suis drôlement populaire, aujourd'hui, répliqua l'autre en haussant les épaules.

Que voulait-il dire par là ? se demanda Russ. Pour ne pas braquer sa cible, il s'obligea à relâcher les épaules et garda les mains sur les cuisses.

— Heath est un homme très occupé, ces temps-ci.

— Qu'est-ce que j'en sais ? maugréa Caldwell. Mais la

gonzesse qui était là tout à l'heure était sacrément plus canon que vous.

Le ventre de Russ se noua. Pour autant, il ne manifesta aucune réaction. Il se concentra pour garder une expression neutre et ne montrer aucun signe de faiblesse.

Mais si cette fameuse « gonzesse » était une jolie petite blonde, Penny Hennings allait avoir affaire à lui. Après tous les discours qu'il lui avait tenus sur la confiance, elle avait intérêt à ne pas l'avoir doublé. Professionnellement parlant, ce serait un désastre pour lui. Sur le plan émotionnel ? Il refusait tout simplement d'y penser.

— Son nom ?

Caldwell avait les yeux fixés sur la minuscule fenêtre, où un rayon de soleil tapait sur la vitre.

— Jenna quelque chose. Elle est enquêtrice pour un cabinet d'avocats de Chicago.

Russ avait déclaré à Penny ne rien vouloir savoir sur le détective qu'elle souhaitait engager. Soudain, il était beaucoup plus curieux.

— Elle était ici ce matin ?

— Ouais. Elle voulait contacter Heath. Elle avait l'air de croire que je pourrais l'aider.

Russ réfléchit. Lui et Penny s'étaient mis d'accord pour qu'elle fasse appel à un enquêteur. Elle n'avait peut-être pas rompu sa promesse, après tout.

— Et c'est le cas ? demanda-t-il.

Le prisonnier haussa les épaules.

— Je lui ai donné quelques noms. Des gens qui sont peut-être au courant.

Il regarda de nouveau par la fenêtre.

— Il fait chaud dehors ?

Russ acquiesça. La proposition qu'il allait faire à Caldwell avait de bonnes chances d'intéresser celui-ci.

— C'est la plus belle journée du mois. Et vous n'allez pas pouvoir en profiter, parce que vous êtes coincé ici. Je peux changer ça.

Le prisonnier s'appuya à son dossier, fit un geste pour lever ses mains menottées, puis renonça.

Bingo ! songea Russ.

Il posa les avant-bras sur la table.

— Dites-moi où je peux trouver Heath, témoignez contre lui et vous sortirez d'ici après avoir purgé la peine minimum. Je peux rendre ça possible.

— Vous voulez que je moucharde ?

— C'est soit ça, soit passer le reste de votre vie dans ce trou à rats.

— Pourquoi tout le monde s'intéresse à Heath ?

— En dehors de sa totale absence de respect pour la loi ?

Caldwell s'esclaffa, et Russ eut envie de lui balancer un coup de poing. Sous la table, il tapa du pied par terre. Cinq fois. Assez pour évacuer d'un peu de tension nerveuse.

En général, Russ ne partageait pas ses informations, mais le principe du donnant-donnant avait ses mérites dans une négociation.

— Il risque une inculpation pour enlèvement. Sans parler de meurtre, d'obstruction et tout ce que je peux lui mettre sur le dos.

— La bonne femme de Brooks, par exemple ?

Russ ignora la suggestion.

— Qu'avez-vous dit à l'enquêtrice ce matin ?

— Rien. Elle voulait des noms. Je lui ai donné des noms.

— Qu'est-ce que vous en avez retiré ? questionna Russ.

— J'ai pu regarder une belle femme avec un profond décolleté pendant quelques minutes de plus. Vous seriez surpris de ce qui peut motiver un homme.

Après tout le temps passé à désirer Penny, Russ n'avait aucun mal à comprendre.

— En plus, poursuivit Caldwell, elle a dit qu'elle avait un message pour Heath. Je ne sais pas comment elle voulait que je le lui transmette.

— Quel message ?

— Elle a seulement dit que sa patronne avait un marché à lui proposer. Du genre qu'il ne pouvait pas refuser.

À quoi jouait Penny ? se demanda Russ. Était-ce un stratagème pour trouver Heath ? De toute façon, les informations livrées par un prisonnier devaient toujours être vérifiées.

— Alors c'est la journée des marchés, annonça-t-il à Caldwell. Donnez-moi les noms que vous avez transmis à la belle Jenna, répondez à mes questions sur Heath et témoignez quand je le mettrai à l'ombre. Faites tout ça, et vous sortirez d'ici bien avant la date prévue. Ça vous tente ?

— Mon pote, si je parle, c'est les pieds devant que je vais sortir d'ici. Heath ne me laissera pas en vie pour témoigner. Il n'y a qu'à voir ce qui est arrivé à Sam Brooks.

Russ avait anticipé cette réponse.

— Nous vous déplacerons dans une prison plus sécurisée.

— Et après ? Vous allez me mettre à l'isolement ? C'est déjà pénible d'être en taule, alors si je suis seul toute la journée, je vais devenir dingue. Pas question. J'accepte si je sors aujourd'hui avec un statut de témoin protégé.

Russ était bon, mais pas à ce point. Cependant, il n'était pas encore prêt à renoncer.

— Je vais voir ce que je peux faire.

Caldwell eut le même sourire narquois.

— Je ne bouge pas d'ici.

Il n'était que 9 h 30, mais Penny se sentait déjà à bout de nerfs. Elle venait de finir de trier ses deux cents e-mails et Heath n'avait toujours pas appelé. Elle voulait l'avoir en ligne non seulement pour parler de Zac, mais aussi pour lui proposer le marché préparé grâce à Jenna.

Elle commençait à comprendre le personnage. En l'appelant sur des téléphones différents chaque fois, il voulait la pousser à bout, la mettre aux abois. Si elle devinait juste, sa ligne fixe au cabinet était la prochaine sur la liste de Heath.

Mais le téléphone n'avait toujours pas sonné. Heath n'avait pas non plus essayé de la joindre sur son portable. Et s'il appelait chez elle, tout compte fait ?

Non, songea-t-elle. Elle le saurait. Les fédéraux surveillaient aussi bien la ligne fixe chez elle que celle de son bureau. Elle devait se contenter d'attendre. Autant travailler et rappeler certains clients.

Elle tendait la main vers le combiné lorsque le portable

que Jenna lui avait donné sonna. Un numéro masqué. C'était forcément Heath.

Elle fixa la porte close en retenant son souffle. Brent était dans le couloir. Elle pouvait lui demander de venir mais, dans ce cas, elle ne saurait jamais si son plan avait des chances de réussir. Et la vie de Zac était sa priorité. Le téléphone sonnait toujours. Elle décrocha.

— Allô ?

— Bonjour, jolie Penny. J'ai appris que vous vouliez papoter en privé avec moi.

— Exact.

— Le FBI n'est pas en train de nous écouter ?

— Non. Sinon je n'aurais pas dépensé une petite fortune pour vous faire passer un message.

Une vision de Russ en train de lui sourire apparut dans l'esprit de Penny. Avec ce qu'elle s'apprêtait à faire, il ne la regarderait plus jamais de cette façon.

— Je vous écoute, déclara Heath.

La main crispée sur le téléphone, Penny s'obligea à visualiser Zac au lieu de Russ.

— Je veux retrouver mon frère. Je pense que nous pouvons trouver un compromis. Je ne vous donnerai pas Elizabeth Brooks. Ce serait la condamner à mort. Mais je vais faire en sorte qu'elle ne témoigne pas pour le FBI. Elle ne vous posera plus jamais de problème. Je vous garantis qu'elle disparaîtra sans laisser de trace.

Après un instant de silence, il demanda :

— Et elle est d'accord ?

Une vague d'énergie submergea Penny. Elle se leva pour faire les cent pas derrière son bureau.

— Tout ce qu'elle veut, c'est que son fils soit en sécurité. Si nous lui garantissons ça, elle s'accommodera du reste.

— Et comment comptez-vous vous y prendre ?

— Ça ne vous regarde pas. Mais il y a une condition. Je conserve toutes les preuves qu'elle a amassées. Et croyez-moi quand je dis qu'il y en a beaucoup. S'il arrive quoi que ce soit à Elizabeth ou à Sam, le FBI les récupérera. C'est le marché : Elizabeth et son fils disparaissent, Zac est relâché et vous restez un homme libre. Ça me tue, mais je suis prête à vous laisser partir si ça sauve mon frère, Elizabeth et Sam. Mais les preuves restent en ma possession. Si les choses tournent mal, je donne tout au FBI.

— Qu'est-ce qui me dit que ce n'est pas un piège ?

— Rien.

— Jolie Penny, j'aurais aimé que vous soyez mon avocate. Mais, hélas, j'étais en retard à la fête.

Penny ravala une repartie cinglante.

— C'est d'accord ou pas ?

— Bah, pourquoi pas ? Je n'ai rien à perdre.

Elle le tenait. Ses épaules se courbèrent sous l'effet de la pression qui s'envolait.

— J'ai besoin de temps pour parler à Elizabeth.

— Vous avez cinq heures. Pas plus. Je vous contacterai à ce numéro à 14 h 30. Soyez disponible, ou le marché est annulé.

— Très bien.

Après avoir raccroché, Penny inspira longuement. Elle avait cinq heures pour trouver un moyen de faire disparaître Elizabeth.

Et d'éviter Russell Voight comme la peste.

16

Dans la voiture qui roulait vers la planque, Penny était de plus en plus mal. Devait-elle parler à Russ du marché passé avec Heath ? D'un point de vue intellectuel, oui. Sur le plan émotionnel, ce n'était pas si sûr. L'homme d'affaires avait déjà commandité l'assassinat de deux personnes. Il n'hésiterait pas à mettre à exécution ses menaces contre Zac.

Puisque contempler les bateaux qui tanguaient sur le lac n'arrangeait pas sa nausée, elle se remit à fixer la route. En plus du tumulte qui régnait dans sa tête et du manque de sommeil, sa dixième tasse de café lui brûlait l'estomac.

— Vous allez me détester si je vomis dans votre voiture ?

Brent lui jeta un coup d'œil, puis reporta son attention droit devant lui.

— Oui.

— Très bien.

Elle se laissa aller contre l'appui-tête. Ils n'allaient pas tarder à arriver à la planque. Elle devrait alors annoncer aux marshals qu'elle avait besoin de parler en tête à tête avec sa cliente. Elle convaincrait ensuite Elizabeth de laisser la famille Hennings l'aider à repartir de zéro. Son fils et elle bénéficieraient d'un soutien financier et pourraient mener une vie tranquille sur une île tropicale. Penny et ses collègues avocats pénalistes avaient toutes sortes de contacts capables de donner une nouvelle identité à quelqu'un.

En échange, Elizabeth refuserait de témoigner contre Heath et confierait à Penny la charge de protéger les preuves qu'elle avait accumulées.

Rien de plus facile, songea Penny en grimaçant.

Depuis des heures, elle évitait de penser à la fureur que Russ allait ressentir quand il apprendrait ce qu'elle avait fait. Sa façon de le doubler était bien plus qu'une trahison professionnelle. Il allait penser qu'elle s'était servie de lui. Sa haine des avocats et de leurs manœuvres douteuses allait resurgir de plus belle. Il ne lui pardonnerait jamais.

Jamais.

Elle baissa la vitre et laissa l'air humide du lac lui caresser le visage. Elle inhala doucement, bloqua sa respiration pendant quelques secondes, puis expira.

— Hé, lança Brent. Sérieusement, vous allez vomir ?

— Non. Je suis épuisée et j'ai bu trop de café. Ça me joue des tours. J'ai l'impression d'être sous amphétamines.

— Je vous l'ai dit, d'arrêter le café.

— Bla-bla-bla. Je sais. Mais j'en avais besoin pour tenir le coup.

— Et maintenant, en plus du reste, vous avez mal au cœur.

Elle tourna les yeux vers lui : il secouait la tête. Même si elle appréciait sa sollicitude, elle n'hésiterait pas à le frapper.

— Brent, taisez-vous, ou je vous en colle une.

Avec un grognement amusé, il tourna à gauche pour rejoindre le chemin menant à la maison.

Cinq minutes plus tard, Penny escortait Elizabeth à l'extérieur. Elles se postèrent derrière un arbre et trois gros buissons, assez loin pour parler en privé, mais assez près pour que les marshals puissent intervenir rapidement en cas de besoin.

— Que se passe-t-il ? demanda Elizabeth. C'est Zac ?

Le fait d'être mère avait peut-être aiguisé le sixième sens de sa cliente, pensa Penny. Elle semblait toujours savoir quand quelque chose ne tournait pas rond.

— Non. Il ne s'agit pas de lui.

Elle jeta un œil par-dessus son épaule : Brent et l'autre marshal étaient hors de portée de voix.

— J'ai parlé avec Heath, ce matin.

— Oh non.

— Elizabeth, je ne sais pas comment m'y prendre…

— C'est bon. Allez-y.

— Si je vous disais que vous n'avez pas à témoigner contre

Heath et que je peux vous offrir une nouvelle vie avec Sam, dans le lieu de votre choix, qu'est-ce que vous en penseriez ?

Elizabeth releva brusquement la tête.

— C'est sérieux ou c'est une simple hypothèse ?

— Ça fait une différence, pour vous ?

— Je suppose que non.

Penny lui toucha le bras et se rapprocha d'elle.

— Sam serait en sécurité. C'est garanti.

— Je n'aurais pas à témoigner ? Jamais ?

— Jamais.

Elizabeth fit un pas en arrière et s'appuya contre le vieux chêne.

— Waouh…

— Ça fait pas mal de choses à encaisser d'un coup. Nous avons tous beaucoup à perdre.

Leurs regards restèrent rivés l'un à l'autre un long moment. Elizabeth semblait comprendre la force de la famille et avait déjà connu la souffrance de perdre un être cher. Elle voulait protéger son fils, et Penny sauver son frère. Mais il ne fallait pas précipiter les choses, décida Penny. Elle allait laisser quelques minutes à Elizabeth pour réfléchir. Cependant, cela comportait un risque : qu'Elizabeth gâche tout en prévenant les marshals.

Justement, Elizabeth regardait Brent et son collègue.

Finalement, elle se tourna vers Penny.

— Si vous garantissiez notre sécurité, j'accepterais ce marché. Mais j'ai du mal à croire qu'après tout ça…

Elizabeth fit un geste en direction de la maison.

— … l'agent Voight ait donné son accord.

— Il ne l'a pas fait, confirma Penny.

— Je ne comprends pas.

— C'est moi qui ai parlé à Heath. Il voulait que je vous échange contre Zac.

Le regard d'Elizabeth se durcit tandis qu'elle pinçait les lèvres. Penny leva la main.

— Je lui ai dit que je ne pouvais pas faire ça. Je lui ai proposé un marché : s'il acceptait de vous oublier et de me laisser garder vos preuves, je promettais de mon côté de ne rien transmettre au FBI. Grâce à ce marché, Heath évite la prison.

J'ai essayé d'obtenir le principal : vous et votre fils restez en sécurité et je retrouve mon frère.

— Comment pouvons-nous lui faire confiance ?

— On ne peut pas. C'est le risque. Mais avec la carrière qu'il a, mon père connaît du monde. Nous n'aurons aucun mal à vous fournir une nouvelle identité. Malheureusement, vous devrez quitter le pays. Le résultat, c'est que vous n'auriez pas à témoigner et que Heath vous laisserait tranquille. Si vous témoignez, même s'il est condamné, vous n'aurez plus un jour de paix.

Un souffle de vent chaud fit bruisser les feuilles au-dessus de leurs têtes. Elizabeth les observa d'un air pensif, puis baissa les yeux sur Penny.

— Et le programme de protection des témoins ?

Penny s'attendait à cette question.

— Nous pourrions sûrement nous arranger avec le gouvernement. Mais ils vous enverraient dans un endroit de leur choix, et vous n'auriez pas votre mot à dire. Avec le marché de Heath, vous pouvez contrôler la situation.

— Et votre frère serait sauvé.

— Oui. Je ne vais pas vous mentir. Je veux que vous acceptiez ce marché, mais il y a des inconvénients. Le gouvernement ne va pas apprécier que nous lui ayons fait perdre son temps. Ils risquent de lancer un mandat d'arrêt contre vous à cause des transactions illégales que vous avez faites.

Et la carrière de Penny risquait d'en pâtir. Ce serait dur d'être connue comme l'avocate qui était revenue sur son accord avec les fédéraux.

— Waouh, murmura Elizabeth en s'affaissant contre l'arbre.

— Je sais.

— Puis-je y réfléchir ?

L'heure n'était plus vraiment à la réflexion, songea Penny. Mais sa cliente venait tout juste d'être mise au courant d'un nouveau plan, complètement différent du précédent. Au fond d'elle, Penny comprenait les hésitations d'Elizabeth. Elle était passée par les mêmes incertitudes après l'enlèvement de Zac.

— Nous n'avons pas beaucoup de temps. Heath doit me rappeler à 14 h 30.

— Si vite ?

— Oui.

— Penny, je sais que la vie de votre frère est en jeu. Je veux accepter, mais je dois penser à Sam. Il est tout ce qui me reste. Je dois réfléchir aux conséquences pour lui. Je vous promets que je vous donnerai ma réponse avant 14 h 30.

Le portable de Penny émit une sorte de gazouillis. C'était la nouvelle sonnerie pour Russ. Celle qui le distinguait des millions d'autres personnes qui l'appelaient sans arrêt.

Et c'était aussi un rappel qu'elle avait oublié d'enlever la batterie de son téléphone. Elle devait répondre, pensa-t-elle en massant ses tempes douloureuses. Mais Russ avait peut-être appris qu'elle était à la maison du lac avec Elizabeth. Il allait lui demander des explications, qu'elle ne pouvait pas lui donner par téléphone. Elle était sur le point de démolir l'enquête qu'il menait. Il méritait d'apprendre la nouvelle de sa bouche.

Même s'il allait la mépriser une fois qu'il saurait.

Elle ferma les yeux. Elle devait penser à Zac et oublier la sensation de déchirement dans son cœur. Elle allait être obligée de choisir entre son frère et le seul homme qui acceptait son caractère, son emploi du temps chargé et son ambition. Un homme avec qui elle aurait pu construire quelque chose de solide.

Russell Voight la comprenait. Et elle était sur le point de le perdre.

La sonnerie s'interrompit, et Penny rouvrit les yeux. Elle devait se concentrer sur Elizabeth et son fils, sur le retour de Zac parmi eux. Elle devait agir de façon rationnelle. Dans une minute, le *bip* de sa messagerie vocale retentirait. Elle enlèverait la batterie de son portable et rappellerait Russ plus tard. Après avoir reçu la réponse d'Elizabeth. À ce moment-là, elle saurait pour de bon si son plan allait être mis en œuvre et si elle devait avouer à Russ ce qu'elle avait fait.

17

Penny entra dans l'espace d'accueil du cabinet et se figea sur place. Russ était assis sur l'une des chaises rouges au design ultramoderne choisies par le décorateur. Il était en train de feuilleter un magazine d'un air distrait, mais releva les yeux, comme s'il avait senti sa présence. Son expression n'avait rien d'aimable.

C'était en tout cas l'impression donnée par sa mâchoire crispée, ses lèvres serrées et son regard sévère. Penny remonta la sangle de sa mallette sur l'épaule, la serra entre les doigts et plaqua un sourire sur son visage.

— Tiens, tiens. Bonjour.

Russ ferma lentement le magazine et le posa sur la table basse en chrome à côté de lui. Penny détestait le chrome. Elle aimait le style traditionnel, avec bergères et tables en acajou. Des meubles qui procuraient une sensation de confort et d'intimité. Alors que le chrome était un matériau froid. Comme le regard acéré et menaçant de Russ.

En cet instant, il était trop calme, trop raide. Russ avait une façon d'être et de bouger bien particulière. Il débordait d'une énergie contenue qui transparaissait dans ses gestes vifs et résolus. Quand il entrait dans une pièce, son charisme rayonnait autour de lui. Penny s'y était habituée et en tirait une sensation de sécurité.

Mais le Russ qu'elle avait sous les yeux était quelque peu effrayant.

Il se leva et se tourna vers elle. Ses yeux sombres étaient légèrement plissés, pleins de suspicion. Penny retint un soupir :

elle n'était pas prête à l'affronter. Elizabeth n'avait pas encore pris sa décision.

— Il faut qu'on parle, annonça-t-il en jetant un coup d'œil vers la réceptionniste un peu trop curieuse. En privé.

— Bien sûr. Il y a du nouveau pour Zac ?

Il pencha la tête sur le côté.

— J'espère que tu peux me le dire.

Il est au courant, comprit-elle, paniquée. Elle avait pourtant pris des précautions. Du moins, elle le croyait. Mais Jenna avait dit avoir passé la nuit à parler à de multiples sources. L'un de ses informateurs s'était peut-être adressé au FBI. Ou l'un des nombreux contacts de Russ l'avait averti de l'enquête de Jenna, supposa Penny.

Elle avait pourtant prévenu Russ qu'elle allait engager un détective du cabinet. Les bons enquêteurs utilisaient tous les moyens à leur disposition, comme il devait le faire lui-même. Alors il devait comprendre.

Elle le précéda dans le couloir, passant devant la porte fermée du bureau de son père. En revenant du lac, elle avait emprunté le portable de Brent pour prendre des nouvelles de ses parents. Sa mère était toujours sous sédatif. Si elle était enfin calme, ce n'était pas le cas de son père. À cinquante-huit ans, il était toujours capable d'affronter des adversaires coriaces, mais il n'avait encore jamais vécu un tel traumatisme émotionnel. Le stress devait le ronger de l'intérieur.

L'arrivée de son frère aîné n'allait pas arranger la situation. La famille devait être réunie, mais la présence de David ne ferait que créer des tensions, c'était certain, pensa Penny. Il s'empresserait de la couvrir de reproches, alors qu'elle passait déjà son temps à culpabiliser. Elle n'avait pas besoin d'être rabaissée par son frère, elle s'en sortait très bien toute seule.

Elle déverrouilla sa porte et fit signe à Russ d'entrer.

— Assieds-toi.

— Je vais rester debout.

Elle laissa tomber sa mallette près du bureau et observa Russ. Pas besoin d'être un devin pour comprendre qu'il cherchait la bagarre.

— Très bien. Reste debout si tu veux. Je suis fatiguée, alors je m'assieds.

— Où étais-tu passée ?

Penny s'appuya contre le dossier de son fauteuil et releva les épaules.

— Russell, tu agis très bizarrement.

Il la fixa d'un air dur. À n'en pas douter, il était au courant. La question était de savoir de quoi exactement.

— Je suis allé à Welberg ce matin, déclara-t-il.

— À la prison ?

Il croisa les bras.

— Arrête ton cinéma. J'ai rencontré Simon Caldwell. J'avais dans l'idée de lui faire retourner sa veste, avec une offre difficile à refuser.

À quelques mots près, c'était la phrase qu'elle avait dite à Jenna concernant Heath.

— Quelle offre ?

— Une réduction de peine s'il me révélait où était Heath.

— Je vois…

— Ça ne m'étonne pas. Pour la bonne raison que ton enquêtrice l'a rencontré avant moi.

Penny déglutit péniblement.

— Tu savais que j'allais mettre quelqu'un sur le coup.

— En effet. Ce qui m'avait échappé, c'est que tu comptais transmettre un message à Heath.

Comme cela ne servirait à rien de se lancer dans des explications, elle garda le silence. Elle s'était douté que Russ et Jenna risquaient d'aller interroger la même source à quelques heures d'intervalle. Le jeu en valait la chandelle. Mais, là, elle avait juste envie de se jeter par la fenêtre.

— Tu ne dis rien, remarqua Russ. Ça nous change.

Elle pouvait accepter ses sarcasmes. Ils étaient amplement mérités.

— Qu'est-ce que tu as fait, Penny ?

Tandis qu'elle agrippait son fauteuil, Russ fit quelques pas vers elle.

— Dis-moi ce que tu as fait, gronda-t-il.

Son ton était menaçant, comme si toute sa colère avait

été comprimée en une petite boule et qu'il s'apprêtait à la lui lancer à la tête. Elle aurait préféré qu'il laisse libre cours à son courroux. Elle savait comment gérer Russ quand il était en train de hurler.

— Je n'ai rien fait. Du moins, pas encore.

Il croisa les bras et la fixa d'un air peu amène.

— Dis-moi.

Pendant quelques secondes, ils s'affrontèrent du regard, et Penny envisagea de le laisser dans l'ignorance. Son entêtement valait bien celui de Russ. Ils risquaient tous les deux de mourir à un âge avancé sans avoir jamais brisé le silence. Mais qui d'autre allait mourir avec eux ?

— J'allais te le dire cet après-midi, je te le jure, finit-elle par répondre.

— Menteuse.

— Non, je t'assure. Je t'avais promis, mais là, c'est différent.

Elle garda les yeux rivés aux siens : la vérité allait peut-être faire retomber sa colère.

— C'est mon frère.

Russ secoua la tête.

— Tu as agi dans mon dos ! Parce que tu me prends pour un crétin incompétent incapable de boucler cette affaire.

Penny jaillit de sa chaise et tapa de la main sur le bureau.

— Je n'ai jamais pensé ça ! J'étais en position de négocier. C'est tout.

— Dis-moi.

Elle se mordit la lèvre. Du fond du cœur, elle voulait tout lui dire. Si elle se confessait, tout s'arrangerait peut-être. Mais elle ne pouvait pas prendre de risque avec la vie de Zac.

— Je ne peux pas.

Le visage de Russ rougit de colère. Enfin, elle retrouvait le Russ qu'elle connaissait. Il agita un doigt vers elle.

— Bon sang, Penny. Tu m'avais donné ta parole. Tu m'as manipulé.

Il tendit les mains devant lui, les doigts légèrement recourbés. Oui, il voulait l'étrangler, elle le voyait bien. Mais cette colère était une bonne chose. Il avait déjà été furieux contre elle et avait fini par lui pardonner.

Elle contourna le bureau, mais Russ recula, comme s'il ne supportait pas d'être près d'elle. Cette distance lui fit l'effet d'un coup de poignard en plein cœur. Elle inspira, retint son souffle, puis lança :

— Je suis désolée.

— Va au diable.

Comme il marchait vers la porte à grands pas rageurs, elle eut un instant de panique. Elle devait l'arrêter à tout prix.

— Russell !

Dans le couloir, Brent les observa en haussant les sourcils.

— Il y a un problème ?

Russ continua à avancer sans même ralentir.

— Si elle essaie de sortir de ce bureau, arrête-la.

— *Russell*, je ne vais pas te courir après.

— Tu sais quoi, mon ange ? répliqua-t-il sans un regard en arrière. Ça me convient tout à fait. Ta vue m'est insupportable.

Penny retint un gémissement. Elle devait réussir à lui expliquer. Elle s'élança dans le couloir et fit la seule chose qu'elle s'était promis de ne jamais faire : courir après un homme.

Au passage, elle croisa quelques collègues aux yeux écarquillés. Elle aurait préféré éviter les curieux, mais la situation lui échappait complètement. Elle arriva à l'accueil au moment où Russ entrait dans l'ascenseur.

— Russell ! S'il te plaît, laisse-moi t'expliquer.

Mais la porte commença à se refermer. Russ regarda Penny avec une expression presque haineuse, puis se détourna, comme si elle le dégoûtait.

— Heu… Penny ? fit la réceptionniste.

Gênée d'avoir causé une scène au beau milieu du cabinet, Penny rougit. La fille du patron venait de se donner en spectacle.

Hors de question de montrer son embarras. Penny bomba le torse, releva le menton et se tourna vers la secrétaire. Brent se tenait près du bureau en U. Croyait-il vraiment qu'elle allait faire une chose aussi bête que s'enfuir ? Après tout, pourquoi pas ? Cela s'ajouterait à la liste des choses stupides, mais nécessaires, qu'elle était capable de faire pour essayer de sauver son frère.

La réceptionniste tapota son casque.

— Elizabeth Brooks au bout du fil. Elle dit que c'est urgent.

Penny soupira lourdement. Sa cliente était enfin prête à lui donner sa réponse. Elle prit la direction de son bureau.

— Donnez-moi une minute et passez-la-moi.

Elle foudroya du regard les quelques personnes croisées un peu plus tôt dans le couloir, qui s'empressèrent de retourner dans leur bureau. Elle s'était peut-être ridiculisée, mais elle avait toujours de l'ascendant sur ses collègues.

Elle entra dans son bureau, saisit le combiné et attendit la sonnerie. Quelques secondes plus tard, elle avait sa cliente au bout du fil.

— Elizabeth ?

— Passez le marché. Retrouvez votre frère. Pardon de vous avoir fait attendre.

Penny se laissa tomber dans son fauteuil et appuya la tête sur sa main.

— Ne vous en faites pas. Je sais que c'était une décision difficile. Je suis vraiment désolée de vous infliger ça.

— Nous n'avons pas vraiment le choix, n'est-ce pas ?

Penny aurait aimé trouver une autre solution. Elle rêvait plus que tout au monde de voir Colin Heath moisir en prison. Mais elle avait les mains liées.

Brent entra et s'assit en face d'elle.

— Je dois vous laisser, lança-t-elle. Je vous rappelle bientôt.

Après avoir raccroché, elle s'adressa au marshal d'un ton sec :

— Quoi ? Vous allez rester ici toute la journée ? J'ai des clients. Le secret professionnel, vous connaissez ?

— Je sortirai pendant vos conversations. Pour l'instant, je ne vous quitte pas des yeux.

En entrant chez Gerald Hennings, Russ découvrit un immense escalier circulaire avec une rampe en cuivre ouvragé. Les marches étaient peut-être en marbre, mais Russ s'en moquait. Il était obnubilé par la rage qui vibrait en lui. S'il ne parvenait pas à l'évacuer, il allait devenir fou.

Penny l'avait trahi. Elle avait occupé ses pensées pendant des mois, ils avaient passé quelques heures fabuleuses au lit mais, alors que sa carrière au FBI était en jeu, la question se posait : cela valait-il le coup ? À quoi s'attendait-il de la part d'une avocate de la défense ?

Il suivit Hennings dans un vaste bureau situé à droite de l'entrée. Des bibliothèques couvraient l'un des murs, du sol au plafond, et des meubles de taille imposante ornaient la pièce. C'était le bureau d'un homme riche, qui gagnait sa vie en faisant libérer des criminels. Colin Heath avait sûrement un bureau dans ce genre. Pour penser à autre chose qu'à sa fureur, Russ tourna son attention vers Hennings.

Lors de leurs précédentes rencontres, l'avocat avait été d'une élégance sans faille : costume italien de qualité, pochette, cravate de soie chic. Là, il portait un pantalon kaki et une chemise bleue. C'était sûrement la tenue la plus décontractée dans sa garde-robe, songea Russ avant de lancer les hostilités.

— J'ai besoin de savoir quel marché Penny a passé avec Heath.

Hennings s'assit dans son fauteuil et dévisagea Russ.

— Quel marché ?

Comme s'il n'était pas au courant de tout ce que faisait sa fille ! pesta Russ intérieurement.

— Je vous donne une chance de me mettre au parfum. Si vous le faites, je renoncerai peut-être à mon envie de vous inculper tous les deux pour obstruction. Je vous écoute.

L'avocat se redressa et lui jeta un regard furieux. Russ s'en moquait. Il avait de la colère à revendre.

— Surveillez votre ton, agent Voight. Je ne sais pas de quel marché vous parlez. J'ai passé la journée ici avec ma femme. Quand j'ai parlé avec ma fille tout à l'heure, elle venait de quitter Elizabeth.

— Elle a vu Elizabeth ce matin ?

— Oui. J'ai pensé que vous étiez avec elle.

Hennings marqua une pause, puis reprit :

— Vous croyez qu'elle est allée voir Elizabeth pour lui parler d'un marché avec *Heath* ?

Soit Penny avait agi sans l'aval de son père, soit l'avocat était aussi manipulateur que sa fille, conclut Russ. Mais la surprise dans la voix un peu brisée de Gerald semblait sincère.

— Oui, répondit Russ.

Hennings se pencha pour décrocher son téléphone.

— On va vite être fixés.

Penny le savait : Brent était dans l'embarras. Il était aux prises avec un besoin pressant, mais refusait d'aller le satisfaire.

Or Heath allait appeler dans un quart d'heure.

Les vessies n'étaient pas extensibles à volonté. La nervosité de Brent semblait indiquer que la sienne était sur le point d'exploser.

— Nom d'un chien, allez aux toilettes, s'exclama Penny. Vous me stressez, à vous trémousser comme ça. J'ai des appels à passer, de toute façon.

Il la fixa sans rien dire pendant une minute.

— À votre guise, soupira Penny. C'est votre vessie, après tout.

Il finit par se lever et pointa le doigt sur elle.

— J'ai été sympa avec vous, ces derniers jours.

— Tout à fait.

— Si vous bougez de ce bureau, je vous arrête. Pigé ?

— Je ne suis pas stupide.

Il leva les yeux au ciel. Apparemment, il n'était pas d'accord avec elle.

— Je reviens dans trente secondes. *Ne bougez. pas !*

— Oui, chef, répliqua-t-elle avec un geste de la main pour le chasser.

Sitôt seule, Penny prit son sac à main, son portable et le téléphone que Jenna lui avait donné. Elle marcha jusqu'à la porte et inspecta le couloir. Personne. Elle fonça jusqu'au bureau de son père tout en cherchant la clé dans son trousseau. Une fois à l'intérieur, elle récupéra les clés de sa voiture dans le tiroir où il les gardait toujours. Cela tombait bien qu'il ait été ramené chez lui et qu'il ait laissé sa voiture au cabinet. Par mesure de précaution, elle sortit un dossier du tiroir. Si Brent revenait, elle cacherait son sac et prétendrait avoir eu besoin de ce dossier.

Le marshal aurait peut-être besoin de faire la grosse commission, ce qui lui donnerait quelques minutes supplémentaires. Penny retint un léger rire : elle était vraiment au bout du rouleau si elle commençait à avoir ce genre de pensées.

Il était temps de bouger. Elle passa la tête par la porte : aucune trace de Brent. Elle n'avait plus qu'à tourner à droite, couper par la salle de conférences, sortir par la porte de l'autre côté et prendre l'escalier de secours. Avec un peu de chance, personne ne la verrait.

La chance n'était pas franchement de son côté ces derniers temps, songea-t-elle avant de se secouer. Au lieu d'écouter les drôles de pensées qui fusaient de son esprit torturé, elle devait foncer. Elle traversa la salle de conférences au pas de course, entrouvrit la porte du fond et regarda autour d'elle. Personne dans le couloir. Parfait. Son plan allait peut-être réussir. Une fois dans l'escalier, elle ôta ses escarpins et se mit à courir.

D'une façon ou d'une autre, elle passerait ce marché.

Russ décida d'ignorer son portable qui sonnait. Il avait plus urgent à faire : Hennings tentait de joindre Penny. Cependant, comme l'avocat ne semblait pas y parvenir, Russ jeta un œil à l'écran de son portable. C'était Brent.

— Qu'y a-t-il ? demanda Russ.

— Elle s'est envolée, cria le marshal.

— Pardon ?

— Penny ! Je l'ai perdue.

Un brusque mal de tête vrilla le crâne de Russ. Il ferma les yeux, se préparant à laisser libre cours à sa fureur.

— Comment diable…

— Tu voulais peut-être que je me pisse dessus ? J'avais besoin de faire une pause.

— Elle t'a fait faux bond pendant que tu étais aux W-C ?

Hennings releva les yeux sur Russ.

— Quoi ?

Russ contint sa colère et fit un signe du menton en direction de Hennings.

— Votre fille a faussé compagnie à un marshal. Pendant qu'il se soulageait.

— J'ai vérifié dans tout le cabinet, poursuivit Brent. Personne ne l'a vue. Elle a dû passer par la sortie de secours.

— Elle n'a pas sa voiture sur place, alors elle a sûrement pris un taxi. Envoie quelqu'un chez elle, et vite.

Il se tourna vers Hennings.

— Avez-vous une idée de ce qu'elle trame ? Elle risque de se faire tuer.

Quelque chose vacilla dans le regard de l'avocat, qui détourna les yeux. Il comprenait peut-être que sa fille avait fait une erreur tactique, songea Russ.

— Ma voiture est au cabinet, déclara Gerald. Et Penny sait où je garde mes clés.

Russ retint de justesse une bordée de jurons. Il s'adressa de nouveau à Brent :

— Elle a dû filer dans la voiture de son père. Est-ce qu'elle a reçu des appels ?

— Seulement des clients, d'après ce que j'ai compris.

— Pas de coup de fil de Heath ? Elle avait l'air nerveuse ?

— Non.

— Je te rappelle plus tard.

Il raccrocha et jeta le portable sur le bureau de bois massif, puis releva lentement les yeux sur l'avocat.

— Voilà ce qui va se passer : dès que Penny va sortir de sa voiture, Heath va la tuer. Zac sera probablement déjà mort de toute façon. Comme Elizabeth Brooks n'aura pas honoré son accord avec le gouvernement américain, elle et son fils ne bénéficieront plus de sa protection et seront assassinés à leur tour. Et voilà. Deux de vos enfants vont mourir. Sans parler de la cliente. C'est ce que j'appelle une très mauvaise journée.

— De quoi parlez-vous, bon sang ?

— Penny est en route pour aller voir Heath. Elle a passé un marché avec lui. Elle me l'a presque avoué.

— Elle n'aurait pas fait ça.

— Eh bien si. Votre fille nous a pris tous les deux pour des imbéciles. Elle est sans protection, et nous n'avons pas la moindre idée de sa destination. Si je la retrouve à temps, je réussirai peut-être à lui sauver la vie.

Hennings déglutit. Il baissa les yeux sur son bureau pendant quelques secondes, puis les releva sur Russ.

— Qu'est-ce que je peux faire ?

— Penny ne va jamais nulle part sans son portable. J'ai besoin que vous appeliez l'opérateur téléphonique pour le localiser. Je pourrais obtenir un mandat, mais ça prend du temps et, d'ici là, Penny pourrait bien se retrouver à flotter dans un lac. Vous savez, il y a beaucoup de lacs dans le coin.

Hennings devint blafard.

— Ce n'est pas nécessaire.

Russ faillit insulter l'avocat. Qu'est-ce qui pouvait être plus important que de retrouver Penny ?

— Monsieur…

Hennings composa un numéro sur le téléphone fixe.

— Tous les portables du cabinet ont le GPS intégré. J'ai seulement besoin du mot de passe. Attendez un instant.

Russ patienta, les mains sur les hanches, tandis que Hennings passait l'appel. À chaque seconde, Penny s'éloignait un peu plus. Elle avait peut-être déjà quitté la ville et pris une bonne avance sur lui.

Le père de Penny écrivit quelques mots sur un bout de papier, raccrocha et se tourna vers son ordinateur portable. Il n'y avait pas de temps pour cela. Russ sortit son téléphone et saisit le papier.

— Attendez, s'exclama Hennings.

— Désolé, monsieur. On n'a pas le temps. Si vous voulez retrouver votre fille, on fait ça à ma façon.

Il tapa l'adresse du site Web sur l'écran de son téléphone. La page d'accueil s'afficha, et il remplit les cases « identifiant » et « mot de passe ». Au bout de quelques secondes, une carte miniature apparut. Russ zooma sur la flèche rouge clignotante.

— Elle vient de monter sur la I-94. Elle roule en direction du nord. Elle conduit quoi ?

— Probablement ma voiture. Une Mercedes S550 noire.

Russ courut vers la porte.

— Merci. Je vous appelle quand je l'aurai retrouvée.

S'il se fiait à la carte, ce ne serait pas avant un certain temps. Il était au sud, alors que Penny roulait dans la direction opposée. Et elle avait réussi à prendre soixante-cinq kilomètres d'avance.

Quand il la rattraperait, il la tuerait. Et plutôt deux fois qu'une.

Au volant de la voiture de son père, Penny appuya sur l'accélérateur. D'une seconde à l'autre, Colin Heath allait téléphoner avec de nouvelles instructions. Comme prévu, il avait appelé le portable jetable à 14 h 30. Il lui avait ordonné de rouler vers le nord en direction du Wisconsin.

Ce qui la terrifiait à plusieurs niveaux : elle était seule, n'avait aucune idée de sa destination et risquait de tomber dans un guet-apens. Heath avait peut-être l'intention de les tuer, elle et Zac, puis de pourchasser Elizabeth.

Elle ferait bien d'appeler Russ. Après un coup d'œil dans le rétroviseur, elle changea de file pour doubler un conducteur plus lent. Elle n'aimait pas conduire vite mais, à Chicago, il valait mieux savoir slalomer afin d'éviter les bouchons.

Pour ne rien arranger, il pleuvait à verse, ce qui rendait la route glissante et transformait les conducteurs raisonnables en cinglés. Une fois la voiture plus lente doublée, Penny resta à une certaine distance du camion devant elle. Elle détestait les poids lourds sur l'autoroute.

Cependant, elle ne pouvait pas les éviter. Elle devrait se les coltiner jusqu'à la frontière de l'État, où personne ne saurait où elle se trouvait. Il fallait qu'elle prévienne quelqu'un. Son père, à défaut de Russ. Mais il enverrait des renforts. Or Heath avait été très clair : elle devait venir seule, sinon Zac allait mourir.

Elle secoua la tête. Trop de pensées se bousculaient dans son esprit. Les risques de commettre une erreur fatale étaient élevés. Sous l'effet de la panique, elle se raidit et leva une main du volant pour se masser le cou.

Sur le fauteuil passager, son téléphone professionnel bipa. Elle consulta l'écran : c'était encore Russ. Il avait appelé au moins cinq fois et ne comptait sûrement pas s'arrêter là. Elle se décida enfin à l'affronter. Après avoir appuyé sur la touche du haut-parleur, elle reposa l'appareil.

— Penny ?

Rien que le son de sa voix, même teintée de colère, eut le mérite d'apaiser son esprit torturé.

Elle se mordit la lèvre. Toutes ses émotions — la peur, l'anxiété, le chagrin — la déchiraient de l'intérieur et lui coupaient le souffle. Des petits points rouges — les feux arrière du camion — tourbillonnaient devant elle. Les mains moites, elle agrippa un peu plus le volant.

— Penny !

Le cri de Russ résonna dans la voiture. Elle ouvrit la bouche, libérant l'air de ses poumons, puis inspira une bouffée d'oxygène qui lui éclaircit l'esprit.

— Russell, je suis tellement désolée.

— Où es-tu ?

— Sur la I-94.

— Où vas-tu ?

Elle mettrait tout le monde en danger si elle lui répondait. Même si elle allait le perdre en se taisant, elle ne pouvait pas courir de risque. Elle essuya ses yeux noyés de larmes.

— Je… Je ne sais pas. Il ne me l'a pas encore dit. Je suis vraiment désolée. J'aurais aimé pouvoir faire autrement. Je m'en veux de t'avoir blessé, mais je ne sais pas comment réparer les choses. Je suis désolée. Je t'adore, Russell Voight. C'est juste que je ne peux pas te donner ce que tu veux. J'ai besoin de retrouver mon frère. Et je veux qu'Elizabeth, Sam et toi soyez en sécurité.

Un appel de phares dans son rétroviseur attira son attention. La voiture derrière elle voulait qu'elle libère la file de gauche. Penny vérifia l'angle mort d'un coup d'œil par-dessus son épaule et vira à droite.

— Écoute-moi, déclara Russ. Tu es complètement dépassée par la situation. Nous pouvons nous en sortir, ensemble. Il n'est peut-être pas encore trop tard. Tu dois te ranger sur le bas-côté. Je te rejoins, et nous allons y réfléchir. Nous allons retrouver Zac. Et ensuite, une fois cette affaire bouclée, nous réfléchirons à ce qui se passe entre nous. Si tu te fais tuer, ça n'aidera personne.

— Russell, si je veux revoir mon frère en vie, je dois faire ça. Seule.

Les yeux rivés sur la route, elle tâtonna pour atteindre le clavier du téléphone et coupa l'appel. Russ ne pouvait pas comprendre. Lui dire où elle se rendait était la pire chose à faire.

Le téléphone…

Elle repensa à leur dispute la première fois qu'il lui avait confisqué son portable et avait ôté la batterie.

— Oh non… Non. Non. Non.

Elle se gara sur le bord de la route et s'empressa de démonter l'appareil.

— Quelle idiote, Penny ! Mais quelle idiote !

C'était sûrement le stress qui tuait ses neurones, parce que, en temps normal, elle n'aurait pas oublié. Au moins, elle s'en était rendu compte avant qu'il ne soit trop tard.

La flèche rouge disparut soudain de la carte et Russ lâcha un juron.

— C'est pas vrai !

Elle avait éteint le téléphone et avait dû enlever la batterie. Il s'était demandé au bout de combien de temps elle allait y penser. Il n'aurait pas dû l'appeler. Mais c'était le genre d'erreur que faisaient les représentants de la loi quand ils cédaient à leurs émotions. Ils s'impliquaient trop dans leur enquête et perdaient le sens des réalités. Dans son cas à lui, craquer pour Penny avait été la goutte d'eau finale.

Il avait perdu le contrôle d'une enquête sur une fraude financière de grande envergure. Sans oublier qu'il risquait de se retrouver avec des morts sur les bras : Penny, Zac, Elizabeth et son fils.

Il accéléra. Lorsqu'il avait parlé à Penny, elle se trouvait à une trentaine de kilomètres devant lui sur la I-94, en direction du Wisconsin. Il avait donc trente kilomètres pour trouver une solution.

Quelle était sa prochaine destination ?

« Il ne me l'a pas encore dit. » C'était ce qu'elle avait répondu. Elle avait donc un autre moyen de communiquer avec Heath. Et comme elle était en train de conduire, il devait s'agir d'un second portable.

Dans son répertoire, il trouva le numéro de Brent.

— Tu l'as retrouvée ? grommela le marshal.

Manifestement, le petit jeu de Penny lui restait en travers de la gorge.

— Elle est sur la I-94, mais je viens de perdre sa trace, indiqua Russ. Je pense qu'elle a un autre portable.

— Elle utilise toujours celui du cabinet.

— D'une façon ou d'une autre, elle communique avec Heath. Trouve la détective avec qui elle travaille. Jenna quelque chose. Je t'expliquerai plus tard, mais demande-lui comment Penny est en contact avec Heath.

— C'est parti.

L'une des qualités de Brent était de comprendre les situations d'urgence. Au lieu de perdre du temps à poser des questions, Brent agissait. Il rappela au bout de sept minutes et demie. Juste à temps, parce que Russ arrivait à l'endroit où il avait perdu Penny.

— C'est fait, déclara le marshal.

— Alors ?

— Jenna a donné un de ses téléphones à Penny. Elle se doutait que Penny allait se volatiliser dans la nature, alors elle lui a dit que c'était un jetable. Ce n'est pas vrai. Quand Penny a quitté le cabinet, Jenna a tracé le portable. Cette fille est douée. Elle est sur la I-94, juste derrière Penny, qui ne se doute de rien.

Une vague de soulagement balaya la colère et l'inquiétude de Russ.

— Cette Jenna assure comme une bête. Tu as son numéro ?

— Oui, celui de son portable.

— Envoie-le-moi par SMS. Je vais l'appeler.

— D'accord. Je saute dans ma voiture. Quel que soit l'endroit où Penny va, nous aurons besoin de renforts.

— Il faut y aller en douceur, recommanda Russ. Penny est morte de peur. Si elle sait que nous sommes à ses trousses, elle va annuler son marché avec Heath. Alors personne ne l'appelle. Laissons-lui croire que nous ignorons où elle est.

— Pendant combien de temps ?

— Jusqu'à ce que Colin Heath soit menotté ou dans une housse mortuaire.

Penny se mit à tambouriner sur le volant de la voiture. Décidément, elle n'avait pas de chance. D'après le bulletin d'informations de la radio locale, un carambolage de quatre voitures avait provoqué un embouteillage sur l'autoroute. Elle-même se trouvait dans la file du milieu, coincée entre deux véhicules, à trente kilomètres du Wisconsin, sans la moindre porte de sortie. Elle ne put retenir un éclat de rire hystérique et plaqua la main sur sa bouche. Heath n'allait pas tarder à l'appeler, persuadé qu'elle n'était plus très loin de la frontière.

Il n'avait qu'à écouter les infos, pensa Penny. Elle ne pouvait rien contre les mauvais conducteurs, même si la pluie avait cessé et que le soleil chassait les nuages.

Tout ce qu'elle voulait, c'était récupérer son frère, vivant et en pleine forme. Pour cela, elle n'hésiterait pas sacrifier sa relation fragile avec Russ. S'il était bien l'homme exceptionnel qu'elle pensait, il comprendrait la situation impossible dans laquelle elle se trouvait.

Mais au fond d'elle, elle avait des doutes. Elle aurait peut-être dû en parler à Russ plus tôt, partager ses idées avec lui. Ensemble, ils auraient trouvé comment piéger Heath.

Désormais, il était trop tard. Son besoin de retrouver Zac lui avait fait perdre ses capacités de réflexion et l'avait fait agir comme une idiote. Dominée par ses émotions, elle avait pris une décision précipitée. Elle n'avait jamais agi ainsi au cours de sa carrière. Pour ses clients, elle avait toujours été professionnelle jusqu'au bout des ongles. Dans sa vie privée, c'était un peu différent.

À côté d'elle, le portable bipa. Probablement Heath. Elle appuya sur le haut-parleur.

— Allô ?

— Jolie Penny. Où êtes-vous ?

— Je suis à trente kilomètres de la frontière. Je suis coincée dans un gros embouteillage. Nous n'avons pas bougé d'un pouce en une demi-heure.

— Etes-vous en train de me mentir ?

— Bien sûr que non, rétorqua Penny. Écoutez les bulletins routiers. Je suis douée, Heath, mais pas assez pour extraire une voiture d'un bouchon.

— Je vois. Une fois dans le Wisconsin, arrêtez-vous à la première aire d'autoroute. Vous y attendrez la suite des instructions.

— Où…

Clic.

— Allô ?

Il avait raccroché. Elle jeta le portable sur le siège.

— Je n'en peux plus de sa comédie !

En plus, elle avait volé la voiture de son père. Il devait désormais être au courant et en pleine panique. Elle fixa de nouveau le téléphone. Elle pouvait appeler son père, se dit-elle. Mais si elle le faisait, son numéro s'afficherait. Sans aucun doute, Russ avait déjà été le voir et l'avait convaincu qu'elle était en danger. Son père n'aurait pas besoin d'en savoir plus pour coopérer. Pour aider ses enfants, il n'hésiterait pas à donner toutes les informations requises par le FBI.

Elle ne pouvait donc pas l'appeler, ni lui ni un autre.

Elle était coincée dans un bouchon, sans la moindre idée de sa destination.

Et elle était seule.

En un seul jour, elle avait oblitéré pas mal des règles dignes d'une femme intelligente.

Elle posa les mains sur son visage, prit trois profondes inspirations et relâcha lentement la dernière. Le silence se fit dans son esprit, et elle laissa retomber ses mains. Autour d'elle, la circulation reprenait. Enfin.

— Je peux y arriver. Heath veut que ça marche autant que moi.

Du moins l'espérait-elle.

18

D'après Brent, Penny s'était arrêtée sur cette aire d'autoroute. Au volant de sa voiture banalisée, Russ en fit le tour. Un flot de visiteurs entraient et sortaient d'un bâtiment en brique de plain-pied. Certains portaient des sacs de nourriture et des gobelets en plastique, d'autres se précipitaient vers leurs véhicules. Russ observa une jeune femme qui pourchassait un enfant un peu plus loin. Il fallait espérer que Heath n'était pas sur ce parking, prêt à ouvrir le feu dès qu'il apercevrait Penny.

Pour éviter que celle-ci ne le voie, Russ se gara sur la première place disponible et se baissa sur le siège. Puis il appela Jenna.

— Quoi de neuf ? demanda la détective.

— Est-ce qu'on a la moindre idée de sa destination ?

— Non. Elle ne m'a pas contactée. Je l'appelle ?

C'était une mauvaise idée. Cela ne ferait qu'éveiller les soupçons de Penny.

— Non. On se contente de la suivre.

Vingt minutes après l'arrivée de Russ, Penny redémarra la Mercedes de son père et remonta sur l'autoroute.

— Bon Dieu, où est-ce qu'elle va ? marmonna Russ.

Elle se rendait sûrement dans un endroit reculé, en pleine campagne. Dans ces grands espaces, il était plus facile de repérer les filatures : Heath le savait, pesta Russ.

Il allait être une cible.

Brent aussi.

Et Jenna.

Ils formaient un vrai convoi. Sans oublier que le bureau du FBI de Milwaukee avait été mis en état d'alerte. C'était le pire scénario possible : ils allaient devoir foncer tête baissée dans une situation pleine d'impondérables, avec Penny, la femme à qui il n'aurait jamais dû s'attacher, au beau milieu.

Belle façon de jeter tout son travail aux orties.

Ce serait déjà miraculeux si le nombre de victimes restait réduit au terme de l'assaut. Mais l'affaire allait provoquer un tollé médiatique. Il imaginait déjà les gros titres : « L'homme qui a fait couler le bureau de Chicago. »

Ce n'était pas vraiment la notoriété professionnelle dont il avait rêvé. En attendant, il devait se contenter de suivre Penny et d'essayer de trouver un plan avant qu'elle ne se fasse tuer.

Penny prit la sortie en direction de Crowe, une ville dont elle n'avait jamais entendu parler. Ce qui ne voulait pas dire grand-chose. Hormis le comté où se trouvait la maison du lac de ses parents, elle ne connaissait rien du Wisconsin.

Au bout de la bretelle, elle s'arrêta au panneau « stop ». Heath lui avait dit de tourner à gauche et de rouler pendant quinze kilomètres. Elle recevrait alors de nouvelles instructions.

En plus de la situation insupportable, elle n'aimait pas le côté très rural de cette région. À gauche, le pont de l'autoroute enjambait une route à deux voies. Plus loin, une station-service devait dater des années quarante. À droite, des champs de maïs. Sur des kilomètres et des kilomètres. Pas d'arbres, de voitures, ni de gens.

Pourquoi pas un cheval ou un satané lapin ? Penny aurait aimé croiser un animal, une quelconque forme de vie.

Rien.

La route déserte et le manque d'activité la troublaient : elle était seule, dans un endroit inconnu.

Tout allait de travers.

Brusquement, le stress des derniers jours donna un nouvel éclairage à la situation. Elle avait eu tellement peur pour Zac qu'elle avait choisi de laisser les rênes à Heath. Là, elle était à un carrefour : soit elle décidait d'appeler à l'aide, soit elle roulait sans s'arrêter vers ce qui serait peut-être la fin de sa vie. Pourquoi Heath accepterait-il de les laisser vivre, Zac ou elle ? Elle avait des preuves à sa disposition, certes, et elle pourrait peut-être s'en servir pour sauver sa peau, mais Zac ? Il risquait de devenir un dommage collatéral.

Elle avait vraiment tout fichu par terre, et en beauté, conclut-elle, les mains crispées sur le volant.

Au cas où Heath la surveille en cachette, elle tourna à gauche. Son portable était posé dans le porte-gobelet. Pas celui que Jenna lui avait donné, mais le sien.

La station-service était sur la droite de la route.

Penny vérifia le réservoir. Il lui restait la moitié du plein. Si elle s'arrêtait, cela lui donnerait l'occasion de remettre la batterie dans son téléphone. De cette façon, quelqu'un, Russ peut-être, pourrait la localiser.

En cet instant, elle avait besoin de Russ. Il saurait quoi faire. Même s'il était furieux contre elle, il voulait coincer Heath, et elle pouvait l'aider. Au passage, ils essaieraient de sauver Zac, Elizabeth et son fils.

Penny tourna dans la station, attirant l'attention d'un employé du minimarché, et s'arrêta près d'une pompe. Elle prit sa carte de crédit dans son sac, puis alla mettre le pistolet automatique en place. De retour dans la voiture, elle saisit la batterie du téléphone et la serra dans sa paume moite.

C'était certainement la chose à faire, songea-t-elle, un peu hésitante. Elle lut le nombre de litres affiché : un peu moins de huit. Elle était tombée sur une pompe lente. C'était le signe qu'elle attendait. Tout en gardant les bras baissés, elle replaça la batterie dans son portable et effleura de l'index la surface lisse de l'écran.

Russ allait l'aider, il le fallait.

Elle vérifia de nouveau l'affichage : presque dix-neuf litres. Elle n'avait plus de temps à perdre. Rangeant le téléphone dans le porte-gobelet, elle remit le pistolet distributeur en place. Une fois dans la voiture, elle reprit la route… et appuya sur le bouton « marche » de son portable.

Alors que Russ prenait la bretelle au même endroit que Penny, son téléphone bipa. Un peu plus tôt, Brent avait fait remarquer le calme de l'endroit. Il avait poursuivi son chemin et prévenu Russ que Penny avait quitté l'autoroute. Russ avait déjà été averti par Jenna, qui surveillait la position de Penny sur son propre téléphone. Tout compte fait, cette équipe montée de toutes pièces était efficace.

Le portable bipa une seconde fois, et Russ observa l'écran.

C'était Penny.

Un long frémissement parcourut ses bras, ses doigts et son cou. Il s'arrêta en bas de la bretelle pour décrocher.

— Penny ?

— Russell… Je suis vraiment désolée. Je ne sais pas quoi faire. Je croyais savoir, mais en fait, non, et j'ai tout fichu par terre. Tout est ma faute. Heath a menacé tout le monde. Zac, Elizabeth, toi. Tous ceux à qui je tiens. J'ai cru que je pouvais tout arranger.

Russ suivit le flot de mots sans rien dire jusqu'à ce qu'elle finisse par se taire.

— Penny ?

Après un instant de silence, elle poussa un soupir.

— Voyons, Russell, je sais que tu me détestes.

— Je ne te déteste pas. Tu passes trop de temps dans ta tête et tu n'as pas les idées claires. Je suis en colère, mais je ne te déteste pas.

— Je suis vraiment désolée.

Il avait beau être furieux, il avait besoin que la Ravageuse retombe sur ses pieds.

— Ce n'est pas ta faute. Tu en es peut-être convaincue, mais c'est faux. Alors arrête de culpabiliser et concentre-toi. Où est-ce que tu vas ?

— Je ne sais pas. Heath m'envoie d'étape en étape et m'appelle chaque fois pour me donner des instructions. Je suis dans le Wisconsin.

— Je sais.

— Ah bon ?

— Le téléphone que Jenna t'a donné est un des siens. Nous t'avons suivie à la trace.

— Hum, fit Penny.

La trace d'irritation dans sa voix faillit le faire sourire.

— Je suis en bas de la bretelle que tu viens de quitter.

— C'est vrai ?

— Je ne sais pas où nous allons, mais je n'avais pas l'intention de te laisser traverser ça toute seule.

— Heath m'a dit de tourner à gauche et de rouler pendant quinze kilomètres. Je pense qu'il me surveille.

Russ était prêt à le parier.

— Je vais te suivre à distance. Laisse la ligne ouverte pour que je puisse tout entendre, d'accord ? Tu ne dois plus être loin de ta destination. Quand tu seras sur place, nous trouverons une solution.

— Merci.

— Ne me remercie pas encore. C'est loin d'être terminé.

Penny jeta un coup d'œil sur l'odomètre. Treize kilomètres parcourus, il n'en restait plus que deux. Dans quelques minutes, elle allait recevoir de nouvelles instructions. Jusque-là, tout s'était passé par téléphone. Rien n'indiquait que cela allait changer.

Les arbres à droite de la route disparurent tandis que la pente s'accentuait brusquement. Penny leva le pied de l'accélérateur. De là où elle était, elle ne pouvait distinguer la suite de la chaussée, hormis une glissière de sécurité qui longeait l'accotement. À en juger par son aspect cabossé, plusieurs voitures l'avaient accrochée au passage.

La sonnerie du portable de Jenna retentit dans l'habitacle et Penny sursauta. Elle appuya sur le haut-parleur, puis se rangea le long de la route.

— Allô ?

— Jolie Penny. Regardez sur votre droite. Vous voyez la carrière ?

— Oui.

— Suivez la route pendant un kilomètre et demi, puis tournez à droite. Continuez à rouler jusqu'à ce que vous voyiez un bâtiment vert. Je vous regarde.

Il raccrocha. Penny appuya sur la touche « fin » deux fois pour s'assurer que l'appel était terminé, puis demanda :

— Russell ?

— Je suis là, répondit-il depuis l'autre téléphone.

Penny se couvrit la bouche de la main au cas où quelqu'un l'observerait.

— Il m'envoie dans la carrière.

— J'ai entendu. Je la vois sur la carte. Les renforts sont là. Je vais demander à Brent de nous trouver un camion benne ou quelque chose de ce genre, et on s'invitera à la fête.

— Où va-t-il trouver ça ?

Russ se mit à rire.

— Chérie, c'est un marshal. Il va retourner sur l'autoroute, arrêter le premier camion qui passe, et le tour sera joué.

Un frisson parcourut Penny. Comme elle aimait cet homme. Il avait un cran incroyable. Aucun défi n'était trop dur à relever pour lui.

— D'accord. Bonne idée. Qu'est-ce que je fais ?

— Suis les instructions. Nous sommes là pour toi. Tu ne nous verras pas, et avec un peu de chance, eux non plus. Mais nous serons bien là.

Un peu plus loin, sur la droite, un grand panneau avec une énorme flèche rouge indiquait ce qui devait être la voie d'accès pour la carrière.

— J'y vais.

— Je suis là.

— Russell ?

— Oui.

— Je t'aime.

Russell ne répondit rien. Ils n'avaient toujours pas parlé de la première déclaration qu'elle lui avait faite. Étrangement, cela ne la dérangeait pas. À moins qu'elle n'ait peur de la réaction qu'il aurait lorsqu'ils aborderaient le sujet. Après ce qu'elle avait fait, il ne lui referait peut-être plus jamais confiance.

— Penny, finit-il par répondre, tu dois te concentrer.

L'étincelle d'espoir qui avait jailli en elle s'éteignit.

— Je sais.

— Nous parlerons de nous plus tard.

Elle était vraiment naïve. Croyait-elle vraiment qu'il éprouvait la même chose qu'elle ? Russ était un homme intelligent. Il allait vite prendre ses distances avec la tornade folle qu'elle était.

— Penny !

— Ne me crie pas dessus, *Russell*, répliqua-t-elle aussitôt.

— Alors sois un peu plus attentive.

Le portail d'entrée de la carrière était ouvert. Après l'avoir franchi, Penny s'engagea sur une route étroite, creusée dans la roche à coups d'explosifs. Du coin de l'œil, elle observa la pente très raide sur sa droite. En contrebas, l'énorme trou dans la terre était profond d'environ cent cinquante mètres et large de huit cents mètres.

Les mains crispées sur le volant, Penny entama la descente. La route longeait la paroi rocheuse et arrivait en bas après un tour complet de l'excavation. Des camions, des tracteurs et du matériel divers étaient éparpillés çà et là au fond du gouffre.

Éblouie par un rayon qui venait de percer les nuages, Penny plissa les yeux. Elle appuya sur le frein, et la voiture s'arrêta en cahotant.

Le regard de Penny se porta de nouveau en bas : le soleil se reflétait sur le toit métallique d'un bâtiment rectangulaire. Elle allait être aveuglée tout au long du chemin, alors que le précipice menaçait.

— Ça va ? s'enquit Russ.

— Je dois m'habituer à la lumière. Le bâtiment vert est dans le coin le plus éloigné.

— Je sais. Nous avons des agents en hauteur au nord-est. Ils ont un œil sur toi. Je vais arriver par l'entrée de derrière.

— Merci. Fais attention à la route. Elle est tellement étroite que j'ai peur de passer par-dessus bord.

— Mais non. Tu es capable de tout supporter. Une vraie enquiquineuse. Tu ne renonces jamais.

Penny sourit. L'avocate en elle faisait son grand retour.

— Oh ! Russell. Tu es trop gentil avec moi.

— Je sais. Et maintenant, allons chercher ton frère.

Russ passa devant l'entrée arrière de la carrière sans s'y arrêter. Heath y avait sûrement posté un garde. Mais les agents sur la colline l'avaient informé qu'une centaine de mètres plus loin il pouvait couper à travers un champ et rejoindre la route d'accès.

Il fallait à tout prix que ces agents aient vu juste, songea-t-il.

Il descendit à vive allure la route ensoleillée et remarqua une maison à quelques centaines de mètres. Zac s'y trouvait peut-être. Ou pas.

Son instinct lui disait que Zac était en bas, dans la carrière.

Il tourna à gauche, dans un champ herbeux qui bordait sa destination finale. La voiture se mit à cahoter sur le sol irrégulier, et il dut contenir son envie de rouler à plein gaz.

Lorsque le terrain devint plus plat, il accéléra. La carrière se dessinait au loin, il lui faudrait deux minutes pour y arriver. Il jeta un coup d'œil à gauche, mais l'entrée arrière et l'homme qui la surveillait n'étaient pas visibles. Dans ce cas, aucun risque qu'il l'aperçoive, lui.

Les parois de la carrière apparurent enfin. Penny n'avait pas exagéré en lui disant de faire attention à la route. Il enfonça le frein et explora les alentours du regard.

Le trou était immense, à ciel ouvert, avec cette route étroite qui en faisait le tour. S'il continuait à avancer, il allait se faire repérer. De sa position actuelle, il ne serait pas vu d'en bas.

Il appela Brent, qui répondit après deux sonneries.

— Quoi de neuf ? demanda le marshal.

— Je suis passé. Je suis en hauteur, au sud-est. Si je commence à descendre, je risque de me faire griller. Il n'y a aucun endroit où se cacher sur cette route.

— Tu peux voir Penny ?

— Non. Toi, tu en es où ?

— Je t'ai trouvé un camion. Le chauffeur est loin d'être ravi. Nous sommes là dans environ sept minutes.

Satisfait, Russ frappa du poing sur le volant.

— Parfait. Appelle-moi quand tu arrives. Une fois que la présence de Zac sera confirmée, on foncera avec le camion.

— Hors de question d'amener le chauffeur avec nous. Tu sais conduire ce truc ?

— Je conduisais une dépanneuse pour le garage où travaillait mon père. Je vais m'en sortir.

— Tu en es sûr ?

— Il faudra bien. Nous ne pouvons pas la laisser toute seule avec eux.

Penny se gara à côté du bâtiment délabré et coupa le contact. Puis elle étudia la disposition des lieux : un tout petit perron ; deux fenêtres à gauche de la porte, une à droite, avec une vitre fêlée ; des volets devant chacune d'entre elles. Aucun canon de fusil ne dépassait, il n'y avait personne sur le toit. C'était tant mieux, parce que, pour le moment, elle était une cible facile.

C'était stupide de sa part de penser cela, se morigéna-t-elle. S'ils avaient eu l'intention de la tuer, elle serait déjà morte. Le garde qu'elle avait remarqué à l'arrière du bâtiment quand elle s'était garée en était la preuve.

Les marches du perron étaient la seule partie de la bâtisse à avoir l'air solide. La porte s'ouvrit, et Penny s'arrêta à un mètre de l'escalier.

S'ils avaient voulu la tuer, ils l'auraient déjà fait, se répéta-t-elle. Sa confiance en elle resurgit, et Penny l'avocate remplaça la victime terrifiée.

Un homme apparut sur le seuil. Grand et mince, il avait les cheveux sombres. Il portait un jean et un T-shirt large.

C'était Heath.

— Jolie Penny, lança-t-il de cette voix douce qu'il estimait sûrement charmante. Bienvenue. Entrez, je vous en prie.

— Où est Zac ?

Heath se tourna de côté et lui fit signe d'entrer.

— À l'intérieur.

Penny ne bougea pas. Si elle obéissait, il allait sûrement refermer la porte derrière elle, les piégeant tous les deux, elle et Zac. En admettant que son frère soit bien là.

— Zac ? cria-t-elle.

— Je suis là, répondit-il aussitôt.

C'était bien la voix de son frère, forte et directe, la même qu'au tribunal. S'il était blessé, Penny l'entendrait dans son ton. Une vague de soulagement la submergea et lui redonna des forces. Zac était en vie.

— Faisons ça dehors, déclara-t-elle à Heath.

— Non.

Il continuait à contrôler la situation. Elle aurait voulu l'empêcher de prendre une nouvelle fois de l'ascendant, mais comme Zac était à l'intérieur, elle n'était pas sûre d'avoir le choix. Et puis Russ était dans le coin, avec des renforts, à regarder et à attendre.

Aussi, elle monta les marches et entra dans le bâtiment. Une bouffée d'air froid l'accueillit, produite par un vieux climatiseur qui craquait et couinait. Sur sa gauche, un bureau couvert de papiers. Au bout du petit couloir, un second bureau métallique. Et à côté, Zac, assis sur une chaise étroite.

Elle se précipita vers lui, trébuchant sur ses talons hauts. Les poignets de Zac étaient entravés par un lien en plastique qui lui rentrait dans la peau. La chair autour était rose et gonflée.

— Attention, recommanda Zac.

Penny se retourna. Un des acolytes de Heath, un homme de taille moyenne, aux cheveux châtains et au visage en lame de couteau, brandissait un fusil. S'agissait-il du tireur du tribunal ? L'homme lui sourit d'un air vicieux. Elle se pencha vers Zac.

— Tu vas bien ?

Il hocha la tête. Malgré sa chemise froissée, l'absence de veste et ses cheveux ébouriffés, il avait l'air en forme.

Penny fit face à Heath.

— Voilà le marché : j'emmène Zac, et Elizabeth disparaît sans témoigner. Je garde toutes les preuves qu'elle a. C'est mon filet de sécurité. S'il arrive quoi que ce soit à elle ou à un autre de mes proches, je transmets ces preuves au FBI.

— Ou alors je vous tue tous les deux ici.

Il en était bien capable, songea Penny, avant de contre-attaquer :

— Mais vous ne le ferez pas, parce que vous ignorez où se trouvent les preuves. Elizabeth disparaîtra quand même, et vous vous demanderez quels dispositifs de sécurité j'ai mis en œuvre. Je vous assure que si je ne sors pas d'ici avec mon frère, vous allez en prison. Vous pouvez en être sûr.

Russ, Brent et un chauffeur routier d'une trentaine d'années très énervé se trouvaient à un kilomètre de la carrière. Russ contemplait l'énorme semi-remorque que Brent avait réquisitionné.

Il n'avait pas conduit de camion depuis dix ans, et jamais rien de cette taille-là. Mais c'était le moment de s'y mettre.

— Je suis sérieux, s'exclama le chauffeur. Je dois livrer ce chargement avant 18 heures. Mon patron va me tuer.

Russ se débarrassa de sa cravate et commença à déboutonner sa chemise.

— Mais non. Le FBI endossera toute la responsabilité.

Il ôta sa chemise pour ne garder que son maillot de corps, puis la jeta dans sa voiture. Quand il arriverait dans la carrière, les gardes verraient un homme en T-shirt blanc plutôt qu'en costume typique du FBI.

— Je t'accompagne, annonça Brent.

— Non. Si on est deux, ça éveillera les soupçons.

— Tu n'y vas pas tout seul. En plus, je suis responsable d'elle.

Russ dévisagea Brent : il avait la mâchoire crispée. Il ne céderait pas. C'était une question de fierté. Penny avait été mise sous sa protection, et il n'avait pas été à la hauteur. Il devait se rattraper.

— D'accord, répondit Russ. Mais tu restes accroupi.

— Quel est ton plan ?

— Si je savais… Nous entrons et nous les attirons hors de la bâtisse. Les gardes seront déstabilisés par l'arrivée d'un camion, mais je ne sais pas combien de temps durera l'effet de surprise.

— Et une fois sur place ?

— Aucune idée.

— Super, répliqua Brent.

— Hé, je suis ouvert à toute suggestion, mais on ne peut rien préparer tant qu'on n'y est pas. Il y a des agents en hauteur, au nord et au sud-est. Ils nous couvriront.

Russ se tourna vers le chauffeur.

— Vous, vous restez ici.

L'homme hocha la tête, et Russ conclut :

— C'est parti.

19

— On a un problème, aboya quelqu'un dans la radio de Heath.

Penny resta complètement immobile. Elle n'agita pas les doigts, ne fronça pas le nez, ne tapa pas du pied. Elle ne fit rien qui puisse passer pour une quelconque réaction.

Heath arracha la radio de sa ceinture et enfonça le bouton.

— Quoi ?

— Il y a un camion qui est en train de franchir le portail.

Heath se tourna vers l'homme au fusil.

— Qu'est-ce que c'est que cette histoire ?

Son complice haussa les épaules.

— Je vais voir.

— Il n'y a rien de prévu au planning, maugréa Heath.

Puis il fit un signe du menton vers Zac et Penny.

— On va les enfermer ici et aller vérifier tous les deux.

Excellente idée, se dit Penny. De cette façon, son frère et elle auraient un moment pour formuler un plan pendant que Russ descendait la route au volant du camion.

Pourvu qu'il n'ait pas de mal à manœuvrer le véhicule, pria-t-elle. Sinon, c'était l'accident assuré. Elle retint son souffle un instant, afin de ne montrer aucune émotion tant que Heath et son sbire n'étaient pas sortis.

Lorsque le verrou fut tiré dans le couloir, elle se pencha vers Zac pour lui murmurer à l'oreille :

— C'est Russ qui conduit ce camion.

Il hocha la tête.

— Vérifie le bureau. Regarde s'il n'y a pas des ciseaux pour couper mes liens. Il faut qu'on sorte d'ici.

— Comment ?

Il fit un geste en direction de la porte qui avait un panneau vitré en plein milieu.

— Par là. C'est fermé à clé, mais le verre, ça se brise.

Penny observa la porte, et son ventre se serra. Son frère se berçait d'illusions. Mais elle garda le silence et se rua vers le bureau. Elle farfouilla dans le premier tiroir sans trouver de ciseaux.

— Comment allons-nous casser la vitre ? demanda-t-elle en passant aux autres tiroirs.

— C'est une porte de mauvaise qualité. Quand tu auras coupé mes liens, je vais balancer la chaise à travers. Dépêche-toi, Pen.

Elle souleva les dossiers posés sur le bureau.

— Il n'y a rien du tout ici.

— Tant pis. Je vais m'y prendre autrement.

— Comment ?

Zac tordit les mains et les plaça comme des pinces sur le barreau de la chaise.

— Comme ça. Recule.

Sans avoir l'air de peiner, il fit tourner la chaise une fois, puis une seconde pour prendre de la vitesse.

— Zac, attention…

La chaise traversa la vitre qui explosa en mille morceaux de tailles différentes.

— Fonce, Pen !

Elle l'attrapa par le bras, et ils sautèrent tous les deux à travers l'encadrement. Penny trébucha à cause de son escarpin et se tordit la cheville gauche. Une douleur perçante remonta dans son mollet.

— Ah !

— Tu t'es fait mal ?

— Je me suis tordu la cheville. Foutus talons.

Elle se débarrassa de ses chaussures, et un bout de verre s'enfonça aussitôt sous son pied. Tandis qu'elle courait vers la Mercedes, Zac resta à son niveau, malgré des jambes bien plus longues que les siennes. C'était typique de son frère : il ne la laissait jamais en arrière.

Heath apparut au coin de la bâtisse, un pistolet à la main. Il s'arrêta et brandit l'arme en direction de Penny.

— Stop, ordonna-t-il d'une voix grave, calme et incisive. Sinon je la tue.

— Vas-y, Zachary. Il ne le fera pas.

— Si, je le ferai. Au point où nous en sommes, mes options se réduisent. Si je dois vous tuer tous les deux pour m'en sortir, je le ferai.

— Et le routier ? lança Penny.

— Un autre cadavre ne va pas changer grand-chose.

— Reste baissé, marmonna Russ à Brent, qui s'était tapi sur le sol devant le siège passager.

— Compris.

Russ freina et tourna le volant du gros camion pour poursuivre la descente. S'il passait dans un nid-de-poule, le poids lourd risquait de faire un vol plané.

— Évite de nous tuer, lança Brent.

Russ poussa un grognement. Le marshal paierait pour cette remarque… plus tard.

Il appuya sur l'accélérateur et se concentra sur la route. Ils y étaient presque. Puis un mouvement à gauche du bâtiment vert attira son regard.

— Qu'est-ce que…

— Quoi ?

— Une chaise vient de voler par une fenêtre. Ou peut-être une porte. Difficile à dire. Oh ! Bon Dieu. Zac vient de sauter dehors. Avec Penny.

Russ enfonça l'accélérateur et changea brutalement de vitesse. Le moteur protesta, mais les gros pneus accrochèrent la route sans mal. Encore soixante mètres, et ils arriveraient en bas de la route, avec un chemin plat menant tout droit à Penny et à Zac.

Deux hommes apparurent au coin de la bâtisse. L'un d'eux était peut-être Heath mais, à cette distance, Russ n'en était pas sûr. Le premier avait un fusil à la main, l'autre, un pistolet. Celui avec le pistolet s'arrêta et braqua son arme sur Penny et Zac. Le souffle coupé, Russ frappa le volant.

Il allait voir le corps mince de Penny s'effondrer à terre, ses cheveux blonds voler autour de son visage et le sang s'échapper d'elle. Elle allait mourir sous ses yeux, et il ne pouvait plus respirer, il ne pouvait pas lui venir en aide. Et il ne lui avait jamais dit qu'il l'aimait. Elle allait mourir, et il ne le lui avait jamais dit.

Penny continuait à courir. À toute allure, fidèle à elle-même. La Ravageuse ne renonçait jamais. Soudain, Russ respira à fond.

— Fonce ! hurla-t-il, comme si elle pouvait l'entendre.

Penny sprinta vers la voiture de son père. Le second homme, celui avec le fusil, la visa. Il fallait le stopper, songea Russ.

Il enfonça le Klaxon du camion. Le malfrat se tourna vers lui et tira. La balle brisa le pare-brise, envoyant des éclats de verre partout. Russ se recula, soulagé que ses yeux aient été protégés par des lunettes de soleil, puis il sortit son Glock de son étui.

— Bon Dieu ! cria Brent en se relevant.

Comme le marshal le couvrait, Russ posa son arme sur ses genoux. Il tourna le volant et roula vers les deux hommes qui pourchassaient Penny et Zac. Il klaxonna de nouveau, le moteur vrombit, alors que l'homme qui suivait Penny — probablement Heath — la poussait violemment contre la Mercedes.

Une bouffée de rage envahit Russ. Tous les moments passés à poursuivre cet animal s'additionnèrent, et une vision lui vint à l'esprit : coller Heath dans une cellule froide et répugnante, puis lui écraser le visage contre le mur.

Il allait lui trouver la pire prison imaginable, résolut-il en pilant et en sautant de la cabine.

— Occupe-toi de Zac, ordonna-t-il à Brent.

— Compris.

Heath jeta un œil derrière lui et aperçut Russ. Il força Penny à se relever en la tirant par les cheveux. Puis il la fit passer devant lui et posa le canon de l'arme contre son cou.

Russ lança un regard rapide sur sa droite. Brent. Pistolet. Complice à terre. Désarmé.

Tout se jouait désormais entre Heath et lui. Et les autres agents en hauteur. Mais Penny était trop près du criminel. S'ils tiraient et rataient, ils allaient la tuer. Toutefois, Heath mesurait bien vingt-cinq centimètres de plus qu'elle.

Il y avait un coup à tenter.

Plaquée devant Heath, Penny le fixait avec intensité. Elle réfléchissait sûrement à un moyen de s'en tirer. Russ leva son Glock et le braqua sur la tête du criminel. Les yeux de Penny allèrent à gauche, à droite et en bas.

— Russ ?

— La ferme ! hurla Heath.

Sa main qui tenait l'arme tremblait. En y ajoutant la transpiration qui ruisselait sur son visage et ses cheveux humides, les signes de stress étaient manifestes. Heath était nerveux.

Et les hommes nerveux avaient la gâchette facile.

Russ scruta Penny, qui baissa de nouveau les yeux. Elle lui faisait clairement passer un message.

— Laissez-la partir, Heath, déclara-t-il. C'est fini. À vous de choisir : la housse mortuaire ou les menottes.

Heath tira de nouveau sur les cheveux de Penny, et elle gémit tout en écarquillant les yeux. Russ vérifia de nouveau les alentours, impatient de tirer.

Dans sa vision périphérique, Brent roulait l'autre homme sur le ventre et lui menottait les mains dans le dos. Le marshal se leva et s'adressa à Zac, qui avait toujours les mains liées :

— Asseyez-vous sur lui si nécessaire, mais il ne doit pas bouger d'un pouce.

Sans perdre une seconde, Zac se rendit près du complice et obéit. Brent braqua alors son arme sur Heath, qui orienta Penny de façon à voir Russ et Brent en même temps.

— Que personne ne bouge !

Penny regarda de nouveau par terre, puis reporta son attention sur Russ.

— Russ ?

— Ça va aller, répondit-il. Je m'en occupe.

Elle leva le pied et frappa de son talon nu le tibia de Heath. Son coup glissa, mais Heath se courba. Penny en profita pour se pousser légèrement en lançant violemment son coude en arrière. Russ se concentra sur sa cible, mais Penny était encore trop près. Il se décala sur la droite et appuya sur la détente.

L'écho du coup de feu résonna dans la carrière. La balle

toucha Heath au-dessus de l'œil gauche. Il trébucha, ses yeux roulèrent dans leurs orbites, et il tomba.

Brent se précipita vers lui, arme levée, tandis que Russ le couvrait. Le visage blême, Penny observa toute l'agitation sans faire un geste.

— Tu es saine et sauve, déclara Russ, refusant de la rejoindre tant que Brent ne lui ferait pas signe.

Le marshal se pencha sur Heath pour vérifier son pouls.

— C'est fini, annonça-t-il.

Le criminel était mort. Pour la première fois de sa carrière, Russ avait tué un homme. Plus tard, il essaierait de comprendre toutes les émotions que cela entraînait. Plus tard, pas là.

Il se tourna vers Zac, toujours assis sur leur suspect.

— Ça va ?

— Oui, fit Zac. Occupez-vous de Penny.

En haut de la carrière, des sirènes se mirent à hurler. Les autres agents allaient aider à arrêter tous les complices. Pas de fuyards. Pas cette fois. Russ voulait tous les coincer.

Penny était toujours figée sur place et contemplait le cadavre de Heath. L'homme l'avait terrorisée. Il n'était plus qu'un cadavre sanguinolent.

— Penny ? appela Russ, attirant enfin son attention.

— Il est mort ?

— Oui.

Il observa les pieds de la jeune femme : quelques gouttes de sang maculaient le sol. Il se précipita vers elle.

— Tu saignes.

— C'est le verre de la porte. J'ai enlevé mes chaussures pour courir…

Sans lui laisser le temps de finir, il la serra contre lui. Il n'avait jamais eu aussi peur de perdre quelqu'un. Penny lui rendit son étreinte, et une partie de sa peur se dissipa.

— Tu vas bien, hein ?

— Oui. Mes pieds, pas trop.

— Désolé.

Elle appuya la tête contre son épaule.

— Merci, Russ.

Il lui caressa la nuque en riant.

— Ça fait trois fois que tu m'appelles « Russ ». J'ai enfin réussi à ce que tu m'appelles « Russ ».

Il recula et se tourna vers l'homme qui avait hanté sa vie pendant plus d'un an. C'était terminé. Il avait été impatient de boucler cette enquête, mais la conclusion ne lui plaisait qu'à moitié : pour sauver Penny, il avait dû prendre une vie.

Autour d'eux, des voitures, des camionnettes et des semi-blindés débarquèrent, avec des hommes vêtus en tenue tactique.

Débarrassé de son prisonnier, Zac put enfin bouger et Brent lui coupa ses liens. Russ attira Penny plus près de lui, respira l'odeur de son shampoing. Quelque chose vibra en lui. La peur, le soulagement… Au fond, une seule chose comptait : Penny était vivante.

— Va voir ton frère. Nous parlerons plus tard.

20

Grâce au code que Russ lui avait dicté au téléphone, Penny ouvrit la porte du garage. C'était de bon augure pour leur conversation. Après tout, si un homme voulait plaquer une femme, il évitait de lui donner son code. En plus, elle lui avait proposé d'apporter le dîner, et il avait accepté. Alors, tous les espoirs étaient permis.

D'autant qu'il vivait à quelques minutes seulement de chez ses parents à elle. Russell Voight était un banlieusard et habitait dans une maison de style colonial à un étage. C'était surprenant.

La porte se releva. Dans le garage à deux places, la voiture de Russ était garée à droite. Munie de ses sacs de courses, Penny traversa un vestibule très bien agencé avec des étagères encastrées. Russ était un homme organisé. Une qualité de plus à son actif.

Elle entra dans une cuisine assez spacieuse pour accueillir des invités. Les plans de travail étaient un peu vides et la table rustique avait besoin d'un milieu de table. À part cela, la pièce était bien rangée et une odeur de citron flottait dans l'air. Une conclusion s'imposait : Russ avait une femme de ménage.

Un homme organisé avec le goût de l'ordre et de la propreté. Oui, elle était prête à l'aimer à la folie. S'il la laissait faire. Mais depuis quand était-elle le genre de femme à attendre d'un homme qu'il la laisse faire quoi que ce soit ? Elle l'ignorait. Et elle n'y croyait pas vraiment : elle avait déjà quitté beaucoup d'hommes dans sa vie.

Avec Russ, elle le savait, elle vivrait parfois des moments délicats, comme dans la carrière, quelques jours plus tôt. Des moments où elle devrait accepter de courir le risque qu'il lui brise le cœur.

Pour une fois, elle tenait assez à quelqu'un pour accepter d'être vulnérable. Pour se battre pour lui. Pour faire preuve d'humilité.

Elle allait faire des efforts jusqu'à un certain point. S'il la plaquait, elle ne le supplierait pas. Jamais de la vie. Elle se contenterait de le poignarder avant de partir.

Excellent plan, songea-t-elle.

Dans la cuisine, la porte coulissante de verre menait à un patio et à une piscine. Penny était tombée amoureuse d'un homme sans savoir qu'il vivait dans une maison traditionnelle avec piscine, au cœur d'une banlieue paisible. Si tout se passait bien, elle espérait continuer à apprendre des choses intéressantes sur lui.

Elle posa les sacs sur le plan de travail, ouvrit la porte et s'avança dans le patio. Plusieurs enceintes diffusaient la voix de Bruce Springsteen.

Russ était assis sur une chaise gonflable et flottait sur l'eau. La tête en arrière, les yeux fermés, il tenait une canette de soda du bout des doigts. Il portait un caleçon de bain bleu avec une bande blanche. À en croire sa peau et ses cheveux trempés, il venait de se baigner. Il semblait paisible et, en un instant, cette sérénité gagna encore son corps stressé.

— Agent spécial Voight, êtes-vous en train de dormir ?

Il releva la tête, et un sourire se dessina lentement sur ses lèvres.

— Pas tout à fait.

— Tant mieux. Tu as passé une bonne journée ?

La veille, Russ avait été mis en congé. C'était la procédure, l'avait-il rassurée. Il ne semblait pas s'inquiéter des conclusions de l'enquête sur la mort de Heath. Penny n'était d'ailleurs pas loin de penser pareil, vu tous les dommages causés par le criminel.

— Je me suis amusé comme un fou à flotter dans ma piscine, déclara-t-il avec une très légère pointe de sarcasme.

Elle acquiesça. Comme elle, il voulait de l'action. Elle serait sûrement frustrée elle aussi de devoir rester à la maison.

— Tu as eu des nouvelles ?

— Mon supérieur a appelé, répondit-il. Le bureau de Heath est une vraie mine d'or. Il dirigeait des combines partout dans le pays avec au moins vingt-cinq complices. Ces personnes sont toutes en garde à vue. Et l'autre type, à la carrière, c'était le frère de Randy Jones.

Penny ferma les yeux, profondément soulagée. C'était vraiment fini. L'identité de l'homme avait été confirmée : c'était bien lui le tireur du tribunal. Désormais, Elizabeth et Sam allaient pouvoir reprendre le cours de leur vie.

— Tu m'avais promis de le coincer et tu l'as fait. Merci.

Il haussa les épaules.

— C'était un effort collectif. Désolé pour ton assistante.

— Oui. Ça a été un choc. La pauvre était horrifiée à l'idée de nous avoir mis en danger. Elle ne savait pas qu'elle avait affaire à Heath. Mais, de toute façon, elle a brisé le secret professionnel en divulguant des informations du cabinet. C'est un problème déontologique. Nous allons devoir décider de son sort.

— Pouvez-vous lui faire confiance ?

— C'est la question à un million de dollars. Mon père veut la virer. Et il en a tout à fait le droit. Il m'a dit que la nuit portait conseil et qu'on en discuterait demain matin. Je la plains. Elle s'est fait avoir par ce type. Cela dit, je ne peux pas oublier ce qu'elle a fait. Je pense qu'elle doit s'en aller. Quel message allons-nous donner si nous la gardons ?

— Que ce n'est pas grave de parler des clients à des non-employés. Ce n'est pas un message acceptable.

— Exactement, acquiesça-t-elle.

Russ désigna ses pieds.

— Tu as mal ?

Elle baissa les yeux sur ses ballerines. Étant donné l'état de ses pieds, elle n'allait peut-être plus jamais porter de talons hauts.

— Ça va. Le verre est sorti.

— Et si tu enlevais tous ces vêtements pour me rejoindre dans l'eau ? Je vais t'aider à oublier la douleur, affirma-t-il en agitant les sourcils.

— Je n'ai pas de maillot.

— Il t'en faut un ?

— Russell ! protesta-t-elle en riant.

— Il y a des clôtures. Les voisins ne peuvent pas nous voir.

Penny observa les alentours. D'un côté, un ranch peint en rouge ; de l'autre, une maison à un étage, mais orientée dans l'autre direction. Un seul pan de la maison était visible, et il s'agissait d'un mur aveugle. Elle se tourna vers Russ.

— Tu es un sacré coquin. Mais je suis venue pour que nous parlions.

— Et c'est ce que nous faisons. Maintenant, viens dans l'eau, pour qu'on baptise cette piscine. Je n'ai jamais eu de femme nue ici.

— Je n'ai pas besoin de le savoir, *Russell* ! Depuis combien de temps vis-tu ici ?

— Six mois.

— Il y avait la piscine ?

— Oui. Quand j'étais petit, j'ai toujours voulu une piscine. Disons que c'est un peu pour ça que j'ai pris la maison. Je veux que tu sois la première femme, la seule femme, à être nue ici avec moi.

— Je dois préparer le dîner, répliqua Penny.

Il sourit.

— Tu cuisines ?

— Bien sûr.

— Tu as dit que tu apportais le dîner. Tu n'as pas dit que tu allais cuisiner. Alors comme ça, la Ravageuse cuisine ?

— La Ravageuse ? Qu'est-ce que ça veut dire ?

Russ éclata de rire.

— Peu importe. Allez, viens dans l'eau. Nous allons flotter, nous détendre un peu. Ça t'arrive de te détendre, n'est-ce pas ?

Ce n'était pas souvent le cas. Mais l'idée était tentante, surtout si c'était en sa compagnie.

— Je dois avouer que je suis un peu surprise que tu habites en banlieue. Je t'avais imaginé cent pour cent citadin.

— D'accord, je vais jouer le jeu, répondit-il. J'aime la banlieue. C'est tranquille, or c'est quelque chose que je n'ai pas souvent dans ma profession. J'aime flotter dans ma piscine. Une piscine où je voudrais bien que tu viennes, toute nue de préférence. Parce que, vois-tu, je suis raide dingue d'une certaine avocate arrogante et nerveuse qui ne va sûrement pas me laisser une seconde de répit.

— Moi, je suis nerveuse ?

— Après un discours pareil, c'est la seule chose que tu retiens ? Et puis franchement, tu sais très bien que tu es nerveuse. Mais je le suis aussi. De temps en temps. Je pense que nous deux, ça va marcher. Mais je ne dis pas ça seulement parce que je veux que tu te déshabilles, même si c'est mon objectif premier, bien sûr.

Penny éclata de rire, et il lui adressa un petit sourire satisfait. Une bouteille d'eau à moitié pleine était posée au bord de la piscine. Penny la ramassa, vérifia son poids et la lui lança. Le récipient en plastique le frappa en haut du bras, tomba dans la piscine avec des éclaboussures et flotta près de lui. Il n'y toucha pas.

— Tu es un porc, *Russell.*

— Je suis un homme. Tous les hommes sont des porcs.

Elle secoua la tête. Elle commençait à se faire à l'idée de se retrouver nue dans cette piscine.

— Ce n'est pas entièrement faux. J'en conclus avec toute cette histoire de nudité que tu ne vas pas me plaquer ?

Il s'avança vers le bord de la piscine. Enfin, il allait mettre fin au suspense. Quand elle s'accroupit, il tira sur une mèche de ses cheveux qui avait glissé sur son épaule.

— Dans la cuisine. Va regarder dans le placard à côté de la porte coulissante. Il y a quelque chose pour toi.

— C'est quoi ?

— Tu veux bien faire ce que je te dis, pour une fois ? Tais-toi et va voir.

Penny se releva, recula de quelques pas au cas il déciderait de l'arroser.

— Je reviens tout de suite.

Une fois dans la cuisine, elle ouvrit le placard. L'étagère du haut était couverte de boîtes de conserve. La seconde étagère, de produits sous vide et de snacks. L'étagère du bas, celle qu'une personne de sa petite taille pouvait atteindre, était remplie de pots de... nounours gélifiés blancs. Derrière, un autre pot. Et encore un autre. Trois rangées de cinq pots de nounours gélifiés blancs.

Très émue, elle abaissa le menton sur la poitrine. Elle saisit un des pots et serra les doigts autour. Elle avait trouvé son homme idéal. Il avait dû trier ces nounours pendant des heures. Rien que pour elle.

— Tu as trouvé ? cria Russ.

Le pot à la main, elle revint au bord de la piscine et s'accroupit de nouveau.

— Combien de temps ça t'a pris ?

Il haussa les épaules.

— Je n'arrivais pas à dormir. Ça arrive, après une grosse affaire. Je deviens irritable. Trier, ça me calme.

— Tu es formidable. Merci.

— De rien.

Il attrapa le bord de la piscine pour ne pas flotter plus loin et la regarda dans les yeux.

— Écoute, c'est encore très tôt pour nous. Je ne peux pas te faire beaucoup de promesses. Je suis têtu comme une mule. Je ne suis pas romantique. Je ne penserai jamais à t'envoyer des fleurs pour l'anniversaire de notre premier repas en tête à tête. Je ne te ferai pas de câlin quand il y a un match à la télé, et tu peux être sûre que je ne vais jamais porter ton sac à main. Ce n'est pas mon genre. Mais je te promets que je prendrai soin de toi. Je partirai en guerre pour toi quand tu en auras besoin et je t'aimerai telle que tu es. Quoi qu'il arrive, je sais que toutes les erreurs que tu fais sont dues à la passion et à l'amour. Alors oui, il y aura toujours un pot de nounours blancs pour toi dans ce placard. Ça, c'est le genre d'homme que je suis. Celui qui sait ce qui te touche.

Malgré ce qu'elle lui avait fait, il lui avait accordé son pardon. Elle tendit la main pour caresser son torse.

— Peut-être que j'ai besoin de cet homme-là.

Russ baissa les yeux sur sa main, la prit dans la sienne et entremêla leurs doigts.

— Je t'aime. Je crois que je t'ai aimée dès le premier jour où tu m'as démoli à la barre. Je savais que tu étais spéciale.

Penny se pencha pour lui embrasser le dos de la main. Après des mois d'hésitation, ils s'étaient enfin trouvés.

— Moi aussi, je t'aime, répondit-elle. Même si tu as une dent contre les avocats de la défense.

— Tous, sauf une. Et c'est la plus importante.

Penny se releva, posa le pot de nounours sur le sol et enleva sa veste. Elle la lança sur une des chaises longues, puis déboutonna son chemisier.

— Tu me rejoins ? demanda-t-il.

— Avec le coup des nounours ? Ça, oui, alors.

Russ inclina la tête sur le côté.

— Et le dîner ?

— Tu as faim ?

— Oui, mais pas de nourriture.

Penny se mit à rire et enleva son chemisier.

— Agent spécial Voight, tu n'as pas intérêt à me briser le cœur. Je serais obligée de te poignarder.

— Bonjour la romance.

— Simple avertissement.

D'une main, il se repoussa du bord de la piscine, faisant gicler de l'eau au passage. Penny contempla Russ et l'imagina dans dix ou vingt ans. Il aurait les tempes grisonnantes. Ou il serait peut-être devenu chauve. En tout cas, avec lui, elle serait chez elle. Elle pourrait se montrer vulnérable sans être fragilisée ni affaiblie.

Elle retira ses derniers vêtements et marcha au bord de l'eau tandis qu'il la dévorait des yeux.

— Tu es la femme de ma vie, Penny. Nous vieillirons ensemble.

Oui, elle en était sûre. En tout cas, s'ils ne s'entretuaient pas avant.

— Tu peux compter là-dessus, Russ.

Retrouvez en juin 2020,
dans votre collection

BLACK ROSE

Des jumeaux à protéger, de Janie Crouch - N°592

SÉRIE DEUX FACE AU RISQUE 1/4

Des épaules larges, un sourire irrésistible… Assurément Tanner Dempsey, le shérif de Risk Peak, est un homme très séduisant. Pourtant, lorsqu'il pose sur elle son regard interrogateur, c'est la peur qui envahit Bree. Peur qu'il découvre sa véritable identité. Peur qu'il révèle par inadvertance sa présence à ceux qui les pourchassent, elle et les jumeaux que sa cousine lui a confiés avant de disparaître…

Une présence dans l'ombre, de Justine Davis

Depuis des semaines, Cassidy se sent épiée… Aussi lorsque Jace, qui était autrefois le meilleur ami de son frère, revient en ville après des années d'absence, c'est vers lui qu'elle se tourne pour demander de l'aide. Sans oser lui avouer qu'elle a toujours été amoureuse de lui. Sans lui révéler que la menace qu'elle sent peser sur elle pourrait bien être en rapport avec les frasques de son frère…

Retrouvailles avec le passé, de Heather Graham - N°593

Émue aux larmes, Maura regarde Brock… Certes il a mûri. Mais elle retrouve en lui l'adolescent qui lui jurait autrefois un amour éternel. Et elle lui en veut. Car jamais il ne lui a donné de nouvelles depuis le meurtre qui s'est déroulé dans l'hôtel où ils travaillaient alors. Un drame qui les réunit aujourd'hui : lui pour enquêter sur une série d'étranges disparitions, elle pour tourner un film sur les légendes de Floride…

Des soupçons à haut risque, de Debra Webb

Qui est réellement Smith Flynn ? C'est la question que se pose Sadie tandis qu'elle remplit une mission d'infiltration dans un groupe de dangereux extrémistes. En effet, Smith ne ressemble en rien aux hommes du camp, et elle a bien du mal à maîtriser le trouble qu'il lui inspire. Une attirance dangereuse car elle se rend compte bientôt que Smith lui-même nourrit de sérieux soupçons la concernant…

Retrouvez en juin 2020,
dans votre collection

BLACK ROSE

La couleur de l'orage, de Carla Cassidy - N°594

Indiscrète, exaspérante… mais si séduisante. Depuis qu'il a rencontré Monica, Jake a du mal à mettre de l'ordre dans ses sentiments à l'égard de la jolie journaliste. Car, s'il recherche lui aussi l'homme qui vient d'éliminer l'assassin de sa sœur, il veut rester discret pour qu'on ne le soupçonne pas. Et la soif de scoop de Monica risque non seulement d'attirer l'attention de la police sur lui, mais surtout de les mettre tous les deux en danger…

Un message menaçant, de Regan Black

Depuis des mois, Bethany se demande comment elle va pouvoir annoncer à Caleb, son fils de quatorze ans, que son père, un important militaire, est vivant et travaille à quelques kilomètres seulement de chez eux… Un secret lourd à porter et qui doit être levé de toute urgence. En effet un message vient de parvenir à Bethany. Un mail l'enjoignant de tout dire à Caleb et dans lequel elle devine une sourde menace…

Un secret si lourd à porter, de Robin Perini - N°595

Jamais Noah n'aurait dû accepter de protéger Lyssa, la fiancée de Jack, son ami assassiné quelques mois plus tôt. D'abord parce qu'il a toujours été amoureux de Lyssa. Ensuite, et surtout, parce que Lyssa, traquée depuis la mort de Jack par le maniaque qui a brisé sa vie, refuse toute protection et prétend piéger seule le tueur…

L'enquête de sa vie, de Beverly Long

Qui est le psychopathe qui, depuis un mois, tue un adolescent par semaine en ne laissant aucun indice derrière lui ? Désemparé, l'inspecteur Rob Hanson croit tenir un début de piste quand, au cours d'une soirée, il rencontre la séduisante Carmen Jimenez qui lui confie son désespoir : son frère est tombé sous la coupe d'un inconnu qui le pousse à agir de manière étrange… Et si cet homme et le tueur ne faisaient qu'un ?

[illegible]

Téléchar[illegible]

[illegible]

Composé et édité par HarperCollins France.

Achevé d'imprimer en avril 2020.

BLACK PRINT

Barcelone

Dépôt légal : mai 2020.

MIXTE
Papier issu de sources responsables
FSC® C108412
FSC
www.fsc.org

Pour limiter l'empreinte environnementale de ses livres, HarperCollins France s'engage à n'utiliser que du papier fabriqué à partir de bois provenant de forêts gérées durablement et de manière responsable.

Imprimé en Espagne.

OFFRE DÉCOUVERTE !

Vous souhaitez découvrir nos collections ? Recevez **votre 1er colis gratuit*** **avec 2 cadeaux surprises !** Une fois votre colis de bienvenue reçu, si vous souhaitez continuer à recevoir nos livres, cela se fera automatiquement. Vous recevrez alors vos livres inédits** en avant-première.

Vous n'avez aucune obligation d'achat et cette offre est sans engagement de durée

*1 livre offert + 2 cadeaux / 2 livres offerts pour la collection Azur + 2 cadeaux. Les collections Gentlemen et Aliénor démarrent avec le 1er colis payant.
**Les livres Ispahan, Sagas, Best-Sellers Féminins, Gentlemen et Hors-Série sont des réédités.

☛ COCHEZ la collection choisie et renvoyez cette page au Service Lectrices Harlequin – CS 20008 – 59718 Lille Cedex 9 – France

Collections	Références	Prix colis*
❑ **AZUR**	Z0ZFA6	6 livres par mois 28,79€
❑ **BLANCHE**	B0ZFA3	3 livres par mois 23,65€
❑ **LES HISTORIQUES**	H0ZFA2	2 livres par mois 16,59€
❑ **ISPAHAN**	Y0ZFA3	3 livres tous les 2 mois 23,35€
❑ **PASSIONS**	R0ZFA3	3 livres par mois 25,09€
❑ **SAGAS**	N0ZFA3	3 livres tous les 2 mois 27,66€
❑ **BLACK ROSE**	I0ZFA3	3 livres par mois 25,09€
❑ **VICTORIA**	V0ZFA3	3 livres tous les 2 mois 25,69€
❑ **GENTLEMEN**	G0ZFA2	2 livres tous les 2 mois 17,35€
❑ **BEST-SELLERS FÉMININS**	E0ZFA2	2 livres tous les 2 mois 18,75€
❑ **ALIÉNOR**	A0ZFA2	2 livres tous les 2 mois 17,35€
❑ **HORS-SÉRIE**	C0ZFA2	2 livres tous les 2 mois 17,35€

N° d'abonnée Harlequin (si vous en avez un) ___________

Mme ❑ Mlle ❑ Nom : ___________

Prénom : ___________ Adresse : ___________

____

Code Postal : ___________ Ville : ___________

Pays : ___________ Tél. : ___________

E-mail : ___________

Date de naissance : ___________

❑ Oui, je souhaite recevoir par e-mail les offres promotionnelles des éditions Harlequin.
❑ Oui, je souhaite recevoir par e-mail les offres promotionnelles des partenaires des éditions Harlequin.

Date limite : 31 décembre 2020. Vous recevrez votre colis environ 20 jours après réception de ce bon. Offre soumise à acceptation et réservée aux personnes majeures, résidant en France métropolitaine, dans la limite des stocks disponibles. Prix susceptibles de modification en cours d'année. Vous pouvez demander à accéder à vos données personnelles, à les rectifier ou à les effacer. Il vous suffit de nous écrire en nous indiquant vos nom, prénom et adresse à : Service Lectrices Harlequin CS 20008 59718 LILLE Cedex 9. Service Lectrices disponible du lundi au vendredi de 8h à 18h : 01 45 82 47 47.

Harlequin® est une marque déposée du groupe HarperCollins France – 83/85, Bd Vincent Auriol – 75646 Paris cedex 13. SA au capital de 3 120 000€ – R.C. Paris. Siret 31867159100069/APE5811Z.